Wien, du Stadt meiner Träume

Wien, du Stadt meiner Träume

ウィーン、わが夢の街

フロイトと熊楠

平山令二 Hirayama Reiji

Rainer Danzingerさんに

目次

装幀写真＝シュテファンドーム
（作者不詳：Wiener Stephansdom um 1905）

ウィーン、わが夢の街

フロイトと熊楠

平山令二
Hirayama Reiji

シュテッフェルが空にいるぼくにあいさつしてくれる
そのときはるか彼方からあの歌声が聞こえる
歌声は響いて　誘いかけ招き寄せる

「今日もやはりやってきたか。」

遠くの方へ耳を澄ましながら、私はつぶやいた。遠くの空から地鳴りのような響きが次第に大きくなりながら聞こえてくる。空襲警報のサイレンがその響きを鋭く切断する。

「こんなふうに空襲が毎夜、行われるなら空襲警報を鳴らす意味がないだろうに。いっそ鳴りっぱなしにするのが賢明だ。」

私は苦笑しながらつぶやく。つぶやきながら、この広い屋敷に誰もいないことに改めて気づかされる。私がつぶやいたのは、やはり誰かに聞かせるつもりがあったからだ。私の皮肉をわかってくれる誰かに。

しかし、屋敷に私以外には誰もいない。妻は、真珠湾攻撃の直後に持病の胃病が悪化して亡くなった。幸いにも空襲を経験せずにすんだ妻を羨むべきなのかもしれない。陸軍に召集された長男は無謀なインパール作戦に駆り出されビルマで戦死し、ここで同居していた長男の嫁と孫ふたりは、私が東京より安全だからと勧めて、津山の嫁の実家に疎開させた。別に住んでいた次男も召集されて、満洲に行っている。

妻亡きあとに身のまわりの世話をしてくれていた婆さんも、次男の嫁が赤ん坊の世話で大変だからという口実で、嫁の実家の新潟に送り出した。婆さんは、私がひとりでは心配だ、と言ったが、馴染の芸者が暇なので飯炊きにきてくれる、と嘘を言って安心させた。

私はことの顚末を見届ける必要があると覚悟している。いや、外務省では親英米派と言われ、親独派の幹部によって退職させられた私だが、日本がこのような事態になってしまった責任の一端は、外交官だった自分にもあると思っている。だから顚末を見届ける義務があるのだ。「見るべきほどのことをば見つ」と平知盛を気取るわけではないが、見届けなければという義務感と見届けたいという好奇心に動かされてきた。あえて言うならば、大日本帝国が抱いた夢がこのような結末になることを私は予想していたのだ。

地鳴りが近づいてくる。爆弾と焼夷弾の落下する音、高射砲の音、逃げ惑う人々の叫び声、燃え盛る炎の音、それらが混然一体となって、大きな轟音の渦をなしている。その轟音の渦が次第にこちらに近づいている。これまでこの閑静な住宅街は米軍の空襲の被害を奇蹟的に免れていたが、今晩はとうとう年貢を納める時がきてしまったのかもしれない。

轟音が近づいてくるにつれて、私は奇妙なことに気づいた。爆弾の炸裂する轟音、高射砲の響き、燃え盛る炎に建物が飲み込まれる音、その合間に逃げ惑う人々の叫びもはっきりと聞こえてくるが、耳がそれら恐怖の音のシンフォニーに慣れてくると、そのなかに不思議な響き、メロディがかすかに浮かび上がってきたのだ。耳を澄ますと、それは明確な歌のメロディを形作る。それは驚いたことに、あのウィーンの歌だ。ずっと忘れていた歌だ。

Wien, Wien, nur du allein

ドイツ語の歌を聴くのはいつからだろうか。私は記憶を身体にたぐりよせるように耳を澄ませた。

Wien, Wien, nur du allein

Sollst stets die Stadt meiner Träume sein!

「ウィーン、ウィーン、お前だけが　変わらずわが夢の街」という歌詞も思い出された。

なぜ、東京が、大日本帝国が滅びようとする今、そして自分の命が燃え尽きようとする今、このドイツ語の歌が聞こえるだろうか。これも私には理解できないなにかの因縁なのだろうか……。

第一章　ホイリゲ

女のすすり泣く声にも聞こえる哀愁に満ちたバイオリンのメロディが流れていた。そのメロディが今の私の頭では「ウィーン、わが夢の街」だったように記憶されているが、あれは一九〇〇年のことだったから、まだ作曲されていなかった時期だ。しかし、あの時の気分はまさにこの曲のメロディと歌詞そのままだった。

私は屋外にしつらえられたテーブル席に座っていた。頭上には、ぶどう棚からぶどうの房がいくつも垂れ下がり、まわりからはワインの甘い香りと焼けたソーセージの香ばしい匂いが立ちのぼっている。私は二十代半ばで、初の勤務地であるロンドンの日本大使館に書記官見習いとして赴任していた。

しかしながら、私が座っていたのはロンドンの酒店であるパブではない。パブなら出てくるものはビールと決まっている。しかし、この店で出てくるものはビールではなくワイン、それも白ワインだ。ここはオーストリア＝ハンガリー帝国の首都、ウィーンなのだ。この店は、ウィーンの郊外の森に点在するホイリゲというワイン酒場の一軒だ。ホイリゲとはその年にとれたワインの新酒を指す言葉で、またホイリゲを飲ませる店も意味するということだ。

眼の前のテーブルの上には、すでにワインの空瓶が何本もそびえている。酒は嫌いでないし、若いのでたくさん飲むこともできる。実際、すでにかなり飲んでいるため、ほろ酔い加減だ。というよりもうかなり酩酊している。それではよい気分になっているかというと、そうではない。その原因も眼の前にある。眼の前にはでっぷり太った男がいる。年齢は私より十歳近く上である。

その男のお蔭で不愉快な思いをさせられている。本当だったら、長年あこがれていたハプスブルク帝国の首都ウィーンにやって来て、ウィーンの森にあるワイン酒場に席を占めてワインを飲んでいるのだから、こんなに愉快なことはないはずである。いや、初めは確かにそうだった。こんなに愉快なことはそうあるものではない、と有頂天だった。ところが、眼の前の男は私の二倍、三倍それどころか十倍もの速度でワインを次々に飲み干してしまっている。それこそ一日中、重い荷物を運ばされて水を一滴も飲めなかった馬がようやく水にありついたときのように貪欲に。

いや、眼の前の太った男は馬の姿には似つかわしくない。どんなに太った馬でも馬としての最低の体形、スマートさは保持している。ところがこの男の体形ときたら、どこもかしこも余分な肉がついていて、身体にしまりがない。見た目からは、馬ではなく、まるで……そう、冬眠前にたっぷりと餌を食べて身体に脂肪をつけた熊、雄熊のように思える。

それこそ男の名前の熊楠にふさわしい熊の身体だ。この男、南方熊楠といっしょでなければウィーン訪問もどんなに楽しいものになっただろう、と恨みがましく私は熊楠の顔をにらみつける。しかしながら、熊楠は私の胸の内など知らぬげに、大声で話し続けている。飲みかけのワインと唾を盛大に吐き飛ばしながら。ワインと唾の攻撃を避けるため、私は熊楠と向かい合うテーブルから椅子をかなり離し、しかも真正面にならないように椅子を横にずらした。

ところが、熊楠はそんなことにお構いなしに、ワインの量が増えるほど勢いがついて大声を発し、ワインと唾を吐き出し続ける。初めのうちはまわりの客たちも大声で話される異国の言葉に興味を持ったようで、私たちを見つめていた。だが、熊楠の話が長いのと、彼ら自身もワインでいい加減に酔っぱらってきて興味を失ったらしく、自分たちのおしゃべりに熱中している。

ロンドンの日本大使館員の私がなぜ熊楠といっしょにウィーンに来ているのかというと、簡単に言えば、本省である外務省の命令ということになる。大英博物館の館員であった南方熊楠をウィーンまで案内しろという命令を本省から受けて、誰が熊楠を案内するか、大使館で議論をした。ところが誰も案内役をやりたがらない。なにしろ熊楠の評判は大使館の内部で最悪だったからだ。

熊楠は大酒飲みで、酒癖が悪い。ロンドンに数年前に来た当初からパブに入り浸りだった。しかも熊楠は素寒貧だったので、日本人だけではなくイギリス人や他の外国人と酒の飲み比べをやって、勝つとタダにしてもらっていたらしい。それだけならいいが、熊楠は酔っぱらうと喧嘩っ早くなる。誰かれかまわず喧嘩を吹っかけて、表に出て殴り合う。たとえ相手が大男のイギリス人でも恐れず喧嘩を吹っかける。腕力ではかなわないが、太った体形からは予想できないほど俊敏に動き、相手のパンチをくらうことがない。何でも熊楠は紀州の田辺の生まれで、子どもの頃から熊野の山中を家の庭のように歩きまわり、天狗と友達付き合いしていた、との話だ。もっとも、これは本人が酔っぱらっていたときに、大使館員に吹聴した話なのでまともには信じられないことだが。ただ、熊楠が深山幽谷を縦横に歩きまわっていたので、小天狗並みの敏捷さを持ち合せていたのは事実だ。

熊楠が大喧嘩をした後始末を大使館がさせられたことが何回もあった。ロンドン市警から連絡があり、「日本人が騒いでいるから引き取りにきてくれ」ということで、大使館員が指示された場所に出向いた。それも深夜や早朝のことが多く、最初は何事かと色めき立って出かけた。現場では、パブの前で大の字になって寝ている熊楠のまわりに警察官たちが苦り切った顔で立っていて、多くの通行人が見物している。そんなまわりの迷惑もかまわず、熊楠は大いびきで眠り込んでいる。熊楠を起こそうと、館員が声をかけて揺り動かしても、熊楠はいっこうに目を覚まさない。仕方なく館員が四人がかりで熊楠の両手両足をつかんで運び、馬車に乗せて大使館まで連れ帰った。その間、館員は苦い顔の警察官たちに平謝りだ。幸い私自身は、こんな酔っ払いの馬鹿げた振る舞いの尻ぬぐいをする不運にはめぐり合っていない。

熊楠は日本大使館に運び込まれても、相変わらずの泥酔状態で意識がない。仕方なく館内のソファに横にして、毛布をかけてやる。

翌朝、ようやく目が覚めた熊楠は、恐縮して昨晩のお礼を言うかというと、とんでもない。館員が朝の紅茶やトーストを出しても平然としている。「ありがとう」のひと言もない。さすがに腹が立った館員が「昨晩あれだけ世話をかけたのに礼のひと言もないのか。大体、君はあんなに酔っぱらって大騒ぎして大使館に申し訳ないとは思わんのか。」と語気強く説教した。

ところが、熊楠は反省するどころか開き直るのだった。

「申し訳ないとは思わないね。わしが昨日の夜、あのパブで喧嘩をしたのは自分一身のためではないのだ。わしが叩きのめしたイギリス人の若造が『お前らジャップは人間なのか、それとも人間の顔を真似た黄色いサルなのか』ととんでもないことを言うたのだ。わしはわが国の名誉を汚すこんな言葉を無視できなかった。そこでその若造を表に連れ出して、さんざんと叩きのめしてやったのだ。わしのした喧嘩はわが大日本帝国の名誉を守るためのものであり、申し訳ないと思う理由などありゃしない。むしろ、身の安全を度外視して大日本帝国の名誉を守ったと、大使から表彰されて然るべき美談だ。それとも、おぬしらは大使館員なのに、あのような暴言を聞き流してもよいと言うのか？　おぬしらは、ロンドンの煤だらけの空気に染められて大和魂を亡くした腰抜けなのか！」

こう大使館員を怒鳴りつける。まわりの大使館員も熊楠の剣幕には処置なしと、黙り込む他なかった。もっとも、熊楠がそのイギリス人の若造をたたきのめしたのかどうかは大いに疑わしい。なぜなら、熊楠の眼のまわりには、相手のパンチを受けたクマがあったそうだ。それもその若造が大男だったと見えて、大きな手に見合った大きなクマだった。

それからも熊楠が喧嘩をする度に警察から呼び出しを受け、大使館員が出かけて行かなければならなかった。大使館内でも、一私人に過ぎない熊楠の喧嘩の後始末を何で大使館がしなければならないのだ、放っておけばいい、という不満の声も出た。しかし、ロンドン市警が酔っぱらった熊楠の面倒は日本大使館で責任をもって対処してほしい、と言ってきた。ロンドンの大衆紙の三面記事で熊楠の喧嘩が似顔絵つきで面白おかしく取り上げられたこともあり、熊楠を何とかしなければ、日本は東海の君子国どころか、乱暴な酔っ払いの野蛮人の国と思われてしまい、下手すると良好な日英関係にも悪影響が及びかねない、という懸念の声が出た。折原大使も放っておくわけにはいかないだろうという意見で、それからも引き続き熊楠の泥酔の世話係を大使館がする羽目になった。

そんなわけで熊楠は、その名前を聞いただけで、館員がみな嫌な顔をするほど大使館の鼻つまみ者になってしまった。それに、熊楠は他の観点からも大使館にとって問題の種だった。それはつまり、熊楠が各国政府にとって好ましからざる人物たち、つまり反体制の革命家たちと付き合っているという噂があったからだ。清朝にとって最も危険な革命家の孫文を筆頭に、ドイツの亡命社会主義者、フランスの亡命アナキスト、ロシアの亡命テロリストなどと友だち付き合いをしている、というのだ。

もっとも、大使館で雇っているイギリス人探偵S・Hの調査では、熊楠はパブで知り合った人間と誰かれかまわず仲良くなり、自分の下宿に連れ帰ってまた酒を飲むということだ。下宿といっても元は馬小屋だったという大変な陋屋だ。熊楠は喧嘩早いが、気の合う人間とは徹底して仲良くなるという特技がある。日本人はもちろん、イギリス人、さらに西洋各国人、中国人、インド人、アラビア人など世界中の人種と酒を飲んで意気投合する。これは、熊楠が紀州という南国の生まれで、性格が開放的であることによるだろうが、それに加えて英語だけでなく、独仏西伊露などの西洋の言葉、さらにアラビア語、漢語まで話すことができる語学の天才であることによる。うわさでは三十か国語を話せるということだ。そのため、英語が苦手な外国人ともその国の言葉で話すので、大いによろこばれ信頼される。探偵のS・Hも熊楠と一晩飲み明かし、意気投合したらしい。

熊楠は交際範囲がとてつもなく広いので、そのなかに保守派だけでなく革命家がいても不思議はないという探偵の報告だった。大使館で相談の結果、あんな大酒飲みのおしゃべりが革命家を秘密に支援することはできない、放っておいても実害はないだろう、という結論になった。それにしても大使館にとっての要注意人物であることに変わりはなかった。

そんな危なっかしい人物の南方熊楠をウィーンまで連れて行け、と本省がどうして命じてきたのか、それはウィーンの日本大使館の要請によるものだった。ウィーンの日本大使館は最近、オーストリア帝国との関係強化のためには、文化面での交流が必須であるという方針を打ち出した。ウィーンというヨーロッパでも指折りの文化都市を首都としているせいで、オーストリア人、とりわけウィーン人は芸術や学術を大事にする傾向があった。これは大国フランスやイギリスの首都であるパリやロンドンでも言えることではあるが、十九世紀末からウィーンでは芸術や学術が独自の発展を見せて、ヨーロッパでもまれに見る文化の大輪の花を咲かせつつあった。そのようなウィーンにある日本大使館なので、これまでのように政治や経済の面ばかりでオーストリアと交流しても、日本の存在感を充分に示すことができない。文化面での交流がなければ、オーストリア政府や国民に軽視されてしまう。折から、フランスでジャポニスムという日本趣味が流行したように、世紀末ウィーンでも日本文化に対する関心が強まっている。この波に乗って大使館でも文化部を設置し、日本文化の発信に努めるべき、という方針が固まった。しかし、文化部を任せるに足る人材がいないのが課題だった。法学部出身の外交官には適任者がいない、また大学研究者はそれぞれ専門分化しているため、日本文化全般に眼が効き、しかも西洋の文化にも理解のあるような人物は見当たらない。大使館で困っていたところに、大英博物館の館員をしていた南方熊楠の情報が入り、熊楠に文化部を任せられないか、という話になった。ちょうどその頃、熊楠が大英博物館で同僚や利用者との喧嘩騒ぎを起こし首になった。ロンドン大使館にウィーン大使館から熊楠についての問い合わせがあったとき、ロンドン大使館は熊楠の免職の顚末は隠して、熊楠は現在無職とのみ伝えた。するとウィーン大使館からロンドン大使館に、熊楠に文化部責任者になるつもりがあるか打診してほしい、という依頼があった。無職になったため金まわりが悪い熊楠は、渡りに船とばかりにすぐに承諾した。しかし、そのまま熊楠をウィーンの大使館文化部に就任させるわけにはいかなかった。文化部の立ち上げにはそれなりの準備が必要である。そこでウィーン大使館では、まずは熊楠にウィーンに来てもらい、しばらく滞在して現地の様子を見てもらおうという話になった。逆に言えば、熊楠をウィーン大使館の方で文化部にふさわしい人材か観察する機会にもなる。ロンドン大使館にとっても、問題児である熊楠を厄介払いの形でウィーンに引き取ってもらえるので、実にありがたい申し出だった。

とにかく誰かが熊楠をウィーンに連れて行かなければならなかった。さらに、その誰かにはウィーン滞在中に熊楠の言動を監視する役目もある。熊楠が大きなぼろを出して、ウィーン大使館に引き取ってもらえないと困るのである。いずれにせよ熊楠同行は厄介な任務であった。それでは、その厄介な任務を何で私がさせられる羽目になったかというと、私が大使館で一番若いということが第一の理由だ。もし任務が失敗して問題が生じた場合、それなりの立場の大使館員が同行していたら責任を取らされる。つまり省内での将来の出世に響くことになる。いや、悪くすると免職になる可能性だってある。その点、若い私なら失敗しても大目に見られるか、万が一、首になったとしても大使館にとっての実害は少い。こんな相談が知らないうちにされていたようで、あとからそっと教えてくれる先輩もいた。

第二の理由は、私がドイツ語を使えるということだ。外務省の最初の任地はロンドンの日本大使館だが、私は本来ドイツでの勤務を希望していた。第七高等学校時代は英語が第一外国語の文甲だったが、むしろ第二外国語のドイツ語の方を熱心に勉強した。ドイツ人教師の自宅で行われる希望者だけのドイツ語会話の授業にも欠かさず参加した。ゲーテやカントの国、詩人と哲学者の国ドイツに強くあこがれていたからだ。外務省でもベルリン大使館に勤務することを希望した。しかしながら、その年度はドイツ勤務の希望者が多かったせいで、ドイツ語が第二外国語だった私の希望通りにはいかず、ロンドン大使館に勤務することになった。もっとも、同期の仲間からは大英帝国の首都で勤務ができるのは、将来の出世がほぼ決まったようなものだ、と羨ましがられた。しかし、私自身としては、やはりベルリンに行きたい気持ちに変わりがなかった。

だから、ウィーンに熊楠を案内するという任務も、熊楠の悪評をさんざん耳にしてはいたけれども、歓迎すべきことと思った。ドイツ帝国の首都ベルリンではないものの、同じドイツ語が話されるオーストリア帝国の首都ウィーンに行けるわけだから、心が躍った。

ロンドンのヴィクトリア駅で熊楠に初めて会ったとき、衣装が古着のだぶだぶの燕尾服であることに少し驚いたものの、特に悪い印象はもたなかった。聞いていた破天荒という評判とは違って、熊楠の態度は静かで、むしろ初対面なので恥ずかしそうだった。これで好感を持った。私が気を遣っていろいろ話しかけても、熊楠はろくに返事さえ返さなかった。かなりの人見知りであることがわかった。そういえば、熊楠の大きな瞳は少年のような輝きを放っていた。

ロンドンの駅から列車でドーバーまで行き、船に乗りオーステンドに着いた。そこから列車に乗りドイツのケルンに着き、乗り換えてフランクフルトからミュンヘンに行き、ミュンヘンで一泊してからウィーン行きの列車に乗り込んで、ようやくウィーンの中央駅に到着した。かなりの長旅だったが、初めて体験するヨーロッパ本土なので、イギリスとは違い、見るもの聞くものが目新しく疲労を覚える暇もなかった。夜行列車も気持ちよく寝られた。

しかし、旅のあいだの熊楠の態度は奇妙極まりないものだった。熊楠はひと言も話そうとしなかったのだ。大酒飲みの酒乱と聞いていたので、旅行中の熊楠はさぞ饒舌で、酒瓶を手放さず大声で私に話をふっかけるものと思っていた、というかそういう覚悟をしていた。ところが、ロンドンから列車に乗って、コンパートメントのなかで私と向かい合って座っても、熊楠はなにも話しかけてこなかった。私が気を遣っていろいろ話しかけても、熊楠はほとんど反応しない、「うん。」とか「あぁ。」とか気のない返事ばかりだ。それどころか、一切反応しないことも多い。私の話を聞いていないのか、それどころかまったく聞こえていないのか、と思えるほどだった。

列車の座席での熊楠はほとんどの時間、英語の雑誌を手にしていた。眼の前に座っているので、雑誌のタイトルが「Nature」と読み取れた。熊楠はその雑誌を熱心に読んでいるか、あるいはその雑誌を片手にしたまま物思いに深く沈んでいるか、あるいはその雑誌を片手にうたた寝をしているか、あるいは雑誌を片手に熟睡して大いびきをかいているか、のどれかだった。熟睡していても片手から雑誌が離れることはなかった。

あまりにもその雑誌に熱中しているので、あるとき思わず「今お読みのその雑誌はどんな雑誌なのですか?」と熊楠に質問した。すると熊楠は珍しく返事をした。ただし、こちらを一切見ないで。「世界第一級の科学の専門誌だ。この雑誌には読者の投書欄があるのだ。読者が科学的テーマに関する疑問を自由に質問して、他の読者がその質問に答えを出す。場合によっては他の読者がその答えについて異論を唱え、論争が往々にして生じるのだ。ちょうど、わしはデンマークの学者と海の生物について論争しているところだ。」

これだけ短く答えると、熊楠は口を閉ざしてしまった。その様子はこれ以上話しかけてはならない、と全身で拒否しているようだった。いや、それどころか私がその場に存在していることさえ無視しているようだった。つまりこのコンパートメントのなかには熊楠ひとりしかいない、とでもいう雰囲気を漂わせている、もっというと、この広い世界に熊楠ひとりしか存在していないかのような絶対孤絶の雰囲気を漂わせている。

こんなわけで、ウィーンまでの長旅で私が熊楠と用事以外にまとまった話をしたことは、まったくというほどなかった。これは最初、気まずい思いのすることではあったが、熊楠がそういう人間だとわかると、こちらも変に気を遣う必要がないことになる。おかげで初めてのヨーロッパ大陸の旅を私も邪魔されることなく堪能することができた。有名なケルンの大聖堂やハイネの詩で有名なローレライの伝承の岩をライン河沿いに見ることもできた。しかしながら、熊楠はそんな有名な景勝地にも一切関心を示さずに、相変わらず手にした「Nature」に眼を走らせていた。

人の話を聞かず自分の世界に入り切っている熊楠の姿といえば、ウィーンに到着してから熊楠が話していたことがある。子どもの頃に熊野の山に入り何日か過ごしていたときに、天狗にさらわれたことがあるそうだ。天狗に連れられて高い木のずっと上空にある天狗の世界、天狗界に行くと、そこは下界とはまったく異なる甘い大気に包まれ、すべてが美しく輝いていたという。天狗界からは、何と下界の隅々まで自分の見たいものが見えたそうだ。田辺の酒蔵である自分の生家や熊楠が見えなくなってあわてて探しまわる両親や使用人たちの顔までくっきり見えた。ところが、彼らの顔の表情だけは妙に無表情で一切の感情が読み取れない、能面のようなものになっていた。子どもの熊楠は、そのような顔を眺めて、人間は本来こんな風に喜怒哀楽のない表情をしているのであり、感情のある顔はすべて表面的に作られたものに他ならない、と悟ったそうだ。両親を含む人間たちはすべて感情のない人形のようなものであり、自分とは異質なものだと思うようになった。それから天狗に抱えられて地上に降ろされてからも、ぼんやりしていると不意に眼の前にいる人間たちが、天狗界から眺めたあの能面のような顔の持ち主に見えるときがあった。そんなときには、眼の前の人間たちとの距離がものすごく離れてしまい、天狗界から彼らを眺めているような隔絶感に全身が包まれてしまったそうだ。

そのような熊楠の放心状態を見て家族などまわりの人々は、「熊楠の肝っ玉が天狗にまた持っていかれてしまった」と言っていたそうだ。そもそも、行方不明になった数日後に熊楠がふらっと帰ってきて「天狗に連れられて天狗の世界に行ってきた」と話してから、熊楠は「天狗の稚児どん」と呼ばれるようになり、「熊楠は天狗に肝を抜かれ、天狗の子どもの肝を代わりに入れられた」とうわさされるようになった。だから、熊楠が突然放心状態になっても、まわりは「また熊楠の肝っ玉が天狗のもとに飛んで行っている」と思い、なにも不思議がらなかったそうだ。

旅行中さらに驚かされたことは、熊楠が一切酒を飲もうとしなかったことだ。ワインだろうが、ビールだろうがいっさい口にしなかった。私は自分が酒好きなので、旅行中ドイツで白ワインや地元のビールを楽しんだ。英国ではめったに飲めないうまい酒だったからだ。最初、熊楠も飲みたいだろうと思い、ワインやビールを勧めたが、熊楠はむっつりと黙り込んでいるだけだった。それ以降は無理に勧めることなく自分だけで楽しむことにした。大酒飲みの熊楠の酒代を必要経費として大使館でかなり計上していたが、その必要がなくなり経費節減になることもありがたかった。その分、こちらが飲めるわけだ。それにしても熊楠の酒の拒絶の仕方はなにか極端で、酒を不浄のものと考えるイスラム教徒になったかのようだった。熊楠が知人のイスラム教徒に勧められてイスラム教徒になったのか、それともなにかの願を立てて、酒絶ちをしたのかと疑うほどだった。

ウィーンへの旅で最大の懸念は最初に言ったように、大酒飲みで酒乱の熊楠が行く先々で酒を飲み暴れるのではないか、ということだった。ところが、熊楠が酒を一切飲まないことがわかり、これでウィーンに着いてからも酒の後始末をしなくてすむと密かに胸をなでおろした。

私たちの乗った列車はドイツ国内では時間通りに運行していたが、オーストリアに入ってからは大幅に遅延してしまった。ドイツとオーストリアでは時間厳守の観念も違うのかもしれない。ミュンヘンを早朝に出て、ウィーンには夕方に着くはずだったが、なぜか遅れ始め、到着は夜中になってしまった。ウィーン中央駅に到着したのはちょうど夜中の一二時だった。それでもさすがにハプスブルク帝国の首都の駅だけあって、昼間ほど人数は多くないが、かなりの旅行客が列車から降りたり乗り込んだりしている。大帝国なので、夜中に出発して遠い目的地を目指す列車も多いようだ。ロンドンの駅はさまざまな人種の乗客が詰めかけていたが、ウィーン中央駅も見るからにさまざまな人種の乗客で一杯になっていた。ただ両駅の違いは明らかで、ロンドンの駅はインド人、アフリカ人、中国人、アラブ人など西洋人以外の乗客も目立っていたが、ウィーン中央駅では西洋人以外の姿はまれだった。ただ、同じ西洋人といっても相違があり、がっしりした体形のゲルマン系、小柄でおしゃべりなラテン系、寡黙で大柄なスラブ系などさまざまな人種が見られた。それにユダヤ人らしい格好の人物も見かけられた。ガウンのような独特の服装でユダヤ人とわかるのだった。

真夜中だったが、日本大使館の若手館員が待っていてくれた。顔に見覚えがあった。私と同期入省組の太田だった。太田の浅黒い顔を見たとき、驚きと同時に少し不快感を覚えざるを得なかった。太田は私の希望であったドイツ語圏に派遣されたからだ。私はドイツ語圏勤務の希望がかなえられなかったことで、太田に軽いやっかみを覚えていた。そんな私の気持ちを知ってか知らずか、太田は希望通りドイツ語圏担当になっても、特にうれしそうな表情は見せなかった。それでまた私は悔しい思いが増したのだった。

プラットホームに立っていた太田は通り一遍のあいさつを熊楠と私に向けた。太田は「今回の任務、ご苦労なことだ。」と私へのあいさつの最後に付け加えた。今回の任務が厄介だと太田は思っているのだろう。もっとも、駅からそのまま大使館の用意してくれたホテルまで馬車で向かったので、太田の真意を確かめることはできなかった。

夜のウィーンは街灯が街並みを美しく照らし出し、ロマンチックな雰囲気がした。馬車の窓から眺めただけなので、実際の街がどんなものなのか全体像は明らかにならないが、建物はロンドンより大規模で豪壮な印象がした。やはり島国の首都ロンドンとヨーロッパ大陸のど真ん中の首都ウィーンでは、建物の建て方も当然違ってくるのだろう、と疲れた頭でぼんやりと考えていた。

着いたホテルはウィーンの中心街とおぼしきところで、こぎれいな造りでレセプションの若い男性も洗練された対応で私たちを迎えてくれた。ただ、彼の話すドイツ語は、私が第七高等学校で習ったベルリン出身のドイツ人教師のドイツ語と比べると柔らかい発音で、ドイツ語のごつごつした発音の角をうまく削って丸味を出しているように聞こえた。

私と熊楠はそれぞれの鍵を持って部屋に向かい、太田とは明朝九時に待ち合わせることにした。部屋は余計な飾りはないが小ぎれいで、ウィーンの森を描いた小さな水彩画が壁にかかっていた。長旅のほこりを洗い流すためにシャワーを浴び、そのあとすぐにベッドに横になった。隣の部屋に熊楠がいたのだが、すぐに眠ったのか、シャワーの音も聞こえなかった。

翌朝、まだ眠そうな熊楠を起こして朝食を出す食堂に向かった。イギリスの単調な朝食よりパンやハムなどがずっとうまいウィーン風の朝食を食べ終わる頃、太田が迎えにきた。太田は「疲れは取れましたか。」と熊楠に話しかけたが、熊楠は眠いのか生返事をした。

日本大使館はホテルから一〇分ほどということで、ホテルから太田を先頭に歩いて行くことにした。

途中にはケルントナー通りという、東京でいえば銀座に当たる有名な買物街があり、ショウウィンドーには豪華なドレスや貴金属が見える。ハプスブルク帝国の威信がこのような贅沢品を陳列したショウウィンドーからもうかがえる。左右のショウウィンドーに忙しく目をやっていると、熊楠の大きな声が響いた。「おおーっ。」と熊の雄叫びのような声である。初めて聞く熊楠の大声だ。

なにごとが起こったかと、熊楠の視線の先を眺めると、そこにはとてつもなく高い教会が見えた。高すぎて先端部がよく見えないほどだ。ちょうど熊楠の横に私は位置していたので、熊楠の様子もよく見えたが、熊楠の大きな眼が驚きのあまり文字通り飛び出しているのだ。

前を歩いていた太田がこちらを振り向いて、「シュテファンスドーム、シュテファン寺院です。ウィーン子はシュテッフェルと呼んでいますがね。ウィーンのシンボル的な建物です。」と説明を加えた。

「ロンドンでいえばロンドン塔のようなものか。」と私は応じた。

ところが、熊楠は私たちの声が聞こえなかったかのように、相変わらずシュテファン寺院を凝視している。飛び出した眼は顔の表面に収まったが、その代わり元々大きな眼はまた一段と大きくなっている。

「うーっ。」

熊楠の今度の声は、それこそ熊のうなり声のように聞こえる。

「どうしたのですか？」私と太田の質問する声が合わさった。

熊楠は、はっと気づいて私たちの顔を見た。熊楠の額にはうっすらと汗がにじんでいた。

「この寺は以前見たことがある……」つぶやくような声で言った。

「ウィーンは初めていらしたのではなかったのですか？」私は訊ねた。

「もちろん初めてだ。」熊楠は語気強く答えた。

「それならなぜ？　絵葉書かなにかで見た覚えがあるのですか？」私はなお訊ねた。

「そうではない。」熊楠は語気を強めた。

私が黙っていると、熊楠は記憶をたどりながら言った。

「子どもの頃、熊野の森で天狗にさらわれたことがある。樹齢何百年のものすごく高い木のはるか上空にある天狗界に連れて行かれた。そこからは下界の姿を隅々まで見ることができた。天狗界からまさしくこのそびえ立つ寺院をはっきりと見たのだ。この馬鹿高い尖塔を今とまったく同じ姿勢で、下から見上げていた覚えがくっきりと眼に刻まれている。」

熊楠は強い確信をもって言い切った。

「そんな馬鹿な！　空高いところにある天狗界から下界を見下ろした、とおっしゃったではないですか？　下から見上げるのは変です。」太田が我慢できないという風に口をはさんだ。

熊楠は大きな眼でぎろりと太田をにらんだ。

「おぬしのような凡人にはわからんのだろうけど、天狗界からは地上の森羅万象を隅から隅まで、しかもあらゆる角度から眺めることができるのだ。だから、上から見た寺院の姿だけではなく、横から眺めた姿、下から眺めた姿、どれでも好きな方向から眺められるのだ。凡人には想像すらできないだろうが。」

熊楠は太田の理詰めの質問がよほど腹にすえかねたのか、「凡人」という言葉を繰り返した。

「とにかくこの寺院の姿はわしが天狗界で見たものとまったく同じだ。それを疑うならば、田辺のわしの実家に行ってみるがいい。天狗界から地上にもどって、わしがすぐに描いた絵にこの寺院がそっくり出ているから。その絵を見れば一目瞭然だ。」

熊楠はこう言い切って、傲然と胸を張った。

太田は熊楠になにを言っても無駄だという風に呆れた表情をした。私もウィーンから田辺に行って絵を見てこいという熊楠の無理難題に呆れてしまった。それこそ天狗に田辺まで連れて行ってもらうしかないだろう。

そんな私たちの冷ややかな反応を無視して、熊楠は感無量の口調で言った。

「この寺院を下から眺めたとき、わしの耳に天狗のかん高い声が聞こえた。『将来この寺院の前にお前が立つとき、お前の人生は大きく変わる。このことはしっかりと覚えておけ。』天狗はそう言ったのだ。その言葉を今でも覚えている。天狗がわしの人生の行方を定めたようなものだ。いわば天狗裁きだ。」

私たちは熊楠のこの不可解な言葉にどう反応していいのかわからず、熊楠とシュテファン寺院を交互に見比べることしかできなかった。

シュテファン寺院の前に立ったことが、その後の熊楠の人生をどう変えたのかはわからないが、少なくともこれだけは言える。熊楠はシュテファン寺院を見てから、大変なおしゃべりで大酒飲みの元の熊楠にもどった。それもブレーキの効かない機関車のような怒濤の勢いで。

太田の案内で日本大使館に向かう途中、熊楠はとうとうと話し始めた。館長に見込まれて大英博物館に雇われ、日本関係の収集品の管理を任されてどのような苦労を重ねたのか、といった話だった。熊楠の苦労話を聞かされているうちに、日本大使館に着いた。大使館は予想していたより立派な建物で、ロンドンの大使館にも引けをとらないものだった。

大使館のなかに入って、太田の紹介で目賀田大使に挨拶する間も、熊楠のおしゃべりは止まらなかった。今回課せられた任務について熊楠は疑問を持っているようで、ウィーンの学術、文化の状況を知るようにという任務だが、漠然とした任務なので、どうしたらよいのか今ひとつわからない、と熊楠は唾を飛ばしながら話した。

目賀田大使は外交官歴の長いベテランらしく冷静な態度を崩さなかった。熊楠の話が脇道にそれたり、話に熱が入りすぎると、大使は熊楠の話を上手にいなして、本道にもどらせたり、余分な熱をさますように仕向けた。

熊楠は、今回の滞在で自分は具体的にどのようなところをまわればよいのか、と大使に質問した。大使は、大学を訪問してこれから立ち上げる文化部と関係ありそうな分野の教授たちと顔つなぎをしていただきたいが、あとはどうぞ面白いと思うウィーンの場所をご自由にまわってください、としごく鷹揚なことを言うのだった。さすが文化都市ウィーンの日本大使だけに、熊楠のウィーンでの行動を型どおりに縛ろうという気持ちはまったくないようだ。

ところがそんな大使の鷹揚な対応を無視して、熊楠はウィーンの政治、経済、文化全般についてさまざまな質問を投げかけた。あたかも暴風雨のように熊楠は質問を大使に次々に投げかけるのだった。私は熊楠の無礼な振る舞いにはらはらさせられた。ただ、熊楠の投げかけた質問は単なる思い付きではなく、かなり下調べをした上での質問であることがわかるものだった。やはり、熊楠は学者としてただ者ではないという印象を強く持った。

大使は、熊楠の質問攻撃をひとしきりかわすと、せっかくウィーンにいらしたのだから、今日はゆっくりされたらどうか、ちょうど新酒のワインが出まわる季節なので、ウィーン郊外にあるホイリゲという新酒を飲ませるワイン酒場に行かれたらどうですか、と勧めた。それから、ご案内は太田にさせますから、と言って大使は太田に目配せをした。

太田はすぐに、「大使のおっしゃる通りです。南方先生もこれから調査で忙しくなるので、今日くらいはゆっくり骨休みをしていただきたいです。わたしがホイリゲをご案内します。ワインが美味しく、ウィーンらしい音楽が生で聞けます、それもウィーンの森という素晴らしい風景のなかで。」と言葉を合わせた。

熊楠は旅行中とうって変わり、禁酒家からもとの大酒飲みの本性が出てきたのか、「そんなに美味しいワインなら試しに飲んでみるかな。」と舌なめずりするかのように声をあげた。

というわけで、大使館からホイリゲに私たちはやってきたのだった。ウィーンの中心部から電車で一時間ほどだった。繁華な中心部を離れて行くにつれて建物は少なくなり、やがて緑の樹々の比重が高まり、そのうちに建物がなくなり、美しいウィーンの森が現れてきた。

熊楠は電車のなかでもひっきりなしにおしゃべりを続けた。植物にも詳しい熊楠なので、車窓から見える樹木の一本一本についてそれが何という名前なのか、ラテン語の正式な学術名、ドイツ語名、英語名、ときにはフランス語やイタリア語、ロシア語名などもいっしょに挙げる。必要な場合には、サンスクリット語や漢語の名称まで付け加えた。その上で、熊楠の地元である熊野の森の樹木との共通性や違いまで説明してみせた。博覧強記とは熊楠のような人物にのみ使うべき言葉だろう。

それにしても驚いたのは、スピードがそんなに速くはないといっても、電車の車窓から見える樹木を的確に見分けることができる熊楠の視力だ。おそらく熊野の山中で自然観察をしているうちに視力が鍛えられたものとみえる。はるか遠くの樹木を眺めるとか、早い速度で飛んでいる鳥や樹々を飛びまわるサルなどの観察を続けていたので、遠くのものや速く移動するものも瞬時に見分けることができるのだろう。

終着のグリンツィングという小さな駅に着いた。周辺には土産物店も軒を並べ、観光地らしい雰囲気である。天気がよかったせいか、まだ早い時間なのに何人もの観光客の姿がある。なかには山歩きらしい装備をしている人々もいる。

駅からゆるやかな坂道を登っていくと、丘にはブドウ畑が広がっていて、ブドウの実がたわわに垂れ下がっている。ブドウの樹は高くはないが、大地にしっかりと根を下ろした頑丈な農婦のように見える。このようなのどかな風景から育まれるブドウだから、豊饒なワインを醸成することがよくわかる。

二十分ほどのんびり歩いていくと、ワイン酒場の看板のある建物がいくつも並んでいる。別荘風の建物や農家風の造りの建物もある。ブドウの蔦をアレンジした門のある店の前で太田は足を止めた。

入口には、Zum Ausgleich（和協亭）という看板が出ている。

「南方先生、ここが我々日本大使館の者がひいきにしている店です。日本からのお客さんをこの店に案内すると、雰囲気がとてもよいとよろこばれます。日本人びいきの店員もいます。」

そう店を紹介すると、太田は馴染みの店らしくすたすたと入っていった。熊楠と私はあとから物珍しそうに入っていく。建物の入口には、酒神である若者のバッカスが自分の身体より大きな酒壺を抱えて、直接そこからワインを飲んでいる彫像と、それを笑いながら眺めている裸身のヴィーナス像が置かれている。そこを抜けて通路を進んで行くと、大広間があり、いくつものテーブルが並んでいる。すでに何組かの客が座ってワインを飲んでいる。大方は男性のグループだが、夫婦か恋人らしい親密な雰囲気の男女も見られる。

大広間には戸外への出口があり、そこから中庭に出られるようになっている。中庭には木のテーブルがいくつもしつらえてあり、テーブルの間に何本も樹が生えていて、ブドウの房が垂れ下がっている。もっともブドウの房は他所から持ってきたもので、それを枝につなげてぶら下げたものらしい。いずれにせよ、田園のなかのワイン酒場という雰囲気を満喫できるように設計されている。

真ん中で楽師によるバイオリンとギターの演奏が行われていた。琴に似た見慣れない楽器も椅子に座った男によって演奏されていた。太田の説明だと「チター」という楽器とのことだ。ウィーンの民衆音楽で演奏されるそうだ。

演奏されていたのは、どの曲も親しみやすく、明るいメロディのなかに哀愁も感じられるウィーンらしい曲ばかりだった。「シュランメル」というのだと太田が説明してくれた。日本人の気持ちにも合う曲ばかりだった。あのホイリゲで「ウィーン、わが夢の街」も演奏されていた気がしていたが、実際にこの曲が作曲されたのは、あの時からずっとあとのことだ。したがって、あのホイリゲで演奏されたはずはない。だが、ホイリゲのロマンチックで開放された店の雰囲気に、あの曲はぴったりなので、長い間私は錯覚していた。

「太田、よい雰囲気だな。とてもよい店に案内してもらってありがたい。」と私は心から感謝した。熊楠も爽やかな屋外で飲酒できることをよろこんでいるようだった。

すぐに女給が現れた。健康な顔色をした丸顔の十七、八とおぼしき可愛い娘だった。もっともヨーロッパの娘の年齢を推定するのは難しい。年齢が若くても日本人よりずっと大人っぽい顔をしていることが多いからだ。

娘は「グリュース・ゴット（こんにちは）。」と明るくあいさつしてきた。ドイツでは「グーテン・ターク」と言うところだが、これはウィーン流のあいさつだ。娘はその後すぐに「コンニチハ、ミナサン。」と日本語で続けた。

思わず「日本語できるの？」と私は尋ねた。

娘は「スコシダケネ。」と恥ずかしそうに答えた。

「何回も我々大使館員がこの店を利用するうちに、この娘は片言の日本語を覚えるようになったのです。この娘は機転がききとても利発なのです。」太田はこう熊楠に説明した。

「娘さん、お名前は何と言われる？」

熊楠はゆっくりした発音の日本語で尋ねた。

「まりあト言イマス。仲間ハみっつぃト呼ビマス。」

娘はすらすらと日本語で答えた。

熊楠は感心したように言った。「発音も癖がなく立派だ。」

ミッツィは恥ずかしそうに「マダ下手デス。」と答えた。

それから太田がドイツ語で注文を始めた。

「ワインはオーストリア固有の白ワイン、グリューナー・フェルトリーナーを頼む。それから食べ物はいつものような感じで。ソーセージやクネーデル・スープ、それにターフェルシュピッツも頼む。今日の主賓のドクター南方は知性だけでなく食欲も旺盛なので、酒も食事も三人前ではなく倍の量で頼むよ。」

ミッツィはにっこり微笑み、「ドクター・ミナカタの食べるものと飲むものの半分は胃袋に行くけど、半分は脳に行ってしまうので、他人の何倍も食べて飲むのね。」と答えた。機転の利く娘という評判通りの当意即妙の対応ができるようだ。熊楠も口を開けて笑った。

ワインと料理が運ばれて来てからは、熊楠の独壇場だった。念願のウィーンにたどり着いたうれしさからか、熊楠はものすごい速度で話し、飲み、食べた。同じひとつの口が同時に言葉を吐き出し、ワインを飲み込み、料理も食べるという曲芸を披露している。まるで三つ目小僧ではなく三つの口を持つヒュドラのようである。

熊楠が熱心に話した内容は、ウィーンに来るのを楽しみにしていた理由だった。彼が強い興味を抱いている博物学や民族学の分野で、ウィーン大学には優れた学者が輩出している、そのような学者たちと自由に意見交換をしてみたいと長年思っていたとのことだ。熊楠は興味ある分野の有名な学者の名前を何人もすらすらと挙げた。もちろん私などのまったく知らない名前ばかりだった。

熊楠はそれらの学者の主要な研究業績を内容まで一気に話し始めた。私にとって雲をつかむような内容で、ただ黙って感心するしかなかった。それにしても熊楠の記憶力の良さには驚いてしまう。一種の異才、あるいは天才かもしれない。

相槌だけでは恰好がつかないので、隣に座っている太田に「君はウィーンにいるわけだから、南方先生の挙げたウィーン大学教授の名前を知っているのか？」と声をかけた。

太田は「一、二は聞いた覚えのある名前もあるが、おれは君と同じ法科出身だから、ウィーン大学法学部の有名教授くらいしか知らない。」と匙を投げた様子でいう。

そんなことにお構いなしに、熊楠は滔々と教授の名前、主要業績、その概要と挙げていき、あまつさえその業績に対する自分の批判まで述べるのだった。これには驚いてしまった。維新から三十年で、日本の学者たちにもようやく西洋の学問の単なる導入、物真似を脱する兆候が見えてきたが、それでも西洋の横文字の学問を日本語の縦文字にして終わりといった自称学者が多いなかで、熊楠のように西洋の権威ある学者をズバズバと批判する者は珍しい。熊楠は大学予備門を中退して渡米し、アメリカの大学で学んだらしいが、卒業はしていない。自分の興味のある分野はとことん学ぶが、興味のない分野はまったく無視してしまう。こんな自由奔放なところが、西洋の権威ある学者に対しても物おじせずに自説をぶつける自信になっているのだろう。「Nature」誌上で西洋の学者たちに堂々と論争を吹っかけ引けを取らないのも、このような自信が根っこにあるからだろう。

学者としての熊楠の能力に私と太田が感心しているうちに、熊楠も調子に乗ったらしく、ミッツィをせかしてどんどん料理とワインを持って来させる。すると新しい石炭をくべられた機関車のように熊楠の舌は速度を増し、喉にも食物、飲料を次々に飲み込む。こんなことの繰り返しで、私と太田はいい加減疲れてきた。熊楠の大きく開けた口から見える舌の上で私たちがこねくりまわされ、踊らされている幻影まで見えてきた。もっともこちらも熊楠の鯨飲馬食に伝染したかのようで、いつもの何倍も飲み食いしているので、腹もふくれあがり酔いも深まっている。

熊楠の言葉に相槌を打つのに疲れた頃、突然「Entschuldigen!（失礼！）」という声が頭上から降って来た。

見上げると、鼻の下と顎に手入れの行き届いた髭を生やした紳士が私たちを見つめている。高級な服装や上品な物腰からイギリスで呼ぶところのダンディのようだった。

「お話中に失礼します。日本人のお方たちとお見受けしましたが、間違っていたら申し訳ございません。」

慇懃な調子で話しかけてきた。

「そうですが。」と太田がいぶかし気に返事した。

「わたしは日本文化に大変興味があります。誠に失礼とは思いましたが、皆さんとお近づきになりたい気持ちがどうしようもなくなり、お話し中なのにお邪魔してしまいました。」

紳士は失礼をわびた。私たち三人がまだ不審な表情をしているので、紳士は急いで自己紹介を始めた。妙にしゃがれた声だった。

「自己紹介が遅れて申し訳ありません。わたしはアルトゥール・シュニッツラーと申します。今の仕事は三文文士です。」

私たちは一斉に声をあげた。「えーっ。」という驚きである。

シュニッツラーといえばウィーンを代表する小説家で劇作家だ。ウィーンの文化人に多いユダヤ人だが、ウィーンの都会的な色模様を描いて、男と女の心理的駆け引きを巧みに表現している。そのためウィーン子のみならずヨーロッパ中、さらにはわが国でも知られている。文豪の森鷗外がシュニッツラーをいくつも名訳で紹介したことで知られることになった。シュニッツラーは作家だが、もともとは医師だ。この点でも軍医で作家の鷗外と似ている。

「あの有名な作家のシュニッツラーさんですか。日本でもあなたのお名前を知らない人間はいません。お話できることは大変光栄です。心から感激しています。」太田がいつもの外交官の冷静さをなくして感激した声で話した。

「いや、わたしはそれほど立派な作家ではないです。ただの三文文士にしか過ぎません。ありがたいお言葉、誠に恐縮です。」

シュニッツラーは意外なほど恐縮している様子だった。とても謙虚な性格なのか、頬が紅くなっている。世界的に有名な作家なのに、驚くほど驕ったところのない態度に私たちは感心し、好感を持った。シュニッツラーは「勝手ながら座らせていただいてもよろしいでしょうか？」と許可を求めた。

「どうぞ、どうぞ。」と我々は口々に言って、シュニッツラーは私たちのテーブルの空いた席に座った。

「皆さんは日本でどんなお仕事をしていられるのですか？　ドイツ語がとても堪能でいらっしゃいますが。」愛想よくシュニッツラーは質問した。

私たちはそれぞれ短く自己紹介をした。

「そうですか、外交官に学者でいらっしゃるのですか。日本のお方なのにそんなにドイツ語がお上手なのも無理がないですね。」

シュニッツラーのお世辞に、太田が質問を返した。

「ところで、有名作家のあなたがどうして日本に興味を持っていられるのですか？」

シュニッツラーはまた頬を紅くして言った。

「最近、あるところで日本紹介のパンフレットを読む機会があったのです。『夢の国、日本』というタイトルの薄いパンフレットですが、日本の伝統文化の紹介に重点を置いていました。それを読んで、日本に興味を持つようになりました。最後には簡単な挨拶など日常会話の紹介もありました。先ほど皆さんの会話が聞こえてきて『ハイ』とか『イイエ』といった言葉で、皆さんが日本人ではないかと思った次第です。」

「さすが作家だけあって、言葉に敏感で立派なものだ。」と熊楠は感心して言った。熊楠のドイツ語も日本流の発音ではあるが、充分に聞き取ることができる立派なものだ。

「ところで、そのパンフレットをあなたはどこで手に入れたのですか？」こう熊楠が質問すると、シュニッツラーは、「カフェ・ツェントラール」である文士からもらったと答えた。

「その文士の名前は何というのです？」

熊楠の問いに対してシュニッツラーは不本意そうに言った。

「それがわからないのです。まだ三十歳そこそこに見える男でよくカフェに来ているのです。ホフマンスタールの詩の朗読会などに参加して、じっと聞いていました。それにその男はカフェの文士や画家などとほとんど話すことはなく、ひとりだけで回りのテーブルで交わされる会話をじっと聞いています。それ以外のときにはカフェに揃っているオーストリアや外国の新聞をいろいろ読んでいるのです。

数か月前、その男が珍しくわたしに話しかけてきました。自分はアナトール・バンベルガーという名前で文士の修行中と自己紹介しました。わたしはちょっと嫌な感じがしました。若い文士志望が話しかけてくるときは、たいてい自分の書いた小説を読んでくれ、できれば出版社を紹介してくれ、という虫のよい依頼をしてくるのです。昔はそれでも親切心から読んでやっていましたが、一〇〇パーセントまともな作品はありません。どれもこれも絵で言えば幼稚園児の書いた稚拙なぐり描きのレベルです。それで最近は原稿を読んでくれと頼まれてもすべて断っています。

ところがバンベルガーの話はそんな依頼ではなく、わたしが興味のありそうなパンフレットがあるから見てくれ、というものでした。わたしはことによったら美しい女の裸体の絵か写真かと思いました。わたしは、遺憾なことですが、そういう方面を専門とする作家として知られています。ところが、バンベルガーが安っぽいカバンから出してきたのは日本文化の紹介のパンフレットでした。フジヤマのような美しい風景や、日本のムスメのキモノ姿など珍しい写真のたくさん載っているパンフレットです。」

熊楠が口をはさんだ。「フジヤマ、ゲイシャというのは西洋人の日本に対する月並みなイメージだ。それだけで日本がわかったと思われては心外だ。」

シュニッツラーは弁解がましく言った。

「もちろん月並みだと言えば月並みで、パンフレットの写真はまったく表面的な日本理解です。それはわたしでもわかります。でも、セザンヌやゴッホなどフランスの印象派の画家たちは浮世絵に興味を持って、浮世絵の大胆な画面分割や鮮やかな色彩に影響され、新しい絵画表現を生み出しました。彼らには浮世絵の歴史的背景や日本の版画の発展史などへの理解はまったくなかったのです。その点は否定できません。しかし、表面的な理解に過ぎないといっても、ジャポニスムは西洋文化にとって意義の大きいものでした。」

「それにしても、『夢の国　日本』というパンフレットのタイトルこそ月並みの極みではないか。タイトルを見ただけでパンフレットの価値がわかろうというものだ。むしろ、……」とここで熊楠は声を一段と高めた。

「強大なこのハプスブルク帝国、そして首都ウィーンこそ『夢の国』や『夢の都』にふさわしいと呼ぶべきだろう。諸民族がフランツ・ヨーゼフ皇帝の統治のもとで共存している大帝国であり、ここには世界的な学者や芸術家が集まり切磋琢磨している。だから世界中から自分の求める『夢』を実現するために学者や芸術家の卵が集まってくる。まさしくオーストリア帝国は『夢の国』、ウィーンは『夢の都』だろう。そうは思わんかな？」

シュニッツラーは皮肉な微笑を浮かべて答えた。

「それこそ月並みな理解、いやまったくの誤解です。ウィーンは『夢の都』などではありません。」

「どうしてですか？」思わず私は口をはさんでしまった。

シュニッツラーは黙ってテーブルのある箇所を指で示してから、おもむろに言った。

「答えは、ここに書いてありますよ。」

私たちはシュニッツラーの指の先を見た。使い込んで黒光りしている木のテーブルにはナイフで彫った文字がかすかに読み取れた。

Wien ist tot.

と読み取れた。「ウィーンは死んでいる」という意味だった。

「これはどういう意味でしょうか？」太田が首をひねった。「『ウィーンは死んでいる』というのはなにかの洒落なのでしょうか？」

「洒落ではありません。まったくの事実です。」シュニッツラーはこう断言して、説明を始めた。

「ウィーンの外見は華やかに見えます。宮殿、オペラ座、美術館、ウィーン大学、大通りに並ぶ華麗な商店、ユダヤ人の豪商の家、最先端のモードで着飾った紳士淑女の姿、すべてが華やかで、ヨーロッパの大都市でパリやロンドンに並ぶ勢いを感じます。

しかし、それは見かけだけのことです。ウィーンの裏面には、腐敗して崩れ落ちようとする世界が広がっているのです。医者のわたしに言わせれば、癌がウィーンという都、さらにはハプスブルク帝国のすみずみに蔓延していて、重症化し、ウィーンと帝国の死期が近づいているのです。その兆候がすでにいたるところに見えています。」

太田が外交官として我慢しきれなくなったのか、冷静な調子をつくろいながら質問した。

「ハプスブルク帝国の死期が近いとは、多民族国家である帝国が分裂の危機にあるというのですか？　わたしたち日本大使館でも、台湾を植民地化して以来、帝国日本のモデルのひとつとして多民族国家のハプスブルク帝国から教訓を得ようと鋭意努力をしているところです。わたし自身も大使館員として、ハンガリー、チェコを始め、ガリツィア、ブコヴィナなどオーストリア帝国のあちこちを辺境も含めて視察に行っています。」

「諜報活動ですな。」シュニッツラーが皮肉な笑みを浮かべた。

「滅相もない！　ただの視察です。そもそも貴国とわが日本帝国はなんら敵対関係のない友好国の間柄ですから。」

太田はオーストリア帝国の当局者と話しているかのように、焦って答えた。

「冗談ですよ。それにしても帝国の辺境までまわられたなら、あなたも感じたのではないですか？

すでにわが皇帝陛下の威光が衰えてきていることを。帝国のすみずみまで行きわたっていた皇帝の威光の輝きが、今や地平線に消える寸前の落日のように弱々しい光になっています。

フランツ・ヨーゼフ陛下がお歳を召していくにつれて、厳格だった陛下が温厚な好々爺になるにつれ、陛下の髭が白くなるにつれて、シュテファン寺院の尖塔のように直立していた軍人陛下の背中が老農婦のような猫背になるにつれて、帝国の臣民たちは陛下やハプスブルク家に敬愛の念を持つことができなくなっているのです。

このことはとりわけドイツ語ではない言語を話すハンガリー人、チェコ人、ポーランド人、ウクライナ人、セルビア人などに顕著です。それはそうでしょう。オーストリア政府は『フランツ・ヨーゼフ陛下は帝国のすべての臣民の父親にあたる方である。汝ら臣民を父親の愛情で慈しんでくださる。だから汝ら臣民も実の父親のように陛下を敬愛しなければならない』と常々宣伝しています。でも自分と同じ言葉を話さない人間を自分の父親と考えることができるのでしょうか？　せいぜい、血のつながらない養父としか思えないでしょう。」

シュニッツラーの言うことはもっともだった。もし天皇陛下が日本語ではなく、英語か中国語を話していらしたら、日本人臣民も陛下を父親のように敬愛できないだろう。

「例外もありますが。」と意味ありげにシュニッツラーは付け加えた。

私たちの不思議そうな表情をゆっくり眺めてから、シュニッツラーは言った。

「ユダヤ人がそうです。ハプスブルク帝国内のユダヤ人は、ドイツ語を話していても、イディッシュ語を話していても、ハンガリー語、チェコ語、ポーランド語など何語を普段話していても、みんなフランツ・ヨーゼフ陛下を父親のように敬愛しています。」

「それはなぜですか？」

私の質問にシュニッツラーはすぐに答えた。

「それは、フランツ・ヨーゼフ陛下がユダヤ人のことを親身に考えてくださるからです。陛下のそのようなユダヤ人ひいきをドイツ人など他の民族はやっかみの念で見ています。なかには『ユダヤ人の皇帝』と陛下を揶揄する輩もいます。フランツ・ヨーゼフ陛下は、ユダヤ人という自分の子どもたちが、他の民族の子どもたちに理不尽にいじめられ迫害されていることに心を痛め、自分の暖かい外套に入れて守り、いじめっ子たちを叱ってくださるのです。」

シュニッツラーの声は感動にうち震えているようにも聞こえた。実際にフランツ・ヨーゼフを実の父親のように敬愛しているのだろう。

「お話をお聞きすると、フランツ・ヨーゼフ皇帝とハプスブルク家に心から忠誠を誓っているのは、ユダヤ人とドイツ人だけで、オーストリア帝国の他の民族は背を向けているということでしょうか？　ヨーロッパ全土に荒れ狂うナショナリズムの激しい潮流のなか、ハプスブルクの穏やかで大きな湖でさまざまな民族という魚たちが安らいでいるのではなく、魚たちは互いに背を向けて、それぞれ別の方向に泳いで行こうとしているのでしょうか？」太田がシュニッツラーに敬意を示すためか、珍しく文学的な比喩を使った。

「背を向けるどころか、完全に分裂に向かっています。ハプスブルク帝国という老いた肉体は、内部から腐敗して、ついには四肢がばらばらに分裂しそうになっています。しかも、ハプスブルク帝国の大黒柱であるはずのドイツ民族の内部でも分裂が始まっています。労働運動、社会主義運動が勢いを増し、皇帝や支配階級に反旗を翻していますし、ドイツ人の民族主義運動も過激化して反ユダヤ主義、排外主義をあおり、フランツ・ヨーゼフ皇帝の心労の種になっています。オーストリア帝国の現状はちょうどこんな風になっているのです。」

シュニッツラーはこう言って、眼の前に置いてある紙ナプキンをばらばらに切り裂いた。その力の激しさに私たちは驚いた。シュニッツラーの眼には偏執狂の色さえ読み取れるようだ。

「そして、ご見物の皆さま、とくとご覧ください。バラバラになった帝国の破片はこうなるのです。」

手品師の口上めかしてシュニッツラーはこう言うと、私たちの顔を凝視してから、フーッと勢いよくバラバラになった紙片を吹き飛ばした。吐く息の勢いが強烈で、紙片は遠くまで飛んで行った。近くのテーブルで飛んでくる紙片に気づいた客もいたが、酔客の悪戯だろうと気にしていないようだ。

「面白いのう。」こう熊楠が大きな声を出した。

「おぬしの紙片を吹く姿で天狗のことを思い出した。」笑いながら熊楠は言葉を続けた。「おぬしの顔は天狗に似ているし。」

シュニッツラーはきょとんとした顔をして質問した。

「Tenguとは何ですか。」

私が口を出し、「天狗」とは一種のデーモンであり、基本的には悪しきデーモンだが、場合によっては悪人を懲らしめるようなよいこともする、天狗は奇怪な姿をしていて、空を飛ぶこともできる、と説明してやった。

熊楠が追加説明をした。「その説明は雑だが、今のところはそれでいいだろう。天狗は、わしの考えでは、仏教伝来以前の古い日本の土着の神だった。本来はよい神だったが、仏教伝来以来、土着の神々は危険な存在、人間に害をなす存在とおとしめられた。ちょうどドイツの詩人ハインリヒ・ハイネが『流刑の神々』で、キリスト教伝来により古いゲルマンの神々は悪魔と同一視されてしまった、と説明しているのと同じ現象だ。」

シュニッツラーがなおも質問する。「何でそのテングとわたしが似ているのですか？」

熊楠が答える。「天狗の特徴は鼻が高いことだ。我々日本人は鼻が低い。これはアジア人全体に言えることだが。これに対して天狗は鼻が馬鹿高い。顔も我々のように黄色ではなく、赤ら顔だ。要するに天狗の特徴は西洋人と似ている。だから、天狗は船が難破してたまたま流れ着いた西洋人を目撃した日本人が持った印象ではないか、という説もある。その西洋人は漂着した遺体だった可能性もあるが。

また、天狗が空を飛ぶという伝説もあるが、西洋人の足が馬鹿に長いのを見た印象から出ている可能性もある。もし、生きて漂着した西洋人がいたとして、その西洋人が日本人の前で飛び上がってみせたら、長身で足が長いから空に舞い上がったように見えたのかもしれない。」

シュニッツラーが面白そうに話を合わせる。「わたしがテングに似ているなら、日本に旅行してそれなりの恰好をしたらテングという神として崇拝されるかもしれませんね。それは面白い。」

太田が不愉快そうな声を出した。非合理的な話に付き合えないという意思表示だ。

「あなたが日本にいらして実際に天狗扱いされたら、高いお寺の屋根に引き上げられて、天狗なら飛んでみろ、と突き落とされてしまいますよ。シュテファン大聖堂のてっぺんから落とされるように。」

シュニッツラーは苦い顔をした。高い所は苦手と見える。

熊楠が真面目な顔で言った。「わしは天狗に連れられて天狗界に行ったことがある。」

またその話か、と私と太田は思った。シュテファン寺院の前でさっき聞いたばかりだ。

「その時の天狗とシュニッツラーさんは確かに似ているな。顔だけではなく、していることも似ている。ちょうど今シュニッツラーさんがしたように、子どものわしの前で天狗も紙きれをフーッと吹き飛ばした。ただし、さっきシュニッツラーさんがしたような生易しいものではなかった。なにしろ突風が巻き起こるほどだったのだから。それに紙切れというのは、本当はミニチュアのこの世界だった。」

熊楠の唐突な話の展開に我々三人は当惑する他なく、顔を見合わせた。

「天狗は、わしにこの地上の森羅万象が写されている薄っぺらな紙のようなものを示した。そこには熊野の山林や田辺の実家も見えた。そればかりではなく遥か遠くの京都や東京、日本全体が模型のように写され、それどころか中国や印度、さらにはイギリスのロンドンやアメリカのニューヨーク、アフリカや南極、北極まで写されているのだ。地球全体が写された精密な模型みたいな薄っぺらなものが、天狗の大きな手の上に乗っていた。

天狗は『小僧、よく見ておけ』と甲高い声で言い放つと、その地上のミニチュアをくしゃくしゃにして、バラバラに切り裂いた。わしが『アッ』と叫びをあげる間もなく、天狗は紙切れのようなその地上のミニチュアを一息で吹き飛ばしたのだ。

天狗は紙切れの行方を見もせずに、わしを見つめて言った。『小僧、よく見たか。これがお前たち人間たちの世界、人間界の未来なのだぞ。』わしは天狗の語気の強さに恐ろしさを覚えた。天狗はわしの心のなかを見透かしたように言葉を続けた。『小僧、お前はわしが人間界をばらばらにしてしまうと思っているだろう。そうではないのだ。いくらわしの力が強大でも人間界をばらばらにするだけの魔力はない。わしが自分の手で人間界をばらばらにしたのではない、そうお前に見えただけのことだ。真実は人間界がひとりでにばらばらになった、つまり自壊しただけのことなのだ。このことをよく覚えておけ！』

子どものわしは天狗の言っていることの意味が分からず、唖然としていた。

『人間界がばらばらになるとは、つまり人間の心がばらばらになっているということだ。もともと人間には心がふたつあったのだ。ひとつは自分のための心、ふたつ目の心は他の人間と共通した心だった。ふたつ目の心があるため、人間は遠くにいても黙っていても互いに心が通じ合い、他の人間の喜怒哀楽を自分のもののように感じることができた。ところが、人数が増えて集まって住み始めると、口と耳を使う言葉のやり取りが増えていき、ふたつ目の心を使う必要がなくなり、そのことでふたつ目の心が衰えてしまい、ついには退化してなくなってしまった。ただ、ふたつ目の心がなくなっても、その痕跡が残っているために、夜見る夢のなかでは、言葉を使わずとも他人の心がよくわかることがあるのだ。

ふたつ目の心が消えて、ひとつだけ残った心が他人の心を探る役目もしていたが不十分だった。そして次第にその役目も放棄するようになった。こうして人間は他人の心がわからなくなってしまい、それぞればらばらな心で生きることになってしまい、他人への不信、無視、憎しみが信頼、尊重、愛情に取って代わるようになった。だから、わしが無理に力づくで人間界をばらばらにしなくても、人間界はすでにばらばらにちぎれているのじゃ。』

天狗はそう言って、高らかに天狗笑いをした。その大きな笑い声は今もわしの耳に残っている。」

シュニッツラーがどの程度この熊楠の話を理解できたのか疑問だが、すぐにシュニッツラーが話し始めた。

「実に興味深いお話です。テングとはデルフォイの巫女のように未来を予言することのできる存在なのですね。ことによったら、漂着した鼻の高い西洋人が住民の迫害を恐れ、人里離れた山奥に逃げ込んで密かに住み続けていたのかもしれません。その西洋人とたまたま山奥で遭遇した村人が、身振り手振りで西洋人のテングと意思疎通をしたけれど、彼の言った内容を誤解し、その言葉を未来の予言と解釈したのでしょう。それならばありそうな話だ。」

シュニッツラーは自分流の解釈で納得している。熊楠も強いて反論はしない。

「ドクター南方のテングの話とわたしのハプスブルク帝国崩壊の説明は似ています。わたしもハプスブルク帝国は外部からの力で分裂するのではなく、内部がすでにばらばらなので、ひとりでに分裂すると考えています。しかも帝国内の民族だけではなく、国民もばらばらになってしまったのです。

　今では帝国内のそれぞれの国、それぞれの地方、それぞれの町、それぞれの宗教、それぞれの職種、それぞれの学校、それぞれの家族がばらばらになり始めています。その遠心力が大変な勢いとなっていて、帝国そのものが分裂しようとするのです。もはやフランツ・ヨーゼフ皇帝も以前のような求心力を持っていないため、遠心力が加速して帝国分裂が現実のものになっているのです。」

　こう一息で話すとシュニッツラーは「ふーっ。」とため息をついた。あたかも帝国を分裂させる遠心力の影響でまわりの空気が薄くなってしまったかのようだ。

　それから周囲を見まわして、苦笑いしながら言った。「この店もそのような帝国の分裂騒ぎのよい見本です。」

「えっ？」と私は声を出した。太田も熊楠も驚いたようだ。

「一体どうしてこの店が帝国の分裂の見本なのですか？　どのテーブルでも楽しくワインの新酒を飲んで、にぎやかにおしゃべりをしている普通の店じゃないですか？」

　他のふたりの気持ちも代弁して私がこう訊ねた。

　シュニッツラーは声を潜めて言った。「あなた方は日本人ですから、店の客が何を話しているかよくわからないでしょう。でも、よく聞いてみてください。まわりのテーブルで話されている内容は、すべて帝国の分裂に直結するきわめて危険な話なのです。」

「そういえば、わたしの耳にもかなり政治的に微妙な論争が聞こえていました。」

　太田もシュニッツラーに応じて、外交官らしく一段と声を潜めて言った。

「たとえば、」とシュニッツラーは眼で隣のテーブルに座っている四人組を示した。

隣の四人組のことは私も気になっていた。中産階級のそれなりの身なりをした中年男性たちだ。さっきから大きな声で話していたが、ウィーンなまりが強くて彼らのドイツ語をあまり聞き取ることはできなかった。ワインをかなり飲んでいるので、気楽な世間話を楽しんでいるのかと思っていた。ちらっと見た彼らの顔が口を大きく開けて笑っているように見えたからだ。

「この四人は全員が最近勢いのあるドイツ民族主義者です。彼らはさっきからハプスブルク帝国の行く末をめぐって、口角泡を飛ばして議論を闘わせているのです。」シュニッツラーは小声で解説した。

「わたしにも彼らの議論のテーマが帝国の未来ということはわかりましたが、残念ながら具体的な内容はウィーンなまりがきつくてよく聞き取れませんでした。」

太田はこう言って苦笑した。ウィーン駐在の外交官ならウィーンなまりのドイツ語も聞き取れなければ落第だ、と反省しているらしい。

「それにしても、民族主義者は勢力を急激に伸ばしているから、彼らも意気盛んでしょう。声が大きくなるのも無理ない。それに同じ考えの同志が四人集まっているのだから、ワインの勢いを借りずとも意気が否応なく盛んになるわけですね。」私はシュニッツラーに同意を求めた。

「ところがそうではないのです。」とシュニッツラーは私の言葉を穏やかに否定した。「彼ら四人は喧嘩の真っ最中なのです。下手すると殴り合いになりそうな気配で、とばっちりを受けて、こちらにワインの瓶でも飛んでこないか、さっきから本気で心配しているのです。」シュニッツラーは真顔でこう言った。

　なるほど、髭の生やし方から服装まで似た四人の男たちの様子をよく見直してみると、彼らが楽しくワインを飲み過ぎて、羽目を外しているのではないことがわかってきた。

　彼ら四人は一様に怒りの表情を見せている。ふたりずつがちょうどグループになっていて、向かい側のふたりに論争を挑んでいる。それぞれが相手を飲み込むほどに口を開けて、自分の主張を怒鳴り、相手につかみかかるような勢いだ。

「どうして同じドイツ民族主義者同士なのに、彼らはあんなにいがみあっているのですか？」

　熊楠が呆れたようにシュニッツラーに訊ねた。

「それは、同じドイツ民族主義でも向かう先が違うのです。手っ取り早く言えば、それぞれのグループの指導者が違うのです。ドイツ民族主義の指導者がふたりいるので、ふたつのグループに分かれているのです。」シュニッツラーは手短に説明した。

　太田はさすがに帝国内の政治地図について詳しいようで、口をはさんだ。

「ウィーン市長のルエーガーのキリスト教社会党とシェーネラーの汎ゲルマン党ですね。両グループともドイツ民族主義と排外主義では共通していますが、政治目標が違います。ルエーガーはハプスブルク帝国の枠組みを守って中下層階級の生活を保護する、そのために外国の影響を排除し、国内の資本家の抑圧を打破する、と主張しています。ルエーガーは演説が上手で、労働者、農民、中産階級の者たちを巧みに動員して選挙で圧勝しています。美男のカールという異名もあり、独身なので女性たちにも大変な人気があります。他方、シェーネラーはハプスブルク帝国の枠に収まらず国を超えたドイツ人の団結を訴えて、ホーエンツォレルン家のドイツ帝国との一体化を目指しています。はっきり言って、シェーネラーはハプスブルク家のフランツ・ヨーゼフ皇帝への忠誠心はなく、ドイツのホーエンツォレルン家のヴィルヘルム二世の方に忠誠心を抱いています。シェーネラーはハプスブルク帝国のような多民族国家ではなく、純粋にドイツ人のみの単一民族国家を目標としているのです。」

「さすが外交官の太田さんはわが帝国の現下の政治状況を的確につかんでいられる。」こう世辞を言ってからシュニッツラーは続けた。「ところで、ルエーガーとシェーネラーの共通点がわかりますか？」

太田は即座に「それはナショナリズムです。これは変わりません。」と断言した。

シュニッツラーは畳かけた。「それ以外にはありませんか？」

太田は言葉に詰まった。

シュニッツラーはニヤリとして自分の胸を指さした。

「このわたしが標的である点がルエーガーとシェーネラーの共通点なのです。」

「えっ、あなたが標的ですって……」

声を合わせた私たちを見まわし、シュニッツラーはゆっくりと話した。

「ご存じでしょうが、わたしはユダヤ人です。ルエーガーとシェーネラーのふたりともわたしたちユダヤ人を目の敵にしています。はっきり言えば、わたしたちユダヤ人を帝国から追い出そうとしています。」

シュニッツラーの言葉には怒りも哀しみも感じられない、淡々とした口調だった。

「彼らの主張では、わたしたちユダヤ人があらゆる不幸の原因とされています。『ユダヤ人は我々の不幸だ』が彼ら共通のスローガンです。生活が苦しいのも、不況になるのも、天候不順なのも、他国との争いがあるのも、それどころか歯が痛いのも、夫婦喧嘩をするのも、子どもの成績が悪いのも、不都合なことはすべてユダヤ人の責任にされてしまいます。ロシアではポグロムによって多くのユダヤ人が殺害されました。わが帝国ではそのような物理的蛮行は少ないですが、心情的にポグロムに加担している連中がいて、その数はむしろロシアより多いのかもしれません。そういう連中はなにか機会があれば、心から腕力にポグロムの主役を変えて演じさせることでしょう。」

「ユダヤ人が諸悪の根源というのはとんでもないでたらめだ！」突然熊楠が大声を上げた。

「ユダヤ人がユダヤ教という宗教を立てたからこそ、イエス・キリストも出てくることができたし、キリスト教も生まれたのだ。ヨーロッパのキリスト教徒にとってユダヤ人は恩人でこそあれ、迫害する相手ではないはずだ。先ずはユダヤ人に感謝しなければならんのだ！」

熊楠の迫力ある声に私と太田は驚いたが、シュニッツラーは「その通りです。」と静かに言った。見るとその目にはきらりと光るものがあった。熊楠のユダヤ人擁護の力強い声に感動しているらしかった。

「ルエーガーもシェーネラーもなにか都合の悪いことがあると、わたしたちユダヤ人の責任にしてしまいます。ウィーンの大通りであるリングで豪壮な邸宅を並べているのはみなユダヤ人の金持ちだ、ユダヤ人は善良なキリスト教徒の農民や労働者を搾取して自分たちの懐を肥やしている、と彼らは宣伝しています。もちろん豪商や銀行家にユダヤ人が多いのも事実です。しかし、なにもドイツ人に法外な金利で金を貸しているわけでも、涙金で労働者や農民をこき使っているわけでもないのです。むしろ、ドイツ人の豪商や銀行家の方が搾取して暴利をむさぼっているのが現実です。」

熊楠は黙ってうん、うんとうなずいていた。

シュニッツラーはしんみりした調子を切り替えるように笑顔で言った。

「隣の民族派の論争でおかしいのは、ルエーガーの信奉者がゲオルクで、シェーネラーの信奉者がカールであることです。」

耳を澄ますと、隣の四人は互いに名前で呼び合い、それぞれの陣営の代表格が「ゲオルク」と「カール」と呼ばれていた。似たような髭を蓄えて区別がつきにくいが、ふたりが雄弁家であることは間違いないようだ。

シュニッツラーは笑いをこらえきれない様子だ。

「どこがおかしいのですか?」シュニッツラーの笑いの意味がわからず、私は訊ねた。

「だって、ルエーガーの名前がカールで、シェーネラーの名前はゲオルクなのですよ。カールがシェーネラーの信奉者でゲオルクがルエーガーの信奉者なんてあべこべでしょう。」

こう言うとシュニッツラーはこらえきれずに爆笑した。これにはさすがに隣の四人組も不審そうにこちらを見たが、論争に熱中しているせいで、すぐにまた論争の渦にもどって行った。

「なんだ、名前のダジャレですか。」真面目な太田は不興気に言った。

シュニッツラーはふざけすぎたと思ったようで、真面目な顔をして今度は後ろのテーブルを眼で示した。

「わたしの後ろのテーブルでも大論争の真っ最中です。」

「何の論争ですか?」

私の問いにシュニッツラーは苦々し気に答えた。

「後ろの四人はわたしの同胞であるユダヤ人です。父親と息子の二組です。彼らはユダヤ人がウィーンでこれからも暮らしていくべきか、という問題で論争しているのです。」

私たちは今までその四人のことを気にしていなかった。というのも民族主義者のうるさい四人組とは違って、その四人は静かに座っていたからだ。品の良い上流階級の出身のようだ。よく見ると四人は熱心に話し合っているのだが、うるさい四人組とは違い静かに論争していて、決して大声をあげてはいない。

「まるで修道僧の四人ですね。大人しく話しているので、論争しているとは思えません。」

私の感想に太田も熊楠も同感のようだ。

シュニッツラーは声を潜めて言った。

「大人しい様子は表面だけで、深刻な話をしていますよ。勘当や家出という言葉も出ています。」

シュニッツラーは苦々しい表情を強めた。

「わたしの父親もそうでしたが、ユダヤ人の家庭では父親は絶対権力者です。少しでも父親に反抗することは許されません。父親はモーセのように妻や子どもを約束の地に導く存在なのです。ですから妻子は父親に絶対服従しなければなりません。ところが、二組の父と息子はそんなユダヤ人家族の慣習とは違って、息子が父親に真っ向から反抗しているのです。」

四人は静かに口も大きく開けずに話しているので、喧嘩しているようには見えないが、よく見ると、若いふたりが年配のふたりを攻撃しているようだ。若いふたりは真剣な表情で相手方に詰め寄り、年配のふたりは当惑して身をそらす姿勢だ。

「いったい何で父と息子のユダヤ人が論争しているのですか?」

私の問いにシュニッツラーがていねいに答える。

「簡単に言うと、息子ふたりはヘルツルのシオニズムの信奉者で、父親ふたりはいわゆる同化ユダヤ人です。ヘルツルは、ヨーロッパに居続けたのではユダヤ人は永久にキリスト教徒の差別と迫害の対象になると主張し、ユダヤ人国家の建国を訴えているのです。移住先として、ヘルツルは旧約聖書の約束の地であるパレスチナを想定しましたが、受け入れてくれるところがあれば、それ以外の南米やアフリカでも構わない、と言っています。とにかく、ユダヤ人が差別、迫害されることのない自分たちの国を持つことがもっとも大事であり、ユダヤ人の国の場所は地球上のどこでもよいと言うのです。」

熊楠が口をはさんだ。「ユダヤ人は古代にもペルシア帝国やエジプト王国、ローマ帝国などの大国に翻弄され、ユダヤ人国家は何度も滅ぼされ、奴隷として連行された。しかし、ユダヤ人はそのつど大変な苦難のなかで自分たちの国を再建してきた。

最後にはローマ帝国に完全に滅ぼされ、ディアスポラで世界各地に離散した。しかし、今どの異教徒の国にユダヤ人が生きているとしても、旧約聖書の朗誦やユダヤ教の数多くの儀式を通じて、ダビデ王の栄光の日々を過去の記憶としてではなく、現在の体験としてありありと感じている。そのことが何百年にもわたりユダヤ民族の一体感を生み出している。」

シュニッツラーは熊楠の解説に感心したらしい。

「ドクター南方のおっしゃる通りです。わたしは同化ユダヤ人の家系の出身で、ユダヤ教に強い共感はありませんが、それでもなにかの拍子に旧約聖書の詩句が浮かんできて、深い感慨を持つことがあります。」

後ろのテーブルのシオニストの息子たちに対して、父親たちは典型的な同化主義者のユダヤ人です。父親ふたりは形式的にはユダヤ教からキリスト教に改宗したのではないようですが、シナゴーグに通っているわけでもなく、ユダヤ教の儀式も過ぎ越しの祭りなど最低の務めを果たしているだけで、キリスト教のクリスマスの祝いも家族でするようないい加減なユダヤ教徒です。」

太田が応じた。「わたしたち日本人も大方は形式的には仏教徒ですが、新年の祝いには神社にお参りし、そして最近はクリスマスのお祝いも都会の上流階級では家族でしています。」

シュニッツラーは「日本でもそうですか。宗教の世俗化では、ウィーンのユダヤ人も東京の日本人も同じなのですね。」と言って、また後ろを見た。

「後ろでは、息子たちが父親の反ユダヤ主義に対抗する姿勢を生ぬるいと非難しています。息子たちは言っています。道でキリスト教徒に唾を吐きかけられてもお父さんたちは抗議するどころか、道をどけてキリスト教徒を先に通そうとする、そんな卑屈なお父さんたちの姿勢がキリスト教徒たちを増長させ、ユダヤ人ならどんな侮辱を加えてもよい、殴りかかってもよい、それどころか殺害しても構わないと思わせるようになった。僕らはそんなお父さんたち、お爺さんたちの卑屈な姿勢の影響で、どんなに勉強ができたとしても、どんなに仕事ができても、キリスト教徒に軽蔑されている。いわば、僕らはお父さんたちの世代の不始末の尻ぬぐいをさせられている。それも墓に入るまで。自分たちの責任でないユダヤ人代々の悪評を生まれてこの方背負い続けるのにもうんざりしている。ウィーンだけでなくこのヨーロッパのどこにいても差別、迫害はなくならない。だから、僕らはヘルツルという新しいモーセに従って脱エジプトならぬ脱ヨーロッパを実行するのだ。息子たちは、こう父親たちに言っています。」

シュニッツラーは、次に父親たちの方を見て解説を続けた。

「父親たちはこう言っています。なんて馬鹿なことを考えているのだ。わたしたちや先祖がキリスト教徒の数々の差別と迫害に耐えてきたからこそ、お前たちはこのオーストリア帝国という素晴らしい国、ウィーンという最先端の文化の都に暮らしていられるのではないか。わたしたちや先祖がキリスト教徒から絶え間なく加えられる屈辱を耐え忍んできて、富と教養を積んできたからこそ、ウィーンの大多数のキリスト教徒より我々ユダヤ人の方が豊かで幸せに生きていけるのではないか。もしわたしたちがキリスト教徒の加える屈辱に我慢できず抵抗に立ちあがり軋轢を生じていたら、わたしたちユダヤ人全員が国外追放されてしまい、それこそさまよえるユダヤ人になってしまっただろう。そうなるとユダヤ人は、中世そのままに放浪する古着売りか乞食の身分にまで落ちぶれ果てたはずだ。お前たちが立派な服を着て、こうしてうまいワインを飲み美味しい食事ができるのも、わたしたちが流した血と涙の量がワインの量とは比較にならないほど多かったからだと、なぜ理解しないのだ？　それに、お前たちは一体どこにユダヤ人国家を建国しようというのだ？　パレスチナの砂漠に建てるつもりか、それとも南米やアフリカのジャングルのなかか？　そんなところを開墾して住むことができると思うのか？　たとえ何とか生きていくことができても、そんなところで生きる楽しみを見つけることができるのか？　マーラーの新しいシンフォニーを聴くこともできないし、クリムトの斬新な絵画を鑑賞することもできない。ホフマンスタールの最新の詩を読むこともできないし、シュニッツラーの芝居を観ることもできない。そんな文化果てる地で、いったい何を楽しみにわたしたちは生きていけばいいのだ？　お前たちだってそうだろう。砂漠にユダヤ人の国を建てて砂遊びでもするつもりか、実に愚かなことだ。ひとたびウィーンの素晴らしい文化に触れたからには、そんな文化不毛の地で三日と生きていけないだろう。退屈さのために死んでしまうだろうよ。風土病にかかって死ぬ前に。このように父親たちは息子たちに反論しています。」

シュニッツラーはこう説明したあとで「宣伝臭いですが、父親たちがわたしの名前を挙げたので、そのまま紹介させていただきました。」と恥ずかしそうに付け加えた。またしても彼の謙虚さが現れていると感じた。

熊楠がよくわかったという風に言った。「ロシアのツルゲーネフの小説のように、どこでも父と息子の世代対立が始まっているのだな。和歌山のわが家でもそうだった。わしがアメリカで勉強すると言ったとき、最初のうち父は、長男のお前には家業の酒造りを継いでもらわないと困る、と猛反対だった。しかし、わしが熱心に頼むので最後には折れて、わしの米国留学を認めてくれた。」

熊楠の言葉を合図にしたかのように、隣の親子たちの議論の声が一段と高まった。まさか熊楠の日本語が理解できたとは思わないが、父と息子の喧嘩の見本を見せようと思ったかのようだ。

シュニッツラーは自分の体験と重なるところがあるのか、実に不愉快そうな表情をした。だが、すぐになにか思いついたらしく、今度は通路を隔てた反対側にいる六人の男性グループを眼で示した。

「三つ目の分裂の見本があちらにいますよ。ご覧ください。」

六人の男たちは、明らかにこれまでの二グループの男たちとは異なっていた。彼らも議論を熱心にしていて、議論する声は民族主義者の四人の声に負けず劣らず大きい。彼らの服装は、明らかに他のグループよりみすぼらしい。中産階級というより下層階級の出自を物語るものだった。

「彼らは今はやりの社会主義者と無政府主義者です。」

シュニッツラーはこう皮肉な調子で言った。今はやりというのは、つまりハプスブルク帝国だけではなく、ヨーロッパ中で労働運動や社会主義運動が興隆しているという意味だ。その背景には経済不況で労働者の生活がきわめて困窮していることがあった。資本家は経済不況のなかでも自分たちの利益を大幅に増やしているのに、自分たちの工場で働く労働者やその家族の困窮には目をつぶっている。このような資本家の横暴に憤った労働者たちはストライキなどの実力行使に訴え、工場や炭鉱などで操業の停止に追い込まれることもあった。

他方、資本家たちは自分たちの利益の代弁者である政府に訴え、警察や軍隊までもが動員されてストライキ中の労働者を逮捕し、暴力的に排除した。弾圧が続くにつれて労働者側も暴力で対抗するようになった。最初は石を投げ、こん棒で殴りかかるくらいだったが、警察や軍隊が銃を使って弾圧し始めると労働者側の一部も銃を用いて対抗し、流血の事態を招いた。

そのうちにデモやストライキだけではなく、治安関係の責任者や首相などの政府の要人、それどころか国家元首の暗殺を目するテロが頻発するようになった。それはまさしく感染症のように、国や民族の境界を乗り越えてヨーロッパ中に広がっていった。感染源はロシアの人民の意志党などのテロリストだった。アレクサンドル二世の暗殺が代表的な例だ。ロシア政府の苛酷な弾圧を逃れて同党の党員が何人もウィーン、ベルリン、パリ、ロンドンなど各国の首都に亡命してきたので、それぞれの国の反体制派がロシアのテロリストの直接的な影響を受けるのも無理はなかった。

「わたしの耳にも『革命』とか『直接行動』といった物騒な単語が聞こえてきました。」太田は耳を澄ませて六人の議論を聞いてから言った。

「まさか、彼らの大きなカバンのなかに銃や爆弾が潜んでいるわけではないでしょうね？ そしてそれを取り出すなんてことはないでしょうね？」太田は冗談めかして言ったが、顔は妙に引きつっていた。

「そうかもしれませんよ。議論の行方次第では。」シュニッツラーが真顔で答えた。

「議論の行方次第とは、どういうことですか。」心配になり、私も口をはさんだ。

「あそこの六人は反体制派では共通しているのですが。その行動目標は大きく異なっているのです。よく見てください。右手にいる三人は穏健派で、左手は過激派です。」

「両者の違いは何ですか。」今度は太田が訊ねた。

「穏健派は議会を通じての社会主義的政策の実現や政権獲得を目指しています。イギリスの名誉革命のようなものです。他方、過激派は労働者を動員して暴力的に政権を奪い取ることを目指しています。一斉蜂起方式。まあ、フランス革命のバスチーユ襲撃のようなものです。そのためには要人の暗殺も辞さないというわけです。」

シュニッツラーの説明を聞いて、改めて六人の顔を見つめたが、どうしても腑に落ちなかった。穏健派と呼ばれた三人はいずれも髭がもじゃもじゃで人相が悪い。安っぽい服装も乱れている。言ってみれば、警察の指名手配書に出るような犯人の悪相をしている。他方、過激派といわれた方の三人は髭もきれいに整えていて、服装も生地の質はそれほどではないものの、穏健派の三人よりもよほど身なりが整っている。

「おかしいですね。穏健派の方が過激派のように見えて、過激派の方は穏健派のように見えます。」

私が率直にこう疑問を呈すると、シュニッツラーが解説してくれた。

「そう見えるのも当然です。過激派は身なりで怪しまれないように、ひと一倍身だしなみに気をつけています。他方、穏健派はたとえ警察に調べられても合法的な活動をしていてやましいところはないわけですから、身なりで怪しまれてもまったく気にしないものなのです。」

「なるほど。」と私たちは合点した。

「するとこの店内で一番高級な身なりをしているあんたは、一番怪しい所のある過激派かもしれないなあ。」こう物騒なことを熊楠はシュニッツラーを見つめながら言った。

すると、シュニッツラーはおかしいほど動揺した表情をした。なにか隠している秘密でもあるのか、と疑いたくなった。

「またご冗談を。」と急いで気持ちを落ち着けて、シュニッツラーはようやく言葉を絞り出した。さらにシュニッツラーは話の向きを変えようと、今度は斜め前のテーブルの五人を眼で示した。

「あの五人の男も帝国分裂のシンボルです。」

その五人は雰囲気が独特だった。服装も何となく他の客とは異なっていた。髪は黒が三人、金髪がひとり、あとのひとりは白髪頭だ。彼らも熱心に議論しているのだが、問題は彼らの言葉が聞き取れないことだ。通路をはさんでいることが聞き取れない理由かと思ったが、単語がひとつも聞き取れないのは不思議だった。

「あの男たちの話していることがわかりますか?」シュニッツラーは私の疑問を感じたようだ。

「あの男たちはドイツ語ではない言葉を話しているのです。何語かおわかりですか?」

太田が即座に答えた。「ハンガリー語、マジャール語ですね。仕事柄、何度もブダペストに出かけていますので、内容はわからなくても、言葉の響きは覚えています。インド・ヨーロッパ語系のドイツ語とはまったく系列の違うウラル・アルタイ語系なので、単語から文法まですべて理解が難しいのです。」

シュニッツラーが説明を引き継いだ。「互いの言語が理解できないというところが多民族国家ハプスブルク帝国の難題なのです。とりわけハンガリー語は難解です。マジャール人は自らの言葉に誇りを持っています。マジャール人は元来アジア系ですが、ヨーロッパに侵入して、その真ん中に独立した国を建てた歴史があるので、今でも独立心が強いのです。そのためハプスブルク帝国の支配者であるドイツ人と常に軋轢を生じていました。手を焼いたドイツ人政府は、マジャール人にドイツ人と建前は同等の地位を認めることにして、『オーストリア＝ハンガリー二重帝国』という苦しまぎれの名前をつけて、誇り高く反抗的なマジャール人を何とかなだめてきたのです。」

シュニッツラーは最後に苦笑した。「わたしにも彼らのしゃべっているハンガリー語はさっぱりわかりません。わたしはブダペストの作家たちと親しくて、何度もブダペストに行っています。ハンガリーの文化人はみなドイツ語が堪能ですので、こちらがマジャール語を覚える必要はありませんが、それでもJo napot!（今日は）やKöszönöm!（ありがとう）くらいは、ブダペストのカフェでウェイターに言うことができます。しかし、それ以外の言葉はたとえブダペストに一年滞在して覚えたとしても、ハンガリーの領土を去った途端にすべて忘れてしまいます。だから、今あの五人が何を議論しているかはまるでわかりません。ただ、マジャール人が集まって議論しているならば、特にその議論が白熱しているならば、おおよそなにを話しているか推測できます。」

「あんたの推測通りだろうよ。」熊楠が断定的に言い切った。

「あのマジャール人が話しているのは、あんたの推測通りにハンガリーの独立問題、つまりハンガリーがオーストリアとの連合国家を解消して完全に独立した国になるか、それとも連合を続けるか、という問題だ。」

シュニッツラーはひどく驚いた。「ドクター南方は読心術も習得されているのですか？　わたしの考えていることが図星です。それに、ハンガリー語がおわかりなのですか？」

熊楠はにやりとしてから話し始めた。

「我々が帝国の分裂を話題にしているときに、あんたがマジャール人のグループを紹介するなら、彼らの議論はハンガリーが帝国に残るか独立するかだろうとあんたは推理しているはずだ。わしはハンガリー語を正式に習ったことはない。ただ、大英博物館の館員にマジャール人のルカーチ・アッティラという博学な男がいて、わしに親しみを感じたらしく、酒を飲んでよく話したものだ。ルカーチはマジャール人と日本人は同系統の民族だと熱心に話して、まるでわしを実の兄弟のように思ってくれた。

そもそも名が先にある西洋の姓名と違い、姓が先で名があとの順番はハンガリー語も日本語も同じだ。それにひとつの単語には同系統の母音が集まるという母音調和があるし、子音の r が語頭に立たないという共通点もある。ハンガリー語で『ロシア』はオロス（olosz）に国のオルサーグ（ország）を付けたオロスオルサグだが、日本語では何と言うかと訊ねられ、オロシアだと言ったら、ルカーチは『やはり同じ言語だ。ハンガリー人と日本人は血がつながっている』と興奮して、痛いほどわしを抱きしめた。その後、ルカーチとわしはハンガリー語と日本語の交換授業を一年ほどやった。そのため少しはハンガリー語が理解できるようになったのだ。それからわしはハンガリーの民俗学に興味を持ち、ハンガリーの有名な民俗学者の……」

熊楠の蘊蓄が長くなりそうなので、太田が我慢できずに訊ねた。「あのハンガリー人たちは独立問題を話しているのですか？　賛成だとか反対だとか、論争しているのでしょうか？」

熊楠は太田のせっかちな問いに鷹揚に答えた。「それはちと違うぞ。彼らは独立に賛成か反対かなどという議論はしてない。そんな議論はとっくに終わっているのだ。全員独立派だ。残った問題は、どういう手段で独立を勝ち取るかという方法論だ。合法的に独立を勝ち取るか、それとも暴力に訴えてでも独立を勝ち取るか、という議論をしているのだ。」

シュニッツラーは心配そうに訊いた。「暴力に訴えてとは、はなはだ物騒ですね。まさか爆弾をウィーンの議会に投げつけるとか、あるいは人目を引くためにウィーンの貴顕が通うオペラ座に投げつけるとか、まさかブルク劇場などわたしの劇を上演する劇場に爆弾を投げる計画はないでしょうね？　ドクター南方、そこのところは聞いていらしたのですか？」

「彼らの声は大きいのではっきり聞こえた。安心しなさい。劇場に爆弾を投げる計画はないようだった。その代わり、フランツ・ヨーゼフ皇帝に爆弾を投げるか、首相に投げるかの話だった。」

熊楠は平然とこう言ってのけた。

我々他の三人は唖然とするしかなかった。

「そんな物騒な話をしているのですか？　あそこの五人のハンガリー人は。しかも、ハンガリー語なら理解されないだろうと高をくくってこんな店のなかで公然と。すると彼らはテロリストですか？」シュニッツラーが驚いた声を出した。

「いや、彼らが実行するという話ではないのだ。彼らの知人のセルビア人から聞いた話をしているのだ。セルビアではそんな暗殺を計画している秘密結社があるというのだ。さすがにハンガリーでは暴力肯定派でも皇帝暗殺までは踏み切らないだろう。すでに二重帝国ということで懐柔されているのだからな。それに、ハンガリーもまわりはスラブ人に囲まれているので、スラブ民族主義へ対抗するためにドイツ人との協力関係は必要だと考えるマジャール人もかなりいるのだ。」

「安心しました。」シュニッツラーの青ざめた顔が明るくなった。それから今度は通路を隔てた他のテーブルの六人組の方を眼で示した。

「あの六人組はチェコ人のグループです。あちらも独立問題を議論しているらしいです。チェコ語で話しているので、わたしには皆目理解できませんが。」

チェコ人グループがマジャール人グループよりも穏やかに話しているのは、国民性だろうか。マジャール人は血の気が多いのに対して、チェコ人は皮肉屋という評判だ。議論の声は低いが、熱心に議論している。ただ、時々笑顔を見せるのは議論にも余裕があるせいか。

熊楠はしばらく彼らの議論に耳を傾け、私たちに説明を始めた。熊楠はチェコ語も理解できるらしい。さすがに大英博物館で働いていただけあり、大変な語学の才能だ。それに驚くのは熊楠の耳がよく聞こえることだ。屋外でさまざまなグループがワインの勢いで大声をあげて話している喧噪のなかで、離れたテーブルでの議論を逐一追いかけるのは、並大抵の聴力ではない。熊野の森を歩き回り、森のなかで微かな鳥の羽ばたき、さえずりや獣の鳴き声、足音に耳を澄ませていたために、聴力が異常に研ぎ澄まされたようだ。ちょうど山の民のマタギの猟師がそうであるように。

「チェコ人たちの論争も独立問題だが、やはり二派に分かれている。まずはチェコ語を公用語として、ドイツ語と実質的に同じ扱いにしろという要求を掲げるグループと、それでは生ぬるい、最初から政治的独立を目標にすべきだ、というグループで論争している。過激な主張をしているわけではないが、文化的独立か政治的独立か、という対立は根本的なものだから論争も収まりそうもない。」熊楠はこう解説してみせた。

シュニッツラーは熊楠が難解なチェコ語の会話を通訳してくれたことに賞賛と感謝を示してから、

いささかうんざりしたように言った。

「この店は『和協亭（Zum Ausgleich）』という平和な名前です。オーストリアとハンガリーによる二重帝国の成立、和協（Ausgleich）が成立した一八六七年にできた店です。両国の和合でハプスブルク帝国の内紛が収まり、長い平和が訪れることを祈って作られた酒亭といわれます。」

この説明を聞いて、店のあちこちにハンガリーの軍服姿のフランツ・ヨーゼフ皇帝とハンガリー風の衣装を身にまとったエリーザベト皇妃の肖像が何枚も飾られていることがよくわかった。

「ところが今まで説明しましたように、この店のテーブルでは帝国の崩壊の兆候である、分裂と分断の議論がどこでもなされているのです。いささか誇張して言えば、平和的なテーブル、和合のテーブルはわたしたちのところにしかないと言えるでしょう。見てごらんなさい。どのテーブルでも議論が進むにつれてワインの消費が生半可なものでなくなっています。つまり、どのテーブルでもアルコールという火薬が満タンになっているわけです。あとは誰かが火をつければいいだけです。それでこの店全体が爆発するでしょう。」

シュニッツラーはなんて物騒なことを話すのだ、と私たち三人は疑い深い眼で彼を見つめた。

シュニッツラーはそんな私たちの視線を気にせず、腕を組んでなにか考え込むようだった。

ちょうどそのとき、喧噪とアルコールの蒸気に包まれた店全体に一瞬沈黙が訪れた。すべてのテーブルの議論が急に止まったのだ。沈黙の天使がこの店の上空を通過したかのように。

バーーンッ
突然、銃の発射音がした。

店の客は全員、反射的に椅子を離れて地面にうつ伏せになった。見ると、ひとりの若い男だけ立ったまま短銃を構えている。銃の先を見ると、中年の男が腕を抱えてうずくまっている。腕に銃弾が命中したらしい。

次の瞬間、「捕まえろ、テロリストだ！」という大きな声がして、店の奥から警官が何人もこちらに走ってきた。彼らも銃を構えている。

バーンッ、バーンッ

と何発か発射された。警官が撃ったのだ。反対に若い男も撃ち返した。撃ち返しながら、すでに身体は道路の方に向かって走っている。とても素早い動きで、文字通り脱兎のごとき速さだ。

「捕まえろ！」と警察官たちは叫んでいるが、テーブルのあいだが狭いので、つまずいたりして、道路になかなか出られない。そのすきに若い男は道路へ出て、ブドウ畑の広がる丘の斜面を駆け上がり、姿が見えなくなってしまった。すべてがほんの一瞬の出来事だった。

店の客たちは安全になった気配を感じて、恐る恐る様子をうかがいながらゆっくりと立ち上がった。

私、太田、熊楠の順に立ち上がり、最後にシュニッツラーがゆっくり立ち上がった。私と太田、熊楠は興奮のために顔を紅潮させていたが、シュニッツラーは庭仕事でも終えたような「やれやれ」という落ち着いた表情である。こんな場面が慣れっこなのかもしれない、と思った。

「あれは誰なのでしょうか？」太田が震えた声で訊いた。

「おそらくスラブ主義者のテロリストなのでしょう。あの男も先ほどの話にあったような秘密結社に所属しているはずです。」

シュニッツラーは落ち着いた声で答えた。

「政府も反体制派の取り締まりを強化しています。力で何とか抑え込もうとしています。ところが、政府の弾圧が強くなればなるほど、反体制派はますます暴力的な手段に訴えてくる。いたちごっこです。こんなことを繰り返しているうちに、帝国は自家中毒のようになり次第に分裂して滅びていくのです。」

シュニッツラーはすでに帝国の将来を諦観している様子だ。

驚いたことに、あれだけの大騒ぎになったのに、しばらくするとまわりのテーブルでは何事もなかったようにまた議論が始まり、ワインの注文をしている。ウィーンではシュニッツラーだけでなく誰もがこんな発砲騒ぎに慣れてしまっているらしい。

「そろそろ腰をあげるか。」熊楠のひと言で、私たちは、ちょうど近くに来ていたミッツィに声をかけて勘定をした。

「せっかくウィーンにいらしたのに、こんな騒ぎに巻き込まれて大変でしたわね。これに懲りずにまた店にきてくださいね。こんなことは滅多にないのよ。」ミッツィは笑顔でこう慰めてくれた。彼女の明るい笑顔を見ると、こんなことがあってもまたこの店に来たいと思うのだった。

私たちは勘定にチップを加えてミッツィに渡して、彼女の一段と明るい笑顔に送られて店を出た。夕闇が迫る時刻で、あたりのブドウ園も薄ぼんやりした大気に包まれていた。

シュニッツラーはもう少しあたりを散策してからウィーンに帰ると言って、私たちと別れた。夕暮れの田園を散策して、新しい劇か小説でも構想しようと思っているのかもしれない。

私、太田、熊楠の三人は郊外電車に乗り、ウィーンに戻った。電車内に乗客はほんの数人しかいなかった。私たちはあの店で経験したことをそれぞれの頭で反復していて、おのずから言葉を交わすことが少なくなった。

「ドクター南方、おわび申し上げます。あの店にお連れしたために、大変な目に遭わせてしまいました。あの店は普段はあんな騒ぎはないのですが、まさか銃の撃ち合いが始まるとは夢にも思いませんでした。」太田はひどく反省した口調で言った。

「いや、あんたが謝ることはないよ。むしろウィーンの現状を知るよい体験になった。あんな経験をしなければ、ウィーンはひたすら美しく平和な街だ、と表面的に思ってしまっただろう。」

熊楠は太田を慰めるように言った。それからなにか思いついたのか、言葉を続けた。

「こうして電車に乗っていると、あの店でさっき体験したことが現実のことなのか、それともなにかの芝居なのか、わからなくなっているようだ。あの店にいた誰も彼もが、実は役者だったのではないか、と疑いたくなる。それとも、ウィーンの酒場に潜むワイン天狗の魔術で夢を見させられたのかもしれん。」

「今後のウィーン滞在の多難さを予想させますね。」私は違う方向で相槌を打った。

太田は外交官らしい意見を言った。「いずれにせよ、焦ったらだめだという教訓かもしれません。ウィーンの政治状況は日々、緊迫化していますから。我々が変に動いたら、それこそ変なところが爆発してしまうかもしれません。バルカン政治といいますが、今はウィーンそのものがバルカン化して、バルカンの縮図になっていると言っても過言ではないでしょう。」

熊楠は豪快に笑い始めた。「ハッ、ハッ、ハッ。面白いではないか。あちこちがいっせいに爆発したらどうなるか、とくと見てみよう。そうすれば、わしたちがウィーンを夢見ているだけなのか、あるいはウィーンがそもそも夢の都なのか、よくわかってくるだろうよ。」

私と太田は熊楠の言っていることの意味がわからず、ただ彼の笑い顔をじっと見つめる他なかった。

帰りの電車の時間は、来たときの倍は長くかかったように感じられたのだった。

第二章　レオポルト街

翌朝、ホテルでウィーン風の洒落た朝食を食べてから、熊楠と私は馬車でレオポルト街に向かった。なぜそこに向かったかというと、昨日シュニッツラーと別れたとき、ウィーンを知るには、ユダヤ人の文化を学ばなければならない、そのためにユダヤ人が多く住むレオポルト街に行くべきだ、と言われたからだ。行くべき場所についてのメモもシュニッツラーからもらった。そのメモには、「メンデルスゾーン書店、レオポルト街モーゼス通り十三番地」とあった。店主がユダヤ文化に詳しいので、いろいろと話を聞いてみるとよいだろう、というアドバイスだった。

馬車はドナウ運河の橋を渡り、レオポルト街に向かった。私たちが朝食を食べているところに太田が顔を見せ、大使館の仕事で今日は同行できないとのことだったが、ウィーン市街図を示しながらレオポルト街の説明と行き方を教えてくれたので、迷うことはなかった。

レオポルト街には、古くからユダヤ人が集まって来ていた。ウィーンの歴史を振り返ると、ユダヤ人の経済力に注目してユダヤ人に寛容な姿勢を取る支配者と、宗教的な理由からユダヤ人に厳しい態度を取る支配者が交代することで、猫の眼のようにユダヤ人居住者が増えたり減ったりした。しかしながら、十九世紀の中頃からユダヤ人の定住者が急に増えていった。これはハプスブルク家、とりわけフランツ・ヨーゼフ皇帝がユダヤ人に寛容な姿勢を取っていたことの反映であった。これによりレオポルト街はユダヤ人の定住する地区として有名になった。レオポルト街には、ユダヤ人の住居、商店、仕事場のみならず、ユダヤ教の教会であるシナゴーグやユダヤ人の学校、ユダヤ劇場などがそろっていた。

ユダヤ人街なるものに入るのは初めてなので、私は興味しんしんであたりに注意を払った。熊楠も興味深く街を観察しているようだ。私と熊楠の居住するイギリスでは、名前にイスラエルの入っているユダヤ人ディズレーリ（D'Israeli）が首相になったほどだから、ユダヤ人の存在は大陸諸国より社会的に認められている。そのため閉鎖的なユダヤ人街はないらしい。

私の予想では、レオポルト街の建物や舗道まで、ウィーンの他の地区とは異なっているユダヤ的な雰囲気が色濃くあるかと思ったが、最初のうちはそんな雰囲気があまり感じられなかった。ただ、他の地区より小さな建物が多いように感じた。金持ちのユダヤ人はリング大通りに豪壮な邸宅を構え、ここは田舎からウィーンにやってきた貧乏なユダヤ人がまず住んでみる地区だからだ。

熊楠は大英博物館で勤務していて、さまざまな文化に由来する展示物を見て、ユダヤ文化に関する書物も読んでいるのだから、ユダヤ的なものを私などよりずっと理解しているはずだった。この街を見ても思うことがいろいろあるはずだが、直接それを口にしない。

しばらく歩いていると、黒ずくめの服装の背の高い男に出くわした。シルクハットに似ているが高さがそれほどない黒い帽子と、靴まで届く黒いガウンのようなものをまとって足早に歩いている。両方のもみあげを長く伸ばしているのが特徴的だった。その男が通り過ぎたあとで、私は熊楠に訊ねた。

「あの男の恰好は変わっていますね。あれはユダヤ人の衣装なのでしょうか?」

熊楠は「確かにそうだ。ロンドンでもあんな恰好のユダヤ人を見かけたことがある。あれは厳格な正統派の恰好だろう。」と答えた。

初めて足を踏み入れた地区なので、メンデルスゾーン書店への道がわからなくなってしまい、向こうから来た若い男に書店の場所を訊ねた。若い男は厳格な正統派のように目立つ格好はしていないが、頭に丸い皿のような帽子を乗せている。熊楠は「キッパ」と呼ぶのだと教えてくれた。それ以外は普通のウィーン市民と同じような服装だった。私たちがアジア人であることに少し驚いたようだが、親切に場所を教えてくれた。

メンデルスゾーン書店は歩いて数分のところにあった。小さな看板しか出していないので、さっき通り過ぎてしまったようだ。小さな書店で、野菜などを売っている食料品店とパン屋にはさまれている。

書店の看板にはドイツ語で店の名前が書かれていた。ところがその下に見たことのない文字が書かれていた。熊楠に訊ねると、東欧のユダヤ人の共通語といえるイディッシュ語だそうだ。イディッシュ語の文字は古代ユダヤ人のヘブライ語の文字とのことだ。熊楠の説明によると、イディッシュ語の元は、中世ライン地方の古いドイツ語らしい。何でそんな古いドイツ語を今でもユダヤ人が使っているのか不思議に思った。熊楠の説明では、ユダヤ人がドイツで定住した最初の地方がライン地方で、時代は中世だったらしい。生活の便宜のためにユダヤ人はその地方のドイツ語を習得した。その後、迫害によりユダヤ人はより東方に移住したが、最初に覚えたライン地方の中世ドイツ語を基本として、そこにユダヤ人本来の言語、ヘブライ語や移住先のポーランド語やロシア語などスラブ系の単語も混ぜて使うようになった。そのように混淆した言語を「ユダヤ」から派生した単語「イディッシュ」と呼んだのだった。

メンデルスゾーン書店の小さなショウウィンドーには本が展示されていた。それらの本は古書が多いが、新刊らしい真新しい本も何冊か並んでいる。背表紙に書かれる文字には、アルファベットもあるが、イディッシュ語の文字もある。

大英博物館に勤務していたほどだから熊楠は本の虫であり、何のためにここに来たのかを忘れたようにショウウィンドーのなかの本を穴が開くほど眺めている。邪魔をしてはいけないと私は我慢していたが、熊楠の横顔を見ると、知らなかった本に出会い放心状態のようだ。このままでは何時間もこの場に立ち尽くすことになるのではないかと心配になって、熊楠に声をかけた。

「南方先生。そろそろ店のなかに入りませんか。本の詮索は用件が終わってからもできますので。」

熊楠の放心状態に私の声が亀裂を入れたようで、熊楠は驚いて私の方を見つめて言った。

「……そうだな。わしの研究テーマに関係する書籍があるので、つい時間を取ってしまった。おぬしの言うように、用件がすんでから買うべき本かどうか考えることにする。」

熊楠の気が変わらないうちにと私は急いで書店のドアを開けた。重いドアで開けるのに手間取り、また大きなきしむ音がした。

「Guten Morgen!（お早うございます！）」私は怪しい人物と思われないように、なるべく明るい声をかけた。

書店のなかは薄暗く、ほこりっぽい。小さなスペースで、左右と奥に本が天井まで書棚に詰め込まれている。天井が高いので、かなりの数の本が置かれている。奥には勘定場があり、その背後にはドアがある。店には誰もいない。店番はどこかに出かけているのかと思ったが、店を開けたままで出かけることはないだろうと思い返した。

私はもう一度「Guten Morgen!」と大声を張り上げた。私は高校時代に応援団に入っていたので、声の大きさには自信がある。しかし、奥から人が出て来る気配はない。

「店番はいないのでしょうか？」私は無駄足になるかもしれないと心配して、熊楠に言った。

「Gutn Morgn!」熊楠は私に返事をせずに、私以上の大声を出した。その言葉はドイツ語に似ているが、違っている言葉だ。そうかイディッシュ語か、とひらめいたときに、奥のドアがゆっくり開いた。

「Gutn Morgn!」という挨拶を返しながら、開いたドアから小柄な老人が現れた。

立派な身なりなので、どうやら店主らしかった。しかし、その老人は私がイメージしたユダヤ書店の店主の姿とはかけ離れていた。どうかけ離れていたのかを具体的には指摘しにくいが、つまりユダヤ書店の店主は通常の本屋の店主とは違って、独特の神秘的な雰囲気を持っているだろうと漠然と想像していた。ところがそんな雰囲気はまったくなかった。

まずは気難しい表情をしているのだろうと思っていた。学生時代に本好きの私は神保町の古書店街を歩きまわることが多かったが、そこで会う老店主たちはたいてい愛想がよくない顔つきをしていた。書棚の数多くの古書たちは、自分の価値がわかる愛書家以外には絶対に手を触れさせないぞ、という気位の高い表情をして並んでいた。古書店主もそんな古書の一冊と化したかのように、顔つきが険しくなっていた。

「よくいらっしゃいました。店主のシュロモといいます。イディッシュ語を話されるとは驚きました。どちらから来られたのですか？」

この店主は愛想よく話した。服装もユダヤ的と思われるところのない、ウィーンの中産階級の品のよいものである。髭は生えていなくて、ユダヤ的と揶揄される鉤鼻でもなく、むしろ鼻は低いほうである。ただ、笑顔でも大きな眼は注意深く私たちを観察している。

熊楠は早口で自己紹介をしたようだった。イディッシュ語で話したので、私にはドイツ語に似た響きの部分しか聞き取れなかった。熊楠が冗談でも言ったのか、店主は品よく笑い、それから話し始めた。言葉はドイツ語だった。

「そうですか。遠い東方の日本からいらしたのですね。わたしも日本の方とお話をするのは初めてですので、とてもうれしいです。しかもドクター南方は大英博物館の館員をしていられるとのこと、学識のある日本の方にこんな小さな書店に足を運んでいただき、実に光栄です。

ドクター南方はロンドンで知り合ったルーマニア系ユダヤ人からイディッシュ語を習われたとのことですが、わたしたちの小さな言葉に関心を持っていただき、ユダヤ人として誠にうれしく思います。もっともわたしはウィーンで同化ユダヤ人の家庭に育ったため、イディッシュ語をほとんど話せません。医師の父とピアニストの母はイディッシュ語を野蛮な東方ユダヤ人の言語として毛嫌いしていました。」

「ユダヤ人でもウィーンのユダヤ人と東方ユダヤ人では暮らしぶりや考え方が大きく違うのですね。」

ユダヤ人はたとえ外見が違っても考え方は変わらないと思っていたので、私はこう感想を言った。

「わたしの両親なぞは東方ユダヤ人を通りで見かけると、わざわざ遠回りするほど毛嫌いしていました。一般のウィーン市民より東方ユダヤ人に対する差別意識は強かったかもしれません。」

店主は悲しそうに言ってから、「というわけでドクター南方はせっかくイディッシュ語を話されるのですが、これからの会話はドイツ語でお願いします。わたしのドイツ語はウィーン方言がきついかもしれませんが、ご容赦ください。」と微笑して付け加えた。

私は「それは助かります。私はイディッシュ語を話せませんので。」と答えた。

店主は私に微笑を向けて、すぐに熊楠に質問をした。

「ところでドクター南方。なにかユダヤ関係の書籍でお探しのものがあるのですか？」

熊楠は少し照れたように言った。「特にこれという特定の書籍を探しているわけではないのですが、大英博物館で各民族の風俗、伝統にわしは興味を持ったので、ユダヤ関係も調べてみたいと思ったわけです。たまたまブダペスト出身のユダヤ人でルカーチという博識の同僚がいたので、イディッシュ語の他にユダヤ教やユダヤ文化の基本は教えてもらいました。ただ、彼も裕福な同化ユダヤ人の家系のため、ユダヤ教に特に詳しいわけではなかった。そこで、わしは博物館の蔵書でユダヤ関係の本を読んで抜き書きをしました。そんなわけでユダヤ関係の知識はまだ勉強中というところです。強いて言うなら、ユダヤ文化と日本文化との関連を調べてみたいと思っています。」

店主はまた微笑を浮かべて言った。「そうですか。実はわたしもユダヤ教やユダヤ文化の専門家ではないので、この店に並べているユダヤ関係の本も専門家からすれば、まとまりのない書籍の集まりに見えるでしょう。ただ、わたしはウィーン大学で民族学を学んだので、日本とユダヤの比較に関する本もいくつか並べています。」

店主はこう言いながら、天井に近い書棚の一角を指さした。

「あのあたりにあるはずです。脚立を持ってきます。」

店主は奥に立てかけてある脚立を取りに行き、運んできた。動きながら、店主は自分がどうしてユダヤ書店を始めることになったのかを手短に話した。店主は元々ウィーン大学の民族学講座の教授になろうとして勉学に励んでいた。研究成果もあがり、指導教授からの評価も高かった。ところが、ある日教授と研究室で話していたときに、思わずウィーン大学の教授を将来の目標にしていると話してしまった。教授が秘書に命じてコーヒーとザッハトルテを出してくれていて、気楽な雑談をしていたからつい自分の本音を話してしまった。教授が研究者として自分を高く買ってくれているのがわかっていたので、すでに教授が自分のことを後継者として考えてくれているのではないか、と想像していたからだ。

ところが、その話を聞いた途端に教授の表情が変わった。コーヒーカップを置いて、暗い影が差した表情で教授はきわめて事務的な口調で言った。ユダヤ人の君にはウィーン大学の教授になる見込みはない。しかも民族学という研究分野ではことさらに。なぜなら、民族学は中立的な学問ではありえないからだ。民族学はそれぞれの民族の視点で研究しなければならない。つまり、その研究者が属する民族の存在意義、はっきり言えば優秀さを明らかにするのが、民族学の最終目標でなければならない。ダーウィンが『種の起源』で進化論を唱えて、生物間の生存競争という視点を唱えた。民族間でもこの生存競争という視点が必要だ。民族学という学問は、研究者の属する民族が生存競争に勝つという最終目標を当然ながら持っている。自分の民族が生存競争で敗れ消滅したら、その民族の民族学が存在できないからだ。このような視点のない民族学研究は単なる趣味の領域だ。ユダヤ人の君がまさかウィーン大学民族学講座の教授になろうという野望を持っているなどとは、わたしには思いもよらなかった。それは算数の得意な十歳の生徒が、ウィーン大学数学科の教授になろうとするような大それた望みだ。いや、この例よりも不可能な挑戦だ。十歳の生徒のなかにも、ガウスのような天才がいることはあるだろう。そんな天才ならば、ウィーン大学の数学教授にもなれるだろう。しかし、ユダヤ人がウィーン大学民族学教授になるのは、馬が獣医学教授になろうとするような不可能な願望だ。わたしは君の研究者としての能力を高く評価する。しかし、君にアドバイスをするが、そんな実現不可能な望みを持たず、あくまでも趣味として民族学を研究しなさい。君の家族は裕福なようだから、生活の心配をすることなく趣味として研究できるではないか。趣味である研究ほど楽しいものはないぞ。

教授は最後にわたしへの心遣いとして、たっぷりと微笑をサービスしてくれた。わたしも思わず恥ずかし気な微笑で合わせてしまった。教授とはその後二度と話をしなかった。なぜなら、その翌日からわたしは一切研究室に出入りせずに、ウィーン大学と縁を切ったからだ。わたしは、その代わり関心のなかったユダヤ教やユダヤ文化の研究をしようと決意した。教授の言葉で自分がユダヤ人であることを初めて強く意識したからだ。大学のブルシェンシャフト（学生組合）に入ろうとしたときにユダヤ人であることで嘲笑されたこともあるが、それほど気にはしなかった。よくあることと割り切っていたからだ。しかし、自分の人生の目標がユダヤ人であることで妨害されたことにより、自分がユダヤ人であるという人生の出発点を徹底的に考える必要性を痛感した。こうしてユダヤ教やユダヤ文化を探究するために、ウィーンのラビを訪ねて教えを乞うたり、リトアニアのヴィリニュスにまで出かけてユダヤ研究所を訪ねたりした。

店主はこんな話をしながら脚立の上で高いところの書籍を探した。「あった、あった。」とうれしそうな声をあげて、一冊の本を書棚から取り出し脚立を降りた。

「これが探していた本です。」

テーブルの上にほこりをかぶった古めかしい本を置いた。店主はその本の表紙を確認してから言った。「これは、十六紀にイエズス会士が書いたラテン語の本で『日本からのイエズス会士の報告　とりわけ日本人とユダヤ人の比較について』となっています。この本を購入したのはもう十年以上前です。商売上の取引があったリスボンの古書店から掘り出し物があったという連絡があり、思ったより高くないので、実物を見ないで購入しました。」

店主は無造作にこう言った。どうやら稀覯本ではないようだ。その証拠に店主の本の扱いはいささか雑な印象だ。

「面白そうですな。一体どんな内容なのですか?」熊楠は好奇心を抑えられない口調で訊いた。

店主は穏やかに微笑して答えた。

「簡単に紹介しますと、日本列島の最初の支配者であるカイザー・ジンムは、実際にはユダヤ民族の指導者モーセであるというのです。モーセがはるばる旅をして日本列島の九州に渡って、その地の人々を集めて軍隊を組織し、その軍隊を率いて本州に攻め入り、各地の支配者たちを次々に倒して統一王朝を打ち立てた、と書かれています。」

私は思わず大声をあげた。「そんな荒唐無稽な話はあり得ない!」

同意を求めるために、私は熊楠に声をかけた。「南方先生、そうでしょう?」

ところが熊楠はにやりとして言った。「なるほど、そんな話もありそうだな。」

熊楠は店主にその本を見せてくれ、と頼んだ。店主は「ここがその箇所です。」と言って、熊楠に本を渡しながら、神武天皇の記述があるところを示した。熊楠は本を受け取ると、声を出して読み始めた。ラテン語なので私には意味不明だが、ジンムという言葉が聞こえた気がした。

熊楠は五分ほど読み続けると、ていねいに本をテーブルに置いて言った。「なるほど、御主人の言われた通りのことが書かれている。それ以外にも実に興味深いことがいろいろ書かれている。

『旧約聖書』のモーセの記述と出だしは似ているが、次第に話がずれてくる。エジプトで奴隷だったユダヤ人を率いてモーセはエジプト脱出に成功し、シナイ山頂でヤハウェから十戒の啓示を受け、モーセはユダヤ人に一神教を提示する。ユダヤ人は元々多神教信者であったのだが、モーセによりヤハウェの一神教を強制させられて嫌々ながら信仰した。エジプト脱出をしたところまではよかったのだが、その後約束の地であるカナンに向かう途中、砂漠での嵐など荒天に苦しめられ、また土着民の攻撃にさらされ多くのユダヤ人が殺害されてしまう。食べ物も足りず餓死者が出て、慣れない土地の風土病にかかり子どもや年寄りなど身体の弱い者たちは次々に死んでいった。そこで指導者モーセに対する不満がユダヤ人の間で高まった。こんなにひどい目にあうくらいなら、いっそエジプトで奴隷のままでいたほうがよかった、奴隷といってもそれなりの待遇は受けて、住むところもあり食うに困らなかった。それが今では動物以下の境遇だ、住むところ、着るもの、何より食べるものがない、これも、モーセが奇怪なヤハウェの信仰を持ち込んだから本来のユダヤの神々が怒って、我々をこんなひどい目にあわせたのだ。このようなモーセに対する不満がとりわけ若いユダヤ人の間にたまり、とうとう憎悪にまで高まった。終には、モーセが眠っている深夜に屈強な若者十人が襲い刺殺するという計画が練られた。ところが決行の晩、モーセは不思議な夢を見た。眠っていると見知らぬ金色の鳥が寝所に飛んできて、『敵が襲ってくる、今すぐわたしのあとについて逃げなさい』と金色の鳥はモーセに聞き覚えのない言葉で告げて、飛び立った。不思議なことに鳥の言葉をすべて理解できたので、モーセはあわてて飛び起きそのままの恰好で鳥を追いかけた。するとモーセの腹心たちも何人か気づいて、静かにモーセに従って出て行った。こうして、モーセにしか見えない金色の鳥のあとを追い、モーセの一行はユーラシア大陸を何年もかけて横断して、シベリアから粗末な船に乗った。船は流されて九州の北部ヤマタイに到着したが、地元民に怪しい者として攻撃されたため、船に乗り直して、九州沿岸をぐるりと回り安全な上陸地を探し、最終的にタカチホに上陸した。こう書かれている。なるほど、なかなか面白い内容だ。」

店主は癖のあるラテン語を楽々と読みこなした熊楠を賞賛した。

私はふたりに置いて行かれた気分になったので、強い調子で反論した。

「南方先生、面白いどころではないですよ。モーセが神武天皇だなんてとんでもない。歴史的にそんなことはあり得ないですし、そもそもわが日本国の二千六百年の神聖な歴史の冒涜です。モーセが神武天皇なら、何で日本ではユダヤ教が信仰されず、仏教渡来以前には天照大神を中心とする神道が信仰されていたのですか、おかしいではないですか⁉」

日本の歴史の名誉を守るために、私は鼻息荒く熊楠を詰問した。

「そのこともちゃんと書いてあるぞ。」と熊楠はなだめるように言った。

「元来ユダヤ人だって多神教で、我々日本人のような自然崇拝の民族だった、そのことは知っているだろう。この書では次のように説明している。モーセは指導者としての権威を認めさせるために、エジプト脱出という一か八かの賭けに打って出た。さらに、権力基盤を固めるため、一神教をユダヤ人に強制しようとした。一神教の確立は、そのまま一神教の宣布者である自分の権力の確立につながるからだ。ただ、一神教に馴れていないユダヤ人に信仰させるために、その手順を熟考した。まずは多くの自然崇拝のなかでも一番強力な太陽神信仰を強化して、太陽神の一神教的崇拝をユダヤ人に強制した。しかしながら、太陽神ではあまりにも人間離れしている。太陽はそれ自身が自然の一部なので自然界を支配する存在としてはふさわしいのだが、人間を支配する存在としては人間との共通性がないのでふさわしくない。そこで太陽神に人間の面影を入れたヤハウェを唯一神としてモーセは構想した。シナイ山頂でヤハウェが燃える茨としてモーセの前に顕現するのも、炎により太陽神としてのヤハウェの性格を表わしている、とこの本では説明している。」

熊楠の平然とした表情を見て、かえって私はむきになり反論した。

「天照大神が日本の最高神であるのも、日本人の太陽崇拝が根源にあるからとは思いますが、もし神武天皇がモーセだとしたら、なぜヤハウェを直接の崇拝の対象にしなかったのですか。おかしいではないですか？」

熊楠はすぐに答え始めた。

「その理由もここに書かれている。神武天皇を名乗ったモーセは、日本人がユダヤ民族のように多神教、自然崇拝の民族であることを知り、一神教としてのヤハウェをそのまま教えても日本人に受け入れられないだろうと悟って、まずは受け入れやすい太陽神崇拝を教えた。それが浸透した時期を見計らって、モーセは次に太陽神の代わりにヤハウェを崇拝させようとした。ヤハウェにも太陽神の性格があると説得しようとしたのだ。しかしながら、日本人を説得するための移行期間が長くなりすぎて、百歳を優に超えたモーセは老衰で亡くなってしまった。そのため太陽神崇拝は信仰の根幹として残ったが、指導者モーセがいなくなったため多神教的な要素が復活し、その後に信仰の方向が自然崇拝の多神教に逆戻りしてしまった。ただ、モーセの説いたヤハウェの一神教という側面は、現世の唯一の指導者としての天皇の神格化として、信仰のもうひとつの根幹になったというのだ。」

「でっち上げのまったくの空理空論です。そもそもモーセが日本に渡ってきたなんてありえない！」私はまた声を上げた。

熊楠は私の大声を無視して、本を見直してから言った。

「ここにまた、奇妙なことが書かれている。カイザー神武すなわちモーセの最後は老衰という通説の他に、もうひとつの説があるというのだ。」ここで、熊楠は語調を強めた。「カイザー神武は老衰で死んだのではなく、暗殺されたというのだ。」

「えーっ！」思わず私は声をあげた。

「そもそも一神教が気にくわなかったモーセの息子たちや部下たちがカイザー神武であるモーセを暗殺して、その直後にカイザー神武が老衰で死去した、と宣伝したというのだ。息子や部下たちにとっては、独裁者になりつつあるカイザー神武、つまりモーセが厄介な存在になっていたからだ。これが息子たちによる父親殺しの原因だ。」

私は頭がくらくらした。「そんな……」あまりに突拍子もない話なので、ショックのためにあとの言葉が出なかった。

「安心しなさい。」店主が父親のような微笑を浮かべて、私を励ますように言った。

「この本は明らかに偽書です。長年古書を扱っているわたしには、この本はとても古めかしい装いをしているが、本当は十九世紀半ばに製本された本だということがよくわかるのです。」

熊楠も店主のあとを続けた。「わしも最初から偽書だとにらんでいた。この本を手にしたときの手触りが、中世の書物の手触りではなかったからだ。わしも大英博物館で長年、世界各国のいろいろな古書を相手にしてきたから、紙の手触りだけでそれがいつ頃のものかすぐにわかる。この本の見た目は古めかしいが、紙は十九世紀のものだ。中世の紙ならばもっと手触りが荒い。この本の紙は荒い手触りにしようとあとから工夫しているが、専門家が触ればそんなウソはすぐにわかってしまうのだ。」

私は腑に落ちなかった。「でも、何でそんな手の込んだ偽書を作成したのですか？　神武天皇がモーセだという本を出版して誰がどんな利益を得るというのですか？」

これにはすぐに店主が事務的な口調で答えた。

「まずは物質的な利益です。ユダヤ人と日本人の関係を探る書籍などこれまで出版されていなかったので、そういう本が出れば、しかも中世の書籍として売り出せば、稀覯本として高値がつくはずだ、と偽書作りをした人物は思ったはずです。しかしながら、偽書作りの技術が未熟だったので、ドクター南方のような専門家にはすぐに見抜かれてしまったのです。」

「そんなら何で専門家であるリスボンの古書店では偽書と見抜けずに、こんな本を御主人に売りつけたのでしょうか？」私は反射的に質問した。

「リスボンの古書店でもこの本が偽書だと見抜かれていたのでしょう。ただ、その店はわたしなら買うだろうと思って売りつけたのです。その証拠に、売値は本物だとしたらこのくらいはするだろうという価格の十分の一もないのですから。」

店主があまりに平然と言うので、私は質問した。

「それなら何で偽書と知っていながら、御主人は買われたのですか？　金が無駄になるではないですか。単なる物好きで買われたのですか？」

私の率直な質問に店主は気分を害したようだが、商売用の微笑を浮かべて言った。

「それは、こんな偽書をなぜ手間暇かけて偽書作りがでっち上げたのか、ということの第二の理由になります。先ほど言いましたように、第一の理由は金儲けというシンプルな理由です。しかし、第二の理由もあるはずだとわたしは踏んでいます。」

「偽書作りの第二の理由？　何です、それは？」今度は熊楠が興味ありげに質問した。

「反ユダヤ主義（Antisemitismus）です。つまり、この偽書はわたしたちユダヤ人を排斥しようという意図をもって作成された巧妙な文書です。」店主は静かな口調で断定した。

熊楠が質問を続けた。「わしも反ユダヤ主義の風潮は知っておりますが、日本とユダヤの関係を書いた偽書が何で反ユダヤ主義のプロパガンダになるのです？」

店主は静かな口調で続けた。「それはこういうことです。この偽書の最後に『あとがき』として書かれていることとです。モーセが日本に渡り、古来の多神教を太陽崇拝の一神教に変え、それからヤハウェの一神教に変えようとしたように、ユダヤ人は世界各地に離散したあと、居住地の文化や宗教、それから政治や経済もユダヤ的なものに変えようとしている、ユダヤ人の精神的侵略に気をつけろ。これが結論です。ここには現代の反ユダヤ主義者の問題意識も紛れ込んでいるのです。ちなみに、新約聖書のなかにも巧妙にユダヤ的な要素が混入している、新約聖書に仕掛けられたユダヤ的時限爆弾だからよく気をつけろ、といったことまで傍論として書かれています。」

熊楠はあきれたように言った。「新約聖書にユダヤ的な要素があっても当然ではないか。新約聖書の元はユダヤ教の旧約聖書だ。新約、旧約という名称もあとから便宜的につけたものであって、イエス・キリストがユダヤ教のラビだったように、本来ふたつの経典は切っても切れないものだったはずだ。新約聖書からユダヤ的な要素を取り除いてしまったら、キリスト教の土台が掘り崩され、キリスト教の殿堂が崩れ落ちてしまうだろう。それにしても、偽書と知って、しかも反ユダヤ主義のプロパガンダの書と知りながら、御主人は何でこんな本を本棚に並べているのですか？」

店主はまた穏やかに微笑して答えた。「わたしの書店は、ユダヤに関する書籍は新刊でも古書でも何でも並べているのです。そのなかには当然、反ユダヤ主義の書籍もあります。それも新刊も古書もあります。たとえばこの本をご存知ですか？」

そう言って、店主は書棚の一角に向かった。それはドイツ語で「反ユダヤ主義」という表示がなされたコーナーだった。ドイツ語の下には見慣れぬ文字があったが、やはりイディッシュ語の表記だろう。何段かある書棚の真ん中から店主は一冊を抜き取った。その本は古書ではなかった。店主は本を熊楠に渡した。

熊楠はその本の表紙に顔を近づけて題を読み上げた。

「『シオン賢者の議定書』。ああ、やはりそうか……」

熊楠は首を振りながら言った。「これは有名な反ユダヤ主義の偽書ではないか。わしもロンドンでユダヤ人の知人に聞いたことがある。この偽書は、ユダヤ人の長老たちが密かに会議を開き、ユダヤ人による世界支配について方針を決定した内容である、という触れ込みだ。しかし、とんでもない偽書であることはすでに判明している。オリジナルがロシア語なので、ロシア正教の僧侶がでっち上げたという説もある。どうやらロシアのツァーリ政府も関与しているらしい。しかし、この偽書の悪影響はあっと言う間にヨーロッパ全土に及んだ。この偽書のせいで反ユダヤ主義に火がついて、ポグロムなどのユダヤ人迫害、排斥が急激に盛んになってしまった。犠牲者も多く出たということだ。」

私は店主に「そんな反ユダヤ主義の文書を飾っていてユダヤ人の客から文句はでませんか？」と訊いた。

店主は真面目な顔をして答えた。「そんなことも時々あります。熱烈なシオニストもこの店に来ますので。そのときには、ていねいに説明します。反ユダヤ主義を知らなければ反ユダヤ主義と闘うことはできない、反ユダヤ主義者の手口を知らなければ反ユダヤ主義者にどうすれば対抗できるのかがわからない、だからユダヤ人も反ユダヤ主義の文書を読まなければならない、と説明します。」

熊楠が相槌を打った。「なるほどもっともだ。スリや強盗を防ぐには、奴らの手口を知らなければならない。反ユダヤ主義者という詐欺師と闘うにも、奴らの手口を知らなければならん。」

熊楠はこう言って腕を組んだ。あたかも眼の前に詐欺師の反ユダヤ主義者がいるかのように。

「それにしても御主人は他にもこういった偽書を並べているのですかな？」

店主はにやりと笑った。「並べています。ただ、ドクター南方、これだけは言っておきたいです。あなたは大英博物館の栄誉ある館員ですから、こんなことはとっくにご存知と思いますが、何をもって偽書とするかの基準は実ははっきりしないのです。正書と言われるものが偽書になり、偽書と言われるものが正書になることはときにあること、いや大いにあることです。宗教の歴史においても、国家の歴史においても。」

熊楠は黙って深くうなずいた。

「聖書だってさまざまな外典や偽典と言われるものの上に成立しているのです。これは旧約についても新約についてもあてはまります。場合によっては新旧の間に別の聖書が編纂されたのかもしれません。それはまだ発見されていませんので、なかったのかもしれません。いや、実際にそのような聖書があったのかもしれません。ただ、それが現在残っていないだけの話です。ひとりでに消えていったのか、大きな力で抹殺されたのか、わかりませんが、おそらく後者でしょう。」

店主は恐ろしい話を始めたが、その表情は狂人のものとは思えなかった。

熊楠はまた黙って深くうなずいた。店主の話していることを彼も一度は考えたことがあるのだろう。それからおもむろに口を開いた。

「正書は偽書の屍の山の上に成り立っている、ということですな。いや、本当のことを言えば、むしろ正書の屍の上に偽書が成り立っている、と言うべきかもしれません。ところで、あなたの書店では、どのような偽書が、あるいは知られざる正書が潜んでいるのですか?」

店主はこの問いを聞くと、静かに立ち上がり私たちにていねいにお辞儀をして言った。

「それではお手数ですが、立ち上がっていただけますか。これからユダヤに関する偽書の世界旅行に出かけましょう。」

そう言うと書棚の一番端に歩いて行った。私たちもあわててついて行った。

店主は「わたしの書店は地域と時代で分類しています。」と言って、手近にある本を取り出し、最初のページを開いた。

「この本は、メソポタミア文明の最古の書の一冊という触れ込みの楔形文字とそのドイツ語訳です。あの『ギルガメシュ叙事詩』の時代の文書とされています。もちろん本物は紙ではなく、粘土に刻まれた楔形文字とされています。『エンキドゥ叙事詩』という題名がついています。ギルガメシュのライバルであるエンキドゥを主人公にした物語です。原作とは異なり、主人公のエンキドゥがユダヤ人であるという設定になっています。エンキドゥが、死の恐怖に囚われた王ギルガメシュにユダヤの教えである生命の永遠性を伝えてやる、という筋なのです。」

店主はその本を無造作に熊楠に手渡す。熊楠はページをペラペラとめくったが、「この楔形文字はでたらめだ。それらしいものを適当に並べただけだ。」とあきれたような声を出す。

「そうでしょう。わたしも楔形文字をいくらか勉強したことがありますが、本物の楔形文字はひとつもありません。すべて似せようとして失敗したインチキ文字ばかりです。よほど頭の悪い偽作者だったのでしょう。

これを送ってきたライプツィヒの古書店に、わたしがこの本を偽書と指摘すると、その古書店は、楔形文字も時代により形が大きく変わっているから、偽物と一概に決めつけられない、とふざけたことを言ってきました。見え透いた嘘ですが、内容が面白い偽書なので十分の一に値引きさせて購入しました。」

すんだが。

「物好きなことだ。」と思わず私は声を出してしまった。日本語で言ったので店主に気づかれずに

店主は次のコーナーに移り、また一冊の古ぼけた書物を取り出した。「こちらは古代中国のコーナーです。諸子百家の時代で、儒教、道教などさまざまな思想、あるいは宗教が花咲いた時代です。この本はフランス語で書かれていますが、清の康熙帝に仕えたイエズス会士によって古代中国語から訳されたものという触れ込みです。タイトルは『諸子百家のなかのユダヤ人』です。諸子百家のなかには今日では名前しか伝わっていない思想家もいますし、その他に名前も伝わっていない多くの思想家もいるはずです。名前も伝わっていない思想家のなかにユダヤ人がいたというのです。猷伝という名前で、最初は老子の弟子でしたが、その教えに物足りなさを覚えて、孔子のもとに参じて高弟のひとりになりました。しかし、孔子の教えにも次第に不満を覚えるようになり突然出奔してしまいました。それに怒った孔子は猷伝の存在を完全に抹殺してしまいました。『論語』にも元々、孔子と猷伝の対話編があったのですが、その部分も消されたそうです。猷伝は孔子のもとを去ってから、諸国遍歴の間に思索を深めて、老子の自然の思想と孔子の礼の思想を統一した新しい思想を生み出しました。それは自然に従うことが礼の基本であり、その背景には絶対神との契約があるという内容です。『原約言』という体系書を著したそうですが、儒教、道教の双方から激しく排斥され、権力者からは封建秩序を破壊する危険思想というレッテルを張られて、焚書の憂き目にあったそうです。猷伝の最期は知られていませんが、処刑されたという言い伝えと陋巷に窮死したという説があるそうです。ちなみに、猷伝は髪が茶色で鼻が高く、身体も大きかったそうです。」

店主に渡された書物を熱心に見ていた熊楠は、「猷伝か。そんな思想家がいたら面白いだろうな。また儒教と道教を統一した書という『原約言』も読んでみたかった。」と言った。

そう言ってから、熊楠は大きな声で笑った。「しかし、残念ながらそんな思想家はいなかったし、そんな書もなかった。」こう言って、熊楠は私にその書を手渡し、「このページを見てみなさい。猷伝の『原約言』の原典の漢文だそうだ。」と言った。

私は印刷の悪いその漢文を読んで驚いた。「えっ、これは『論語』と『道徳教』を適当につなぎ合わせた漢文ではないですか。専門家でない私でも、これぐらいなら高校で学んだ知識でわかります。こんな稚拙なやり方をしたら、すぐに偽書だと見破られてしまうでしょう。こんな偽書を作成して何が面白いのでしょうか？ 人を惑わすにも程があるはずです。」

私の義憤をなだめるように熊楠は言った。「この偽書の作者はおそらく漢文は大して読めなかっただろうが、中国思想には興味を持っていて、孔子や老子もそれなりに読み込んでいたことがわかる。」

「どうしてそうわかるのですか？」店主が熊楠に訊ねた。「わたしは漢文も読めないし、孔子や老子の思想も表面的にしか知りません。」

「それはこのインチキ漢文の下につけられたフランス語の解説を読むとわかるのです。翻訳による知識と言っても、それなりに孔子と老子を読んでいないと書けない内容です。おそらく偽作を書いているのはフランス啓蒙思想家の誰かでしょう。もっともヴォルテールやルソー、ディドロのような大物ではなく、名前も伝わっていない小者の思想家で、フランスの絶対王政に強い不満を持っていたものと見える。このフランス語の解説を読んでも、古代中国の政治批判の仮面をかぶってフランス国王やその取り巻きへの激烈な批判をしている。モンテスキューが『ペルシア人の手紙』で、ペルシア人の仮面をかぶって腐敗したフランスの王政や貴族を批判したのと同じ手口です。」

店主はなるほどと納得したようだ。店主もこの古書の真偽についてウィーン大学の中国思想研究者に鑑定を依頼して、すでに偽書との鑑定を受けているとのことだ。

店主はそれから書棚を次々に軽快な足取りで回り、ユダヤに関する偽書の紹介を次々にしていった。その様子があまりに楽しそうなので、私は、この店主は本物の書籍を集めることよりも偽書を集めることの方に楽しみを見出しているのではないか、という疑いを持った。逆にこの本屋で本物はどれだけあるのだろう。そう思って周囲の書棚を見回すと、これまではただ陰気臭い古書が多いと思っていたのだが、背表紙の重々しい文字のひとつひとつがみんな偽書の舌であるように見えてきた。本物と思っていたしかめ面の本が、偽書として私を嘲笑し、悪意ある舌を出しているように見えて、私はくらくらとめまいを覚えた。

他方、熊楠は大英博物館の仕事でいわば偽書慣れしているのか、何の驚きも感じないようだ。店主の説明にうなずいたり質問したりして、この偽書グランド・ツアーを楽しんでいるようなのだ。

店主の偽書の紹介のなかで印象深かったものをいくつか挙げてみる。アラブ支配下の中世スペインで著名なユダヤ人思想家マイモニデスの著書とされる『迷いを抜け出た人のための導き』。これはマイモニデスの実在の書『迷える人のための導き』の続編と銘打っていて、ユダヤ教、キリスト教、イスラム教の三宗教を信じるものたちの相互理解の促進を訴え、三宗教の相違を最小にする具体的な提案をしている。また、ユダヤ教を破門されたユダヤ人哲学者スピノザの『新宗教論』もあった。スピノザはユダヤ教のみならずすべての宗教の存在根拠があらゆる人に門が開かれていることであると主張して、自分の理想とする新宗教を具体的に論じている。

さらに驚くほど面白い古書を店主が取り出した。それはシェイクスピアの書いた『ローマの商人』という戯曲である。シェイクスピアの『ヴェニスの商人』を店主が言い間違えたのかと思ったが、そうではなくて実際に表紙にはThe Merchant of Romeと題名が書かれていた。これは十九世紀の半ばにローマの古書店で発見されたシェイクスピアの手稿という触れ込みだった。著者のところが読めなくなっていて、シェイクスピアの作品とは長くわからなかったが、たまたま休暇でローマに立ち寄ったオックスフォード大学教授がゾッキ本のなかから見つけ出し、イギリスに持ち帰ったということになっている。

とても興味をひかれた熊楠はすぐにその本を店主から本を奪い取るように受け取ると、無心に読み始めた。

その間に店主は説明を始めた。「この本の最初には長い前書きがあります。そこに書かれている内容をかいつまんで説明します。もともとシェイクスピアは『ヴェニスの商人』を執筆するつもりではなく、『ローマの商人』を書くつもりでした。ローマの商人は中世イタリアに実在した人物で、その人物のことはあるローマ教皇年代記に書かれています。その商人はユダヤ人ではなく、れっきとしたイタリア人です。彼は強欲な商人で、なによりユダヤ人嫌いでした。ユダヤ人はみんな自分の商売敵と思っていたようです。あるとき、たまたま手元に金がなかったユダヤ人商人に頼まれて金を貸しました。イタリア人の商人はそのユダヤ人を特に憎んでいて、もし期限までに金を返せなかったら、そのユダヤ人の肉一ポンドを切り取るという契約をしました。ユダヤ人は裕福な商人なので、そんな契約も意に介さずに署名したそうです。ところが、ユダヤ人が多額の出資をした船が嵐で難破してしまい、期限までに借金を全額返すことはできなくなりました。そこでユダヤ人商人はイタリア人商人に頼みました。借りた金の大部分は今でも返せるし、あと数日したら金を貸した商人から返金があるので数日だけ待ってくれ、という依頼でした。しかし、それこそシャイロックのようなイタリア人商人は少しでも金が足りなければ、約束通り肉一ポンドをもらうと言い張って止まないのです。約束は約束だと言って、まわりの人の説得にも耳を貸しません。激しい争いになったので、イタリア人商人はローマ教皇庁に訴え出ました。教皇庁ならばユダヤ人よりキリスト教徒の自分の味方をしてくれるはずだ、と信じていたからです。ところが、意外なことに裁判ではイタリア人が敗訴したそうです。裁判に出てきたローマ教皇は『たとえ相手がユダヤ人だからといって、人間の肉一ポンドを契約の対象にすることなどとうてい許されぬ。キリストがそのような契約を認めると思うのか』と商人を一喝し、イタリア人商人はローマから追放されました。他方、ユダヤ人商人も良俗に反する契約の当事者になったことの罰としてローマから追放されました。つまり、この『ローマの商人』では悪辣な商人はユダヤ人ではなく、イタリア人になっているのです。すなわち、本当のシャイロックはユダヤ人ではなく、れっきとしたキリスト教徒なのです。」

私は店主の話があまりに奇想天外なので呆気に取られていた。熊楠は大変な速読家なので、店主がゆっくり説明している間に前書きと戯曲をほぼ読み終わっていた。

「なるほど、御主人が説明してくださったことが『前書き』に書かれている。そのあとの成り行きをわしが説明しよう。シェイクスピアはローマ教皇年代記にあるこのエピソードに興味をひかれて、戯曲にしようとした。あくまで事実に沿った設定で。しかし、『ローマの商人』の上演を企てたときに劇団員たちから、キリスト教徒が悪人でユダヤ人が被害者であるようなこんな変なドラマは演じたくない、という猛反対があった。劇団の財政状態が悪化している時期であったし、観客の拒否反応も恐れて、シェイクスピアは仕方なく善悪の役割分担を反対にして、ローマ教皇が登場する必要のないヴェニスを舞台にしたということだ。『ローマの商人』の台本はその際のどさくさにまぎれてどこかに紛失したらしい。しかし、なにかの経路でシェイクスピアの手稿をローマの古書店が手に入れた。その貴重な手稿をたまたま見つけたので、こうして出版することにした、という編纂者であるオックスフォード大学教授の説明が『後書き』にある。ただ、発見の経緯や手稿がどんな形式のものだったかについての詳しい説明はひと言もない。贋作の場合の見え透いた手口だ。」

私は思わず口をはさんでしまった。「でも万が一これが贋作ではなく、本当にシェイクスピアの手稿だったら大変な発見になりますね。シェイクスピア研究史を塗り替えるような発見です。そうなったらご主人の大功績でしょう。」

店主は苦笑いをした。「しかし、ユダヤ人のわたしの店にあったシェイクスピア執筆のユダヤびいきの戯曲ということになったら、やはりユダヤ人のでっち上げの贋作と反ユダヤ主義者から大変な攻撃を受けるでしょう。たとえこの作品が本物であるにしろ、公表するのは止めましょう。ひっそりと書棚のここに寝かせておきます。」

店主は本を元の場所に静かに置いた。それから急に真顔になって、我々の方を見た。

「最後に皆さんにもっとも問題となる最大の偽書をお見せしましょう。」

店主は書棚のひとつに向かった。そして、何冊かの本を書棚から取り出して床の下に並べた。空洞になった書棚のうしろの壁には金庫のようなものがはめ込まれてあった。店主は金庫のダイヤルを慎重に右左に何回か回した。

どうなるのかと固唾を飲んで見守っている私の耳に「カチッ」という音が聞こえた。

店主は白い手袋をつけて金庫のなかから古書を取り出した。ボロボロの表紙にその古書の古さが現われている。店主はまるで爆発物でも扱うような慎重さで、その古書をテーブルの上に置いた。

強い興味を持った熊楠はすぐにその本に手を出そうとした。

「触れないで！」

店主は驚くほどの大声を出した。「すみませんが、この本にはどなたにも触れていただけません。」

冷静さを取り戻して店主は謝った。

店主の一喝に驚いた熊楠は照れ笑いを浮かべて言った。「まるでこの本が爆発するようですな。」

店主は真顔で言った。「その通りです。下手に扱うと大爆発します。」

「えっ、本当ですか？」私は今すぐその古書が爆発するのかと逃げ腰になった。

店主は私のあわて振りを見て、苦笑した。「爆弾のように本当に爆発するわけではありません。ご安心ください。この本の書かれている内容が爆発力、それも大変な爆発力があるということを言いたかったのです。」

熊楠は本に触れることを禁じられてしまったので、その代わりにと本の表紙を穴のあくくらい、というか本の内容を透視できるほどの集中力で見ていた。

「ギリシア語で『ヨナスによる福音書』と書いてあるな。つまり、新約聖書の四つの福音書、マタイ、マルコ、ルカ、ヨハネの福音書の他に第五の福音書があるというわけか。ご主人はこの本を読まれたのか？」

熊楠の問に店主はうなずいたが、そのあとに急いで首を何度も横に振った。どういう意味なのだ、と私が思った途端、店主は話し始めた。

「答えはイエスでもありノーでもあります。つまり一端は読みかけたのですが、その内容があまりに恐ろしいので、読むのを止めてしまったのです。」

「なぜです？」熊楠が素早く訊ねた。

「この書に、今までの新約聖書では書かれていなかったある種の真実が書かれていたからです。」

「ある種の真実ですと、それは何ですか？」熊楠が畳かけた。

「それはまだお話しできません。新約聖書の外典にもなかった発見です。今はただ、そういう本があるということだけお伝えしておきます。」

こう事務的に言うと、店主はその古書をまたていねいに両手で捧げるようにして元の金庫に戻した。

「あーっ。」と熊楠の大きなため息がもれた。何日も飲まず食わずの状態で砂漠を旅していた旅人が、ようやくオアシスで食べ物にありついたと思ったら、それを一瞬で鳥にさらわれたような気持ちだったのだろう。

その本が金庫にしまわれるのを見届けた熊楠は、読ませてもらえなかった悔しさからか、店主に少し喧嘩腰になって言った。

「それにしてもご主人は物好きなものですな。ユダヤ関係の正書だけでなく、偽書までも、しかも反ユダヤ主義の文書まで集めていられるとは。まるであなたご自身がユダヤ人ではなく、物好きでユダヤ関連の書籍を集めている好事家のようですな。」

一瞬にして店主の顔が紅潮した。激しい言葉が彼の口から出ることを予想したが、意外にも出てきた言葉は冷静なものだった。

「好事家ですか。そう言われるのも無理ないかも知れません。わたしは努めてユダヤ人である自分の立場を忘れるようにして、感情を抑えてユダヤ関係の書籍を収集しています。もし自らの感情のままに書籍を収集したら、偏った本しか集めることができなくなり、本当の意味で価値のあるユダヤ書店になることができないと思うからです。それこそ逆に、自らの感情に溺れる好事家というレッテルを張られてしまうでしょう。そんな愚かな収集家にはなりたくありません。」

こうきっぱりと言うと、店主は意味ありげに微笑した。「……と言いましたが、ここまでは書店の主人としてのわたしの表の顔です。わたしにはもうひとつの顔もあるのです。」

「えっ?」熊楠と私は声を合わせた。

「わたしにはもうひとつ裏の顔もあるのです。ちょうどこの書店に多くの書物を並べた表の部分の他に、倉庫の役割を果たす裏の部分があるように。わたしの顔にも、客に見せる表の顔と客には見せない裏の顔があるのです。」

店主の平然とした口調にかえって不気味さを覚えた。この男はジキル博士とハイド氏のように善悪が正反対の人格に分裂しているのか、と想像した。

「誤解しないでください。」店主は私の懸念を顔色から読み取ったようだ。

「わたしの裏の顔が大泥棒のボスとかテロリストの指導者というわけではありません。そんな器用な真似は凡人のわたしにはできません。」

店主はにこやかに言った。「それではわたしの裏の顔をご覧いただきましょう。恐れ入りますが、わたしについて来てください。」

店主はそのまま勘定台のうしろにあるドアに向かい、鍵を使ってドアを開けた。

ドアの向こうは意外なほど暗かった。ほこり臭さも感じた。店主は照明をつけた。書籍が床に山積みになっている。表の店に置くことができない書籍をここに並べているらしい。

「未整理の書籍を床に置いていますので、歩く際につまずかないようにお気をつけください。」

店主はこう言って、本の倉庫になっているその部屋を慣れた足取りで横切って行く。私と熊楠は、足元に並んでいる本の山を崩さないように注意を払いながらついて行く。

店主は奥にあるドアを鍵で開けた。今度も暗闇である。店主はずかずかと入って行った。

「すぐ明かりをつけます。」と店主は言って、照明をつけた。一気にまぶしいほどの明かりが部屋にあふれた。

「ああっ！」熊楠と私は同時に驚きの声をあげた。

何という部屋だろう。いや、部屋と言うべきなのだろうか。そこはちょっとしたホールのような空間になっていた。地下に続く階段があり、その階段に沿って半円形にベンチ状の座席が何段もある。さらに正面には演壇がある。

私は大学時代に柄にもなく「欧州演劇史」という講義を聴講したことがある。その講義では、老教授がシチリア島の海辺にある半円形のギリシア劇場の写真を見せてくれた。今いるのはあんな劇場の小型版だ。それにしてもかなり深く地下に掘られた劇場なので、五十人は楽に座れるだろう。

劇場のようだが、正面にあるのは舞台ではなく大きな演壇であり、大学の講義室のようでもある。演壇の上の正面に机と椅子が置いてあり、その左右にも同じように椅子がある。とっさに裁判所を思い浮かべた。法学部生の頃から勉強のため裁判所に傍聴に出かけていたからだ。もっとも、傍聴人が半円形の傍聴席に座るという法廷は少なくとも日本にはない。

「変わった部屋だ。」と熊楠は腕を組んで見渡した。「こんな部屋は大英博物館にもないな。」

私は我慢し切れずに店主に訊いた。

「ところでこの部屋は何の目的を持っているのですか？　劇場のようにも見えるし、あるいは法廷のようにも見えますが。」

店主はうれしそうに答えた。「よくわかっていますね。この部屋はそのどちらでもあるのです。つまりこのホールは劇場でもあり法廷でもあるのです。」

熊楠と私はまたしても「えーっ。」と声を合わせた。「同じ部屋が劇場でもあり法廷でもある、とおっしゃるのはどういう意味ですか？」私が熊楠の気持ちも代弁して質問した。

「それをご説明しましょう。」店主は演壇のところまで階段を下りて行った。

演壇の上に店主は立って、しっかりと身なりを整えた。その姿は開廷前の裁判官の厳粛な仕草のように見えたし、また上演前の主役俳優の緊張した姿にも見えた。

広い部屋ではないため、演壇までの深さはかなりあり、見下ろすとめまいがしそうな気分になる。

「どうぞお座りください。ここがなにをするところかお見せする準備を行いますので、しばらくお待ちください。」

この部屋というかホールの造りがうまくできているのか、店主の声はよく響く。店主が手を三度たたいた。銅鑼の音のようにこれもよく響く。すると、演壇の後ろのドアが開いて、ふたりの若い男女がホールに入って来る。ふたりとも黒髪で均衡が取れた体つきをしている。年齢は十七、八というところか。ふたりは演壇の左右の小さな椅子に座った。

店主はもう一度、手を三度たたいた。ドアの後ろから今度は十人ほどの男女が出てきた。彼らは中年から老年の男女だが、奇妙なことに全員が同じ黒いガウンのような衣服をまとい、頭には三角形のとがった帽子をかぶっている。彼らは黙ったままで階段状の左右の席にばらばらに座った。

全員が座ったのを見届けると、店主は通る声で説明を始めた。

「これからおふたりに見ていただくのは、演劇でもあり裁判でもあります。なお、そこで話される言葉は東欧ユダヤ人の共通語であるイディッシュ語であります。つまり、これからはイディッシュ語の演劇、ならびに裁判が始まるわけです。その内容は、あとでまとめてわたしがご説明します。」

一体なにが始まるのか、熊楠と私は一刻も見逃すまいと凝視した。

三回目になるが店主は三度手をたたいた。するとひとりの年老いた農婦がドアのうしろからホールに入って来た。老齢のせいか歩くのも大儀そうだったが、彼女は演壇の上に立ち、話し始めた。その言葉はドイツ語に似ているのにまた異なっている例のイディッシュ語だった。私でもところどころのドイツ語そのままのような単語は理解することができたが、彼女の話の九割以上が理解できなかった。ただ、農婦が必死になにか訴えていることはわかった。声が次第に涙声になり、彼女の眼から涙があふれてくるのを見ると、よほど悲しい話をしているらしい。その話を聞いている左右の席に座っている若い男女もひどく心を打たれているのか、身体が揺れている。さらに半円形の座席の列に座っている中高年の男女も心を揺さぶられているようで、姿勢が前のめりになり、涙を流している聞き手も多い。

話し手の農婦はついに我慢し切れなくなり、演壇に泣き崩れてしまった。それを見ていた、若い男女が左右から素早く彼女のもとに駆け寄り、彼女を抱きかかえて立ち上がらせた。その手際のよさに感心した。まるで農婦が小さな子どもで、ふたりの若者が彼女の両親になったかのようにも見える。

ふたりは農婦の背中をやさしくなでながら、農婦を後ろのドアから連れ出した。しばらくしてふたりはもどって来た。その間、ホールの誰も口をきかず、身じろぎもしなかった。沈黙の時間は農婦への共感、同情の証明だった。

私には農婦の訴えが何だったのか、かいもく見当がつかなかったが、熊楠はある程度イディッシュ語が理解できるので、農婦の訴えも大方わかったらしい。だが、熊楠は安易に口を開くのを拒否するように沈黙を守っている。私も熊楠に質問するのをはばかった。

店主が演壇に上り、私たちに説明を始めた。それによると、農婦はポグロムから逃げて来たロシアのユダヤ人だそうだ。ロシアの穀倉地帯もここ数年は旱魃のために不作になり、農民は飢え、地域によっては餓死者も出る惨状になった。ツァーリ政府が、乏しい穀物を無理にペテルブルクやモスクワなど都市部に移送したために生じた惨状であった。

このように半ば人為的な飢餓にさらされたロシアの農民は、ツァーリ政府に年貢の減免を嘆願したが、ロシア当局は拒否して、かえって農民たちを厳しく弾圧した。ツァーリ政府は飢饉の責任逃れをするために、反ユダヤ主義をあおりユダヤ人に責任転嫁をした。ユダヤ商人が利益を上げようと、穀物の値段を不当につりあげているとデマ宣伝をした。中世にペストがヨーロッパ中に猛威を振るったとき、ペスト菌など想像もつかない時代だったので、異教徒であり「キリストの殺害者」であるユダヤ人に攻撃の矛先が向けられた。ユダヤ人が井戸に毒を入れたためにペストが広まったといったデマが広がり、ユダヤ人狩りで子どもや女性、老人を含む罪のないユダヤ人が大量に殺害された。大きな穴を掘り、そこにユダヤ人を追い込んで火をつけて焼き殺すといった口にするのもおぞましい殺害方法も取られた。

ロシアのユダヤ人たちも身に覚えのない飢饉に対する責任を取らされ、ポグロムの餌食となった。さっきの農婦の訴えも、自分が畑仕事に行っているうちに、家にロシア人の群集が襲いかかってきて、家にいた息子夫婦や孫たちが家ごと放火されて皆殺しになってしまった。いっしょに畑仕事をしていた老いた夫は、急いで帰って丸焼けになった家と殺害された家族を見て、ショックのあまり心臓麻痺で死亡した。たったひとり残された農婦は、ユダヤ人同胞と親切なロシア人の助けを借りて、命からがらオーストリア帝国領に逃げて来たそうである。農婦は自分の悲惨な体験の最後に「信心深い自分は何の悪いこともしていないのに、ヤハウェはヨブが体験したような悲惨さをなぜあたしに体験させるのですか？　あたしがどんな罪を犯したというのですか？　亡くなった夫や子ども、孫たちはいったいどんな罪を犯したというのですか？　学のあるどなたかに教えていただきたいです。どうかお願いします。あたしの命がけのお願いです。それがわかれば今ここで死んでもかまいません。」と血を吐くようなお願いをしたとのことだった。そういえば、農婦は最後の方で私たち聴衆のひとりひとりを見て、頭を深く下げていたが、あれは自らが言語を絶する苦難を体験しなければならなかった理由を教えてほしい、と懇願していたのだ。

店主はここで説明をひと区切りして、熊楠と私に農婦の訴えを理解したかと確認してから、姿勢を正し演壇の左右に置かれた椅子に座っている若い男女になにか合図の言葉を言った。するとまず若い女性が立ち上がり、短く言葉を発した。その調子は年齢の違いを超えて、先ほどまで話していたあの農婦の声の調子と瓜ふたつに聞こえるものだった。

するど、ホール内の聴衆がいっせいに賛同の声らしいものをあげた。ホールにその声が長く響いた。次に若い男性が立ち上がり、もっと短い言葉を発した。するとまた、ホール内の聴衆が賛同の声をあげた。それはもはや声というよりも雄叫びのような音声だった。音響効果のよいホールが幾重にもその雄叫びを響かせた。

次に若い娘が若い男性の方に近づき、並んだ。ふたりは厳粛な表情で声を合わせてなにかを言った。それは宣言しているような調子の声だった。ふたりは聴衆の方に向かっているが、その様子は聴衆に向かって話しているというより、聴衆の背後にある何者かに話しているようだった。

聴衆の方もなにも反応を示すことがなかった。その代わりに、今度は長い沈黙の時間が訪れた。一体なにをしているのだろう。熊楠と私はまたしても固唾を飲んで待っていた。なにかが始まるのか、ドアが開いてまた誰かが出て来るのか。ことによるとその誰かがこのドラマの真の主役であるのか、あるいはまたこの裁判の裁判長であるのか。

しかし、無限に長いと感じられる沈黙の時間が経過してもなにも起こらなかった。その沈黙の間、聴衆の息遣いさえはっきりと感じられるようだった。長い、長すぎる沈黙だった。

店主がさっと手を挙げた。時間を測っていたようで、予定の時間が過ぎたという合図をしたらしい。ふたりの若い男女と聴衆は立ち上がった。ホールに入って来たときの緊張感のある表情とは打って変わって、表情は柔らかくなり、まわりの人たちと楽しそうに談笑しながら、ドアの向こうに消えて行った。自分の役を無事に演じ終えた俳優たちか、期待通りの判決が出たあとの裁判所の傍聴者のようだった。

最後の傍聴者が出てしまったあとで、我慢し切れずに私は店主に訊ねた。

「これは一体なんだったのですか？　演劇だったのですか？　それともなにかの裁判だったのですか？」

店主は落ち着いて答えた。「さっき説明しましたように、これは演劇でもあり、裁判でもあるのです。さっきのロシアの農婦は自らが体験したポグロムを話しました。いわば彼女はこの舞台での主役でした。

他方、彼女が自分の体験を話すことは同時に告発でもありました。ポグロムに参加して実際に彼女の子どもや孫たちを自らの手で殺害した者たち、そして民衆のユダヤ人憎悪を利用して自らの権力を固めようとしたロシアのツァーリ政府、さらには地方政府の者どもに、それぞれの責任を求める魂の告発だったのです。したがって、彼女の告発をそのまま虚空に向かう叫びとして終わらせてはなりません。」

ここで店主は一段と声を強めた。「彼女の告発を誰かが受け止めなければなりません。ヤハウェでも人類でも、あるいはこの宇宙全体が受け止めなければならないのです。彼女の告発の声がそのまま虚空に向かい単なる波動として永久に消滅してしまうことは許されません。もし消滅するようなことになるなら、ヤハウェの秩序、世界の秩序、人間界の秩序が崩壊してしまいます。そんなことは許されません。

そこで彼女のような告発を受け止める装置として、受苦裁判所のシステムをわたしは自分の書店の一画に構築したのです。もちろん、この受苦裁判所はあの農婦のためにだけ構築されたものではなく、ハプスブルク帝国やその周辺の国々で迫害されているすべてのユダヤ人のためのシステムであり、それどころかヨーロッパや世界中の迫害されたすべてのユダヤ人のためのものなのです。」

熊楠が不審そうな顔で質問した。「とすると、あなたは受苦裁判所の裁判長ということですか？」

店主は苦笑した。「わたしが裁判長ですと。そんなおこがましいことはできません。わたしはこの裁判所の裏方、せいぜい庶務係というほどの役回りに過ぎません。あの演壇の上に座っていた若者と娘は検察官です。彼らも小さい頃に、別々の場所でポグロムによって家族を全員失っています。しかも自分の眼の前で家族が殺害されるのを見たのです。彼らは両親が盾となってとっさに逃がしたために命が助かりました。そのような苛酷な体験をしているからこそ、彼らは検察官の役を演じる資格があるのです。」

店主に私は質問した。「ところで、農婦の訴えのあとに、娘がなにか言って、その後に若者がなにか言ったのですが、あれはなんだったのですか?」

「娘は農婦に対して『あなたの告発を受け入れる』と言い、若者は『わたしも同意する』と言ったのです。これらの言葉を農婦に聞かせることはとても大事なことです。農婦はこれまで彼女を助けてくれた人々に自らの悲惨な体験を語りました。彼女の体験を聞いた人々はさまざまな形で彼女に共感を示してきました。『あんたの苦しみはわかるよ』とか『あんたの悲しみは無理のないものだ』とか言って。

もちろん共感を示すことは大事です。共感を示されることで自分の体験が他人に理解してもらったという安らぎを得ることができるからです。しかし、そのような安らぎは長続きしません。自分の体験を語ることが、同時にポグロムの犯罪者たちを告発するものだったと自覚することが大事なのです。そのような自覚を持つことで、被害者は自分が生きていく根拠、生きていくための背骨を手に入れることになります。体験を自由に語らせるだけでは、被害者という患者は治癒しません。被害者がポグロムの苛酷な体験から立ち上がり、その体験を普遍的に訴える気力を持たせるためにも、裁判という形式を通過しなければならないのです。そのため、娘と若者が彼女の代わりに犯罪者たちに有罪の求刑をしたのです。」

ここまで私は黙って店主の説明を聞いていたが、法学部出身の私としてはとうとう我慢し切れなくなって口をはさんだ。

「これが裁判だなんて、とんでもない話です。農婦は厳密に言えば被害者ではなく犯罪の証人です。家族が殺害されたので、ポグロムという犯罪の間接的な被害者であることはわかります。直接の被害者は彼女の肉親で、殺害されています。それに若い男女が検察官役だということもわかります。しかしながら、裁判には弁護人が必要です。また、裁判官が必要です。さらに、そもそも被告人がいないではないですか。ポグロムで農婦の肉親に直接手を下した悪党どもが特定されていないではないですか。加害者が特定されていなくて、どうして裁判を開始できるのですか？　私はこう見えても日本では法学部を出ているので、刑法や刑事訴訟法の知識はあるのです。」

自己宣伝めいた内容になってしまったが、はっきり言って被害者、加害者、検察官、弁護士、裁判官のすべてにわたってはっきりしていないこんな形式では、たとえいわば模擬裁判であるにしてもあまりにもいい加減過ぎて、容認できない気がした。そのため、これくらいは言っておかないとならないと感じたのだ。

隣で熊楠が日本語で、「あまり言い過ぎるなよ。おぬしは当事者ではないのだから。」と小声で囁《ささや》いたのが聞こえた。

店主は私の強い口調に驚きもせずに答えた。

「なるほど法学部出身のあなたにとっては、先ほど繰り広げられた一幕は理解不能で、裁判という厳密な形式をあざ笑う茶番劇にしか見えなかったのかもしれませんね。しかし、裁判という形式をわたしたちの常識と違うレベルのものと考えることはできませんか？」

「違うレベル？」私は店主の言うことが理解できなかった。

「そうです。日常のレベルとまるで異なる一段上のレベル、あるいは日常の一層奥に潜んでいるレベルだと考えるのです。」

「……」店主が言いたいことがなんなのか理解できずに、私は沈黙した。

「つまり、社会の秩序を守ったり、個人の権利を守ったりする日常のレベルの裁判と異なるレベルの裁判もある、ということです。わたしたちが生活しているなかでは、なにかの犯罪が実際に行われたり、なにかの争いが起こったりして、初めて裁判という形式が現れてきます。つまり生活のある局面が裁判になるわけです。ところが、それとは違うレベルの裁判もあると考えるなら、わたしたちの生活まるごとが裁判の形式を取っているのです。とりわけわたしたちユダヤ人のように常に反ユダヤ主義やポグロムにさらされている者にとっては、日々裁判所に出廷させられているようなものなのです。はっきり言って、わたしたちはいつも裁かれているのです。しかも有罪と判決が決まっているような裁判です。そのような裁判は、決まったいつもの裁判所で行われるのではなく、たとえば集合住宅の屋根裏部屋など異様な場所で行われることもあり得るのです。そのような裁判では、平凡な銀行員が普段のように朝目覚めたら、突然逮捕されるということが起こり得るのです。まったく身に覚えがなく、しかも逮捕容疑が明らかにされないままで。」

「そんな馬鹿な話はないでしょう。権力者のなすがままの政治が行われる野蛮国ならいざ知らず、法治国家でそんなことはあり得ない。」

私は声を荒げた。

「いや、法学士のユダヤ人作家ならそんな物語をいくらでも書きそうですよ。」店主は複雑なニュアンスの微笑をした。

私はもう一段声を荒げた。「単なる空想の世界の話でしょう。もっともロシアのようにツァーリの専制君主国ではあり得ないことではないですが、わが大日本帝国のような完全な法治国家ではあり得ません。」

私はいささか見栄を張り過ぎたが、こう言い切った。

「話を戻しましょう。」と店主は興奮している私を落ち着かせようとした。

「先ほどお目にかけたのは、日常とは違うレベルの裁判なのです。そこにおいては通常の裁判と異なる形式を取ります。さっきの農婦のように被害者自身は告発しているとは思っていません。しかし、彼女の存在自体が告発なのです。この裁判において検察官はいますが、弁護士はいません。なぜなら、加害者がまだ特定されていないからです。加害者が特定されていなくて、したがって平然と生きていること自体が、すでに弁護されているようなものです。弁護士とは彼の安全な生活環境です。加害者が特定されて初めて本物の弁護士が必要とされるのです。今はまず、農婦の告発が受理され、それにより名も知れない加害者がまず有罪と認定されることが大事なのです。」

私は食い下がった。「訳のわからない理屈です。告発があっても裁判官はいない。それにたとえ有罪となっても被告人が誰かわからなければ、罰しようがないではないですか？　そんな状態で形式的な有罪の告発をしてどうなるのですか？　意味ないでしょう。」

店主は平然とした態度で逆に質問を投げかけてきた。「あなたは動物裁判という形式をご存知ですか？」

「えっ、動物裁判ですって？」私には初耳だった。

「動物裁判とは中世ヨーロッパの裁判のひとつの形式だ。」熊楠が口をはさんで説明を始めた。

熊楠の説明では、動物裁判とは動物を被告とした裁判ということだった。被告にはネズミやモグラなどの動物の他にバッタやミミズなどの昆虫がなることもある。それらの動物や昆虫のために穀類など農作物に被害が及ぶときや、それらの生物のせいで疫病がはやったと思われたとき、「加害者」と見なされた動物や昆虫を被告として裁判が行われる。通常の裁判形式もあるが、宗教裁判の形式をとることもある。動物や昆虫などを加害者とする訴えがあると、裁判所はそれらの生物に期日を決めて出廷を命じる公示をする。その期日にそれらの生物が出廷しない場合には、裁判官により有罪が下される。通常の刑法上の罰が下されることもあるし、キリスト教の「破門」という罰が下される場合もある。

熊楠の説明を聞いて私は思わず失笑した。ネズミの出廷をどのような顔をして裁判官、弁護士、検察官、それに傍聴人は待っていたのだろう。どんな神妙な顔をしていたのかと思うと失笑せざるを得ないのだ。

「そんな裁判をしてなにが面白いのでしょうか。茶番劇にしても安っぽすぎます。」

私の決めつけに店主は苦い顔をした。

「今から見ればそう見えるかもしれません。しかし、中世の農民たちにとって穀物の不作は死活問題でした。また、市民たちにとってもそうでした。穀物の不作はそのまま飢饉につながるわけです。しかも農民たちにとって自らの責任で不作になるならまだしも、天候不順などどうしようもない理由で不作になることは耐え難いことでした。したがって、誰かに不作の責任を負わせることは精神の安定のために必要なことでした。それが野獣や昆虫だとしても。誰かに責任を取らせることができなければ、農民などのよきキリスト教徒たちの正義感情は揺さぶられてしまいます。また神の正義によって支えられているはずのこの世の秩序に対する疑いが生じてしまいます。そのことはまた、神そのものへの信頼の喪失につながります。これは、現世の物質的秩序を司る権力者にとっても、精神的秩序を司る聖職者にとってもゆゆしき問題でした。したがって、加害者である動物や昆虫に対して有罪が宣告されることがなにより必要なのです。実際の刑の執行は、現世においてにせよ来世においてにせよ、神が行ってくださるのですから、有罪宣告を下すだけで十分なのです。

動物や昆虫が加害者の場合でさえ、神の秩序を回復するために裁判が行われて有罪が宣告されることが必要なのですから、ポグロムという人間が加害者の場合には、加害者が特定されなくても必ず裁判が行われなければならないのです。それが人間の正義感情の求めるものなのです。ですから、わたしはポグロムで迫害を受けて逃げて来たユダヤ人がいることを知ると、そのユダヤ人を告発者としてわたしの書店の裏にあるこのホールで裁判を行うのです。」

店主の言葉と態度は厳粛さを通り越して鬼気迫るものがあった。私は黙っているしかなかった。

「ご立派だ！」熊楠が声をあげた。「ご主人のしていることは形式的には裁判であるが、それは同時に苦悩に引き裂かれた被害者の心身を癒す医療行為でもある。受苦裁判所はまた受苦治療院だ。また、それは被害者にひたすら寄り添いその魂を癒す聖職者の宗教的行為でもある。受苦教会でもあるだろう。常人のできることではない。」

熊楠の心の底から出た感嘆の声だった。

「お恥ずかしい。そんなお褒めいただくような立派なことではありません。」と店主は恥ずかしそうに言った。「道路に面した表の店では、わたしは理性に基づいてユダヤ関係の文献を商っています。この裏のホールでは共感に基づいてユダヤ人の現在の苦悩に向き合っているのです。このような表の部分と裏の部分があるからこそ、わたしの精神のバランスもかろうじて取れているのです。」

店主は穏やかな口調にもどって、私たちをうながした。

「変なものをお見せしたのでお疲れでしょう。もどって紅茶でもお飲みいただきましょう。」

私たちは店にもどり、店主の勧めるまま濃い紅茶とユダヤ風のクッキーをいただいた。

熊楠は例によって恐るべき博識を披露して、ユダヤ教の成立とメソポタミア文明の関係やイスラム教とユダヤ知識人の関係、中華文明とユダヤ人の関係など、興味のあるユダヤに関するテーマについてとうとうと話し始めた。店主も初めて聞く話が多いらしく、熊楠の言葉に熱心に耳を傾け、しまいにはメモまで取り始めた。

熊楠がひとしきり話し終えたので、私たちは辞去しようとした。しかし、店主は、せっかくレオポルト街にいらっしゃったのだから少しご案内する、と言って、私たちが固辞するのもかまわず、そのまま店を休みにしてしまった。それから、ユダヤ教の教会であるシナゴーグなど珍しい場所を案内してくれた。シナゴーグの外見は壮麗なものだったが、偶像崇拝を排除するユダヤ教の教会らしく内部には華美な装飾がなく、がらんどうみたいな印象だった。最後には「シオンの娘」というユダヤ料理店に連れて行ってくれ、ご馳走してくれた。料理店にはコシェルという案内が出ていた。店主に訊ねると、ユダヤ教の戒律に従った料理法の食事を出しているという印らしい。

豆のスープや羊肉を焼いた料理などが出たが、どれも素朴な味わいで美味しかった。珍しいのは酵母の入っていないパンが出たことだ。ふっくらした味わいではないが、滋養分がしっかりと入っている歯ごたえがした。

ユダヤ料理店では珍しい出会いがあった。私たちの食事が終りかけた頃、十数人の男たちの集団が静かに入店した。みなが黒を基調とした服を着ているせいで全体に黒っぽい集団で、特徴的なのは誰もが寡黙だったことだ。その集団の中心は長身の痩せた男だった。長い顔でスズメバチの巣のような巨大なあご髭を生やしている。私は学生時代に能をよく見にいったが、その男の振る舞いは能の所作のような独特の形式美を感じさせるもので、また射すくめるような鋭い眼つきから常人ではないと思わせる威厳が感じられた。

馴染らしいウェイターが彼らを予約席に案内した。予約した十数人分の席の真ん中に威厳のある男が座り、それを見て他の男たちもそれぞれに席を占めた。数えてみると全部で十三人になる。相変わらず無言劇のように誰も口を開かない。威厳のある男が宗教指導者で、あとの十二人が忠実な信徒のように見える。

「彼がテオドール・ヘルツルです。」と店主がささやくような声で言った。昨日ホイリゲで話に出たユダヤ人国家の創設を目指すシオニズム運動の創始者である。熊楠と私は黙ってうなずき、離れた席のヘルツルらの動向を注視した。

「諸君、長時間の会議、ご苦労だった。滋養分のある食事で英気を養ってくれたまえ。」ヘルツルは深みのある声で言った。それを合図に、ウェイターたちが男たちの前のグラスにワインを注いだ。

全員にワインが注がれたのを確認してから、ヘルツルは「われらがユダヤ国家のために。」と言って、「乾杯！」と声をあげた。参加者も「乾杯！」と唱和した。

まず出てきたスープを参加者は黙々と口に運んだ。それはあたかも命じられた仕事をこなすような律儀さだった。全員がスープを飲み終わった頃、ウェイターがやって来て皿を片付けた。すると、ヘルツルがウェイターに小さな声でなにか指示を出した。ウェイターは一瞬驚いたようだが、黙ってうなずいて、去って行った。

ヘルツルが姿勢を正して話し始めた。「諸君に告げておきたいことがある。次にメイン料理の羊が出てくるが、君たちの皿に置かれる料理は十一人分しかない。」

「えっ。」と十二人が声を合わせた。ヘルツルの言っている意味がわからないようだ。店の都合で羊料理が十一人分しか都合できなかったということなのか、それにしてはヘルツルの声は深刻な事態を告げているようだった。男たちの頭のなかをさまざまな疑問が駆け巡っているように見えた。

ヘルツルが説明を続ける。「つまり、ひとり分の料理の皿がないということだ。なぜか、それははっきりしている。諸君のなかにひとりだけ裏切り者がいるからだ。裏切り者にはメイン料理を食べる資格はない。さっきのスープはしかし永遠の訣別の象徴、最後の晩餐の象徴として全員に準備した。」

「えっ！」今度は大きな驚きの声が合わさった。驚きのあまり身体をのけぞらせる者も何人かいた。すると間を置かずに、ふたりのウェイターが二皿ずつメイン料理を持って現れた。十二人の男たちはその皿を凝視した。ウェイターは厳粛な表情で料理を置き始めた。最初にヘルツルに、あとは任意に参加者の座っている眼の前に料理を置いていった。

参加者は固唾を呑んで、自分の前に料理が置かれるのか見守っている。緊張のあまり身体がぶるぶる震え出した参加者もいる。眼の前に無表情なウェイターの手により料理が置かれたとき、彼らは極度の緊張が解けたせいか泣き笑いの表情になった。フーッという安堵の息さえ聞こえた。

こうして二皿ずつ料理が置かれ、最後の一皿になった。奇しくも、料理が運ばれていないのはヘルツルをあいだにはさんで左右の二人だけになった。ウェイターは相変わらず無表情でヘルツルの右手側のひとりの前に料理を置いた。こうして左手側の若い男の前だけが料理の置かれていない空白の場所となった。

十一人は若い男の方を見つめた。ヘルツルだけはその男を無視するように正面を見ている。

「ヨハン、なぜ君が裏切り者になってしまったのだ？」

非難というよりは、当惑した声があちこちから聞こえた。ヨハンという男は呆然としているだけでなにも答えられなかった。しかし、ヨハンは気を取り直して、ヘルツルを見て声をしぼり出した。

「ヘルツル博士、何でぼくが裏切り者の汚名を着なければならないのですか？　ぼくはあなたを裏切るようなことはなにもしていません。」

ヨハンの必死な声が聞こえなかったかのように、ヘルツルはヨハンに一顧だにせず話し始めた。

「ヨハンは、大衆紙にわたしに関する匿名記事を書いたのだ。『テオドール・ヘルツル ユダヤの民を約束の地に導く現代のモーセか？』というタイトルで。その内容はシオニズムに対する誹謗中傷でしかない。反ユダヤ主義的な悪意に満ちた記事でもある。」

ヘルツルの断罪にヨハンの顔は真っ青になった。しかし、再び気を取り直して、ヘルツルに向かって言った。「わたしが匿名記事であなたのことを書いたのは事実です。わたしの友人のユダヤ人が新聞の文芸欄の担当記者で、ウィーンで話題の人物であるヘルツルについて書いてほしい、と頼んできたのです。新聞の売れ行きがよくないので、大衆にも分かる面白い人物紹介をしてくれ、との依頼です。断ろうと思いましたが、友人が懇願するので無下にもできず、匿名を条件につい書いてしまいました。

でも、お読みいただいたように、面白く書いたと言っても、あなたの人柄はモーセを思わせる信念の人であると紹介して、パレスチナにユダヤ人国家を建設するというあなたの夢は具体的な計画の段階に入っている、と冒頭に書きました。さらに、あなたが言っているようにあと五十年もすれば、つまり遅くても一九五〇年には、ユダヤ人国家は成立するだろう、と好意的に書いていますなにひとつあなたの人格やシオニズムを中傷することは書いていません。わたし自身があなたやシオニズムの信奉者なのですから、中傷するはずがないでしょう。」

ヨハンはこう必死に自己弁護した。ヘルツルは相変わらずヨハンの方を見ようともせず言った。

「そんなことはわかっている。わたしはあの記事を何度も読み直した。わたしの紹介も面白おかしく書いているが、冗談の類でわたしへの誹謗中傷ではない。」

ヨハンはホッとした表情になって、言った。「そうでしょう。わたしの記事にはあなたを誹謗中傷する意図はこれっぽっちもないのです。それなのに何でわたしを裏切り者と決めつけるのですか？」

ヘルツルは冷たい声で答えた。「あの記事の最後だ。君は最後に何と書いたのか覚えていないのか？」

ヨハンははっとしたようだが、必死で答えた。「最後にはただ、パレスチナのユダヤ人国家における将来の文化について書いただけですが。」

ヘルツルはヨハンを見ないで怒りの声をあげた。「なにを言う！　君は自分の書いたことを忘れたのか？　君は最後に、パレスチナの地にはウィーンのような文化的伝統がないので、ウィーンのように文学、演劇、音楽、絵画などの芸術文化が花咲くことはないだろう。なによりウィーンの文化人が古巣を離れて、パレスチナに移住することは考えられない。パレスチナに移住するのは、労働者、農民など、ヨーロッパで生活に困窮している下層階級になるだろう。だから、パレスチナのユダヤ人国家の文化は、宗教色が薄まった実務的で生活に直接役立つものを尊重するものとなるはずだ、こう君は書いただろう。」

ヨハンは弁解するように答えた。「その通りです。しかし、その内容はウィーンのユダヤ系文化人の多くが言っていることであり、なにもわたし独自の考えではありません。あくまで未来予想であって、断定したわけでもありません。」

ヘルツルはますます怒りを覚えたようだ。「それが裏切りだと言うのだ！ わたしがパレスチナにユダヤ人国家を設立する目的は、第一にユダヤ人が差別、迫害される心配のないユダヤ人自身の国を持つためである。何千年もの間さまざまな差別や迫害を受けてきたユダヤ人が安心して暮らせる祖国を生み出すのだ。わたしは新自由新聞の記者としてパリに派遣されたとき、パリの最新の文化に触れ、多くの文学者や学者、芸術家と交流した。交流したパリの文化人にはウィーンの文化人にない開かれた精神を感じた。彼らは異文化に対して開かれた感覚を持っていて、ユダヤ人に対する人種的偏見もないように思えた。パリは文化の最先端であり、ウィーンも近い将来パリに近づくはずだ、いや世界全体がそうなるはずだ。同化主義者だったわたしはそう確信した。

しかし、その後すぐにわたしの確信は根底から崩れ去った。あの日、つまりドレフュス大尉がドイツのスパイ容疑で、軍隊から追放された日、官位剥奪式が行われた日だ。大群衆が見守るなかでドレフュス大尉のサーベルが式執行者の膝でへし折られたときの音は、今でもこの耳に残っている。バキッという音がしたとき、わたしは自分の背骨がへし折られたような衝撃を感じた。あの大群衆になかでそのような衝撃を感じたのは、ドレフュス大尉とわたしだけだったろう。ユダヤ人だったからだ。だが、もっと大きな衝撃を与えたのはまわりにいたパリの民衆の反応だった。彼らはドレフュス大尉に向かって『裏切り者』、『売国奴』、『ユダヤの犬』と口々に怒鳴っていた。これが日頃接している寛容でエスプリのあるパリっ子なのか、わが眼を疑った。これでは異端審問で火刑に処されるユダヤ人を見物している中世スペインの民衆と変わりないではないか。キリスト教にユダヤ人が改宗することで同化して平等な市民になる、という年来のわたしの夢は完全に崩れ去った。そのときの衝撃によりユダヤ人国家を建設しなければ、ユダヤ人の苦難は永遠に続くだろう、という確信を抱くようになったのだ。

しかし、ユダヤ人国家設立の目的はそれだけではない。ユダヤ人国家があらゆる面で世界の最高水準の国になることも目的のひとつなのだ。ユダヤ人国家は政治、経済、文化のすべての面で世界の最高水準でなければならない。ユダヤ人国家が存在するだけでは建国の意味はない。国はできたが、その国のなかでユダヤ人が政治的混乱に苦しみ、生きることがやっとの貧困に打ちひしがれ、人間の尊厳を傷つけるような労働環境にさらされ、豊かな文化と縁のない荒涼とした日々を送るなら、何のためにユダヤ人国家を作る意味があるというのだ。ユダヤ人国家に生きるユダヤ人が政治、経済、文化のすべての面で世界最高水準の暮らしを享受できることで、初めてユダヤ人が国を持つ意味があるのだ。」

ヘルツルの演説とも呼べる言葉に、ヨハンだけでなく参加者全員が粛然とした表情で聞き入った。

「わたしの考えるユダヤ人国家の姿については、大筋で著書の『ユダヤ人国家』に書いておいたはずだ。ヨハン、君はちゃんと読んでいないのだろう。」ヘルツルはようやくヨハンの方に鋭い視線を送り、決めつけるように言った。

「そんなことはありません。何度も読みました。先生もそれはご存知のはずです。」ヨハンは必死にヘルツルの断定を否定した。

「いや、あの本の上っ面だけを読んで、中身を読んでいないのだ。大体、わたしが君に以前パレスチナにいつ行ってくれるのか、と質問したとき、君は言葉を濁して『そのうち準備が出来たら参ります』と言っただろう。あのとき、わたしは今日のような事態になることを予想した。君が最後の土壇場でわたしを裏切るということを。」ヘルツルは厳しく断定した。

ヨハンは真っ赤になり、「そんなことはありません……」と弱々しく返しただけだった。

ヘルツルは言葉を続けた。「ある伝説によれば、モーセもカナンの地まであと少しのところで、モーセに不満を抱いた裏切り者に襲われ絶命したということだ。指導者に忠実な信奉者の振りをしてきて、最後の段階で裏切る者こそ最悪の裏切り者だ。イエスを裏切ったユダ、カエサルを裏切ったブルータス、みなそうだ。ダンテの地獄編で、ユダとブルータスが地獄の最下層で責めさいなまれているのはそのせいだ。

ヨハン、君は第二のユダであり、第二のブルータスだ。今すぐ出て行きたまえ。二度と顔を見せるな。」

裏切り者と決めつけられたヨハンはよろよろと立ち上がった。そのまま出て行こうとしたが、何歩か歩いてから、ヘルツルの方を振り向いて言った。

「ヘルツル博士。ぼくはあなたを裏切るつもりはありませんでした。ただ、パレスチナに視察に行った友人が、ぼくにこう言ったのです。『ヘルツル博士は、パレスチナの住民はユダヤ人が移住することを歓迎するはずだ、不毛の地を豊かにする技術を持っているのがユダヤ人だと思われているからだ、と言っておられた。しかし、現地に行ってパレスチナ人と話したら、彼らはユダヤ人の移住に強い懸念を持っていた。最後には自分たちの土地をユダヤ人に奪われるのではないか、という懸念だ。ヘルツル博士は現地の状況をよく見ておられないようだ』友人はとても心配していました。ぼくは、ユダヤ人国家を建設するという博士のシオニズムの考えには賛成ですが、現地の住民が歓迎してくれない場所に建国しても、紛争の種になるだけではないかと思います。それで、ぼく自身はパレスチナに行く気を失くしたのです。ユダヤ人が幸せになっても、それにより不幸せになる人が出たら、人類全体の不幸は減らずに、不幸が移動しただけのことです。そんな歓迎されないユダヤ人国家に住みたくはありません。」

「馬鹿な！」ヘルツルは一喝した。「それはまだユダヤ人国家ができていないために浮かぶ杞憂に過ぎない。わたしのプランに従いユダヤ人の幸せな国家ができれば、パレスチナの住民たちもそのようなユダヤ人国家に住むことで幸せになる。わたしたちも住まわせてください、とさまざまな民族の人々が押し寄せてくるのは間違いない。パレスチナにユダヤ人国家ができない最大の理由は、大英帝国が建国を認めないからだ。わたしは大英帝国とさまざまなルートを使い交渉している。英国からは植民地のウガンダに土地を用意する、という提案もきている。しかし、ほとんどのユダヤ人が建国は先祖の地パレスチナでと希望しているので、わたしはパレスチナでの国家建設をあきらめてはいない。

ヨハン、君のような優柔不断で泣き言ばかり言う人間が、結局は最悪の裏切り者になるのだ！」

この怒りの声に押し出されるようにヨハンは黙って出て行った。その姿を見届けたヘルツルは急に激しい咳をし始めた。参加者たちは立ち上がり、心配してヘルツルのまわりに集まって、「博士、大丈夫ですか？」と口々に声をかけた。医師らしい参加者はヘルツルの脈を調べようとした。

ヘルツルは胸を押さえて、しばらく苦しそうにうつむいていたが、ようやく顔を上げた。

「大丈夫だ。このところシオニスト会議の準備で夜も眠る暇がなく、疲れがたまっているだけだ。」とヘルツルは言った。だが、その顔は真っ青になっていて、生気のないものだった。ヘルツルにうながされ、参加者はそれぞれの席に戻り、食事を続けようとした。

遠くから目立たぬようにこの一部始終を見ていた熊楠と私、それに古書店主は期せずして、「ふーっ。」という溜息をついた。ヘルツルの気迫のある演説と一転して憔悴した姿に、彼の生涯をものすごい早回しで見物したような気になったからである。

「ヘルツルの顔色を見ると、身体が相当悪いようだな。ユダヤ人国家建設の宣伝活動と具体的な建国準備で心労を重ねたのだろう。ヘルツルの健康状態はかなり悪そうだ。だから、性急に事を急いでいる。また、最後まで誰がついて来てくれるのか、ヘルツルは猜疑心にさいなまれているらしい。さっきの裏切り者という決めつけもそのせいだろう。追い出された若者も犠牲者と言えるな。」熊楠は気の毒そうに言った。

店主は熊楠の言葉に賛成し、心配そうに言った。「そうなのです。わたしはシオニストではないのですが、ヘルツルの自己犠牲にはいつも敬意を払い、できるだけ支援をしています。彼に身体を大事にして仕事をしてほしい、と忠告をしています。ところが、わたしとユダヤ人に残された時間は少ない、ヨーロッパのユダヤ人を押し流す大洪水が近づいている予感がする、とヘルツルはいつも答えるのです。焦燥感に駆られて精神だけが身体を置いてきぼりにして先へ先へと進んでいるようです。いつか限界がくるのではないか、と心配しています。」

その後、私たちが店を出るときに、店主はヘルツルに近づいて声をかけて、熊楠と私を紹介した。

ヘルツルの顔色は前よりよくなっていたが、それにしても眼の下のどす黒い隈に彼の蓄積した疲労が隠しようもなく表れていた。それでも、ヘルツルはにこやかに私たちと話してくれた。立ち話なのでまとまった話はできなかったが、ヘルツルは「日本は国土が広いので、ユダヤ人の国を作るための余分な土地がありそうですね。もしどこか我々を受け入れていただける場所があるようなら、お知らせください。」と頼んできた。

熊楠は「いや、日本はわしの故郷の熊野のように山ばかりで、平らな土地は少ないです。もっともユダヤ人を率いて紅海を渡るときにモーセがしたように、あなたが日本のまわりの海を切り拓いて、干拓地をユダヤ人に用意なさるなら、島国の日本の周囲には膨大な土地があると言えますが。」と笑顔で返した。

「そうですか。聖書を読んで海を切り拓く術を勉強してみます。」ヘルツルも笑顔で答えた。

店を出てから熊楠が言った。「ヘルツルは日本と中国を混同しているのかも知れないな。しかし、そんなことに構っていられないほどユダヤ人の国土探しに奔走しているのだろう。」

歩き始めると街角に男がひとり悄然と立っていた。さきほどヘルツルに追い出されたヨハンだった。彼の顔もさっきのヘルツルのように真っ青だった。若い彼がこの先どのような人生をたどるのか、ヨハンは私と同年代らしいので、彼の未来に幸多かれと祈らずにはおられなかった。

第三章　カフェ・ツェントラール

翌日の午後、熊楠と私はカフェ・ツェントラールに向かった。昨日、メンデルスゾーン書店の店主から、ウィーンの文化の現状を知るためにはカフェ・ツェントラールに行くべきだと教わったからだ。ホテルで朝飯を食べているとシュニッツラーがやって来て、カフェ・ツェントラールに行くと話したら、案内役を務めると申し出た。

カフェ・ツェントラールは中心街の便利のいいところにあり、私たちのホテルからも歩いてすぐなので特に案内役はいらない。しかし、カフェ・ツェントラールは文学カフェとして知られていて、ウィーンの著名な文学者や芸術家が集まってくる場所であるから、シュニッツラーのような有名人が同伴してくれると心強い。熊楠と相談して案内を頼んだ。午後にホテルに迎えに来てくれることになった。

時間通りにシュニッツラーがホテルに現れて、私たちは出発した。シュニッツラーは歩きながらカフェ・ツェントラールについて説明してくれた。ウィーンでもっとも美しいカフェという評判があるそうだ。そのはずで宮殿として建てられた建物を改築したカフェであり、ネオルネッサンス様式の優美な外見をしている。ウェイターのサービスも上質なもので、誰でも自分が王侯貴族になったかのような気分を味わうことができるという。

カフェ・ツェントラールは詩人、作家、劇作家、批評家などの文学者がひいきにしているだけではなく、画家、作曲家、建築家、ウィーン大学教授などウィーンを代表する各界文化人がやってきて、歓談したり議論したりする。そのように専門分野を越えた一流の人々の交流で、ウィーンの新しい文化が創造される。異分野の人々の密接な交流は、ヨーロッパの他の文化都市、パリやロンドン、ベルリンなどでも見られないものだった。ウィーン文化を支えているのはカフェだ、と言っても過言ではないだろう。

三人で話しながらゆっくり歩いても、カフェ・ツェントラールにはすぐに着いた。なるほどシュニッツラーの言っていた通りで、カフェというより王宮のように華麗な建物だった。入口の上には四体の彫像が立っていて、誰が入るのか見張っているようだ。こんな立派な建物に誰の紹介もなくて入れるのか、と不安になるほどだった。今はシュニッツラーという有名作家がいっしょなので安心ではあるが。

入口の数段の階段を上がり私がドアを開けた。シュニッツラーが真っ先に店に入るのかと思ったら、妙に遠慮して私と熊楠のあとになっている。ウィーンの有名人だけに目立つのを嫌っているのか、と想像した。

店のなかは広々として意外に明るい。宮殿のように厳粛な雰囲気かと予想したが、華やかで重苦しさはなく、軽快な空気に包まれている。天井がとても高いのが圧迫感のない理由だろう。殺風景なだだっ広い空間にならないように、視界を分割する大理石の柱が林立している。

入ってすぐの席に奇妙な風体の男が座っていた。大きなナマズ髭が目立つ禿げあがった頭の中年男だ。服装もだらしない印象で、見るからにボヘミアンである。足元に眼をやると何と革靴ではなく木靴をつっかけている。

「やぁ、久しぶり。アルトゥール。元気だったかい？」中年男はだみ声でシュニッツラーに話しかけた。

シュニッツラーも「元気だよ。ペーター。君はどう？」と親しそうに声を返した。ただ、その声はいくぶん抑え気味というか、相手の様子を探る調子だった。有名人のシュニッツラーが緊張気味になるほど相手が有名人なのかもしれない。

「紹介します。」シュニッツラーは意を決したように言った。「こちらはペーター・アルテンベルクです。カフェ・ツェントラールの名物文士、いや、ウィーンの名物文士です。ペーターはウィーンのことで知らないことがないほどのウィーン通です。」

アルテンベルクはすぐに反論した。「アルトゥール、君の紹介は正確ではないな。ウィーンのことで知らなければならないことについてはなにも知らずに、知らなくてもよいことをすべて知っている男、それがぼくだよ。」

シュニッツラーは苦笑いをして言った。「いつもそうやってはぐらかすけど、君はいつもこのカフェ入口近くの席に陣取って、カフェに入って来る人間たちを逐一観察しているじゃないか。あの紳士の帽子のかぶり方が今日は変だとか、あの淑女の顔色が妙に紅潮している。あるいは右足の出し方がいつもより遅いとか、鋭く見抜いてしまう。そこからその男なり女なりの気分、体調、財布の中身、さらには恋愛模様、出世の見込み、寿命まで推測してしまう。しかもそれがほぼ当たっているのだ。」

アルテンベルクはそれに関しては反論しなかった。シュニッツラーは手短に熊楠と私を紹介し、熊楠はウィーン文化の調査のために滞在している日本を代表する民族学者だと紹介した。熊楠は、そんな大仰なことを言われると困る、わしは人間嫌いのディレッタントに過ぎない、と訂正した。

「ドクター南方は人間嫌いでいらっしゃるようで、それならカフェ・ツェントラールの上客です。このカフェ・ツェントラールは人間嫌いたちが、人間嫌いを自覚するためにやって来る場所です。人間好きはこのカフェには来ませんよ。」

アルテンベルクはにこやかに応じた。アルテンベルクの話は逆説が多くてわかりにくい。シュニッツラーはそんな逆説を聞きなれているせいか、気にしていない。

熊楠は愉快そうにアルテンベルクに訊いた。「あんたは面白いお人だ。ウィーン中の人間たちが勝手なおしゃべりをしているここに毎日やって来て耳を傾けているようだが、よほど面白い話が聞けるのでしょうな？　わしは子どもの頃に天狗にさらわれて天上にある天狗界に連れて行かれ、そこからある街を見たことがある。そのとき夢のような街だと思った。その街がウィーンだったと、ウィーン到着の翌日シュテファン寺院を見上げて気づいたのだ。そのような夢の街に暮らすウィーン人がなにを考えているのか、わしは大いに興味がある。」

アルテンベルクも自分と似て怪しげな風体で怪しげなことをしゃべる熊楠に興味を持ったらしい。

「ドクター南方、ウィーンを夢の街とおっしゃるのはありがたいですが、本当は悪夢の街かもしれませんよ。ここであなたが夢のような宝物を見つけることができるのか、それとも夢にも見なかったひどいガラクタをつかまされるか、それは気まぐれなウィーンの女神たちがあなたを気に入るかどうかにかかっています。そもそも、あなたの一番お好きなものは何ですか？」

「わしは子どもの頃、日本の熊野という奥深い山々で鳥や獣たちと一緒に過ごしていた。そのため人間と会話するより鳥や獣と話をする方が、心が楽しくなった。大きくなってからは、粘菌が好きになった。奴らが植物なのか動物なのか、よくわからないところが面白い。人間がわからないものが面白く、本当に大事なものなのだ。粘菌はなによりもまた、形も色彩もきれいだ。一日中観察していても飽きない。」

熊楠はそれこそ子どものような笑顔で説明した。アルテンベルクは戸惑いながらも笑顔を返した。

「わたしには粘菌なるものがなんなのかはわかりません、それがどんなに美しいのかも。それでもあなたの素晴らしい笑顔を見ると、粘菌がこの世でもっとも美しい存在だろうなと思えます。ドクター南方の世界観はすべて、その粘菌なるものの美しさにより形作られているのでしょう。

わたしは以前、エッセイにこう書いたことがあります。『日本人は桜の小枝を一本描いて、春のすべてを描いてしまう。我々は春のすべてを描いて、桜の小枝さえ描けない』と。ドクター南方、あなたも粘菌というごくごく小さなものから世界全体を理解しようとされている。

人間は誰でも自分の世界観の枠組みで世界を見るものです。わたしの世界観はあなたの粘菌ではなく、このカフェ・ツェントラールなのです。わたしは毎日、この席に座って店に入って来る客を観察しています。外を歩く人々も観察します。わたしにとっての世界観は、キリスト教という新生児のように新しい宗教でもなく、ナショナリズムという謙虚な欠伸でもなく、また社会主義という最古の歓声でもなく、ましてや富という自己犠牲の結晶でもありません。したがって、わたしは自分の世界観にあいさつするため毎日ここにやって来るのです。」

シュニッツラーが註釈を加えた。「ペーターは毎日ここに来て、人々を観察してなにか思いつくと、ウェイターに紙と筆記用具を頼んで、独特の文字で書きつけます。その内容は、彼がたまたま耳にした恋人たちの痴話喧嘩や、作曲家のマーラーと建築家のロースの会話など、日常的なものから高尚な芸術論まで何でも構わないのです。ペーターにとっては、彼の耳に飛び込んだすべての会話が、書いてくれと必死で嘆願しているように聞こえるそうです。」

アルテンベルクはその通りだと頭を縦に何度も振った。「どの会話も平等に扱うことがわたしの文士としての倫理だからね。貧しい恋人の溜息もマーラーの鼻歌もわたしには同じ価値のある音なのです。五感を通して伝わる外界の印象がわたしという人間の細胞を形作っています。印象の選り好みをしていたら、細胞がなくなりわたし自身が消滅してしまいます。

そもそもこのカフェにやって来るのは人間そのものではなくて、人間の衣装をつけた世界観です。破産した株屋も大もうけした大富豪も、三文詩人のわたしも天才詩人ホフマンスタールも皆それぞれの世界観を抱いてこのカフェにやって来ます。いや、このカフェでは、人間の持つ世界観そのものが裸で現れるのです。キリスト教、ユダヤ教、マルクス主義、アナキズム、それにナショナリズムもゲルマン民族主義、スラブ民族主義、マジャール民族主義とより取り見取りです。芸術についても古典主義、印象主義、象徴主義、リアリズムと百花繚乱です。そのような世界観はこのカフェに入ってくると、いかめしい神父服や高級服、また仕事着などを脱ぎ捨て、裸で椅子に座ってコーヒーを飲み、ケーキや軽食を食べ、互いに言葉を交わすのです。しかも、このカフェでは外で鋭く対立する世界観でも衝突することはありません。その証拠に天井をごらんなさい。」

こう言ってアルテンベルクは天井を指差した。林立する柱の上部から放射線状の模様が広がっている。

いくつもの柱から放射線状に広がっているため複雑な模様になっている。

「いいですか、ここではそれぞれの世界観があの天井の装飾のように交錯するのです。柱のひとつずつがそれぞれの世界観です。それぞれの世界観から発するエネルギー、波動が天井の模様のように放射線状に広がっていき、まわりの世界観の柱から同じように放射線状に広がるエネルギー、波動と交錯するのです。しかし、それぞれが邪魔し合い、それぞれのエネルギーを打ち消し合うことはありません。それぞれの放射線は交錯することで消えたようですが、それは外見だけのことで実質は消えていません。だからこそ天井は独特の装飾美を形作り、いわば独特のメロディを形成するのです。

ヨハン・シュトラウス二世はこの天井を見ているうちに新しいワルツのメロディを思いついたと

言われます。建築家オットー・ワーグナーも同じように天井を見ているうちに、建築のヒントを思いついたそうです。文学者や哲学者でも、この天井から創作や思索のヒントを得た者が多いのです。」

アルテンベルクは天井を指差しながら説明した。すぐに熊楠が応じた。

「なるほどさまざまな着想を得られそうな面白い天井だ。しかし、作曲家でも建築家でもないわしには、やはり粘菌の広がっていく様に見えてしまう。もっとも粘菌の色彩はもっと鮮やかで、姿ももっと多様なのだが。」

「なるほど、あなたの世界観は粘菌だから、この天井を見てもまるごと粘菌に見えるのでしょうね。」アルテンベルクはおかしそうに言った。

そこで熊楠は訊ねた。「ところでこのカフェに入り浸っているあんたには、この天井の模様は何に見えるのだね？」

アルテンベルクは苦笑して答えた。「わたしですか。わたしには女の足に見えますよ。それも少女のような若い娘の。」

シュニッツラーは反論した。「それは無理だよ、ペーター。人間の足は女にしろ、男にしろ、たった二本しかないじゃないか。だが天井にある放射線状の模様は何本もあるだろう。タコの足ではあるまいし、いくら魔女だとしても、足を六本も持っていないだろうよ。」

アルテンベルクはその言葉に反論した。「おや、文士とも思えない興ざめなことを言いなさる。娘の足が美しいとしたら、二本より六本の方が三倍美しいじゃないか。」

これにはシュニッツラーも黙る他なかった。

するとアルテンベルクはなにか思いついた様子で立ち上がった。それから私たちに「これから大演説をしてみますから、お聞きください。」と断りを言った。

私たちはアルテンベルクがなにを演説するのかわからず、あいまいにうなずくしかなかった。

「演説って何の演説でしょうか?」仕方なく私は熊楠に訊ねた。「わからんが面白そうじゃないか。なにを話すか様子を見てみよう。」熊楠は愉快そうにアルテンベルクの様子を見ていた。

「またかと思いますよ。」とシュニッツラーは言った。「ペーターは時々こんな風に突飛な演説を始めるんです。ある意味で彼の演説もカフェ・ツェントラールの名物と言えなくもないのですが。」

アルテンベルクは、広いカフェの真ん中にあるケーキ・ケースのコーナーの近くに進み出た。どこからでも彼の顔が見える場所だ。彼は二、三度咳払いをした。しかし、おしゃべりに夢中な客たちは誰も彼の存在に気づいていない。

「満場の寡黙な紳士、淑女の皆さん!」アルテンベルクは声を張り上げた。声はホールに反響するほどの大声だった。さすがに客たちはおしゃべりを止めて、何事かと彼の方に姿勢を向けた。

「皆さん。少しだけ貴重なお時間をください。お返しに退屈な時間を差し上げます。小生はこのカフェの常連であり、等身大の木造人形のように入口席に陣取っている三文文士見習いのペーター・アルテンベルクと申します。」

ここまで話すと、近くの席から「百も知っているぞ! あんたがまだ払っていないカフェの付けの総額も!」と合いの手が出た。満場の爆笑だった。

「誠に光栄です。カフェ・ツェントラールにいつものように本日もウィーンを代表する貴顕の方々、ウィーン文化を代表する名士の方々がお集まりです。あるいはまた、現在は貴顕や名士でなくとも、ウィーンの貴顕や名士の空きが出たというニュースを耳にすることができないか、と毎日通いつめている準貴顕、準名士の方々もたくさんお集まりです。」

あちこちから笑い声が出た。もっともシュニッツラーが話したように、アルテンベルクの酔狂な演説は知られているらしく、客のほとんどは驚いていると言うより、今日はどんな趣向を彼が準備しているのか興味しんしんの様子だ。

「ここに謹んで、本日、遥か東の日本国から大学者のドクター南方熊楠をお迎えした栄誉を皆さまにお伝えします。おひとりではありますが、東方の三博士の知恵をまとめ上げた賢明さをお持ちです。ドクター南方は大英博物館で研究員をされていて、博物学や民族学などさまざまな分野でかくかくたる業績をあげておられます。大英博物館が南方記念博物館と名前を変える日もそう遠くないでしょう。先ほどまで小生の知らない粘菌なるものが世界で一番美しい存在と熱弁を振るっていられました。わたしのように美しい娘を至上の美としてあがめる人間にとっては、ドクター南方は天上の精霊というべきか、枯葉の下でうごめくミミズというべきか、微妙な表現に苦慮しております。いずれにせよ、このカフェがお迎えした数多の天才たちのなかにも見当たらない異才に間違いありません。」

ここでひとまず話を止めて、アルテンベルクは聴衆の反応を見守った。どこからも声が出なかった。

声が出ないのを見定めるとアルテンベルクは演説を続けた。

「そこで大学者ドクター南方を本日お迎えした記念に、わたしは謹んである提案をさせていただきます。」

「まさか革命を起こせという提案じゃないだろうな？　あるいはすでに革命が起こったという報告か？　ウィーンで起きたのか？　それともベルリンか？　それともサンクト・ペテルブルクか？」

ずぶとい声で茶々が入った。訛りの強いドイツ語だった。熊楠が「ロシア訛りのドイツ語だ。」と註釈を入れた。そういえばシュニッツラーが説明してくれたところでは、このカフェにはツァーリ政府の苛酷な弾圧を逃れてきたロシア人革命家も入りびたっているらしい。茶々を入れたのは、おそらくそういう連中のひとりだろう。

アルテンベルクの方はこんな冷やかしに慣れているらしく、「ウィーンで革命が起こるとしたら、このカフェ・ツェントラールだけでしょう。その他の場所で革命が起きたという情報があれば、それはすべて偽情報です。ただ革命が起こる理由はただひとつしかありません。つけでコーヒーが飲めなくなったときです。」こう厳かに断定した。これには客たちから拍手喝采が起こった。

「ご賛同ありがとうございます。さて、本題の提案をさせていただきます。先ほどドクター南方との会話のなかで、わたしは『カフェ・ツェントラールは単なるカフェではありません。ひとつの世界観です』と断言しました。皆さんご賛同いただけますか？」

この問に対しては、すぐに「その通りだ！」「ブラボー！」「ハラショー！」といった賛同の声が続いた。ひと通り賛同の声が収まったとき、「飲食代金を踏み倒した常連の方がきちんと払う常連よりずっと大事にされる、という世界観だ！」という声が出た。これには皆爆笑した。いつでもただで飲み食いさせてもらっているようなアルテンベルクが、常連たちに愛されている証拠だろう。

「そのようなカフェ・ツェントラールの世界観カフェとしての栄誉ある歴史を踏まえ、ドクター南方の光臨を記念して、わたしは厳かに今ここでカフェ・ツェントラールの世界観の日を宣言します。ご出席の方々もこの趣旨にご協力くださりますようお願いします。」

アルテンベルクは曲った背筋をピンと伸ばして、こう厳かに宣言した。それは宣戦布告か休戦布告のような響きの宣言だった。この突飛な宣言にさすがに客たちも驚き、口々に疑問を呈した。

「世界観の日だって。なんだいそれは？　みんなが宗教告白をするのか？　そして場合によって中世の異端審問をこの場で行うつもりなのか？　それともフランス革命でロベスピエールやサン・ジュストが革命裁判所においてしたように反革命勢力の洗い出しをしようというのか？　物騒だぞ！」こんな野次も飛んだ。

アルテンベルクは即座に「そんな野暮で野蛮なことはしません。わたしにとっては毎回ちゃんと飲食代を払うような方々も異端者ではないし、反革命勢力でもありません。」と答えた。するとまた客から笑いとともに、「それではなにをするんだ？　いずれにせよ、各人が前に出て行き、それぞれの信条でも披露するんだろう。」と質問が飛んだ。

「そんな興ざめなこともしません。匿名の聴衆の前で平気で演説をすることは、英国のスピーカーズコーナーの英国市民か、わが国では美男市長として有名なわがルエーガー氏に任せましょう。わたしたちカフェ・ツェントラールの住民は、それぞれのテーブルで親密な雰囲気のもと、互いの息がかかる距離で密談することを好むのです。それが本来のウィーンの流儀です。メッテルニヒ主宰のウィーン会議では『会議は踊る』と言われました。カフェ・ツェントラールでは『会議は消える』です。毎日会っている相手と親密に会話するとき、何のために集まっているのかという目的はなくなります。会話のための会話になり、テーブルのまわりに座っていること自体が目的となります。したがって、たとえ打ち合わせであっても、次第に打ち合わせをするという目的が消えてしまうのです。

ですから、世界観の日においても、普段と同じように気の合った仲間同士がテーブルを囲んでおしゃべりをすることに変わりはありません。」

「なんだ。変わりばえしないじゃないか。」という幻滅の声があがった。

「変わりばえをこのカフェは求めているのではないのです。変わらないことの新鮮さを求めているのです。ただひとつだけ世界観の日におけるルールがあります。それはいかに親密におしゃべりをしているテーブルでも、今日はそのテーブルにまったく知らない他人が押しかけ、勝手に話をすることが許されるというルールです。見知らない人間が突然会話に首を突っ込んできて、おしゃべりに割り込んだり、おしゃべりを妨害しても、今日は一切しかめっ面をしたり、抗議したりしてはいけないというルールです。よろこんで迎え入れ話の輪に入ってもらう、という決まりです。」

「そんなことといつもやっているぞ！」という野次も飛んだ。

「そうでしょう。ここが世界観カフェになっているのは、普段から見知らぬ人に対してそのような歓待が行われているからです。そのような歓待の習慣を今から店が閉まるまで、すべてのテーブルで実行するわけです。なお、おしゃべりのテーマには、どこかで『夢』というキーワードを入れていただくようお願いします。ドクター南方は子どもの頃にテングというデーモンにさらわれて天空の世界に連れて行かれ、天上界からこのウィーンをながめたことがあるそうです。そのときウィーンは夢の街に見えたとのことです。ですから、ウィーンを代表するみなさんの方からも夢にまつわる話をドクター南方にしていただきたいのです。みなさん自身が夢の話をすることで、みなさんは夢のなかの亡霊のような存在ではなく、足が地についた本物の人間だとドクター南方にわかっていただきたいのです。」

聴衆はアルテンベルクの提案がよくわからない表情をしていたが、わからない提案はいつものことだと思ってもいるようで、次第に微笑を浮かべ始めた。

「ご賛成いただけますか?」様子をうかがいながらアルテンベルクが問うと、みながテーブルをたたき始めた。賛成の意志表示らしい。

「それでは開始する前にドクター南方にひと言ご挨拶をお願いします。」

アルテンベルクの突然の指名だが、熊楠は大して驚きもせずのっそりと立ち上がり、アルテンベルクの方に歩いて行った。それから立ち位置を定めて、大きな眼でカフェ内の全員をゆっくり見まわした。

「紳士淑女の皆さん、わしはただ今ご紹介の栄誉にあずかりました日本国和歌山出身の南方熊楠です。大英博物館の館員をしておりました。博物学や民族学を専門としていろいろな物を収集したり、研究したりすることを好んでおります。さまざまな物をたくさん集めましたが、ただ、わしは残念ながら夢を収集したことはありません。」

聴衆から笑い声がもれた。「それはドクター・フロイトの仕事だ。」という声がした。フロイト博士とは最近有名になっている精神科医で、今年『夢判断』という大著を出版したという話だ。

「ドクター・フロイトの名前はわしも聞いています。わしは粘菌を収集したり、分類したりすることが趣味であり、また仕事でもあります。しかし、ドクター・フロイトは夢をどのようにして収集して分類しているのでしょうか。夢をピンで留めることはできませんし、瓶のなかに入れておくこともできません。粘菌よりも夢は収集するに始末が悪い。」熊楠はこう言って、首を傾げた。

「フロイト博士は夢をピンで留める必要もないし、夢を入れておく瓶も必要ないのだ。夢を入れておく袋を博士は身体の真ん中にぶら下げているのだ。」立派な髭を生やした赤ら顔の紳士がこう茶々を入れた。かなり酔っているらしい。

聴衆の何人かの笑い声が響いた。ただし、それは男性の一部であって、女性や男性の多くは苦い顔をした。フロイト博士の研究は卑猥なものなのだろうか、と私は想像した。隣のシュニッツラーに訊いてみようと思ったが、彼も苦い顔をしているので止めた。

熊楠は「身体の真ん中にぶら下げる袋とは胃のことですかな？　日本語では胃袋と言いますから。」とうまくいなした。「わしは夢を収集しません。夢は食べることにしています。夢は収集して分類しても役に立ちません。昆虫は収集してピンで留めることができます。昆虫ならばさまざまな種類を収集して分類してみたら、新しい発見があるかもしれません。進化の歴史の新しい事実を知ることができます。

しかしながら、夢をピンで留めて分類しても新しい発見はありません。夢の進化の歴史を知ることもできません。夢は収集するより食べてしまうことが必要なのです。獏という動物のするように。夢を食べた後には、当然消化して排泄するプロセスが続きます。排泄したものが糞ですが、糞とはすなわちこの世界のことです。この世界は人類が消化した夢の糞でできているのです。」

熊楠のこの警句に聴衆は一瞬呆気に取られたが、そこはウィーンの一流文化人がそろっているカフェなので、やんやの喝采がわき起こった。

アルテンベルクが熊楠の隣に来て、「ドクター南方の素晴らしいお言葉をフロイト博士に聞かせたいと思います。フロイト博士がこの場にいないのは誠に残念です。ドクター南方のこのお言葉をもって世界観の日の開会の辞にいたします。」と熊楠の言葉を引き取り、アルテンベルク流の言葉を続けた。

「世界が夢の糞であるとしたら、世界観は夢の糞からひとりでに生えた植物でしょう。それが美しい三色すみれになるのか毒キノコになるのかは、わたしたちにはわかりません。しかし、三色すみれであれ、毒キノコであれ、それがまた元の糞に戻らぬように大事に育て続けなければなりますまい。」

またしても拍手喝采が続いた。

熊楠とアルテンベルクは私たちのテーブルに戻って来た。

「ドクター南方もペーターも名演説でした。わたしの戯曲のセリフにも使わせていただきたいほどです。」シュニッツラーは心から感服したように言った。

アルテンベルクは安堵の表情で言った。「これでドクター南方がテーブルをまわってウィーンの名士たちと知り合いになるきっかけができました。今日この場にいる名士たちの情報を合わせるとウィーンに流通している全情報の一二〇パーセントになりますから、充分な量の情報です。」

「おいおい、ペーター。一二〇パーセントでは二〇パーセント分余剰ではないか。」シュニッツラーがこう返した。

「アルトゥール、二〇パーセント分は、政府の密偵の分だ。このカフェにも政府の密偵が常に何人か入り込んでいる。奴らは我々が話している内容に耳を澄まし、その内容をふくらませて危険思想に仕上げている。我々が芸術や美女や美食の話だけをしていたのなら、密偵は不要であり飯の食い上げになってしまう。そういう害のない無駄話のなかに、政府転覆計画、要人暗殺計画、外国の密偵の話などを適当に織り込まなければ、密偵の役目を果たしたことにならない。そういったでっち上げの陰謀情報を政府の密偵が付け加えていることを考えると、その偽情報を二〇パーセント分は余分に見ておかないと全情報量として正確ではない。いや、本当のところ三〇パーセントは少なくとも付け加えないといけないのだ。ハプスブルクの密偵はドイツやロシアの密偵よりも無能なので、その無能さを隠すための手段としてでたらめな情報量を増やそうとする傾向があるから。」

アルテンベルクは平気でこんなことを言い出した。私は青くなった。下っ端といえども私は日本帝国の外交官であるからだ。私についての変な情報が密偵によってオーストリア政府に上げられたら、外務省での自分の立場はどうなるのだろう、と心配したからだ。

私はアルテンベルクに訊かずにはいられなかった。「そうすると、先ほどの南方先生の冗談も政府の密偵の手にかかれば、どんな危険思想にでっち上げられるかわからないのですか？　私は外交官ですので、危険思想の持主と一緒にいたということにされると、私の立場はどうなるのか予想できません。そもそも日本とオーストリアの外交関係に悪影響がないか、とても心配です。」

まだ外交の修羅場を経験したことのない新米外交官の私なので、声も震えてしまった。

「安心しなさい。」とアルテンベルクが励ましてくれた。「さっきのドクター南方の演説を聞いて笑っていたなかに、わたしの知り合いの密偵もいましたよ。米国の新聞社の現地採用員という触れ込みのジャーナリストですが、まぎれもない政府の密偵です。彼は他の誰よりも大口を開けて笑っていました。あれでは、ドクター南方を危険思想の持主とでっち上げることはできないでしょう。」

「そうですか、お言葉を聞いて安心しました。」私は安心した表情をしたが、練達の密偵だったら大口を開けて笑っていながら、その実は熊楠をロシアのクロポトキン公爵のような学者アナキストとしてでっち上げる構想を練っているのではないか、と一抹の不安を持った。

「密偵の上げる情報も上層部では偽情報が多いことを知っていますので、話半分どころか一割くらいしか信用していません。いずれにせよ少しはでっち上げられるくらいの方が、ドクター南方の学者としての評価も上がろうというものです。安心しなさい。」

アルテンベルクはこう変な太鼓判を押した。

「そうだろうな。そもそもわしはもともとロンドンの日本大使館から危険人物と思われたこともあるのだから、ウィーンでそう思われても箔が付くくらいで、なにも実害はない。」熊楠も調子に乗ったようで、笑いながら言った。

シュニッツラーだけは心配そうに「それでもあまり密偵の餌食になるような発言は慎まれた方がよいですよ。思想犯は悪名高い牢獄に入れられて出られなくなりますので、せっかくのウィーン調査もできなくなってしまいます。」と熊楠に忠告した。

「さぁ、とにかく夢の世界観巡りに出発しなさい。」こうアルテンベルクは熊楠と私の肩を軽くたいた。彼とシュニッツラーはこの場でおしゃべりするつもりらしい。

「出発しなさい」と言われても、この広いカフェのホールのどこに行けばよいのか、熊楠と私は途方に暮れた。あたりに眼をやると、奥の方のテーブルからこちらに手を振っている若者たちのグループに気づいた。訳はわからないものの、どうやら私たちに興味があるらしい。まずはそこに行ってみることにした。

大学生らしいふたりの若者と知的な雰囲気の若い女性のテーブルだった。私たちが近づいて行くと、ふたりの大学生は立ち上がって自己紹介した。ひとり目はとても変わった哲学科の学生で、一度見たら忘れられない独特の顔と恰好をしていた。度の強い眼鏡をかけて、服装はきちんとしていたが、隅々まできちんとしすぎて奇妙なほどだった。私たちに握手を求めたときも、妙にぎこちなく、文楽の人形と握手しているような気持ちがした。要するに堅苦しくて、人間よりもガラスでできた人形のような印象だった。手の冷たさにも驚いた。オットー・ヴァイニンガーという名前だった。

もうひとりの学生はハンス・タウベという名前で医学部の学生だった。愛想よく笑い、おしゃれな服装でいかにもウィーンの学生という雰囲気だった。握手した手も暖かく、ヴァイニンガーの手の冷たさとは対照的だった。座ったままの女性は美人だった。彼女は音楽学校に通っているとのことだった。名前はエリーザベト・ネーメトといった。ハンガリー出身とのことだった。マジャール人でアジアの血が混じっているせいか眼や髪も黒くて、東欧の雰囲気を感じた。そういえばフランツ・ヨーゼフ皇帝の皇妃もエリーザベトということを思い出した。エリーザベトはドイツのバイエルンの王家、ヴィッテルスバッハ家から嫁いできた。熱烈なワーグナーファンで楽劇のイメージでノイシュヴァンシュタイン城を建てたルートヴィヒ二世のように変人の多い家系のせいか、エリーザベトはウィーンの宮廷暮らしの堅苦しさを嫌い、逃れるようにヨーロッパ各地を旅した。自由人のエリーザベト皇妃は、冷たいドイツ人よりも情熱的なマジャール人を好み、ハンガリー語を独習するほどのハンガリーびいきだった。

テーブルで会話が始まってからも私はついエリーザベトの美しさに眼が行ってしまい、会話を充分に追いかけられないことがあった。

ヴァイニンガーたち三人は、オペラ座で行われたワーグナーの楽劇上演会でたまたま席が隣になった。タウベとエリーザベトは恋人同士だ。そのとき、ワーグナー支持派とワーグナー反対派の間でちょっとした騒ぎがあり、熱烈なワーグナーファンのヴァイニンガーは激高して、逆に反対派の学生に殴られそうになった。止めに入ったのが立派な体格のタウベだった。おかげでヴァイニンガーは殴られずにすんだ。それ以来、人間嫌いのヴァイニンガーもタウベとエリーザベトを友人と考えるようになったそうだ。

「わざわざぼくたちのテーブルまでお越しいただき、誠に恐縮ですが、日本の学者の方にお話をうかがう機会がないので、失礼を省みずお呼びしてしまいました。ドクター南方は博物学や民族学など専門の枠に囚われない幅広い関心をお持ちのようで、ぼくの関心もそうなので、お話を聞かせていただければ誠にありがたいです。」

ヴァイニンガーの話はていねいで礼儀にかなっているのだが、かない過ぎてなにか決められた台詞を読んでいるような非現実感があった。話のすべてがそういう調子なので、それが彼の本来の話し方で、無理をしているわけではないようだ。それにヴァイニンガーは相手の方を見ないで話す。よほどの人見知りなのかもしれない。

熊楠も本来は人見知りなので、ヴァイニンガーの方を見ないで話し始めた。

「学者といっても、わしは大学で正規に博物学や民族学などを学んだわけではなく、すべて独学だ。大学入学の準備段階である予備門も中退してしまった。わしは教室の椅子にじっと座って、教授の講義を聞いたり、教授が黒板に書く文字を書き写したりするのが大の苦手だった。わしは他人が勝手に整理した学問をその整理した順に聞いたり、書き写したりするのが大嫌いというか、生理的にできない。

わしの学び方は小さな子どもの頃から変わらない。子どもの頃に近所の医者が『和漢三才図会』という絵入りの書物を持っていた。絵や図が好きだったわしはその家に行って、その書物をじっと凝視した。そうしたら、そこに描かれた日本や中国の奇妙な生き物、龍や河童や文字などが頭のなかに勝手に入り込んできた。わしは急いで家に帰り、頭のなかにある絵を紙に書き写した。それを見た両親が驚いて、『お前は何をしているのだ、天狗にまた取りつかれたのか？』と大声を出した。わしが正直に、さっき見た『和漢三才図会』を写しているのだ、と答えたら、両親はなお驚き、わしの筆写したものを持って医者の所に駆け込み、実物と見比べた。すると実物そのままであることわかった。それでわしは神童という呼び名がついた。わしに言わせれば神童でも神業でもありゃせん。ただ勝手に頭のなかに入り込んだ絵や文字をそのまま手で書き写せばよいだけで、こんなに楽なことはない。

わしの勉強はこんなもので、文字なり絵や図なりをそのまま頭に入れるだけだ。ただ、頭に入れるのは無理にしてはならない。頭を空っぽにすれば、文字も絵も勝手に入り込んでくる。あとはそれを小出しにして、それらを組み合わせればよいだけだ。教室で偉い学者が講義し、黒板に文字を書いて、わしに教え込もうとしても無理なことだ。頭が空っぽになっていなければ、どんな立派な知識でも入り込む余地がない。こんな風な独学でわしは博物学、民族学、人類学、生物学などを身につけてきた。わしにはそれ以外の勉強方法は考えられなかった。」

ヴァイニンガーは熊楠の説明に感激したようで、無表情の顔に少し赤味が差したように見えた。

「ドクター南方の勉強方法は、僭越ながらぼくの学び方とまったく同じです。ぼくは哲学、心理学、医学、生物学などを大学で学んできましたが、どの講義を聞いても満足できるものはありませんでした。多く見積もっても一割弱しか興味をひかれる講義はなく、後の九割強はまったくつまらない内容でした。立派な髭を生やして立派な服を着て立派な声と身振りをする教授たちの講義がいかに空疎で退屈なものなのか、固い椅子に座っていやというほど思い知りました。なぜ教授たちが陳腐な内容の講義しかできないのか、とぼくは不思議に思い、ようやくその理由に気づきました。」

　ヴァイニンガーはそこで間を取った。

「それは、彼らが天才ではないからです。」

　大発見をしたような厳かな調子だった。熊楠が即座に質問をした。

「天才でないとどうしてわかるのかね？」

「それは講義を少しでも聞けばわかるのです。つまり、講義の言葉になにも力がこもっていないのです。先ほどのドクター南方のお話の内容をお借りすれば、天才でない教授たちの講義を聞いていても、言葉がなにも頭に入ってこないのです。

　それに何よりも、天才は人相で見分けられるのです。イタリアの精神科医で犯罪学者のロンブローゾは犯罪者にはそれ固有の人相がある、と主張しました。犯罪者特有の人相があるのです。彼は処刑された重罪人の頭蓋骨などを何百も調べて、犯罪者でない人間の頭蓋骨との相違を実証的に証明したのです。そのような身体的な特徴は犯罪者の精神的な特徴、すなわち犯罪に抗し難く引き寄せられる性向と明らかな関連があるのです。具体的に申しますと、たとえば眼が細くつり上がり頬骨が飛び出ているタイプの容貌は性犯罪への志向性が顕著である、ということがロンブローゾの調査で証明されています。」

　ヴァイニンガーはこう言い切って、私と熊楠の顔を見て「しまった」という表情を浮かべた。眼が細くつり上がり、頬骨が飛び出しているのは日本人の典型的な顔だからだ。ただ、熊楠は紀州出身で南方系の人相で、眼も大きく頬骨もそう飛び出してはいない。これに対して私は北方の出身であり、つり上がった細い眼で、頬骨も飛び出している。つまり、今のロンブローゾの説明では性犯罪への傾向が強いタイプにそのまま当てはまってしまう。南方系の熊楠だって、この場の三人の西洋人と比べたら、やはりそのタイプに分類されてしまうだろう。

ヴァイニンガーは自分の失敗に気づいて黙ってしまい、他の者もどう話を続けたらよいのかわからず、気まずい沈黙の時が流れた。

「おい、オットー、持論を開陳するのも時と場所を選ばなければならないぞ。せっかく極東の大学者の方とお近付きになったのに、失礼だ。ドクター南方、大変失礼しました。オットーに悪気があるわけではないのですが、彼は頭でっかちの子ども見たいなものです。天才論というお得意のテーマになると、子どもが大好きな熊のぬいぐるみを手にしたように大はしゃぎしてしまいます。相手が誰でも見境なく天才論を吹っかけてしまうのです。さぞご不愉快に思われたでしょうが、世のしきたりがわからない子どもの言葉としてお許しください。」

タウベはこう取りなすように言った。見た目ではタウベはヴァイニンガーと同じくらいの年齢だが、子どものようなヴァイニンガーの場所をわきまえない放言の後始末をする兄のような役割を果たしている。一方、ヴァイニンガーは兄貴風を吹かすタウベの言葉に不快感を覚えたらしく、そっぽを向いている。

エリーザベトはいつもこんな場面に立ち会っているのか、ふたりのやり取りを面白そうに観察している。

タウベはヴァイニンガーが黙り込んだので、ホスト役を買って出る。

「オットーはさっき話していたように、並みの教授連中の講義ではまったく満足できないのです。ウィーン大学で彼のお眼鏡にかなう教授はひとりもいないでしょう。もっとも、オットーは飽きっぽいというか、哲学専攻ですが心理学、医学、生物学、物理学、民族学などさまざまな講義を聴講していました。でも一、二回聞いただけで、『下らん』と言ってすぐ見切りをつけてしまうのです。講義というのは学期全体でひとつのまとまり、コスモスを成すのですから、その一部だけ聞いても何だかわかりません。象の尻尾だけ見ても、象が長い鼻を持った動物とわからないようなものです。象のうしろだけを見て、尻が大きい割には尻尾が小さい動物と定義してみても、象のなにがわかったことになるでしょうか。」

こう言って、タウベはわざとヴァイニンガーに視線を向けた。

ヴァイニンガーは憤然として、「本当の天才だったら、大きな尻に小さな尻尾がぶら下がっているだけで、巨大な鼻を持つ動物だと推理できるはずだ。同じように、最初の講義を聞いただけで、その教授が巨大な象ではなくて、ちっぽけなネズミとわかるのだ。」と断言した。

「そんなめちゃくちゃなことを言って。」とタウベは呆れた顔をした。「オットーはそんな風に自分以外はみんな凡人だと決めつけているのです。ところが、面白いことにオットーはある人間を天才と思い込むと、逆に大変な偶像崇拝をするのです。天才の偶像もときによって変遷するのですが、オットーの目下の偶像はロンブローゾであり、何でもかんでもロンブローゾの理論を持ち出してくるのです。」

「言っておくが、ぼくはロンブローゾのことを天才と呼んだことはないぞ。ロンブローゾはあくまでも犯罪論の優れた研究者であり、天才の人相学にも一定の識見は持っているが、彼自身が天才であるわけではない。ロンブローゾはせいぜい秀才止まりだ。」

ヴァイニンガーの反論にタウベは落ち着いた態度で再反論した。

「いずれにせよ、ロンブローゾの理論を正しいものという前提で、オットーは天才論を持ち出してきます。ぼくも精神医学を専攻する医学生ですから、ロンブローゾを一通り読みました。しかし、その内容は思いつきのレベルを超えないもので、実証研究と謳っていても科学の名に値しないものです。

犯罪者の類型に顔の左右半分ずつの非対称が激しいということを主張しています。非対称のタイプにひらめ型とかれい型があると言うのです。詳しくは忘れましたが、ひらめ型は頭脳犯、かれい型は暴力犯の傾向がある、と結論づけています。逆だったかもしれませんが。そんな馬鹿げたことが大真面目に書かれているのです。ロンブローゾはそのうちに犯罪者のタイプを調べるために人間の頭蓋骨を調査するのをやめて、水族館に入りびたるかもしれませんね。」

こう言ってタウベは我慢し切れず笑い始めた。エリーザベトもつられて美しい声で笑った。

ヴァイニンガーは我慢し切れず声を高めた。「ロンブローゾの書いていることはあくまでも比喩なのだ。ぼくもひらめ型とかれい型がそのままあると信じているわけではない。ロンブローゾの功績はまったく新しい発見をしたことではなく、誰もが漠然と感じていたことを改めて整理して提示したことだ。」

私は思わず質問した。「誰もが漠然と感じていたこととは何ですか？」

ヴァイニンガーは私の方を見ずに、熊楠の方を見て言った。「それは、犯罪者にはそれなりの見た目の特徴があるように、天才にもそれなりの外見的な特徴があることです。我々は重大な罪を犯した犯罪者の写真を見ると、誰でもこんな顔をした男なら犯罪者になるのも無理がない、と思うでしょう。ウィーンの市民の背筋を凍らせたモースブルッガーのような連続殺人犯や、フランツ・ヨーゼフ皇帝の暗殺を企てたハンガリーのテロリストのように、写真にその顔が印刷されたら、誰でもこんな顔の持ち主なら連続殺人犯やテロリストになるはずだと思うはずです。そう思わない人間がいるとしたら、犯人の母親だけです。」

ヴァイニンガーは自身満々に言った。これに対してタウベがすぐに反論した。「オットー、それは順番が違うだろう。ぼくたちは、新聞で連続殺人犯やテロリストの写真を見るとき、その写真の下につけられた『連続殺人犯』とか『テロリスト』という説明を同時に読むだろう。そのようなマイナスのイメージで男たちの顔を眺めるのだ。つまり、ぼくたちの頭にはすでに悪のイメージが刷り込まれていて、写真を凝視する。だから、その男たちがたとえ人好きのする顔をしていても、ハンサムな顔をしていたとしても、ぼくたちの眼や脳に存在する検閲機能が働いて、好感の持てる部分はみんな消し飛ばしてしまう。残るのは『殺人犯』という見出し語だけだ。

もし、新聞に載っている殺人犯の写真の下に、間違って『人命救助をした勇敢な市民』という説明がついていたら、読んでいるぼくたちは、どんなに人相の悪い写真の顔を見たとしても、やはり善人はこんな立派な顔をしているものだな、と誰もが納得するはずだよ。逆に、犯罪者とも人命救助者とも説明がついていなかったら、ぼくたちはその顔に何の印象も持たないはずだ。」

タウベは、医学生らしく理路整然とヴァイニンガーを説得するように話し続けた。

「君は天才、天才と騒ぐが、天才と言っても、最初から天才として生まれてきて、日常生活の隅々まで天才の片鱗を示しているわけではないだろう。天才はあくまでも結果の評価にしか過ぎない。アレクサンダー大王やナポレオンは数々の戦争に勝ち抜いたから天才と呼ばれ、ダ・ヴィンチやミケランジェロは多くの名画を描いたから天才と呼ばれ、モーツァルトやベートーベンは数々の名曲を作曲したから天才と呼ばれた。そのような優れた業績を残したという結果から、彼らを評価して天才という折り紙がつけられたのだよ。それに天才という評価は時代のものであり、もしシェイクスピアにせよゲーテにせよその時代にまったく評価されなかったら、歴史のゴミ箱に捨てられてしまったはずだ。いや、そのように歴史のゴミ箱に埋もれてしまった天才は何千、何万といたはずだ。君の崇拝する天才は、何千、何万人もの天才の屍の上に立っている運のよい人間なのだ。天才は自力だけで天才になったのではなく、時代の要請でそうなった、あるいは時代の検閲を通ったから天才になったのだ。」

熊楠も言葉を添えた。「天才と狂人は紙一重というが、時代に気に入られた人間は天才と呼ばれ、時代に忌避された人間は狂人と呼ばれる。わしなども、子ども時代に記憶力が優れていたので神童と呼ばれたが、わしの興味、関心が凡人のものと違うことを知った世間は、今度はわしのことを天狗の使い、つまりは狂人と呼ぶようになった。世間とはそんな定見のない者たちの集まりだ。」

ヴァイニンガーは我慢できなくなって叫ぶように言った。「君たちの言っていることは結局、この世に本当の天才はいないということに尽きる。そんな月並みなことは、人類の何千年の歴史で毎日のように凡人たちが言い古したことだ。ニーチェの『ツァラトゥストラはこう語った』を君たちは読んだことがないのか。凡人たちは、いつでもこの世界から天才を追放しようと手ぐすね引いて待っている。天才がいたら、自分たちにとってこの世界は居心地が悪くなると凡人たちは信じている。海抜五千メートルの住人である天才を自分たちの住む海抜ゼロメートルまで引き下げようとする。天才がいたら、今日から明日に続く安穏な暮らしに亀裂が入ると思い込んでいるのだ。しかし、この世にそのような凡人たちがあふれていることが、逆に天才が存在する証拠なのだ。」

私は思わず口をはさんでしまった。「それでは、天才は見ただけで具体的にすぐわかるのですか？　顔に天才の特徴が表れているのですか？」

単なる好奇心からの問いだったが、ヴァイニンガーは私を軽蔑するように眺めて言った。

「それはすぐにわかります。ベートーベンの顔を思い出してください。彼のデスマスクが一番わかりやすいですが。ベートーベンの顔が天才の特徴をすべて備えているのです。いや、ベートーベンの身体の特徴が天才の特徴なのです。彼の髪、目つき、鼻、口元、耳、それに肩幅や首、さらには指や爪にいたるまで、すべてベートーベンが天才であることを明らかに示しています。」

有無を言わせぬ断定だった。私はベートーベンの顔を思い出した。ベートーベンは学校の音楽室に肖像が飾られていたので、見ようと思わなくても何度となく見た。もじゃもじゃの髪に顎の張った大きな顔、世界全体を敵に回したような鋭い眼つき、はっきり言えば憎しみに満ちた眼つき。しかし、そんな恐ろしい顔のベートーベンが「人間はみな兄弟になる」という合唱のついている第九交響曲を作曲したとあとで知り、意外だった。詩はもちろんシラーのものだが、当然ベートーベンが詩の内容に深く共感したから作曲したのだろう。

「ベートーベンが天才の顔のすべてと決めつけたら、他の天才はどうなるんだい？」タウベが当然の質問をした。「モーツァルトだって天才だと思うが、ベートーベンとはまったく似ていない。ダ・ヴィンチやミケランジェロだって似ていない。ナポレオンは小柄なところはベートーベンに似ているが、全体としては似ていない。それとも君は眼がふたつと鼻と口がひとつずつあるだけで、まさか似ていると言うんじゃないだろうね。」

タウベのこの皮肉にエリーザベトはまた美しい笑い声をあげた。

ヴァイニンガーは憤然とした。「そんな馬鹿げたことを言っているんじゃない！　ぼくは哲学者だ。外的な現象のことを話しているのではなく、本質論を話している。ベートーベンの本質が天才であり、その本質が外見にも表れている、と言っているのだ。」

タウベはさらに追い打ちをかける。「君の天才論は漠然とし過ぎだよ。もっと天才であることがずばりとわかる特徴はないのか？」

ヴァイニンガーはこの問いをあらかじめ予想していたように、満足気な表情で断定した。「あるよ。」

聞き手の私たちは、次の言葉を待った。しかし、ヴァイニンガーは私たちを焦らす間を置いた。「天才の外的特徴、人生における特徴ははっきりしている。」ここでまたわざと間を置いて、ヴァイニンガーは断定した。

「それは、天才は不幸な死を迎えるということだ。具体的には天才は自殺か他殺により生涯を終えるのだ。これがベートーベンを含むすべての天才に共通した顕著な特徴だ。」

　エリーザベトがたまらず声を出した。「オットー、それは暴論だわ。わたしもピアニストでベートーベンが大好きだから彼の曲を演奏する機会は多い。だから、ベートーベンの伝記も何冊か読んだの。そのなかでベートーベンが自殺したとか殺されたと示唆している本は一冊もなかった。ベートーベンが作曲家にとっての命ともいえる耳が聞こえなくなって、自殺の誘惑にかられて有名な『ハイリゲンシュタットの遺書』を書いたことは誰でも知っているわ。でも、そのような音楽家にとって致命的な病を克服して、人類全体の財産ともいえる第九など数々の名曲を作曲した事実も誰でも知っていることよ。」

　タウベも加勢した。「オットー、君はモーツァルトの死とベートーベンの死を混同しているんじゃないか？　モーツァルトの急死は、彼の才能に嫉妬した宮廷作曲家のサリエリの毒殺だという説は有名だ。サリエリの弟子でもあったベートーベンも病の床のサリエリから聞いたと書き残している。君はそのことと混同しているのだろう。」

　ヴァイニンガーは憤然として答えた。「そんなことは当然知っている。繰り返すが、ぼくが言いたいのは、天才は必ず悲劇的な死を迎えるということだ。ナポレオンにも毒殺説があるだろう。アレクサンダー大王だってそうだ。ぼくは断言するが、真の天才ほど自殺や他殺であってもそのことは隠されてしまい、病死ということにされてしまうのだ。モーツァルトには他殺説があり、ベートーベンにはこれまで自殺説や他殺説が一切なかった。このことは、つまりモーツァルトよりもベートーベンの方が真の天才であったということ。そのために彼の悲劇的な死は凡人たちによって完璧に隠蔽されたのだ。凡人たちにとって、天才がいることだけでも居心地が悪いのに、その天才が悲劇的な死を迎えて、死後もイエスのように崇拝の対象になることは、もっとも避けなければならないことなのだ。」

こう言い切るヴァイニンガーの眼には一種の狂気が宿っていた。もうなにを言っても受け付けないという表情だった。

穏やかな声でヴァイニンガーを刺激しないようにタウベが質問した。「君の言いたいことはわかったけど、それではベートーベンは何で自殺したのか、あるいは殺害されなければならなかったのか？　すべての病気には原因がある。医学生としてのぼくは物事には当然原因と結果があり、両者の間には因果関係がなければならないと考える。ベートーベンがいくら天才だからといって、原因もなく自殺をはかるとか、殺害されることはないだろう。」

「もちろんだ。」ヴァイニンガーは力強く答えた。「ぼくにも今のところベートーベンの死因が自殺なのか他殺なのか明言できない。しかし、どちらかであるのは百パーセント間違いない。自殺だとしたら、耳が完全に聞こえなくなったとか、さまざまな病気に苦しめられていたから、といった形而下的な理由ではない。天才は、俗人のようにそんな通俗的な健康問題で死を選んだりしない。ベートーベンが死を選んだとしたら理由はおそらく、彼の音楽を同時代の聴衆が理解していないということへの絶望感のせいだ。ベートーベンは天才を忌避するウィーンの音楽界に殺されたようなものだ。暗殺されたとしたら、共和派のベートーベンが目障りなメッテルニヒが部下に命じて殺害させたのだ。」

「自殺はおかしいわ。」エリーザベトがかん高い声をあげた。「だって、ベートーベンが自ら指揮した第九の初演が大変な拍手喝采を受けたということは事実だわ。指揮を終えたベートーベンには、耳が不自由なので観客の喝采は聞こえなかったけど、演奏者のひとりに身体の向きを逆にされベートーベンは聴衆の熱狂を見てよろこんだ、という当時の証言がある。ベートーベンは自分が心血を注いだ第九が聴衆に理解されたことを実感したはずだわ。」

ヴァイニンガーは無表情で答えた。「エリーザベト、聴衆の拍手の量や強さで自分の曲が理解されたかどうか測ることは天才とは無縁だよ。ベートーベンのような天才はそんなものとは無縁な基準で自分の曲が聴衆に理解されたかどうか判断するのだ。たとえば、聴衆の息が平常通りのリズムを刻んでいるのか、それともまったく違うリズムで息をしているかで判断するのだ。」

熊楠はうなずきながら応じた。「なるほど、東洋では呼吸法は人間を理解する上で非常に大事な役割をしている。その人間がこの世界のリズムと一体になっているか、それとも世界にとって単なる異物でしかないか、呼吸のリズムでわかるのだ。ところで天才についての深い見識を持つ君自身は天才なのか、自分で天才と思っているのか？」実に単刀直入な問いだった。

ヴァイニンガーは顔を赤らめ震え声で答えた。「残念ながらぼくは天才ではありません。自分でもそのことをよく自覚しています。ぼくは天才を見分けることはできますが、自分で天才になることはできません。ただ、ぼくと天才ベートーベンとは少なくともひとつだけ共通点があります。」

「それは何だね？」

熊楠の問いにヴァイニンガーは即答した。「それは、ぼくも不幸な最期を迎えることです。ぼくもベートーベンのように悲劇的な死を迎えることになるでしょう。自殺であるにしろ他殺であるにしろ。それは間違いないことです。ぼくが死を迎える場所もベートーベンの終焉の家、黒いスペイン人の家なのかもしれません。」

タウベが真剣な顔でヴァイニンガーに忠告した。「オットー、その話は止めておけよ。君はいつもその話を持ち出す。君が天才であるにせよ天才でないにせよ、そのことと死に方が悲劇的かどうかは関係ないだろう。精神科医志望の立場から忠告するけど、自分の死が悲劇的なものであると何度も予言しているうちに、実際にそうならなければならないという強迫観念になってしまうんだ。君の場合、自分の予言に酔ってしまっている。大変危険だよ。」

エリーザベトも美しい表情を曇らせて加勢した。「そうよ。オットー。哲学者として思索に向けるあなたの集中力が並外れたものなのは、わたしたちみんなが認めているわ。ただ、ときには自分の考えていることを冷静に見直さなければいけないのよ。わたしにはピアノがある。なにか苦しいことや思い悩むことがあっても、ピアノに向かったらすべて忘れることができる。ショパンを演奏したあとには、自分の苦しみや悩みはきれいさっぱりなくなってしまう。あなたも気持ちを切り替えるものを見つけなければ、音楽などの。ただ、ベートーベンは止めておいて。ベートーベンを聞いていても、あなたはまた天才論の泥沼にはまるだけだから。」

ヴァイニンガーは友人たちの忠告にうんざりした表情を浮かべた。「ぼくの話はもういいよ。せっかく日本からドクター南方が来ておられるのだから、お話をお聞きしたい。お訊ねしたいことがいろいろあるから。」

熊楠は愛想よく答えた。「わしで答えられることなら何でも質問しなさい。」

ヴァイニンガーは姿勢を正して熊楠に向かった。「実は、ぼくは今博士論文を執筆中なのですが、困った問題にぶつかっていて、筆が先に進まないのです。難問なので、それが解決できなければ執筆を断念しなければならないと思い定めています。日本の大学者のドクター南方に何とかお知恵をお借りできないかと思っています。」

「どんなテーマの博士論文を書いていられるのかな？」

熊楠の問いにヴァイニンガーは説明を始めた。

「ぼくの取り組んでいる博士論文のテーマは『性と性格』というものです。ぼくは昔から哲学に興味を持っていたのですが、最初にお話ししたように、大学では心理学や医学、生物学なども学びました。そこで、それらの学問を総合した博士論文を書いてみたいと思って取り組んでいます。」

「ほう、『性と性格』とは面白そうなテーマだ。セクソロジーはわしにも大いに興味のある分野だ。どのような構想で書いているのか、教えてもらいたい。」

熊楠にも興味のあるテーマのため、ぐっと席をヴァイニンガーの方に近づけた。熊楠が関心を示したことにかえってタウベとエリーザベトは不安げな表情をした。

ヴァイニンガーはこれまでとは違い、冷静かつ自信に満ちた態度で説明を始めた。

「ぼくの『性と性格』は、これまでにまったく例のないような独創的な内容の研究になるはずです。二部に分かれる構想です。ぼくの問題意識は人間の性とはなにかというものです。そして男女の性がその固有の性格を持つものなのかという問題を提起します。そこに、先ほど話しました天才の問題、さらには人種の問題が関係します。それらの考察のなかで、世界と人間に対するまったく新しい視点を提示します。ぼくの著書によって人類はこれまでの長い迷妄から醒めて、人類史の新しい時代が切り開かれるのです。今の人類は、ダンテの『神曲』の冒頭のように『われらの人生を半ばまで歩んだとき、眼が覚めると暗い森のなかをさまよっている自分に気づいた』という状態です。『神曲』では主人公ダンテが人生の道にさ迷っています。現状は人類全体が歴史の道にさ迷っているのです。『神曲』では迷えるダンテを古代ローマの詩人ウェルギリウスが助け導き、地獄、煉獄を案内します。ぼくの論文では、人類をこのわたしが助け導き、地獄、煉獄に案内します。」

エリーザベトが質問した。「『神曲』では、最後の天国には異教徒であるウェルギリウスは足を踏み入れることができないので、ダンテの亡き恋人ベアトリーチェが案内することになるわ。あなたの論文では、天国もあなたが案内するの？」

ヴァイニンガーは言葉に詰まった。「そこはまだ構想できていないのだ。まだ結論は出ていないが、ぼくの論文では人類は天国にはたどりつけないのかもしれない。」

タウベがすかさず「天国編のない『神曲』は『神曲』ではないだろう。それでは神ではなく悪魔のドラマ、『魔曲』になってしまうよ。」と皮肉を言った。

ヴァイニンガーは口ごもりながら「それでもよいのかもしれない。人類が天国に入るためには、このぼくが犠牲になる必要があるかもしれない。イエスのように……」と小さな声で答えた。

この不思議な言葉の意味を訊ねる間を与えないように、すぐにヴァイニンガーは熊楠の方を向き話し始めた。

「ぼくの論文は二部構成になっていると言いましたが、第一部は純粋に生物学的に性を分析した部分です。これに対して第二部は純粋に哲学的に性を分析した部分です。両者で一体の論文になるわけですが、他方、両者は真正面から対立しているのです。」

ヴァイニンガーは聞き手の反応を見ながら話を続けた。

「第一部はぼくが大学で聴講した生物学の最新の成果を反映した部分だが、ここは医学生のハンスに内容が間違っていないか確認してもらったね。」ヴァイニンガーはこうタウベに話しかけた。

タウベはうなずいた。

「つまり、人間の生物学的な性は生まれたときには男性、女性の区別がないということを述べる部分だ。人間でも植物でも動物でも、発生時の胎児や胚胎芽は男女や雌雄といった区別は持っていないんだ。

人間に限っても、完全な男性や完全な女性というものは生物学的にはあり得ないのだ。あるのはただ性の中間的形態だけだ。人間は無数の性の中間段階から成り立っている。言い換えれば、男性の典型と女性の典型への無数の近似体から成り立っているのだ。男性と女性を厳密に区別できると考えるのはまったくの誤りだ。」

ヴァイニンガーは大学で講義をしているかのような口調で述べている。男女が生物学的に厳密に区別できないという理論を私は初めて聞いたので、驚いてしまった。改めてその場のメンバーを見つめ直した。ヴァイニンガーという陰気な男のなかに女性的な要素があるのか、少なくとも女性美につながるものはない。タウベは目鼻立ちが整い陽気な表情をしている。こういう顔をした陽気な女性はいそうだ。エリーザベトは美しい黒髪と黒い眼を持ち女性美の典型に見えるが、どこか芯の強さを感じる。こんな凛々しい美男子もいそうだ。熊楠はお世辞にも好男子とは呼べないが、それでも眼が大きくて生き生きしている。ちょっと変わった女性ということなら、どこかにいそうだ。

「理論的ではなかったにしろ、これまで東洋でも西洋でも男女が厳密に区別できないという漠然とした理解はありました。古代ギリシアのヘルマアプロディトはそのような理解の反映です。皆さんにプラトンの『饗宴』の説明をする必要はないでしょうが、そこでアリストファネスが語る物語にこのような反映が見られます。人間はもともとふたりで一体だった。それを神が半身に分けてしまった。男同士で一体だった人間は、分けられると他の半身の男を求めるようになる。これが男性の同性愛だ。女同士で一体だった人間は、分けられると他の半身の女を求めることになる。女性の同性愛だ。他方で、男女で一体だった人間たちは、男は女を求め、女は男を求める。これが異性愛ということになる。プラトンはこう説明しています。」

ここで話を止めてヴァイニンガーは真剣な眼で熊楠を見つめた。「ドクター南方、ぜひ教えていただきたいのですが、日本や中国、あるいはインドなど東洋でもこのように男女の区別を疑問視する人間理解がありますか？　ぼくの知っている西洋だけの例ですと、人類全体の理解と断定できませんので、ぜひ似たような例をご教示ください。」

ヴァイニンガーの懇願に対して、熊楠は「お安い御用だ。わしも前からこの問題に興味を持っていて、自分で文献を集め、大英博物館の資料を漁っていたからだ。いくつか代表的な文献を教えてさしあげよう。」と言って、即座に中国、インド、日本の文献をいくつもあげてみせた。熊楠の記憶力は超人的でその文献の題名、著者、発刊年などを原語ですらすらあげて、その上この問題に関係するページまであげたのには、さすがにみんなが驚かされた。

ヴァイニンガーは必死でメモを取り、書いた内容を熊楠に確認してもらった。ヴァイニンガーも熊楠ほどではないものの、語学の才能があるらしく、アルファベットだが各国の文献をほぼ正確に記載していた。熊楠もこれには少し驚いたようだ。

「君もかなり語学の才能があるな。これで少し勉強すれば東洋学の分野でも功績を残せるかもしれない。」こう熊楠はヴァイニンガーに太鼓判を押してやった。

ヴァイニンガーは恥ずかしそうに「大学者のドクター南方にお褒めいただき、ありがたい限りです。」と言ったが、すぐに真顔になって付け加えた。「文献をご教示いただき大変ありがたいです。第一部の立論の基礎固めになります。ただ実を申せば、第一部は第二部のための序論の位置づけでして、肝心なのは第二部の方なのです。つまり、性の区別を哲学的に考察する部分です。こちらのところで今ぼくは難問にぶつかっているのです。」

熊楠は「その難問とはなにかな?」と質問した。

「生物学的には男女の区別は明確ではないのに、ぼくたちは日常生活や日常的思考において男女の区別を当然なものとして暮らし、考えているのはなぜか、ということです。」

熊楠は即座に答えた。「それはそれぞれの文化における教育のせいだろう。教育のなかには、男性は体力に優れているから狩猟などをして、女性は体力に劣るが子どもを生み育てることに巧みであるという前提が含まれている。文献を調べるとアマゾネスなどの女戦士だけの国の話が出てくるが、あくまでの伝説であって、そんな女だけの国があったという明確な証拠はどこにもない。」

ヴァイニンガーはうなずいて言った。「文化や教育のせいという考えをぼくも持ちました。でも、それはあくまでも表面的な理由にしかすぎません。男女の区別が厳然として存在する哲学的な根拠をぼくは探し求めているのです。」

タウベが面白そうに口をはさんだ。「それは簡単だ。男女の区別は生殖のためにあるのさ。もし人間が単性生殖の動物だったら男女の区別は必要ないし、そもそも存在しない。男女の区別の哲学的な根拠などいくら探しても無駄さ。ソクラテスはクサンティッペという恐妻の尻に敷かれていた。アリストテレスにも恐妻がいたらしく、アリストテレスが恐妻を背中に乗せて四つ足で歩き回る絵は有名だ。哲学者には恐妻家が多いので、彼らは自分たちがなぜ女房の尻に敷かれなければならないかを真剣に哲学的に考察したのだろう。それが男女の相違という本質論に格上げされたんだろうよ。」

エリーザベトも真面目な表情で口を開いた。「男女の区別を哲学的に考えても何の意味もないわ。肉体の構造以外に男女の区別なんかない。女も男も人間の価値としては平等なのは当たり前のこと。ただ、男が肉体的にも経済的にも女の支配者として社会でも家庭でも君臨しているから、女は『人形の家』のノラのように可愛いだけの人形扱いされているのよ。女が男と対等な人間として認められるためには、イプセンのノラのように人形の家を出て行かなければならないわ。もっとも保守的なドイツやオーストリアでは家出したノラが、自分の軽率な行動を反省して夫と子どものもとへ帰ってしまうという、イプセンも驚くようなとんでもない結末の書き換えをしてしまった。要するに男にとってのハッピーエンドにしたかったのよ。それこそドイツ語圏の男たちの女性観がどんなに遅れているかの証明だわ。

わたしは女として男に頼らずに生活するため、ピアニストとして一流になることを目指している。馬鹿な夫にどんなことをされても愛想笑いをしなければならないことで自分の人生を無駄にしたくないからよ。わたしを対等なパートナーと見ない男とは絶対いっしょに暮らしたくないわ。」

きっぱりとエリーザベトはこう言った。かなりの女権論者らしい。

ヴァイニンガーは憤然として言った。「君たちのように哲学的な思考と無縁な人間と議論をしても仕方ない。哲学とは物事の現象を対象とするのではなく、物事の本質を探求する思考法であって、これこそ精神を持った唯一の存在である人間にもっともふさわしい思考法なのだ。男女の区別を哲学的に考察するとは、すなわち男女の区別が精神にとってどのような意味があるのか、という問題を考察することなのだ。」

熊楠が質問した。「君は何でそんなに男女の区別にこだわるのだ？　そのこだわりにむしろわしは興味がある。」

ヴァイニンガーは熊楠の顔をじっと見て、苦しそうに答えた。「その理由は日本人のドクター南方には理解していただけないかもしれません。その理由は、ぼくがユダヤ人であることに関係します。」

「君もユダヤ人なのか。ウィーンを代表する文化人の多くがユダヤ人だと聞いているが、君も将来ウィーンを代表するユダヤ人学者になりそうだな。」

熊楠のおだてにヴァイニンガーはよろこぶどころか、渋い顔をした。「ぼくは偉大な哲学者になるつもりですが、偉大なユダヤ人の哲学者になるつもりはありません。」

あまりにきっぱりとした口調だったので熊楠は大きな眼をますます見開いた。「どういうことかわからんな。あんたはユダヤ人だと言っただろう。あんたが哲学を夜も寝ないで研究して、立派な哲学者になれたなら、あんたは立派なユダヤ人の哲学者になるのではないか。たとえばオランダのユダヤ人哲学者スピノザのような世界的学者に。」

熊楠のこの言葉に、なぜかヴァイニンガーはむっつり黙り込んだ。

「説明させてください。」見かねてタウベが微笑しながら話し始めた。「これもオットーの悪い癖なのです。オットーはユダヤ人なのにユダヤ人が嫌いなのです。もっともユダヤ人でユダヤ人が嫌いな人間は他にもかなりいます。知識人や金持ちのユダヤ人に目立ちますが、ユダヤ人の自己憎悪といいます。キリスト教徒に改宗したユダヤ人がユダヤ教の儀式を野蛮と感じて生理的に嫌悪感を覚えたり、ポグロムで逃げてきたロシアやウクライナのシュテットル育ちのユダヤ人の恰好を見て、貧乏臭く厭わしいとウィーンの上流ユダヤ人が感じたりするのがその例です。」

タウベはここで一層笑顔を見せて言った。「実はぼくもユダヤ人です。ただ、オットーのようにユダヤ人嫌いではありません。ぼくの父はウィーンで内科医をしています。父は本心ではウィーン大学の教授になりたかったのですが、ユダヤ人であるためそれはかないませんでした。父は熱心なユダヤ教徒ではありませんが、改宗もしていません。わが家ではユダヤ教の儀式は過ぎ越しの祭りをするくらいで、逆にクリスマスのお祝いもしています。宗教色抜きの家族の楽しみということで。

ですから、ぼくはユダヤ教に特に親近感も持っていませんが、嫌悪感も持っていません。ウィーンのユダヤ系文化人の多くも似たようなものです。有名な詩人のホフマンスタールも改宗ユダヤ人の銀行家の息子ですが、ぼくと同じような態度でユダヤ教に接しています。ホフマンスタールはユダヤに関する質問には常にノーコメントの姿勢を貫いています。」

エリーザベトも自分のことを話し始めた。「わたしの父もブダペストの改宗ユダヤ人で銀行家です。母はマジャール人だけど。家ではユダヤ教の儀式はいっさいしないし、クリスマスなどキリスト教の儀式もしないし、教会にも行かない。ただ、父はユダヤ共同体に寄附はしている。キリスト教の教会にも寄附をしている。変でしょう。でも父は平然と『どちらの神もおろそかにするわけにはいかない。どちらの神にもわたしの日頃の愚かさをお目こぼし願いたいからだ』と言っているわ。わたしもユダヤ教の神でもキリスト教の神でもどちらでもいいの。というかわたしには関係ないのよ。なぜなら、ユダヤ教のヤハウェもキリスト教のゴッドもしょせん男でしょう。身体の真ん中に錘をさげている存在だわ。女の錘は左右に別けられている。どちらがバランスよく歩けるか一目瞭然だわ。

わたしに言わせれば、ユダヤ教、キリスト教、イスラム教はすべてアブラハムの神の宗教で一神教とされ、多神教に対してグループ分けされるけど、男の神の宗教とグループ分けした方が適切なのよ。男女そろって初めて人間という種なのに、男だけの唯一神を祭り上げてなにが楽しいのよ。しかも、男の神にはキリストという男の子がいるという話。いつになったら女が出てくるの。イブは馬鹿な女だし、マリアはまともな出産もできない母親なのよ。男の抱いた夢物語が抹香臭くなっただけの話。」

エリーザベトの過激な言葉に驚かされた。外見はピアニストの上品なお嬢さんなのに、言葉は激しい。ロンドンで女性参政権に消極的な首相になぐりかかったサフラジェットと呼ばれる女性参政権運動家みたいだと思った。

熊楠はエリーザベトに説明口調で言った。「日本は多神教の国で八百万もの神々がいる。インドのヒンドゥー教のようなものだ。最高神は男の神ではなく、女の神であるアマテラスだ。あんたが言った分類では、男の神の宗教ではなく、女の神の宗教ということになるな。」

エリーザベトは一瞬うれしそうな顔をしたが、すぐに真面目な顔に変わった。「女の最高神というと日本では女が尊重されているようだけれど、この前ドイツの女性運動の雑誌で読んだところでは、日本では男尊女卑がひどくて、女は子どもの頃は父親に従属し、結婚したら夫に従属し、年老いたら息子に従属しろ、と教えられているそうね。これでは、日本の女は一生、一人前の人間扱いされないということになってしまう。そのような女の不満をなだめすかしてだますために、形式だけ最高神は女ということにしたのではないのかしら?」

熊楠はエリーザベトの意外な質問に戸惑ったようだが、しばらく考えてから答えた。

「なるほど、エリーザベトさん、あんたの疑問は鋭いものだ。最高神が形式的に女だからといって、その社会で女が尊重されているとは限らんな。むしろ、以前は女が権力を握り尊重されていたのに、男が権力を奪ってしまったような社会で、女の復讐を恐れて男たちが最高神に女を祭り上げた、と考えた方が正しいのかもしれない。」

エリーザベトは熊楠の答えに満足気にうなずいた。

熊楠は話をもどすように、ヴァイニンガーに言葉をかけた。「君はユダヤ人であることが嫌なのか？ それはユダヤ人であることで侮辱されたり、暴行されたりした経験があったからじゃないのか？ わしも大英博物館で白人の館員に侮辱され、それも何回もあったので、堪忍袋の緒が切れて得意の柔術で投げ飛ばしてしまった。男は二階席まで高く飛んでいったよ。」

また熊楠のほら話が始まった、と私はいたたまれなくなり下を向いた。ヴァイニンガーは熊楠の武勇伝にまったく興味がないようで、静かに答え始めた。

「おっしゃるように、ぼくは自分がユダヤ人であることに我慢できません。ぼくはさっきお話したようにベートーベンのような天才を崇拝しています。天才でなければ、この世に生まれてきた価値がないと思っています。そして、天才はベートーベン、ダ・ヴィンチ、ナポレオンから現代のワーグナーまでみなユダヤ人ではありません。ここから導き出される結論は、ユダヤ人と天才とは相対立する概念だということです。ユダヤ人からはこれまで何千年もの間、天才が生まれたことはありません。」

何度も話したことらしく、ヴァイニンガーはきっぱりと断定した。

「ユダヤ人に天才がいないと言うのは君の定義であって、作曲家だってメンデルスゾーンやシュトラウス父子はユダヤ人ではないか。賛否両論あるがマーラーだって現代の天才と呼ぶ音楽通もいる。精神分析のフロイト博士だって後世からは天才と呼ばれるかもしれない。」タウベがこう反論した。

「それは違う！」ヴァイニンガーは一喝した。「君が名前をあげたユダヤ人はみな天才ではない、天才まがいの凡人たちだ。ワーグナーも、ユダヤ人作曲家に天才はいない、彼らは模倣者に過ぎない、と書いているだろう。」

ヴァイニンガーの勢いに気おされてタウベは沈黙した。今のヴァイニンガーにはどんな論理的反論も通じないとこれまでの経験から思ったらしい。その代わりにエリーザベトがヴァイニンガーを攻撃した。

「オットー、ユダヤ人に天才作曲家がいないというあなたの断定は、まるで女性作曲家について男性批評家たちの断定することとそっくり同じね。女性に才能のある作曲家はいない、というお決まりの文句よ。女性作曲家に才能がないというのは、自分たちの安定した指定席を奪われたくないという男性作曲家たちによる女性排除の決まり文句。そんな男たちはたいていご立派な髭を生やしていて、女に立派な髭がないということだけで、女は男より劣っていると思っている。実際には、女にも作曲の才能があることに男性作曲家も内心で気づいているから、むきになって潜在的な競争相手の女性作曲家を排除しようとする。まったく哀れなものね。

だから、あなたがユダヤ人に天才作曲家やそもそも天才がいないと言うのは、ユダヤ人以外の作曲家や学者たちがこれまで吹聴してきたことで、何の根拠もないのよ。反ユダヤ主義というペスト菌に感染してはダメ。死に至る病だから。ちょうど、反女性というペスト菌に感染した場合と同じ結果よ。そんなペスト菌から治癒するためには、グラーベン通りにあるペスト克服記念塔のマリア像にお祈りすること。すぐにそうしなさい。」

エリーザベトの熱弁は止まりそうもなかったが、ヴァイニンガーが大きな声で言った。

「君たちの友情あふれる忠告に心から感謝する！」こう言ってヴァイニンガーは大理石のテーブルをガンと力強くたたいた。テーブルが壊れるか、拳が壊れるか、どちらかになりそうな勢いだ。驚いてみなは沈黙した。

「君たちの忠告は実にありがたいが、君たちは誰ひとりぼくの本当の苦しみをわかっていない。天才とはひとつの比喩だよ。しかも命がけの比喩だ。天才とは他人の非難や賞賛とは無縁な存在であり、透明な鎧で身を守り、自己を確立している存在だ。しかし、ユダヤ人である限り、そんな天才ではありえない。ユダヤ人は常にまわりの非ユダヤ人の視線にさらされ、一方的に評価される存在だからだ。ユダヤ人が他の民族と同じ扱いを受けるようになって初めて、ユダヤ人にも天才が生まれるのだ。そうならない限りユダヤ人はいつまでも個性を欠いた存在だ。他人にとっても自分自身にとっても。

個性がないユダヤ人の存在は、まさしく女性と同じだ。女に天才がいないのは、一方的に男から評価される存在である女には個性がないからだ。この点でユダヤ人と女は瓜ふたつなのだ。個性のないユダヤ人と女は自尊心がなくて、偉大さと無縁だ。ユダヤ人は非ユダヤ人に依存しているし、女は男に依存している。

ぼくらが個性を持ち、自尊心を持つ偉大な人間、天才になるためには、ユダヤ人であることを止めてアーリア人になることだ。商売から文化へ、女から男へ、集団から個人へ、無価値から価値へ、地上の生から永遠の生への転換を命がけで試みなければならない。そのような転換に命をかけることで十字架にかけられたユダヤ人がいるではないか。ぼくらはキリストの茨の道を通らなければならない。たとえ自分の命を失うとしても。」

ヴァイニンガーは書いたものを読み上げるように話した。おそらく博士論文で何度も推敲した箇所らしく、よどみなく話した。

「馬鹿げている！」今度はタウベがドンと机をたたいた。「君は今言っている部分も博士論文に入れようとしているのか？　何の学問的な根拠も見られないたわごとを書き込んだら、哲学の博士論文として受け入れてもらえないぞ。それこそぼくの専門である被害妄想の患者のたわごととして哲学科の教授に突き返されるのがオチだ。これに対して第一部の方はちゃんとした学問的な論拠がある。それを中心にして、第二部もあくまで仮説であるといった形にして穏当に書いておけば、教授も何とか受け入れてくれるだろう。」

ヴァイニンガーは絶望的な表情を浮かべた。「ぼくが教授に博士論文の相談をしたとき、全体構想は面白い、と教授は言ってくれた。しかし、第二部の内容を恐る恐る教授に話したら、今君が言ったように、教授はそんなものは個人的な妄想に過ぎない、そんなものは哲学論文ではないから受け取ることはできない、と断言したのだ。ぼくとしてはできるだけ穏当な表現に務めたのが、それでもだめだった。このままでは博士論文をせっかく書き上げたとしても、受け取ってもらえない……」

気落ちした様子でこう言ってから、ヴァイニンガーは熊楠の方を見た。その眼は懇願しているようだった。

「そこで、ドクター南方にぜひともお願いがあるのです。ぼくの窮状に同情してお助けください。

ぼくの博士論文が完成するようにどうかお助けください。心からのお願いです。」

熊楠は急に自分にお鉢がまわってきたので驚いたが、ヴァイニンガーの気落ちした様子に同情して返事をした。「わしで助けになるなら、何でも言ってみなさい。ただ、わしは哲学者ではないから、専門的な哲学の問題ではあまり助けにはならないと思うのだが。」

ヴァイニンガーの顔に光が差した。「そうですか。お助けいただけますか。ありがたい。ぼくがお助け願いたいのは哲学の問題ではなく、文化の問題、文化の比較の問題です。」

「文化の問題、文化の比較の問題ならばわしの領域だ。何でも質問してみなさい。」熊楠は自信満々に答えた。

「ぼくの悩みの種である、ユダヤ人に天才がいないという問題は、結局ユダヤ人は物真似をするしかない民族であるという批判につながります。ユダヤ王国がローマ帝国に滅ぼされてから、ディアスポラによりユダヤ人は世界各地にちらばりました。アジア、アラブ、アフリカ、ヨーロッパ、そしてアメリカへ。ばらばらに離散したユダヤ人をまとめるのはユダヤ教しかありませんでした。国を持たないユダヤ人は、異民族の国家で少数派として迫害されながらも、何とか生き延びてきました。それができたのは、宗教はユダヤ教を変わらず信じていても、キリスト教国ではキリスト教徒と軋轢を生じないようにして、イスラム教国ではイスラム教徒と摩擦が生じないようにして、程度の差はあるもののやはりその国の文化に同化してきたからです。そうしなければ完全に排除されたでしょ。中世のライン地方のドイツ語を基にしてヘブライ語やスラブ系の言語をミックスしたイディッシュ語がその例です。言葉まで現地のものに合わせたのです。しかし、そのようなユダヤ人の同化の姿勢はドイツ人に嫌われ、『ユダヤ人はドイツ語を汚した』という汚名を着せられました。

ぼくは自分の哲学論文がどれほど独創的なものでも、結局ユダヤ人の猿真似だと批判されることを予想しています。それはなによりもつらいことです。ぼくの論文は、自分の頭を使えるところまで使って書いたものです。ですから、文字のひとつひとつがぼくの血で書かれているのです。それがユダヤ人のいつもの物真似だと批判されるのではないかと思うと、絶望感に囚われます。

ところで、ぼくの聞いているところでは、日本も明治維新以来、それまでの文化を捨てて西洋文化に同化していると言われます。そのため欧米人は欧米文化の猿真似であると日本人を批判しています。これはぼくたちユダヤ人が浴びせられる批判と同じです。そこで、ドクター南方にお聞きしたい。日本人はそう言われて悔しくないのですか？ また、物真似だと言われる日本人からもユダヤ人と同じく天才は生まれないのでしょうか？ ぜひともご教示ください。」

熊楠はほとんど考えることなく微笑しながら答えた。「君の話した内容と同じようなことをわしはこれまで何度も言われたよ。アメリカでもロンドンでも耳にタコができるほど。大英博物館の同僚にはこう言われた。日本人はアメリカの黒船が四隻やってきて目を覚まされるまで、何百年も鎖国していたので居眠りしすぎて眼が退化して線のように細くなってしまったそうだな、しかも黒船のショックで急につり上がってしまったんだ、と笑われた。わしは眼が大きいので、お前は日本人ではないのか、とも言われたが。それはとにかく、日本人は幼い子どものようで論理的に考える力がない、だから日本からは偉大な科学者や哲学者は生まれない、いつまで経っても西洋の物真似をする子どものままだろう、とも言われた。

だが、そんなことはどうでもよい。維新から三十年でわしのように西洋で学問研究に専念している日本人は多い。結局、ひとりひとりがどれだけ研究を熱心に続けることができるかだ。物真似と言われてもわしは気にしない。学問はまず物真似から始まるからだ。物真似を積み重ねた末に本物の独創が生まれるのだ。西洋の学問を見ても、元来はギリシアやローマの物真似から始まったことは明らかだ。遅くない時期に日本でも独創的な学者が生まれてくるだろう。そのためには無駄なエネルギーを使わずにすむように、日本は西洋列強と植民地獲得競争などをしてはならない。それは西洋が強欲にやってきたことだ。日本は西洋と学問の世界で堂々と競争すればよい。誰の迷惑にもならない競争だ。勝っても負けても誰の血が流れるわけではない。勝った方はうれしくてさらに研究を進めるし、負けた方は悔しくて研究を進める。どちらにせよ、人類全体の得になる素晴らしい競争だ。」

ヴァイニンガーは熊楠の言葉に耳を傾けていたが、寂しそうに言った。「日本人は西洋に突然出会ったので、客観的に自分と西洋の関係を見ることができるでしょう。しかし、ぼくらユダヤ人は否応なしに西洋のなかで育ったのです。客観的に自分と西洋の関係を見ることはできません。」

熊楠は励ますように言った。「君の『性と性格』は今までの話を聞いた限りでは、セクソロジーでも天才論でも、またユダヤ人論でもなさそうだな。はっきり言えば、ユダヤ人である君自身の自伝だ。しかし、だからと言って学問的価値がないとは言わんよ。ソクラテスだって『おのれ自身を知れ』が哲学の最初の要請だと言っている。君が自分自身を知る作業が君の哲学の始まりになるのだから。」

熊楠の言葉を聞いてヴァイニンガーは安心した表情をした。子どもが親にほめられたような無邪気な表情だった。これは意外だった。ヴァイニンガーは全世界を敵に回しているように、いつも苦虫を嚙み潰した表情をしているが、これも自分を守るための擬態であって、根は純朴なところがあるようだ。

ヴァイニンガーの表情を見て、タウベとエリーザベトも安堵した顔になった。ヴァイニンガーがこれで博士論文『性と性格』に落ち着いて取り組むことができるようになり、今後ヴァイニンガーのヒステリックな話に付き合わされる心配がなくなると思ったのだろう。

念のためという調子で、タウベとエリーザベトはヴァイニンガーに博士論文のまとめ方について忠告した。「ユダヤ人の自己憎悪といわれるから、ユダヤ人批判はほどほどにしろ。」とタウベは言った。「女性憎悪はあなた自身の性的欠陥を疑わせるから止めなさい。」とエリーザベトは言った。ヴァイニンガーは機嫌がよくなったのか、どちらに対しても「わかった。」、「そうするよ。」と気前よく同意の言葉を振りまくのだった。

熊楠は思い出したように言った。「そういえば、さっきアルテンベルクさんが今日の会話のテーマは夢だと言っていた。ヴァイニンガー君、君にとっての『夢』はどんなものなんだ?」

ヴァイニンガーは熊楠の質問で雷に打たれたように、一瞬真っ青になった。それから突然沈黙した。それから言葉を振り絞りながら話し始めた。

「……ぼくの夢ですか、それは……」ヴァイニンガーはつぶやくように言った。「それは、毎日のように見る夢です。ベートーベンの亡くなった『黒いスペイン人の家』の広々とした部屋にロウソクが灯っています。そのロウソクの下に、誰かがベッドに横たわっているのが見えます。それはまさしく死の床のベートーベンです。ぼくはそこに恐る恐る近づいて行き、ベートーベンの最期の表情を見ようとします。見えたのは、まさしくデスマスクそのままの彼の顔です。しかし、ぼくが彼の顔に自分の顔をさらに近づけると……何と死顔はぼく自身の顔に変わっているのです。あーっと叫びをあげると、今度はぼくが死の床に横たわっていて、逆にぼくを上から見おろしているベートーベンの顔が見えます。……これが毎日のように見るぼくの夢です。」

また振り出しにもどったようだ。ヴァイニンガーの表情は苦悩にゆがんでいる。どう対応したらいいのか、熊楠と私は大いに戸惑った。一方、タウベとエリーザベトはヴァイニンガーの気分の急変に慣れているのか、私たちに眼で合図を寄こした。後は私たちに任せてください、という合図らしい。熊楠と私はやれやれ助かった、とそのままそっと席を立った。テーブルを離れる際に、ヴァイニンガーにも別れの挨拶をしたが、ヴァイニンガーは心ここにあらずという風に、私たちの方を見向きもしなかった。

それから熊楠と私は広いカフェの多くのテーブルを回り、さまざまなウィーンの文化人と知り合いになろうとした。ウィーンの文化情報を求めるこの巡礼は、ふたりの研究者の現地調査のようなものではなく、ふたりの刑事の事件捜査のようでもなく、途方に暮れた異邦人の当てもない放浪でもなかった。それでは何だったのか、私には明確に断定することはできない。なぜなら、あのテーブル巡礼行をほとんど思い出せないからだ。もちろん、断片的には思い出せるが、その時交わされた会話について、まとまった内容や脈絡はさっぱり覚えていないのだ。夢がテーマである、この巡礼行それ自身が、霧に閉ざされたときにほんのりと微かな光の差す夢のようだった。いわば霧深い魔法の山を登るような。

なぜそうなってしまったのか、その理由は私たち、つまり私と熊楠のふたりが完全に酔っぱらってしまったからだ。それではなぜ私たちが酩酊してしまったのかというと、まず私たちがまわるテーブルの数が多すぎたことと、ウィーンの文化人たちが私たちを大歓迎してくれたからだ。もちろん、彼らのお目当ては一介の外交官見習いの私ではなく、大英博物館の館員をしていた変わり種の学者、南方熊楠だった。

ウィーンという長い伝統を誇るハプスブルク大帝国の首都に住みながら、ウィーンの文化人たちは意外なほど新しもの好きだった。新しいものに飢えていると言ってもよいだろう。パリやロンドンの文化人より保守的な風土と思っていたウィーンの文化人たちが、むしろ異質な文化に開かれた態度を取っていることは発見だった。熊楠の個性と学識がまた、ウィーンの文化人たちの新しいものを咀嚼しようとする貪欲さに立派に応えるものだった。そのため、どのテーブルでも熊楠は歓迎された。熊楠を中心にして話が盛り上がっているテーブルを見ていた他のテーブルの人々からは、「こちらに早くドクター南方を回してくれ。」とシャンパンでも追加注文するような催促が重なるほどだった。

大歓迎の証拠は何だったか。それはふんだんに注文されるワインの本数だった。熊楠が呑兵衛であることはすぐにカフェ中に知れ渡り、行く先々のテーブルでは正装したワインが手ぐすねを引いて待っていた。それもオーストリアのワインだけでなく、ドイツのラインやフランスのボルドー、ハンガリーのトカイやイタリア、スペインのワインまで多様だった。それらのワインを飲まず食わずで砂漠を一週間旅したラクダのように熊楠は次々と飲み干した。私もお供として子ラクダくらいの分を飲み干した。その結果はどうなるか、当然ながら泥酔に至るのである。

今、私が覚えていることは、まったく脈絡のない断片的なもの、出会った人物の顔についても顔全体の記憶はあいまいで、その部分、部分しか印象に残っていない、透明な湖のような青い眼、アルプスのように屹立した鼻、顎からまばらに生える下草のような髭、身体についても針金のように細い指、常に震えている肩の線、キリンのように長い首、服装についてもピンク色の縦じまシャツ、縦より横幅の方が長いネクタイなどだ。あたかも被写体の全体を撮るのに失敗して、その一部を拡大して撮ってしまった失敗写真のようである。奇妙なことに、覚えている物や言葉には特徴的なものもあるが、逆に何の変哲もないものもある。これも本物の夢とよく似たメカニズムである。

その場で交わされた会話についても同じことで、まとまった会話の全体が記憶に残っていることはなく、ほんのひとつの文がせいぜい残っているか、それどころか断片的な言葉しか覚えていないこともある。たとえば、「日向に置きっぱなしのジョウロの輝き」という言葉がなぜか印象に残っている。しかも、それらの文章や言葉は、話し手という岸辺を離れて、当てもなくさまよう小舟のように記憶の海に漂っているのだ。

今でも思い出せるテーブルはいくつかある。ただ、その記憶が正しいものなのか、後から知った知識で無意識に加筆修正されたものなのか、まったく自信はない。

最初に向かったテーブルでは文学者が集まっていた。私もほろ酔い程度だったのでまだ比較的記憶は鮮明だ。図体の大きな男が会話の主導権を握っていた。その男は大きな身振りで口から泡を吹くように話していた。他のメンバーは大人しく男の話を聞いていた。ヘルマンとかいったその大男は文学に潮流の変化が押し寄せてきて文学が大きく変わりつつある、と強調していた。ただ、自然主義、象徴主義、古典主義、現実主義などいろいろな主義が紹介されたが、どれからどれに変わっていくのかは聞いていてわからなかった。

大男はその場にいた男を指名した。その男はローマの彫像のように立派な頭部を持ち、口ひげを生やし、一見老成した大人に見える。しかし、指名されると恥ずかしそうに立ちあがった。まるで、高校生が授業で先生に指名されたようにも見える。彫像男は自分のカバンから原稿を取り出した。そしてそれをゆっくりと、抑揚もなく、宿題を読む生徒のように読んだ。確か「春の夢」という題だったと思う。詩だったのだろうが、私にはドイツ語の詩を理解する能力がないのでなにを意味しているのかまるで理解できなかった。春風がどうした、夢がこうしたという内容だった。まわりの男たちは眼をつぶって朗読に聞き入っていた。よく知っている詩を反芻して味わっているという風に見えた。彫像男の朗読が終わって、いっせいに拍手が沸き上がった。「素晴らしい。」、「天才だ。」、「生けるゲーテだ。」といった賞賛の言葉が次々に彫像男にかけられた。

大男は熊楠に彫像男の詩の感想を求めた。「日本の文人であるドクター南方の感想をぜひ知りたい。」と大男は言った。熊楠も詩の理解には自信がないようで、さすがに困ってしまった。そこで感想を言わずに、杜甫の「春望」を中国語の発音で読み上げ、その内容をドイツ語に訳した。さっきの詩とまったく関係はないのだが、「春」が題名に入っているので、熊楠は苦しまぎれに選んだようだ。実にいい加減な思いつきだが、新しもの好きなウィーンの文化人にはとても気に入られた。大男始め、まわりの男たちはさっきに負けないくらい拍手した。

彫像男も興味を持ったようで熊楠に近づいてきて、「春望」について質問をした。しかしながら、横で聞いていて、その質問が的外れに思えることが多かった。彫像男によれば、「国破れて」の「国」とは国家ではなく、言語のことであり、「山河あり」の山河とは生の現実のことであるそうだ。杜甫という言語を自分の専門領域とする詩人が、言語という自分の国を生の現実により浸食、破壊され、と言うよりむしろ、自分の内面に生まれた言語そのものに対する懐疑により言語という国を自ら破壊し、そこから生々しく立ち現れる現実に直面せざるを得ない、詩人の内面の危機意識を描いたものと解釈できるそうだ。「春」も自然の春ではなく、言葉のもろものの敵を象徴する不毛の冬により荒廃させられた内面の空虚さを皮肉に美化しているのだそうだ。

この深淵すぎる解釈に対して、熊楠は「うーん。」と野生の熊の溜息のような声を出すのみだった。しかし、大男や彫像男などまわりの人々は、熊楠のこの溜息に感銘したようだ。大男は言った。「ドクター南方は素晴らしい思想家だ。我々ウィーンの文化人が今直面しているのは『言語に対する懐疑』という難問です。言語は果たして現実を反映することができるのか、言語はむしろ現実を理解するための障害ではないか、という問題でウィーン中の文学者や哲学者は頭を悩ましています。わたしの考えでは、この難問を解決する道はふたつしかありません。ひとつは、言語を意味から切り離すことです。頭に浮かんだ無意味な言葉を前後かまわず話すこと、書くことがひとつの逃げ道です。もうひとつは、今ドクター南方が発せられたような原始の叫びにもどることです。つまりネアンデルタール人からもう一度始めるのです。ドクター南方は、言語への懐疑という現代の難問を自覚し、その解決法まで提示された。さすがにあらゆる学問に精通された東方の賢人だけあります。」

こう言って、大男は熊楠に握手を求め、熊楠の顔が苦痛に歪むほど手を握りしめた。他の連中も同様に熊楠に握手を求めた。

熊楠も自分がなぜこんなに評価されるのかわからず、その連中の過度の反応にかえって不気味さを覚えてしまった。私たちはここに長居は無用とばかり、折を見て他のテーブルに移った。そこには最初のテーブルのように自分の主張を大声で述べるリーダータイプはいなかった。むしろ群れることを嫌い、孤独な思索を好むような文学者、変わり者たちが集まっていて、したがって会話も弾んでいなかった。目立ったのは、すでにかなり酩酊していた男がいたことだ。ハプスブルク帝国の辺境の地からやって来たユダヤ人の文士だそうだ。すでにろれつがまわらなくなっていたため、名前はよく聞こえなかった。その男が熊楠と話していて意気投合したのは、呑兵衛だという共通点があったためだ。その他に放浪癖という共通点があった。熊楠は若くして渡米し、中南米を放浪し、ロンドンに落ち着いた。酔っ払い男もハプスブルク帝国のあちこちや、パリなどを放浪したらしい。熊楠が寝泊まりするのが馬小屋のような下宿であるのに対し、少しは金のある酔っぱらい男はちゃんとしたところに定住するのが嫌いで、わざとホテル暮らしをしているようだった。

呑兵衛同士が話しているので、ワインの量はますます増えていき、お供役の私もたくさん飲むはめになった。このあたりから酩酊状態が始まった。そばに私たち酔っ払いの姿を冷静に見つめている若い男がいた。独特の雰囲気の男でスポーツマンのように無駄のないしまった体つきをしていた。私の隣の席の文学者に訊くと、その男は軍人志望だったそうだが、今は大学の工学部で学んでいるとのことだ。彼のあだ名は、「個性のない男」だそうだ。寡黙なのに妙に存在感のあるこの男には似つかわしくないあだ名に思えた。ウィーン子独特の逆説なのだろう。

酔っ払い男の夢は呑兵衛を守護してくれるマリア様を探すことだそうで、熊楠に日本に呑兵衛の守護神はいるのかと訊ねていた。熊楠は、日本の神様はみなお神酒好きだと答えた。スポーツマン男は、個性のない人物を主人公にした小説を書くことが夢だそうで、そういった小説は日本にあるのか、と熊楠に質問した。熊楠は日本ではまだ近代小説というジャンルが確立して間もないが、日本人は群れる特性があるので、個性のない人物を主人公にした小説は逆に面白いと思われないだろう、と答えていた。スポーツマン男は、熊楠のこの答えに妙に感心したようだ。

次のテーブルに行ったときには、酒に強い熊楠もさすがに酩酊状態、私も泥酔状態になっていた。したがって、そこでの会話は断片的にしか覚えていない。建築家という紳士が突然、「装飾は犯罪だ。」と主張した。「装飾のない建物を建てることが夢だ。」と付け加えた。何でそんなことを言い出したのか、と夢うつつで聞いていたら、ルバシカをまとったロシアの革命家らしい男が「財産は犯罪だ。」と下手なドイツ語で叫んで呼応した。そのテーブルにはどうやら偶然、国籍や職業でまったく縁のない連中が集まってきているらしい。ワインを皆が多量に飲んでいるせいか、妙に意気投合している。全員がすでにかなり酩酊している。

法学の教授という男は、「純粋でない法学は犯罪だ。」と叫んだ。経済学の教授は、「限界効用以外の経済学は犯罪だ。」と叫び、哲学の教授は「感覚以外の哲学は犯罪だ。」と怒鳴った。その後の経過は覚えていないが、最後には全員で「犯罪でないもののすべては犯罪だ。」と大声で唱和し、乾杯した。

いくつ目かのテーブルには、驚くほど魅力的な娘がいた。二十歳でアルマという名前だ。顔の造りを見るとバランスが取れていないので美人顔ではない。しかし、話し方、身振りなどからは年齢にはそぐわないほどに成熟した女の色気があふれていた。彼女の五メートル、いや十メートルの圏内に入ると、彼女の持つ抗しがたい吸引力のおかげで、男はすべての防衛本能を失ってしまいそうだった。アルマのまわりにいるのは、画家たちが主だった。中年の画家、若い画家を問わず皆がアルマにモデルになってほしいと懇願していた。「一度でよいから君を描かせてくれ。君を描くことが画家としてのぼくの最後の夢だ。君を世界一美しい女として描いてみせるから。」こう口々に言っていた。なかでもひとりの痩せこけて貧しそうな若い画家は、「君を描かせてくれたら、ぼくの最高傑作になるよ。君を描けたら死んでもいい。」と大げさなことを言っていた。アルマは、「だめよ、シーフェ。あなたは少女たちを裸にして絵にしているという評判よ。そのうち風紀警察に捕まるという噂があるわ。わたしの絵もそうなったら、あなたと一緒に留置所に入れられるわ。それも裸のわたしの絵が。そんなの嫌だわ。」と厳しい口調で言った。若い画家はそれでもしつこく懇願した。アルマは、「今はあなたのところに行ったりできないの、作曲の先生に付き合ってほしいと言われているの。あたしのタイプではまったくないけど、何度も懇願されるので、仕方なくこのところ何回か会っているのよ。」と嘆いていた。

アルマが話している間、何人もの画家たちが彼女の姿をスケッチしていた。ちゃんとした画用紙にコンテで描いている画家もいたし、メモ用紙のような紙に鉛筆でスケッチしている画家もいたし、テーブルに置いてあった紙のナプキンに万年筆でささっと描いている画家もいた。ある若い画家は不届きなことに、想像で裸体のアルマの姿を描いていたので驚いた。そのうち、彼女の近くの席を譲れ譲らないで険悪な雰囲気になって、口喧嘩から腕力の争いになりそうなので、私たちは席を移動しようとした。私と熊楠は立ち上がりその場の人たちに挨拶をし、アルマにも声をかけた。アルマは熊楠を見て、「ドクター南方は美女より美少年が好きなようね。」と笑顔で言った。さっき熊楠がハンサムな若い画家と楽しそうに話していたのを目撃して、熊楠の男色趣味をすぐに見破ったようだ。さすがに熊楠も驚いたが、「あんたはこれから何人もの男を食い散らかすようになるだろう。もっとも男たちはそれを無上の喜びと感じるだろうが。」と応じた。これにはその場の男たちが皆凍りついたような顔をした。身に覚えがあるのだろう。

熊楠は席を離れるとき、「ああいう女をファム・ファタール、運命の女と言うのだ。おぬしも魂を抜かれないように気をつけろよ。」と私に忠告した。実は、私は熊楠と離れてでもアルマのテーブルにずっと座っていたいと思っていたので、熊楠にアルマへの恋着を見抜かれたと焦ってしまった。

その後のテーブル巡りはもう覚えていない。テーブル巡りというより私の眼の方が酩酊で巡り始めたからだ。あるテーブルで私はついに轟沈してしまい。テーブルに顔をつけて眠り始めた。しばらくすると耳元にピアノの音が聞こえた。アルテンベルクの声が「世界観劇場」と叫んでいるのが聞こえた。かろうじて薄眼を開けると、前でなにか寸劇をやっている。「イェーダーマン」という声が聞こえて、死神が見えた。そのうち「パパゲーノ」という歌声が聞こえ、鳥のような姿の人間が見えた。大きな笑い声と野次が交差した。「ハンスヴルスト」や「アルレッキーノ」という掛け声もあった。「陽気な黙示録」や「夢遊の人々」という掛け声も聞こえた。ピアノもでたらめなメロディになっていた。

私はすぐにまた眠り込んだ。しばらくして人の気配を感じて眼を開けると、若い男がこちらを見ていた。痩せた肺病患者のような男で、顔からは小さなカラスを連想した。私と眼が合うと、男は恥ずかしそうに言った。「失礼しました。わたしの存在は夢と思ってください。」変なことを言うなと思ったが、その言葉で妙に安心して、また眠り込んだ。

またしばらくして気配を感じると、熊楠がこちらを見ていた。酒豪の熊楠もさすがに疲れ切った顔をしている。私が何とか立ち上がってまわりを見たら、客たちが何人もテーブルに顔をつけて眠っている。驚いたことに、白い制服と黒いチョッキのウェイターたちも椅子に座り眠っていた。彼らも昨日のカーニバル、どんちゃん騒ぎで客にワインを飲まされて、酔っぱらったらしい。店の内部は台風が通過したあとの浜辺に大きな魚が何匹も打ち上げられたようだ。塩水の海ではなくワインの海を泳いでいた魚たちなのだが。

店を出ようとしたら、門番役のアルテンベルクが声をかけてきた。彼は熊楠よりも酒に強いのか意外に平気な表情だ。

「そう言えば、シュニッツラーさんの姿が見えなかったようですが？」ふと思いついて私は訊いた。

ニヤリとしてアルテンベルクが答えた。「彼は本物のシュニッツラーが来たのですぐに帰りました。もっとも本物も逢い引きの予定でもあるのか、すぐに帰りましたが。」

「えっ、本物？」意味がわからず訊き返した。

アルテンベルクは説明した。「あなたがたは彼を本物のシュニッツラーと思われていたようですが、彼は本物ではない贋者のシュニッツラーです。贋者は正確にはシュニッスラーと発音します。」

「そんな馬鹿な……贋者のシュニッツラーなんてまったく知りませんでした。本物と思い込んでいたのに……なぜそう教えてくれなかったのですか？」恨みがましく私は言った。

アルテンベルクは意外そうな顔で答えた。「どうしてです？　本物と思っていても、なにも実害はないでしょう。あなたがたが困ったわけでもなく、むしろシュニッツラーに会えて得をしたと思われたのですから、よかったじゃないですか。それに金を要求されたわけでもないでしょう。本物と思われたシュニッスラーもうれしかったでしょう。あなたがたにとってもシュニッスラーにとっても幸せな出会いだったのだから、それでいいではないですか。贋者とわかった今は、珍しい贋者に出会えて幸運だったと思えばいいじゃないですか。」

私はムッとして反論した。「少なくとも本物のシュニッツラーは迷惑しているでしょう。贋者が出没して迷惑するご本人は怒らないのですか？」

「いやいや、本人もよろこんでいる、というか面白がっていますよ。さっきここでシュニッスラーとすれ違ったときも、シュニッツラーは『最近お目にかかりませんが、お元気ですか？』と贋者にていねいに挨拶をしていました。『おかげさまで』とシュニッスラーが返したら、シュニッツラーも『あなたが元気でないとこちらも元気がなくなりますよ。くれぐれもご自愛ください』とお愛想を言っていました。噂では愛人が多くて、集金人のように愛人たちをまわっているシュニッツラーは、愛人が鉢合わせしそうな気配があるときは、シュニッスラーに連絡して、愛人たちが鉢合わせしないよう逢い引きを分担してもらっているそうです。

わたしたちも贋者と思って付き合っているので、なにも困ることはないです。これも一種の面白い芝居ですよ、入場料なしでみんなが楽しく参加できる。」

私は唖然として言葉を失った。何というい加減さだ。これがウィーンのシュランペライと呼ばれるいい加減さなのか、それともウィーンの文人の度外れた寛容さと言うべきなのか。熊楠もさすがに驚いたようだが、すぐにアルテンベルクに向かい「日本では狐が人間を化かすと言いますが、わしたちはシュニッスラー狐にうまくだまされたわけですな。」と言って、高笑いをした。いつもながら切り替えの早い男だ。

アルテンベルクの話では、ウィーンの文学者は贋者が出て一人前と思われるところがあるとのことだった。早熟なホフマンスタールなどは、早くも高校生で文壇にデビューしたので、すぐに高校生の贋者が何人も出たらしい。贋者のなかには六十過ぎの三文文士崩れまでもがいたそうだ。さすがにすぐ贋者とばれたが、一度くらいは脚光を浴びたいということで無理して若作りしたそうだ。

アルテンベルクは、自分は貧乏文士として知られすぎているため、贋者はまだ出ていないので実に残念だ、この上は自分で自分の贋者を演じてみようかと思っている、と不可解なことを言っていた。

このような馬鹿話をさんざん聞かされては、酔いがますますひどくなりそうだった。千鳥足で私と熊楠はホテルに急いだ。

二日酔いで頭がズキズキするので、私は熊楠に思わず愚痴を言った。「二日酔いの頭の痛さは本物ですが、なんだかカフェで会ったウィーンの文化人と称する連中はみんな贋者だったように思えます。それともこっちが夢で見ただけなのか。」

熊楠は面白そうに笑った。「なるほど全員が贋者だったのかもしれない。だが、こっちも本物ではないのだから、おあいこで面白い。」

熊楠がどういう意味で言っているのかわからず、私はお愛想笑いを返した。心のなかで「まさか熊楠まで贋者ではないだろうな。」とつぶやきながら。

第四章　ウィーン大学

カフェ・ツェントラールでウィーンを代表する個性豊かな、というか個性のありすぎる文化人たちと知り合った翌日、熊楠と私はウィーン大学を訪れることにした。大使館の太田もついて来てくれることになった。大使館の関係者が同行した方が大学訪問がスムーズに進むと考えたからだ。

ウィーン大学は一三六五年に創立されたドイツ語圏最古の大学であり、学部数や学生数も多く、ドイツのベルリン大学と並ぶ名門大学である。人文科学、社会科学、自然科学のどの分野でも世界の最先端の研究を進めている。熊楠は、自分の興味のある分野で優れた研究者を輩出しているウィーン大学を訪れることによろこびを感じ、彼らとの対話をとても楽しみにしているようだった。

昼過ぎに、私たち三人はウィーン大学の前に立った。これが大学なのだろうかと思うほど豪壮な建物で、宮殿と言われても通用する。いや、並みの宮殿よりはもっと立派である。さすがハプスブルク大帝国の頭脳となる大学の偉容である。

権力の宮殿の主人はフランツ・ヨーゼフ皇帝だが、ウィーン大学という学問の宮殿の主人は誰かと言えば、それは真理の女神であろう。今日、その女神にお目通りがかなうのかどうか、私はどきどきする思いで階段を上った。熊楠はうれしくてたまらないと軽いステップで上っていく。ここに来る途中、熊楠はウィーン大学の著名な教授たちの名前と主要な業績をすらすらと挙げて、いつものように私たちを驚かせた。もっとも、熊楠の常人とは思えない記憶力に慣れてきた私と太田は、以前よりは驚く度合いは減った。それにしても、熊楠の専門とする民族学や博物学、生物学の分野だけではなく、神学、哲学、文学、歴史学、法学、経済学、医学などあらゆる分野で、ウィーン大学教授のなかで目ぼしい人物の名前と業績をあげる早業には、やはり驚嘆するしかなかった。

熊楠はウィーン大学の碩学たちと学問的な意見交換をすることを大いに楽しみにしているのだが、私はふと、熊楠という型破りの異才を迎えるウィーン大学の主人、真理の女神も同じように期待に胸をふくらませているのではないかと想像した。とにかく、今日がウィーンでの忘れられない一日になることは明らかだった。

私たちが最初に足を踏み入れたのは正面のホールだった。ウィーン大学が学問に志す者ならばどんな差別もすることなく受け入れるという姿勢の象徴なのか、広々として天井も恐ろしいほど高い。その空間に圧倒されながら、私たちは足を踏み入れた。すると近くに大柄な男を中心にして、数人の男たち集まって話していることに気づいた。大柄な男の頭は禿げ上がっていて、何とも言えない野生の精気が男の身体から発散している。男は水色のゆったりとした寝間着のようなものを身にまとい、手には大きな画帳が握られている。話に熱中している男は、画帳を振り回しながら「ダメだ！　ダメだ！」とさかんに怒鳴っている。

私たちは思わずその男を見つめた。男は私たちの視線に気づいたのか、照れくさそうな表情をしてこっちを振り向いた。「失礼しました。驚かれたでしょう。外国の方々を驚かすつもりはなかったのですが、仕事の打ち合わせについ熱が入り過ぎました。」

「お仕事とはなにをされているのですか？」男が人の好い笑顔を浮かべたので、安心して私は訊ねた。

「わたしは画家でグスタフ・クリムトと言います。大学ホールの天井画を政府から頼まれているので、下絵の打ち合わせを弟子たちとしていたのです。」

クリムトという名前を聞いて、昨日カフェ・ツェントラールで聞いた話を思い出した。アルマを中心としたテーブルで画家たちのグループと話したとき、熊楠が「ウィーンで一番有名な画家は誰か教えてほしい。」と頼むと、彼らは異口同音にクリムトの名前をあげた。クリムトは職人の家に生まれたが、画家としての才能を見込まれて有力な画家の助手を勤め、頭角を現した。クリムトは画壇のアカデミズムに飽き足らず、装飾的なデザイン、大胆な色づかい、女性の持つデモーニッシュな魅力の表現といった点で新しい絵画の道を切り拓いた。さらにクリムトは自分に共感する仲間を集めて、アカデミズムと決別した「分離派」という新グループを結成し、ウィーンの美術界に衝撃を与えた。

昨日話したグループのほとんどがクリムト心酔者の若い画家たちで、口々にクリムトの絵のすごさを語っていた。とりわけアルマに肖像を描かせてくれと熱心に頼んでいた若い画家は、クリムトを新しい美の宗教の教祖として崇拝する忠実な信徒として熱弁を振るった。彼の肺病患者のように痩せて青白い顔も熱弁につれて紅潮していった。その際、クリムトはフランスの印象派のように日本の浮世絵から大きな影響を受けている、と彼は私たちに説明した。アカデミズムに見られない大胆な色づかいや構図は、クリムトが浮世絵から学んだ技法ということだ。

その場にいた若い画家たちも少しは浮世絵を見たことがあるようだが、写真などで見たが実物を見る機会は乏しいと嘆いていた。ホクサイ、ウタマロ、シャラクなどの名前は知っているのだが、シャラクの代表作がフジ山の連作で、ホクサイはカブキ俳優の肖像ばかりを描いて有名になった、といった誤りを平気で口にしていた。そこで、日本文化を伝えることに労苦を惜しまない熊楠は、痩せた若い画家の画帳を借りて、そこに北斎や歌麿、写楽、広重の代表作をさらさらとデッサンし、さらに借りたクレヨンで軽く色付けをした。動植物や粘菌の姿をたくさん描写していた熊楠なので、これくらいはお手のもののようだ。

熊楠の浮世絵デッサンを見て、画家たちの眼の色が変わった。彼らはお互いに眼で合図した。「眼の前の日本人は学者と言っているが、本当は浮世絵画家ではないのか。」と眼でささやき合っているのがわかった。とうとう例の痩せた若い画家が熊楠に訊いた。

「ドクター南方、学者はあなたの副業で、本業は浮世絵画家ではないのですか？　これほどのスケッチができる画家はウィーンでもクリムトなど数えるほどしかいません。」感激に紅潮した様子だった。

熊楠は頭をかいて答えた。「おほめいただきありがたいが、わしの本業は博物学だ。画家ではない。少しスケッチができるのは、植物や粘菌のスケッチや色づけを毎日のようにしていたからだ。」

この答えにも画家たちは満足しなかったが、熊楠が自分の描いたスケッチをもとに浮世絵の説明を始めると、画家たちは浮世絵の技法を少しでも吸収しようと熱心に耳を傾けた。

そのような昨晩の出来事があったので、大学でのクリムトとの出会いは驚きだった。

「やはりドクター南方でしたか。昨晩カフェ・ツェントラールでお会いしたシーフェです。」

突然、クリムトのうしろから昨日の痩せた若い画家の姿があらわれた。恰幅のいいクリムトの身体の陰にその姿がすっぽり隠れていたのだ。「偶然といっても驚きです。昨日、カフェ・ツェントラールでクリムト先生の話をしたばかりですので。まさかここでお会いできるとは思いもよりませんでした。」

クリムトも驚いたように言った。「そうですか。昨晩カフェでドクター南方から浮世絵についての有益な講義を聞かせていただいた、とシーフェが感激して話していました。正直言って、わたしもその場にいてご講義を聞きたかったと思いました。浮世絵の大胆な技法は、この閉鎖的なウィーンのアカデミズムの画壇に風穴を開けるものと信じて、わたしも少しは勉強しています。しかし、浮世絵を学問的に講義できる人材がウィーンにはいないので、仕方なく独学で勉強しています。そのためいい加減な理解しかできていないのが現状で、残念に思っていました。今日はご覧のように天井画の打ち合わせをしているので、時間はありませんが、ドクター南方のお時間のあるときにぜひ浮世絵についてご講義をお願いしたいです。」クリムトは本気で頼んでいる。

「講義なんておこがましい。」と熊楠は頭をかいた。「わしは浮世絵の専門家ではないです。まったくの素人に過ぎません。ただ、大英博物館の日本担当の館員として浮世絵も扱わなければならなくなったので、にわか勉強をしただけですよ。」

クリムトは微笑して言った。「ご謙遜を言われる。ドクター南方が浮世絵の専門家であること、もっと言えば浮世絵作者でもあることは、シーフェが見せてくれたスケッチで一目瞭然です。」

クリムトはシーフェに熊楠が浮世絵のスケッチを描いた画帳を持ってこさせ、感嘆の言葉を添えながらページを次々に繰ってみせた。絵画を理解する眼力がない私でも熊楠のスケッチは並みの力量とは思えない。

「素晴らしい！　どれもわたしには及ばない筆の軽快さと色感の独自さです。」

クリムトの過度の賛嘆を迷惑に感じたのか、熊楠は話を変えた。「ところで、今は天井画のどんな打ち合わせをしていられるのかな？」

クリムトは熊楠の質問に苦い顔をした。「それがとんでもないことになりそうで困っているのです。政府から大学ホール天井画の依頼が来たときには、テーマは『闇に対する光の勝利』というものでした。迷信や偏見に閉ざされた中世の人間たちの闇の世界に、学問により育まれた理性の光が差し込み、人類が進歩の道を歩み始める、といういかにも啓蒙主義的なテーマです。もちろん、このテーマには学問を奨励し、ウィーン大学での研究を支援したハプスブルク家への賛美も含まれているのですが。

ご存知かと思いますが、十八世紀の啓蒙主義の時代に、プロイセンのフリードリヒ大王のように、オーストリアでも啓蒙専制君主といわれるマリア・テレジアやその子どものヨーゼフ二世が、万人に与えられた理性を前提とした諸政策を推し進めました。そのような追い風のなかで、ウィーン大学でも諸科学の研究が進展して、ウィーン大学の学問の府としての評価も国内にとどまらず外国でも大いに上がったのです。こうした栄光ある大学の歴史を背景にした天井画のテーマ設定なのです。」

熊楠が声をはさんだ。「よく理解できるテーマですな。『知は人間を自由にする』という標語もあるし、『闇に対する光の勝利』というテーマは、大学のホールを飾る天井画としてふさわしいものでしょう。」

クリムトは一層苦い顔をし、吐き捨てるように言った。「ふさわし過ぎるのですよ。ゾロアスター教の経典や子ども向きの絵本でもないのに、『闇に対する光の勝利』というテーマをそのまま絵として描くことができると思われますか？　そのようなテーマで、暗闇に灯をかざす真理の女神といった通俗きわまりない絵を描くことは、芸術家としてわたしにはできません。」

「なるほどそうですね。」私もわからないままに思わず相槌を打った。

「天井画を引き受けたのはよいが、『闇に対する光の勝利』をどういう絵に具体化するかで大いに悩みました。しかも、注文では哲学、法学、医学というウィーン大学を代表する三つの学問分野でそれぞれ『闇に対する光の勝利』を描かなければならないのです。闇のなかに掲げられた理性の女神のたいまつを三通りに描き分けるような器用な真似は、わたしにはできません。」クリムトはさらに苦々しげに言い切った。

「なるほどそれはお困りだと想像します。各分野における歴代の傑出した学者たちの肖像を配置するというのではダメですか？」気の毒に思って、私はこんな要らないことを口に出してしまった。

「そういう案を出した弟子もいるが、そんな陳腐な案では面白くない。それは絵ではなく、たんなる宣伝だ。」クリムトは不機嫌に言った。

「そんな髭を生やした老人たちの姿を虫干しのように陳列しても、どこにも美の要素がない。わたしはそこで得意の女たちの姿を中心にした天井画を考えたのです。たとえばこんな風に。」クリムトは自分の画帳を我々の前に差し出した。

画帳には三つのスケッチが描かれ、水彩で薄い色づけもされていた。なるほど、どれも女の姿、それも裸体画が中心だった。なるほど、この構図の方が歴代の有名教授の老いた顔を並べるのよりもずっと魅力的で美的だと言える。しかし、これがはたして政府の求める「闇に対する光の勝利」のイメージに合うかどうか、はなはだ疑問だ。

「なるほどこちらの方が少なくとも若い学生たちにとっては、ずっと魅力的な構図でしょう。」熊楠も私と同じ印象を述べた。

「しかし、この前、文部省の担当官にこのスケッチを見せたら、奴は文句を言うのですよ。哲学のスケッチに対しては、『裸の女たちが意味なく並んでいるこの絵のどこが、理性の暗愚に対する勝利だと言うのですか？』と、法学のスケッチに対しては『下から見上げた裸の女のどこが、法の野蛮に対する勝利というのですか？』と、最後に医学にいたっては、『これは医学の死の病に対する勝利ではなく、死の病の医学に対する勝利、要するに中世絵画に多い『死の勝利』ではないですか？　『死の勝利』の絵だったら、教会の納骨堂に飾ればいいだけで、なにも大学の天井画にする意味はないのです。こんな天井画を見たら医学生は医学の無力さを感じて、患者を治療する気力を失くしてしまうでしょう』と、こうほざくのです。」

クリムトは顔をゆがめて言ったが、素人の私には文部省担当官の非難の方が正しいとしか思えなかった。要するに印象に残るのは裸や半裸の蠱惑的な女性たちばかりだ。これでは大学ホールの天井画でなく、場末の大衆劇場の天井画にふさわしいのではないか。そこなら女性たちの肢体の怪しい魅力も容認されるだろう。

「いや、確かにこの絵は『闇に対する光の勝利』を表わしている。」熊楠は突然こう言った。

「どうしてです？」と思わず私は熊楠に問いかけた。

「だってそうだろう。光の闇に対する通俗的な勝利を描き、それを天井画にしたら、それを見る哲学や法学、医学専攻の学生たちはどう思う？　愚昧、野蛮、病に対する学問の戦いを安易に考えてしまうではないか。それでは困るのだ。闇の恐ろしい力、光をも圧倒する力を描けなければ、学生たちに闇と闘う本当の勇気が生まれないだろう。人間にとっての最も暗い闇は、生の否定である死だ。死の誘惑こそ若者にとって最大の危険だ。しかも、若者にとって死は往々にして官能的な女性の姿をとって現れる。ウィーンは自殺者が多い都市として知られている。『死の都』という形容にふさわしいのはブリュージュではなくウィーンなのだ。とりわけ若者は人生経験という免疫がないだけに、死の誘惑という伝染病にかかりやすい。若者にとって死とは生物学的なものではなく、むしろ美的であり官能的なものなのだ。ウィーンという華やかな都市の裏のいたるところに潜む死の度重なる誘惑のため、いつの間にか若者は死に抗することができなくなる。クリムトさんの絵は死の魅力を描いて、同時に生の危機を表現している。セイレーンのささやく死の誘惑に対して、オデュッセウスのような狡知で打ち勝つこと、これこそ哲学、法学、医学と専門分野は異なっても、若者が大学で学問を学ぶ真の意味なのだ。

わしが子どもの頃、熊野の山中で野宿したことが何度もある。真の闇のなかにいると暗さという感覚がなくなってしまう。真の光のなかにいると明るさという感覚がなくなってしまうのとまったく同じだ。

真っ暗闇のなかでは闇が怖いという気持ちもなくなってしまう。自分が闇と一体化してしまい、闇に溶け込んでしまうからだ。闇の一部になってしまえば、闇が怖くも何ともなくなってしまう。母の懐に抱かれているように安心して、子どものわしはぐっすりと寝込んだ。それからどれくらい経っただろうか、ふと眼を覚ますと、眼の前に見知らぬ女が立っていた。女は若いようにも年寄りのようにも見える。穏やかな表情でわしを見つめていた。わしは身体を起して、女に声をかけようとした。しかし、金縛りになっていて身体はまったく動かない。声を出すこともできなかった。それでもわしは女の方に近づこうとした。赤ん坊が乳を求めて母親のところにはって行くように。女はやさしい手振りでわしに『動かないで』と合図した。女はそのまま闇の奥に入って行った。あれが山女だと気づいたのは、それからかなり経ってからだ。それからあの女は、山女であり同時に死の女神だったろうと気づいた。あの女がこちらにおいでと手招きしたら、もう少しでわしも死ぬところだった。死の誘惑とは若者にとってこんな魅惑的なものだ。」

「素晴らしい！」クリムトはこう大声をあげて熊楠のところに駆け寄り、抱きしめた。熊のようなクリムトの巨体に抱きしめられると、熊の名を持つ熊楠も子狸のように見える。

「ドクター南方はわたしの構想を完璧に理解してくださった。いや、わたし以上に理解してくださった。ありがたい。」クリムトが乱暴に熊楠の身体を乱暴に何回も抱きしめるので、熊楠は苦しそうに身をもぎ放そうとする。

熊楠の苦しそうな表情に気づいたクリムトはようやく手を放した。「失礼しました。天井画の意図を弟子たちもまったく理解してくれないので、イライラしていたのです。でもドクター南方のお言葉でわたしを包む闇が消えて光が差しました。これで自信をもって制作に当たることができます。心より感謝します。」

クリムトはこう言うと熊楠の手をつかんで手荒く握手した。熊楠の天井画構想への理解がよほどうれしかったのだろう。クリムトは、これを機会に天井画の構想全体にアドバイスをお願いしたい、と熊楠に懇願した。熊楠が、自分は絵の専門家でないのでアドバイスなどできないと断ると、クリムトは天井画の構想を浮世絵として見ていただき、構想の不十分なところをご指摘いただきたい、とさらに懇願した。

天井画を浮世絵として眺めるというクリムトの着想に驚いた。絵画に対する眼力がない私でも、そんな無理なことはできるはずないと思った。なるほど北斎などの浮世絵画家が寺院の天井画を描いたという例はあったはずだが、ウィーン大学の天井画に北斎が筆を振るうことなどできるはずはない。こんな破天荒な発想をするところにクリムトの独創性があるのだろうが、ここまで行くと新しい絵画の創造者というより西洋絵画の破壊者と呼ぶべきだろう。

驚いたことに、熊楠はクリムトのこの無理な願いをあっさりと引き受けてしまった。「浮世絵としてあなたの天井画の構想を見るということならば、わしにも何とかできそうです。」

太田と私は熊楠のこの安請け合いに驚いた。てっきり熊楠は固辞すると思ったのだが、困っている人に頼まれると否と言えないのが熊楠の人の好さだが、それにしても度が外れている。熊楠が下手にアドバイスをしてクリムトがそのアドバイス通りに天井画を作成し、大失敗したら誰が責任を取るのだ。駆け出し外交官の太田と私は、日本とオーストリアの外交関係にひびが入らないかと心配になった。

なにしろ、伝統的にウィーン子は建築や銅像や絵画、音楽など芸術作品の評価にとても厳しい。市の外壁を壊してリング大通りを建設したときに国立オペラ座を建てた。しかし、大通りをかさ上げしたために、オペラ座の玄関は通りより低くなってしまった。口さがないウィーン子たちの度重なる非難を受けて、設計者は責任を感じて自殺したそうだ。ウィーンでは芸術作品の創造は、芸術家にとって、いつどこから銃弾が飛んでくるのかわからない戦場での騎乗のように、命がけの行為のようだ。それだけ徹底した美を求めるウィーン気質のなかで、ミケランジェロと北斎を合わせたような天井画が完成したら、どんな大騒ぎになるのか、想像するだけで空恐ろしい。天井を眺める私の眼にも、混沌の極みのような天井画の幻想が浮かんだ。

「南方先生、今日はウィーン大学の表敬訪問という大事な用件ですし、ご希望の分野の教授とも面会の予約を取っています。クリムト画伯にアドバイスをする件は、後日ということでお願いします。」太田が上手にうながしたので、熊楠はようやく今日大学に来た理由を思い出した。クリムトの依頼には後日応じることになった。クリムトは今すぐにでも熊楠のアドバイスを聞きたかったようで、とても残念がっていた。

熊楠の希望で我々はまず民族学研究所へ向かった。いくつかある大学の建物のひとつに民族学研究所があるそうで、下調べをしてきた太田の案内で歩いて向かった。途中で例によって熊楠が解説をしてくれた。

ウィーン大学における民族学研究は有名だった。ハプスブルク帝国は正式名称をオーストリア＝ハンガリー二重帝国と言うように、多民族国家であり、支配者であるドイツ人の他、形式的には同等の地位を持つとされるマジャール人がいて、さらにスラブ民族のチェコ人、スロバキア人、ポーランド人、ロシア人、ウクライナ人、白ロシア人、スロベニア人、クロアチア人、セルビア人などがいて、それ以外にもラテン民族のイタリア人、ルーマニア人、さらに忘れてならない各地のユダヤ人など多くの民族を帝国内に抱えている。このように内部に多民族を抱えていることがハプスブルク帝国の力の源とも見られていたが、十九世紀になってからのナショナリズムの高揚により、各民族の独立運動が勢いを増してきた。このまま放置したら帝国の分割や解体という事態も大いに予想されるのである。危機的な状況を受けて、純粋に学問的な関心によるだけでなく、さまざまな政治的思惑も重なって、ウィーン大学では民族学の研究が盛んになっている。政府による研究支援も盛んだ。熊楠の働いていた大英博物館に象徴されるように、イギリスでは植民地を世界各地に持っている大英帝国の威光を宣伝し統治を効率的に行うため、民族学研究が国策として発展させられたが、海外植民地を持たないけれど多民族国家であるオーストリア帝国でも似たような状況だった。

熊楠は、実証的なイギリスとは異なる方法で民族学研究を進めているウィーン大学の研究所を訪問することに大きな期待を抱いていた。太田と私は外務省の役人としての立場から、大学訪問の趣旨から逸脱しがちな熊楠が変な事件を起こさないでくれればいいのだが、と不安な気持ちを抱いていた。もっとも、さすがに学問の府である大学では熊楠も自重して、問題を起こすことはないだろうとも考えてはいたが。

民族学研究所は本館から歩いて数分の距離の建物にあった。本館のような豪壮な建物ではないが、日本の帝国大学などは足元にも及ばない立派な建物だ。正面玄関の横には守衛室があり、太田があらかじめ連絡しておいたお蔭で、厳めしい制服の守衛も愛想よく行く先を教えてくれた。

広くて長い階段を上って右に曲がると廊下の奥に研究所があるとのことだった。研究所で一流の学者と学問上の交流ができることを楽しみにしているせいか、熊楠は軽やかな足取りで階段を上って行った。若い私と太田も熊楠のあとについて行くのがやっとなほどの速さだった。

天井の高い廊下を足早に歩いて行くと、あっと言う間に研究所の前に着いた。私たちは無礼のないように身なりを整えた。重厚な造りのドアを私が開けようとした途端、ドアがバタンと勢いよく開いた。部屋から怒鳴り声といっしょに若者ふたりがもつれ合いながら出て来て、そのまま廊下にどうっと倒れ込んだ。

私たちは呆然と見ていたが、若者たちが廊下に倒れてからも殴り合っているので、あわてて若者たちを引き離しにかかった。しかし、ふたりとも体格がよく力があるので、私と太田、熊楠の三人がかりでもなかなか引き離すことができない。若者たちは私たちに妨害されながらも、すきあれば相手にパンチを加えようとしている。互いの憎悪がすさまじいことがわかる。下手をすると我々もパンチのお余りをもらい、首を絞められかねないので、及び腰になってしまう。

喧嘩騒ぎが何分か続いた頃、団子状態の私たちのところに足音が近づいて来た。

「ここでなにをしているのだ、君たちは？」

大きな声ではないが威厳に満ちた声だった。

私たち五人は声の方向に目をやった。痩身の老人で髪も髭も真っ白だ。その青い眼には激しい怒りの色が見える。

「真理を探究する神聖な学問の府で野蛮な暴力に訴えるとは、君たちはなにをしているのだ！」

一層威厳のある声だった。喧嘩をしていたふたりの若者は蛙のように飛び上がって直立不動の姿勢を取った。

「ブコビッチとフィッシャー、君たちは民族学専攻の学生だろう。わたしの講義に休まずに出ているのに、暴力に訴えることが学生としてふさわしいことだと思っているのか？　フィッシャー、どうしたのか説明しなさい。」

「コーエン教授、申し訳ありません。」金髪の学生と灰色の髪の学生は言葉を合わせるように謝罪した。フィッシャーと呼ばれた金髪の学生が低い声で説明を始めた。

「ぼくたちは喧嘩をしていたのではないのです。学問上の議論が白熱したので、部屋のなかではなく外で思い切り議論しようと肩を並べドアを開けたのですが、ふたりしてつまずいてしまいました。そこにこちらの三人の外国の方が通りかかり、ぼくたちが喧嘩をしているものと勘違いして止めに入ったので、お恥ずかしい混乱状態になってしまいました。ぼくもブコビッチも暴力に訴えていたわけではありません。コーエン教授、誤解なさらないようにお願いします。」

フィッシャーはいけしゃあしゃあとこう言ってのけた。ブコビッチも「フィッシャーの説明の通りです。喧嘩していたのではありません。コーエン教授、どうか誤解なされませんように。」と同じ言葉を繰り返した。

コーエン教授は厳しい表情を続けながら、ふたりの学生を凝視した。「そうか、喧嘩ではない、事故だと言うのだな。それにしては、服装が乱れているし、ふたりとも顔には殴られたアザのような跡が見えるが。」

ふたりの学生の顔色が青くなった。しかし、フィッシャーは見え透いた弁解を続けた。「転ぶ際にお互い相手の上着をつかんで倒れまいとしましたので。それに、転び方が悪くて廊下に顔をぶつけてしまいました。」

そこにブコビッチが弁解の補足をした。「互いに相手が怪我をしないようにと、とっさに相手をかばったために、かえってひどく転んでしまうことになってしまいました。」

教授は厳しい顔でふたりをにらんだが、「そうか、互いに相手を助けようとしてかえってひどい打撲を負ったというのだな。いともうるわしい学友の友情だ。感動するよ。」と言った。

教授の皮肉にふたりの学生の顔は引きつった。教授になにか考えがあるのか、それ以上ふたりの学生に喧嘩の責任を追及することはなかった。教授は私たちの方を向いて、厳しい表情をゆるめ、騒ぎの謝罪をしてから用件を訊ねた。太田が私たち三人の紹介をして、手短に用件を話した。すでに大使館から連絡が行っていたので、教授も訪問を予想していた。教授はヘルマン・コーエンと自己紹介した。

「よくいらっしゃいました。ドクター南方のお噂はうかがっています。大英博物館の館員でご専門はわたしたちと同じ民族学だそうで、同じ学問に志す者同士の交流ができることを楽しみにしていました。イギリスの専門誌『Nature』でのご論考はわたしも拝見しています。該博な知識と切れ味鋭い論理に驚嘆しました。日本の学問がすでに世界一流のレベルに到達していることを初めて知りました。開国からまだ三十年しか経っていないのに、ドクター南方のような優れた学者を生み出せたことの秘密をぜひお聞かせ願いたいです。」

メッテルニヒのように練達の外交官を輩出したオーストリアだけあって、大学教授も社交辞令に巧みであり、熊楠も悪い気がしないようだった。

「そうですか、わしの拙い『Nature』論文をお読みいただいたのですか。誠に恐縮です。今日はイギリスと異なるオーストリアの民族学の特徴を教えていただけるのを楽しみにしています。どうぞよろしくお願いします。」熊楠は殊勝なことを口にした。

「それではわたしの研究室にお出でください。それからフィッシャーとブコビッチもついて来なさい。」教授はそう言うと、自分の研究室の方にさっさと歩いて行った。フィッシャーとブコビッチは喧嘩の件がお咎めなしと思いホッとしたところで、研究室に連れて行かれることになり、先行きに不安を抱いたようだ。足取りも重い。

教授が研究室のドアを開けると、秘書室があり中年の女性が愛想よく私たちを迎えてくれた。秘書室の先のドアを開けると教授の部屋になっている。広い部屋に絨毯が敷き詰められていて、大きな窓からは中庭が見えている。高い樹々のあいだから小鳥の鳴き声も聞こえてくる。教授の大きな机の上は、几帳面な性格を表わしているのか、きちんと整頓されている。壁には立派な髭を生やした男の肖像画が飾られている。先代の教授の肖像ではないかと思った。

教授にうながされて、私たち三人と学生ふたりは教授の机の前にある応接用の椅子にそれぞれ席を占めた。しばらくして、ドアが開いて秘書が六人分のコーヒーとケーキをトレイに乗せて持って来た。秘書は手際よくコーヒーとケーキを配った。カフェと同じく小さな水のグラスも用意されていた。さすがにウィーンの大学である。

「どうぞコーヒーをお飲みください。ケーキもお食べください。宮廷御用達のケーキ屋に注文したものです。ゆっくりお召し上がりください。」教授はこう私たちに勧めた。

こうしてコーヒーとケーキを味わうことになった。どちらも絶品の味だった。さすがウィーン大学の教授となると、コーヒーとケーキの味にもうるさいようだ。

コーヒーとケーキを味わう時間が終わる頃、秘書が入って来て手際よくコーヒーカップなどを片づけて、出て行った。

「さて、ふたつの本題に入りましょう。」こう言って教授は笑顔から真剣な顔に変わった。「ひとつは先ほどのもめ事の件、もうひとつはドクター南方のご用件です。まず、フィッシャーとブコビッチに説明してもらおうか。」

教授の声は平静な調子だったが、そのためにかえって凄みを感じさせる。

フィッシャーが不安げに教授に訊ねた。「先ほどの議論の経緯をお話しすればよいのでしょうか？」

「そうだ。議論なるものの原因が知りたい。あれだけの激しい結果を招いた議論なのだから、その原因を明確にしておきたい。さもないと、またあんな醜態を君たちがさらして、民族学研究所の評判を落としかねないからだ。包み隠さず話したまえ。最初にフィッシャーが、次にブコビッチが話すのだ。」

教授の有無を言わせぬ口調にフィッシャーは観念したように話し始めた。

「教授にご心配をおかけし誠に申し訳ありません。そもそもはブコビッチと研究室で学問的な話をしていたのです。そもそも民族とはなんだろう、という議論でした。これはご講義でも繰り返し触れられる大事な問題であり、民族学という学問の根本にある問題です。それで、ご講義の内容を思い出すところから、それぞれが読んだ専門書を互いに紹介し、見解を述べ合うといった穏やかな会話が続きました。」

先ほど真っ赤な鬼のような形相で怒鳴っていたとは思えない冷静な口ぶりでフィッシャーは説明した。

「そんな常識的な議論が何であんな醜態をさらす結果につながるのかね。説明したまえ。」教授は冷静ぶったフィッシャーの説明にいくぶん腹を立てたようで、命令口調になった。フィッシャーの顔は青ざめて、なにかしゃべろうとしたが口ごもってしまい言葉にならない。

「ブコビッチ、君が説明したまえ。」教授は死刑判決のような調子でブコビッチを指名した。今度はブコビッチが勇気を奮って話し始めた。

「フィッシャーが説明しましたように、初めは冷静な学問的意見交換でした。民族とはなにか、その定義はなにか、民族を社会学的に定義するとどうなるのか、民族を心理学的に定義するとどうなるのか、といった幅広い議論でした。ところが、議論が白熱化してしまうきっかけがありました……」ブコビッチは話しにくそうに言った。

「白熱化のきっかけとは何だね？」

教授の質問にブコビッチは意を決っして答えた。「フィッシャーが民族に優劣があるか、という論点を出してきたのです。彼は民族の問題を考えるには人種の問題を明らかにしなければならない、と考え、優生学の講義を聞きに行ったそうです。優生学の講義をしているのは、ドイツの優生学研究所で二年間研究してきた教授だそうです。その講義を聴講しているなかで、フィッシャーは優生学の観点からすると世界の人種には優劣がある、という考え方を知ったそうです。人種に優劣があるという思想は、フランスのゴビノー伯爵やドイツ在住のイギリス人、チェンバレンなどがその主導者だそうです。」

教授は「優生学か……ドイツでは最新の科学だともてはやされているが、科学的根拠のない偽りの学問にすぎない。」と苦々し気に言った。

ブコビッチはうれしそうに言った。「教授もそう思われるでしょ。ぼくもフィッシャーにそう主張しました。ヨーロッパ人、アフリカ人、アジア人などに人類が外見で区別できることはぼくも認めます。それは誰でも認めることでしょう。しかしながら、その人種に優劣があるなんて、どうして決められるのでしょうか？　そんな基準がどこにあるのでしょうか？　ところが、フィッシャーは人種には明らかに優劣があると言い張るのです。その根拠を聞くと、世界地図の上にどれほどの支配地域、植民地を持っているかで人種の優劣が決まると言うのです。地政学も参照すればよくわかるはずだ、とフィッシャーは言いますが、これでは科学というよりは政治宣伝です。」

フィッシャーがすかさず抗議した。「支配地域や植民地はあくまでも人種を考えるひとつの要素であり、それが人種の優秀さを示す指標のすべてではない。それ以外にも文化程度や宗教などの要素も大事だと言っただろう。だいたい君は他人の話を中途半端に聞いて、勝手な解釈をして怒りだすのだから、始末に負えない。」

「そうじゃないだろう。君はもっととんでもないことを言ったじゃないか。」ブコビッチは喧嘩腰でくってかかる。「君は人種理論から始めて各民族の優劣まで導き出しただろう。人種的に世界でもっとも優秀なヨーロッパ人の間でも民族の優劣がある。ヨーロッパ人のなかでもっとも優秀なのはドイツ人などのゲルマン系であり、その次にフランス人などのラテン系、一番下に位置するのがスラブ系だ、とはっきり言っただろう。今になって、そう言ってないとごまかすのか？」

フィッシャーはブコビッチに対して守勢に入った。「そうは言ったさ。しかし、これも君の早とちりだ。ぼくは確かにそう言ったが、それは優生学の講義で教授が話した内容だと説明しただろう。

教授はヨーロッパの諸民族のなかにも優劣の序列がある。一番上はゲルマン民族、次にラテン民族、一番下がスラブ民族だと説明した。ぼくは教授のその講義内容を紹介しただけだ。それに、ゲルマン民族が一番優秀だという主張は、シェーネラーの汎ゲルマン運動が耳にたこができるほど主張しているることだ。ウィーン市長のルエーガーだって演説のなかでそれらしいことを言っているではないか。君だってゲルマン民族至上主義の主張を聞いたことがないとは言わないだろう。ぼくはその話をしただけだ。」

ブコビッチは声を高めた。「君がゲルマン民族至上主義の主張を紹介しただけならいいさ。ぼくだって、シェーネラーたち愚かなゲルマン民族至上主義者の演説や論説は嫌というほど聞いたし、見たさ。街を散歩しても、カフェで新聞を見ても、耳や目に愚かな主張が厄介な砂塵のように飛び込んでくるから、防ぎようもない。しかし、ぼくのようなスラブ系オーストリア人にとってシェーネラーらの愚かな主張がどのような脅威であるか、君は想像したことがあるのか？」

「それはスラブ民族の君にとっては、シェーネラーの主張が面白くないものであることはぼくだって想像できる。しかし、強権支配のロシア帝国とは異なり、わが帝国では言論の自由が保証されているのだから、賛成、反対は別にしても、彼らが主張する自由は認めてやらなければなるまい。」

フィッシャーは意図的に静かな口調で話し、教授の前でブコビッチより冷静であることを示そうとした。

ブコビッチは激高して言った。「シェーネラーなんかどうでもよいのだ。君は自分で最後に言っただろう。優生学の主張が正しいなら、オーストリアでゲルマン民族がスラブ民族やラテン民族、マジャール人を支配するのも必然ということになるだろう、と。そして、ゲルマン民族のハプスブルク家が数百年間も一貫してオーストリア帝国の君主であったこと、そして今もフランツ・ヨーゼフ皇帝が支配者であることから、優生学の正しさが証明される。これは科学的に正しいのだ。したがってスラブ民族などの他の民族はこれからもゲルマン民族に従わなければならない運命にある、とこう言っただろう。」

フィッシャーも激高して言い返した。「それは言ったさ。単なる仮説ではなく、歴史的事実だからだ。今、オーストリア帝国でスラブ民族の皇帝がゲルマン民族を支配しているならば、ぼくは自説の誤りを認めるよ。君はまさかフランツ・ヨーゼフがスラブ系だという新説を出す気ではないだろうな。それに、君だってさっき研究室での議論で、スラブ民族の方が本当はゲルマン民族より優秀だ、と言ったではないか。スラブ民族は生来温和であり、ゲルマン民族のように強烈な自己主張をすることもなく、野蛮な闘争心がない。そのためにスラブ民族はゲルマン民族の支配下に甘んじてきた。しかし、ようやく各地のスラブ民族のあいだからひとつの民族としての自覚が生まれてきた。スラブ民族が団結し力を発揮したら、ドイツ人もゲルマン民族の優位性などとは言えなくなる。スラブ民族は将来ドイツ人の国であるオーストリア帝国から独立を勝ち取る。君はこう言っただろう。君の言っていることは、帝国内でスラブ民族の反乱を呼びかけているようなものだ。実に恐ろしい破壊思想だ。」

ブコビッチは昂然として反論した。「それは言ったさ。シェーネラーやルエーガーのような愚かなゲルマン民族至上主義者やその尻馬に乗っかろうとする君のような愚かな追随者を見ると、どう考えても我々スラブ民族の方がずっと優秀に見えるじゃないか。」

フィッシャーは大声を出した。「ぼくが愚か者だって！ 君の方がよほど愚かだ！ そんなにスラブ人の国を作りたかったら、専制君主国のロシアに行って、愚劣なツァーリに土下座してお み足に接吻したらどうだ。さぞ幸せな気分になるだろうよ。」

ブコビッチは真っ赤な顔になり「ふざけるな！」と大声をあげて、フィッシャーにつかみかかろうとした。フィッシャーも「やるのか！」と怒鳴って殴りかかろうとした。

「止めんか！」教授が一喝した。時間が止まったようにふたりは静止した。

「またしてもバカ騒ぎを演じるつもりか。もう一度同じことをしたら、民族学研究室から出て行ってもらう。君たちがこれ以上バカ騒ぎをしたければ、退学してサーカスの道化役にでもなり喝采を博するがいい。」

教授の怒りに触れてふたりは震え上がった。すぐに退学させられると思ったからだ。

「すみません、見苦しいところをお見せしてしまい。」「申し訳ありません。もう二度ともめることはしません。」「これからブコビッチとは口もききません。」「わたしもフィッシャーの顔も見ないようにします。」

ふたりは平身低頭、口々に謝罪の言葉を述べ立てた。教授はむっつりとした表情を崩さず、ふたりが何度も謝罪するのを聞いて、うんざりしたように宣告した。

「もういい。君たちに十日間この研究室に出入りすることを禁止する。今すぐ出て行き、家で謹慎していたまえ。もう一度騒ぎを起こしたら、最終的に研究室からの追放処分を下す。わかったな。」

ふたりの学生は教授の厳しい口調にうなだれて研究室を出て行った。
ふたりが出て行くのを見届けてから、教授は私たちの方に姿勢を向けて、申し訳なさそうに言った。

「見苦しいところをお見せしてしまい、お恥ずかしい限りです。最近、学生のあいだで民族問題をめぐるこんな争いが頻発して、怪我人まで出る始末です。そのうち死人が出る事態にならないか、本当に心配しています。」

「いやなに、血の気の多い若い学生を指導するのはさぞご苦労なことだとお察しします。わしもアメリカの大学では品行方正ではなかったですから。学生寮の日本人留学生の宴会で裸踊りを披露して、学長に見つかって退学になったこともあります。若気の至りです。ハッハッハッ。」熊楠は重苦しい雰囲気をまぎらわそうと冗談を言ったが、教授はにこりともしなかった。

「オーストリア帝国を揺るがす民族問題が、学生のあいだでも軋轢を生んでいるのですね。」太田が外交官らしく冷静な口調で言った。

「そうなのです。」教授は寂しげに答えた。「わたしが学生だった三十年ほど前には、民族学を勉強する学生は純粋に学問的な好奇心からさまざまな民族文化の研究をしていました。当時の学生たちは、知るよろこびを求めていたのです。ところが、最近の学生のなかには、自民族の優秀性を証明し、他民族が劣っていることを暴露するために民族学を学ぼうとする輩がいます。そんな学生はベルリンのゲルマン至上主義のトライチュケのような教授のもとで政治学を学べばよいのです。もっともトライチュケは数年前に死んでいますが。いずれにせよそんな学生は民族学などを専攻する必要はありません。」

「そうですな。」と熊楠が同感の言葉を述べた。「民族間に上下関係をつけるためだったら、民族学はいらないでしょう。優れたとみなされた民族だけ研究しておけばいいことになってしまう。動物学ではライオンが優れていてネズミが劣っている、という評価をつけたりせずに、区別なく動物研究をします。人間もまぎれもない動物だ。民族学も動物学も同じです。白人が優秀で、黒人や黄色人種が劣っていると断定して、それで民族学研究だと主張するのは、ライオンだけしか研究しないで動物学だと主張するのと同じ愚かなことです。」

「おっしゃる通りです。」教授は感激の面持ちで言った。「わたしはラトビアのリガの出身です。今はロシア帝国領ですが、元々はラトビア人の土地をドイツ騎士団が征服してドイツ風の町を建設しました。そのため表通りでは支配民族のロシア語やドイツ語が幅を利かせています。本来の住民であるラトビア人は支配される立場であり、ラトビア語は下層民の言葉とさげすまれています。わたしはドイツ系で、父は豊かな商人でした。ドイツ人のギムナジウムに通い、ドイツ語教育を受けていたため、ドイツ語以外ではロシア語は片言できますが、ラトビア語はかいもくわかりませんでした。下男や女中がラトビア語で話しているのを聞くと、正直言って野卑な言葉だと思いました。

ある日、ギムナジウムの授業で先生がヘルダーの話をしてくれました。ゲーテの生涯を紹介する授業で、ゲーテの文学上の師であるヘルダーの紹介をしてくれたのです。ヘルダーはケーニヒスベルク近郊の出身で、牧師としてリガで活動しました。ヘルダーは牧師でしたが、思想家でもある文学者でした。先生はヘルダーがラトビア人の民謡をドイツ語に翻訳して紹介した、と解説しました。

詳しい内容についての話はなかったのですが、わたしは街中でヘルダーの銅像を見たことがありましたので、彼に強い興味を持ちました。

父は商人でしたが、文学趣味もあり、ゲーテ全集など文学作品が書棚に並んでいました。探してみると、ヘルダーの主著『人類史の哲学へのアイディア』がありました。大著で二冊になっていました。わたしは分厚い二冊を取り出し、自分の勉強部屋で読みふけりました。内容はヘルダーの該博な知識に裏打ちされたもので十六、七歳のわたしには難しかったですが、ヘルダーの主張の明快さに感銘して、数日で読み終えました。ヘルダーの主著は、宇宙における地球の位置から論じ始め、次に地球の地形を論じ、動植物そして人間に論を進め、世界各地の民族を個別に論ずるという壮大な内容でした。

ヘルダーの中心概念は〈人間性〉で、どんな人間も動物とは異なる独自の人間性を持っている。その点ではどの人間も変わりがない。ただ、世界の諸民族は見た目に大きな違いがある。ヨーロッパの人間とアフリカの人間とは、服装や生活習慣も異なる。しかし、それも〈風土〉のため、とヘルダーは考えます。寒い地方に暮らす人々は寒さ対策の厚着をして、寒さに強い家に住む、他方、暑い地方に暮らす人々は暑さ対策の薄着をして、暑さに強い家に住む、これは人間がその地で生きていくためには当然のことです。ヘルダーは気候や高度などの風土は人間の外的生活に影響を及ぼすだけではなく、内面生活、すなわち精神にも影響を与えると考えます。水の乏しい暑い国に暮らす人々の宗教であったイスラム教では、天国は涼しくて水がふんだんに溢れ、果物が豊かに実るオアシスのイメージです。エスキモーにとっての天国は空ではなく海の底です。なぜなら、空にはエスキモーの獲物となるものがなにもなく、死んでから空に昇っても、朝昼晩と天体が移動するので眼がぐるぐるまわるだけです。つまり空に上るのは悪人であり、空が地獄になります。他方で、海の底には魚やアザラシなどエスキモーの食料が豊富です。そのため彼らには海の底に天国があるわけです。神のイメージも天国、地獄のイメージもこのようにその人々が生きる風土に影響されているのです。」

教授は講義口調で話したが、ひとつひとつの言葉が力強く発音され、彼の信念の固さを思わせた。教授は「失礼。」と言って立ち上がり、書棚に向かった。思ったより小さな書棚だが、教授にとって大事な選ばれた本だけが並んでいるようだ。書棚から一冊のぶ厚い本を取り出して、立ったままでページをめくった。

やがて、探していたページが見つかったようだ。

「ここです。ヘルダーがもっとも言いたいところです。少し読んでみますので、お聞きください。」こう言って静かな声で読み始めた。

「神は、自らの子どもである人間たちを全員、あたかも各人が唯一の被造物であるかのように、父性愛で接する。神にとってはすべての手段が目的であり、すべての目的はまた、無限の神が万物を満たして出現するという偉大な目的のための手段である。したがって人間ひとりひとりの現実の姿とあるべき姿は、人類全体の目的であるに違いない。その目的とはなにか。この場、この段階における人間性と幸福である。全人類を貫く人間形成の連鎖のなかのこの場、この段階における人間性と幸福である。人間よ、お前がどこの誰であろうとも、お前のいる所がお前のいるべき所なのだ。

人間形成の連鎖を手放してはならないし、連鎖を飛び越えようとしてはならない。連鎖にしがみつくのだ。お前が受け取り次に渡す人間性の連鎖のなかにおいてのみ、すなわち受け取り渡すという活動のなかにのみ、お前にとっての生命と平和があるのだ。」

教授はここまで読み、黙ってもう一度そのページを眺めてから、私たちに話し始めた。

「この箇所こそヘルダーの思想の眼目です。どの時代、どの地域に暮らしていても人間は誰もが幸福に暮らせるように神は配慮している。そして、どんな人間でもそれぞれが人類の連鎖の一部として、自らの人間性を育む仕事に携わっている。それはナポレオンのような英雄でも、アフリカの砂漠やアマゾンの密林で暮らす人々でもまったく同じである。ですから、ヘルダーの考えでは、人間の優劣や民族の優劣など問題にならないのです。自分の方が他人より優秀だとうぬぼれたり、自民族の方が他民族より優秀だと誇ったりすることは許されません。それは神の意図に反する人間の傲慢さに他ならないのです。」

こう言い切ると教授は本を持ったままじっと考えこんだ。それから本を棚にもどして、自分の椅子にもどった。

熊楠が興奮した面持ちで言った。「いやぁ、まったくおっしゃる通りです。日本では、ダーウィンの進化論を曲解して、動物が環境に適応して進化するように、社会も環境に適応して進化していくという社会進化論を主張する政治家や思想家がいます。進化に乗り遅れた人間や社会は敗者になるしかないと決めつけるのです。しかしながら、動植物の進化をそのまま社会の進化にあてはめることはできません。社会進化論は妄説で科学的根拠がありません。社会進化論者は、今は西洋の文明に大きく遅れをとっている日本も、時代を経るうちに西洋に追いつき追い越すことができるようになると主張しています。これは裏返しの西洋に対する劣等感の現れです。こんな考えをするようでは、逆にいつまで経っても西洋に追いつけない、とわしは思っています。

すべて日本人は西洋の猿真似をすればいいというのは愚の骨頂です。日本の自然、風土に根付いた文化を大事にしなければならんのです。村々の鎮守様を野蛮な信仰として排斥して、国家のお墨付きのある神社に統合させるといった考えも西洋の合理主義の猿真似で、根本から間違っています。」

教授は興奮して言った。「いや驚いた。文化の上下はない平等だという考えでは、ドクター南方はわたしとまったく同じですね。しかし、ウィーン大学でわたしと同じような文化に対する考え方を持っている教授はほとんどいません。残念ながら、この民族学研究室でもわたしの味方はほとんどいません。

わたしはヘルダーの文化の優劣を認めない思想に感動して、文化を客観的な立場から評価、研究することを目指しドイツのベルリン大学で民族学を学び、博士号を取得しました。その後、ブレスラウ大学で講師となり、業績が認められてウィーン大学の教授に招聘されました。研究環境がよいと誘われたわけです。なるほどウィーン大学は有名大学で一流の教授たちが集まってきています。研究環境もよいところでした。」

教授はこう言って、言葉を切った。表情が曇っている。「しかしながら、わたしは間もなくウィーン大学を去ろうと思っています。」

私たちは教授の突然の告白に驚いた。

「そんなに研究環境のよいウィーン大学をなぜ去ろうとされるのですか?」熊楠が当然の疑問を口にした。

「実はわたしはユダヤ人なのです。というか、ユダヤ人だったのです。」教授の口から意外な事実が明らかにされた。

「あなたもユダヤ人なのですか?」熊楠は昨晩カフェ・ツェントラールで出会った文化人たちの多くがユダヤ人だったので、それほど驚いていない。

教授は微笑して答えた。「そうです。ユダヤ人です。ただ、父親の方針でユダヤ教からキリスト教に改宗しました。ルター派のプロテスタントになりました。ただ、わたしを含む家族全体で改宗はしましたが、まわりはわたしを今でもユダヤ人と見なしています。宗教が変わっても人種がユダヤ人であることは変わらないというわけです。つまり、ベルリン大学の学生時代からウィーン大学教授の今でもわたしはユダヤ人と見られています。スペインでマラーノ、つまり豚と呼ばれた改宗ユダヤ人のように、表面はキリスト教徒を装っているが心のなかは正真正銘のユダヤ教徒ではないか、と疑われています。」

太田が不審そうに質問した。「ドイツでは十八世紀からユダヤ人の同権を訴えるレッシングなどの知識人や官僚がいて、それがやがて法律にも反映した、と聞いています。オーストリアでは一八四〇年にユダヤ人の完全な同権が実現したはずです。ユダヤ人の地位はウィーンではドイツ人と同等に扱われているのではないですか?」

教授は苦笑いした。「法的には平等とされました。しかし、それは形式的なものであり、現実には差別が残りました。ドイツでもオーストリアでもです。一番象徴的なのは、わたしがベルリン大学で民族学を学んでいた一八八〇年前後に、ベルリンを中心に反ユダヤ主義論争が行われたことです。」

熊楠が質問した。「ベルリンの反ユダヤ主義論争とは何ですか？ わしは不勉強で知りません。」

教授は説明を始めた。「特殊ドイツ的な論争なので、ドイツ以外ではあまり知られていません。ただ、わたしたちユダヤ人にとっては、とりわけ学問の道に志すユダヤ人にとっては大変な衝撃を受けた論争です。

きっかけはベルリン大学歴史学教授のハインリヒ・フォン・トライチュケの論文でした。」

太田が確認するように言った。「トライチュケといえば大変な国粋主義者で、学者なのに帝国議会の議員でもありましたね。彼はプロイセン主導の小ドイツ主義を主張して、ドイツとオーストリアというふたつのドイツ人国家の合併に強く反対したため、オーストリアのドイツ人の評判はよくないと聞いています。」

教授は苦笑いして続けた。「ベルリン大学生のときに、好奇心からトライチュケのドイツ史の講義を聞いてみました。大講義室が満員で学生たちの熱気にあふれていました。立派な髭のトライチュケは芝居がかった話し方と身振りで講義しましたが、その内容は客観的な歴史記述というより、政治的アジテーションの類でした。ドイツ帝国は史上例を見ない素晴らしい帝国で、ローマ帝国もドイツ帝国に比べれば田舎の小国のようなものだ、ドイツ帝国は近い将来ヨーロッパの覇権を握るであろう、いやそれどころか世界の覇権を握ることも不可能ではない。世界に覇を唱えている大英帝国も将来、ドイツ帝国の足元にひれ伏すようになるであろう、と根拠のないことを述べ立てるのです。それも髭を震わせ、それこそヤーンの体操のように身体全体を動かしながら、講義室を震わせるほどの大声で。わたしは数分聞いていただけで気分が悪くなりました。ところがトライチュケの熱狂的な信奉者である民族派の学生たちは、トライチュケのアジテーションのひと言ひと言に反応して、区切りごとに拍手喝采します。それこそオペラ座でプリマドンナのアリアに熱狂するようでした。宗教指導者の説教に熱心に耳を傾ける信徒の狂信にも似ていました。

しばらくしてわたしは講義室を抜け出しました。そのきっかけは、トライチュケが統一したドイツ帝国にとっての危険分子として諸勢力の名前をあげたことです。ローマ教皇の干渉を招きかねないカトリック教徒、階級闘争と国際主義により国内を分断する社会主義者、中央集権を拒否する自由主義者、そして最後に……」

ここで教授は言葉を切って、声を潜めて言った。

「ドイツ帝国の統一にとっての一番の危険分子はユダヤ人だというのです。ユダヤ人は祖国を持たない民族でドイツに寄生している。ユダヤ人は頑なにユダヤ教を信奉し、ドイツ文化に同化しようとしない、異質な存在のままでいようとする。それなのにユダヤ人は協力して策略をめぐらし、金融、商業、ジャーナリズムの実権を握っている、とトライチュケは主張するのです。

ユダヤ人批判の最後にトライチュケは大声で言いました。『ユダヤ人は我々の不幸だ』と。わたしの耳にはこの言葉を口にしたときのトライチュケの勝ち誇った口調が残っています。この言葉のあと、講義でもっとも熱狂的な拍手喝采が学生たちから沸き上がり、講義室が揺さぶられるほどでした。わたしは狂熱の教室を静かに立ち去りました。もはやそこは真理を探究する情熱にあふれた学生たちの場所ではなく、プロパガンダに扇動され考える力を失った暴徒たちの溜まり場になっていたからです。」

驚いて私は教授に訊ねた。「研究において世界最高の大学のひとつであるベルリン大学がそんな情けない状況なのですか？」

教授はうなずいた。「そうなのです。ちょうどその頃トライチュケは自分の主宰する雑誌に反ユダヤ主義の論文を掲載しました。その内容は歴史学の大学教授とはとうてい思われない扇動的なもので、講義と同じく、統一したドイツを分裂させる危険分子としてユダヤ人をあげています。ユダヤ人は頑なにユダヤ教という自分たちの宗教を絶対視し、ドイツに長年暮らしていても生活習慣も変えようとしない。そこにまた、ユダヤ人解放令によりドイツ人と同じ権利を得たことで傲慢となり、キリスト教を敵視しドイツ人の習慣を馬鹿にしている、となんの根拠もなく主張しています。この論文のなかでも『ユダヤ人は我々の不幸だ』というユダヤ人迫害を扇動する文句を使っています。この論文の結論では、ユダヤ人がユダヤ教を捨ててキリスト教徒になりドイツ文化に完全に同化するのか、さもなければドイツを出てどこかの外国に移住するしかない、とまで言っています。」

太田が驚いて言った。「有名なドイツ史の教授であるそんなひどいことを主張するのですか。その内容はオーストリアではシェーネラーやルエーガーのような扇動政治家の言うことです。トライチュケの主張に反対する声は出なかったのですか？」

「もちろんユダヤ人からの反論はありました。有名なユダヤ史研究家のグレーツなどからの厳しい批判がありました。しかしながら、ドイツ人のなかからはトライチュケを批判する意見はなかなか出ませんでした。ようやく有名なローマ史家のモムゼンから批判の声があがりました。モムゼンはトライチュケの同僚であるベルリン大学教授で、自由主義者です。トライチュケはいわば身内からの批判を受けたわけです。」

「モムゼンの批判は効果があったのでしょうか？」太田が訊ねた。

「大いにありました。」教授は穏やかに答えた。「モムゼンがトライチュケの痛いところを衝いていたからです。トライチュケらの反ユダヤ主義の主張に呼応するように、当時ドイツではユダヤ人に同権を認める法律をなくしてしまえという主張が強まり、政府に対しユダヤ人の同権を定めた法律の撤回を求める請願の署名活動が始まっていました。大学生の国粋派もこれに呼応して、大学内でも反ユダヤ主義請願運動を始めて、教授のトライチュケに賛同を求めたのです。トライチュケも趣旨に賛意を示しました。

このようなトライチュケの行動について、モムゼンは、真理を求める学問において学生を指導する立場の大学教授が、学生たちの偏った運動を応援してよいのか、今すぐ反ユダヤ主義署名運動から手を引け、学生たちの運動は大学において同僚のユダヤ人教授を排除する動きにつながるではないか、とトライチュケに迫ったのでした。これにはさすがにトライチュケも降参せざるを得なくなり、運動への関わりを止めると表明したのです。トライチュケとモムゼンの論争はトライチュケの敗北に終わりました。」

熊楠が安心したように言った。「やはり、極端な人種主義に基づいて文化の優劣を決めようとする試みは、たとえ有名な学者の名前を使って学問的色彩をつけたとしても、認められないということですな。その結果を聞いて安心しました。」

教授は厳しい口調で言った。「トライチュケの表面上の敗北で安心してばかりはいられません。ベルリン反ユダヤ主義論争はひとまず収まり、反ユダヤ主義請願運動も政治的には失敗に終わりました。しかし、反ユダヤ主義の火種はまだいたるところに残っているので、いつまた燃え盛るか油断ができません。」

太田が真剣な表情で訊いた。「反ユダヤ主義の火種とは何ですか？　完全に火種を断つことはできないのでしょうか？」

「それは難しい。」教授は断言した。「ベルリン反ユダヤ主義のきっかけも、元はと言えば、経済不況です。一八七一年のドイツ統一が刺激となって好況になり、先を見越しての投資が異常なほどに進み、雨後の筍のように会社が設立されました。しかし、その実態は幽霊カンパニーであるものも多かったのです。実体のないバブルはすぐにはじけてしまい、基盤の弱い会社はばたばたと倒れてしまいました。その責任は当然ながら浮足立った投資家にあります。もちろん政府もそれを止めなかった責任はあります。

ところが、株式の暴落や会社の倒産で自殺者も出るありさまで、好況が一転して恐慌になったのは、株式市場を支配するユダヤ人投機家たちの責任だ、という悪意ある噂が流されるようになり、反ユダヤ主義的な新聞・雑誌があることないこと書き立てました。そのためなにも知らない民衆たちは、経済不況の責任は強欲なユダヤ人投機家にある、と思い込まされてしまったのです。」

「どうしてそんなに簡単に民衆はだまされてしまったのでしょうか？」私が理由を訊ねた。

教授はすぐに答えてくれた。「それはユダヤ人と自分たちの不幸を直接結びつけてしまう悪しき伝統がヨーロッパにあったからです。典型はペストです。中世のヨーロッパでペストが蔓延したときに、医学が発展していない時代でしたから、原因がペスト菌であるということもわからずに、ペストの原因は黒い雲のせいだというような迷信がはびこり、人々は右往左往しました。ペスト蔓延の原因のひとつにあげられたのが、ユダヤ人が井戸に毒を入れたからというものでした。当時ユダヤ人は異教徒としてゲットーに隔離され、服装など外見や習慣も違うためキリスト教徒からは不気味な存在と思われていました。そこに恐ろしいペストの原因を何でもよいから明らかにして一刻も早く安心したい、という群集心理が働き、扇動家が『犯人はユダヤ人だ！』と断定することにより、民衆がユダヤ人に襲いかかり殴りつけたり、ユダヤ人の家を焼いたりしました。果ては、大きな穴を掘り大勢のユダヤ人を穴に落とし、薪などで火をつけて焼き殺すことさえしました。実に恐ろしいことですが。」

「科学的な知識のない人間は突発的になにをするかわからない。だから学問が必要なのだ。」熊楠は声を高めた。

「おっしゃる通りです。」と教授はうなずいた。「ですが、残念ながらペストはユダヤ人迫害の一例にすぎません。自分たちの不幸とユダヤ人を直接結びつける例は枚挙にいとまありません。天候不順で麦が不作で飢饉になっても、洪水が襲ってきても、なにか不幸があれば真っ先にユダヤ人が原因とされます。『ユダヤ人は我々の不幸だ』というトライチュケのアジテーションも、逆に読めば『我々の不幸はユダヤ人だ』ということになります。つまり、ユダヤ人が我々の不幸の原因のひとつだという理解を通り越して、我々の不幸の原因はすべてユダヤ人だ、という主張になってしまうのです。極言すれば、歯が痛いのも、夫婦仲が悪いのも、晴れた日が少ないのも、自分にとって不都合なこと、不愉快なことの原因はすべてユダヤ人だ、ということです。」

「そんな馬鹿な、世の中はさまざまな不幸で満ちています。不幸の原因がすべてユダヤ人ということにされたら、どんな時もキリスト教徒に襲われかねないので、ユダヤ人は安心して暮らせないではないですか。」私はいたたまれなくなり声をあげた。

「そうなのです。古くからわたしたちユダヤ人はいつ襲われても逃げ出せる用意をしていました。さすがに今ではすぐに暴力的に襲われることは少なくなりました。ロシアのポグロムは除いてですが。

それでも、このウィーンという文明の最先端の町でも、わたしたちユダヤ人はいつでも襲われる可能性があるのです。それも肉体の暴力によってではなく、言論の暴力によってです。わたしたちはキリスト教徒に改宗したとしても、ユダヤ人と呼ばれて差別されます。このウィーン大学でもユダヤ人は教授になることは難しいのです。ユダヤ教徒はもちろんのこと、キリスト教徒に改宗しても教授になることへの障害は大きいのです。ウィーン大学教授という特権階級のサークルには、ユダヤ人は入れてもらえません。わたしの場合には、幸運にも人種的偏見のない有力教授が推薦してくれたので、改宗していることもあり教授職に就くことができました。その教授はハンガリー系で、オーストリアでは少数派のプロテスタントだったので、ユダヤ人のわたしについても偏見の色眼鏡なしで業績だけで評価してくれました。

しかし、いざ教授に就任してみると、眼に見えない壁を同僚たちとの間に感じました。ちょっとしたことですが、彼らがわたしとの親しいつき合いを避けていると感じました。いっしょにレストランに食事に行くとか、誕生日祝いの会に招待し合うとか、仲間内のそういった機会からわたしは巧妙に外されているのです。

まあ、そんなことはどうでもよいことで、気にしなければよいのですから。しかし、ウィーン大学にもウィーン市にも、さらには帝国の全土にも反ユダヤ主義の暗流が押し寄せてきています。汎ゲルマン主義のシェーネラーやキリスト教社会党のウィーン市長ルエーガーの扇動により、反ユダヤ主義の疫病は学生にも感染者を増大させています。

そもそもルエーガーは、庶民の人気取りのために反ユダヤ主義をあおっているだけです。ユダヤ人の富豪のために商売が成り立たなくなったと思い込んでいる小売商や、ユダヤ人企業家によって安い給料で働かされていると思い込んでいる労働者、ユダヤ人主導の自由貿易により安い農産品が入って来ていると不安に思う農民、ユダヤ人移民のために職を奪われると心配している貧民などの支持を得るために、ルエーガーは反ユダヤ主義的言動を強めているのです。その証拠に、ルエーガーは、『反ユダヤ主義者なのにあなたにはユダヤ人の友人がいるではないか』と指摘されたときに、『誰がユダヤ人かを決めるのはわたしだ』と言ってのけたそうです。ご都合主義の反ユダヤ主義政治家であることを露呈したのです。」

「フランツ・ヨーゼフ皇帝は反ユダヤ主義者のルエーガーを嫌っているという噂ですが。」と消息通の太田が口をはさんだ。

「その通りです。」教授はすぐに肯定した。「フランツ・ヨーゼフは、ルエーガーが市議会で市長に選出されても三度まで勅許を与えなかったそうです。ようやく四度目にはしぶしぶ認めたとのことです。フランツ・ヨーゼフは剛直な軍人気質の老皇帝ですが、『余の帝国では反ユダヤ主義の余地はない』と言い切り、宮廷においても反ユダヤ主義的言辞をとがめたそうです。それが面白くない反ユダヤ主義者たちはフランツ・ヨーゼフを『ユダヤ人の皇帝』と言って揶揄しますが、ユダヤ人たちは『我らの仁愛に満ちた皇帝』と感謝しています。シナゴーグでの説教でもフランツ・ヨーゼフの名前がよく出され、その場合にはいつも深い敬意と愛情をもって発音されます。」

「皮肉ですな。」と熊楠が嘆息とともに言った。「そんなユダヤ人差別を認めない仁愛に満ちた皇帝のもとで、ルエーガーのような反ユダヤ主義を売り物にしている市長がウィーン子の人気を博しているとは。」

「その通りです。もしもフランツ・ヨーゼフ皇帝がいなかったとしたら、ルエーガーやシェーネラーの扇動で反ユダヤ主義がどのくらいひどくウィーンで荒れ狂ったことだろう、と想像すると恐ろしくなります。ウィーンの市民には二面性があるのです。ベルリンからこちらに来て初めは気づきませんでしたが、ウィーンの市民はドイツ人よりも人当たりがよく、異国人に対しても愛想よく応対してくれます。直情径行で無骨なタイプが多いドイツ人と比べるとオーストリア人、とりわけウィーン子は愛想のよいタイプが多いです。軍人のプロイセン人、ドイツ人に対する外交官のウィーン子、オーストリア人、と言えばわかりやすいでしょう。ウィーン子は売り子から芸術家、官僚、企業家に至るまで、ドイツ人と違って直接にユダヤ人嫌いであることを見せようとしません。ユダヤ人に対しても人当たりはよいのです。ところが、愛想よく応対していたユダヤ人がいなくなると手のひらを返したように、悪口を言い始めるのです。」

教授は自分自身も不愉快な経験をしたことがあるのか、顔をしかめて言った。

「そう言えば、日本の民族学者の本のドイツ語訳で知りましたが、日本人には『オモテ』と『ウラ』という概念があって、『オモテ』は建前で『ウラ』が本音だ、と書いてありました。ウィーン子の二面性と似ているようですが、そうなのでしょうか？」

教授の真面目な顔をしたこの問いに対して、私たち三人はただ黙ってうなずく他なかった。

「わたしの話ばかりしてすみません。わたしが懸念しているのは、フランツ・ヨーゼフの治世も五十年近くなり、その若々しかった髭も白くなり、姿勢のよかった背中も曲ってきました。フランツ・ヨーゼフはあと十年も生きられないと思います。とても残念なことですが。フランツ・ヨーゼフが亡くなったら、タガが外れたように反ユダヤ主義者が跋扈するかもしれません。思想が過激化し、対立が激しくなっている帝国の現状を見ると、ハプスブルク家の威光はいずれ地に落ち、ドイツ国粋主義者から独裁者が出現し、国策としてユダヤ人排斥を推し進めるかもしれません。わたしだけが見ている悪しき白昼夢ならばいいのですが。

わたしも老いてきましたので、もはや押し寄せる反ユダヤ主義の濁流に抗して泳ぎ切る体力も気力もありません。幸いなことにアメリカに移民した親戚がいますので、数年後にはアメリカに移ろ

う と思います。体力が少しでもあるうちでないと移住は困難ですから。」

「あなたのように立派な民族学研究をされている方がアメリカに移るなら、ウィーン大学にとって大きな損失ですな。オーストリア全体にとっても。いや、移住と言うより、亡命と呼んだ方がよさそうですが。」熊楠が残念そうに話した。

教授は椅子から立ち上がった。「失礼しました。自分のことを話しすぎました。せっかく日本からお出でいただいたのですから、民族学研究所の収集した資料を特別にお見せしたいと思います。今はまだ整理の最中ですが、近い将来、公開展示する資料館を設けたいと構想しています。これからご案内しますので、どうぞおいでください。」


教授は秘書に声をかけて、足早に研究室を出て行った。私たちはあとから急いでついて行った。教授は階段を軽快に下りて行き、一階の廊下も速足で歩いた。熊楠並みの速さだ。

「歩くのが早いですね。」私は後ろから声をかけた。教授の歩く速度に少しはブレーキがかかるかと思ったが、教授は後ろを振り返らず「わたしは机で論文を書いているより、調査で現地を歩きまわる方が好きなのです。これは年齢と関係ありません。」と息も切らせずに先に進んだ。

一階の奥まであっと言う間だった。奥の部屋には「収集品所蔵室」という表示があり、「関係者以外入室禁止」と注意書きもあった。

教授がドアを開けると、そこは倉庫のような雑然とした空間だった。明かりがついていて人の気配もした。教授が「トーマス！」と大声をあげると、山積みの収集品の影から大柄な若者が姿を見せた。マスクをして頭には布をまいて、汚れた作業着をまとい手袋もしている。これまで収集品の整理をしていなかったようで、民族衣装や仮面、人形、食器、履物、楽器など実に雑多な収集品がほこりにまみれている。ほこりを拭きながらの整理作業なので手間もかかるし、眼や鼻、口といたるところにほこりが入ってくるので大変だと思った。

近づいて来たトーマスという学生に、教授は簡単に私たちを紹介して、「作業は順調に進んでいるか?」と親し気な口調で質問した。「未整理なものが多すぎて、それがどの時代のどの文明のものか、というところから確定していかなければならないので大変です。」とトーマスは元気な声で答えた。だが、マスクと頭の布の間に見える眼は困惑を示している。

「焦ることはない。時間をかけて慎重に確定していこう。」教授はトーマスを信頼している口調で言った。「間違いがないように最善を尽くします。」トーマスは生真面目に返事をした。

教授は私たちの方を向いて説明を始めた。「ご覧のように、ここは戦場のようなありさまです。わたしたち研究所の者は、雑多な収集品と積み重なったほこりの両者と日々闘っています。二正面作戦です。しかも収集品のなかには偽物もかなり含まれています。偽物はいわば地雷のようなものです。地雷に触れてしまったら、つまり偽物を本物と見間違えたら、爆発が起こりその文化のその時代の評価全体ががらがらと崩れてしまいます。つまり、地雷が爆発して回りのすべてを巻き込んでしまうわけです。」

熊楠が不審そうな表情で訊いた。「それにしてもざっと見まわしただけでも、時代や文化も雑多なものが集まっているようですな。収集の方針というものがなかったのでしょうか?　別にわしが館員だったから肩を持つわけではないですが、大英博物館では収集の方針がきちんと立てられていますので、体系的に過不足なく収集されています。それに比べるとこちらは個人の趣味的な収集品のようですな。同じような仮面が異常に多く集められていたりするのに、食器など日常品は集めておくべきものが欠けている感じです。」

熊楠はそう言いながら、眼の前の仮面や食器を指差した。なるほど、素人の私の眼にも熊楠の指摘が正しいように見える。

「もしご希望ならば、大英博物館の流儀をご伝授しましょうか？」熊楠は親切に申し出た。熊楠自身も収集癖があるから、乱雑な収集品を見ると落ち着かないようだ。

「趣味的な収集品というご指摘はまさにその通りです。」教授が情けなさそうに答えた。「ここにあるのはハプスブルク家の皇子たちが個人的に収集したものの一部なのです。ハプスブルク家の伝統で、皇子たちは狩りや教養のために世界旅行を企てました。ここ数十年でも三人の皇子たちが異国の事物に魅了され、また収集欲にかられて、世界旅行に出かけたのです。そのうちのふたりは、個人博物館を作ろうとさえ考えました。自分が王家の資質を有する知性を持つことを顕示するためでもありました。その熱意たるや、フランツ・ヨーゼフの甥で王位継承者のフランツ・フェルディナントが『私は博物館マニアの病にかかっている』と公言したほどです。

一八五〇年、フランツ・ヨーゼフの弟で後にメキシコ皇帝になる十八歳のマクシミリアンはエーゲ海に最初の航海をしました。その後、地中海全体を航海し、またオーストリア帝国で初の世界一周航海に乗り出し、ブラジルの熱帯地方を訪れました。彼も博物館を建設するという夢を持っていましたが、その夢はプランだけで終わりました。マクシミリアンは兄のように皇帝になるという夢も持っていて、ナポレオン三世におだてられメキシコで念願の皇帝になりました。しかし、形だけのメキシコ皇帝がメキシコ人に受け入れられるはずはなく、やがて起きた反乱のため、一八六七年に処刑されてしまいました。

一八八一年、二十三歳の皇太子、フランツ・ヨーゼフの息子ルドルフは、ナイル河旅行を企てました。叔父のマクシミリアンのようにルドルフも人類学を愛していました。彼は人類学百科事典を編纂するイニシアチブを取り、東アフリカへの収集旅行を進めました。しかし、一八八九年、彼は若い愛人とピストルで不可解な心中をしてしまったのです。博物館を建設するという夢はハプスブルク家の伝統と呼べるでしょうが、常に悲劇に終わるのです。

一八九二年、フランツ・フェルディナントは世界旅行に出発しました。ルドルフの死後、彼は王位継承者とされました。彼はウィーンに世界最大の博物館を建てることを夢見て、そこに数多くの収集品を納めることを計画しました。実際に博物館が建設されたら、大英博物館をしのぐ巨大さになると目されていますが、計画が大きすぎるので、いつになったら実際に建設が始まるのか見当もつきません。ハプスブルク帝国特有である夢のような計画の巨大さと、実行力に乏しい旧弊な官僚制度の狭間で、計画が途中で立ち消えになったケースが多いのです。」

熊楠が頭を振りながら質問した。「大英博物館の場合は、大英帝国全体で組織的に博物館の建設や運営、収集に取り組んだのですが、今のお話では、ハプスブルク帝国では帝国全体で取り組むのではなく、個々の皇子たちのイニシアチブで収集が進められているようですな。博物館建設も彼らの個人的な願望に過ぎないようです。英国とどうしてこんな違いが生まれているのでしょうか？」

「ごもっともな質問です。博物館は本来、国全体で構想し実現すべきものですが、オーストリア帝国ではそうなっていません。そもそもオーストリアは帝国と言っても、イギリスやフランス、さらにはスペインやポルトガルのような世界帝国ではありませんでした。世界各地に植民地を持っているわけではありません。多民族国家と言っても、領土はヨーロッパ中央部のオーストリア周辺地域だけです。もちろん広大な地域ですが。オーストリア帝国の海に面する地域はアドリア海に面した地域にしかありません。

このように基本的に内陸国であったため、かえってハプスブルク家の皇子たちは海の向こうの世界に強いあこがれを持っていました。そのあこがれが異常に膨張してしまったため、皇子たちの世界各地を踏査し尽くしたい、世界各地の珍しい事物を残らず収集したい、それをすべて一堂に陳列したい、という夢が際限のないものになりました。

これはハプスブルク家の病癖と呼んでもよいでしょう。しかし、お蔭でわたしたち研究者は実物資料の宝の山を眼の前にしているわけです。あとはアルプスの山のように上手な登山ルートを見つけて、この宝の山を登り切ればよいのです。何十年もかかる息の切れる仕事ですが。」教授は苦笑したが、その眼には若々しい輝きがあった。

「宝の山ならばもう少し大事に整理しておけばよかったでしょうが。」熊楠は皮肉な注釈を入れた。教授の耳に入ったはずだが、教授は知らん顔して先に歩き始めた。私たちも後からついて行った。

「この先に未開民族の興味深い収集品があります。大英博物館にもない収集品もあります。ドクター南方にとっても興味深い収集品だと思います。」

教授は自慢げに言った。よほど貴重な資料らしい。熊楠も好奇心を全身から発散させて歩いている。

「なにを馬鹿げたことを言うのだ！」突然、怒鳴り声が聞こえてきた。声のする方を見るとふたりの男が立って向き合っている。怒鳴り声をあげたのは、神父の黒服をまとった頑丈な中年男だった。相手の男は若いようだが、怒鳴られても平然と立っている。

教授は怒鳴り声に驚きもせず、ふたりに近づいてにこやかに言った。「シュナイダー神父、いつものようにミュラーを相手に神学論争をしていられるのですか？　まるで天使が悪魔を相手にしているような熾烈な論争をしていられる。」

神父と呼ばれた男は、照れくさそうな顔で教授に弁解した。「コーエン教授、いつものように、とあなたは言うけれど、わたしだってミュラーと論争をして貴重な研究の時間を無駄にしたくないと思っている。しかし、ミュラーが罰当たりなことをたびたび言うので堪忍袋の緒が切れてしまった。」

神父の堪忍袋の緒が切れるのはいつものことなのか、教授は微笑して私たちを紹介した。

「そうですか、ドクター南方は大英博物館の館員で、わたしたちと同じ民族学研究者でいられるのか。それはありがたい。ここには、フランツ・フェルディナント大公が持ち帰った日本関係の収集品がかなりありますが、専門家がいないので整理が進まず困っているところです。ぜひアドバイスをいただきたいです。」神父は本当に困っている様子だ。

「先ほどコーエン教授からその話をお聞きしました。大英博物館で日本関係収集品についてわしが行っている整理法をいつでもご伝授します。」熊楠は愛想よく答えた。

「それは実にありがたい。いい加減な方針で収集品を整理したら、あとあと禍根を残します。今は収集品の整理を真っ先にしなければならないので、助手のミュラーとの不毛な論争などする時間はないのです。ミュラーさえ論争をふっかけてこなければ、わたしの作業も早く進むのだが。」いまいましげに神父は言い捨てた。

ミュラーという若い男は皮肉な口調で言った。「お断りしますが、わたしが神父様に論争をしかけたことは一度もありません。わたしはただの助手の身分ですので、教授である神父様に批判的な意見を述べることは許されません。わたしもそう自覚しています。ただ、神父様の収集品の整理方法があまりに恣意的なので、科学的な方法論で整理を進められたらいかがですか、と私見を述べただけです。私見を述べることは助手のわたしにも許されているはずと考えました。」

ミュラーの冷静すぎる口調に神父はかえって怒りを増幅させた。「何を言う！　私見を述べると言うが、まるで自分の方がわたしより上に立っているかのように、わたしの整理方法があまりに稚拙だと馬鹿にした口調で言うではないか。助手と教授の地位の違いはともかく、それが少なくとも年長者に対して取るべき態度か。わたしはいつもお前の傲慢さを指摘してきた。わたしは信徒を導く神父の立場でもあるからだ。」

教授は両者の仲介者としての役割を果たそうとした。「神父とミュラーの論争の種はいつも同じです。母権論というテーマではないですか？　整理の作業をしているときには、母権論に関わる問題はいっさい口にしないという取り決めをふたりでされたらどうですか。まわりの学生たちにも悪影響がありますので、喧嘩の種はあらかじめ取り除いておいていただきたい。」

「わたしもそのことはよくわかっている。母権論の問題をミュラーとのあいだでは口にすまいと心がけている。ところがわたしが収集品の分類の指示を出そうとすると、ミュラーがいちいち口を出して、わたしの分類法が誤った母権論理解に基づいているから、分類法を根本から変えろというのだ。こんなことを言われたら黙っていられない。あいつの言っているのは、わたしの民族学の学者としての能力の全否定なのだから。」神父は短気らしく、こう話しながらミュラーをにらみつける。

「それは誤解です。」あくまでも冷静にミュラーは反論する。「収集品の整理を始めた頃には、わたしも神父様の方法論について批判的なことを言いました。収集品整理の前提の方法論が間違っていたら、とんでもない整理、分類が行われ、支離滅裂な博物館が出来上がってしまいますから。それは民族学者なら誰でもわかることです。」こう言って、同意を求めるように熊楠を見た。熊楠は、賛成でも反対でもない、いかなる意思表示も顔色に出していない。

「しかしながら、神父様はその際、わたしの意見に激高されたので、それ以降は神父様の方法論について直接の批判をしたことはありません。神父様の方法論はわたしとは根本的に異なるとわかっていましたので、話し合っても無駄と考えました。」冷静な口調のままミュラーは話した。

「それが生意気なのだ。お前は一人前の民族学者にもなっていないのに、自分にいっぱしの母権論があるかのように振る舞う。母権論について直接触れなくても、お前がわたしの作業に口をはさむときは、すべてわたしの母権論についての批判が背景にあることが明白だ。」神父は顔を赤くして話す。

「誠にすみません。素人が口をはさんで。そもそも母権論とはどんな理論なのですか?」興味をひかれたらしく太田がていねいな口調で質問した。

「わしもバッハオーフェンの母権論については解説書を読んだことがあるが、神父様とミュラー君が母権論のどんな点に関して論争していられるのか、聞いてみたい。」熊楠も好奇心にかられたようだ。

「それではわたしが母権論について中立的な立場から説明しましょう。民族学で今もっとも熱い論争が繰り広げられているテーマなので、わたしの講義でもていねいに説明していますから。」手慣れた調子で教授が言った。

「母権論は元々いろいろな民族学者が論じていましたが、脚光を浴びたのは、スイスの法律家で人類学者のバッハオーフェンが『母権論』という大著を執筆したからです。バッハオーフェンは人類学については素人と言ってよいでしょうが、その分、専門研究者よりも丹念に未開社会における母権制の存在を証明する文献を集めて研究したのです。バッハオーフェンの出した結論は、人類は元々、乱婚制であったが、その後に子を産む女性、母親が主導権を握るようになった、これが母権制の時代である、そして父親の権力すなわち父権制は母権制を倒してあとから成立した制度に他ならない、というものです。バッハオーフェンは自分でアマゾンやアフリカに現地調査に出かけたりはしませんでしたが、ギリシアやローマの神話などの文献を渉猟して理論化したわけです。

バッハオーフェンとは独立して、アメリカの人類学者、モーガンがアメリカ大陸の先住民であるインディアンの社会を調査、研究して母権制の存在を発見しました。それを研究にまとめて『古代社会あるいは野蛮から未開を経て文明にいたる人類進歩の経路の研究』という本を著しています。ヨーロッパの学者たちは、自分たちが知らなかったアメリカ大陸におけるインディアンたちの母権制の存在に衝撃を受け、母権論の研究も盛んになりました。

バッハオーフェンやモーガンに強い影響を受けた思想家がフリードリヒ・エンゲルスです。カール・マルクスの思想的盟友です。エンゲルスはバッハオーフェンやモーガンの影響の下に、『家族、私有財産および国家の起源』という本を書いて、人類社会の初めに母権制社会を想定しています。母権制社会はエンゲルスにとって平等な共産主義社会のイメージと重なるものでした。

このような経過をたどり、現在のヨーロッパの人類学者のあいだで母権制が最大の論争になっています。具体的には、母権制なるものが本当に存在したのか、母権制をどのようなものと考えるのか、また母権制が人類にとってどのような意義を持っていたのか、といったことが論争のテーマです。

ここで戦わされるシュナイダー神父とミュラーの論争のテーマは、いつも母権制についてのもので、その対立には根深いものがあります。両者の対立の中身がどんなものなのかは、わたしが下手な解説をするよりご本人たちに話していただいた方が正確でしょうから、わたしの説明はここまでにします。」

教授は、ふたりの論争に巻き込まれると両方から恨まれる羽目になりそうだ、と心配している様子だ。

「母権制についてのわたしの立場は明確だ。」と神父は力強い声で話し始めた。「見ての通り、わたしはウィーン大学の教授であると同時に神父である。わたしは民族学を趣味で研究しているのではない。神父として神の教えを信者に説いている立場から、神がこの世界をご自分の計画通りにお作りになったということを民族学研究によって証明するという使命を負っている。その使命を果たすために、神は民族学研究という仕事をわたしに与えてくださったのだ。神の世界計画はどのような形で遂行されるのかということが、民族学者としてのわたしの頭脳から離れることのない問題意識だ。しかも、神の世界計画が聖書と整合性があることも証明しなければならない。」

わたしは思わず質問した。「そのことと母権制とは一体どういう関係があるのでしょうか？まったくの素人の素朴な疑問で恐縮ですが。」

神父は私の方を一瞥した。哀れなる異教徒だという眼つきだった。「旧約聖書にあるように、神はアダムとイブという男女一対を創造された。男性のアダムを先に創造して、アダムの肋骨からイブを創造された。この聖書の記述が絶対的な基準である。つまり、一夫一婦制は神から与えられた結婚制度なのだ。しかも、男性が主導権を握ることも、神の創造の過程から理解することができる。乱婚制度、一夫多妻制、一妻多夫制などはいずれも神のプランからかけ離れた制度なのだ。しかし、人類がすぐに一夫一婦制を実行するのではなく、さまざまな試行錯誤を経た上で、人類が最終段階として一夫一婦制に至るように神は設計された。人間が幼年期、青少年期、成人期という段階を経て真の人間として成熟していくように、人類も幼年期、青少年期、成人期という段階を踏んで神の望む真の姿に成長するのだ。結婚をめぐる制度の変遷も、このように神による人類の教育システムとして設計されている。」

神父として信徒を教え導く立場からすると、結婚制度を神の人類に対する教育システムの一環と見なすことも当然かもしれない、と私は思った。

「非常に興味深い考えですな。」熊楠はお世辞ではなくそう思っているようだ。「しかし、結婚制度が人類史においてどのように変遷してきたか、それも神の最初のプランに従って変遷してきた、ということをどうやって検証するのでしょうかな？　イギリス人作家のウェルズが数年前に発表した小説『タイムマシン』のように、時間を自由に行き来できる乗り物があれば、何千年も前にもどって、人類がどんな結婚制度を採用していたのか見ることができます。しかし、残念ながらそんな便利なマシンはないのだから、太古の時代をいろいろ想像してみても、たんなる空想にしか過ぎないでしょう。」

熊楠のこの質問に神父は余裕の微笑をした。「その通り、わたしたちには時間を自由に行き来できるタイムマシンのような便利な乗り物はありません。しかし、タイムマシンに乗らなくとも人類の大昔の姿を目撃することはできるのです。」

「えっ？」熊楠のみならず私と太田も声をあげた。「そんな便利な乗り物があるのですか？」私たちは声をそろえて訊ねた。

神父はニヤリとした。「普通の船でよいのです。まぁ、頑丈な船の方がよいですがね。ただし、船の行く先は太古の時代ではなくて、現代の諸地域です。船でアフリカ、南北アメリカ、太平洋地域、アジア、アフリカなど世界各地を目指すのです。ただし、文明の華やかな都市に行ってはなりません。文明の影響の及んでいない未開の地域、たとえばアマゾンの奥地や太平洋の孤島、アフリカのジャングルの奥地、ヒマラヤの前人未踏の高地などを目指すのです。

文明国民の革靴の足跡がなく、裸足の足跡しかないそのような地域には、太古の時代と同じ心を持った住民が生き、太古の時代の制度をそのまま保存している村落があるのです。ちょうどヴェスヴィオ火山の灰で埋もれた街ポンペイで、ローマ時代の人々や暮らしをそのままの姿で現代人のわたしたちが見ることができるようなものです。ただし、大きな違いはポンペイの人々は石灰化していますが、未開の人々は生きて暮らしているというわけです。」

「いや、おっしゃる通りですな。文明化した都会はどこも似たようになっていて、その国の古い文化はわかりません。わしも大英博物館での日本関係の展示の際には、東京などの都会の展示ではなくて、田舎の品々の展示を中心にしています。文明開化以前の日本の姿を知ってもらうことが、真の日本理解につながると考えているからです。」

熊楠はこう共感の言葉を言ったあとで質問した。

「しかし、実際上、全世界の未開地を調査するのは手間もかかり大変ではないですか？　かかる費用も調査する日数も並大抵ではないでしょう。」

神父は自信ありげに答えた。「ありがたいことに、わたしが神父であるから、現地踏査もそんなに大変なことではありません。」

「えっ、神父様ご自身でアマゾンなどに調査に出かけられるのですか？」私のとっさの質問に対して、神父はまた憐れむような視線を私に向けた。

「そんなことはできない。わたしはウィーンで宮廷に関わる聖職者の仕事もしているし、大学教授としての義務もおろそかにできない。幸いなことにわたしの属する教団は、世界各地に布教活動のため宣教師を数多く派遣しています。行く先にはもちろん文明国もありますが、未開の地も多いのです。競争を避けるために、他の教団の布教活動が行われていない地域を特に重点として、宣教師の派遣を行っています。そのため、これまで知られていなかった未開部族の存在や彼らの風習が明らかになります。宣教師にはわたしの民族学の弟子たちもいますので、派遣される前にわたしのところに呼んで、どのような調査をしてもらいたいのか、細かく指示しています。布教活動に派遣される神父たちは信仰心が篤いだけでなく、知性も優れた若者たちなので、わたしの期待した以上の成果を持って帰って来てくれます。

わたしは幸運です。自分は研究室の椅子に座りながら、居ながらにして世界各地から情報を得ることができるのです。」

神父は満足した表情を浮かべた。その横にはミュラーが立っているが、ミュラーは下を向いた。笑いをこらえているのではないか、という疑問が浮かんだ。なぜかそんな気がした。

「具体的にはどんな成果が上がってきたのでしょうか？　参考までに教えくださいませんか。わしも大いに興味のある分野なのでお願いしたい。」熊楠はていねいに神父に頼んだ。

「よろこんでお話しましょう。」とにこやかに神父は言った。「わたしは先ほどお話しましたように、人類の結婚制度は神のプランに従って進歩していくと考えています。原始時代は乱婚制度であり、次に母権制度がきて、父権制度となり最後に一夫一婦制度になるという大まかな流れです。世界各地の未開の地を調査すると、現在でも乱婚制度もありますし、母権制度もあります、しかし、一夫一婦制度はいやしくも文明国と自称する国々では一般化しています。残された問題は三段階の移行がどのように行われるか、ということです。制度が移行する現場に立ち会う、という幸運は残念ながら不可能です。制度の移行は何十年、何百年もかけて徐々に行われますから。制度の移行過程を検証するのはとても難しいことなのです。」

「なるほどそうでしょうね。人類の何千年もの歴史をすべて跡付けすることはできませんな。奇蹟でもなければ移行の現場の証拠を見つけるのは困難でしょう。」熊楠も心から同感した。

「ところが、その奇蹟が現実に起こることがあるのです。神のお導きのように。」神父は明るい声をあげた。この答えに熊楠は驚きの表情を見せた。「ほーう、そんなことがあるのですか?」

「たとえばこれです。」と言いながら神父は腰を曲げて、足元にある収集品の山から一本の紐を取り上げた。その紐には、穴をあけられたきれいな石が何個か結びつけられていた。

「この石が結びつけられた紐は南太平洋のある島のものです。宣教師の調査によると、その島の住民は求婚する際、きれいな石が結びつけられた紐を相手に渡す習慣があります。それを受け取ったら、相手が求婚を受けるという意味だそうです。きれいな石はふたりの間に生まれる将来の子どもたちの象徴とのことです。

ところで、その島には石には男石と女石の区別があることを宣教師が調べました。男石は黒っぽいもの、女石は白っぽいもの、と決まっているそうです。この紐に結ばれている石は白っぽいでしょう。」

神父に示した石はなるほど白っぽい。私たちは確認した印にうなずいてみせた。

「この石は女石です。つまり男が女に求婚する際に、女へのプレゼントとして女石の結ばれた紐を与えるのです。男が女に求婚するということは、明らかに男に結婚のイニシアチブがある父権制であるということです。ところが、こちらを見てください。」

こう言って、神父はまた腰をかがめて違う紐を取り上げ、私たちに示した。その紐はかなりの年代ものらしく、古びてボロボロになっている。その紐にもかろうじて何個か石が結ばれている。古びた石だ。

「ここに結ばれている石は黒っぽいでしょう。」

神父は私たちの同意を求めた。なるほど黒っぽい石がいくつか結びつけられている。私たちはまたうなずいた。

「これらの石は男石です。つまりこの紐は女が男に求婚した証拠なのです。女が結婚の主導権を握っていることになります。しかも、こちらの紐の方が、さっきの紐より明らかに古びています。この事実から推定されるのは、その島が昔は女性が主導権を握っていた母権制の島だったことです。」神父は楽しそうに声を高めた。

神父は無言でまたもう一本の紐を取り上げた。「これをよくご覧ください。」と言って、その紐を熊楠に手渡した。紐は古びているがさっきの紐よりは新しい。石もさっきの石よりは古びていないように見える。熊楠はその紐を手で調べて凝視し、次に私に渡した。私も紐を調べて太田に手渡した。

ひと通り紐が渡り、神父のもとにもどったとき、神父は声を張り上げて私たちに質問した。「この紐についている石は男石ですか、女石ですか？」

私たち三人は当然そのことを意識して紐を調べたので、声を合わせた。「半々です。六個の石の半分の三個が男石で、残りの三個が女石です。」

神父の眼がきらめいた。「そうでしょう！　男石と女石が同数ということは、母権制と父権制が相拮抗していたことを意味します。つまり、この紐は男から女への求婚にも、女から男への求婚にも使えたということです。」こう言って、神父は先ほどの二本の紐をもう一度取り上げ、計三本の紐をうれしそうにかざして言った。

「ご覧ください。この三本の紐を見れば、それぞれの古さが一目瞭然です。一番新しいのは現在も通用している紐で、父権制を示し、一番古いものは母権制、そして真ん中の古さの紐が両制度の移行過程を示す時代のもので、母権制と父権制が拮抗している状態を示しています。こうして母権制から父権制への時代的移行が文献によるだけでなく、具体的な物の裏付けで証明されたことになります。これだけ明確な資料は珍しいです。これも現地の宣教師たちがわたしの指示を受けて、熱心に調査してくれた成果です。彼らの発見により、わたしが想定していた神による結婚制度のプランが実際に存在しているという事実が証明されたわけです。これは布教活動と並ぶ、宣教師たちによる神の御業を証明する大きな貢献と評価されてしかるべきでしょう。」こう神父は感極まった声をあげた。

「ハッハッハッハッハッハッ！」

時ならぬ哄笑が響いた。下を向いていたミュラーが苦しそうに身体を折り曲げて笑っている。

神父は驚いた表情をしたが、次の瞬間ミュラーを怒鳴りつけた。

「なにがおかしいのだ！　ミュラー、日本のお客様の前で失礼だぞ！」

ミュラーはようやく笑いを抑えて、「誠に失礼しました。神父様。」とやっとのことで言った。彼の眼には笑い涙が見える。

神父はミュラーをにらみつけた。「ミュラー、なにがおかしいのか、正直に言ってみろ！」

ミュラーは真剣な顔になって答えた。「神父様、それでは正直に申しあげます。神父様がお持ちの三本の紐は真っ赤な偽物なのです。」

「えっ！」神父を始め全員がいっせいに驚きの声をあげた。「なにを証拠に？」と神父が続けた。

ミュラーは冷静な声で答えた。「数日前にここで整理の作業をしていたときに聞いてしまったのです。」

「なにを聞いたと言うのだ？」神父の声はすでに異端審問官のそれだ。

「この紐を島から持ち帰った宣教師ともうひとりの宣教師の立ち話でした。紐を持ち帰った宣教師が相手にこぼしているのです。『島に派遣される前にシュナイダー神父に呼ばれて、島に行ったら母権制から父権制への移行を示す物的証拠をぜひ見つけてほしいと頼まれた。自分は布教のために島に行くのであり民族学の調査を行う時間はない、と断ろうと思ったが、シュナイダー神父があまりに熱心に懇願するので、仕方なく調査することを約束してしまった。しかし、宣教師ならわかることだが、現地に行ってからは布教活動に忙しく民族学の調査に時間を割く余裕などほとんどない。

ところが、島に渡ってからも、シュナイダー神父から毎月のように、母権制から父権制に移行した証拠になるものは見つからないのか、と催促がやってくる。適当に返事をしていたが、任期が終わってウィーンに手ぶらでもどったときに、シュナイダー神父がどんな落胆と怒りの表情で迎えてくれるのかと想像するだけで、憂鬱になり帰国を先延ばししたくなった。さすがに教団の帰国命令には逆らえないので、帰国することになったが、シュナイダー神父へのお土産として三本の紐を思いついた。求婚の際にきれいな石のついた紐を贈るのは島の風習だが、石に男石と女石があるというのはまったくのでっちあげで、シュナイダー神父の婚姻理論に合わせようとして物的証拠を思いついた。

ウィーンに着いて早速シュナイダー神父に紐を渡し説明したら、神父は大よろこびしてわたしを強く抱きしめた。その満面の笑みを見ると、でっちあげでも紐を渡してよかったと思った。しかしながら、しばらくして冷静になると、いくらシュナイダー神父をよろこばすためでも、嘘をついてしまったことで胸に痛みを覚えるようになった。嘘をつくなという神の命令にそむいたのだから。それで正直に告白しようと思ったが、神父と会うたびによろこんで紐の話をするので、今まで告白できなかった。どうしたらいいいか迷っている。』

と紐の考案者の宣教師は言ったので。するともうひとりの宣教師が相手を慰めました。『心配しなさんな。君のようにシュナイダー神父をよろこばすために、架空の発見物を持ち帰った宣教師は他に何人もいるよ。このわたしも架空の発見物ではないが、発見物の説明を神父の理論に合わせてしたことがある。シュナイダー神父をよろこばせたい、またこれ以上に神父からの依頼にわずらわされたくない、という気持ちからだったのだ。』

相手のこのような慰めを聞いて、紐を持ち帰った宣教師は少しホッとしたようでした。これが数日前にわたしがたまたま立ち聞きした実際の話です。ですから、神父様がお持ちの三本の紐はまったくの偽物ということになります。まことにお気の毒なことですが。」ミュラーは同情した口調で話を終えた。

「嘘つくな！」神父の怒鳴り声が響いた。

「ミュラー、嘘をついたのはその宣教師ではなく、お前の方だ！　いやしくも宣教師が、わたしをよろこばせるためでも嘘をつくことはありえない。嘘をつくのは改宗者のお前だ。そもそもお前は改宗者でもなく無神論者だ。神の怒りを恐れる気持ちのない無神論者だ！」神父は指をミュラーの方に向けながら、こう決めつけた。

ミュラーもこの決めつけにはさすがに怒りを覚えたようだ。「神父様、おっしゃるように、わたしはユダヤ教からキリスト教への改宗者です。それも心の底から改宗を望んだわけではありません。ウィーン大学で教授になるためにはユダヤ教徒ではほとんど不可能なのです。それは神父様もご存知のことです。わたしはハイネが言ったように『ヨーロッパ文明への入場券』を得るため、キリスト教徒になったのです。改宗はウィーンで暮らすユダヤ人の文化人や学者の多くが行っていることで、わたしにはやましい気持ちはまったくありません。」

昂然と言い切るミュラーを見て、神父はいまいましげに言った。「だからお前は偽の改宗者、スペインのマラーノのような嘘つきだ。そもそもお前はユダヤ教でもキリスト教でも、神という存在への敬意がこれっぽっちもない男、生まれながらの無神論者だ。」

二度目の神父の決めつけに、ミュラーは憤然として反論した。「なにを証拠にわたしを無神論者と決めつけるのですか？　それこそ偽りの決めつけです。」

神父は思わせぶりに言った。「明らかに証拠はある。お前自身に覚えのある明確な証拠が。」

ミュラーは反論する。「明確な証拠とは何ですか？　はっきり言ってください。」

「それなら言おう。お前はヴィクトル・アドラーの主催する社会民主党の会合に出ているそうではないか。」神父は勝ち誇ったように言った。

「なんだ、そのことですか。」ミュラーは余裕を見せて答えた。「ロシアのようにツァーリ政府が社会主義政党を非合法化している野蛮国と違い、賢明なフランツ・ヨーゼフ皇帝はオーストリア社会民主党を非合法化していません。その会合に出ても何の問題でもないでしょう。それにわたしはヴィクトル・アドラーの社会主義の主張に全面的に賛成しているわけではありません。

民族学を研究する者として、社会主義の民族理論を学んでおくことも学問的に必要だと思っているのです。マルクスの『資本論』における分析は経済の分野のみならず民族学の分野においても有効性を持つのではないかと考えているのです。ですから、アドラーの研究会に社会主義者として参加しているのではなく、あくまでひとりの民族学研究者として参加しているのです。」

神父はミュラーの顔をじっと見て、皮肉な微笑をした。「あくまでひとりの民族学研究者としてアドラーの研究会に参加しているだと、よくそんな見え透いた嘘を言うな。お前は先週の研究会で大演説をぶったそうだな。エンゲルスの『家族、私有財産および国家の起源』をテキストにして、婚姻制度の変遷を史的唯物論の立場から分析したエンゲルスの方法論を紹介したそうだな。」

ミュラーは一瞬ぎくりとした表情を浮かべた。「それはその通りです。エンゲルスの主張を民族学の立場から検証した報告をしました。あくまでも学問的な立場からの分析をしたので、わたしの報告はエンゲルスの主張に賛成するためのものではありません。それは明確にお断りしておきます。」

神父はしばらく意味ありげな沈黙をしてから口を開いた。「それは事実と違うのではないかな？正確に事実を思い出してもらいたいものだ。ミュラー、お前はアドラーの研究会で婚姻制度についてはエンゲルスの唯物史観の理論が正しいと主張したそうだな。乱婚制度、対偶婚制度から母権制そして父権制への移行は生産力の向上に伴って進行する。これは民族学研究の現状から見ても正しい、と断言したらしいな。それだけではなく、お前はこんなことも言ったのではないかな。ウィーン大学民族学研究室のシュナイダー教授は神父でもあり、神学的な観点から婚姻制度の変遷を主張している。彼の理論では、あたかも神が最善の仲人であり、婚姻制度の進化は神のプランであるかのように説明される。しかし、神父の考えはまったくの観念論であり、現実の社会とかけ離れた空理空論にすぎない。それも当然のことであり、神父は宮廷の聖職者でもあり、いかなる場面でも宮廷、貴族、資本家たちの立場を代弁している。神父は、神を人類という召使の群れを従える大貴族か、大工場の経営者でもあるかのように考えているようだ。そのような反動的な思想では、人類の過去、現在、未来の歴史を正確に把握できない。神父の宣教しているすべてを神のプランとみなす歴史解釈は、現状肯定という支配者の都合に合わせたものであり、資本家に抑圧されている現実の労働者の苦難に眼をつぶるものだ。人類の未来は労働者の手にある、労働者が権力を握ったときに、抑圧機関としての国家は消滅し、抑圧者も被抑圧者も存在しない共産主義社会への道が開ける。同時にまた、男性による女性支配の道具になっている一夫一婦制という婚姻制度も大きく変革されるであろう。男女は対等な同志として協力して家族を形作るであろう。ミュラー、お前はこんな大演説をしたそうだな。」

神父はミュラーをにらみつけた。ミュラーは真っ青な顔をして絶句したが、気を取り直して言った。

「神父様、おっしゃったことにはかなり誇張があります。なるほどわたしはエンゲルスの理論を評価しました。ただ、さっき言いましたように、あくまでも学問的な視点からの評価です。他方、婚姻制度の変遷を観念論的に説明しようとする立場を批判しました。それもあくまでも学問的な視点からの批判です。わたしが批判した観念論の一種には神学的な理論も含まれていました。しかし、神父様を直接に批判する意図で神学的理論の批判をしたわけではありません。あくまでも一般論として言ったのであり、神父様に個人攻撃をする意図はまったくなかったのです。」

「それは嘘だろう！」神父は恫喝した。「お前がわたしの名前をあげて嘲笑、批判したということをその場にいた人間からわしは直接聞いているのだ！」

ミュラーは神父の恫喝にもひるまず、反論した。「その場にいた人間とはいったい誰ですか？」

神父は一瞬ひるんだ。「そんなことをお前に教える必要はない。とにかく信用できる人物だ。」

ミュラーは追及を続けた。「神父様、それが誰かおっしゃることができないところを見ると、その人物は怪しい人物に間違いないですね。はっきり言いましょう。その人物は秘密警察のスパイでしょう。ヴィクトル・アドラーの会合には必ずスパイが参加しているという噂があります。かなり信用できる噂です。会合に出た人々がその後に警察から別件で尋問されることが続いていますから。神父様は宮廷や政府とのつながりが深いので、秘密警察の情報をいつでも入手できるのでしょう。」

「馬鹿な！　失礼なことを言うな！　わしが何でスパイごときの情報を手に入れなければならないのだ。出席者にたまたまわたしの知人がいて、親切心からお前のわたしに対するとんでもない誹謗中傷を知らせてくれただけだ。邪推するのもいい加減にしないか！」

神父が否定する調子があまりに強いために、逆にミュラーは疑念を強めたようだ。

「神父様、そんなに激しく否定されるのは、わたしの言うことが図星だからではないですか？　正直にお話ください。」ミュラーは逆に神父をにらみつけた。

「なにっ！　生意気な、わしを嘘つき扱いするのか！」こう言うのと同時に神父はミュラーにつかみかかった。まわりの私たちに止める暇もなかった。ミュラーは神父より小柄だが、若いので神父の攻撃を正面から受け止め、両手で神父の両手をつかんで、「暴力は止めてください！」と叫んだ。

「ふたりともお止めなさい！」こう叫んで、教授が止めに入ろうとしたが、老人で体力のない教授はふたりのもみ合いで簡単に吹き飛ばされてしまった。成り行きで熊楠、太田、私も口々に「止めてください！」と叫びながら、もみ合いを止めようとした。

しかし、ふたりの手足が複雑にからんでいるため私たちも手出しがしにくい。「あっ、危ない。」と言う間もなく、ふたりはからみ合ったまま、バッタリと倒れてしまった。運悪く収集品の古着の山にぶつかってしまったので、ふたりはほこりっぽい古着のなかに埋もれてしまった。

けれど、古着のなかに埋もれたためふたりとも怪我ひとつすることがなかったので、結果はよかったと言えるだろう。それから、私たちはまだ口論を続けているふたりをなだめながら、ふたりを連れて教授の研究室にもどった。教授は秘書に命じて、神父とミュラーにコーヒーを出した。ふたりは互いにそっぽを向いていたが、コーヒーを飲んで少し落ち着いたようだった。それからふたりは私たちに面倒をかけたことを謝罪して、ばつが悪かったのかすぐに研究室を出て行った。ふたりの出て行く後ろ姿を見ていると、意外なことに、ふたりは喧嘩のことを根に持っているようには見えなかった。むしろ喧嘩したことでサバサバしているようだった。母権制問題で喧嘩し慣れているのではないかと想像した。

ふたりが出て行ったあとで、教授はオーストリアの美味しい白ワインを秘書に命じて出してくれた。先ほどの騒ぎで心配をおかけしたという謝罪の意味のワインのようだ。私と太田は一杯だけ飲んだが、例によって熊楠は心配するほどがぶ飲みして、一本空けてしまった。少し落ち着くと、教授が熊楠に意外な提案をした。これから教授の民族学概論の講義が予定されている。せっかくドクター南方が日本から来ていただいているのだから、日本の民族学研究についてなにかお話し願えないか、と教授は熊楠に依頼した。

突然の依頼なので、熊楠が断るのではないかと思ったら、あっさりと「大した話はできませんが、わしでよければ、折角の機会ですので話させていただきましょう。」と承諾した。熊楠は安請け合いをしたが、素人学者の熊楠が名門ウィーン大学でちゃんと講演できるのだろうか、と私は不安になった。太田も心配そうだ。熊楠が下手な講義をして日本の研究レベルが低いと思われるのでないか、そう懸念したが、教授が熊楠の承諾をとてもよろこんでいるので口をはさむことはできなかった。

教授の案内で講義室に向かった。私は自分が講義をするような気分で緊張したが、熊楠は例によってなにも心配していない様子だ。さっきの白ワインが効いているのか、妙に陽気な表情だった。

講義をするのは階段教室で、三百人くらいは入れる大きな部屋だった。席はかなり学生で埋まっていた。教授の民族学概論は人気のある講義なのかもしれない。あるいは、多民族国家のハプスブルク帝国では民族学という学問そのものが学生たちの関心に合致しているのだろう。

学生たちは教授が見知らぬ外国人を三人連れて来たので驚いたようで、面白そうに私たちを見つめている。教授は教壇に立って、熊楠を紹介した。「プロフェッサー南方は日本を代表する民族学者で、大英博物館の館員としてのお仕事のかたわら、国際的に評価される優れた研究成果を立て続けに発表しておられる。長く鎖国を続けていた日本も明治維新により海外に広く門戸を開け、海外の諸民族との交流をするなかで、民族問題に関心が向き、民族学を研究する人々も増えてきた。まだ日本では新しい学問である民族学の将来を担うのが、ここにおられるプロフェッサー南方である。」

いささか熊楠を持ち上げ過ぎの教授の紹介だったが、熊楠という無名の日本人学者に学生の関心を向けさせるためには、これぐらいの粉飾も仕方ないかと思った。実際、学生たちを観察していると、熊楠に対する興味がわいたようで、身を乗り出している学生も何人かいる。一方、熊楠は妙ににこにこしている。教授にほめられてよろこんでいるのかも知れないが、さっきのワインが身体にまわっているのではないか、と少し不安を覚えた。

熊楠は教授にうながされて教壇に登った。ゆっくりと講義室を見まわしてから自己紹介を始めた。教授の紹介はありがたいが身に過ぎたものである、自分はまだ民族学の研究を始めたばかりの学徒であり、名門ウィーン大学の学生の皆さんに興味を持っていただける話ができる自信はないが、日本の民族学の現状の一端について話をさせていただく。こうとても謙虚に話し始めた。ただ、気になったのは、熊楠の声のトーンがいつもよりかなり高いことだった。有名なウィーン大学で講義できることで感激しているところに、ワインの酔いがまわって声のトーンが上がっているようだ。大丈夫か、と私は心配になった。太田も不安げな眼つきで熊楠を見守っている。

熊楠の講義は、しかし案に相違して感嘆すべきものだった。その内容は発展途上の日本の民族学の紹介というよりは、自分が現在取り組んでいる研究テーマを興のおもむくままに話すというものだった。したがって、話には一貫性がなく、糸の切れた凧のように上下左右どちらにでも進んで行った。いや熊楠の話にはそもそも最初から糸などはついていなかったのだろう。

十二支の動物たちに関わる伝承から始まり、日本の鬼や河童、座敷童など化け物たちを紹介し、仏教と神道という宗教の説明、また東洋の昔話と西洋の昔話の共通性などにも触れた。その際にグリム童話の赤頭巾やシンデレラ姫の話などを取り上げた。学生たちもほとんど全員が子どもの頃に読んだ童話なので、興味深そうに聞いていた。熊楠はサービスのためか、赤頭巾をかわいらしい女の子の声音でやってみせた。赤頭巾の女の子を坊主頭の熊楠が身振りも入れて演じて、かわいい声も出そうとするので、学生たちは爆笑した。見ると教授までもが苦しそうに笑いをこらえている。この私も熊楠にこういう「芸」があるとは予想しなかったので、笑い声はかろうじて抑えたが、笑い涙が出るのをどうしようもなかった。太田も涙を流し、声を出さずに笑っている。

熊楠はその他にも鬼や河童の物真似をして、黒板には化け物の姿を描いて見せた。それも左右の手で白墨を同時に使って描くという離れ技をやってみせた。学生たちに具体的なイメージを持ってもらうためだったが、これも大好評だった。いつの間にこんな芸を覚えたのだろうか？　東京の大学予備門で学んでいたときに、寄席に通い落語や講談を聞いていた、という話をしていたので、そこで話し方のコツを覚えたのかもしれない。それに熊楠は今ワインでいい具合に酩酊している。素面のときは人見知りのところがある熊楠だが、アルコールが入ると人が変わったように饒舌になり、聞き手を楽しませてくれる話術が全開となるのだ。

これで熊楠の講演も大成功で終わると思い、安堵した。駆け出しの外交官の私だが、熊楠が有名なウィーン大学で講演して大きな反響を得たことで、日本国の名誉になると思ったのだ。

講演が終わり、学生たちは拍手の代わりにそれぞれの前にある小さな机をこぶしで繰り返し叩いた。こちらではそれが賞賛の拍手代わりになるらしい。熊楠はこの反応に気分をよくして、「ありがとう」を赤頭巾の声音でやってみせ、片足を折り曲げてかわいいお辞儀の真似をした。これも学生の大爆笑を受けた。

教授も笑いながら立ち上がった。教授は、もう時間もあまりないが、プロフェッサー南方に質問があれば、数人に限り受けていただく、と学生たちに呼びかけた。さすがに優秀なウィーン大学の学生たちなので、すぐに手があがった。

質問の内容は、私もロンドンでイギリス人から繰り返し向けられた月並みなものではあった。講演では、日本の宗教は神道、仏教の他に倫理的色彩の強い儒教があり、明治維新以降にはキリスト教が入ってきた、という説明があった、また日本人は寺院でも神社でもそこに祀られている仏や神を区別なく崇拝するとのことだった、すると日本人は宗教に寛容なのか、それとも利益さえ得られれば、どんな神でもよいと考えているのか、日本人は本当のところ無神論者なのか、最初の質問はこうだった。次の質問は聴講生らしい女子学生からのものだった。日本は儒教の影響を受けた男尊女卑の国で、女は男の奴隷のような存在と聞いている、明治維新になっても女の置かれた屈辱的な状況は変わっていないのか、というものだった。その他にもいくつか質問があった。

熊楠はこれらの質問については、ロンドン生活ですでに何度か訊かれていたらしく、ユーモアを交えて手際よく答えた。日本人の宗教は自然崇拝というのが本当のところだろう。ただ、神道、仏教、キリスト教などを心から信じている人々もいる。しかし、日本人は本心を隠すのがうまい。その人がどんな信仰心を持っているかは、その人が死んでからどのような天国、地獄に行くのか、調べて見なければならない。そのためには天国、地獄の門で見張っていなければならない。日本では最高神がアマテラスという太陽を象徴する女神で、家庭では妻をお神さんと呼んで神扱いもする。しかし、これは男の巧みな戦略で、女を祭り上げて実権を握ろうとする策略だ。日本でもマリア・テレジアのような最高権力者が出て、上からの女性革命をしなければ地位の向上はない。そうすれば、最高神が男になって、実権は女に移るだろう。こんな具合に熊楠は学生にわかりやすい説明をしていた。

教授は熊楠が答え終わるのを見て、「それではもしまだ質問があるなら、最後に一人だけプロフェッサー南方に質問を受けていただく。」と言って、学生たちを見まわした。

一番前の席にすわっている頑丈な体形の学生が手をあげた。教授が指名すると、学生はゆっくりと立ちあがり、大きな声で質問を始めた。顔に刀傷がついているところを見ると学生組合、ブルシェンシャフトの一員であるらしい。国は違うがドイツ帝国の鉄血宰相ビスマルクも学生時代にはこんな学生だったのではないかと想像した。

学生の質問は意外なものだった。黄禍論について日本人の民族学者のプロフェッサー南方はどう思われるのか、という内容だった。黄禍論というのは、簡単に言うなら、黄色の危険つまり黄色人種が白人種を支配しようと襲いかかってくるので西洋諸国は団結して用心しなければならない、という考え方である。西洋列強がアジアに進出して、交易だけでなく軋轢も深まり、利権を得るためアジア諸国との戦争も始まり、植民地化も行われるようになった。西洋列強が多くの場合にアジア諸国に武力で勝利したのだが、この勝利によりかえって西洋諸国のアジアに対する警戒感が強まった。要するに、弱そうな相手の足を意図的に踏みつけた強面の男が、窮鼠猫を噛むという戒めに気づいて、弱そうな相手がいつか態勢を整えて反撃してくるのではないか、と身構えるようなもので、はなはだ身勝手な考え方である。

そんな身勝手な考えがヨーロッパに広まるうえで大きな影響を与えたのがドイツ帝国の皇帝ヴィルヘルム二世である。彼は怪しげな人種論者に影響され、黄禍論を積極的に宣伝する役割を担った。

なにしろ黄禍論を広めるために、アジア人種の脅威を示す寓意画を作成させて、ロシアなど各国の皇帝や王に配ったりした。寓意画ではヴィルヘルム自身がヨーロッパ諸国に黄禍の危険を示す救世主の役割を演じているという、自己満足にあふれかえる絵である。ヴィルヘルム二世は、英国やロシアなどヨーロッパの王家の親戚筋でもある。そのためヴィルヘルムの強固な黄禍論は各国に大きな影響力を及ぼした。

もっとも、はるか昔とは言え、モンゴルにロシアを始めヨーロッパ諸国が蹂躙された苦い歴史があるので、西洋人の体内には受け継がれてきたアジア人に対する恐怖感が今も生きているのかもしれない。

学生の質問に対して、教授はひどく苦い顔をした。その質問を受けつけない方がよいのではと思ったようだ。しかし、熊楠はすぐに答え始めた。

黄禍論は根拠のない暴論である。今のアジア諸国で、かつてのモンゴル帝国のように西洋に攻め込もうと思う国があるだろうか。清帝国は、その領土の一部を西洋諸国に半ば植民地化されている、眠れる獅子と揶揄される状態だ。日本も今は西洋の学問、科学に学ぶことで精一杯である。多くを学ぶべき西洋に攻め込む気持ちはもちろんない。黄禍論は実のところ裏返しの白禍論に他ならない。ドイツのヴィルヘルム皇帝が黄禍論を唱えるのも、彼がアジアを見ていると称しながら、自らの姿を鏡に写しているのにすぎないのだ。黄禍として見ているアジア人の脅威は、自分たち西洋人の脅威つまり白禍である。植民地獲得競争に遅れたドイツ帝国が、これからアジアを侵略し植民地化して獲物を得ようとして、その企てを正当化するため恐ろしい脅威としての黄禍という幻想を描き出しているだけだ。その幻想の鏡に写している恐ろしいアジア人の姿は、実際には欲にかられた獣としてのおのれの姿なのだ。

熊楠は舌鋒鋭くこう言い切った。講義室は重い沈黙に包まれた。先ほどの熊楠の講演がユーモアたっぷりの楽しいものだっただけに、黄禍論という深刻なテーマが突然浮上してきたことに学生たちは戸惑っているようだ。

このテーマをこれ以上論ずるのは危険と思ったらしく、教授は「それでは、プロフェッサー南方もこれからの予定がおありなので、これで講演会を終わります。」と口早に言った。

すぐに質問した学生が反応した。「ちょっと待ってください。プロフェッサー南方のご意見は一方的なもので、オーストリア帝国の国民であるわたしたち学生は承服しかねます。」

学生の口調が強かったので、教授が止めに入った。「君、プロフェッサー南方に失礼ではないか。まだ学生の分際の君にプロフェッサー南方と対等に議論する資格はない。」

すると熊楠が口をはさんだ。「教授、学生の言い分をわしも聞いてみたいです。彼に話させてください。」

学生は熊楠の助け舟を意外に思ったようだが、すぐに持論を話し始めた。「プロフェッサー南方のご意見は、アジアの一国である日本の学者のものとしては理解できます。しかし、西洋と東洋の関係の理解としては間違いです。日本の例を見てみましょう。アメリカのペリーの艦隊が日本に開国を迫ったとき、時の政府やサムライたちは拒否で一致していたそうですが、無理強いされたとしても開国したおかげで日本は近代化することができたではないですか。近代化しなければ世界の大勢に遅れた野蛮な未開国のままだったでしょう。プロフェッサー南方がここで講演できるのも、西洋諸国が武力の威嚇で日本を開国させたからでしょう。

ヘーゲルは歴史哲学講義のなかで、歴史の進歩を自由の意識の発展に見ています。ヘーゲルの歴史哲学では、アフリカには歴史がなく、アジアでは歴史は停滞していて、ヨーロッパのみに真の歴史の進歩がある、と説明されます。このことは、自由の意識の発展にまさしく対応しているのです。

中国では皇帝のみが自由であり、他の人間はすべて皇帝の奴隷にすぎません。ヨーロッパにおいては、ギリシア・ローマでは市民は自由でしたが、奴隷身分がいました。キリスト教の成立などさまざまな変遷を経て、ゲルマン民族においてついにすべての人間が自由な意識を持つことができたのです。このことが西洋の東洋に対する優位性の根源です。

つまり、西洋列強が東洋に進出して、東洋諸国を植民地化し、あるいは半植民地化するのも歴史の必然です。それを侵略だとか強欲だとか非難するのはお門違いです。自由な意識を持った進んだ民族が、自由な意識を持つことができない遅れた民族を支配して、自由の意義を教え導くのも歴史の必然であり、人類史の進歩を表しています。ニュートンの万有引力のような自然法則に匹敵する歴史法則とも言えるのです。今は西洋の侵略と怨んでいる東洋人もあと十年もしたら、西洋人の進出のもたらす利益を享受して、間違いなく感謝するようになります。プロフェッサー南方も西洋の進んだ学問に接することで民族学者になられたのだから、心のなかで西洋文明に深く感謝していられるでしょう。恩知らずでないとするなら。したがって先ほどのご講演は根本で……」

学生の自信満々な言葉を熊楠は黙って聞いていたが、顔が徐々に赤くなっているのは、ワインの酔いのせいではなく、怒りのためだろう。

熊楠は学生の演説に割り込んだ。「待ちたまえ。君の言っていることこそ間違いだ。なるほど君の言うように、わしは西洋の学問のおかげで、民族学などの新しい世界を知ることができた。そのことには深く感謝している。学問の世界は、政治の世界とは異なり国境の障壁はなく、学問に志す者を人種や国籍に関係なく受け入れる、往来自由の世界なのだ。そもそもわしは子どもの頃から古い日本の学問、中国の学問、インドの宗教などを知り、学問には国境がないことを知った。青年になって西洋の学問を知ったが、そこでも同じように学問に国境がないことを知った。このように国という境を超えて学問を先に進めた先人たちにわしは心から感謝している。それは東洋と西洋に関わらず、あらゆる学問の先人に向けられた感謝だ。

しかしながら、他国に土足で入り込み略奪し、植民地化する西洋人に何で感謝しなければならないのだ。逆にモンゴル以外のアジア人が西洋に踏み入って略奪したことが一度でもあるのか。一度もないだろう。つまり、自由の意識が行きわたっていると君の言った西洋人が、他人の自由を蹂躙して平気でいて、自由の意識を持たないと君の言う東洋人の方が、他人の自由を蹂躙していないのだ。東洋諸国を蹂躙しても平気な西洋人は禽獣にも劣る存在だ。」

酔いと怒りが混じり合って熊楠の発言は過激になった。これには質問した学生の方も怒りを覚えたようで、赤い顔になった。

「禽獣にも劣るとは暴言です。我々が禽獣に劣るなら、東洋人は猿にも劣る人間がいではないですか。猿はボス猿に支配されていても、ボス猿の体力が衰えたら、若くて力のある猿が出てきてボス猿に取って代わる。東洋では支配者が衰えて呆けてしまっても臣下は死ぬまで付き従う。自由という意識を持てない東洋人種は猿以下の獣だ！」

「何を言うか！　猿以下とは失礼千万！」熊楠は自分が「禽獣にも劣る」と発言したことを忘れたように怒鳴り、教壇から降りて学生につかみかかろうとした。学生は熊楠よりずっと体格がよいので、熊楠を両手で押し返した。熊楠はよろけてどうっとばかりに倒れた。

倒れた熊楠は、下から唾のようなものを学生の顔に向けて吐き出した。唾は学生の眼に当たり、学生は「うわっ。」という声を出してよろけた。そこに起き上がった熊楠が突進して、学生は倒れた。熊楠は学生に馬乗りになった。

成り行きを呆気に取られてみていた学生たちが、ようやく両者を止めようと集まって来た。

その後の経過について、私は思い出したくない。駆け寄った学生たちも熊楠に味方する者とあの学生に味方する学生の両派に分かれて、乱闘になったからだ。乱闘の時間はあとで考えるとほんの数分だったが、その場にいた私には何十分もかかったように長く思えた。私も太田も、そして教授も乱闘のまわりでおろおろしているだけだった。悪夢のような光景であり、時間だった。

乱闘がようやくおさまって、熊楠を私と太田が助け起こした。幸い熊楠の身体に怪我はなかった。しかし、いずれにせよこのような事件を起こしてしまったため、その後に予定されていた学長への表敬訪問や著名な教授たちとの懇談は、すべて取り消されてしまった。案内役のコーエン教授にも迷惑をかけることになり申し訳なかったが、教授は逆に「あんな学生を質問させたわたしの責任です。」とひたすら恐縮していた。

熊楠はまだワインの酔いがあるのか意気軒高で、「あの学生を呼んで来い。拳闘と柔術で決着をつけるから。」と無理な要求を私と太田にした。何でも、あの学生の顔に吹きかけたのは唾ではなく、胃のなかにある消化物だそうだ。熊楠は牛のように反芻動物の胃を持っているらしく、いつでも胃から消化物を口に反芻し、相手に吹きかけるのを喧嘩の秘密兵器にしているそうだ。議論ならいくらでも吹きかけられても平気な人間でも、胃のなかの消化物という汚物を吹きかけられたら閉口するのも無理はない。

ひとり意気軒高な熊楠を両側から抱えて、意気消沈した私と太田はウィーン大学を後にした。学問の女神はそんな私たちを同情して見送ったのだろうか、それとも軽蔑して見送ったのだろうか。私は振り返り大学を見返した。大学の立派な建物は沈黙が美徳というように厳かな顔を見せているだけだった。

第五章　フロイトの診療室

ウィーン大学を訪問した数日後の午後、熊楠と私はジグムント・フロイト博士の診療室を訪れた。フロイト博士が日本に興味があるという情報をもらっていたので、休診日に出かけることにした。例によって大使館の太田を通してフロイト博士に面会の許可をもらっておいた。

フロイトの診療室に向かう途中で、私は熊楠にフロイトがどんな人物なのか質問してみた。

「フロイトは精神科医ということですが、何で日本に興味を持っているのでしょうか？」

熊楠はにやりと微笑した。「日本の性に関する習俗に興味があるのだろう。フロイトを訪問した日本人精神科医がそう聞いたらしい。わしも同じ分野に興味を持っているので、フロイト博士もわしの研究仲間と言えるのかもしれない。大英博物館でジョーンズという英国人館員との雑談でフロイトのことが話題になったことがある。その館員は精神医学に興味があるらしく、フロイトの業績を高く評価していた。それでわしもフロイトに興味を持ち、フロイト理論の紹介をいくつか読んでみた。わしの理解している限りでは、フロイトの理論はまったく新しいものだ。フロイトは自分の治療法を精神分析と呼んでいる。人間の精神をあくまでも科学的、分析的にとらえようとしているからだ。

フロイトは、人間の心には表に出ている領域、意識の他に、裏に隠れている領域、すなわち無意識がある、と考えている。表に出ていない裏の領域をどうやって知るのかという問題があるが、フロイトは夢に注目する。人間は夢のなかで日頃は抑圧しているものを解き放っている、というわけだ。社会のなかで日常生活を送るためには、守らなければならない規範がある、それを破ったら社会から締め出されてしまう。それぞれの人間が日常生活の規範を破らないように、犯罪行為には警察が眼を光らせている。その他、モラルや行儀作法には家族、学校、職場などでさまざまな監督者が眼を光らせている。つまり人間は常にさまざまな眼に囲まれている。眼は刑務所の看守のようなものだ。そして、監視の眼は外部にあるだけではない。人間の心のなかにも看守役の眼が控えている。

しかし、心のなかにある看守役の眼も、肉体が疲れて眠り込むと、同じように眠り込んでしまう。そうすると、昼間は心のなかで大人しくしていた囚人が、羽根を伸ばして無礼講を始めるのだ。」

「心のなかの囚人とは何のことですか?」私は熊楠の説明に興味をひかれた。

「さまざまな欲望のことだ。食欲、所有欲、名声欲などいろいろあるだろう。囚人の種類が殺人犯、強盗犯、詐欺犯などさまざまあるようなものだ。それらの欲望のなかでフロイトが一番重視するのが性に関わる欲望、つまり性欲だ。」

「どうしてまた、性欲を心のなかの囚人としてフロイトは重視するのですか？」私は再度質問した。

「そこはわしにもよくわからない。恐らくウィーンの風土に関係するのだろう。」

熊楠はこの点では自信なさそうに言った。

「ウィーンの風土とは具体的には何ですか？」私は再度、熊楠に説明を求めた。

「ウィーンはパリ、ロンドンなどの大都会と肩を並べる豪奢で威厳のある首都だ。ハプスブルク帝国の威信を示すため、シュテファン大聖堂、王宮、市庁舎、オペラ座、大学などどれもこれも立派すぎるほどの建物だ。目抜き通りには豪商の建物が軒を連ね、ショウウィンドーにはきらびやかな衣装や宝飾品がならんでいる。しかし、裏通りの貧しい地区に一歩入ると、乞食、娼婦、流れ着いた放浪者、犯罪者など怪しげな連中が集まっている。


フロイトの理論を当てはめるならば、ウィーンの表通りは意識の世界、裏通りは無意識の世界になる。表通りは陽の当たる政治、経済、文化の世界、裏通りは日陰の暴力、性、犯罪の世界だ。ウィーンという首都では、表の世界と裏の世界が地図上で分けられている。表通りの貴族や富豪、文化人たちと裏通りの労働者、貧民とは交流がないし、お互いを近くで見ることもほとんどない。同じウィーンという街で暮らしながら、別世界に生きているようなものだ。徳川幕府時代に武士と町人が同じ江戸の町で暮らしていながら、別世界を生きていたようなものだ。

ところが、人間の心という街では、地図とは異なり表通りと裏通りがはっきりと分かれていない。それでも太陽の光を浴びている昼間は、表通りと裏通りがくっきりと分かれている。光のあたるのは表通りの立派な建物、つまりは意識の領域だ。他方で、裏通りのうらぶれた建物、つまり無意識の領域には太陽の光は少しもあたらない。しかし、夜になり太陽の光があたらなくなると、表通りと裏通りの区別は闇のなかでつかなくなってしまう。表通りの貴族や大商人の豪邸が並んでいるところに、いつの間にかうらぶれた建物が入り込んでしまっている。朽ちかけた幽霊屋敷や怪しい七色の光を放つ娼館、犯罪者たちが出入りしている暗黒の建物。表通りには場違いなそれらの建物が、夜になると豪邸の隣に恥ずかし気もなく並んでいるのだ。

なにより不思議なのは、豪邸に住んでいる貴族、高級官僚、豪商、名のある芸術家、有名な大学教授たちが、家を出て通りを歩く際に、怪しげな連中、うらぶれた連中とすれ違い、あるいは肩を並べても、まったく平気なことだ。ロンドン仕立ての最新の背広を来た紳士や、エリーザベト皇妃の衣装に似せた豪華なドレスの令嬢たちが、ぼろ服をまとった下層民の男女とすれ違い、肩が触れても嫌がりもしない。昼間には通りで遠いところに下層民の姿が見えただけで、顔をしかめ眼を背けた貴顕や淑女も、夜になると彼らと顔を合わせても笑顔を向け、うれしそうに話しかけたりする。夜の帳が降りると、心のなかのウィーンという街では心の帳が上がって、表通りが裏通りになったり、裏通りが表通りになったり変幻自在になる。」

熊楠はとうとうと持論を話している。熊楠の話している内容が本当にフロイトの精神分析の解説になっているのか、それとも単に熊楠自身の考えを述べているだけなのか、残念ながら私には判断がつかない。

熊楠がロンドンで暮らしている下宿は貧民街の一角にある馬小屋のような建物であり、他方で熊楠の職場である大英博物館という知の殿堂は中心街の豪壮な建物である。熊楠自身の心が、表通りの大英博物館という大建築と裏通りの貧民街の陋屋という極端な対立に切り裂かれているのだろうか。だから、彼の説明には理論だけではない実感がある。

熊楠は説明を続けた。「ウィーンの表通りに出てこない建物の最たるものが娼館だろう。性に関するものがウィーンでは一番のタブーとなっている。しかし、見てはいけないと言われたものを見たくなるのは、なにも子どもだけのことではない、大人もそうだ。日本の民話の鶴女房の愚かな夫のようなものだ。見てはいけないと言われるものほど、怪しい魅力を持って『見てごらん』とささやきかけてくる。ローレライの魔女の歌う禁断のメロディを聞きたくなり、船を座礁させてしまった船頭のように。わしも子どもの頃に家にあった浮世絵を見て筆写していたが、ある箱に入った浮世絵だけは見てはいけないと親にきつく言われた。するとどうしても見たくなり、苦労してその箱を何とか開けてみた。そこにあったのは枕絵、春画だった。あの体験から、わしは性に興味を持ち、民俗学研究でも性に関するものは大事だと思うようになったのだ。タブーにこそ、その文化の謎が秘められているからだ。」

熊楠はこう自慢げに言った。ただ、枕絵をのぞき見したことを自慢げに言うべきなのかは、私には疑問に思えた。

「そうすると、そのタブーを明らかにしようとするフロイトは、枕絵を見ようとした子どもの頃の南方先生のように、今でも子どもの心を持っているのでしょうか？　怖い物見たさ、というのがフロイトの研究姿勢なのでしょうか？」

「うまいことを言うな。」と珍しく熊楠がほめてくれた。「なるほどおぬしの言う通り、フロイトは今でも子どもの心を持ち続けているのかもしれないな。だから、タブーを恐れずに好奇心のおもむくまま、どんどん研究を進められるのだろう。もっともフロイトがどんな人物かは、これから会って確かめればいいことだが。」

熊楠はフロイトと会うことをとても楽しみにしているようで、足取りがことさら軽かった。

私たちは一路フロイトの家を目指して、小さな通りから大きな通りに出た。ケルントナー通りという繁華街である。思わず私たちの足が止まった。大通りには驚くほど多くの人々が歩いていたからである。密集した行列になって、ゆったりと歩いている。人々は先を急ぐ様子がなく、並んで歩いている人同士で会話に熱中している。そういえば、熊楠の話を聞いていたのではっきりと意識しなかったが、先ほどからどよめきのような音が聞こえていた。あれは、この群集が話している声の重なったどよめきだった。歩いている人数は百人、いやもっとかもしれない。

「この群集はいったいどこへ行こうというのでしょうか？　急ぐ様子もないようですが。」私は熊楠に訊いた。

「わしにもわからん。なにか集会でもあるのか、あるいは音楽会にでも行くのかな。それにしてもこんな多くの人間たちが同じ方向を向いて歩いているのは、不思議だ。」

熊楠と私が不思議そうな顔をして群集を見ているのに気づいて、同じように見物していた中年の紳士が頼みもしないのに説明役をしてくれた。

「この行列は昼下がりに行われる恒例行事の散歩なのです。ウィーンの名士たちの散歩です。」

「名士たちの散歩というのは、なにか公的な行事なのでしょうか？ ウィーン市の宣伝のためにルエーガー市長が考え出したのでしょうか？」私はなにもわからずに質問した。

「ルエーガーは自分の人気取りになるようなことを次々に考えて実行しますが、名士の散歩は自然発生的に起こったことです。ウィーンでは昼食に時間をかけたっぷり食べますので、食後に消化のために会食者同士で軽く散歩をします。名士が会食するレストランはこの通りにある名店が主ですから、おのずから散歩がこの通りに集中することになったのです。

　ウィーンはパリやロンドンより中心街がずっと小さな首都ですので、名士も互いに知り合いになっています。詩人、劇作家、小説家、批評家、画家、作曲家、指揮者、建築家、政治家、学者などの名士がここで毎日、散歩していますから、この時間にこの通りに来れば、かなりの確率で会いたい名士に会うことができます。名士たちはここで情報を交換し、作家は小説の種を見つけ、画家は絵のモチーフを発見し、作曲家は曲のメロディを思いつき、批評家はけなす相手を見定めるわけです。この通りをのんびりと散歩している名士たちはウィーン文化の代表者たちで、彼らが一堂に会する場所は他にはないのです。

　ですからわたしのような野次馬が詰めかけているのです。もっとも今のように、名士の邪魔にならないように静かにして、目立たないように見物しています。」

　なるほど通り沿いに目立たないようにして、見物人があちこちに立っているのが見える。

「ほら、ご覧なさい。」紳士が散歩している名士たちの先頭集団を眼で示した。

「前の方にぼさぼさ髪の小柄できゃしゃな男がいるでしょう。あの男が有名な指揮者で作曲家のグスタフ・マーラーです。」

マーラーは小柄だが、他の散歩者とは違う独特の存在感を示しているため、すぐに見分けがついた。ぼさぼさの髪はベートーベンを崇拝しているためかと想像した。

「小柄できゃしゃだけど、身体全体から精気を発散しているように見えますな。」熊楠も私と同じ印象のようだ。

「マーラーのすさまじいエネルギーが今いろいろ軋轢を生んでいるのです。」紳士が解説を続ける。

「指揮者としてマーラーはウィーン・フィルハーモニーの楽団員たちと喧嘩の真っ最中なのです。マーラーはナポレオンがフランス軍兵士を顎で動かしたように、楽団員を意のままに動かそうとしています。これに対してプライド高い楽団員たちは、ナポレオンだって麾下の将軍たちに対しては相応の敬意を払ったのに、マーラーは新兵のように自分たちを怒鳴りつけると文句を言っています。マーラーがウィーン・フィルハーモニーの指揮者になってまだ数年ですが、一触即発の状況で楽団員たちの反乱も近いと新聞は書き立てています。

それにマーラーの作曲した交響曲についても批判が多いのです。そもそもマーラーの曲は、楽器を多くそろえた大仰な構成で観客を驚かそうとして悪趣味だ、という評判があるのです。それに、内容もロマン派的で妙にセンチメンタルな部分もあるかと思うと、田舎の居酒屋で酔っ払いが声を合わせて歌っているような低俗なメロディの部分もあり、支離滅裂な構成になっている、曲としての首尾一貫性がない、という非難があります。もともとウィーンの聴衆は保守的で、新しい音楽にはいつも懐疑的なのです。なにしろベートーベンの衣鉢を継ぐ古典派のブラームスが音楽界の皇帝として君臨していましたから、ヨーロッパ中の聴衆を熱狂させているワーグナーの楽劇さえ排斥しようという動きがあります。今でもブラームス派とワーグナー派に分かれて激しい争いが行われています。」

こう解説してから、紳士はまた行列の方を眼で示した。「ご覧なさい。マーラーが熱心に話している相手を。あれがブラームス派の旗頭である音楽批評家のハンスリックです。ハンスリックはベートーベン流の古典主義しか認めないのです。ワーグナーなどは音楽でない、と彼の批評は激烈です。マーラーはハンスリックに批判されないように、ああやってハンスリックのご機嫌を取ろうとしているのです。指揮者としても、作曲家としてもマーラーは孤立しかけていますから、音楽批評の重鎮、ハンスリックを何とか味方につけようと苦心しています。」

ハンスリックという男は音楽批評の大立者らしく立派な髭を生やし、体重もかなりありそうだ。髭もなく小柄でやせたマーラーは、誇張すれば雄ライオンの機嫌を取る雌ライオンのように見えなくもない。

「あっ、大変だ！」紳士が声をあげた。

私と熊楠はなにが大変なのかと、紳士の見ている方に眼を凝らした。散歩の行列をながめている見物人のひとりがマーラーとハンスリックに近づいた。

「フランツ・シャルクだ！」紳士が声をあげた。

シャルクと言われた男は見るからに野暮ったい服装をしているが、ふらふらとハンスリックの方に近づいて行った。ハンスリックとマーラーは会話していたので、シャルクに気づかなかったのだが、シャルクがぶつかるほどに近づいて来ているのに気づいて、ふたりはとても驚いた。

「これは大変です。シャルクがハンスリックに噛みついている。ひと騒動ありそうです。」紳士は心配そうに言った。

「フランツ・シャルクとは誰ですか？」私は紳士に訊いた。

「フランツ・シャルクは指揮者で、作曲家ブルックナーの弟子です。ブルックナーは四年前に亡くなっています。生前ブルックナーはハンスリックに酷評されました。ブルックナーがワーグナーの信奉者だったので、ブラームス派のハンスリックに眼の仇にされたのです。ハンスリックの批判があまりに激烈なので、ブルックナーはフランツ・ヨーゼフ皇帝にお目通りした際に、『ハンスリックのわたしに対する酷評を止めさせてください』と懇願したらしいですよ。音楽にほとんど関心のないフランツ・ヨーゼフ皇帝は困ってしまい、『それは余にもできない相談だ』とブルックナーに正直に答えたらしいです。

ブルックナーが亡くなってから四年経ちますが、ブルックナーの弟子たちはハンスリックの酷評が師の寿命を縮めたと、今でもハンスリックを恨んでいます。機会があるたびに、ハンスリックに直接文句を言おうとしています。」

なるほど、歩きながらであるが、シャルクがハンスリックに喧嘩を吹きかけているのがわかる。隣にいるマーラーは当惑した表情で、時折なだめるようにシャルクに話しかけている。シャルクは言うことをきかず、さかんにハンスリックを攻撃している。シャルクの顔も見ずに無視していたハンスリックも堪忍袋の緒が切れたのか、シャルクの方を向いて反論し始めた。

近くにいる散歩者たちもハンスリックとシャルクの口論に気づいて、様子をうかがっている。するとまた見物人のひとりがハンスリックとシャルクの方に近づいて行き、大きなジェスチャーでふたりの喧嘩を止める仕草をした。洒落者らしい服装をした縁なし眼鏡をかけた男だ。

「まずい！　あの男では。」紳士がまた声をあげた。

「どうしてですか？　仲裁に出て来た男でしょう。ふたりの喧嘩を止めようと仲裁しているだけじゃないですか。」私は紳士の懸念が理解できずにそう言った。

「いえ、見た目は喧嘩の仲裁のようですが、本当はその逆で、彼はもっと派手な喧嘩をしろと焚きつけているのです。なにしろ出て来たのがカール・クラウスですから。」紳士は眉を寄せた。

「カール・クラウスとは何者です？」熊楠が訊いた。

「カール・クラウスは『炬火』という個人雑誌を主宰している文学者です。文学、音楽、美術、政治、世相などウィーンで起きているすべての出来事を俎上に乗せて、辛辣な批評をしています。クラウスの辛辣な批評はウィーン市民の嗜好に合うところがあり人気となり、発行部数は個人誌と思えないほどの多さです。実はわたしも一読者です。」

紳士が言ったように、クラウスが仲裁する身振りをすればするほど、シャルクとハンスリックは逆に激高し、第三者のはずのマーラーも興奮し始めたようだ。

「まずいな。暴力沙汰にならなければよいが。」紳士はますます成り行きを心配している。

「仲裁にわしが出てやろうか。」熊楠も心配したらしくそんなことを言い出した。

ドン、ドン、ドン、プーッ、プーッ、プーッ。

突然、へんてこな音が聞こえてきた。気づかなかったのだが、散歩の流れが向かっている方向に奇妙な楽隊が見えた。制服、制帽の学生たちで、肩から細い襷を下げている。襷には赤や黒、青などの色が縦に何本か走っている。

「学生組合、ブルシェンシャフトのメンバーです。」紳士がまた説明してくれた。

学生たちは太鼓を叩いたり、ラッパを吹いたりしているが、支離滅裂な音の連続で、メロディなどというものはない。

「いったい何の音楽を演奏しているのでしょうか？　子どもが勝手に楽器にいたずらをしているようで、雑音にしか聞こえません。」私は耳を押さえながら紳士に訊いた。

「その通り雑音です。」紳士は冷静に答えた。「奴らはシェーネラーのドイツ民族主義運動の学生たちです。前にもやっていましたが、名士の散歩を邪魔しようと猫の音楽のような雑音を振りまいているのです。」

「何でそんな馬鹿なことをしているのですか？　学生のたんなる悪戯でしょうか？」

「奴らには目的があるのです。」相変わらず冷静に紳士は答えてくれた。「奴らはこの名士たちの散歩を嫌っているのです。ドイツ民族主義の彼らにとっては、この名士の散歩はウィーンのユダヤ人の示威運動に見えるというわけです。散歩している名士のなかには、もちろんマーラーのようなユダヤ人もかなりいます。しかし、全体で見ればやはり少数です。ユダヤ人の示威行動なんて、とんでもない言いがかりです。

ところがドイツ人がもっとも優秀だ、という考えに凝り固まっている奴らには、この散歩はユダヤ人がウィーンを牛耳っている証拠に見えるのだそうです。だからさかりのついた猫の悲鳴のような楽隊でユダヤ人を蹴散らしてやらなければ、というわけです。なにしろ市長が反ユダヤ主義者のルエーガーなので、警察の取り締まりも弱いのです。しかし、あんな愚劣な学生たちをのさばらせたら、文化都市ウィーンの名折れです。」憤然と紳士は言った。

その間に学生の楽隊はどんどん近づいて来た。散歩集団の先頭の方は学生楽団の接近を見て、道の端に散らばり始めたから、直接の接触は避けられた。しかし、後続の散歩者たちは急に避けることもできずに、そのまま楽隊に向かって行く。学生たちは口々に怒鳴っている。よく聞くと「ユダヤ人は出て行け!」と言っている。学生たちの顔は皆赤くなっている。ビールなど酒をたくさん飲んで酔っ払っているらしい。

学生たちは散歩者たちにわざとぶつかると、相手が男だろうと女だろうと、年寄だろうと見境なく手で突き飛ばし、太鼓やラッパでなぎ倒す。華やかな繁華街もあちこちで悲鳴があがる阿鼻叫喚の現場に急変した。ようやくこの騒ぎを聞きつけた警察官が数人駆けつけて、学生を制止しようとするが、学生の数の方がずっと多く、酔っぱらった学生たちは勢いがついているために、少人数の警察官では制止することができない。

混乱はひどくなり、マーラーやハンスリック、クラウスらも学生楽隊の激流に飲み込まれ、最後は溺死者のように舗道に打ち上げられ倒れている。私たち見物人は呆然と立ち尽くす他なかった。ただ、熊野の山中で身体を鍛えている熊楠は、倒れている散歩者のもとに機敏に近づき、助け起こした。さすがの行動力である。

この騒ぎはいつまで続くのか、と心配したが、学生楽隊は散歩者の真ん中を突っ切り、意外にあっさりと立ち去って行った。嫌がらせのための楽隊行進なので、用がすめばさっさと去って行くのだろう。

見物人たちはようやく我に返って、舗道に倒れている散歩者たちを助け起こし始めた。私と熊楠も協力して何人かを助け起こした。ウィーンの名士たちは美食のせいか、たっぷりと太っている人間が多いので、ふたりがかりでも助け起こすのは一苦労だった。また、貴婦人の場合には裾が長く、ふんわりと広がったスカートをはいているので、これも助け起こすのは大変だった。

助け起こされた名士たちは、口々に学生たちの蛮行をののしったり、警察官の無能さを非難したりした。しかし、文句を言うべき学生たちがいなくなってしまったので拍子抜けして、やがて何人かのグループとなり、どこかへ消えて行った。

「ウィーンの恥ずかしい面をお見せしてしまいました。」親切に名士の散歩の説明をしてくれた紳士が恥ずかしそうに言った。

「いや、どこにも自分の頭で考えることのできない度し難い人間たちがいるものです。わが日本にもそんな連中が掃いて捨てるほどいます。気になさらんように。」熊楠はこう応じた。

紳士は悲しそうに微笑した。「わたしの育ったウィーンの古きよき時代はもはや過ぎ去ってしまいました。昨日のウィーンはもう二度と戻ってこないのかもしれません。誰もが昨日から今日そして明日に続く永遠の秩序を信じ、自分が生きているのもその秩序のお蔭であり、またその秩序を守るために生きなければならないと思っていました。人種や宗教、階層が違っても、誰もが永遠の秩序の一部であり、誰かを差別し排除することは永遠の秩序を破壊することにつながる、と信じていました。それも単なる思想としてではなく、身体に染みついた感覚、右足を出した後には左足を出すようにあたり前のこととして信じていました。

思想の対立があったとしても、それによって相手を否定することはありませんでした。対立はむしろ相手を尊重することにつながりました。批判されても怒り狂うのではなく、ことによったら相手の言う通りではないのかと自問することにつながりました。そして、それはまた自分と同じく相手も間違っているのではという問いにもつながります。いずれにせよ、どちらが正しいのか誤っているのかとどこまでも突き詰めるのではなく、あいまいな部分はあいまいなままで放っておこうとしました。あいまいな部分もいつか自然に解決されるようになる、と時間の働きに信頼を置いていました。

これがわたしたち自由主義的な市民の態度であり、生活の原理でした。しかし、十九世紀も終わりが近づくと、そのような自由主義的な市民の態度は微温的であり、退嬰的であると批判されるようになり、左右の陣営から攻撃されることになってしまいました。二十世紀が一体どのような時代になるのか、このケルントナー通りを一体どんな人間たちが行列して歩くようになるのか、わたしには想像もつきません。はっきりしているのは、名士の散歩のようなゆったりと間延びした行列はなくなるだろうということです。」

「それは当たり前ですな。」どこからか皮肉な調子の甲高い声が聞こえた。まわりを見ると、丸い眼鏡をかけて額が広い神経質そうな男がそばに立っていた。

「カール・クラウスさんですか？」紳士が驚いて言った。

なるほど、先ほど喧嘩の仲裁の振りをしてハンスリックとシャルクを焚きつけていた男だった。いつの間にか私たちのすぐそばに来て、会話を立ち聞きしていたようだ。

「わたしの名前をご存知とは誠に光栄です。また、お話を立ち聞きしてしまい誠に申し訳ございません。おふたりは日本の方とお見受けしました。外国の方々にさっきの学生たちの愚行をどのように説明しておられるのか、大いに興味がありましたので、失礼ながらお話を聞いていたのです。」

クラウスは慇懃な態度で謝罪したが、その眼は皮肉な光を放っていた。

紳士は愛想よく返事した。「いや、カール・クラウスさんに立ち聞きしていただけるのは、わたしのような平凡きわまるウィーンの市民にとっては光栄の至りです。なにしろ、わたしは創刊当初からあなたの個人誌『炬火』のファンでしたので。」

クラウスは軽く会釈をした。「『炬火』までお読みいただいているとは、こちらこそ光栄の至りです。わたしの『炬火』も危うい状況です。なにしろ、さっきのような学生の愚行を見ていると、わたしの『炬火』の寿命も長くないと思えるからです。」

「えっ？」紳士は不審そうな声をあげた。「カール・クラウスさん。あなたの『炬火』は個人誌なのに数万部の発行部数を数えて、その内容も『新自由新聞』の文芸欄に匹敵する高い評価を受けています。なにしろ、わたしのように文学趣味のない人間も愛読しているほどですから。この先何年、何十年も炬火が燃え続けるのは確実ですよ。」

クラウスは紳士の方に向かい深々とお辞儀をした、しかし上げた顔は皮肉なものだった。

「そのように評価していただき実にありがたいことです。しかし、残念ながら『炬火』は燃え尽きるでしょう。いや、正確にはもっと大きな炬火によって、燃えている姿が見えなくなってしまうでしょう。」

「もっと大きな炬火とは何ですか?」思わず私は質問をした。

カール・クラウスは皮肉な眼で私を一瞥した。「さきほど学生たちの炬火が行進していたでしょう。ご覧になりませんでしたか?」

「そんなものは見えなかったようですが。」私はあわてた。炬火を見落としたのかと思った。

「あの連中は太鼓やラッパを持って行進していましたが、その他に各自が炬火を掲げていたのです。その炬火は温厚で人の好い市民たちには見えないものです。いや、市民たちは見ようと思えば見えるのに、見まいとしているのです。あんなにぎらぎらと赤黒い炎をあげていたのに、善良な市民たちは見ていないのです。まるでヴァルプルギスの夜の魔女や悪魔たちの掲げる炬火の炎のように不気味でした。ゲーテの『ファウスト』をもじれば『第三のヴァルプルギスの夜』と呼べる光景でした。」

私にはカール・クラウスがいったい何を言いたいのかわからず、彼がさっきの衝突のショックで白昼夢を見たのかと思った。

「わしも確かに見たぞ!」突然、熊楠が叫んだ。

「なにを見たのですか?」私は反射的に訊いた。

「確かに烏天狗のような魔物が炬火を掲げて行進していた。魔物たちは学生に変身していたのだ。

奴らは右手を高く掲げて、『ハイル、ハイル、ハイル！』と叫んでいた。奇妙なことに魔物たちは卍の文字を額に彫られていた。クラウスさんの言うように、大きな災厄の前兆となる炬火であるのは間違いない。」熊楠はその光景が今でも見えるかのように断言した。

カール・クラウスはうれしそうに言った。「その通りです。日本人のあなたもあの炬火をご覧になったのですね。あの炬火は勘の鋭い人には見えるのです。炬火はこれからの時代に起きることを象徴しています。」

「これから起こることの象徴とは何ですか？」私はすぐに質問した。

クラウスは大きく腕を振って甲高い声で言った。「オーストリアにとっての災厄であり、ドイツにとっての災厄であり、さらにはヨーロッパ全体にとっての災厄です。炬火の炎はまず本を焼くでしょう。」

「本を焼くのですか？　秦の始皇帝のやったような焚書坑儒ですか。あれはしかし、何千年も前の中国の話で、文明が発達したオーストリアやヨーロッパで今時そんな野蛮な行為がなされるとは考えられません。」私は率直に感想を述べた。

「いや、このヨーロッパでも焚書坑儒はありえるぞ。」熊楠は声を強めた。「儒教はないので坑儒ではないだろうが、学者を排除することはあり得るだろう。政府が自分たちに都合の悪い学者を生き埋めにしないまでも、執筆禁止にして精神的に生き埋めにすることはやりそうだな。」熊楠は真顔で言った。

「焚書のあとには……」とクラウスは言葉を切って、それから続けた。「……人間を焼くでしょう。」

「えっ。そんな中世の異端審問のような火刑が復活するのですか?」私は本当に驚いた。

「そうです。すでにハインリヒ・ハイネは予言しています。『本を焼いたら、次には人間を焼くようになるだろう』と。ハイネの眼は我々の時代、さらにはその先を見据えています。」クラウスはハイネを甲高い声で引用した。

黙って私たちのやり取りを聞いていた紳士は、悲しそうに言った。「あの学生たちのような乱暴者たちがこのケルントナー通りをわが物顔に闊歩するような時代になるなら、わたしのような古い時代の自由主義者は生きてはいられません。遠い外国、たとえば南米のブラジルにでも逃げ出したくなります。ジャングルのサルたちの方がさっきのヴァンダル人たちよりもよほど理性的で付き合いやすいでしょうから。」

クラウスは冷笑的に紳士を見つめた。「失礼ですが、そんな風に逃げることばかり考えているから、ヴァンダル人の炬火はますます燃え盛るのです。ウィーンの自由主義者たちの自由は、見たくない現実から眼をそむける自由でしかないのです。そのような自由は本当のところ自由から逃げる自由であり、そんなことを続けていたら、ついには隷属する自由しか残らなくなるでしょう。そうなってしまえば、お望み通りに、このケルントナー通りで毎日あのようなヴァンダル人たちの炬火行進が行われるでしょう。」

紳士ははっとしたようだが、弱々しく言った。「見たくない現実から眼をそむける自由、まさにその通りです。わたしは今でも古き良き時代、フランツ・ヨーゼフ皇帝の髭がまだ黒々として、背中もピンと反り返っていた時代を見ようとしているのです。たとえそれが白昼夢であったとしても。」

「そのような時代はもう来ないと思い切って、眼の前の現実から逃れないようにしないと、わたしたちは人類最後の日々という究極の現実に立ち会うことになるでしょう。そのときには、人間はお互いを理解できなくなり、サルの鳴き声の方が理解しやすいと思うでしょう。少なくともサルの鳴き声には裏表がない。人類最後の日々にはバベルの塔とは異なる事態が待ち受けているでしょう。旧約聖書のバベルの塔建設では、相手の言葉がまったく理解できなくなりましたが、人類最後の日々に向かう新しいバベルの塔建設の際には、相手の言葉はある程度は理解できるのです。しかし、理解できない方がむしろましなのです。ある程度理解できる言葉の方が恐ろしいのです。なぜならそのような中途半端な理解を生み出す言葉は、言葉の本来の体温を失ってしまった、冷たい道具としての言葉だからです。たんなる道具としての言葉が通用する社会では、言葉への信頼が失われてしまい、人間も単なる道具と見なされるようになります。」

クラウスの甲高い声も最後には暗い調子になった。私は彼の考えているウィーンの暗鬱な未来が近く実現するのではないか、という予感を抱かずにはおられなかった。

クラウスはふと我に返って、これから『炬火』の編集作業があるので失礼しますと言って、忙しそうに去って行った。クラウスの後ろ姿を紳士は見送っていたが、私たちの方に姿勢を向けて、「自己紹介が遅れ失礼しました。わたしはユダヤ人実業家のモーリッツ・ツヴァイクと申します。」と言った。「カール・クラウスもユダヤ人ですが、彼は同胞のユダヤ人に対しても容赦せずに厳しい批判を加えます。」と付け加えた。それからツヴァイクは、「辛辣な批評家のカール・クラウスの前では恥ずかしくて言えませんでしたが、息子のシュテファンは若い詩人としてかなり評価されています。」とうれしそうに話した。その顔は息子をとても誇りに思っている父親のものだった。

思わぬことで時間を取ったので、ツヴァイクにあわただしく別れを告げて、私たちは急ぎ足でフロイトの診療室に向かった。途中、熊楠はつぶやくように言った。

「我々の見たケルントナー通りの光景はフロイトの理論と関係が深いのかもしれないな。」

「それは突拍子もない話ですが、どこが関係しているのですか？」驚いて私は訊いた。

熊楠は自分の考えを咀嚼するように話をした。「フロイトの理論では人間の心には意識の世界と無意識の世界があるとされる、と言っただろう。さっきの出来事では、名士たちの散歩の会話が意識の世界、あとから乱入した学生楽隊の騒音が暗い無意識の世界を意味しているのかもしれない。個人の心ではなく、ウィーンという都市全体の心が持つ意識と無意識だが。

ただ、フロイトは、無意識の世界を牛耳っている衝動としてエロス、性を重視した。だが、さっき見た光景から思うと、エロスだけが無意識の世界を支配しているのではなく、もっと動物的な本能、攻撃的な衝動も無意識の世界を牛耳っているのかもしれない。」

私は熊楠の言うことが十分に理解できなかったが、「その問題に水を向けたらフロイトがどう答えるのか、面白そうですね。」と言っておいた。

フロイトの診療室は、ウィーン中心部から歩いて二十分足らずのベルク小路（Berggasse）にあった。ベルクBergとは「山」を意味する。なるほど、急な坂が続く道だった。しかし、アルプスという有名な高山地帯を擁するオーストリアなのに、首都ウィーンの「山」をこれほど小さな坂の道に名づけるとは、ユーモアなのかそれとも年寄りは住むなという警告なのか、理解に苦しむ。

フロイトの診療室のある建物の前に立って、入口に掲げられた住民の名札で調べると、聞いていたように二階に精神科医フロイト博士という名前があった。入口のベルを鳴らすと、太った管理人の男が玄関扉を開けてくれた。フロイト博士に面会を希望していてすでに予約を取っている、と私が説明した。管理人は私たちが東洋人であることに少し驚いたようだが、フロイトから来客の予定を聞いていたのか、「どうぞ二階におあがりください。」とすぐに通してくれた。

階段を上がり「フロイト博士」と掲示のあるドアの前に立った。これからどんな話がフロイトと熊楠のあいだに交わされることになるのか、私は外交官という職務を忘れて純粋に興味を覚えた。ふたりの会話をメモに取るわけにはいかないだろうが、できるだけ一字一句頭で覚えておこうと決意した。

入口のベルを鳴らした。しばらくすると下女の娘がドアを開けた。見るからにウィーンの娘ではなく、田舎出身であることがわかった。言葉もウィーン風の柔らかいドイツ語ではなく、ごつごつした響きだった。下女は「フロイト博士は来客中なので、しばらくお待ちください。」と言って、私たちを小部屋に案内した。患者たちが待たされる部屋らしい。なかに入ると、ギリシア、ローマの彫刻や絵が所狭しとばかり飾られている。古代の美術品を収集するのがフロイトの趣味らしいが、その量の多さに驚かされた。

「大使館からの連絡では、今日は診察予定もないからフロイトは暇だ、という話でしたが、急な来客でもあったのでしょうか?」

　私は待たされるのが嫌いなので、こう熊楠に問いかけた。

「フロイトは長年、精神医学会で異端視され冷や飯を食わされてきたが、ようやくウィーンで認められてきたらしい。近年、外国で評価されるようになり、逆にウィーンでも見直されるようになったらしい。ちょっとした名士になりつつあるようだ。だから急な来客もあるのだろう。」

　熊楠はのんびりと答えた。熊楠は待つのは苦にならないらしく、カバンからおもむろに例の「Nature」を取り出し、読み始めた。

　私にとっては長い待ち時間、熊楠にとっては短い待ち時間が経過した頃、ドアが開いて先ほどの下女が入ってきた。長い間お待たせしましたが、先客がもうすぐ帰られるので今しばらくお待ちください、というフロイトからの伝言を告げられた。私はいよいよ有名なフロイトに会えるという緊張感を覚え、衣服を整えた。熊楠には何の緊張感もないらしく相変わらず雑誌に眼を通している。

　下女が部屋のドアを閉めると同時に、玄関のベルが鳴った。ベルは神経質そうに何度も鳴った。誰が来たのだろう、と想像した。診療日ではないから患者ではないはずだ。すぐに下女がドアを開けた。それから下女と男の声が聞こえた。ふたりの声は次第に高まり、男が急に怒鳴り声をあげた。それから廊下を急いでいる足音が聞こえた。下女の声が止めようとしている。

　どこかの部屋のドアが荒々しく開けられる音がした。「キャーッ。」という女の悲鳴が聞こえた。男の怒鳴り声が響き、なにかが倒れる音が響いた。別の男の声も聞こえた。ドタンバタンという騒音も聞こえる。

「異変だ！」と声を出し、私は立ち上がり部屋を飛び出した。さすがの熊楠も雑誌を放り出して、私のあとに続いた。騒音のしている部屋は奥にあり、ドアが開けっ放しになっている。私と熊楠はその部屋に駆けつけた。

開けっ放しのドアから部屋のなかをのぞき込んで驚いた。ソファに横になっている男の上に太った男が馬乗りになって、下にいる男の首根っこを荒々しくつかんでいる。一方、絨毯の上に投げ出された姿勢で貴婦人らしき女が気を失っている。さっきの下女がその女の肩を支えている。まわりには、倒れた椅子や小さなテーブル、さらには彫刻や本などが散乱している。

ひと騒動あったあとのようだが、四人とも息が切れたらしく、全員が肩で息をしている他はすべてが静止画のように動かない。

「どうしたのですか？」私と熊楠は声を合わせ、誰に向けてということなく訊ねた。

ソファに組み伏せられている中年男が姿勢をこちらに向け、息をぜいぜいしながら言った。「どうしたもこうしたも、わたしにはまったくわからない。突然この男が部屋に乱入して、椅子に座っていたわたしを突き飛ばしたのだ。」

中年男は鼻の下から顎まで髭を生やしていて、威厳のある顔をしている。どうやらこの人物がフロイトのようである。

フロイトの首根っこを押さえていた太った男は、私と熊楠という外部の者の眼があるので、さすがに手を離した。男は無言である。フロイトは説明を続けた。

「この男が突然部屋に入って来て、椅子に座っていたわたしを乱暴に突き飛ばしたため、ソファに横になっていた患者のご婦人が倒れかかってきたわたしの身体に押されて、床に転げ落ちた。厚い絨毯が敷かれていたからよかったけれど、絨毯がなければ患者のご婦人が怪我をするところだった。まったくわけがわからない乱暴狼藉だ。

「その通りです。」と下女は気を失っている貴婦人を支えながら、言った。「あたしも必死にお止めしたのですが、なにしろ身体が大きい方なので、小柄なあたしでは止められませんでした。」

弁解気味に言ったのは、自分が侵入者を止めるために最善を尽くしたというアピールのためだ。当事者でまだ証言していないのがちん入者の太った男だ。男は組み敷いたフロイトからようやく身体を離し、立ち上がった。

「自己紹介させていただきます。わたしはドレスデン大学法学教授のペーター・ハウザーと言います。フロイト博士の患者であるマリーはわたしの妻です。わたしはフロイト博士に乱暴を働くために押し入ったわけではありません。あくまでも博士にお尋ねしたいことがあって参ったのです。法学、しかも刑法が専門のわたしが違法な暴力を好んで振るうわけがありません。」

太っているハウザーは盛んに汗を拭きながら、こう弁明した。

「法学部教授のあなたが、許可も得ずになぜ部屋に突然侵入し、わたしを突き飛ばすのですか！ソファに倒れ込んだからよかったが、壁にでも吹き飛ばされたらわたしは大怪我をしましたよ。わたしに訊ねることがあると言うのも、暴力を振るう口実でしょう。法学部教授らしく論理的に説明しなさい。」憤然としてフロイトは詰問した。

フロイトは髪が乱れ、英国製らしい上品な仕立ての背広やネクタイも乱れている。興奮を抑えるためか、フロイトは書斎机のところによろよろと歩いて行き、置いてあるケースから葉巻を取り出し、マッチで火をつけようとした。しかし、興奮しているせいか、手が震えてつけることができない。

ハウザーは貴婦人の方を心配そうに見ながら、身だしなみを整えてソファに座り、口を開いた。彼の口調も意外なことにフロイトに負けず憤然としたものだった。

「説明してほしいのはこちらの方ですよ、フロイト博士！　さっきここで、あなたは妻になにをしていたのですか？」

フロイトは驚いたようだが、すぐに反問した。「わたしがなにを説明しなければならないのですか？　わたしはあなたの奥様に通常の診療行為をしていただけです。説明しなければならないことは、なにもありません。」

ハウザーはいっそう憤然として言った。「何ですと、説明しなくていいと言われるのか。それなら先ほど妻にしていたことは何です？　妻をソファに寝かせて、あなたは妻の衣服を脱がそうとしていた。いい年をして、わたしの妻に何という破廉恥な振る舞いをするのですか。それを確認したうえで、わたしは医療行為に名を借りた違法な破廉恥罪を止めようとして、仕方なくあなたを突き飛ばしたのです。わたしのした行為は、あなたによる妻の身体に対する違法行為を妻に代わって止めようとした正当防衛であり、あなたを突き飛ばした行為の違法性も正当防衛により阻却されます。」

いかにも法律学の教授らしくまわりくどい言い方だが、要するにフロイトが妻に破廉恥なことをしている現場を見たので、突き飛ばしたのであり、妻の貞操を守るための止むを得ない防衛行為である、と言いたいのである。

「それはとんだ誤解です。奥様をソファに寝かせたのは、精神分析の診療の一部です。わたしの精神分析は、患者の診療や治療のために複雑な機器や薬物を用いることはありません。医療機器や薬物を用いることは、精神の病を抱える患者をいたずらに苦しめるだけで、往々にして逆効果になり症状を悪化させてしまいます。

そのような逆効果になる治療法を若い頃のわたしも試して、失敗を何度も繰り返しました。今になると多くの患者を無意味に苦しめてしまったと深く反省しています。しかし、そのような苦い失敗も精神分析という新しい治療法の創出のためには必要な過程だったのです。旧来の精神病の治療法が誤っていることを知るために必要とされた失敗なのです。精神の病の治療法は、肉体の病の治療法とはまったく異なっていなければならないとわたしは気づいたのです。」

熊楠は大いに興味をひかれたらしく、眼を光らせてフロイトに訊いた。

「肉体の病の治療法と精神の病の治療法はいったいどこがどう違うのですか？」

フロイトは自信たっぷりに答えた。「肉体の病は医療機器を操作したり、薬物を服用したりすることで治療することができます。たとえば癌でしたら外科手術で切除すればいいですし、風邪になれば風邪薬を処方してやればいいのです。肉体の病は外部からの介入、つまり医師や機器、薬物が介入することによって、治癒するのです。

ところが心の病は外部からの介入だけでは治癒しないのです。医師や機器、薬物の介入だけでは患者は治癒しません。一見治癒したように見えることもありますが、それはあくまでも一時的な現象であって、少し経つとまた元の症状が現れてきます。しかも、前よりもっとひどくなる場合もあるのです。わたしは医師としてそのような例を嫌というほど見てきました。」

ここでフロイトは一呼吸置いて、葉巻を深く吸って、そして葉巻を灰皿の上に置いた。葉巻の強い匂いが部屋中に立ちこめた。

「治癒したようで根本的な治癒になっていない例からわたしは思索を深めました。何十本、何百本の葉巻を灰にしたことでしょう。山のような灰の山の上にわたしの精神分析学は成り立っています。」フロイトは微笑してつけ加えた。「幸いなことに灰の山は無駄の象徴になることなく、灰に象徴される無数の試行錯誤は精神分析の発見につながり、その後もこの理論を支えてくれています。葉巻はわたしの研究の欠かすことのできないパートナーです。」

ハウザーはいら立たし気に言った。「あなたの理論の説明は、わたしが今聞きたいことではありません。先ほどソファに妻を横たえ、彼女の耳元に口を近づけていたことがあなたの治療法とどういう関係があるのか、抽象的にではなく具体的に説明してください。」

フロイトは自信を持って答えた。「今説明しましたように、心の病は外部からの介入だけでは快癒しないのです。心の病を治すためには、患者自身が病を主体的に治さなければなりません。」

ハウザーは冷笑して言った。「医者でもない患者が自分の病をどうして治せるのですか？　患者に聴診器を与えて自分自身を診断させるつもりですか？　そんな愚かな治療法はありえない！」

フロイトはハウザーの冷笑を落ち着いて受け止めた。「患者が自分の病を主体的に治すためには、聴診器も注射器もいりません。必要なのは自分の病を知ることです。そして患者が自分の病を知る手助けをするのが精神分析を学んだ医師の役割なのです。」

ハウザーは反論した。「患者が自分の病を知る手助けをする、と言ったって、患者は嫌というほど自分の病を知っているのですよ。わたしの妻のマリーだって、ヒステリーで身体の不調を訴えています。頭痛がする、吐き気がする、足がふらつく、背中が痛い等々、具体的に不調箇所を次々とあげています。マリーが自分の病と長年闘ってきたからこそ、わたしに苦しみを訴えているのです。それでわたしはドレスデン大学のクリニックにマリーを連れて行き、内科、外科、眼科、耳鼻咽喉科、皮膚科、婦人科そして精神科と、小児科以外のすべての診療科を回りました。法学部教授であるわたしの妻ということで、どの診療科でも教授や助教授、講師が総出で、妻の診療に当たってくれました。ていねいな診断書も作成してくれました。最新の医療機器を駆使し、さまざまな薬物も処方してくれました。しかしながら、いっこうにマリーの病状は改善されず、むしろ悪化する一方でした。

そこで、わたしはマリーを連れて評判のよい他の有名大学のクリニックにも出かけ、診断と治療をしてもらいました。それでも残念ながらマリーの症状は改善されませんでした。困り果てたところに、知り合いの開業医が、ウィーンのフロイト博士が精神分析というまったく新しい治療法を開発したという情報がある、奥さんをフロイト博士に診てもらったらどうか、とアドバイスしてくれたのです。藁をもつかむ気持ちでドレスデンからウィーンに妻を連れて来たのです。

もっともわたしは法学部教授という職務柄、診療室までの付き添いはせず、知人のドレスデン大学の医学部教授に妻の付き添いを初回だけお願いしました。わたしは今日までこちらには顔を見せていません。」

フロイトが不審そうに訊ねた。「奥様はひとりでウィーンにいらしたのかと思っていました。このウィーンに奥様に付き添って来られたなら、どうしてわたしの診療室まで奥様と一緒に来てくださらなかったのですか？　あなたがウィーンに滞在しておられるということを知りませんでした。奥様と一緒にここに来ていらしたなら、精神分析による治療法について詳細に説明してさしあげることができたでしょうに。一度でも説明をお聞きになれば、あなたも納得されて、このような乱暴な振る舞いはしなかったはずです。」

ハウザーは不意を衝かれて言いよどんだ。「……妻と来なかったのは、わたしが刑法学教授だからです。わたしの研究分野のひとつに精神病者の刑事責任の評価があるのです。精神病者が罪を犯した場合、その精神病者に刑事責任を問うことができるのかどうか、という問題です。責任能力については、さまざまな学説があります。犯罪が成立する前提として重要なのは、その犯罪をした人間の責任能力の有無です。この基準を厳密に守ろうとする刑法学者は、精神病者には責任能力がないから犯罪を行うことはできないと主張します。他方、社会秩序の維持を重視する刑法学者は、責任能力がないといって精神病者の犯罪を野放しにしたなら社会秩序が崩壊する、と主張して、精神病者にも責任能力を広く認めようとします。実はわたしは刑事法学者として後者、つまり精神病者にも広く罪を問うことができるという立場に立っています。

そのように精神病者の犯罪に対して厳しい立場を取る刑法学者のわたしの妻が精神病の疑いがあ

る、ということが知られてしまうと、思わぬ批判を受ける可能性もあり、刑法学者としてのわたしの立場も危うくなりかねません。ですから、わたし自身が精神病の診療室であるフロイト博士の住まいに、妻の付き添いであっても立ち入るのは具合が悪いのです。」

フロイトは苦い顔をした。「今でも精神病に対するそのような偏見があるのは実に嘆かわしい。しかも、大学教授のあなたのような知識人でも、そのような偏見に囚われているのは悲しむべきことです。肉体の病が基本的に本人の責任でないように、精神の病も本人の責任に見える場合があるとしても、真の原因は環境など外的なものなのです。したがって、風邪を引いたときに内科にかかるように、精神の不調を覚えたときに精神科にかかるのは当然であり、本人にとっても家族、さらには社会にとりよいことなのです。なにも恥ずべきことはありません。これからは、奥様の付き添いとして堂々とわたしの診療室に来てください。」

ハウザーは神妙に聞いていたが、言いにくそうに口を開いた。「わたしがあなたの診療室に入るのをためらう理由には、実はもうひとつあります。」しばらく話すべきかためらってから、ハウザーは言葉を続けた。「はなはだ失礼な理由ですが、わたしは刑法学者として物事をはっきり述べることを信条としている。これは学者としての良心の問題でもあります。そこではっきり言わせてもらいますと、フロイト博士、あなたがユダヤ人であるので、わたしはあなたの診療室に入ることを躊躇するのです。」

フロイトは冷静に「やはりそうでしたか」と応じた。

ハウザーはフロイトの反応を見て言った。「あなたもウィーン大学を卒業されたからご存知でしょうが、学者の世界にも反ユダヤ主義が根強くあります。表立っては見えないだけに、むしろ一般社会よりも反ユダヤ主義が根強いとも言えるでしょう。」

フロイトは黙ってうなずいた。これまで学者の社会での反ユダヤ主義を実感してきたのだろう。

「わたしのいるドレスデン大学でも反ユダヤ主義者の教授がかなりいます。断っておきますが、わたしは反ユダヤ主義者ではありません。わたしはユダヤ人の同僚とも仲良く付き合っています。

しかしながら、妻と一緒にユダヤ人であるフロイト博士の診療室を訪れるということには、反ユダヤ主義者でないわたしも大いに躊躇するのです。はっきり言って、精神分析の創始者であるあなたがユダヤ人であり、あなたの信奉者の医者たちもほとんどがユダヤ人です。あなたの診療を勧めてくれた知人の開業医もユダヤ人です。ですから、精神分析はユダヤ人の学問だという評判も無理ありません。反ユダヤ主義者でないわたしですが、ユダヤ人の専門領域に属する精神分析を妻に受けさせようとしていることが知られてしまうと、あらぬ噂を立てられる恐れがあるのです。失礼なことを言ってしまいましたが、フロイト博士、このような評判はあなたご自身もよくご存知のことと思い、率直にお話しました。」

フロイトはさすがに気分を害した様子だが、努めて冷静な口調で言った。「精神分析をユダヤ人の学問とする誹謗は耳にタコができるほど聞いています。ユダヤ人のわたしが創始者だからです。それなら、キリスト教だって、イエスがユダヤ人なのですからユダヤ人の宗教と言わなければならないはずです。宗教でも学問でも創始者が誰であれ、正しいことは正しいのです。わたしがユダヤ人の生まれではなく、アメリカ人や中国人として生まれてきたとしても、人間の精神を科学的に探究したなら精神分析に到達したはずです。」

ハウザーは厳しい顔でフロイトに訊いた。「精神科医のなかにも、精神分析が人間の性欲のみを重視して、どんな精神病も性の抑圧から起こると主張する性欲一元論であると批判する人々がいます。そして精神分析の創始者がフロイトというユダヤ人だから性欲を重視するのだ、ユダヤ人が好色だからそうなるのだ、と理由づけるのです。ドレスデンでもわたしはそういった批判を耳にしたことがありますが、精神分析による治療をすすめてくれたユダヤ人医師が名医なので、わたしはそんな批判を気にしませんでした。妻の心の病気を治してくれる治療ならば何でもするつもりでしたので、批判は耳を素通りしました。妻の病気が治りさえすれば、魔女の秘薬でも何でも構いません。」

フロイトは苦笑いした。「それはまた極端ですな。法学部教授とも思えない極論です。奥様への深い愛情から出た言葉であるということは理解できますが。いずれにせよ、わたしの精神分析による治療では、魔女の秘薬もマリア様の奇蹟も必要ないのです。必要なものは言葉のみです。」

「言葉のみですと？」思わず熊楠が声をあげた。フロイトはハウザーの乱入で私たちのことはまったく忘れてしまっていたようだ。下女がすかさず私たちを紹介してくれたので、フロイトはようやく私たちの訪問の予約があったことを思い出した。

フロイトは自分の診療室の醜態を見せてしまったことを恥じて弁解した。「どうか誤解されないようにお願いします。わたしの精神分析による診療がいつもこんな混乱状態になっているわけではありません。毎日、秩序正しく診療は行われているのです。今日は本来ならば休診日なのですが、ハウザー夫人が突然来訪され、どうしても診てほしいと懇願されたのでやむを得ず診療したわけです。患者の希望にできるだけ対応するのがわたしの医師としてのモラルです。心の病の場合、患者と医師との間の信頼関係がなにより重要ですので。」

フロイトはまだ興奮が収まらないのか、「重要（wichtig）」を「つまらない（nichtig）」と言い間違えた。私はこの言い間違いに「おやっ」と思ったが、他のみんなは気にしなかったようだ。

熊楠は「新しい学問上の発見は、ダーウィンの進化論のように、どこでも先ずは強い反発を受けるものでしょう。特に医学という人間の生死に直結する分野ではそうなるのです。」と応じた。

フロイトの顔がパッと明るくなった。「ドクター南方。あなたはやはり一流の学者です。分野を問わず一流の学者でなければ、精神分析という新しい分野を切り拓いたわたしの労苦がわからないでしょう。旧来の精神病学の古ぼけたベッドの上で惰眠をむさぼる学者まがいには、わたしの理論は自分たちの安眠を妨げる騒音としか聞こえないのです。」

熊楠は、フロイトの顔や身体全体から発する静かなエネルギーに打たれたようだ。「あなたの顔を見ているとあるユダヤ人指導者を思い出します。」

熊楠はこう言って、しばらく間を置いた。

「モーセです。あの旧約聖書に書かれているモーセです。」熊楠はモーセという名前を明確に発音した。

「えっ！　わたしがモーセですと……」フロイトはとても驚いたようだ。

「そうです。あのモーセです。エジプトでファラオの奴隷であったユダヤ人たちを指導し、彼らをエジプトから脱出させたモーセです。モーセはシナイ山でヤハウェという唯一神と出会い、ヤハウェから十戒を示され、それまで多神教を信仰していたユダヤ人たちに唯一神ヤハウェを信仰させる代わりに、ユダヤ人が神に選ばれた民の扱いを受ける、という契約をヤハウェと結びます。そしてユダヤ人を約束の地カナンに導いて行きます。

あなたも、旧来の精神医学という専制的なファラオの牢獄に囚われていた精神病者たちを解放し、彼らを導き、ウィーンの山小路（Berggasse）というシナイ山のような「山（Berg）」で、精神分析という唯一神と出会い、精神病者たちに十戒を示されます。啓示を受けたあなたの十戒の内容はこうなります。

第一戒　精神分析以外の精神医学を信じることなかれ。
第二戒　治療機器や薬物などの偶像を信じることなかれ。
第三戒　精神分析という名をみだりに唱えることなかれ。
第四戒　精神分析は毎日行って、安息日を守れ。
第五戒　父母を敬いつつも精神分析の対象にせよ。
第六戒　夢のなかでの患者による殺人の分析を避けることなかれ。
第七戒　姦淫をする患者の精神分析を避けることなかれ。
第八戒　窃盗をする患者の精神分析を避けることなかれ。
第九戒　偽証をする患者の精神分析を避けることなかれ。
第十戒　隣人の心理をむさぼるように精神分析の対象にせよ。

あなたは先ず、まわりのユダヤ人医師を精神分析という唯一神に改宗させ、その代わりに人間精神の秘密を精神分析が開示するという契約を唯一神と結びました。これからあなたは、精神の葛藤が昇華された約束の地カナンに悩める人々を導いて行くはずです。ただ、あなたにはモーセと違う点がふたつあります。」

フロイトは強い興味にかられて質問した。「ふたつの違いとは具体的に何ですか？」

「ひとつ目は、モーセはユダヤの民のみを約束の地に導こうとしましたが、あなたはユダヤ人だけではなくすべての民を約束の地に導こうとしていることです。ふたつ目は、モーセはユダヤの民を導こうとしても自分ではカナンの地に到達することができませんでした。しかし、あなた自身はモーセとは異なり約束の地に到達できるのです。」

フロイトの眼が異様な光を帯びた。「わたしはモーセと違い約束の地に到達できるというのですか。どんな根拠でそう言われるのですか？」

熊楠は自信を持って言った。「わたしは東洋の観相学を自己流で学んでいます。あなたの骨相は、意志的な顎、曲った鼻、目尻の下がり具合とさまざまな部分から、自分の初心を貫徹する人物、という典型的な特徴をすべて備えています。」

フロイトはこの答えにいくぶん失望したようだ。

「そうですか、観相学ですか。西洋でも十八世紀スイスのラーヴァターの観相学が広く知られています。わたしは医学者ですので、あくまで科学的で合理的な理論しか信じないようにしています。

医学者になる教育の過程でそういう考え方をするように訓練されていて、体質的に予言とか占いを信じられないようになっているのです。

しかしながら、今回は大英博物館の館員である優れた日本人学者のドクター南方のお言葉ですので、素直に受け取らせていただこうと思います。正直なところ、科学者であるわたしはユダヤ教の信仰をほとんど失っていますが、ユダヤ民族の英雄であるモーセと自分が比較されることは、思ってもみない名誉です。傲慢と思われるかもしれませんが、精神分析が正しい治療法であると見なされるようにすることは、モーセがユダヤ人を率いて紅海を渡るほどの難事と思うことも多いのです。わたしが約束の地に到達することができるというドクター南方の予言は、なによりの励ましの言葉であり、これからも研究と治療に専念する勇気を与えていただきました。

わたしの貧しい診療室をわざわざ日本から訪ねて来られたドクター南方は、わたしにはイエス・キリストの誕生を寿ぐために貧しき馬小屋を訪れた東方の三博士のような方に見えます。わたしの診療室で生まれるのは、もちろん精神分析ですが。」

熊楠は自分の言葉がフロイトに素直に受け取られてよろこんだ。「いや、精神分析を普及させるには、紅海をひとつ渡るだけではすまないでしょう。」

フロイトは笑顔で言った。「その通りです。紅海をひとつ渡るのではなく、いくつも渡らなければなりませんでした。これからもいくつも渡らなければならないでしょう。なにしろこの頃ようやく精神分析の存在が知られるようになったのですが、それに比例して、あらゆる方面からの攻撃が強まってきています。その多くは根拠のないものですが。いちいち反論しているときりがないので、最近は無視することに決めています。」

フロイトと熊楠の間に、優れた学者同士でしか成立しないような和気あいあいとした雰囲気が流れた。

「無視してもらっては困るのです！」突然ハウザーが大きな声を出した。フロイトが自分の存在を忘れていることにひどく立腹しているようだ。

「フロイト博士、あなたはわたしの質問になにひとつ答えていない！」こうハウザーは決めつけた。「先ほどわたしがこの部屋に入って来たとき、あなたはソファに寝ている妻の耳元に口をつけるほど近づいてひそひそ話をしていた。実に不潔な姿だった。さらに破廉恥なことにあなたの手は妻のスカートのところにあった。明らかに妻のスカートを脱がそうとしていた。これは一体なにを意味するのですか？　あなたは自分のしていることがわかっているのですか？　あなたの妻に対する行為は明らかに破廉恥罪ですよ。ウィーン大学講師の肩書もある医師のあなたが、自分のしていることの意味がわからない、自分には責任能力がない、と主張することはできませんよ！　わたしに告訴させないためには、あなたが自分の口で明確にこのふたつの点を弁明しなければなりません。」

ハウザーは検事の役割を演じているかのように厳しく迫った。

フロイトは動じることなく冷静に答えた。「先ほども言いましたように、今あげられた二点の告発はあなたのまったくの誤解に基づいています。

先ず第一点、わたしが奥様の耳元に口を近づけて話しかけていたという問題ですが、これはわたしが卑しい意図でした行為ではありません。そもそもわたしは精神科医として、患者との間の距離を精神的にも身体的にも近づけすぎないように配慮しています。精神科医のなかには、患者の信頼を得るためには精神的な距離を近づけることが必要だ、そのためには身体的接触もしなければならない、と主張している者もいます。わたしの友人の医師にもそう主張し、実践している者がいます。しかし、患者との信頼関係は大切ですが、わたしは患者との精神的距離を近づけすぎることは、むしろ診断や治療の邪魔になると考えています。なぜなら、医師との精神的距離が近づきすぎると、患者は医師に対する依存関係に陥りやすくなるのです。とりわけ女性患者に顕著な現象です。医師への依存関係が生まれてしまうと、患者は医師によく思ってもらいたいと考えて、医師の質問に迎合的な答えをしてしまいます。つまり、医師がなにか質問すると、患者は医師がどんな答えを望んでいるか先まわりして考え、医師の望むような模範解答をしてしまうのです。ですから何度診断しても、医師は患者の真実の精神状態を知ることができません。そのような誤った診断に基づく治療は当然うまくいかず、むしろ患者の病状を悪化させることにつながってしまうのです。

このような失敗をわたしも昔はよくしていました。知人の医師たちが同じ失敗をするのも見てきました。それで患者との精神的距離を一定に保つ努力を続けてきました。いわんや身体的距離は必ず取ってきました。女性患者との間ではことさらに。」

「弁解は不要です。それなら先ほどの接近は何ですか。口は妻の耳元に、手は妻のスカートにあったのは事実でしょう。」ハウザーは詰問した。

「それはその通りです。しかし、わたしの姿勢は奥様が懇願されたから仕方なく取ったものです。わたしは何度も奥様が懇願された姿勢を取ることを拒絶しました。わたしの診療方針に反することですから。ところが奥様は、何度もその姿勢を懇願され、わたしに脅迫までするのです。」フロイトは弁解した。

「脅迫とはどんな脅迫ですか？　違法性のある脅迫ですか、それとも単に強い言葉というくらいの脅迫ですか？」

さすがに刑法学者らしくハウザーの問は理屈っぽい。

「かなり恐ろしい脅迫です、奥様のされたのは。」とフロイトは言って、ハウザーの妻のマリーの方に眼を向けた。「しかし、この問題は奥様の口から直接、説明していただいた方がよいでしょう。」

フロイトにこう話を向けられたマリーはしかし、下女の手助けでようやく椅子に座らせてもらっていても、相変わらず放心状態でナマコのようにぐったりとしていて、下女の助けがなければ崩れ落ちそうな姿勢だった。

「奥様はご主人が入ってこられたショックで放心状態になられ、ご自身でお話するのはご無理のようです。」

下女はマリーを支えながら困惑した口調でこう言った。

「マリーの具合はそんなに悪いのか？」

ハウザーは心配そうに言って、マリーの方に近づいた。フロイトもマリーに近づき、医師らしく手慣れた様子で脈を診て、つむっているマリーの両眼を開いた。

「ご安心ください。大丈夫です。思いがけずご主人が現れ、わたしが突き飛ばされたのを見て、驚いて軽い失神状態になられただけのことです。奥様は神経がきわめて繊細でいられるので、ショックを強く感じられたのでしょう。」

「そうですか、一時的ショックならば良かった。マリーの神経は細いガラスの糸でできているようで、ちょっとした外部の刺激でも大変大きく共振してしまうのです。わたしはマリーの身体全体がガラス細工でもあるかのように扱っているのですが、さっきは興奮のあまりマリーの反応を考慮することをまったく忘れてしまっていました。」

ハウザーは今になってようやく自分の乱入を反省しているようだ。

「奥様はそっと眠らせておいた方がよいでしょう。話を元にもどしますが、奥様は、わたしが奥様の望む姿勢を取らなければ、わたしが奥様に乱暴したと言いふらす、と脅迫したのです。それどころか、診療室を出てからドナウ河に飛び込むとまで脅迫したのです。そのときの奥様の表情はまともなものではなく、狂気を含むものでした。そのため仕方なく、わたしは自分の診察の方針を変えて奥様の耳元に口を近づけて話をし、コルセットがきつ過ぎるので直してと奥様がおっしゃるので、止むを得ずスカートに手を当てたのです。

ちょうどそこにあなたが飛び込んできました。お願いしますが、さっきあなたが見た一場面だけで判断するのではなく、そこに至る過程を含めて冷静に判断していただきたいのです。そうすれば、わたしが奥様に破廉恥なことをしようとしていたわけではないことが理解していただけるはずです。」

フロイトの説明は説得力のあるものだった。

「さっきの状況の説明については、妻が目覚めてから話を聞くことにします。あなたの説明だけでは一方的であるかもしれませんから。」

ハウザーはいくぶん落ち着きを取り戻したようだ。「フロイト博士、実を言いますと、わたしが許可もなくあなたの診療室に入ってしまったのには、理由があるのです。今日は突然妻がフロイト博士に診療してもらいたいと言い出したので、仕方なくこの建物の入口まで同伴しました。こちらでの妻の診療が終わるまで、わたしは近くのカフェ・ラントマンで暇をつぶすことにしました。これまでの妻の診療のときもそうしていました。手持無沙汰なので、カフェ備え付きのウィーンや各国の新聞をあれこれ読んでいました。たまたま手にしたウィーンの新聞を読みましたら、あなたの診療室の評判記が書かれていたのです。」

こう言ってハウザーはポケットから切り取った新聞の一部を取り出した。

「ここにあるのは切り取ってきたその記事です。読みます。『あるドイツの老教授の若く美しい夫人がフロイト博士の診療室にヒステリー症状のため毎日通って治療を受けている。ところがフロイト博士は教授夫人の魅力に心奪われて、夫の教授が同伴していないのをよいことに、催眠療法という口実で夫人を夢遊病のような状態にして、小型ベッドに寝かせて破廉恥な行為に及んでいるというわさだ。フロイト博士は精神分析という自ら生み出した奇抜な理論で、性についての欲求不満があらゆる精神病の原因であると唱えている。ドイツの著名な精神科教授は、フロイトのことを〈現代のカサノバ〉と呼んでいる。周知のようにフロイト博士はユダヤ人なので、〈キッパをかぶったカサノバ〉と呼ぶ方が正確であろう。』こうはっきりと書かれています。

『あるドイツの老教授』とはわたしのことであり、『若く美しい夫人』とは妻のマリーのことに間違いないでしょう。しかし、わたしはまだ五十歳を過ぎたばかりなので老教授呼ばわりは失礼です。マリーも見た目は若いですが、もうすぐ三十歳です。読者受けを狙って、年齢差をあてこすって記事が書かれているのでしょう。それにしても、秘密にしている妻のここでの治療がどうしてわかったのでしょうか。まさか、フロイト博士、あなたがこの新聞に漏らしたということではないでしょうね？　先ずご自分でこの記事をお読みください。」

こう言って、ハウザーは新聞の切り抜きをいまいましそうにフロイトに手渡した。

フロイトは無表情に新聞の切り抜きを受け取り、記事を読んだ。しばらくしてフロイトは首を振りながら言った。

「この新聞ならよく知っています。ウィーン市長のルエーガーの政党、キリスト教社会党系列の新聞で、ルエーガーの反ユダヤ主義の拡声器の役割をしている悪名高い新聞です。毎日のようにユダヤ人のウィーン支配なるものに怪しげな警鐘を鳴らしています。とばっちりでわたしの精神分析もユダヤ的変態精神医学として揶揄されたり、批判されたりしています。この新聞の誹謗にわたしは慣れっこになっています。いつも同じことしか言いません。『ユダヤ人は我々の不幸だ』と。

この新聞はまるで秘密警察のようにわたしのクリニックの監視もしているようで、あることないことを記事にしています。ユダヤ人が精神医学会を支配しようとしている象徴として、わたしの精神分析を攻撃の標的にしているようです。反ユダヤ主義者は『ユダヤ商店で買い物をするな』とユダヤ人商店に落書きしたりしますが、『ユダヤ人精神科医のクリニックで治療をするな』とこの新聞は言いたいのでしょう。わたしにはそんな愚かな新聞を相手にする暇がありませんので、すべて無視しています。そもそも今日は妻のベルタと子どもたちはシュトラウスのオペレッタを観にオペラ座に行っていて留守ですが、下女もいる自宅兼診療室のこの場所で女性患者に対して破廉恥な行為を働けるはずはないです。」

ハウザーは「そうですか。反ユダヤ主義者の新聞なのですね。どうりで論調が荒っぽいと感じました。わたしはさっきお話ししましたように、反ユダヤ主義者ではありません。もちろんキリスト教徒としてしかるべき距離をユダヤ教徒には常に取っていますが。愛する妻をあなたのクリニックにこうして通わせていることでおわかりのように、ユダヤ人にまったく偏見はありません。」

ハウザーはこう言い切ったが、まだフロイトの治療法に疑念があるようだ。

「ところで、正直に言いまして、フロイト博士、あなたの診療室に妻を通わせてすでに二週間経ちますが、妻の症状が改善された気配が一向にありません。今は学期間の休みなので、わたしは講義をする必要はないのですが、あと一週間でドレスデンに帰らなければなりません。正直に言っていただきたいのですが、妻の症状は改善しているのでしょうか？　あるいは、改善の見込みがあるのでしょうか？　どうか本当のところを教えていただきたいのです。」

ハウザーがフロイトの治療法に不信感を抱いていることを感じさせる言い方だった。

「それでは奥様の現在の症状と改善の見込みがあるかどうかについて精神科医としてお話ししましょう。こうした不幸な出会いになってしまいましたが、実を申すと、奥様の治癒のためには、ハウザー教授、夫であるあなたのご協力が不可欠です。」

フロイトは厳格な医師の顔になって言った。

ハウザーは当惑した顔になった。「マリーの治療にはわたしの協力が不可欠ですって？ もちろんマリーのためでしたら、どんな協力もします。マリーの精神状態がおかしくなってからのこの五年ばかり、わたしは自分の生活のすべてをマリーの治療のために捧げてきたと言っても、過言ではありません。治療のために惜しまず大金を使いましたし、時間を惜しまずマリーに付き添ってドイツのあらゆるクリニックに通いました。それどころかあなたのように名医と聞くと、費用や時間は度外視して、外国にも妻といっしょに出かけました。正直に言って、自分の研究も二の次にしたというわけです。愛するマリーの元気な顔が見たさにできることはすべてしたつもりです。治癒したマリーの笑顔が見られるなら、自分の命を捧げても悔いはないと思っていました。そのわたしにこれ以上マリーのためになにをしろとおっしゃるのですか？」

ハウザーの興奮した言葉に対して、フロイトは落ち着かせるように話し出した。

「それでは順を追ってお話しします。今日は日本の学者であるドクター南方の訪問をお受けする予定になっていました。そもそも今日は休診日で診療は断っています。ところが、二時間ほど前に奥様が予約もないのに突然お見えになって、是非すぐに診療してほしいと言われました。わたしは当惑し、今日は休診日なのでお帰り願いたいと何度も申し上げましたが、奥様は頑として是非診ていただきたい、さもなければ帰る途中にドナウ河に飛び込む、とさっき言いましたような恐ろしい脅迫をなさるのです。それでいたし方なく診療を行いました。

それほど長時間ではない診療でしたが、奥様なりのご覚悟があったのか、ご病気の根本原因がほぼわかるようになりました。その原因はまた、わたしがこの二週間の精神分析によりほぼ予想していた原因と一致する内容でした。」

「妻のヒステリーの原因がわかったのですか？　さまざまな特異な症状を解明する原因なのですね。それでその原因は何なのでしょうか？　どうぞお教えください。」ハウザーは期待に満ちた声でフロイトに質問した。

フロイトはハウザーを見つめて厳かに宣言した。「奥様のご病気の原因は、ハウザー教授、あなたです。」

「えっ、わたしが原因ですって？」ハウザーは絶句した。

ハウザーの驚きを無視するように、フロイトはマリーの病気の原因を説明し始めた。その内容は驚くべきものだった。

マリー夫人からフロイトが訊き出した事実を総合すると、マリーの病気の遠因は夫人の父親だった。マリーの父親はハウザーと勤務大学は異なるものの、同じ法学部教授だった。厳格な人柄だったが、ひとり娘のマリーを溺愛していた。父親もハウザーと同じく結婚が遅く、マリーが生まれたときはすでに四十歳代だったため、一層マリーが可愛く感じられたのだった。マリーの母親は良家の出身で華やかなタイプだった。結婚したときはまだ二十歳代初めの年齢だった。年齢が離れていたこともあり、厳格な父親と派手好きな母親の間には気持ちの通じ合うことが少なく、母親には若い芸術家の愛人がいた。

父親は妻の愛人の存在を知っていたが、大学教授という体面を守るため、家庭に波風を起こしたくないので、見て見ぬふりをしていた。父親っ子のマリーはそのような父親が気の毒でたまらず、母親を密かに憎んでいた。

ある日、十一歳のマリーは学校の遠足で郊外に出かけた。とても暑い日だったので、具合の悪くなった生徒が何人か出たため遠足は中断され、マリーも予定よりずっと早く帰宅した。大きな家に帰ると、母親はいつものように出かけていて留守だった。父親は書斎にいるようだったので、マリーは書斎に向かった。書斎のドアは少し開いていた。その開いたところからマリーに見えたのは、下女の若いマリアがソファに横たわり、彼女の上に父親の大きな身体がおおいかぶさっている姿だった。マリーは驚いて、「パパ」という帰りを知らせる呼びかけの言葉を飲み込んでしまった。その時、父親はマリアの耳元に口を近づけてなにかささやき、手はマリアのスカートを脱がそうとしていた。その後の記憶はマリーから抜け落ちている。マリーは下女がマリアという自分と同じような名前だったので、年上のマリアを下女として見るよりも姉のように慕っていた。マリアもひとりっ子のマリーに対して、姉のように細やかな心遣いをしてくれていた。それだけに父親とマリアとの間でなにが起きたのか知りたかったが、それは訊ねてはいけないことだと子どもながらマリーは感じた。

マリーの神経症はその事件から少しして始まったが、それはまだ生活に差しさわりがあるほどではなかった。マリーがヒステリーといえる状態になったのは、成人してハウザーと結婚してからである。ハウザーとの年齢差は大きかったが、マリーはハウザーから結婚の申し込みがあるとすぐに受け入れた。二年前に父親が脳卒中の発作で亡くなっていたからである。マリーは父親を思わせる威厳のある法学部教授のハウザーに亡き父親の代わりを求めた。母親は父親の死の翌年に年下の芸術家と再婚していた。

マリーはハウザーを父親のように敬愛し、ハウザーはマリーを娘のように溺愛した。結婚生活は愛に満ちて平穏に推移した。ただ、夫婦としての営みは行われなかった。マリーがハウザーを父親として見ていたことの反映であった。ハウザーもマリーに無理強いすることはなかった。ところがある日、友人何人かと芝居を見に出かけていたマリーが、風邪気味の体調が急に悪化したため、一足先に帰宅することになった。ハウザーは大学の教授会で遅くなるはずだった。マリーが家に入ると、夫の書斎に人がいる気配があった。マリーは帰宅を告げるつもりで夫の書斎に近づいて行った。書斎のドアは半開きになっていた。隙間から見えたのは、下女のマリアがソファに横になり、夫のハウザーがマリアの耳元に口を近づけ、その手はマリアのスカートを脱がそうとしていた。つまり十数年前の父親と下女のマリアの間で繰り広げられたのとまったく同じ情景だった。今回も下女の名前はマリアだった。ただ、今回のマリアの年齢はマリーより下という違いがあった。

マリーは悲鳴をあげて卒倒しそうになった。しかし、我ながら超人的な自制力でそれを思いとどまり、静かにその場を離れ、音を立てずに家を出て、できるだけ遠くまで歩いて行き、カフェに入って数時間、時間をつぶして何気ない様子で帰宅した。ハウザーと下女のマリアはいつものように穏やかな顔でマリーを迎えた。

なにも起こらなかった、表面的には。だがそれからマリーの精神がおかしくなっていった。家庭は崩壊しなかったが、崩壊はマリーの内部で起こったのである。身体の変調、妄想、不思議な行動などが次々に起こり日常生活もままならなくなった。その原因が愛する父親の不倫と、父親に似た夫の不倫であることは明らかだ。

フロイトが淡々と説明をしている間、ハウザーの顔色は文字通り七色に変化した。最初は驚きのために赤味を帯び、真っ赤に変化し、赤黒くなり、それからショックのために青くなり、真っ青になり、自分の行状にフロイトの説明が及ぶと顔が真っ白になり、さらには死人のように土気色に変化した。

説明を終えたフロイトは、ハウザーが自分の患者でもあるかのようにその反応を凝視した。

ハウザーはフロイトの説明が終わる頃には、首を深く垂れて、裁判で死刑判決が宣告されることを予感している被告人のようだった。その姿から彼がフロイトの最後の言葉を待っていることが明らかだった。いや、むしろハウザーはフロイトの厳しい判決を待ち望んでいるようだった。しかし、フロイトは判決の言葉を容易に言わなかった。

ハウザーは思い切って顔をあげて、フロイトを見つめた。

「ご説明ですべてがわかりました。わたしの犯した罪もその通りです。実はわたしもうすうす、マリーがわたしとマリアとの一件を知っているのではないかと思っていました。マリーの精神の変調がわたしのマリアとの情事に起因するのではないかという予感もありました。妻の変調が始まった時期が情事の時期と重なっていたからです。

それにその頃、マリーが情事を知っているはずだと思わせることがありました。マリーの体調が最悪の状態だったある日、マリーはわたしに、自分をソファに横にしてほしい、しかも自分を抱きかかえてソファに横にしてほしい、と頼みました。いや、その口調はお願いというより命令に近いものでした。わたしは異様さを感じましたが、病のせいと思いその通りにしました。それなりの年齢になったわたしにはマリーを抱きかかえることは大仕事でした。幸いと言うべきか、体調の悪いマリーは食欲もなくなり、がりがりに痩せていましたので、何とか抱きかかえてソファまで運ぶことができました。

ソファにそっと寝かせると、マリーはわたしの耳に口を近づけて三回『愛するマリー』と言ってほしいと要求しました。その際に左手はスカートをつかんでほしい、とも要求しました。わたしは当惑しました。合理主義者のわたしには、マリーの要求が不合理なまじないのように思えました。あたかもマリーが魔女に変容してしまったかのような不気味ささえ覚えました。しかし、精神を病むマリーに反論すると彼女の体調がもっと悪化するのではないか、と懸念しましたので、マリーの言う通りのことをしてやりました。マリーは言う通りにしてやったことで、とても満足しているようでした。マリーは微笑して『ありがとう、パパ』と返事しました。わたしのことを『パパ』と呼ぶのは初めてのことで、驚きました。年齢差があるだけに、かえってマリーは冗談でもわたしを『パパ』と呼ぶことはありませんでした。そう呼ばれたときに感じるだろうわたしの不快感を理解してくれていたのです。ところがその時だけは、わたしを『パパ』と呼び、深い満足感を覚えているようでした。フロイト博士、今のあなたのお話で、マリーと彼女の父親との関係がよくわかりました。わたしを父親に重ねていることも。わずかこの二週間という短い治療期間にマリーの心の閉ざされた重い鉄扉を開けられたのですね。あなたの精神科医師としての手腕に心より感服しました。あなたの精神分析という新しい理論はまったく正しい理論だと思います。」

ハウザーのフロイトを見る顔はすでに崇拝者の顔に変わっていた。フロイトは特によろこぶ風もなく、言葉を続けた。

「わたしの精神分析を偏見なく理解していただきありがたいです。奥様の病の根源は父親との関係であり、症状が激化する原因はあなたご自身でした。わたしの理論では、心の傷、トラウマは一度表面的には消えたようになりますが、心の奥底に秘められたまま表に出ることのない潜伏期間を経て、再び顕在化します。その時期は思春期など性に関わって心が波立つ時期が多いのです。奥様の場合はひとり娘として大事に育てられ、母親との関係も断絶していたため女性の成長に必要な栄養分が心と身体に行きわたることがなかったため、いわゆる思春期がないような状態でした。奥様の思春期はあなたとの結婚後に訪れたのでした。そこにあなたと下女との一件が重なったため、人間の身体という大船の舵取り役をする心がおかしくなってしまい、心身全体が日々大きく揺れ動くようになってしまったのです。心の奥底に潜伏していた傷が再び顕在化したときには、最初とはまったく違う傷と思えるほどに大きく口を開け、なおかつ激しい反応を示すのです。奥様の場合はその典型例と言えるでしょう。」

ハウザーはまた青い顔になった。「トラウマが二度目に顕在化した場合には、最初とは比較にならないほど激しい現れ方をするとは、フロイト博士、妻の病気は治らないということでしょうか？どうか包み隠さずに本当のことをお話ください。わたしは妻の病が不治のものだと覚悟しなければならないのでしょうか？」

ハウザーの言葉は泣き声に近くなっていた。フロイトはあくまで冷静さを崩さずに答えた。

「ハウザー教授、急いで結論を出さないようにしてください。わたしも今すぐ最終宣告をしようとしているのではありません。わたしの精神分析では、患者が自分の病の原因を知ること、それも自分の力で知ることが重要である、と考えています。そしてそのことを言語化することがとても大事なのです。医師はあくまでも患者が自分の病の原因を発見するのを助ける介添え役なのです。」

こう言ってフロイトはハウザーに質問した。「ハウザー教授、あなたはダンテの『神曲』をお読みになったことがおありですか？」

ハウザーは意外な質問に驚いたようだが、「はい、人並みにギムナジウムの生徒のときにレクラム版のドイツ語訳で読みました。内容は当時のわたしには難解すぎましたが。」と正直に答えた。

フロイトの顔が穏やかになった。「そうですか。わたしもギムナジウムの生徒のときにレクラム版で読みました。わたしも内容はほとんど理解できませんでしたが、なぜか気に入り、それ以来愛読書の一冊になっています。あの書棚の右から三冊目にイタリア語の原書があります。」

フロイトが指差した書棚の場所には立派な装丁の『La Divina Commedia』という本が並んでいた。それが『神曲』のイタリア語原書らしい。

「あなたが読んでいられるなら、話は早いです。人生の半ばで著者のダンテは暗い森に踏み迷い、古代ローマの詩人ウェルギリウスの案内で地獄と煉獄を経めぐり、現世で神の教えを守らなかった者たちの死後の苦しみをありありと目撃するのです。

精神分析医としてのわたしは、あのウェルギリウスのような役目を果たすのです、患者であるダンテを案内する同伴者ウェルギリウスの役目です。精神の病の実相を患者自身に見せて、治癒への苦しい道のりである地獄、煉獄を同伴して示します。しかしながら、最後の天国をウェルギリウスはダンテに案内できたでしょうか？」

「それはもちろんできません。ウェルギリウスがいかに優れた詩人であっても、キリスト教徒でない彼は、たとえ案内役としてでも、キリスト教徒のパスポートがないため天国の門に入ることは許されないからです。」

ギムナジウムの優等生のようにハウザーは答えた。

「その通り、合格です。」

教師気分でフロイトはうれしそうに言った。「ダンテは案内役のウェルギリウスと別れなければならなくなり、不安に包まれるのです。精神分析医としてのわたしも、完全な治癒という天国の門の前で患者と別れなければなりません。患者はダンテのように途方に暮れ、わたしに見捨てられたような気分を味わう者もいます。わたしを逆恨みする患者もたまにいます。もちろん、勇気を奮ってひとりで天国の門に大股で歩いて行く患者もいます。

しかしながら、大半の患者は門の前で、天国の荘厳さに恐れをなして凍り付いたようにその場に立ち尽くしてしまいます。ダンテもその部類でした。そのように途方に暮れたダンテはどうなるのでしょうか。覚えていられますか？」

「確か、」とハウザーは答えを見つけようとした。「死んでしまった恋人のベアトリーチェが登場して、ダンテを導いて神のもとに連れて行くのではなかったでしょうか。」

「その通りです。」フロイトは大きな声を出した。

「わたしのマリーさんに対する治療はほぼ終わりに近づいています。これからはわたしの代わりに、誰よりも夫であるあなたがマリーさんの手を引いて行かなければなりません。そして完全治癒という天国への道を最後までいっしょに歩まなければなりません。ダンテの手を引いたベアトリーチェさながらに。要するに、マリーさんのように治癒の前で立ち尽くしている患者には、患者をよく知る異性が治癒に協力することができるのです。」

ハウザーは紅潮した顔で応えた。

「もちろん協力します。これまでも自分にできることをすべてマリーのためにしてきました。いや、自分にはできそうもないことまでマリーのためにはしてきました。しかし、わたしは一体これ以上なにをすればよいのでしょうか？　フロイト博士、どうか教えてください。」

フロイトはしばらく黙っていたが、微笑を浮かべて言った。「協力とはなにかすることだけを意味するわけではないのです。なにもしないことも協力の一部なのです。」

「なにもしないことがマリーの治療に協力することになるのですか？　そんなら黙って見ていろということですか？」ハウザーは不満の色を顔に表した。

「そうです。奥様の症状が悪化したのはあなたの不貞行為が父親の不貞行為の再現としてトラウマを劇症化させたからです。奥様は、強く愛していた父親の不貞行為に対して深い嫌悪感を覚えました。当然ながら不貞行為の相手方のマリアに対しても憎しみを覚えました。しかしながら、他方で父親に愛されているマリアを羨ましく思う気持ちも奥様は持ったのです。自分も父親からマリアのように強く愛されたいと奥様は思ったはずです。それはマリアに自分を一体化する願望とも言えます。

あなたがもうひとりのマリアにした不貞行為を奥様が目撃したときも、奥様はあなたに対して不潔感、嫌悪感を抱きました。また、マリアに対して強い憎しみを覚えました。しかし、他方でマリアにやはり嫉妬心を覚えて、自分もあなたにマリアのように強く愛されたいと思ったのです。マリアと同じ姿勢でソファに横にしてもらいたいとあなたに要求したのは、その願望の現れです。その際に『パパ』とあなたに呼びかけたのは、あなたと父親を不貞行為において同一視する意識が働いたからです。」

フロイトはこう説明して続けた。「奥様のお話では、奥様は生活のなかで時々、仮死状態になることがあったとお聞きしています。そうでしょうか？」

ハウザーはこの質問を待っていたかのように早口で答えた。「その通りです。何でもないとき、たとえばわたしとお茶を飲んでいるとき、帰宅したときにわたしのオーバーを脱がしてくれるとき、ふたりで音楽会に行こうと準備しているとき、といった何気ない日常の場面でマリーは突然失神状態になりました。あわててわたしが抱き止めて大事にならずにすんだことも多いのです。

抱きかかえていると、マリーの顔は真っ青になり、それこそ死人のようで息や脈も弱々しくなり、わたしは途方に暮れました。マリーが発作を起こすのは下女が用事で出かけているときが多くて、抱きかかえながら医師を呼びに行くことは不可能でした。仮死状態のマリーを放置することはできませんので。」

フロイトは静かに微笑した。「そうでしょう。奥様が何の前触れもなく仮死状態になるのは、決まって近くにあなたしかいない場合です。なぜかと言えば、あなたの愛情を奥様は無意識で試そうとしているのです。実は、奥様はあなたの自分への愛情を過剰なものと意識しているのです。夫の妻に対する愛情の通常の限度を超えたものと思っているのです。あなたの自分への過剰な愛情の背後にはなにか秘密があるはずだ、その秘密を隠すために、あなたは過剰な愛情を自分に無理やり浴びせかけているのではないか、と奥様は心の奥で疑っています。たとえば、マリアとの情事を隠すために過剰な愛情の見せかけを自分に向けているのだ。父親がやはりマリアとの情事を隠すために、子どもの自分に過剰な愛情を注いだのでは、と奥様が昔疑ったことの再現です。おそらく子どもの頃、奥様は同じように仮死状態になって父親を試したことが何度もあるのでしょう。父親の愛情が偽物ではないかどうか、無意識で知りたかったのです。」

ハウザーは大きくうなずいた。「やはりそうですか。激しい仮死状態からの目覚めが意外なほど早いので、わたしもマリーが仮病を使っているのではないかと疑うことがありました。しかし、顔色が死人のようで息もしていないようなので、まったくの仮病と断定することはとてもできませんでした。」

フロイトはまた微笑した。「奥様は、親の愛情を試すためにわざと隠れて、親が心配しているかどうか陰からうかがっている幼児の心理へと退行しているのです。ですから、これからは奥様をガラス細工の人形のように大事にし過ぎないように、夫として普通に接してください。つまり、奥様をひとりの女として精神的に、また肉体的に愛してください。そのためには、過剰な愛情表現を控えて、余分なことをなにもしないでください。過剰な愛情表現は奥様に疑いを芽生えさせます。あなたがその背後になにかを隠しているのではないか、という疑いを生み、あなたへの不信感につながり、あなたも奥様の不信感を感じて愛情表現がますます過剰になるという悪循環におちいります。なにもしないこと、無為を原則にしてください。」

ハウザーは黙ってフロイトの話を聞いていた。教師に説教されている成績の悪い生徒のように悄然としている。だが最後につぶやくように言った。「難しいです。わたしの生活信条、学者としての信念から無為は許されません。無為は野蛮の象徴です。ゲーテの『人間は努力する限り迷うものだ』がわたしにとって最大の金言です。これまで自分の信条に忠実に生きてきました。本音を言うならば、マリーの病気もマリーがなにもしたくないという怠惰な姿勢で人生に対しているため、と考えることもありました。身体に沁み込んだこれまでの生活信条を一朝一夕に変えることは、とても困難です。」

そこに熊楠が口をはさんだ。今まではふたりの対話をじっと聞いていたのだが、我慢ができなくなったようだ。熊楠はハウザーに自己紹介をした上で話し始めた。

「ハウザー教授、あなたのおっしゃることはよくわかります。常になにかをすることが西洋人の生活信条であり、行為が善で、無為が悪という善悪二元論を信じています。そのような考え方が世界でも例のない西洋文明の爆発的な進歩の原動力でした。しかし、海外への積極的な進出は植民地の開拓、支配、そしてその地の民の不幸につながりましたし、行為を善とし無為を悪とする西洋文明による自然の征服は、自然の破壊につながり、大気や水の汚染、伝染病の蔓延につながりました。

中国には老子という大思想家がいます。儒教の孔子と並ぶ思想家です。ご存知でしょうか？」

ハウザーもフロイトも首を横に振った。

「ご存知ないようですが、老子は無用の用という考えを唱えました。有用なもので満たされてしまったら、むしろ物事はうまく進まない。車には車輪が必要だが、車輪が役に立つのは、車軸の真ん中にすき間があるからだ。すき間がなくなったら、車輪の用をなさない。それと同じく、コップにしろ、帽子にしろ、なにもない空間を作ることで水を飲み、頭にかぶることができるのです。あなたのように時間すべてを行為で埋め尽くしてしまったら、人間にとってこの世界は実に生きづらくなってしまいます。大気が濃密になりすぎて、息をつけない息苦しさを覚えてしまいます。奥様もあなたとの暮らしのなかでそのような息苦しさを感じていられるのでしょう。その息苦しさが奥様の症状を重くしているとも考えられます。まずは、あなた自身が世界のすべて、時間のすべてを自分の行為で埋め尽くすような意志、ファウストのような意志を離れることが大事です。」

ハウザーは熊楠の説明を当惑しながら聞いていたが、自分でもなにか思い当たることがあるのか、最後にはうなずいて言った。「ドクター南方、わたしへのアドバイスをありがとうございます。正直言って、東洋人と話すことはこれまでありませんでした。これまで東洋文明への関心もありませんでしたが、ご指摘を聞いて、思い当たるところがあります。自分のこれまでのマリーへの対応が間違っていたのも、自分のこれまでの生き方全体に関わる思い違いがあったからと気づきました。フロイト博士とあなたのご忠言を大事にして、これからマリーとふたりで穏やかで幸せな家庭を築きたいと思います。」

ハウザーはこう言って、フロイトの方に近づいて握手をして、次に熊楠と握手をした。とてもよろこんでいるせいか、その握手の仕方はとても力強いもので、フロイトも熊楠も少し驚いたようだった。

「あら、わたしはどうしたのかしら？」ちょうどその時、下女に支えられていたマリーの眼が覚めた。「ペーター、あなたはここでなにをしているの？」マリーは素直な驚きを示した。ハウザーはマリーに近づいて、その手をやさしく握った。

「なにって、愛するマリー、フロイト博士から君の治療方針について説明を受けているところだよ。いっしょに説明を受けている最中に、君が気分を悪くして、急に失神してしまったのだ。」

ハウザーの偽りの説明を受けて、マリーは「ああ、そうだったわね。急に息苦しさを覚えて気が遠くなってしまったのよ。みなさんにご迷惑をおかけしてしまったようで、すみませんでした。」と応じた。どうやら失神前のことはすべて忘れているようだ。

フロイトはマリーに、熊楠と私を治療に訪れた日本人の患者と説明した。マリーは特に驚いている様子ではなかった。自分が気を失っている時間はどのくらいだったか、とマリーは訊ねた。ハウザーは十分程度と答えた。するとマリーは微笑して言った。

「そんなに短い時間だったのね。気を失っている間にわたしはこれまでの人生を生き直したのよ。それも幸せに満たされた人生をね。夢のなかで、わたしはお父様に愛されたよろこびの時間のあとに、あなたに愛される時間をたっぷり持ったわ。眼が覚める直前には、不思議なことにお父様とあなたがわたしを囲んでいてふたりで楽しそうに話しているのよ。お父様はあなたとわたしが結婚したときには、もう亡くなっていたから、ふたりが実際に会う機会はなかったのに、夢のなかではお父様とあなたが親友同士のように楽しく話しているの。それはこの世の最高の幸せを現わしているような心なごむ姿だったのよ。わたしは生まれてきてよかったと心から思ったわ。」

マリーの微笑は赤ん坊のようでもあり、母親のようでもあった。大げさに言えば、モナリザに負けないほど美しい女性の微笑だった。

フロイトはマリーにあと一、二回で治療の目途がつくと説明した。マリーはとてもよろこんだ。それからハウザーとマリーは何度もフロイトにお礼を言って出て行った。これでようやく熊楠はフロイトとゆっくり話ができるようになった。私もふたりのどんな会話が聞けるのか楽しみだった。私たちが椅子に座り直して、熊楠が口を開こうとした瞬間だった。玄関のドアのベルがけたたましく鳴った。

しばらくして下女が玄関に行き対応した。男の野太い声がした。予約のない客らしい。下女がこちらに向かって来る足音がした。

ノックして下女が入って来た。当惑した表情だった。「すみません。お話し中にお邪魔をして。予約のないお客様がお見えです。」

「今日は休診日だ。予約のない客にはすぐ帰ってもらいなさい。常々そう言っているだろうが。」

フロイトは不機嫌に答えた。

「はい、あたしもご主人様は休診日なので、お会いできません、と何度も申しあげました。ところが、お客様は頑としてお帰りになろうとしないのです。何でも国家の安全にかかわる最重要問題についてフロイト博士と急いで相談しなければならない、と言っておられます。名刺をフロイト博士にお渡ししてほしい、と強い調子で言われるのです。」

下女はハウザーの乱入事件でかなり疲れているようで、声も震えている。恐る恐る下女はフロイトに名刺を差し出した。

「国家警察治安部門担当部長　レオポルト・シェール」フロイトは嫌々名刺を受け取り、名前を読んだ。「治安担当部長が、何の用事で一介の精神科医のわたしに会いに来るのだろうか？」独り言のようにフロイトは言葉を続けた。

「すみません。またしても邪魔が入ってしまいました。そんなに長くはかからないでしょうから、隣の部屋でしばらくお待ちください。」フロイトは私たちを見て申し訳なさそうに言った。

「隣の部屋でよいのですか？　私たちが隣の部屋にいたら、これからの来訪者とのお話を立ち聞きしてしまうことになってしまいそうです。たとえ私たちが望まなくとも。」私はこう懸念を伝えた。

「いや、いいのです。むしろ、これからのシェール部長との会話をおふたりに聞いておいてほしいのです。なにか込み入った話で、シェール部長とわたしのあいだで行き違いが生じたら、第三者としておふたりの公平な証言をお願いしたいのです。」フロイトは真剣な表情で頼んできた。

「わかりました。なにかあったら必要な証言をします。」

私はフロイトの真剣な依頼を断ることができなかった。とはいえ、日本の見習い外交官の立場から、オーストリアの国家警察とトラブルにならなければよいが、という懸念もあった。他方、少数派のユダヤ人としてフロイトが国家権力との関わりに神経質にならざるを得ない事情も理解できるので、ここはフロイトの応援者としての立場を示しておこうと思った。熊楠といえば、いつものように緊急事態を面白く思っているようだった。

　私たちが隣の部屋に身を隠した後、フロイトは下女にシェール部長を案内するように伝えた。すぐにシェール部長が現れた。隣室に隠れた私たちは、ドアをほんの少しだけ開けておいたので、シェール部長の姿も一部眼にすることができた。でっぷり太った体形で、汗っかきのようで額にしきりにハンカチを当てている。

「フロイト博士、せっかくの休診日なのに突然お邪魔して申し訳ありません。毎日の診療によるお疲れを癒す大事な日なのに、失礼千万な振る舞いとよく自覚しております。しかしながら、本日失礼を省みずお訪ねしたのは、わがオーストリア＝ハンガリー帝国の存亡に関わる緊急事態が生じていて、その危機を未然に防ぐには、高名な精神科医であるフロイト博士のお力をどうしてもお借りしなければならなくなったからです。繰り返しますが、帝国存続という大問題のため休診の日と知りながらお訪ねした次第です。」

　伝統あるハプスブルク帝国の治安警察の高官だけあって、話す言葉がまわりくどく、慇懃すぎてかえって無礼な印象もある。

「シェール部長、あなたのような治安警察の高官がわたしごとき一介の開業医をお訪ねいただいたからには、よほどの事態かと推察します。しかしながら、わたしは精神医学において新しい精神分析という治療法を確立することに全力を尽くしています。現在も精神分析というわが子を立派に成人させる、つまりは自立した治療法として精神分析が誰からも評価されるようにするために全力を傾注している最中です。わたしは国政に関わることについてはまったく関心がなく、そのような話を大学や自宅、カフェなどでも一切したことがありません。したがって、国内の治安を担当されているあなたにわたしがご協力できることは、正直言ってなにもないと考えます。残念ですが。」

フロイトは厄介なことをシェール部長から頼まれないように、こう予防線を張った。

「ハッ、ハッ、ハッ。」とシェールはわざとらしく哄笑した。「わたしが高名な精神病学者のフロイト博士に治安の問題についてアドバイスをお願いすることはありません。たとえば、ウィーンにたむろする外国人革命家の誰を最も危険視してその跡をつけるべきか、あるいはさっさと逮捕したらよいか、といった問題をお聞きすることはありません。もしもわたしがそのようなお願いを先生にすることがあれば、どうぞわたしをひとりの精神病患者として扱っていただき、精神分析をしていただくよう、あらかじめお願いしておきます。」こうシェールは大きな声で言って、また哄笑した。

フロイトの反応は聞こえなかった。妙にはしゃいでいるシェール部長にどう対応したらいいのか当惑しているのだろう。ドアのかすかなすき間からフロイトの表情をうかがうことはできない。

「わたしがお訪ねしたのも、フロイト博士、あなたの精神分析という新しい理論で瀕死の状態にあるオーストリア＝ハンガリー帝国をお助けいただきたいとお願いするためです。なにも政治的な問題ではなくて、純粋に学問的な問題です。」シェールの声は真剣だった。

「わが帝国をわたしが救うですって？　まさか、帝国をソファに寝かせて精神分析をしろというのですか？」フロイトが珍しく冗談を言った。

「それに帝国が瀕死の状態にあるというのは誇張ではないでしょうか。フランツ・ヨーゼフ皇帝が帝国に長く君臨しておられるではないですか。もちろん帝国内の諸民族には独立運動など過激な動きも見られますが、独立運動が大きな支持を受けている状況ではありません。あと何十年も帝国は安泰でしょう。もちろん、これは政治に疎いわたしのまったくの素人考えに過ぎませんが。」

部長は大きく首を横に振った。「研究、教育、治療に日々没頭され、政治への関心が薄いと言われるフロイト博士がそう思われるのも無理はありません。しかし、帝国の現状はいささかも楽観を許しません。帝国は今、スラブ、マジャール、ラテンなど諸民族が独立の機運に沸いております。議会でも言語問題などを契機にして、議員たちが自民族の立場を少しでも強めたいという思惑のみで行動し、冷静な議論をする雰囲気はありません。ご存知と思いますが、議会内で殴り合いやラッパや太鼓を鳴らした議事妨害が頻発して、管理が放棄された動物園のような騒ぎです。

分裂の危機にある帝国がかろうじてつながっているのは、ひとえに英明なるフランツ・ヨーゼフ皇帝のお力によります。寛大で公平な皇帝は、父親のような慈愛ですべての民族、すべての国民を慈しんでおられます。しかしながら、皇帝の治世が半世紀に及び、失礼ながら、お年を召され、体力、気力とも衰えておられることは隠しようのない事実です。衰えはこの数年で顕著になっています。」

フロイトの反応する声は聞こえない、部長がどんなことを言い出すのか固唾を飲んでうかがっているのだろう。

「今申しましたような帝国内の民族独立運動によるご心労だけでなく、ハプスブルク家内部の度重なる悲劇が皇帝のご心労をいや増しにしています。十一年前のあの恐ろしい事件。マイヤーリングでのルドルフ皇太子のご自害が皇帝の御心を震撼させました。皇太子のご自害は、身分の低い貴族の娘との心中であるという風評がありますが、治安を預かる警察関係者として、そのような風評は笑うべきものであり、噂好きのウィーン市民のでっち上げに過ぎないとこの機会に明言しておきます。このような無責任な風評があったことは、ハプスブルク家の体面をなによりも大事にする皇帝にとって、大きな衝撃でありました。

さらに、神のご加護を！ 二年前にスイスのルガーノ湖畔で起きた恐ろしいエリーザベト皇妃の暗殺事件が皇帝の御心への大きな打撃になりました。それも決定的と呼べるほどのものでした。最愛の皇妃の突然の死で皇帝は十年もお年を召したようになり、肉体と精神の両面において一段と老けられました。皇妃のご葬儀の際に、わたしは警備の一員として皇帝のおそば近くに控えておりました。皇帝はずっと『余の愛する者たちは皆、余を見捨てて去って行ってしまった。余は孤独だ、孤島に打ち上げられた難破船のように』とつぶやいておられました。何度も何度も、不気味に思えるほどに何度も同じ言葉をつぶやかれました。それから、こんなことまでおっしゃられました。『余はあのとき、ハンガリー人に殺されればよかったのだ。そうすれば、今日のこの苦しみを味わわずにすんだのだ。』

この言葉は、お若いときお忍び視察中に狂信的な独立派のハンガリー人にナイフで襲われ、重傷を負われたことを思い出しておられるのでしょう。幸い近くを通りかかった肉屋の機転で傷は致命傷にならずにすんだのですが。こんなお言葉を発するほど、あのとき皇帝の御心が弱っていたのでしょう。」

部長の言葉を受けてフロイトがなにか言ったのだが、よく聞き取れなかった。それに対して部長が「皇帝にも精神分析が必要な時期だったのかもしれない、ということですか。」と答えたので、フロイトの言った内容は精神分析の役割に関するものらしい。

「こんなことはわたしが言うべきではないでしょうが、帝国が分裂せずにすんでいるのは、ひとえにフランツ・ヨーゼフ皇帝の存在のお蔭です。ところが今やハプスブルク家自体が分裂の危機にあります。ルドルフ皇太子は皇帝の保守主義に公然と異を唱えておられましたし、ハンガリーびいきのエリーザベト皇妃はウィーンの宮廷を逃れるように外国を次々と旅されました。皇太子亡きあと皇帝の後継者となったフランツ・フェルディナント大公と皇帝の仲もしっくりいっていません。つまり、不謹慎極まりない想定ですが、皇帝がご高齢のため崩御されたら、ハプスブルク家は崩壊し、オーストリア＝ハンガリー帝国そのものも分裂してしまう危険があるのです。皇帝のご様子を見ていると、ここ数年の間にもそのような事態が予想されます。しかし他方で、ハプスブルク家と帝国を維持することは神に命じられた自分の使命だ、と固く信じておられる皇帝の不屈のご意志により、最大で十年はご寿命が延びる可能性もあります。ということは、帝国も同様の期間は生き延びる可能性があることになります。しかし、そこまでがせいぜいです。」部長はそう言い切った。

「それは驚きです。」フロイトの立つ場所が変わったせいか、今度は声がよく聞こえるようになった。「治安を担当しておられるあなたがそこまではっきりと言い切られるのは驚きです。」

「治安というものは生き物で、時々刻々変化しているものです。したがって、治安を担当するわたしたちは常に先を見通しながら現在の問題に対処しなければなりません。先の見通しのなかには、当然ながら最悪の事態も含まれています。」部長の言葉は説明口調だった。

「したがって、治安を担当するわたしたちは、常に最悪の事態に備えています。その上で結果的に最悪の事態が回避されればよいことですし、たとえ最悪の事態が実現してしまっても、落ち着いて対処できるのでそれはそれでよいことです。」

フロイトは厳粛な顔をして言った。「とすると、今日あなたがここにお出でになられたのも、わたしの精神分析を最悪の事態、すなわちフランツ・ヨーゼフ皇帝の崩御後の混乱を避けるために利用しようということですか？　それは無理な注文です。わたしの精神分析はあくまでも精神の分析であり、精神の病を治療するための手段です。政治分析すなわち政治の分析ではありません。したがって治安悪化など政治の病を治療することはできません。このことは先ほど明確に申し上げた通りです。」

部長はまた哄笑して言った。「なにも先生に政治の精神分析をしていただこうとは思っていません。先生がさっきおっしゃったように、政治はソファに横になって、先生の精神分析を黙って受けたりしません。すぐに立ちあがって、どこか勝手に出かけようとしますから。もちろん、わたしも長い栄光の歴史を誇るハプスブルク帝国の末端の官吏として、学問に対する尊敬心は人一倍持っていると自負しています。学問への政治的介入は結果的に国の進路を誤るものと心得ております。

しかしながら、このことも申し上げなければなりません。精神分析という先生の新しい理論には、すでに政治的な側面が含まれていると、この分野のまったくの素人でありますが、わたしは考えております。」最後に部長は真剣な表情になっていた。

「わたしの精神分析に政治的な側面が含まれている、とおっしゃるのですか？」

フロイトの顔はドアのすき間からは見えないが、声からは顔色が青くなったように聞こえる。

「その通りです。」部長は断言した。「精神分析には政治的な側面が明確に含まれています。その理由の第一は、フロイト博士のまわりの集まっている精神分析の信奉者がどういう人物かということです。」

フロイトはひどく驚いたようだ。「水曜日の勉強会に参加しているメンバーのことですか？　当局はすでにメンバーたちの素性を調べているということですか？　わたしの精神分析の勉強会がすでに危険な集まりとして当局のブラック・リストにあがっている、ということでしょうか？」

部長はフロイトを安心させるように答えた。「当局のリストにあがっている、リストに載っているからといって、すべて危険人物視されているわけではありません。当局のリストもさまざまな色合いのものが準備されています。それこそ帝国にとって危険な人物たちの真っ黒なリストもありますし、その反対にホワイト・リスト、つまり帝国の存続を支援してくれると予想される人物たちのホワイト・リストも準備されています。その中間にはさまざまな色合いのリストがあります。黒に近い灰色のリストから白に近い灰色のリストという具合に。リスト化の途中のリストもありますし、リスト化を断念したリストもあります。

もちろん先生の精神分析の勉強会はブラック・リストの対象ではありません。強いて色をつけるならば、青でしょうか。ユダヤ教の儀式でよく使用される色ですので。」

フロイトはこの答えの意味がわからず、当惑した様子だ。「ブラックよりはましですが、わたしたちのサークルがユダヤ人のサークルと決めつけられたようで、ありがたくはないですね。実際、わたしの精神分析に最初に関心を持ってくれたのは、ユダヤ人の医師たちでした。しかし、精神分析の創始者がユダヤ人のわたしだからといって、精神分析がユダヤ人の精神医学と思われるのは心外です。精神分析が人間の衝動のなかで性を重視するのも、ユダヤ人の性欲が並外れているからだ、という誹謗がなされています。いろいろな場所で強調しているのですが、わたしがユダヤ人だから精神分析を創始したのではありません。わたしがドイツ人であろうと、フランス人であろうと、日本人であろうと、最終的に精神分析を創始したでしょう。わたしは少しでも、精神分析はユダヤ人の精神病学だ、という偏見を減らしたいと思い非ユダヤ人の医師も積極的に勧誘しています。活動において非ユダヤ人を押し出すような工夫もしています。」

部長はさかんに首を上下に振って同意を表した。「お気持ちはよくわかります。ウィーンにおける反ユダヤ主義者の跋扈を見ると、ユダヤ人の創始した理論ということだけで、精神分析が排斥されるのではないか、とご懸念なのでしょう。しかし、客観的に見て、先生の勉強会の参加者がほとんどユダヤ人であることはまぎれもない事実です。ユダヤ人の参加者がほとんど、という現実が精神分析に政治的な側面を持たせているのです。」

フロイトはさらに当惑したようだった。「参加者のほとんどがユダヤ人のサークルは、治安上で問題であるとお考えなのでしょうか？ たとえば、ユダヤ人ヘルツルの主張するユダヤ人国家を目指すシオニズムが、帝国にとって危険思想である、と当局では考えていられるのでしょうか？

はっきり言っておきますが、わたしはシオニズムには反対です。わたしの祖国はオーストリア帝国であり、ユダヤ人国家がどこに建国されても、死ぬまでウィーンを離れるつもりはありません。皇帝の忠良なる臣民として埋葬されるつもりです。」

最後の言葉を話すときに、フロイトは背筋をぴんと伸ばした。

「あなたが皇帝の忠良なる臣民であることを当局は毛筋ほども疑っておりません。それに、シオニズムは帝国にとってまったく脅威となりません。ヘルツルのプランはユダヤ人の故郷であるパレスチナに帰還してユダヤ人の国家を建てるというのですから、帝国にとり何の支障もありません。もし帝国の内部にユダヤ人の独立国家を形成するというのでしたら、これは帝国の分断になりますので大問題ですが、国外に建国するならアフリカだろうと南米だろうと、どうぞお好きなところに建国してください、ということになります。

実際、ユダヤ人が帝国を出て行けば、反ユダヤ主義やポグロムもなくなりますので、帝国の治安維持の観点から大変ありがたいとしか言えません。もっとも、フロイト博士のように帝国に大きな貢献をしているユダヤ人の学者や実業家がヘルツルのあとについて行くようでしたら、これは帝国にとって大きな打撃となります。しかし、今ご自身でおっしゃったように、優秀であればあるほどユダヤ人はこの美しい首都、ウィーンを去ろうとはしません。したがって、帝国にとってユダヤ人国家の建設は何の問題にもなりません。

ヘルツルについて行き、壮麗なオペラ座も洒落たカフェもない不毛な砂漠に住もうという物好きは、帝国の僻地に住む下層民かユダヤ教に凝り固まった保守的なユダヤ人ばかりです。そんな連中が出て行ってくれるならばありがたいので、餞別でも出してやりたい気分です。」こう言って部長はまたわざと哄笑した。

身体を揺さぶる哄笑を終えたあと、部長は急に真顔になった。すべて芝居がかっている。

「帝国にとってシオニストは危険ではありません。危険なのは民族主義者です。多民族からなるわが帝国の分断を招くからです。他方で社会主義者も危険です。彼らは国境の壁を越えた労働者の団結を主張して、そのことにより国内では階級の分厚い壁を建設するのです。労働者階級と資本家階級、つまり無産階級と有産階級を分断する壁です。社会主義者は恐ろしいことに皇帝陛下を崇敬の対象とは見ずに、資本家の傀儡と考えて、打倒する対象と見なしています。帝国統合の象徴であるフランツ・ヨーゼフ皇帝を打倒する対象と見なしている勢力が多数派になったら、当然ながら帝国が存続するのは不可能です。」

今度は哄笑をせずに、部長は深い憂慮の表情を浮かべた。

フロイトも憂いの表情で言った。「おっしゃる通りです。何度も言いますが、わたしは非政治的な人間です、特定の政治的見解を持ちません。しかし、社会主義者の主張には賛同できません。国内が分裂してしまったら、現在の平和な暮らし、研究に専念できる安全な環境も危うくなります。わたしは秩序を重んじる保守的な人間です。」

「ご同意をいただいてありがたいです。わたしの仕事は治安の維持であり、今日が明日に問題なく続いていくことが最大の課題であり、それ以外の仕事はおまけみたいなものなのです。そこで、ここからが本題に入るのですが、ウィーンの社会主義者がどういう連中か、先生はご存知ですか？」

フロイトの顔色をうかがうように部長は訊いた。

「どういう人間かと訊かれても、わたしには社会主義者の知人はいませんのでわかりかねます。」

フロイトはこう答えた後で、少し考える様子だった。

「そういえば、先日カフェ・ラントマンでたまたまヴィクトル・アドラーを見かけました。オーストリア社会民主党の大立者ですね。それまで何回か見かけたことがありますが、挨拶をしたことはありません。先日はアドラーの方からわたしに挨拶をしに来ました。偶然ですが、医師でもあるアドラーが開設した診療所があったのがこのベルク小路の同じ番地で、その建物を壊した後に建てられたのがこの建物というわけです。そんな縁にアドラーも気づいて、わたしに話しかけてきたわけです。社会主義の指導者というと、もっと強面かと思いましたが。腰が低くて話も面白かったですよ。というわけで、わたしの知っている社会主義者はヴィクトル・アドラーだけです。それも表面的にだけですが。」

部長はよくわかっている、という風に何度もうなずいた。「もちろんわたしたちもフロイト博士が社会主義者と親しく付き合っておられるとは考えていません。研究、講義、治療で毎日お忙しいのですから、社会主義者の大言壮語に付き合っている時間はお持ちでないとよく理解しています。心配なのはただ、博士のところに集まるメンバーたちのなかに社会主義者と付き合いがある者がいることです。」

ドアのすき間からちょうどフロイトの顔が見えたが、青くなった。フロイトは性急な調子で訊ねた。

「わたしの勉強会のメンバーに社会主義者がいるということですか？ それは誰です？」

部長は微笑して応じた。「メンバーに社会主義者がいると言っているわけではありません。社会主義者と付き合いのあるメンバーがいると言っているのです。具体的にはアルフレート・アドラーです。」

フロイトの表情に安堵感が現われた。「アルフレート・アドラーですか。彼はユダヤ人の多く住むレオポルト街にクリニックを開設して、下層民の治療を熱心にしています。患者にはサーカスの芸人など珍しい人間たちもいるそうです。アルフレート・アドラーはそんな具合で社会問題に関心が強いのです。彼はわたしにもレオポルト街の自分のクリニックに来て、ウィーンの下層社会の現状を知ってもらいたいと勧めるのです。しかし、わたしは精神分析を確固とした科学に仕上げるため、今は性の問題の研究で手一杯です。アドラーには社会問題までは手がまわらない、と断っているのです。アルフレート・アドラーはわたしの勉強会にも時々参加していますが、わたしが性の欲動を中心にして精神分析を理論化しているのに反対で、社会的境遇が精神にもたらす問題、たとえばコンプレックスなどを重要視しています。自分の理論から教育を重視して、実践活動もしています。」

部長はうなずきながら言った。「アルフレート・アドラーが貧困地域の子どもたちを対象に調査や教育実践をしていると聞いています。」

フロイトは声を強めた。「お断りしますが、アルフレート・アドラーはわたしの勉強会の正式メンバーではありません。他のメンバーはみな、わたしの精神分析の信奉者ですが、アドラーは会に参加する際に宣言しました。自分はあなたの弟子ではない、自分独自の精神医学を打ち立てようと思っているので、精神分析を絶対視するつもりはない、あくまでもあなたと対等な立場の研究者として勉強会に参加する、とこう言うのです。鼻っ柱が強い男だな、と思いましたが、アルフレート・アドラーは精神医学にとどまらない諸科学の幅広い知識、患者の症状への鋭い観察眼、厳密に理論化する力など、他の参加者より図抜けた能力を持っていますから、よろこんで参加してもらいました。実際、勉強会でもアドラーが参加しない晩は議論が全般に低調になってしまいます。彼が参加していると活発な議論がなされ、斬新な発見が出てきます。アドラーは、議論のリーダー的な役割を果たしていると言っても過言ではありません。

ただし、繰り返しますが、彼は勉強会の正式メンバーではなく、あくまでもオブザーバーといった位置づけです。勉強会以外でわたしや他のメンバーとの交流はほとんどありません。このことを覚えておいていただきたいものです。」

フロイトはアルフレート・アドラーのとばっちりを受けて、勉強会が当局から危険なサークルというレッテルが貼られないか、と本気で心配しているようだ。

部長は哄笑した。「ハッ、ハッ、ハッ、どうぞご安心ください。先に申し上げましたように、わたしたちはフロイト博士の勉強会が帝国にとって危険な会合とはまったく思っていません。むしろ明言しますが、帝国にとって実に有益な会だと思っています。」

フロイトの返事はなかった。部長の言葉の真意をとらえかねているらしい。部長は上着のふところから黒い手帳を取りだした。

手帳を見ながら部長はもったいぶって言った。「わたしたちの調査では、勉強会のメンバーでヴィクトル・アドラーの社会民主党の党員になっている人間はいません。ただ、アルフレート・アドラーのように社会主義者との付き合いのある人間は、何人かいます。」

「他のメンバーにも社会主義者との付き合いがある人間がいるのですか。それは誰です？」フロイトはすぐに訊いた。

部長は手帳をゆっくりふところにしまいながら言った。「それは今の段階ではお話しない方がよいでしょう。まだ確証がないですし、付き合いと言っても濃淡があります。あいさつするくらいの関係から、ふたりだけで胸襟を開いて話し合う関係まで。これは男女間でも同じでしょうが。いや、高名な心理学者のフロイト教授にわたしごとき一官吏が申し上げることではないでしょう。失礼しました。」

これに対するフロイトの答えもなかった。まわりくどい部長の話し方に不快感を覚えているのかもしれない。部長はそのようなフロイトの気分を感じたのか、話を急ぎ始めた。

「職務柄話してよいことと悪いことがありますので、ご不快に思われでしょうが、お許しください。本題に入ります。勉強会のメンバーで社会主義者と付き合いがある人間が何人かいるのは事実です。前提にあるのは、そのようなメンバーもアルフレート・アドラーを含めて社会主義者とは認定されないということですが。

ご存知のように、このウィーンという街は、オーストリア＝ハンガリー帝国の首都ではありますが、意外に狭い街です。規模としてパリやロンドン、ベルリンといった大都会とは比較にならないほどこじんまりしています。さらに作家、画家、学者などウィーンの文化人や名士の集まるカフェは中心街にまとまっています。そこに文化人のみならず社会主義者やロシアなど外国の革命家たちが集まって来るのも当然のことです。どのカフェにもひとりやふたり革命家がコーヒーを飲みながら国家体制の転覆を夢見ています。当然ながら、そんな危険な夢と縁のない市民が、たまたま隣席の革命家たちと知り合う可能性はかなりあるわけです。幸いわがオーストリアの社会主義者はヴィクトル・アドラーのように穏健なタイプが中心で、ロシアやドイツの社会主義者のように銃と爆弾で革命を起こそうというような過激な奴らは多くないのです。ヴィクトル・アドラーたちは漸進的な革命の構想を持っています。

しかしながら、穏健と言っても社会主義者が政権を握ったら皇帝やハプスブルク家はどうなるでしょうか？　亡命するか、ウィーンに残ることができたとしても、ハプスブルク家歴史記念館の案内人でもするしかなくなるでしょうね。資本家の立場も弱まらざるを得ないでしょう。資本家が労働者に顎で使われるようになるのではないでしょうか？　今までの逆で。」部長は声をわざとかなり落とした。

「そうでしょうね。穏健とは言え社会主義者が首相になったら、旧来の秩序は根底から覆るでしょう。あとに残るのはカオスのみです。わたしもそれを心配しているのです。」フロイトも相槌を打った。

「ところでオーストリアの社会主義者の大半はユダヤ人です。」

唐突にこう言って、部長はフロイトの反応をうかがった。フロイトは無言である。

「社会主義者にユダヤ人が多いのはなにもオーストリアの専売特許ではなく、ロシアなど外国でもそうです。なにしろ社会主義の親玉のマルクスもエンゲルスも正真正銘のドイツのユダヤ人でしたから、砂糖にむらがる蟻のように自然とユダヤ人が社会主義に引き付けられるわけです。祖国を持たないユダヤ人には、社会主義者の唱える国際主義が禁断のリンゴに見えてとても魅力的なのです。ウィーンの社会主義者からユダヤ人を抜き取ったら、あとにはほとんどなにも残りません。なん人か残ったとしても、カスみたいな連中ばかりです。治安を預かるわたしの最大の課題のひとつは、ユダヤ人の社会主義者をどのように抑えるか、ということです。」

ここで意図的に間を取ってから、部長の声が急に高まった。「そうするために先生の精神分析が是非とも必要なのです。」

フロイトはショックを受け、声がうわずった。「ユダヤ人の社会主義者を抑えるためにわたしの精神分析が必要と言われても……なにをおっしゃりたいのか、まったく理解できません。社会主義者を抑えるには、政府が社会主義者の支持基盤である労働者の劣悪な生活環境を改善してやることが必要でしょうし、問答無用の過激な社会主義者に対して物理的な力が必要ならば、警察官と警棒、場合によっては武器が必要でしょう。精神分析が労働者の衣食住を確保したりすることや、警棒を持って社会主義者のデモに対峙することはできません。精神分析が向き合う相手は精神病者だからです。」

「そのことは百も承知です。」部長は静かに言った。

「その上で先生にお願いするのです。わたしはこう見えても読書家です。もちろん、学者のように専門書を丹念に読むのではなく、面白そうだと思った本をあれこれ読み散らかす勝手な読書です。手に取る本は、結局のところ仕事に関係するものが多くなってしまいますが。

ひと月ほど前に読んだ本がフランスの学者、ギュスターヴ・ルボンの『群集の心理学』です。ルボンは現代を群集の時代と定義して、個人の心理学とは異なる群集の心理学を構想しました。先生はルボンの本をお読みになりましたか？」

「あそこの書棚にルボンの本が置いてあります。」フロイトはどうやら部長に本のありかを示したらしい。「ただ、まだ読んでいません。読もうという気持ちはありますが、今は個人の心理の研究で忙しくて、群集の心理の研究までは手がまわりません。」フロイトはこう弁解口調で言った。

部長は優越感を覚えたらしい。「お読みになっておられないのですね。ルボンの本は、自負心の旺盛なフランス人学者らしく独断的な箇所が多いです。と言いますか、独断にあふれている本とも言えます。しかしながら、治安を担当するわたしにとってはとても役立つ洞察が見られます。それらは単に理論としてだけではなく、実践的にも役立つものです。」

フロイトは黙って部長の話を聞いている。「ルボンは、人間が個人として考えて行動することと、集団として考え行動することを明確に区別しなければならない、と主張します。個人が冷静に判断していたら、とてもやらないようなことを群集のなかでは、群集の熱狂の渦中で平気で行ってしまいます。ルボンは群集の熱狂をいろいろな例をあげて分析します。身近な例ではわたしたちが芝居を観たり、音楽を聴いたりして、名演技や名演奏に熱狂するのもその例と言えるでしょう。もちろん、わたしたちは個人として俳優や演奏家の優れた技量に感動して拍手喝采を惜しまないのですが、他方で、個人としてはそれほど感動していなくても、劇場や演奏会場の他の観客や聴衆の熱狂の渦のなかに巻き込まれることで、自分で思いもしなかったほど強烈な拍手やブラボーの歓声をあげるということもあるのです。先生も演劇や演奏会がお好きで、お忙しい毎日でも、暇を見つけてはご家族と劇場やオペラ座に足を運ばれると聞いています。」

フロイトは「わたしの趣味をよくご存知ですね。」と応じたが、声の調子からは自分の毎日の行動が治安警察から監視されているのではないか、と懸念を持ったことが感じられる。

「いやわたしも劇や音楽会によく出かけます。これでもウィーン生まれの生粋のウィーン子ですので。オペラ座でお姿をお見受けしたこともあります。幕間にシャンパンを片手にして、ご家族と楽しそうに話しておられました。それはともかく、ルボンは群集心理がとりわけ発揮される場面として、政治の世界をあげています。代表的な例がフランス革命です。民衆がバスチーユ牢獄を襲撃して、ルイ十六世がギロチンにかけられたのも、逆に革命の指導者ロベスピエールがギロチンにかけられたのも、すべては熱狂した群集心理の仕業というわけです。民衆の現状に対する不満が沸点に達し、そこに演説のうまいひとりの指導者が現れ、怒りの溶岩の向かうべき方向さえ示せば、いとも簡単にその方向に大量に流れ出し、すべてを巻き込んでしまうのです。革命後の混乱時に突然ナポレオンが出現して、民衆が熱狂したのも群集心理のおかげです。ナポレオンは群集心理で作られた偶像と呼ぶこともできるでしょう。」

部長はこう言って、ナポレオンのように背中で手を組んで部屋中をゆっくりと見まわした。

「先生のお部屋には、エジプトやギリシア、ローマ、さらにはペルシアや中国まで、さまざまな彫像や絵画、写真が飾られていますね。あたかも古代文明の遺物の展示場のようですが、もし人の気配がないときに、これらの彫像たちが話し始め、動き始めたら、古代文明の群集心理の実験場のようになるでしょう。ギリシア、ローマの彫像を集めているような古代マニアはわたしの知り合いにもいますが、先生の部屋の遺物の数は並大抵ではありません。失礼ながら、先生の場合、単に関心のあるものを集める収集というよりは、まず数を集めること、遺物の群集を集めることが目的のようにお見受けします。これだけの収集癖がおありなら、先生にも群集心理への並々ならぬご関心があると判断してもよさそうです。」こう言って部長は哄笑した。

フロイトは苦笑して言った。「いや、そんな大げさなことではありません。わたしの部屋の遺物は、言ってみればわたしの糞のようなものです。わたしの一部ではあったが、御用済みになったものです。」

「糞ですか……」こう言って部長はまた哄笑した。「それはともかく、ギリシア、ローマ、メソポタミア、エジプト、ペルシア、中国など世界の偉大な文明の遺物をこうやって見ていると、神々や英雄たちの彫像が多いことに気づかされます。神々が神々であり、英雄たちが英雄たちであるのは、神々を信仰する群集、英雄を崇拝する群集が大勢いたからです。そのような群集がいなければ、この部屋に先生が収集された遺物はなにひとつ残されなかったことでしょう。英雄は群集が作り上げ、英雄の彫像は群集が祀り上げる、というわけです。」

部長はまたゆっくり部屋のなかの遺物を見まわして言葉を続けた。「ルボンはナポレオンのような英雄を崇拝する群集心理を分析し、群集を動員する手段として三つを指摘しています。いわく、断言、反復、伝染です。群集を動かすには、あれもよいがこれもよいだろうといった慎重な言いまわしでは効き目がなく、これしかないという断言でなければならない、しかもその断言を一度ではなく何度も繰り返す、すなわち反復することが必要だ。さらに、断言や反復を行うのは少数の人々の前ではなく、大群衆の前でなければならない。少数の聴衆の前で行われる演奏ではなく大勢の前で行われる演奏の方が、群集の熱狂を呼び起こしやすい、伝染しやすいという理屈です。ナポレオンやアレクサンダー大王のような卓越した指導者は、大群衆や大軍を動かすこの三つの手法を自然に体得していたのです。」

「おっしゃる通りです。わたしも群集の心理学という問題の立て方ではないですが、英雄崇拝の心理に関心があり、古代ユダヤ人の英雄であるモーセを例にして英雄崇拝の心理学を考えています。わたしの場合、集団の過去の記憶を手がかりにして英雄崇拝の心理を探究したいと思っています。」フロイトは学者らしい慎重な言い方で話した。

「過去の記憶ですか、それは面白いですね。わたしはルボンの本を読んで純粋に知的な喜びを持ちましたが、他方で職業意識がかき立てられました。わたしの職務である国家の秩序の維持に、ルボンの理論が使えるのではないか、と思ったわけです。ルボンの指摘した断言、反復、感染という三つの手法は、わたしが治安維持の仕事をしてきた経験からも納得できるものです。このようにわたしはルボンに大いに感心しながらも、他方で物足りなさも覚えました。つまり、『なぜか？』という問が抜け落ちている点です。群集が指導者の断言、反復そして伝染により、指導者を崇拝するようになる、というのはその通りなのですが、なぜこの三つの手法により崇拝するのか、という問いをルボンは立てていません。そこのところをルボンはあっさりと通り過ぎてしまいます。それが個人の心理と違う群集の心理の本性だからという具合に。自己というものを常に意識している個人の心理学と違い、群集のなかの個人は自己の意識を喪失して、群集の心理に完全に同化してしまうと説明するのです。

ルボンの説明に物足りなさを覚えたわたしは、三つの手法によりなぜ人は群集心理へと追い立てられるのかを教えてくれる学者はいないものか、と思いました。ちょうどそのときに精神分析という理論があることを知り、わたしの疑問に答えてくれる理論ではないかと予感しました。そこで出版されたばかりの先生のご著書『夢判断』を急いで購入し、読みました。先生は人間の心理には表に出ているもの、すなわち意識の部分と、表には出ていないもの、すなわち無意識の部分があると主張されます。人間を動かすのは、むしろ無意識の部分だとも主張されます。人間に無意識的な部分があることの証拠に夢の存在を挙げられます。夢のなかでは無意識的な願望が表に現われて来る。『夢は願望の充足である』と断言されていられますね。とりわけ性的な願望が。正直申して、ここのところはわたしも特に熱心に読ませていただきました。」

こう言って、部長は実に品の悪い哄笑をした。

「あなたのような方にわたしの『夢判断』が読まれているとは驚きです。なにしろ評判が悪くて、ほとんど売れない本ですので。」フロイトは本当に驚いているようだ。

フロイトの言葉を受け流して、部長は話を続けた。「先生はまた、言い間違いや書き間違いなどの日常のちょっとした間違いにも、秘められた無意識の願望が現われている、と主張しておられます。もし先生のお説が正しいとしたら、つまり無意識が人間の行動を左右しているとしたら、国家の秩序を維持するためには、国民の意識を支配するだけでなく、国民ひとりひとりの無意識を支配する必要があります。わたしたちはこれまで国民の意識的な部分、外的な部分、行動や言語表現のみを支配しようとしていました。しかし、これでは本当に国家の秩序を維持することにはなりません。これまで我々が犯した数々の失敗の根源はここにあるのです。そのことに、先生の本で気づかされました。

国家の秩序維持のために本当に必要なのは、社会主義者や無政府主義者のデモやテロに備える警察官、軍隊の人数や武器ではなく、国民の無意識に潜む国家に敵対する危険な要素を消していく手段を見出すことです。無意識という大河のなかには国家秩序にとって危険な要素の濁流と有益な清流の二本の流れが入り混じっています。無意識を統括することができるとするなら、担当の国家警察はできるだけ濁流の流量を減らし、清流の流量を増やしていかなければなりません。そのためにも無意識の大河の水質を管理する仕事を精神分析に行ってもらいたいのです。もっと具体的に言えば、精神分析医にしてもらいたいのです。精神分析医に無意識の大河を管理する水質管理官になってもらいたいのです。」部長は語気を一段と強めて言った。

「精神分析医に国民の無意識の管理をしろとおっしゃるのですか?」フロイトは大声をあげた。

「それは無理だ! そもそも当人にも意識できていない内面に潜むものが無意識なので、それを管理することなどできやしない。もちろん患者に対したとき、精神分析医はさまざまな質問を投げかけ、患者の生育環境や幼児期の体験、見た夢などを手がかりにして彼の無意識の世界を明らかにしようとします。しかしながら、それは無意識そのものを精神分析医が管理することではないのです。そもそもまだ一部しか解明されていない人間の無意識を管理することなど、太陽の運行を早めようとか、遅くしようとするような愚行で、できるわけがありません。」

部長はわざとらしい哄笑をしてみせた。「ハッ、ハッ、ハッ。それはもちろん、わたしのような愚か者でも太陽を西から昇らせようとするような愚行の企てはしません。ただ、無意識もある程度は外的に操作できると素人ながら考えています。これはわたしの職業上の経験からくるものです。たとえば、我々は治安維持の必要から社会主義者や民族主義者の集会や示威行動にわざと扇動者を送りこみ、騒ぎを起こさせ、それをきっかけにして警察が介入し集会や示威行動を中止させています。そのやり方は職業上の秘密で申し上げられませんが、ルボンの書いている扇動の手法と驚くほど一致するのです。もちろん、ルボンの群集扇動の手法は指導者側から、つまり上からのもので、我々の下からの群集扇動とは異なりますが、結果的には似てくるのです。

ルボンは群集心理の分析で群集を扇動する手法として先ほどの断言、反復、伝染という三つをあげました。これらの三つが群集扇動の有効な手段になるのは、これらが群集の意識だけではなく、無意識にも深く影響を与えるからです。先生、そうではないでしょうか？」

フロイトは学者らしく正直に答えた。「それはそうでしょう。詳しく研究していないので断定はできないが、個人の場合と同様に集団でも、意識のレベルへの影響よりも無意識のレベルへの影響の方がより深い刻印を残すと言えるでしょう。集団の無意識にどのような方法で影響を与えることができるのかは、今後研究しなければなりませんが。」

部長はうれしそうに言った。「そうですか。わたしの思い付きに先生が全面的に賛成はされないまでも、好意的な反応を示していただいたので、とてもうれしいです。やり方次第で人間の無意識にも影響を及ぼすことができるという道が開けるということですから。」

フロイトは苦い顔をした。「わたしはまだ人為的に無意識に影響を及ぼすことができるとまでは言っていません。そこは間違えないでください。」

部長は愛想よく言った。「そのことはよく承知しております。学者でいられる先生と治安維持の実務に当たるわたしとではまったく立場が違いますので。しかし、はっきり申し上げますが、先生が純粋に学問的に研究しておられる精神分析はわたしどもの治安維持の実務にも大いに役立つものなのです。その証拠に……」ここで部長は言葉を止めて、そばに置いてある自分のカバンを開け、カバンのなかから分厚い本を取り出した。

「それはわたしの『夢判断』ですか？」とフロイトがすぐに訊いた。

「その通りです。フロイト博士の最新のご著書です。仕事中でもわたしは常にカバンのなかに入れ持ち歩き、ちょっとした暇があると読んでいます。わたしのバイブルです。ちょうど一九〇〇年の今年に出た本ですが、これからの百年、いやその先も読み継がれる名著になるでしょう。」こう見え透いたお世辞を言いながら、部長は本の最終ページを開いた。

「それでは、誠に僭越ですが、わたしが一番感銘を受けた最後の部分を著者の先生の前で読ませていただきます。」

部長はこう言って、分厚い『夢判断』の最後のページをおごそかな調子で読み始めた。

「夢には、未来を予知する能力はあるのであろうか。夢による未来予知ということはもちろん考えられない。そのかわり、夢は過去について教えてくれる。なぜなら夢というものは、あらゆる意味において過去に由来するものだからである。夢はひとに未来を示すという古い信仰にもまた、なるほど一面の真理は含まれているだろう。とにかく夢は願望を充たされたものとしてわれわれに示すことによって、ある意味ではわれわれを未来のなかへと導いてゆく。しかし夢を見ている人間が現在だと思っている未来は、不壊の願望によって、過去の模造として作りあげられているものなのである。」

部長は最後の一行をとりわけおごそかに読み上げ、感極まったように言った。

「素晴らしい結論です。もう一度読み上げさせていただきます。『しかし夢を見ている人間が現在だと思っている未来は、不壊の願望によって、過去の模造として作りあげられているものなのである。』

この素晴らしい一文をわが治安警察の本部で一番目立つところに立派な額に入れて飾ろうと思います。これだけ治安維持の要諦を簡潔に述べた文章は、今までどのような治安担当者によっても書かれたことはないです。」

フロイトは戸惑いの口調で答えた。「おほめいただき恐縮です。それにしても治安警察とわたしの『夢判断』の取り合わせなど、それこそ夢にも考えたことが一度もありません。今あなたとお話していること自体がことによると夢ではないのか、と思うほどの驚きです。」

ふたりのあいだをしばらく不思議な沈黙の時間が流れた。フロイトは意を決したように訊ねた。

「それで、あなたはわたしになにを期待しておられるのですか？　たとえば、治安警察の職員たちを集めて、精神分析について講義しろとかそういう要請ですか？　気が進みませんが、当局の正式な要請があるならば、国民の義務として精神分析の講義をすることにやぶさかではないです。」

「とんでもない、診療と研究でお忙しい先生に、そんな野暮なお願いをする気持ちはまったくありません。」こう言って部長はわざとらしく哄笑した。

「わたしども治安担当者がお願いしたいのは、先生が治療と研究をさらに先に進めて精神分析の普及に努めていただくことです。もちろん、そんなことをわたしどもがお願いしなくとも、先生はおひとりで意欲的に研究を先に進められることでしょうが。精神分析が広く普及することは、治安維持の目的にとって警察官を何千人増員するのと同様に有益です。というのも、さきほど読み上げさせていただいた最後の箇所に書かれているように、精神分析は元来、過去に眼を向けた学問そして治療法です。わたしたちが夜に見る夢は、たとえその内容が未来に関わるものであっても、夢を構成する材料はすべて過去のものなのです。夢のなかでまったく思いもかけないような未来の建物がそびえていたとしても、その建物を構成するのはすべて使い古しの過去の建材なのです。新しい建材はひとつもありません。夢のなかの料理は、たとえ今まで味わったことのない珍しい味がしたとしても、過去に調理した材料を再び温め直して作られているのです。新しい食材や調味料はひとつもありません。古いものをアレンジで新しいように感じさせているだけなのです。

我々が夜見る夢も、まだ実現されていない未来の理想としての夢も、実のところ過去の幻影にしか過ぎない。フランス革命にせよ、七月革命にせよ、あらゆる革命は、どんなに新しい事態に見えても、過去の焼き直しにしか過ぎないのです。それも往々にして無様な再現です。自称革命家たちは大きな錯覚をしているのです。自分たちがまったく新しいなにかを生み出しているという錯覚です。そうではないということを先生の『夢判断』は明確に教えてくれます。

アキレスと亀の比喩で言えば、革命家アキレスは速足で未来に進もうとしますが、過去というのろまな亀がいつもゆっくりと追いかけて来て、結局アキレスは追いつかれてしまう。つまり、いつまで経ってもアキレスは未来にはたどり着けない。この事実を知ってしまえば、革命などという幻想を抱く人間はいなくなるでしょう。フロイト博士の本が、もし一七八八年に出版されてロベスピエールたちが読んでいたならば、あのフランス大革命なるものは起きなかったはずです。ルイ十六世もマリー・アントワネットも首がつながっていたはずです。」

部長はここでまた嫌みったらしく哄笑した。フロイトは例によって沈黙している。

部長は真面目な顔になって言葉を続けた。

「最後に先生に具体的なお願いで恐縮ですが、精神分析の用語に『秩序』という言葉を少しでよいですので、入れていただければありがたいです。なにも大げさに書き入れることは必要ではないですが、人間の精神を正常に保つには『秩序』がなければならない、個人においても社会においてもそのことに変わりはない。無意識の世界にもそれなりの『秩序』があり、それは意識の世界の『秩序』を支える役割がある。そういう趣旨の内容を書いていただければ、わたしども治安維持の担当者は無駄な労力が大いに省けるというもので、とてもありがたいのです。

というのも、先生の信奉者たちは、実際のところ、当局にとって反体制派になりやすいグループからなっています。政府のやることがいちいち気に入らない知識人たち、どの国にも帰属感を持てないコスモポリタンのユダヤ人、それに元来オーストリア嫌いのハンガリー人などです。そのようなグループに『秩序』を教えるような精神分析の理論が広まることは、わたしたちにとってありがたいことなのです。

最後にこのような勝手を申し上げて失礼しました。先生の貴重なお時間を奪う失礼を長引かせたくないで、これで失礼します。治安担当者の会議がこれから予定されていますので。」

こう唐突に言って部長は帰り支度を始めた。

一瞬フロイトの顔がドアのすき間から見えた。部長の唐突な辞去の言葉に驚きながら、他方では厄介者が去ることへの安心感も垣間見えた。部長が部屋を出て行くためドアの取手をつかもうとした瞬間、部長はフロイトの方を振り返って言った。「そうそう大事な用件を忘れていました。明日、フランツ・ヨーゼフ皇帝からお呼び出しがありますので、時間を空けておいてください。」

「えっ?」とフロイトが驚きの声をあげるのと、部長が部屋を出て行くのが同時だった。しばらく沈黙が続いた。フロイトは部長とのやり取りの意味するものを考えあぐねているらしかった。それからようやく熊楠と私の存在を思い出したようで、隣室に潜んでいた私たちに声をかけた。

「ドクター南方と外交官の方、長らくお待たせしてすみません。どうぞこちらにお出でください。」

私たちはドアを完全に開けて、フロイトに近づいた。フロイトはひどく疲れた顔をしていた。

「とんだちん入者がふたりも続いて、驚かれたことでしょう。繰り返しになりますが、こんなことはこの診療室開設以来、初めての珍事です。わたしの診療室の毎日は平穏すぎるほど平穏に過ぎていくのが普通です。今日のような安っぽい三文芝居が続くことは、これまでまったくありませんでした。」

「いやそうでしょう。ご心労のほど推察します。」と熊楠は心からの同情を表明した。

「しかし、他方で言えば、このような出来事が続くのはフロイト教授の精神分析が世の中に認知されるようになってきた証拠ではないでしょうか。わしは今年、一九〇〇年は精神分析が正式に誕生した年と後世から呼ばれるようになるだろうと思います。」

熊楠の激励にフロイトの疲れた顔もほころんだ。「そうならよいのですが。ドクター南方の励ましのお言葉でわたしもようやく元気が出ました。」

そう言ってから、フロイトは下女を呼んで、コーヒーの準備をさせた。

下女がコーヒーとケーキを運んできて、ようやくゆっくり座り、落ち着いて話ができる雰囲気になった。フロイトはなにより好きだという葉巻を口にくわえて、ホッとした表情を浮かべた。

私たちはコーヒーを飲み、ケーキを食べてひと息ついた。雑談のなかで、フロイトは「さっきの治安警察の部長はことによると偽者かもしれません。名刺は見せましたが、あれも偽物でしょう。身分証明書は見せませんでした。それに、最後に言っていた件ですが、フランツ・ヨーゼフ皇帝が一介の町医者のわたしを呼び出すことなどありえないです。」フロイトは断定した。私もなるほどと思わざるを得なかった。

フロイトはようやく明るい口調になって言った。「これからは邪魔も入りませんから、ドクター南方とゆっくりと学問的なお話をしたいと思います。日本大使館の紹介では、ドクター南方は人類学、博物学や生物学に詳しい博覧強記の学者とのことで、お話できることをとても楽しみにしていました。大使館からの紹介文には、わたしの研究対象である性の問題や夢の解釈についても独自の見識をお持ちだ、とも書かれていました。限られた時間ではありますが、そのふたつの問題について特に意見交換ができれば幸いです。日本人の性に関する考え方や風習について、ドクター南方にぜひご教示いただきたいと思います。」

フロイトも熊楠同様に、学問的対話ができることをとても楽しみにしているようだ。

「わしのできる範囲で日本における性や夢の問題をお話しします。」熊楠もとても楽しそうに応じた。

その瞬間、玄関のベルがけたたましく鳴った。今日これで三度目だ。フロイトと熊楠の顔に絶望の表情が浮かんだ。さっきまでの悪夢の反復を思ったのだろう。

下女が玄関のドアを開けて、訪問者と話している。しかし、またしても押し問答のような調子になっている。ちん入者は三度ベルを鳴らすということだろうか。ただし、今度のちん入者は声からして若い男のようである。下女はこれまでと同様にフロイトと面会できないと断っているようだが、男は絶対会いたいと強引に言い張っているようだ。何度かやり取りをしたあとで、下女がこちらにやって来た。

「フロイト博士に是非お会いしたいと言って、ウィーン大学の学生が来ています。アルフレート・アドラー博士の紹介状をもらっていると、これを渡されました。」こう言って、召使は名刺をフロイトに手渡した。どうやらアドラーが自分の名刺に学生の紹介文を書いたものらしい。

フロイトは苦い顔をして下女に言った。「アドラーの紹介はわかったが、今日は休診日であり、日本からのお客さんもいらっしゃるので会うことはできない、後日に日程を調整するから、今日は引き取ってほしい、と伝えてくれ。」

フロイトの言葉を下女は伝えにもどったが、また玄関のところで言い争いが聞こえてきた。そのうちに大股の足音が近づいて来て、その後に下女らしい足音が続いた。

荒々しくドアが開いた。大柄な若者の姿が見えた。服装はみすぼらしく、背は高く肩幅も広い、髪の毛は灰褐色でもじゃもじゃに乱れている。荒ぶる神のように仁王立ちしている。

「失礼じゃないか！　許可も得ないで部屋に入って来るとは。アドラーの紹介では君はウィーン大学の医学生ということだが、マナーは学んでいないのか！」フロイトは真正面から一喝した。

学生はフロイトの怒りに出鼻をくじかれたが、すぐに気を取り直して話し始めた。「ご許可もないのに勝手に入ってしまいまして、心よりお詫び申し上げます。わたしは医学部生のゲオルク・ザントと言います。失礼は百も承知ですが、フロイト教授の身の安全に関わる緊急の用件ですので、一刻も猶予できません。そのため失礼も省みずにお部屋に入ってしまいました。」

ザントはこう言って、床に頭が着くほど深々とお辞儀をした。わざとらしい感じがするほどだった。

フロイトは厳しい眼でザントを睨みつけた。「わたしの身の安全にかかわる緊急の用件だって？大げさに言うが、わたしに会うために、ありもしない危険をでっち上げているのだろう。」

ザントは早くもフロイトの権幕に慣れてしまったのか、平然と言った。「先ほど先生のお住まいから治安警察の部長の間抜け面が出て来るのが見えましたが、あいつは先生に急ぎの用件があったのですか？　お忙しい先生があいつにお会いになるほどだから、よほど緊急の用件だったのでしょうね？」

　不意を突かれてフロイトは一瞬言葉を失った。「君は部長を知っているのか……、なに、ある刑事事件の犯人の精神鑑定を頼まれただけだ……。わたしは即座に断った。わたしの精神分析は犯罪者の精神鑑定をするための理論ではない。犯罪者の精神鑑定をするには、それなりの勉強や実地訓練をしなければならないから、その分野で素人のわたしが簡単に安請け合いできるものではない。」

　フロイトは汗をかきながら、こう偽りの釈明をした。

　ザントはフロイトの言うことが嘘だと見抜いたらしく、不敵な微笑を浮かべた。「そうですか、犯人の精神鑑定の依頼に部長が来たとおっしゃるのですね。そんなことの依頼でしたら部長閣下がわざわざ足を運ばなくてもよいでしょう。下っ端警官でも差し向ければいいではないですか。」

　嘘を見抜かれたと思ったフロイトは焦って弁解した。「なに、意外だったが、あの部長はわたしの新刊『夢判断』を読んだそうだ。それで精神分析に興味を持って、犯人の精神鑑定の依頼を口実にして、わたしと話したかったらしい。言ったように、精神分析は犯人の精神鑑定には役立たないのだが、部長とは少し『夢判断』の話をしたのだ。」

　ザントはまたしても不敵な微笑をした。「そうですか。わたしはまたあの部長が別の依頼でフロイト教授の診療室を訪れたのかと思いました。なにしろあの部長は刑事事件が専門ではなく治安担当ですから、そちらの方面で教授に相談に来たのかと思いました。」

「えっ。」とフロイトは絶句した。ザントの言っていることがあまりにも図星だったからだ。

気を取り直してフロイトは言った。「精神分析は犯人の精神鑑定に役立たないが、それ以上に治安維持にはまったく役に立たない。治安問題の議論を一介の町医者のわたしが部長とするわけがない。」

ザントはすべてお見通しのように言った。「なるほどそうですか。しかし、実に面白い偶然です。わたしも最近『夢判断』を読ませていただきました。わたしと治安警察の部長が同じ先生の本に興味を持つという偶然があるなんて、考えたこともありませんでした。」

「偶然というが、偶然というのは人間が考えた後知恵で、よく考え直してみれば偶然でも何でもないことがよくあるものだ。」熊楠がこう口をはさんだ。

アジア人の熊楠がドイツ語を流暢に話したので、ザントは驚いたようだ。これまでザントはわたしたちがドイツ語を理解しないアジア人と思っていたらしく、そもそも存在さえ無視していた。ドイツ語をわかると知って驚き、ザントは用心して話さなければと思っただろう。

フロイトが私たちをザントに紹介した。フロイトとしては、私たちを紹介してしまうと、ザントの訪問を認めたような印象を与え、ザントが長居をするのではと懸念したようだ。しかし、熊楠が口を開いたからには紹介せざるを得ないと思ったのだろう。ザントはだが、その後も私たちが同席していないかのようにもっぱらフロイトに話しかけた。

「フロイト教授の『夢判断』を治安警察の部長が何のために読んでいるのか、当然ながら単なる暇つぶしのためではないでしょうし、また、あいつが教養を高めたいという高尚な望みを持っているわけでもないでしょう。『夢判断』を読んで、先生の精神分析を治安維持に利用しよう、というあいつらしい下卑た下心を持っているはずです。」

ザントはここでフロイトの反応をうかがった。

フロイトは動揺したようで顔色が変わったが、かろうじて平静な様子を保った。「馬鹿なことを言うな！　わたしの本はあくまで夢を対象にして分析している学術書であって、現実の国家とは何の関わりもない。その証拠に、わたしの取り上げた数々の夢の例は性生活など個人的な事柄に関わりがあるものが主で、政治に直接的な関わりのあるものはない。性は政治という公的な場面、つまり開かれた場面とは異なり、まったく私的な、つまり閉ざされた場面に関わるものであり、性と政治は交わるところはないのだ。」

フロイトはこう力を込めて断言した。

ザントはまた唇のあたりに冷笑を浮かべた。『夢判断』に何百も登場している夢のなかに政治に直接関係しているものがない、それはフロイト教授のおっしゃる通りです。それは当たり前でしょう。検閲官がいるからです。」

「検閲官だと！」フロイトは激高した。「それは何のことだ。『夢判断』の出版に際し、検閲官に削除を命じられた箇所はひとつもない。これは学者としての良心にかけて明言する。」

ザントは低く笑い声をあげた。「それは削除を命じられた箇所はないでしょう。だって、検閲官が原稿を眼にする前に、もうすでに検閲が行われて削除されているからです。つまり、フロイト教授、あなたご自身が検閲して不都合な箇所を削除しているからです。ハプスブルク家批判や社会主義あるいは民族主義的な主張を含むような夢はあらかじめ検閲して除去しているのです。でも考えてみてください。そのような政治的な夢をこの激動の時代を生きているウィーン人がまるで見ないことはあり得ません。フロイト教授、そうではないですか？」

ザントは決めつけるように訊ねた。

フロイトはすきを見せないように落ち着いて話し始めた。「……それは、そういう夢を見るウィーン人も確かにいるだろう。しかし、そういう夢を見るウィーン人は、もともと政治に関心のある政治家たちのような連中だ。社会主義者にせよ、民族主義者にせよ、何らかの強い政治思想を持っている人間たちだ。『夢判断』ではそのような政治的な人間たちの夢は扱っていない。それも当たり前だ。扱っている夢の材料はわたし個人や家族、友人などまわりの人間がほとんどだ。わたしのまわりにそんな連中がいないから政治的夢が『夢判断』に登場しなくても当然のことだ。

付け加えるならば、もちろん個人の誹謗中傷に及ぶような夢や個人が特定されるような夢は『夢判断』から外してある。わたしの本は、精神分析の学問的正しさを証明するために書かれたもので、誰かを攻撃するとか政治的な思想を宣伝するために書かれたのではない。そのような内容の夢を削除するのは検閲ではなく、当然の礼儀と呼ぶべきだ。」

フロイトはザントが黙って聞いているので、攻勢に転じた。「そもそも君はなにをしにわたしのところに来たのだ？　わざわざわたしの『夢判断』を中傷するために来たのか？　内容を正確に読みもしないのに、勝手な読み方をされては迷惑千万だ。医学部学生ということだが、精神医学の基本を学んだ上で話しているのか？　それとも、君は自分の劣った知性では医学を学ぶのには不十分だと思い、わたしの診断を受けに来たのか？　それなら、今日は休診日だから、予約を取って診療日に来たまえ。」

　フロイトはさっき手にしたアルフレート・アドラーの紹介状代わりの名刺を示した。「アドラーの紹介文には、君は優秀な医学生で、アドラーの勉強会にも熱心に参加している、とりわけ精神病の社会的要因に関心がある、と書かれている。そんな問題に関心があるなら、アドラーこそもっとも学ぶべき学者だろう。アドラーはわたしの勉強会にも参加し、議論をリードしているが、彼はわたしの精神分析に批判的であり、わたしの信奉者ではないと公言している。アドラーはレオポルト街で貧民の治療をしているので、精神病と貧困、精神病と階級といった問題に関心がある。わたしにも貧民街の様子を見に来てくれと誘っている。わたしは、自分は人間の性の問題にかかりっきりで、精神病と貧困や階級の問題を扱う暇がないと言って断っている。

　君が精神病と社会の問題に強い関心を持っているなら、なにも好きこのんでわたしのところに来る必要はない。ずっとアドラーのもとで学んでいればいいのだ。そこでは貧しいユダヤ人やサーカス芸人たちの病を身近に観察したり、治療したりできるのだから、有益だろう。そうすることをお勧めするよ。」

　フロイトは変な論争にでもなって、ザントに長居されては困ると思ったらしく、丁重にお帰り願う作戦に変えたようだ。

　ザントは馬鹿ていねいにお辞儀して、慇懃な口調で言った。

「貴重なアドバイスに厚く感謝します。わたしはこれからもアドラー先生のもとで精神医学を学んでいくつもりです。貧困と精神病の関係を実地に学ぶことができる理想的な環境です。ウィーン大学の精神科では、知性が退化した老教授たちが、カビの生えた古色蒼然たる理論を振りかざしているだけで、眼の前の精神病患者を救済しようなどという気持ちはまるで持っていません。病名さえわかれば、患者は死んでしまっても教授たちは満足するのです。社会の実態を無視している教授たちに、社会の犠牲者である精神病患者が治せるはずがありません。」ザントは声を一段と強めた。

「君の言っていることは極論ではあるが、ウィーン大学精神科が時代遅れになっているという意見には、一定の留保をつけるが、わたしもおおむね賛成だ。」

フロイトは、彼の理論が革新的だったためウィーン大学教授として受け入れてもらえなかったので、ザントの大学批判に一定の賛意を示した。

「わたしの意見に賛成していただきありがとうございます。フロイト教授はウィーン大学精神科教授として世界に知られるべき大学者であるとわたしは確信しています。遠からずウィーン大学の至宝とも呼ぶべき存在になられるはずです。」

ザントはお世辞を述べ立てた。フロイトは沈黙を守っている。

「わたしは、実はある意味でアドラー先生よりもフロイト教授を崇拝しています。これは正直なわたしの気持ちです。アドラー先生は貧困や社会的差別に強い関心を持っていられます。また、その解消のために行政機関への提言や貧しい子どもたちへの教育活動など、実践的な活動も積極的に進めておられます。おそばで見ていても、アドラー先生の毎日は治療、研究、教育、社会活動などで休む時間さえないほどです。そのような献身的な姿勢の背景には、アドラー先生がユダヤ人として差別を受けてきたこと、また子どもの頃に身体が丈夫でなかったため学習で大変苦労されたことがありいます。困っている人々にいつでも手を差し伸べようとするアドラー先生の生き方には、自然と頭が下がります。

しかしながら、アドラー先生の理論については、正直言って不満があります。先生の理論は、先生の実践活動と同じで改良主義なのです。一歩一歩先へ進んで行こうというのが先生のお考えです。要するに理論としての爆発力がありません。そこがぼくには物足りないのです。これに対して、フロイト教授の理論には爆発力があります。それもウィーンやオーストリア帝国を爆発させるだけでなく、世界全体を爆発させるようなパワーがあります。ですから、わたしは精神分析を真剣に学ばなければならない、と思っているのです。」

フロイトは厳しい顔で否定した。「わたしの精神分析は、君が勝手に考えているような、テロリストが投げつける爆弾ではない。世界を爆発させるどころか、自分の葉巻に火をつける発火力もない。火をつけるどころか、むしろ精神分析は熱を帯びている人間の精神を冷静にさせる冷却力があるのだ。」

ザントはまた冷笑を浮かべた。「フロイト教授、革命的な発見をした人間は、往々にして自分が発見したことの重大さを理解できないのです。ガリレオは絶対的な権威であったアリストテレスの天動説が誤りであることを地道な観測によって発見して、地動説を主張するようになりました。ガリレオにはしかし、天動説を基盤としている教皇を頂点とするキリスト教のヒエラルキー、さらにはそこから類推される、国王を頂点とする社会的ヒエラルキーの権威を疑う気持ちはなかったのです。ましてや否定する気持ちはまったく持っていませんでした。しかしながら、ガリレオの地動説は、天動説を爆破しただけではなく、キリスト教の精神的ヒエラルキーを爆破し、さらには封建社会の身分的ヒエラルキーも一挙に爆破してしまったのです。革命的な発見とは往々にしてこのような過程を歩むものです。つまり、爆弾に火をつけることなど思いもよらない温厚な善人によって、爆弾に点火がなされるわけです。

フロイト教授、あなたの精神分析もガリレオの地動説のように旧来の思想や社会を爆破する大きな力を持っているのです。その証拠をお眼にかけます。」

こう言うとザントは立ち上がり、書棚に近づき、「失礼。」と短く言って一冊の本を取り出した。ザントの手のなかの本は先ほど話題になった『夢判断』だ。

「ぼくが強い暗示を得た、この本の最後の箇所を読み上げます。

『夢には、未来を予知するという能力はあるのであろうか。夢による未来予知ということはむろん考えられない。そのかわり、夢は過去について教える。なぜなら夢というものは、あらゆる意味において過去に由来するものだからである。夢はひとに未来を示すという古い信仰にもまた、なるほど一面の真理は含まれていよう。とにかく夢は願望を充たされたものとしてわれわれに示すことによって、ある意味ではわれわれを未来のなかへと導いてゆく。しかし夢を見ている人間が現在だと思っている未来は、不壊の願望によって、過去の模造として作りあげられているものなのである。』

最後の箇所にはこのように書かれているのです。」

ザントが読み上げた箇所は、偶然にも先ほど治安警察の部長が読み上げた箇所とまったく同じだった。

このあまりにも不思議な一致に私たちは驚いた。

「わたしたちの夜見る夢は、たとえそれが明日や明後日、さらには一年後、十年後のことを予言しているように見えても、実際には過去を模倣しているのであって、まったく新しい未来を示しているのではない。こう書かれています。そして、夢は過去の模造ではあるが、過去に充たされなかった願望の実現であることが重要です。フロイト教授、こういう意味に間違いないですね？」

フロイトは黙ってうなずいたが、不審げに言った。「この文章のどこに爆発力があると言うのだね？　わたしの夢研究の結論をそのまま書いているだけだが。」

ザントは自信満々の表情で答えた。「ここは表面上、穏やかな文章で気づきにくいのですが、大変な爆発力を持っている文章です。つまり、人間が毎晩見る夢は、過去を材料としている、夢の舞台で上演される芝居は、過去に上演された芝居をつなぎあわせたものだということです。夢という舞台で上演されるフロイト教授作のドラマは、まったく新しいドラマのように見えても、過去のドラマ、たとえばゲーテやシラー、シェイクスピアやカルデロン、さらにはソフォクレスまで総動員した筋書きになっているということがあるのです。天が下に新しきものなし、です。

しかし、ここで大いに注意しなければならないのは、夢は過去のドラマのそのままの再現ではなくて、充たされなかった願望の充足としての過去のドラマの再現なのです。たとえば、ハムレットが結末で殺害されず、実は死んでいなかったオフィーリアと結ばれるとか、放浪の王リアが殺されなかった親孝行な末娘のコーディリアのもとで幸せな老後を過ごす、こんな具合です。

夜に見る夢が願望の充足だとしたら、昼に見る夢、すなわち理想も同じことです。願望が充足した過去として現在を望み通りに改変したい、ということも人間の本来的な衝動なのです。これは個々人にあてはまるだけではなく、人類全体にあてはまる衝動なのです。

キリスト教の天国は失われたエデンの園の再現であり、腐敗した現在の社会を変えたいという充たされぬ願望の充足です。『コーラン』に描かれる天国は水が豊かで植物が生い茂り、ナツメヤシなどの美味しい食物にあふれている世界です。砂漠の民の宗教としてのイスラム教の天国は、このようにまず砂漠の民の最大の懸念材料である水不足への不安が払拭された世界なのです。共産主義の理想である階級なき世界も、実のところ失われたエデンの園の復活です。イギリスの農民一揆の指導者、ワット・タイラーは一揆のスローガンに『アダムが耕し、イブが機を織っていたときに、誰が領主で誰が農奴だったろうか』という言葉を掲げました。フランス革命もギリシア、ローマの共和制を理想としました。もちろん現実のギリシア、ローマの共和制ではなく、あくまでも理想化された共和制、夢としての共和制です。

このようにすべての革命は、過去の模造ではあるが、過去に充たされなかった願望を実現したいという意味での過去の模造なのです。人間の願望には際限がありません。そして人間の願望は現実に対する不満から生まれるのですから、それこそ天国のような現実が実現されない限り、願望は永久になくなりません。そのような願望から革命がいつでも起こり得るのです。つまり、人間の記憶のなかに過去が残っている限り、革命の可能性はなくならないのです。充たされなかった願望の記憶から、願望が充たされた過去を今すぐに実現したいという夢が生まれ、そこから革命への意志が生まれます。このように過去は現在を爆破する火薬庫なのです。過去が記憶に残っている限り、いつでも革命の可能性があるのです。そのことをフロイト教授の『夢判断』は科学的に証明しています。わたしの言葉で翻訳するなら、『夢判断』は『革命判断』となるのです。フロイト教授、あなたは同じユダヤ人の革命家、カール・マルクスに匹敵する精神界の革命家です。マルクスは資本主義のメカニズムを分析して革命の必然性を発見しましたが、あなたは夢のメカニズムを分析して革命の必然性を発見したのです。」

ザントはこう一気に早口で話し終えた。フロイトは呆気に取られた表情をし、それから苦々し気に口を開いた。

「君は催眠術師か、それともペテン師か？　わたしの本『夢判断』とはまるで関係ない話を延々としている。どうして『夢判断』が革命の起爆剤になるのだ。君はアナキストか、社会主義者なのか？　いずれにせよ、ハプスブルク家やフランツ・ヨーゼフ皇帝に不満で、帝国打倒の革命を夢想しているのだろう。しかも、皇帝に爆弾を投げつける代わりに、よりにもよってわたしの『夢判断』を投げつけようとするのか。

わたしは穏健で保守的な人間だ。わたしがユダヤ人だからと言って、カール・マルクスといっしょにされては困る。わたしはマルクスのようにどこを見ても不満ばかりを抱く人間ではないし、行動で現実社会を変えようとするタイプではない。わたしは、現実社会の悪いところだけでなく良いところも見る人間だ、社会に訴えるより観察しようとする書斎派だ。たとえわたしがマルクスに会っていたとしても、彼に好感は持てないだろうし、マルクスもわたしに好感を持てないだろう。」

フロイトはこう言うと突然立ち上がり、ザントに近づいて彼の手から『夢判断』を黙って取り上げ、書棚の元の位置に『夢判断』をもどした。驚いた表情のザントにフロイトは宣言した。

「君はわたしの『夢判断』を書棚から勝手に持ち出して、勝手に書き込みをしてまったく別の本にしてしまおうとするような輩だ。『夢判断』はこのように、わたしが最初に並べておいた位置にもどさなければならない。革命用の勝手な持ち出しは禁止する。」

ザントはあからさまな冷笑を浮かべた。「『夢判断』をただ書棚に置いておいても、紙魚に食われてしまうのがオチです。『夢判断』は書棚や治療室に押し込んでおくべき本ではありません。街頭に持ち出し、封建的な権力者、金権支配の資本家たちに投げつけるべき本です。このようにして。」

こう言うなりザントは書棚に置かれた『夢判断』をまたも取り出した。「止めなさい。」とフロイトはザントを制止しようと立ち上がりかけた。

「マルクスのフォイエルバッハに関するテーゼ『哲学者は世界をさまざまに解釈してきただけだ。問題は世界を変革することなのに』をもじれば、『精神分析は精神をさまざまに解釈してきただけだ。問題は精神を変革することなのに』となります。世界を変革する起爆剤、古い世界を破壊する爆弾に『夢判断』はならなければなりません。ちょうどこんな風に！」

こう言ってザントは『夢判断』をフロイトの膝のあたりに投げつけた。

「なにをする！」とフロイトは声をあげたが、本が当たった膝から崩れ落ちた。

「危ない！」と熊楠と私はフロイトを助けに近づいた。

「フロイト教授、いいですか。あなたがさっきのように治安警察に変に協力するようなことをしたら、今回のように本が投げつけられるのではなく、本物の爆弾が投げつけられることになりますよ。ご用心なさい。」ザントは高らかに哄笑をあげた。その笑い声は奇妙にも治安警察の部長の声に似ていた。

「無礼者！」こう叫んで熊楠はザントを捕まえようと手を伸ばした。しかし、一瞬早くザントはドアを飛び出た。「誠に失礼しました。」という彼の言葉だけが部屋のなかに残った。

私たちは倒れていたフロイトを抱きかかえ、ソファに横たえた。フロイトが患者を横にして精神分析を施す舞台となるソファだ。フロイトの顔は青ざめてひどく疲れているようだ。最初に起こった患者の夫の乱入、ふたり目の治安警察部長への対応、三人目の革命家学生の乱暴狼藉と重なり、心身への度重なるショックでフロイトも急に老化したように見える。息もあがっている。

「大丈夫ですか？」熊楠は心配げにフロイトに声をかけた。

フロイトは弱々しい声で「ありがとうございます。大丈夫です。馬鹿な学生の相手をして疲れてしまいました。」と答えた。

「医学部の学生と言っていましたが、さっきの学生に見覚えがありますか？」熊楠が訊ねた。

「覚えがありません。ただ、大学の講義に毎週出かけていますが、わたしの講義を聴講している学生は少ないので、それ以外の多くの医学部の学生は知らない状態です。」

フロイトはこう言ってから、「ことによったらザントは学生ではないかもしれません。贋学生なのかもしれません。」と付け加えた。

熊楠は「あなたにあんな乱暴を働くのだから、学生ではなく街の不良青年が化けているのかもしれないですな。」と応じた。

フロイトは「ザントという学生には言葉の訛りがありました。外国人、ことによるとロシアのニヒリストなのかもしれません。以前にも、ネチャーエフという自称ロシア人留学生が来て、自分はロシアの大きな進歩的学生組織の責任者だとか、指導者絶対の組織運営の心理学を教えてほしいとか、訳のわからない話をしたので、すぐに追い出しました。それに、あとでロシア通の知人に訊いたら、ネチャーエフというのは、とっくの昔に獄死したニヒリストの名前だというではないですか。」

部屋の騒ぎを聞きつけた下女が、心配そうに部屋に入って来た。私は気付け薬として強い酒とコーヒーを持って来るように頼んだ。しばらくしてコニャックとコーヒーが運ばれて来たので、寝たままのフロイトにコニャックとコーヒーを飲ませた。

コーヒーを口にしたフロイトはようやく人心地がしたようで、青白い顔に生気がもどってきた。

「フロイト博士、落ち着きましたか？」と熊楠が訊ねると、フロイトは「度重なるショックでめまいがしましたが、おふたりの支えでやっと気持ちも身体も落ち着いてきました。おふたりがいらっしゃらなかったらどうなっていたか、考えるだけで恐ろしくなります。」と言った。口先だけの言葉ではないことがその表情から読み取れた。

「お役に立てたならこんなにうれしいことはないです。」熊楠も殊勝に答えてから、「失礼ですが、念のため脈を診させていただきます。」と言って、フロイトの片手を取った。フロイトは素直に「お願いします。」と応じた。

しばらく脈を診てから、「ほぼ正常です。大丈夫ですよ。」と熊楠は笑顔で言った。

「ドクター南方は、生物学や人類学だけでなく医学の心得もお持ちなのですね。」フロイトは感嘆して言った。

「いやお恥ずかしい。わしは贋医者ですよ。日本の学校を中退して米国に留学しましたが、若気の至りで学業を放擲して放浪生活を送りました。ある小さなサーカス団についてキューバやメキシコをまわりました。サーカスの団員は学校にまともに行ったことのない連中ばかりなので、手紙の代筆をさせられて、英語でラブレターを書いたりしました。団員はみんな学がなくても気のよい奴らで、わしの書いた英語の文章を気に入ってくれて、お礼もたっぷりはずんでくれました。

なにしろサーカスですから、空中ブランコから落ちるとか、飼っている熊にかじられるなど怪我人が絶えませんでした。無名のサーカス団なので、中米の田舎ばかりまわったので、怪我をしてもかかる医者など近くにいません。そこで団員たちに無理に頼まれて、わしが医者の真似事をしたのです。わしは子どもの頃、熊野の山中を飛び歩いていて、擦り傷ができる、足をくじくといった怪我を毎日のようにしていました。自分なりに工夫して対応しているうち、何とか治療の真似事もできるようになりました。山人に薬草を教えてもらったこともあります。

そんな経験から、サーカス団員たちの怪我や、旅先での食あたりにも、それなりの対応ができました。治った団員からは大いに感謝されました。わしの治療法がピタリと当たったときなどは、不思議な医術を施す東洋の魔人と呼ばれたこともありました。その触れ込みで、サーカスの舞台に立ってくれと懇願されましたが、さすがにそれは止めておきました。芸無しなのは自分が一番よく知っていますから。」

熊楠は楽しそうにサーカス団の体験を語ってみせた。

「それはすごいですね。わたしも医学生のときに研修で内科医や外科医の真似事もしましたが、精神科を専攻してからは他の分野を学ぶ機会もなかったので、今では足をくじいた人間や腹を下した人間がいても満足に治療する自信がありません。」正直にフロイトは言った。

「わしを医者として見るようになったのか、サーカスの団員たちはそのうちに心の悩みも打ち明けて、いろいろ相談するようになりました。三角関係の恋の悩みから始まり、不良少年だったため絶縁された両親との関係、他の団員との不仲など、せいぜい三十人ほどの小さなサーカス団でしたが、千差万別の悩みにあふれていました。人種も白人、黒人、混血などさまざまで、中国人もひとりいました。

大家のフロイト博士の前では恥ずかしいのですが、精神科医の真似事のようなことまでしました。名もないサーカス団に入って来るような奴らは多かれ少なかれ何らかのコンプレックスを持ち、社会に適合できないタイプが多いのです。わたしは彼らに自信を持つように激励しました。彼らは、空中ブランコや玉乗りといった難しい技をいともたやすく行います。また、熊やライオンなどの猛獣を犬猫のようにたやすく手なずけます。寝起きを共にしていましたから、彼らがいかに曲芸のため日々精神も肉体も極限まで鍛え上げているのかを見ています。『君らのように全身全霊を傾けて芸に精進している人間が、他の凡人たちに対してコンプレックスを抱く必要はなにもない。自分のやってきたことに自信を持ちなさい。無為徒食している富豪などより、自分の技量で飯を食っている君らの方が人間としてずっと上等だ』と励ましました。彼らがいったん芸に自信を持つと、不思議にも精神的悩みもすべて消えてしまいました。」

熊楠はサーカス団での日々を思い出し、懐かしそうに話した。

「それはご立派です。あなたがサーカス団で団員たちの話を親身に聞いてやっていたことは、まさに精神科医がやらなければならない一番大切なことです。わたしの精神分析も、患者に自由に話させることを治療の第一歩にしています。ドクター南方、あなたは天性の精神科医です。」感極まったようにフロイトは言った。

熊楠はフロイトにほめられて、さすがにうれしくなったらしい。「それではわたしのような素人でもフロイト博士の門下に加えていただき、精神分析を学ばせていただけるのでしょうか？」熊楠はこう軽口をたたいた。

フロイトは真面目な表情で答えた。「残念ですが、精神分析の門にはお入り願えません。ドクター南方が実践されていた治療法は、アルフレート・アドラーがレオポルト街でプラーター遊園地のサーカス団員などを相手にしている治療と同じ系統です。ですから、わたしではなくアドラーの門下にお入りになることをお勧めします。いや、それどころか、ドクター南方はアドラーの指導を受けずとも、アドラーと同じ手法でサーカス団員たちに自信を持たせました。ですから、ドクター南方はアドラー学派の一員になる必要はありません、すでに独自の南方学派を創設されたと同じことですので。」

こうフロイトは力を込めて言った。単なるお世辞ではなく本気でそう思っているらしかった。

ここまでほめられると、さすがに熊楠も照れくさくなったらしく、頭をかいて「いや、単なる素人療法がまぐれ当たりしただけで、フロイト博士からおほめをいただくほどのことではありません。」と謙虚に答えた。

「今度の勉強会でアドラーに、正規の医師でもないドクター南方がアドラーと同じ治療法でアメリカのサーカス団員を治療して成果をあげた、と伝えておきます。アドラーも驚いて青くなりますよ。」フロイトはうれしそうに言った。勉強会に参加しながら、独立独歩の道を進んでいるアドラーに対して、家父長的な面のありそうなフロイトは面白からぬ思いを持っているらしい。アドラーの主張する精神医学が独創的なものではなく、誰にでもできる陳腐なものではないか、ということを熊楠の例で暗示してやろうとフロイトは目論んでいるのだろう。

フロイトは一息ついたことでかえって疲れがぶり返したようで、起こしていた上半身をまた横にした。

「フロイト博士、お疲れは相当根深そうですね。」と言って、熊楠はフロイトが横になっているソファに近づいた。

「中国が起源の漢方といわれる東洋医学は、西洋医学とは異なり身体をパートに分解して、それぞれを分析するという手法は取りません。人間の身体全体をひとつの宇宙として理解しようとします。西洋的な表現をすれば、人間の身体を有機体として理解しているのです。したがって、胃のもたれ、足の痛みなど個別の不調も身体全体の状態との関連で理解しようとします。したがって、身体の個々の部分の不調は、それが深刻に見えたとしても、身体全体との関係で見ると大した不調でないこともありますし、逆に個々の部分がささいな不調に見えたとしても、身体全体との関係では生命に関わるような深刻な場合もあるのです。これは精神についても同じであり、気分の落ち込みなどささいなことに見える不調でも、精神全体との関連では、精神の崩壊の前兆であることもあります。誠に失礼ですが、足の指の状態を確認させていただけませんか。足の指は内臓や脳と直結していて、足の指の好不調が内臓や脳の状態を正確に示す危険信号の役目も果たしているのです。それも単に肉体だけではなく精神の状態も教えてくれる信号なのです。」

熊楠は本物の漢方医のように上手に説明した。

フロイトはやや不審そうな表情をしながら言った。「正直言って、わたしは西洋医学で教育されてきましたので、東洋医学に対しては、科学ではなく単なる迷信ではないか、という偏見を持っていました。東洋医学の医師と話したこともないし、学ぶ機会もまったくありませんでしたので。しかし、ドクター南方のお話をうかがって、東洋医学の価値も認めなければならないのかもしれない、と初めて思いました。というのも、患者本位の治療を東洋医学が目指しているのではないか、という印象を持ったからです。ウィーン大学の医学部は、患者のことをそっちのけにして、正確な診断や病気の特定ばかりを重視してきました。診断がついて病名が特定されれば、患者は死んでも構わない、こんな治療ニヒリズムが大っぴらにまかり通っています。わたしの精神分析は、そのような患者無視の精神医学から患者本位の精神医学を打ち立てたい、という願いから生まれたものでもあります。どうぞ、お好きなように存分にわたしの足の指を東洋医学の実験台にしてください。」

フロイトはこう潔く言ったが、東洋医学による治療の初体験で緊張しているのか、眉間に皺が寄り、こめかみがぴくぴく震えていた。

「緊張なさらずに普段のままでいてください。」

熊楠はゆっくりとフロイトの靴を脱がせ、靴下も脱がせた。身だしなみに気をつかっているらしく、フロイトの靴にはほこりひとつなく、靴下も新品のようだ。熊楠は身体の割に大きな手でフロイトの足の指に触れた。

「ギャーっ！」という絶叫が上がったのは、熊楠が足に触れるのと同時だった。「痛てーっ！」という悲鳴も聞こえた。「人ごろ……！」という発音もあった。「し」という最後はかろうじて抑えたようだが。

こんな下品な叫びをあげるのは誰だろうと思ったが、この部屋にいるのは三人の男しかいない。私ではなく、施術をしている熊楠でもないとしたら、犯人はフロイトしかいない。ご本人は真っ赤な顔をして額から脂汗を流している。

「誠に失礼しました。はしたない声をあげてしまって……　わが人生で感じたことのない強烈な痛みを覚えて、あと先考えることなく悲鳴が出てしまいました。わたしの無意識といいますか、前意識といいますか、そこに秘められていた叫びが突如踊り出て、いくつもの検閲を突き破り、意識にまで到達したわけです。」

ことさら学術的な言い方をしたのも、自分が奇天烈な叫びをあげてしまったことをフロイトがよほど恥じているからだろう。

「いや、療治の際に痛さを感じたら、素直にそう表現してもらった方が療治を施す者の指針になりますし、施される側にも変なこだわりが残らずに良いことなのです。」こう言って、熊楠は少し手加減しながら足の指を順番に触っていった。

「痛いときは痛いと言ってください。とても痛いときは大声でお願いします。」熊楠はフロイトをうながした。フロイトはほとんどの指で「痛い。」と声をあげた。先ほどのように絶叫になることはなかったが、それでも大声も何回かあげた。

ひと通りすべての指に触れたあと、熊楠は下女に手を洗う湯を持ってくるよう言ってほしい、と私に指示した。私はそのむねを下女に伝え、少しして下女がタオル、私が湯の入った洗面器を持って、部屋に入ると、フロイトは葉巻を美味しそうにふかしていた。

両手をていねいに湯で洗い、タオルでぬぐったあと、おもむろに熊楠はフロイトに向かった。フロイトは姿勢を正して熊楠に訊ねた。

「ドクター南方、わたしの身体という宇宙の状況はいかがでしょうか？　脳や心臓、肺や胃といった惑星たちは与えられた軌道を順調に運航しているのでしょうか？」

ゆとりができたのか、フロイトはこんな軽口をたたいた。

熊楠はしかし、真剣な表情で答えた。「わしの見立てでは、あまり順調ではないですな。なるほど表面的には順調に軌道を運航しているようですが、どの惑星の運航にも少しのズレが見えます。宇宙の場合には太陽のまわりを回る惑星は水金地火木土……と決まっていますが、人間の身体の宇宙では、惑星にあたるものは何百、何千、何万とありますので、それぞれがほんの少しの軌道のズレを見せたとしても、全体としてはそれこそ惑星同士の衝突、連続衝突が始まり、下手をすると身体という宇宙の崩壊にまで進みかねません。」

「えっ！」フロイトは驚きの声をあげた。「宇宙の崩壊とは、身体の崩壊、つまり死ですか？」

「その通りです。身体という宇宙の崩壊は、全体の調和によって保たれている人間という生命体が、原初の状態に回帰しようとすること、無機物に分解されること、すなわち死に他なりません。」

おごそかに熊楠は宣言した
「死ですか……」こう言うと、フロイトは思わず手にした葉巻を取り落とした。近くにいた私はとっさに絨毯の上を転がる葉巻を取り押さえた。

私が葉巻をフロイトに返そうとしたとき、熊楠は葉巻を横取りして言った。

「身体という宇宙の調和を破壊する宇宙外の存在、それがこいつです。」葉巻を指して、熊楠は断言した。

「葉巻が健康に悪いとおっしゃるのですね。わたしが定期的に健康診断をしてもらう知り合いの内科医も、診断後はいつも葉巻をすぐ止めるように、と命令口調で言います。」

フロイトは恥ずかしそうに続けた。「わたしも何度か葉巻を止めようとしましたが、成功しませんでした。」

「足の指はすべて心臓などの臓器や骨格と密接に関係しています。つまり足の指の痛さは、内臓の状態を忠実に示しているのです。フロイト博士が特に強烈な痛みを訴えられた足の指が関わるのは、顎、喉、胃、肺などです。それらはすべて喫煙、それも強い葉巻の喫煙に関係する場所なのです。喫煙を急いで止めないと、最終的には生命の危険にまで至ります。急性なのか、慢性なのかはまだ予想ができませんが。」

熊楠は深刻な声で言った。それは医師の声というよりも僧侶の声のように響くのだった。

「でもわたしは葉巻を止めることはできません。自分でもその理由がわかっています。葉巻を止められないのは、わたしがまだおしゃぶりを必要としている、つまりわたしがまだ口唇期にあることの象徴です。葉巻はわたしの夢判断では、男性器の象徴です。傘や鉛筆など長い物、とがったものはみなそうですが。」

フロイトが話しているあいだに、熊楠は葉巻をそっと灰皿に置いた。

「葉巻は男性性、父の存在を意味しています。こんな年齢になっても、口唇期の段階にまだわたしがあるのに、唇が求めるのは通例の母の乳房ではなく、父の男性器への執着がわたしには存在しています。このことはわたしが矛盾した状態にあることを示しています。父と母に引き裂かれた状態です。」

フロイトは慎重な口調で話した。熊楠はフロイトが大事な告白をするのだと感じて、穏やかに言った。

「フロイト博士、身体を楽にしてお話ください。足の指を調べたときに、内臓の不調がわかり、その原因が過度の葉巻の喫煙によるものということも大方わかりました。他方で、あなたの精神も過度の疲労にさらされていることもわかりました。その原因は、あなたの医師としての仕事が激務であること、つまり精神分析に時間がかかり神経も使うということが主ですが、それだけでもないようです。もっと他の原因があるように思えます。それがなんなのか、お尋ねしたい。あなた自身がその原因を知らないと、今後精神分析を続けることがあなたの肉体と精神を蝕み、継続が不可能になると思われますので。」

フロイトは熊楠の言葉を噛みしめるようにしばらく熟考してから、ゆっくりと話し始めた。

「ドクター南方はわたしの心の隅々までお見通しのようです。精神分析は、正直に申しますと、単なる理論ではなく、わたし自身の失われた楽園を回復する試みと言えるかもしれません。精神の失われた部分の回復、つまりレコンキスタ、国土回復です。わたしが人間のさまざまな欲望のなかで性をもっとも重視し、夢という現象に興味を持っているのも、わたしの失われた楽園を取り戻す試みなのです。わたしが幼い頃、家族はボヘミアの寒村に住んでいました。父はささやかですが商売をして、村でもそれなりの家庭でした。父は自分の商売の成功を誇りに思い、日常生活においても自信に満ちた振る舞いをして、家庭では権威のあるまさにユダヤ的な家父長でした。

英雄物語の好きだった子どものわたしにとって、父はそれこそ生きている英雄でした。ボヘミアの寒村しか知らない子どもだったので、お笑いになるでしょうが、家庭での英雄は村の英雄であり、同時に世界の英雄、世界史的英雄を意味しました。その頃、わたしにとり父はモーセやナポレオンに匹敵する英雄であり、長男のわたしが目指すべき偶像でした。

ところが、偶像は突然崩れ落ちました。ある日の午後、父が帰って来ると、何気ない様子でわたしにさっき道で体験したことを話しました。舗道を歩いていると向こうから生意気そうなキリスト教徒の若造がやって来ました。若造は父の前に立ちふさがり、『ユダヤ人！　舗道を歩けるのは正真正銘のキリスト教徒だけだ！』と叫ぶなり、父の帽子をもぎ取り、泥土の上に投げ飛ばしました。

『お父さん、それでどうしたの？』子どものわたしは憤りを覚えて、父に訊ねました。当然、英雄である父がその若造をさんざん懲らしめたと思ったのです。ところが、父は平然として、『黙って帽子を取りにいったさ』と答えました。わたしは愕然としました。父が何でそんな不愉快な話を子どものわたしにしたのかわかりません。ことによったら、ユダヤ人としてのキリスト教徒への身の処し方をわたしに教えようとしたのかもしれません。あるいは、その不愉快な体験をただ誰かに話したかったのかもしれません。

しかし、この事件以後、父はわたしにとって英雄の地位を失墜してしまいました。英雄はわたしにとって不死の存在と思われていました。しかし、この事件により父は不死の英雄から、ありきたりの死すべき有象無象になってしまったのです。その頃、わたしの身体にも異変が続きました。なぜか身体のあちこちが痛むようになりました。両親は、ユダヤ人の医師のところにわたしを連れて行きましたが、医師の診立てでは、身体のどこにも異常はありませんでした。若い医師は『身体のどこにも異常はない。悪霊のディブクに取り憑かれたのかもしれないな。悪魔祓いをしてもらったらどうかね』と言って笑いました。子どものわたしの訴える症状を真剣に受け取ってくれなかったのです。

両親にも医師にも理解されずに孤立感を覚えました。夜、ベッドに入ってから、生きて明日の朝が迎えられるのか、と不安を覚えるようにさえなりました。まるで明日をも知らぬ瀕死の老人のような心境になってしまったわけです。

その頃また、性にも関心を持つようになりました。悪友から赤ん坊がなぜ生まれるのか、コウノトリとは違う方法を教えてもらいました。その話を聞いて、幼児のときに両親の寝室に夜中に迷い込んだときの光景が突然思い出されました。不思議だった光景が啓示を受けたかのように、すべて明らかになりました。

要するに早く来た思春期の仕業と言えるでしょうが、死と性がわたしの小さな頭と身体に一気に押し寄せて来たのです。そもそも死が人間にあるのは生きているから、生きているのは生まれたから、生まれたのは男女の性があるから、と幼い頭でたどっていきました。すると、誕生があるのはそもそも死の準備段階なのかと思えました、そうだとするなら誕生の前提である性すらも死神の従者なのか、そんなことさえ考えました。さらに毎晩の眠りも死の練習にも思えたのです。しかし、毎晩の眠りは完全な死ではなく、夢という仮の目覚めがあります。すると夢は死に対抗するものなのか、それとも死を補完するものなのか、そんな疑問も浮かびました。

今思うと、子どもの頃のこのような体験がわたしの精神分析への入り口でした。

自分でも葉巻への執着を精神分析で解釈してみました。葉巻への執着はキリスト教徒に屈辱的な思いをさせられたのに、なにも抵抗もしなかった父への不満の現れなのです。父は外ではステッキを持って歩くのが常でした。それは自分が憐れむべきユダヤ人ではないという矜持の表現でした。子どものわたしは、キリスト教徒の若造に帽子を飛ばされたとき、父がそのステッキを若造に振り下ろせばよかったのに、そして泥にまみれた父の帽子の横に、若造も泥にまみれて倒れたらよかったのに、と考えました。ですから、葉巻はわたしにとって父の復讐のステッキであり、父の男性器でもあるのです。」

フロイトは、医師熊楠に従順な患者のようにこう告白した。

熊楠は突然手を打った。「面白いですな！ フロイト博士の考えられたことは、子どものわしが熊野の山中で迷い、洞穴で夢うつつの間に考えたことと似ています。洞穴で冬眠中の熊のようにうつらうつらしていると、夢なのか現実なのかわからなくなっていた。わしの実際の姿は冬眠中の熊であって、人間である自分を夢見ているだけではないか、熊である自分が死ねば人間として生まれ変わるのではないか、という思いでした。眠りにつくときに自分はこれから死の世界に入るのか、それとも新たな誕生の準備をしているのかと考えました。眠りは死なのか、それとも新たな生なのか、それを解く鍵として夢があるように思いました。生と死を橋渡しする役目を夢がしているのではないか、と思いました。

双子は違った境遇で育っても、同じ夢を見ることが多いそうですが、フロイト博士とわたしは双子、あるいは前世での双子、または来世での双子かもしれませんな。」こう言って熊楠は豪快に笑った。

「なるほど、双子かもしれませんな。」フロイトも言葉を合わせて、微笑した。山法師のような熊楠と神経質な教授タイプのフロイトが双子というのは外見からすればありえないが、笑い方にそれぞれ独特の魅力があるのが似ていると言えそうだ。

「しかし、夢の分析をするようになってから、わたし自身は不思議と夢を見ることが減ってしまいました。他人の夢にかかりきりになって、いわば自分の夢を見る方法を忘れてしまったようです。自分の夢を見なくなって負のエネルギーが内面にたまるようになって、わたしは疲れやすくなってしまったのです。おっしゃるように夢分析の職業病かもしれません。」フロイトはこう悲しそうに言った。

「わしもそれを懸念しています。夢分析に溺れこまないように、あくまでも根をつめないようにしなければいけません。夢は分析されるために、人間に与えられたものではなく、ただそこにあることで人間の悪しきエネルギーを減らし、良いエネルギーを増やすのです。分析することでその循環が途切れてしまいます。」

熊楠はこうフロイトにアドバイスをするのだった。フロイトと熊楠はそれからお互いの学問について話し始めようとしたが、さすがにフロイトに疲れが見えたので、後日またゆっくり時間を取り話す約束をした。別れの際に、熊楠とフロイトは強く握手した。それは義兄弟の契りを結ぶ握手のように私には見えるのだった。

第六章　シェーンブルン宮殿

フロイトの診療室を訪れた翌朝、私と熊楠がホテルで朝食をとっていると、給仕が伝言のメモを持って来た。メモに書かれていたのは、「おふたりに急ぎお出でを乞う。シェーンブルン宮殿から呼び出しあり。フロイト博士」という簡潔な内容だった。

フロイトに王宮からの呼び出しがあったことはわかったが、それで私たちに来てほしいとはどういうことなのか、理解しがたかった。いずれにせよ、昨日の警察の治安担当部長が去り際に残した言葉は、本当のことだったことになる。熊楠に会って好印象を持ったので、フロイトがなにか相談したくなったのかもしれない、と私たちは話し合い、急いでフロイトの住まいに向かった。

ベルク小路のフロイトの住居兼診療室がある建物の前には、すでに立派な馬車が停まっていた。馬車を引く馬の表情もきらめく馬具のせいか上品に見えた。王室の馬車だと思ったが、どこにもハプスブルク家を示す双頭の鷲の紋章は見えなかった。御者台には身なりの整った若い御者が澄ました顔で座っている。

馬車を横目で見ながら私たちはベルを鳴らし、門番に入口を開けてもらった。私たちの訪問が知らされているのか、門番の手際もよかった。階段を上りフロイトの住まいの前に立つと、間を置かずにドアが開けられ、フロイトが出て来た。フロイトは山高帽にフロックコートの正装をしている。王宮に行くため入念に身なりを整えたようだ。

あいさつもそこそこに、フロイトと私たちは馬車に乗り込んだ。シェーンブルン宮殿はウィーンの郊外にあるから、かなり時間がかかった。シェーンブルン宮殿はもともと避暑のためマリア・テレジアにより建てられた離宮だが、フランツ・ヨーゼフ皇帝は都会の喧騒を嫌い、都心にある王宮ではなくこちらに住むようになったとのことだ。立派な造りの馬車の乗り心地はよく、のどかな田園風景を眺めながらちょっとしたハイキング気分にひたった。

馬車のなかでフロイトは、フランツ・ヨーゼフ皇帝の体調がよくないので明朝シェーンブルンに来てほしい、という要請を昨晩受けた、と話した。要請はフロイトの住まいを侍従長が直接訪れる、という異例の形式だった。侍従長は皇帝の症状を具体的に説明することは避けたが、フロイトに診療を依頼するからには精神的な不調であることは明らかだった。フロイトは最初この要請を固辞した。これまでフランツ・ヨーゼフ皇帝のおそばで健康管理をした経験がないので、数多くの侍医たちを差し置いて、自分のような町医者に玉体の診察などできない、という理由だった。ところが、侍従長はフランツ・ヨーゼフ皇帝の生命にも関わりかねない体調の悪化なので、是非診てもらいたいと言い張った。フロイトは何度も固辞したが、フランツ・ヨーゼフ皇帝がフロイトに診てもらいたいと直々に指名している、と侍従長が漏らしたので、よき臣民たる自分が皇帝自身の希望に反した振る舞いはできない、とフロイトは最終的に要請に応じることにしたそうだ。

ただ、要請に応じる代わりに、とフロイトは条件を出した。日本の医師のドクター南方も同行するという条件だった。これには侍従長も困ってしまった。皇帝の体調は帝国の最高機密に属する重要事項だ。フランツ・ヨーゼフ皇帝の体調、それもおそらくは精神的な問題をフロイトが診断する場に外国人が立ち会うというのはまずい、という当然な判断である。ところが、フロイトは、日本の優れた精神科医であるドクター南方が立ち会うことは自分が的確な診断をする上で必須である、と強弁した。熊楠がいつの間にか優れた精神科医ということにされてしまったようだ。ドクター南方は独自の研究から精神分析と同じ結論に達している、したがってフランツ・ヨーゼフ皇帝の診断においても自分が誤る可能性を排除してくれるに違いない、とフロイトは強弁した。

フロイトに診断してもらいたい、というのがフランツ・ヨーゼフ皇帝の直々の希望なので、ドクター南方が同伴しなければ診断はできないとフロイトに強く言われると、最終的に侍従長は嫌々ながらでも熊楠の立ち会いを認めざるを得なかった。さらにフロイトと侍従長が相談して、まったくの民間人の熊楠だけでは不安ということで、外交官の私も熊楠の付き添いとして立ち会うことになってしまった。フロイトに同行を求められたときに、私はこのような大事な案件については日本大使館の了解を得なければならないと考えたが、事が急を要するので、独断で立ち合うことを了承した。いずれにせよ、熊楠の立ち会いが必要という条件でフロイトが皇帝の診断を引き受けたのだから、大きく言えば、大日本帝国がオーストリア帝国に恩を売ることになる。日本大使館も事後承認してくれるはずだと考えた。

宮殿が近づくと、馬車は窓のカーテンを閉め、乗っている私たちが見えないようになった。人目につかないようにしたのだ。馬車が到着したのは、シェーンブルン宮殿の華やかな正門ではなく、人目を避けた裏門だった。

裏門は開いていて、門衛も誰何《すいか》することなく、馬車は静かに通り抜けた。しばらくすると宮殿の裏口に着いた。裏口にはすでに何人かが待機していた。そのなかで風采の立派な老人が、昨日フロイトを訪ねて来た侍従長だった。挨拶もほとんどなしに、侍従長の案内で宮殿のなかに入った。私とフロイトは皇帝に拝謁することでとても緊張していたが、熊楠は例によって緊張している様子もない、面白そうに宮殿のなかを隅々まで眺めていた。

さすがにヨーロッパ中央部の広汎な地域を支配し、六百年の歴史を誇るハプスブルク家の宮殿だけあって、どの部屋の装飾も華麗なもので、ていねいに見ていたら何日もかかりそうだった。侍従長はついて来る私たちのことを忘れてしまったかのように、大変な速足で多くの部屋を突き抜けて行った。

熊野山中を駆け巡った足の強い熊楠は別にして、私とフロイトの息が上がった頃、ようやくとりわけ立派なドアの部屋の前にたどり着いた。金箔でハプスブルク家の双頭の鷲を描いたドアは、どう見てもフランツ・ヨーゼフ皇帝の執務室だった。私とフロイトの緊張は極限まで達した。

侍従長はなぜかノックもせずに、ドアを勢いよく開けた。だだっ広い部屋の中央に大きな執務机が据え付けられ、軍服姿の老人が椅子に座り、深々と上半身を机に向かってかがめる姿勢を取っていた。白髪頭で鼻髭と頬髭も白くなっている。痩身で深くかがんだ姿勢には老いを感じさせるが、全身から威厳を発散している。

「フランツ・ヨーゼフ皇帝だ！」と私は内心で叫び、とっさに深々と頭を下げた。隣のフロイトは私以上に、つまり頭が床につくほど深々とお辞儀をした。お辞儀の際になにか口にしたが、濁った発音で聞き取れなかった。フロイトも緊張のあまり正常な発音ができないようなのだ。熊楠だけは無反応である。

侍従長がなにか取次の言葉を言ってくれるものと私たちは期待した。

ところが、驚いたことに取次の言葉は侍従長の口から出なかった。反対に、あろうことか侍従長は皇帝の存在を無視して、座っている皇帝の横をすり抜けるようにして通り過ぎてしまった。

「えっ？」私とフロイトは驚きの声をあげた。熊楠も声は出さないが、やはり驚いた様子だ。誰もが侍従長が皇帝を無視するはずはないだろうが、と思った。他方、机に向かって深々と前屈している皇帝の方も、侍従長がかたわらを通り過ぎても、マダム・タッソーの蝋人形でもあるかのように、ピクリとも身体を動かさなかった。

「このパントマイムはなにを意味するのだ？」と私たちが呆気に取られているあいだに、侍従長は皇帝のうしろにあるドアに手をかけて、ドアを開けた。

驚いたことに、ドアの向こうにもまったく同じ光景が広がっていた。執務机が部屋の中央にあり、その机に頭をつけるようにして白髪で痩身の老人が座っている。今度は先ほどの蝋人形のような老人とは違い、侍従長が最敬礼の姿勢で近づいてなにか報告すると、老人は曲った背中を伸ばして侍従の話に耳を傾けた。

侍従は話し終わると、深く一礼して私たちのところにやって来た。「フランツ・ヨーゼフ皇帝陛下でいられます。まず皇帝陛下にご挨拶をしなさい。」

侍従のこの言葉を合図にして、フロイトを先頭に、次に熊楠、最後に私という順番で隣の部屋に入っていった。

フランツ・ヨーゼフ皇帝は椅子に座ったままで、私たちを迎えた。やはり本物の皇帝は前の部屋の贋者の皇帝とはまったく違う威厳が感じられる。と言っても、さっきは贋者にも威厳を感じていたのだから、人間の判断力は当てにならないものだ。

フロイト、熊楠、私の順番で、皇帝に拝謁できて光栄の至りです、といった挨拶をしたが、皇帝はうれしそうでもつまらなそうでもない表情で受け、最後に短く「来てくれてとても素晴らしい。余はうれしく思う。」と言った。皇帝は、自分の感情を読み取られないように表情を保つ訓練を長年してきたようで、感情という雑味が蒸発したあとの蒸留水のような顔である。しかし、不快感や違和感を起こさせる顔でもない、自己抑制の末のある種の自然さとでも呼ぶべき顔だ。

また、口にする言葉も簡潔で余分なところがない。前に大使館の太田が教えてくれた噂では、オスマン帝国の二度の猛攻にも耐えたウィーンの城壁が取り壊されたとき、その跡地にリング（輪）という名の大通りが作られた。リングに沿って王宮や市庁舎、博物館、劇場などがハプスブルク帝国の栄光を世界に知らしめるために、競って華やかに建設された。それらの建造物のひとつに音楽の都らしくオペラ座も数えられた。オペラ座は有名な建築家ふたりによって設計された華麗な建物だった。そのオペラ座の建設後にリング通りも完成した。しかし、リング通りが盛り土されたため、オペラ座の入口よりずっと高くなってしまった。つまり、オペラ座に入るにはリング通りから下りることになる。オペラ座の入口が通りより低いことに、批判精神が盛んで口さがないウィーン子たちはふたりの建築家を散々にあざけった。

折悪しく、オペラ座を視察したフランツ・ヨーゼフ皇帝は、ウィーン子の悪評を聞きかじっていたせいか、オペラ座を見て「やはり入口が低いようだの。」と思わず口走ってしまった。皇帝の感想は噂となり、建築家批判の火に油を注ぐ結果になってしまった。そうでなくても批判に神経質になっていたひとりの建築家にとって皇帝の言葉は最後の一撃となり、とうとう自殺した。これを知ったフランツ・ヨーゼフ皇帝は自分の何気ないひと言が生んだ結果に驚き、それ以来、必要最小限の言葉しか公には言わなくなった。それが「とても素晴らしかった。余はうれしく思う」という決まり文句である。

それにしても、フロイトを呼んだだけなのに、見慣れぬ日本人の熊楠と私が同伴していることに対して、少しは驚いてもよさそうだが、皇帝はあたかも熊楠と私も呼び出していたかのように平然としていて、驚く気配は微塵も見えない。私の方は外交官だから外交儀礼で来たのだろう、くらいに思っていたのだろう。侍従長がうまくとりなしたこともありそうだが、熊楠という異物も鷹揚に飲み込むところにフランツ・ヨーゼフの皇帝としての器が見える。

私たちは皇帝の執務机の近くに席を与えられた。一番近くにフロイト、すこし離れて熊楠、一番遠くに私が座った。侍従長は皇帝のかたわらに立ったままで我々に眼を光らせている。緊張感に満ちているような、親しみを感じさせるような、実に奇妙な集まりだった。親しみと言ったのは、皇帝には威厳があるが、反面で親しみを覚えさせる雰囲気もあったからだ。白い髭で囲まれていても、眼には一種の温かみが感じられたからだろう。眼には人生でさまざまな体験をした老人のみが持つ寛容さがたたえられていたからだ。ひょっとすると、純真な少年の頃のフランツ・ヨーゼフの眼に回帰しているのかもしれない。そう言えば、フロイトが昨日、「退行」という心理現象に言及した場面があった。要するに、大人になってから精神に耐えがたい衝撃を受けると、その衝撃から逃れるために避難所として子ども時代の精神状態にもどってしまう。たとえば、大人になってもすさまじい恐怖に襲われると無意識に爪を噛むような振る舞いをしてしまうことがある。フランツ・ヨーゼフ皇帝の少年のような眼がそのような「退行」を示しているのかどうか、にわかに判断することはできない。いずれにせよ、市井の医師、フロイトをわざわざ呼び出して診断を受けたいと言うからには、なにか大きな異変が皇帝の精神に起きているのだろうと想像できた。

侍従長がその場の沈黙を破る役目をした。

「それでは、わたしの方からフランツ・ヨーゼフ皇帝陛下がフロイト博士をお呼びになった経緯を簡単にご説明いたします。皇帝陛下にあらかじめお諮りして簡単なメモを作りましたので、それを読み上げることにします。」

こう言って侍従長は懐から黒いメモ帳を取り出して、「それでは、経緯を読ませていただきます。フランツ・ヨーゼフ皇帝陛下はこのところご不調を覚えられ、それが次第に頻繁かつ顕著になるようになり……」と無表情な官僚口調で読み始めた。

すると皇帝が口をはさんだ。「侍従長、ちょっと待ちなさい、メモの作成に当たり侍従長には大変な苦労をかけた。余もメモを読んで、余の体調についての的確なまとめに大変感心した。さすがに侍従長が余をいつも親身になって見守ってくれている結果だと思った。感謝する。」

思ったより若々しい声で皇帝はこう言い、後を続けた。「しかし、こうしてフロイト博士に余のもとに来てもらったので、せっかくだから侍従長のメモで説明するのではなく、余自身の言葉で経緯を説明したいと思う。フロイト博士の精神分析の手法は、患者に自ら語らせることを重視していると聞いている。」

侍従長はうやうやしくお辞儀をしてから言った。

「なるほど、皇帝陛下がおっしゃられるように、陛下ご自身からフロイト博士に経緯を説明していただく方が、誤解がなくてよろしいかとわたしも愚考いたします。ただ、陛下は今『患者』とおっしゃられましたが、陛下はまだ患者、場合によっては精神病の患者と決まっているわけではありません。ハプスブルク帝国の皇帝陛下が患者、しかも精神病の患者かもしれないという噂が少しでも立ちますと、しめたとばかり近隣の狼どもがわが栄光ある帝国に汚い手を伸ばして来るやもしれません。ロシアのニコライ、ドイツのヴィルヘルム、イタリアのヴィットリオ・エマヌエレ、トルコのアブデュルハミトなど貪欲な狼どもに、わが隣国は事欠きませんので。変な誤解を招かぬよう、陛下にはご自身を間違っても患者とか病人とか呼ばれませぬようにお願いいたします。フロイト博士も陛下をなんらかの病の患者として扱ったりすることのないよう、くれぐれも心してください。陛下はあくまでフロイト博士の精神分析という新しい理論に学問的に興味を持たれただけのことです。今日も直接フロイト博士から精神分析の理論的説明を聞きたい、ということで陛下がお呼び出しになったのです。ここも学問的なテーマを話す場であって、陛下ご自身の心身の調子に直接的に関わる話は出ない、という前提をフロイト博士にはよく理解しておいてほしいのです。もちろん、こうしてフロイト博士が宮殿に呼び出されたということも、誰にも知られないよう厳しい箝口令を敷いています。この集まりについて外部に情報が洩れる心配はないですが、万が一でも外部になにか知られた場合には、以上のような前提のもとで対応してもらいたいのです。」

侍従長は真剣な表情と声でフロイトに念押しをした。

フランツ・ヨーゼフ皇帝は苦笑いを浮かべた。「侍従長は心配し過ぎだとも思うが、現下の国際情勢からすると侍従長の懸念はまんざら杞憂でもない。一番の懸念は隣の大国、ロシア帝国だ。ニコライ皇帝はスラブ民族の盟主を自任していて、多くのスラブ民族を国内に抱えるわが帝国に対しても、スラブ人を差別しているとか、自治の動きを理不尽に弾圧している、とか難癖をつけ、折あらば介入しようと手ぐすね引いている。もちろん、ニコライ二世は根が善良な人物で、余も悪い感情を抱いていない。しかし、ニコライ皇帝のまわりにいる官僚や軍人たちには、ロシア帝国はスラブ民族の盟主であり、各国のスラブ人の自治を支援することでロシア帝国の威信を高めたい、という誇大妄想に浮かされている連中が多い。将軍たちのなかには、自分がナポレオンを破ったクトゥゾフ将軍でもあるかのような錯覚を持ち、外国の軍隊を撃破する夢に浮かれている者もいる。彼らが撃破を夢見ている外国軍の筆頭がわがオーストリア帝国軍だ。昔モンゴル軍がロシアに侵入して数多くの町を焼き払い、ロシア人を奴隷にしたように、わがオーストリア帝国軍もスラブの父祖の地を占領して、スラブ民族を奴隷にしている、と眼の仇にされている。

余が高齢であり、戦争を好まなくなっているのをよいことにして、オーストリア帝国は老朽化した鷲の巣で、今まさに高い樹上にかけられた巣が老いた鷲もろとも崩れ落ちようとしている、とスラブ主義者どもはロシアだけでなくわが帝国内でも宣伝している。

わが帝国を狙っているのはロシアに劣らず、同じゲルマン民族のドイツ帝国だ。本来は同胞と呼ぶべき国なのに、プロイセン宰相のビスマルクはわがハプスブルク家を排除したドイツ統一を実現して、プロイセン主導のドイツ帝国を建国した。ケーニヒグレーツの闘いで旧式な装備と新味のない戦略のわが帝国軍は、新式の装備とモルトケの大胆な戦略に大敗を喫してしまった。あれは余の悪夢だった。余は、七年戦争で悪賢いフリードリヒ大王に敗北したマリア・テレジア女帝の復讐戦を夢見たのだが、七年戦争の敗北よりももっと手痛い敗北を喫してしまった。

この敗北により、わが帝国は見かけ倒しの大国としてあなどられるようになってしまった。あたかも眠れる獅子と呼ばれる清帝国のように。しかし、ビスマルクはまだましだった。狡猾でプロイセンやドイツ帝国の利益を追求していたが、まだヨーロッパ全体の地政学に配慮していた。イギリス、フランス、ロシアなどの強国のバランスということも考え、ドイツ帝国が成立して以来は、無益な軋轢を生まないように配慮してきた。政治的、経済的、軍事的バランスをビスマルクは常に考えていた。

しかし、ビスマルクを追い出した若武者のヴィルヘルム二世は、ビスマルクのようなヨーロッパ

いる。全体のバランスなどは露ほども考慮していない。すきあらば他国の勢力を削ぐことばかりを狙って

ヨーロッパ内部での勢力拡大だけでなく、ビスマルクが自制していた海外進出、植民地の獲得にもヴィルヘルム二世は貪欲で、海外に多くの植民地を抱えるイギリス、フランスとの軋轢を考慮せずにアフリカやアジアで勢力圏拡大のために血道をあげている。誠に見苦しい限りだ。

わがハプスブルク帝国は、ヨーロッパ以外のアフリカやアジアに植民地を獲得しようという野心を持ったことはない。なぜなら帝国内の諸民族の融和が最優先課題であり、植民地獲得と維持のために無駄なエネルギーを使う余裕はないからだ。

そのようなハプスブルク帝国のよき伝統を遵守しようとする余の姿勢を、老いぼれて時代遅れになっているとヴィルヘルム二世が軽視しているのもわかっている。余は何度か会ったことがあるが、ヴィルヘルム二世のちょっとした態度、言葉の端々に余に対する軽侮の姿勢が見えていた。しかし、ヴィルヘルム二世が余のことをどう思っていても構わない。彼も余のように統治を半世紀も重ねる頃には、余の消極姿勢が意味するものを理解できるようになることがわかっているからだ。ただ、今のようにがむしゃらな姿勢を続けたらヴィルヘルム二世の統治はそう長く続かないだろう。必ずや大きな破綻をもたらすだろう。そのことも余にはよくわかっている。」

フロイトは感極まったように言った。「陛下のご心労のほどお察し申し上げます。わたしどもハプスブルク帝国の臣民は、どのような民族に属していたとしても、陛下が統治しておられる限り、今日も昨日のような秩序と品位が続いているし、明日も今日のような秩序と品位が続いていくこと

を確信し安心して暮らしていけるのです。このことに関してみなが心より陛下に感謝を捧げております。」

フランツ・ヨーゼフ皇帝はフロイトの深い感謝の言葉に対して、「それはとても素晴らしい。余はうれしく思う。」と例の決まり文句を繰り返した。しかし、そこには本当のよろこびも感じられた。

「ところで、皇帝陛下にはわたしの精神分析のどういうところにご興味を持っていただいたのでしょうか？　学界でも精神分析に対する無理解からの批判が実に多いのが、残念ながら現状です。陛下がそんな状況のなかで精神分析にご興味を抱かれたということは実にありがたく、今後の研究への勇気をいただく思いです。差支えなければ、陛下がどのような点に興味を持たれたのか、お教えいただければ幸いです。」

フロイトは身を乗り出すようにして、フランツ・ヨーゼフ皇帝に訊ねた。

「夢がきっかけだ。」簡潔に皇帝は答えた。

「夢と言うと陛下の見られた夢のことでございますか？」フロイトはさらに訊ねた。

「そうだ。最近見る夢は奇妙なものが多く、起きてからの後味も悪く、そのため不眠症のような状態になってしまった。そのことを侍従長に話したら、侍従長が『つい最近、フロイト博士という精神科医が『夢判断』という本を出しました。精神科医たちの評判も悪く、際物という評価をされたそうです。さまざまな夢の例があげられていて、何でも夢の原因として人間の内部に秘められた不謹慎な要素を重視しているとのことです』と言った。それを聞いて『夢判断』を読んでみたくなったのだ。余の見た夢に近い夢の例が出ていないか、調べてみたくなったのだ。」

皇帝は侍従長の方を見ながらこう言った。

侍従長は困った表情をした。「とんだ余計なことを陛下に申し上げてしまいました。わたしも実際に『夢判断』を読んだわけではないのですが、侍医のピーロートが『夢判断』を読んだと言ったのです。ピーロートは内科医で精神科医ではないのですが、『夢判断』の読後感として、イギリス人医師のコナン・ドイルが書いた推理小説『シャーロック・ホームズ』に似た面白さがある、と言っていました。ピーロートは探偵シャーロック・ホームズのファンなのです。何でも『夢判断』では、フロイト博士がホームズの役割を果たして夢の謎を解いていき、患者が夢のなかで犯した殺人などの犯罪行為の真犯人を見つけ出すのだそうです。

そんな話をピーロートから聞いていたために、夢見が悪いと陛下がおっしゃったので、ついフロイト博士の『夢判断』の話をしてしまいました。わたし自身も読んでいませんでしたので、その本の良し悪しは陛下にお伝えできませんでした。すると、陛下が『余もフロイトの本を読んでみたい』とおっしゃるので驚きました。と同時に要らないことを申し上げてしまった、と反省しました。なにしろフロイト博士の仕事の評価は、ご本人を眼の前にして申すのも何ですが、まだ充分に定まっていませんので……」

フランツ・ヨーゼフ皇帝は侍従長の言葉を補うように言った。「いや、侍従長が悪いところはなにもない。『夢判断』を読みたいと言ったのは、余のわがままだ。余は普段、本を読むことはほとんどないのだが、フロイト博士の『夢判断』を読めば、余の悪夢の原因もわかるかもしれないと思いつき、無理に侍従長に頼んだのだ。」

こう言って机の引き出しを開けて、なかから一冊の本を取り出した。私にも馴染となったフロイトの本、『夢判断』だ。

皇帝は『夢判断』のページを繰って、あるページを開いた。「たとえばここに書いてあるビスマルクの見た夢は、余が昔見た夢とよく似ていたので驚いた。」そのページをフロイトに見せながら、「この夢は余の夢を聞いて書かれたものと思ってしまう。」と言った。その口調には、読んだときの驚きがまだ感じられる。私の位置からもそのページを見ることができたが、そこには皇帝自ら書き込んだと思えるメモのようなものが何か所かに見られる。皇帝は『夢判断』をかなり読み込んでいると見える。

フロイトはうれしそうに答えた。「『夢判断』は執筆に大変苦労した本です。なにしろこれまでの精神医学とはまったく異なる方法で夢を分析しているので、前人未踏の高山を登頂するようなもので試行錯誤の連続でした。さまざまな夢の実例を集めることにもひと苦労でした。しかし、今日その苦労がすべて報われた気持ちがします。陛下が御自ら拙著を手にされたとお聞きしただけで、光栄の至りです。『夢判断』は先ほどお話し申し上げたように、学界で厳しい批判を受けていて、ほとんど売れていないのが実情です。評判の悪いその本を陛下が直々にお読みいただいたということだけで、出版した甲斐がありました。心より感謝申し……」

侍従長はフロイトの話に急に割って入った。「陛下がお読みになったことで、フロイト博士が感激することはよくわかりますが、先ほどご注意したように、今日陛下にお会いしたことは極秘事項であるから絶対に口外しないようにしてください。また、『夢判断』を陛下がお読みになったということも当然ながら、秘密にしておくようにくれぐれもお願いします。フロイト博士、よいですな。」

フロイトは、真剣な表情で答えた。「もちろん絶対に口外いたしません。今日陛下にお会いし、お話しできることはわたしにとって白昼夢のようなものであり、いったん口外してしまったらこの夢は蒸発してしまいます。心の奥底に秘めておくことで、この夢はわたしのなかで生き続けることができるのです。」

フランツ・ヨーゼフ皇帝は『夢判断』を自分のかたわらに置いて、フロイトに向かって言った。「それでは、フロイト博士、余が最近見ている夢を分析してくれるかな。同じ悪夢を毎晩のように見るようになって、困っているのだ。寝ている間に悪夢を見ても、起きたときに忘れてしまうなら、余の昼間の執務に影響はない。しかしながら、最近はその夢のために日常の執務にも悪影響が及んでいるのだ。」

フロイトは穏やかに応じた。「皇帝陛下は早朝から深夜まで帝国のため臣民のため、寝る間も惜しんで精勤しておられると聞いております。失礼ながらご高齢でもあり、ご自身のお身体をいたわり、少しは休みをお取りになることが必要と愚考します。精勤が日常になってしまわれたので、休むことを忘れられたのではありませんか？　疲労が蓄積された結果、正常な眠りとならず、そのため通常の夢より悪夢を見ることが多くなっていられるのでしょう。正常な活動と休息のリズムが崩れてしまっている状態と拝察します。」

皇帝は穏やかな口調でフロイトに反論した。「精勤のために疲労が蓄積し、余が悪夢を見るようになったと言うが、余などは帝国を統治する皇帝として当たり前のことをやっているだけだ。清帝国の皇帝、雍正帝などは睡眠時間を三時間ほどしか取らず、あとはすべての時間を執務に当てていたという。わが帝国はヨーロッパでは大きいというものの、清帝国から見ればずっと小さい、雍正帝はそんな大帝国の隅々の官僚から上申されてきた報告書に対して、いちいち自ら指示文書を出していたという。そのような雍正帝の労苦に比べれば、余の精勤などはまだまだ足りない。」

フロイトは皇帝が働き過ぎを正当化していると思ったのか、さらに私見を述べた。「雍正帝は働き過ぎのために長くは生きられなかったと聞いています。大帝国の隅々にまで皇帝が眼を光らせるのは実質的に不可能です。そのためにこそ皇帝を補佐する多くの官僚がいるのです。また、陛下には現在、フランツ・フェルディナント公という後継者がおられます。執務をうまく分担され、フランツ・フェルディナント公にも相応の責任を負ってもらうようにされたらいかがでしょうか。後継者育成という意味もありますので、ハプスブルク帝国の将来にとっても有意義なことではないかと愚考します。陛下の現在のご執務を半減させるくらいでちょうど良いのではないか、と医師の立場から意見を申し上げさせていただきます。」

侍従長があわてて口を出した。「フランツ・フェルディナント公の話は今日フロイト博士に来ていただいた用件と関係ないですから、話題にされませんようにお願いします。」

皇帝も珍しく苦い顔をして「幸いフランツ・フェルディナントの夢を見ることはないが。」と言った。よくわからないが、皇帝と後継者のフランツ・フェルディナントの仲はしっくり行ってないようだ。フランツ・フェルディナントが皇帝の反対を押し切って身分の低い貴族の娘と結婚したのが不仲の原因、という噂を聞いたことがある。ハプスブルク家の体面をなによりも重んじる皇帝には、フランツ・フェルディナントの身分違いの結婚は許しがたい不祥事に見えるらしい。

フロイトも複雑な事情を感じたのか、急いで話題を変えた。「それでは早速、陛下が最近見られることの多い悪夢についてお聞かせいただきたいと思います。そのためにわたしが診療室でしていますように、陛下にはソファに横になられて、ゆったりとした姿勢でお話いただくようにお願いします。」

こう言ってフロイトは部屋の隅にあるソファを指差し、「侍従長、あのソファをお借りしたいですが。」と訊ねた。

侍従長は真っ赤な顔をして大きな声を出した。「陛下をソファに寝かせて、フロイト博士が椅子に座って陛下に話をさせるというのですか、そんなことは許されません！　オーストリア＝ハンガリー帝国の統治者であるフランツ・ヨーゼフ皇帝陛下が下に横たわり、フロイト博士を見上げて、フロイト博士は上から皇帝を見下ろすなどというとんでもない姿勢はあり得ません。どうしてもソファが必要だというならば、フロイト博士がソファに横になり、フランツ・ヨーゼフ皇帝が上から話を聞かせるようにしてください。」

フロイトは冷たい声で答えた。「わたしの精神分析では、患者が楽な姿勢をとり自由に話せるようにするために、ソファに横になってもらうのです。わたしは椅子に座って上から患者を見下ろしますが、その姿勢が患者に対する圧力にならないように配慮して、わたしも医師の権威の象徴である白衣は着ずに、背広を着ることにしています。侍従長のご希望のように患者とわたしの位置が逆になったら、そもそもわたしの精神分析は成立しません。」

「それはフロイト博士と患者とのあいだで成立する位置関係でしょう。さっき話しましたように、皇帝陛下は患者ではないのだから、診療用の姿勢を保つ必要はないでしょう。」

こう侍従長はあくまでも反対した。フロイトは医師としてのプライドが傷つけられたと思ったのか、不機嫌な顔で無言である。

皇帝が侍従長をなだめるように口をはさんだ。「まぁよいではないか。今日は忙しい診療の合間をぬって、精神分析について教えてもらうために、わざわざフロイト博士に来てもらったのだから、日頃フロイト博士のしている診療の通りにやってもらうのがよいだろう。普段の健康診断でも、余がベッドに横になり医師の検査を受けることがある、なにも目くじらを立てる必要はない。」

皇帝の言葉に侍従長はさすがに反対できなかった。侍従長はしぶしぶ立ち上がり、熊楠と私の助けを借りて、部屋の隅に置いてあったソファを真ん中に運んだ。皇帝は椅子から立ち上がり、ソファに横になった。

「フロイト博士、これでよいのか？」

フロイトは「それでよろしいです。もっと姿勢がお楽になるように、枕代わりのクッションをお入れします。」と言って、フロイトはクッションを横になっている皇帝の頭の下に入れようとした。

しかし、フロイトが皇帝の頭を持ち上げようとしたとき、侍従長が大きな声で「皇帝陛下の御頭にフロイト博士が直に触るのは恐れ多い！ わたしがする！」と叫んで、フロイトの代わりに皇帝の頭を持ち上げた。それに対応して、フロイトは皇帝の頭の下にクッションを差し入れた。

「陛下、具合はいかがでしょうか?」フロイトが訊ねた。

皇帝は「こうして横になると、とても解放された気分になる。子ども時代に戻ったような、いや赤ん坊に戻ったような感じだ。」と穏やかに答えた。

「それはよかったです。精神分析ではなにより楽な姿勢が大切ですので。それでは早速、陛下を悩ませている夢の内容を聞かせていただこうと思います。どうぞ思いつくまま自由にお話しください。」フロイトはこう皇帝をうながした。

皇帝は話し始めようとしたが、とっさには言葉が出ないようで、しばらく考えていた。フロイトはせかせることもなく、皇帝が話し始めるのを忍耐強く待っている。

皇帝は最初の言葉を見つけたらしく、ゆっくりと話し始めた。

「夢の内容はロシア皇帝に関するものだ。クレムリン宮殿のなかに余がいる。余は一度もロシアに足を踏み入れたことがないのに、なぜかクレムリン宮殿にいるのだ。自分でもなぜそこにいるのか理解できないが、外交交渉のために来たのだと漠然と思っている。余のまわりにいる従者たちは、いつもの者たちではなく見慣れない顔ばかりだ。やがてうやうやしく外交文書が運ばれて来て、まずは余の前の小机に置かれて、余が署名をすることになっている。その文書を見慣れない従者が開いたが、そこに書かれている文字はロシアのキリル文字で、余には読むことができない。

本来の外交文書なら、余はドイツ語の文書に署名し、ロシア皇帝はロシア語の文書に署名することになっている。あらかじめ外務省の担当官がドイツ語とロシア語を照らし合わせた上で文言を確定しているはずだ。しかしながら、今回はそのような照らし合わせがなかったのか、ロシア語だけで書かれている。それとも、ロシア皇帝の方は逆にドイツ語の文書に署名することになっているのかもしれない。いろいろな疑問が頭をめぐったが、調印式の今になって苦情を言っても仕方ないと判断した。しかるべき位置に署名しようと思ったが、なぜか自分の名前が思い出せなくなった。困ったと思ったが、侍従が余にペンを渡したので仕方なく署名をしようとした。すると、すらすら名前が書けた。ところが書いた名前は自分でも読めないキリル文字だ。これでよかったのか、まわりの者に確認しようとしたが、なにしろ見知らぬ者ばかりで、しかもドイツ語で話が通じるのか不安で声が出せない。自分はオーストリア皇帝なのでドイツ語を話すのが当然だし、まわりの者たちも見知らない顔ではあるものの、確かにオーストリア帝国の官僚であるはずなので、ドイツ語を話せないはずはないのだが、話せるという確証がない。考えてみれば、これまで誰もが無言であり、ドイツ語も聞こえてこない。

侍従は無言で余の署名した文書を取りに来て、それを持ってロシア皇帝の侍従に渡した。ロシア皇帝の侍従はその文書を持ってロシア皇帝の前の小机の上に置いた。今度はロシア皇帝が署名する番のはずだ。ロシア皇帝の顔を初めて見て驚いた。あのニコライ二世ではないのだ。ニコライ二世は余より四十歳ほど若いはずだが、眼の前のロシア皇帝は高齢の余よりずっと年上に見える。しかも、ニコライ二世の謹厳だが温かみのある顔とは違って、冷酷そのものの顔をしている。見ている角度で、これまで何度か会ったときのニコライ二世の顔と違って見えるのかとも思った。とにかくその冷酷な顔のロシア皇帝の前に侍従が文書を差し出し、皇帝はそれを読み始めた。するとその顔は見る見るうちにますます恐ろしいものに変わっていった。突然、ロシア皇帝は大声で怒鳴りつけた。『何と馬鹿げた文書だ！　余の退位を求める文書ではないか！　こんなものを余の前に持ってくるとは恥知らずにも程がある！』怒鳴り声とともにロシア皇帝は文書を床にたたきつけた。驚いたことにロシア皇帝はロシア語ではなく、ドイツ語を話している。床にたたきつけられた文書は余の眼の前に転がって来た。その文書には驚いたことになにも書かれていなかった。つまり矛盾しているが、白紙の文書ということになる。

その文書を思わず取ろうと余は手を伸ばしたが、それより早く駆け寄って文書を拾った者がいる。それは若い皇太子だった。ロシアの若い皇太子のようだった。皇太子は白紙の文書を手にしてロシア皇帝に近づいていき、うやうやしく差し出した。『父上、誤解なきようにお願いします。これは父上のご退位を求めるものではありません。ロシア帝国に仇をなす近隣諸国の皇帝や王たちへの退位勧告なのです。トルコ帝国のスルタンや清の皇帝、日本の天皇などへの退位勧告なのです。』

皇太子は文書を皇帝の鼻先に突きつけるように差し出した。皇太子の顔に微かな笑みが浮かんだ。父である皇帝を楽しませる冗談をしているつもりなのかもしれない。その姿を見ていて余はふと気づいた。ロシア皇帝ニコライ二世には、皇女たちはいるのだが、皇太子はまだいないことに。この皇太子は一体誰なのだ、と余は自問した。贋の皇子なのかもしれないと思った。ロシアには危機の時代に贋の皇太子がよく出現するという話を思い出した。

『この裏切り者めが！』と皇帝の雷のような一喝が響いた。『お前は皇太子なのに、余の退位を画策しているのか？　余に仇なす諸国の皇帝たちとぐるになっているのだ。お前は余の反対を押し切って外国の王女と結婚をしてしまった。それが裏切りの始まりだ。そして今度は外国勢力と結託して余の地位を簒奪しようとしている。余が高齢であることをよいことにして。今度こそ許さんぞ！　お前はもはや余の皇太子ではない。恥ずべき裏切り者だ。余に対する裏切りだけでなく、ロシア帝国に対する裏切りを行ったのだ！　これが裏切りの報酬だ。存分に味わうがよい！」

こう言うとともに、皇帝は手にしていた王錫を真っ向から皇太子の頭に打ちおろした。ずんっという鈍い音とともに王錫が頭に当たり、皇太子はその場に崩れ落ちた。倒れた皇太子の頭からは大量の血が流れ出し、離れた位置にいる余の足元にも血が流れて来た。あたかも川の水のように大量に流れて、余のくるぶしまで血でひたされた。しかし、流れて来た血は赤ではなく、濁った青色をしていた。眼の錯覚かと思い何度も見たが、血はやはり濁った青色をしている。倒れた皇太子の眼は大きく見開かれて、余を見つめているようだ。その顔はしかし男ではなく、若い女の顔だ。皇太子は頭に直撃されて即死したはずなのだが、その女の顔の口から『指輪（Ring）』という言葉が漏れた。若い女の顔は不思議に幸せそうだった。

恐ろしい顔をしていた皇帝が突然、皇太子の遺体に駆け寄り、あわてて抱き起した。その顔は涙でくしゃくしゃになり、もはやさっきまでの恐ろしい顔ではなくなり、余に馴染のあるニコライ二世の顔にもどっていた。皇帝は涙を流しながら皇太子の遺体を大事に抱きかかえ、『余は何ということをしでかしたのだ。大切なわが息子を手にかけるとは』と何度もつぶやいた。不思議なことにまわりにいるお付きの者たちは、無表情な顔で立ち尽くし、誰もニコライ二世を助けようとしない。余は思わず駆け寄り、ニコライ二世を助けて、皇太子の遺体を抱え上げようとした。しかし、遺体は岩のように重くて、持ち上がることができず、余は途方に暮れてしまう……。

これが毎晩のように見るようになった余の悪夢だ。まったく意味不明の不気味な夢だ。フロイト博士、この夢を解き明かしてくれぬか、そしてこの悪夢の蟻地獄から余を救ってくれないか。」

フランツ・ヨーゼフ皇帝の老いた顔に苦しみの表情が走った。

フロイトは即座に答えた。「陛下、誠に悩ましい夢を毎夜ご覧になって、さぞお苦しみのことと拝察いたします。お聞きした限りでは悪夢はなかなか複雑な内容ですが、精神分析はこのように一見難解な夢を解く方法論を持っていますので、夢の解釈は可能と思います。」

フランツ・ヨーゼフ皇帝はフロイトの答えに安心したらしく、ソファから身を起こそうとした。

「余は元来、夢を見ることは少なかった。性格的に難しい問題をあれこれ考えて悩むのは好きではなかった。それに若い頃から軍事訓練や狩猟が好きで、身体を毎日十分に動かしていたから、夜はベッドに入るなりぐっすり眠ることができて、夢を見ることもない。年齢を重ねて身体を動かすことは減ったが、その分、机に向かっての執務時間が増え、長時間の執務のあとは心身ともに疲れ果てて、これまたぐっすり眠れるようになった。そのためやはり夢を見る機会は少ない。ところがひと月ほど前から今話した悪夢を繰り返し見るようになってしまった。嫌な夢なので眠りも浅くなり、眠っている途中で起きることもあり、眠りの質が悪くなった。朝の目覚めも以前のようにすっきりしたものではなくなった。起きても頭が妙に重く、余計なことを考えたりして、考えを深めることもできなくなった。執務にも悪影響がある。簡単なことも間違ってしまい、言い間違いや書き間違いも多くなってしまった。」

皇帝が生真面目にこう訴えるのをフロイトは黙って聞いていたが、皇帝の話が一段落するのを待って質問した。

「ところで、陛下には、悪い夢を見始めるようになられたきっかけに思い当たるふしはおありですか？」

フランツ・ヨーゼフ皇帝はしばらく考えてから答えた。「これと言って思い当たるものはない。強いてあげればひと月前は天候不順で急な雨が多かった。そのような天候が余の身体に悪影響を及ぼし、体調もかんばしくなくなり、夢見も悪くなったのかもしれない。そう言えば、この時期にしては珍しく雷も多かったように思う。」

フロイトは相槌を打った。「そうでございますね。わたしも覚えています。夕方になると決まって激しい雨が降り、雷鳴がとどろきました。この時期のウィーンらしからぬ天候とわたしも思いました。」

皇帝もうなずいた。「ウィーンらしからぬ天候と余も思った。雷の音も異常に大きかった。雷はこの宮殿の樹にもいくつか落ちて、余も驚いた。若い余がイタリアで戦ったときのイタリア軍の大砲の音のようだった。」

フロイトは微笑した。「やはりその雷鳴が悪夢のきっかけのようです、陛下。」

「雷鳴が悪夢のきっかけだと言うのか？　砲声の鳴り響く戦場に何度も立った余が、犬や猫のように、雷鳴に恐れをなし、悪夢を見始めたと言うのか？」

フランツ・ヨーゼフ皇帝は不愉快そうに言った。

フロイトはあわてて打ち消した。「いいえ、そうではありません。陛下が雷を恐れていたから悪夢を見るようになったのではなく、雷をきっかけにして悪夢を見るようになったのです。恐れているかいないかはまったく関係ありません。」

フランツ・ヨーゼフ皇帝はまだ不審そうな表情を崩さない。「余が聞いた雷鳴が悪夢のきっかけと言うが、夢には雷がまったく出てこないではないか？　関係なさそうだが。」

フロイトは落ち着いて答えた。「陛下はわたしの『夢判断』に眼を通されたと先ほどお聞きしました。『夢判断』に書いたことですが、夢には現実の体験が反映されています。しかし、心のなかの検閲があるため、まったく現実の体験と関係ないような事象が夢ではしばしば起こるのです。たとえば、ある男の夢では、ワイン商人になった男が船に乗ってエルバ島に幽閉されているナポレオンに会いに行き、ワインを献呈してナポレオンに大いに感謝されることになります。

ところが、その男はワインに関係ある仕事はいっさいしたことがありません。むろんワイン商人でもありませんでした。また、船に乗ったことも一度もありません。さらに、ナポレオンが好きだったこともありません。むしろ敵国の最高権力者として嫌っていたのです。このように夢のなかでは一から十まで現実と関係ないような出来事が続くのですが、精神分析で夢を解釈したならば、夢のなかの出来事がすべて現実の個人的な体験から成り立っていることが判明するのです。」

フランツ・ヨーゼフ皇帝はいささか恥ずかしそうに言った。

「言われてみれば、そんな内容が『夢判断』に書かれていたような気がする。恥ずかしながら、余は本を読むのが苦手で、クラウゼヴィッツなどの戦略本は勉強として読んだが、その他の本はほとんどまともに読んだことがない。正直に言って、本の読み方もわからない。『夢判断』は自分なりに眼を通したつもりだが、大事な箇所を読み飛ばしてしまったのかもしれない。」

「ご謙遜をおっしゃいます。陛下に眼を通していただいただけで活字たちも喜んでいるはずです。」

フロイトは珍しく如才なく応じた。「ところで、陛下はレーピンというロシアの画家をご存知ですか？」

皇帝はまた恥ずかしそうに答えた。「ロシアの画家？　聞いたことがないな。もっとも、余は下手な絵は描くが、美術史にはそれほど関心がないので、画家の名前を聞いても忘れてしまったのかもしれない。皇妃のエリーザベトにはいつも『陛下も芸術の都ウィーンに住んでいられますので、もっと芸術への関心をお持ちにならないと』と叱られていた。しかし、生まれつきの性質だから仕方ない。」

突然、侍従長が口をはさんだ。「陛下、お忘れでしょうか？　昨年の今頃、ロシア大使が代わることになり、新しい大使が赴任して拝謁に参りました。」

「うん。覚えている。大柄な大使で、前大使よりも老けて見えたな。」皇帝はすぐに思い出した。

「あの折に、新任の大使が陛下への贈り物として確かレーピンの画集を持参しました。ロシア人の生活ぶりをリアルに描いた画家として人気の高い画家だということでした。」

侍従は皇帝の記憶を呼びさまそうとした。

「ああ、そうだ、思い出した。あれがレーピンか。大使がいくつかレーピンの代表的な絵を見せて、説明してくれた。しかし、余は軍隊や戦闘の勇ましい絵が好きなので、それほど印象に残った絵はなかった。ただ、ロシア人の暮らしぶりは、わがオーストリア帝国より貧しいという印象だけは残った。国土がシベリアまで広がり膨大なので、政府が国民の暮らしの面倒を充分に見られないためなのだろう。」

皇帝は同情的な口調で言った。しかし、その同情が国民に向けられているのか、政府に向けられているのかはわからなかった。

侍従長が気をきかせて言った。「フロイト博士、レーピンの絵が陛下の悪夢と関係あるということでしたら、陛下の御書庫にレーピンの画集はまだあるはずですので、すぐに探してお持ちいたします。しばらくお待ちください。」

「まだありますか。それならお手数ですが、画集をお持ちくだされば診断もはかどります。」

フロイトはそう侍従長に頼んだ。侍従長は若い侍従のように急ぎ足で部屋を出た。

フランツ・ヨーゼフ皇帝は起き上がり、ソファに座り直し、熊楠を見て思いついたように訊いた。

「ドクター南方、どう思われる。わが帝国の国民でないあなたは、ウィーンに住んでいる皇帝である余は、芸術に関心を持たねばならないと思われるかな?」

皇帝の不意の下問に熊楠は戸惑ったが、笑顔で答えた。「必ずしもそうは思いませんな。陛下は帝国の安寧のために、日々、執務に精勤しておられるのですから、オペラや音楽会、展覧会に出かけられる暇はそれほどないでしょう。もちろん大音楽家の没後何年の記念演奏会や帝国の諸民族の絵画を集めた展覧会などには、帝国の最高権力者としてのお立場から出席しなければならないでしょうが、無理をなさる必要はないでしょう。お身体のためにも。フロイト博士、そうですね。」

フロイトも笑顔で同意した。「ウィーンの皇帝だからと言って、帝国の作家や画家、作曲家をすべて覚えておく必要はないでしょう。モーツァルトとベートーベンがウィーンで暮らしていたことだけは覚えておいていただきたいですが。」

皇帝は真顔で言った。「それは余もわかっている。そういえば、もうひとりBで始まるドイツ人の作曲家もウィーンに住んでいたはずだ。」

「ブラームスでございます。三年前に亡くなっています。」フロイトが答えた。

「そうだった。ヨハネス・ブラームスだ。余も何度か会っているし、曲も聞いている。しかし、余は交響曲など長い音楽は苦手だ。退屈で耐えきれなくなってしまう。特に、オペラは何時間も続いて困り果てる。アリアなどが始まると、貴賓席を出て時間をつぶし、もう終わった頃だろうと思ってもどってみると、まだ同じアリアをやっている。一体いつまでやるつもりかと思ってしまう。最近は特に年齢を重ね忍耐力がなくなってきたから、オペラでは最初に聴衆の拍手を受けて貴賓席に座り、場内の照明が落とされると早速、貴賓席の裏にある控室に引っ込み、お付きの者たちとカードをすることにしている。オペラが終わる直前にまた貴賓席にもどって、聴衆の拍手を受けることにしている。それにしてもオペラの上演がウィーンでは他所より多すぎるようだ。」

皇帝はこう言って苦笑いした。

「それは賢明でいらっしゃる。聴衆は皇帝が長いオペラを最後まで聞いていられたと錯覚して、さすがウィーンの皇帝はオペラ好きでいらっしゃると思うことでしょう。」

フロイトが面白そうに言って笑い、熊楠と私もつられて笑った。

皇帝は不思議そうな顔をした。「それにしても、作家や作曲家はどうして新しい作品を生み出そうとするのか、余には理解できない。ドイツの作家で言えばゲーテやシラーがいるし、オーストリアの作家でもグリルパルツァーがいるではないか。作曲家ではモーツァルトとベートーベンがいる、それで十分ではないか。『ファウスト』第三部を書く必要はないだろうし、ベートーベンのあとに第十交響曲を作曲する必要もないだろう。何で新しい作品を作ろうとするのか、無駄な努力ではないのか?」

皇帝の眼が向けられたフロイトは答えた。「陛下のご下問は答えるのが難しいです。意識のレベルでは、誰しもまさか自分がゲーテやベートーベンに優る作品を書くことができるとは思っていないでしょう。しかし、人間には無意識の層があります。そこには日常意識しているものとは異なるさまざまな衝動が隠されています。自分独自の作品を創造したいという衝動も含まれます。神の似姿として創造された人間には、神が思うがまま世界を無から創造したように、まったく独自ななにかを無から創造したいという秘められた衝動があるのです。芸術の創造もそのような衝動の一種です。」

熊楠もフロイトに言葉を合わせた。「日本の神話では、神々が泥のような混沌のなかから日本列島を創造したとされています。子どもの泥遊びも神々の泥遊びを真似た創造行為であり、芸術行為なのかもしれません。いや、ことによると本当は逆なのかもしれませんが。」

「それは面白い。日本ではそんな神話があるのか。」

フランツ・ヨーゼフ皇帝は興味深そうに言った。

皇帝のその言葉と同時に、侍従長が部屋に入って来た。

「陛下、ございました。これがレーピンの画集です。」こう言って、侍従長は画集を皇帝に差し出した。青い表紙の画集でかなり分厚い。

皇帝は画集を手にして任意のページを開いた。「見覚えがあるようでない。ロシアの生活を忠実に描いていたようだったが、やはり細部をていねいに描いている。うん、このボルガの船曳の絵は覚えている。わしのような年寄りが全力で船を曳いているので気の毒に思ったからだ。ところで、フロイト博士、この画集のどの絵が余の見た夢と関係するのだ？」

フロイトは「陛下、失礼ですが、わたしも画集を拝見してよろしいでしょうか？」と訊ねた。

皇帝は「もちろんだ。見るがよい。よければドクター南方も見るがよい。」と言って、レーピンの画集をフロイトに差し出した。

「それでは失礼いたします。」フロイトはそう言って、皇帝から画集を受け取り、熊楠もフロイトのそばに近づいた。フロイトはぱらぱらと画集をめくっていたが、あるページで手を止めた。黙ってそのページの絵を熊楠に示した。熊楠も黙ってうなずいた。

フロイトはそのページを大きく開いてフランツ・ヨーゼフ皇帝に示した。「陛下、このページの絵に見覚えがおありでしょうか？」フロイトはこう訊ねた。

「不気味な絵だな。見覚えはない。何の絵なのか？」こう言って、皇帝は絵の下にある解説を読んだ。

私も熊楠の隣からその絵の解説を見た。ロシア語の解説なのでさっぱり意味がわからないが、幸いその下にはドイツ語で簡単な解説も付いていた。

「怒りのあまり息子の皇太子を殺害し、驚愕するイワン雷帝」という長い題名だった。イワン雷帝が自分に逆らった皇太子に怒りのあまり王錫で一撃を与え、倒れた皇太子が死にかけているのに驚き、皇太子を抱きかかえ自分のしたことの恐ろしさに驚愕している姿だそうだ。

皇帝は「そうか、イワン雷帝の息子殺しの場面か。」と小さく言った。

フロイトは「陛下、この絵に見覚えが本当にありませんか？」と再度確認した。

「覚えがないな。こんなに恐ろしい形相のイワン雷帝が描かれている絵を見たら、絶対に記憶に残りそうなものだが、ロシア大使があまりこの絵の説明をしてくれなかったのだろう。」

皇帝はこうあっさりと私見を述べた。

「陛下、それはご無理ありません。わたしの記憶では、ページをめくって絵をていねいに説明していたロシア大使が、この絵を見て、あわてて次のページをめくろうとしました。ページをめくったあとで、付け加えるように『イワン雷帝を描いた歴史的絵画です』とだけ言いました。陛下のご記憶に残らないのも無理ありません。」

侍従長がそのときの状況をこう説明した。

「そうだった。あのときロシア大使が急いでページをめくったことは覚えている。妙にあわてているなと思ったのだ。だから絵そのものの記憶はほとんどないのだ。」

侍従の説明に合点したように皇帝は言った。

「やはりそうですか、ロシア大使はこの絵の説明を実質的にしようとしなかったのですね？」

フロイトは念押しした。

「そうだったと思うが、それが余の悪夢と関係があるのか？ 考えてみれば不思議なことだ。余の悪夢もロシア皇帝による息子殺しだ。ただ、余の夢のなかでは、息子殺しの皇帝はイワン雷帝ではなく現ニコライ二世なのだ。もっと不思議なのは、余はこの絵をほとんど見てはいないのに、瀕死の息子を抱きかかえる父の皇帝という構図は、この絵と夢は瓜二つだ。覚えてもいない絵がなぜ夢のなかで再現されるのだろうか？ フロイト博士、教えてくれぬか。」

皇帝はフロイトにこう謎解きを頼んだ。

「陛下、夢とはそのようなものなのです。意識のレベルでは覚えていないことでも、無意識のレベルではくっきりと記憶されるものがあり、それが夢の世界に現れてくるのです。逆に意識のレベルで明確に覚えていたことが夢の世界ではまったく出てこないこともあるのです。ある人が『モナリザ』の絵を見て深い感銘を受けたとしても、夢のなかではモナリザの微笑が現れることがなく、記憶にまったく残っていないモナリザの背景にある森が主役になるのです。夢のなかでは、いわば『森』という絵に変容してしまい、モナリザの姿は背景どころか、どこかに消え去ってしまうのです。

陛下がレーピンの画集をご覧になったとき、意識のレベルでは『ボルガの船曳』が印象に残られたでしょうが、無意識のレベルでは『息子を殺害して驚愕するイワン雷帝』のほとんど見ていない絵の方が深く印象に残ったのです。無意識のレベルでは、ほんの少ししか見ていない情景やちょっと聞いた音の方が、長時間見たり聞いたりしたものよりも深く印象に残ることがままあるのです。陛下の場合にも、見た記憶のないイワン雷帝の驚愕する姿の方が深く印象に残っていたので、夢に出てきたのです。」

フロイトは『夢判断』の著者らしく自信をもって説明した。

皇帝は不思議そうに言った。「なるほどそういうことか。しかし、それにしても印象に残った『ボルガの船曳』の絵がまったく夢に出てこないのも不思議だ。夢とはそういうものだから、と言われれば仕方ないが……」

フロイトは微笑して答えた。「いいえ、陛下。『ボルガの船曳』の絵も陛下の夢に確かに出ています。」

「そんな馬鹿な。余の夢のどこにもあの絵の気配はないではないか。」皇帝はすぐに否定した。

フロイトは微笑をまた浮かべた。「陛下、お言葉ですが、確かにあの絵は陛下の夢に出てきています。陛下は先ほど、夢のなかでイワン雷帝に頭を王錫で一撃された皇太子の頭から血が流れた、それも『川の水のように』とおっしゃいました。しかもその血は赤い色ではなく、『濁った青色をしていた』とおっしゃいました。それこそボルガ川とその水の色です。」

こう言ってフロイトはレーピン画集の『ボルガの船曳』のページを開いて、皇帝に見せた。

皇帝はとても驚いた。「なるほど、ボルガの水の色は濁った青だ。これはまさしく余の夢に出て来る皇太子の頭から流れ出る血の色だ。」それから皇帝は不思議そうに付け加えた。「しかし、余はこの絵を見たときに、船曳たちの苦痛に耐える顔の表情や船をつないだ太縄を曳く彼らの手足の動きに眼が行って、川水の色など全然見た覚えがないが……」

フロイトはやや自慢そうに言った。「陛下、それこそわたしが先ほど申した『モナリザ』の絵の例が当てはまります。夢のなかでは前景のモナリザは登場しないで、背景の森が前に出て来るのです。『ボルガの船曳』で言えば、絵の前面に大きく描かれている船曳人夫たちがモナリザに当たり、背景にあるボルガの川水が森に当たります。背景には船もあるのですが、それも夢では無視されています。わずかに描かれているボルガの川水が陛下の無意識のレベルでもっとも印象に残ったのです。」

皇帝はフロイトの説明にいたく感服したらしい。

「なるほど、そう言われてみると、余の夢のなかで流れた皇太子の血は色といい、流れ方といい、まさしく川だった。そのことに今ようやく気がついた。そうか、フロイト博士の説明の通り、余の悪夢では『イワン雷帝の息子殺し』が中心にあり、それに『ボルガの船曳』がかぶさっているということか。しかし、余がまったく忘れていたはずのレーピンの『イワン雷帝の息子殺し』をどうして夢では思い出したのだろうか？」

フロイトは自信を持って答えた。「それは、雷です。ひと月前に珍しく雷が多かったため、陛下には雷からイワン皇帝を連想したのです。もちろん無意識にですが。イワン皇帝は恐ろしい独裁者であり、恐怖帝という仇名があります。気に入らない貴族には、宴会の際に毒入りの酒をその場で飲ませたそうです。怒りの大声や怒りの身振りが雷のようだということで、雷帝とも呼ばれたのです。」

皇帝はまた不思議そうな顔をした。「余は雷鳴でイワン皇帝のことを思い出したという記憶はないが、フロイト博士の理論では無意識のなかで連想が働いたということか？」

「ご明察の通りでございます。陛下。」

フロイトは頭を深く下げながら言った。

「それにしても、レーピンの画集を見たあとで雷が鳴ったことは他にもあったはずだ。アルプスに近いウィーンでは、雷が鳴ることはそれなりにある。あの時期に雷が多かったとはいえ、なぜ雷でイワン皇帝を思い出したのだろう？　フロイト博士、精神分析でわかるなら教えてほしい。」

皇帝に問われたフロイトは、なぜか答えにくそうな素振りをした。それから思い切って口を開いた。「陛下、誠に言いにくいことですが、陛下が悪夢を見るようになるきっかけは、雷からイワン皇帝を連想したことだけではないと愚考します。もうひとつのきっかけがあったはずです。」

皇帝は「もうひとつのきっかけ？」とフロイトの言葉を繰り返した。「もうひとつのきっかけとは何のことだ？」

フロイトは覚悟したように言った。「陛下、それはルドルフ皇太子殿下のことです。もっと言いますと皇太子殿下の悲劇的な死です。最近、それに関わることをなにか陛下が知る機会を持たれたのでは、と愚考いたします。」

皇帝はひどく驚いた。

「ルドルフのこと、ルドルフの死のことだと言うのか？」

こう言ったあとで、皇帝は記憶をたどろうとしたが、「ルドルフの死に関することを余が最近考えたことはない。」ときっぱり答えた。

「陛下、しばらくお待ちください。」侍従長が口をはさんだ。「僭越ながら申し上げます。ひと月ほど前に陛下にお耳障りな情報をわたしがお伝えしました。覚えておられないでしょうか？ それは亡きルドルフ皇太子殿下に関する実に不愉快な噂でした。」

「侍従長、お前が余にルドルフの死に関する噂を聞かせてくれたと言うのか？ 余はまったく覚えていない。」皇帝は正直に答えた。

「それもご無理ありません。あまりに荒唐無稽で不愉快な噂ですので、朝のご執務の際、一般的な情勢報告を申しあげるなかで短くお伝えしただけです。わたしも陛下にお伝えしてよいのかずいぶん迷いました。ただ、陛下は朝の情勢報告の際には、ご自身にとってどんなに不愉快に感じられるウィーンの街の噂でも、皇帝陛下への直接の批判も含めて、必ず伝えるようにと厳命されていました。余は裸の王様になりたくはない、といつもお話しされていますので。わたしも嫌々ではありますが、この件について短く報告いたしました。」

侍従長は、思い出すのも嫌だというように苦々しい顔で言った。

皇帝は改まった顔で侍従長に命じた。「中国で起きた義和団事件など他の報告事項に気を取られていたせいか、その不愉快な噂のことはまったく忘れてしまった。侍従長、もう一度報告するように。」

侍従長は苦々しさを倍増したような表情で言った。「報告するわたしにとっても不愉快千万な噂で、陛下のお耳を二度にわたり汚すことになるのは、本意ではありません。しかし、ご下命とあればいたし方ありません。その不愉快な噂は、ルドルフ皇太子の死は銃による自殺ではなく、恐れ多くも……」ここで侍従長は言葉に詰まり、やがて絞り出すように言った。「……言うに事欠き、陛下のご命令で殺害されたものだ、と吹聴しております。」

「何と、余がルドルフの殺害を命じたというのか！　誰がそのようなでたらめを言い出したのだ⁉」温厚な皇帝もさすがに怒りで顔を真っ赤にして大声を出した。

侍従長は冷静に答えた。「噂の出所はわかっております。間違いなくシェーネラーらの汎ゲルマン主義運動の連中でしょう。シェーネラーたちは、ドイツ帝国とオーストリア帝国は一体となり強力なドイツ人国家を形成するべきだ、といつも叫んでいます。しかも、けしからんことに、統一したドイツ新帝国の皇帝は、皇帝陛下を差し置いてヴィルヘルム二世であるべきだ、とシェーネラーたちは公言しています。この発言だけですでに国家反逆罪に当たるとわたしは考えます。

シェーネラーたちは、ハプスブルク家よりもホーエンツォレルン家の方が上にあると考え、ヴィルヘルム二世に忠誠を誓っております。とんでもない輩です。陛下への忠誠義務をまったくないがしろにしています。獅子身中の虫と呼ぶべき奴らですので、事あるごとに、陛下やハプスブルク家をおとしめる機会にしてしまおうと狙っております。ルドルフ皇太子のご自害の際にも、奴らはあることないこと、と言うより、ないことばかりを言いふらし、陛下とハプスブルク家への国民の忠誠心を揺るがそうとしていました。」

皇帝も顔をゆがめて言った。「余もあの折の不愉快な噂の数々を覚えている。ルドルフの死に当たっては、皇太子が精神病のために身分の低い貴族の娘と心中をしたとの噂もあった。あの娘の名前は何だったか、もう忘れてしまった。ルドルフが精神病になって自殺したのも、父親である余との軋轢があったためで、父と息子なのにほとんど話をすることもなくなり、互いに憎しみ合っていた、などと面白おかしく噂していた。いずれにせよ、侍従長の言うように、余とハプスブルク家に対する国民の信頼を失墜させようとする集団による計画的な噂の流布であろう。

　余は、ルドルフの自殺は、幼い頃から病弱だったことでわかるように、皇太子という立場からくる心身の疲労にルドルフが耐えられなかったため、と考えている。それ以外の理由はない。ルドルフを皇太子にしたことは、気の毒だったかも知れないが、ハプスブルク家に生まれた長男としてはいたし方ない運命であり、余もその重みに耐えて今日を迎えたのだ。ルドルフのことを思い出さない日は一日もない。エリーザベトはルドルフの思い出から逃れるようにウィーンを留守にして、ヨーロッパ各地を旅した。しかし、どんな遠くに行こうとも、エリーザベトもルドルフを思い出さない日は一日もなかったはずだ。余にはそのことがよくわかるのだ。

　しかし、噂をするのに事欠いて、余がルドルフの暗殺を命じた、などという卑劣なでたらめを言いふらすとは、少しは恥を知れと言いたい。どんな根拠でそんなでたらめを言うのだ？」

　侍従長はすぐに答えた。「噂は最初、陛下がルドルフ皇太子殿下の殺害を部下に命じた秘密文書があると宣伝していましたが、その文書は結局贋物であることが判明したようで、その件は片付きました。」

　侍従長はそれから言いにくそうに話を続けた。「陛下、そのでたらめな噂は、もうひとつ証拠なるものをあげています。ルドルフ皇太子殿下の葬儀の折に、陛下が涙も流さず平然とした顔で参列していられた、むしろ、厄介事が片付いたようなさっぱりした表情だった。これが陛下による皇太子殿下殺害のれっきとした証拠だと吹聴したのです。」

「なにを言う！」皇帝は侍従長がそう吹聴したかのように怒気を込めた。

「余は帝国の最高権力者である。余にとって最高の価値はハプスブルク家の王冠を傷つけることなく次代に渡すことである。ルドルフはかけがえのない余の息子だ。ルドルフに父親としてならいくらでも涙を流すことができる。しかし、皇帝としてはルドルフに涙を流すことはできない。あの葬儀は、皇帝として余が臨んだ場である。父としての私情をはさむ場ではない。余が皇帝として涙を流すとしたら、それはハプスブルク家が終焉を迎えるときだけだ。そんなことがわからんのか！」

　皇帝の厳しい言葉に、侍従長はあわてて言った。「陛下、そのことはわたしも重々心得ております。長年、陛下のおそばに仕えておりますので、陛下がどのようなお心構えで帝国の最高権力者として日々生きておられるのか、よく承知しております。今申しあげましたのは、あくまで反ハプスブルク家の輩が言いふらしている噂であり、誤解されませぬようお願い申し上げます。」

　フロイトが註釈するように口をはさんだ。

「陛下、侍従長がお耳に入れたでたらめで不埒な噂は、陛下が覚えていないとおっしゃられましたが、たとえ意識のレベルでは忘れられても、その衝撃的な内容を陛下が完全に忘れ去られることはできず、無意識のレベルでは鮮明に記憶されているのです。それゆえ、意識の検閲がゆるくなる夢のなかでは、ルドルフ皇太子が現れるのです。」

　皇帝はフロイトにすぐに反論した。「余の悪夢のなかでルドルフは現れていないではないか。現れたのは、イワン雷帝に殺害された皇太子であり、しかもその顔は見たこともない若い女の顔だ。ルドルフの顔ではなかった。」

フロイトは説き聞かせるように言った。

「陛下、それは当然です。夢のなかと言っても、ルドルフ皇太子殿下がそのままの姿で登場するわけにはいきません。夢のなかでもゆるいながら検閲は行われるのです。もし、殺害される皇太子がルドルフ皇太子の顔をしていたら、当然ながら殺害する父親の皇帝はイワン雷帝ではなく、陛下、フランツ・ヨーゼフ皇帝になってしまいます。この事実があまりに直接的に現れてしまうことは、陛下、眠っているとはいえ陛下の精神への大変な打撃になってしまいますので、夢の検閲官によって避けられたのです。」

皇帝はフロイトの説明に半分納得したようだが、残りの半分はまだ納得していないようだった。

「それはわかったが、殺害された皇太子の顔が若い女の顔になっていたのはなぜだ？　余が見たことのない娘だった。夢のなかで娘の輪郭もはっきりとはしていなかったが、若い女であることはわかった。」

「それは夢のなかで娘が言った言葉で分かります。」

フロイトはきっぱりと言った。

「『指輪（Ring）』という言葉か？　皇太子の恰好をしたその娘が一撃で倒れるとき、指輪を落としたのだろうか？　なにか因縁のある指輪を。」

皇帝は思いつきを口にした。

「陛下。女の言った『Ring』は指にはめる指輪ではありません。マイヤーリング（Meyerring）という地名の最後にある Ring という言葉です。恐らく女は夢のなかで Meyerring と言ったはずですが、最初の方は例の検閲のため陛下のお耳には聞こえなかったのでしょう。」

慎重な口調でフロイトは言った。

皇帝はフロイトの説明にはっとし、納得したように答えた。「なるほどMeyerringと言ったのかもしれない。Ringの前になにか言葉がついていたようにも思う。その地名はルドルフが自殺した別荘のある場所だから、余は夢のなかでもその名を聞きたくなかったのだろう。そうすると……夢のなかの若い女とは、ルドルフが最後にいっしょにいた下級貴族の娘か……」

「ご明察です、陛下。夢のなかで瀕死の状態の皇太子は、ロシアの皇太子ではなく、本当のところはルドルフ皇太子殿下なのです。しかし、例によって検閲が働き、ルドルフ皇太子の顔はしていなかった。その代わりに、マイヤーリングで皇太子と最後を共にした下級貴族の娘、マリー・ヴェッツラーとかいう娘の顔が瀕死の皇太子の顔に仮面のようにつけられていたのです。もっとも、陛下はマリーにお会いになったことがないようなので、マリーの顔がまったく連想できず、ぼんやりとした若い娘らしい顔が夢のなかで登場していたのです。」

フロイトはこう一気に説明した。

皇帝はすでにフロイトの説明をすべて信じる気持ちになったようだ。

「フロイト博士、実に見事な余の夢の解釈だ。夢のなかで余が懸念していたルドルフの死とその余波が、検閲された形ではあるが、現れたのだな。もし余に新しい博士号を創設する権限があるならば、フロイト博士に『医学博士』の称号の他に『夢博士』の称号を授与したい。この称号は今ある世界中の博士号すべてに匹敵する重みのあるものだ。なぜなら、この世界はすべて昼と夜とに二分されている。眼の醒めている時間と眼を閉じている時間で人間の生活は二分されている。夢博士号は眼の閉じた人間の世界を研究する学者に与えられる称号で、今まで授与された者は誰ひとりいないのだ。だから、このひとつの称号で他のすべての昼の世界を研究した功績に与えられる称号に匹敵する。」

皇帝のこの誉め言葉に、冷静なフロイトもさすがにうれしさを隠せなくなった。

「わたしの研究が『夢博士』の称号に値する、と陛下にはおっしゃってくださるのですか？　そのお言葉だけでこれまでの研究の辛苦がすべて報われます。ありがたく『夢博士』号をいただきます。ただし、その証明書は、今晩夢のなかで陛下からじかにいただくことにしましょう。」

フロイトの機知に富んだ返答に、謹厳なフランツ・ヨーゼフ皇帝も思わず顔をほころばせた。「余も今晩、フロイト博士に『夢博士』の博士号を授与する夢を見ようと思う。これで授け手も受け手も夢のなかでそろうわけだ。」

その場の全員がひとしきり笑ったあと、皇帝は真面目な表情になってフロイトに訊ねた。

「余の悪夢の解釈はこれで解き明かされたことになる。しかし、ひとつだけわからないことがある。余は何で今解釈されたような不愉快な、いや忌まわしい夢を見るのだろう？　どういう理由があるというのだ？　フロイト博士、最後にそれを教えてくれ。それがわからないと、忌まわしい悪夢を今後もずっと見続けなければならないのではないか、と不安に思う。」

フロイトも真剣な表情になって皇帝のもっともな質問に応じた。

「陛下、それはとても重要なご質問です。何で忌まわしい夢を人間はわざわざ見るのか、これは難問です。しかしながら、わたしは長年の夢の研究から、答えを見出しました。『夢判断』に書いたように『夢は願望の充足である』というのが答えです。どんなに不愉快で苦しい夢でも、その夢には、昼間の生活では充たされることのなかった何らかの願望の充足が見られる、というのが長年のわたしの研究の結論です。」

皇帝は眉根を寄せた。「夢は願望の充足というのか？　たとえどんなにそれが不愉快な夢だとしても。それにしても、余の悪夢はどんな願望の充足と言うのだ？　夢のどこにも余が望んでいることは現れていないではないか？」

フロイトは、皇帝の単刀直入な質問を受けて困った表情をした。

「夢が願望の充足である、というわたしの理論に誤りはないと思いますが、陛下の悪夢の場合には解釈の余地がさまざまにありますので、確定的なことを今申しあげることは、残念ながらできません。もう少しお時間をいただければ、明確な解釈を申し上げることができると思います。」

皇帝は失望したように言った。

「そうか、余が悪夢を見る理由は簡単には明らかにならないのか……」

その場に気まずい沈黙が訪れた。

するとずっと黙っていた熊楠が口を出した。

「皇帝陛下、誠に失礼ですが口をはさませていただきます。陛下が悪夢を毎晩ご覧になる理由を知るためには、悪夢をご覧になるようになってから、それまでの陛下の生活習慣が変わったのかどうか、という点を考えられたらいかがでしょうか。生活習慣になにか変化があったとしたら、それがヒントになるかもしれません。」

　熊楠の提案に、フランツ・ヨーゼフ皇帝、フロイト、侍従長の全員が驚いた。フロイトが熊楠を応援するように言った。

「なるほどドクター南方の言われるように、夢を見る前と見たあとの陛下の生活習慣の変化に注目するのはよいアイディアです。陛下、いかがでしょうか？　なにか覚えがおありですか？」

「生活習慣の変化か……」皇帝は首をひねった。

「余自身では、悪夢を見る前と見てからで生活習慣が変わったという覚えはないのだが。侍従長、そばで余を見守る立場から、余の生活習慣の変化に気づいたことがあるか？」

　侍従長は突然の下問に驚いたが、なにか思いついたようですぐに答えた。

「陛下の生活習慣について、おそばから拝見していて気づいた変化が、実はひとつあります。ちょうど、陛下が悪夢を見られるようになってからの時期です。」

　熊楠がすぐに質問した。「それは何ですか？　陛下の習慣が変わってしまい、していたことをしなくなるとか、逆に新しくなにかを始める、といったことですか？」

　侍従長はじっくり考えながら答えた。

「生活習慣と言っても、陛下のご執務に関する変化です。陛下はちょうど一年ほど前から、妙に過去にご自身が出された命令書の類に強い関心を示されるようになられました。どんなきっかけなのか、過去の命令書を持ってくるように、と命じられるようになりました。たとえば、一八八七年の命令書をすべて持ってくるようにとか。ところが、陛下が悪夢を見て困るとおっしゃるようになってから、命令書を持ってくるようにと命じられることがピタリとなくなりました。

陛下の命令書とひと口で言っても、政治に関わる公的なものから、ご家族や宮廷に関わる私的なものまで実に多種多様です。内容も陛下が直々に口述したもの、担当者の書いた文面を陛下がチェックしたもの、さらには形式的には陛下のお名前のある命令でも、陛下がほとんどご覧にならないもの、と千差万別です。広大なわが帝国の最高権力者は陛下おひとりですので、中央政府と地方政府、中央議会と地方議会、官僚制度、軍隊と多くの組織が分立していても、すべての命令は陛下のお声とお身体に結びついていると言っても過言ではありません。

したがって、陛下の命令書を細大もらさず持ってくるということは実に大変なことで、一日分の命令書だけでも何百、何千とあるのですから、ひと月分になると小山ほどの命令書、一年分となると普通の山ほどの命令書、十年となるとアルプスの高山ほどの命令書を集めなければなりません。もちろん陛下の命令書を網羅した専用の文書保管庫も広大なスペースで用意され、命令書も内容によってきちんと整理されています。それ専用の文書管理官も五十人いますので、整理が行き届かないことはありません。

しかしながら、とにかく膨大な数ですので、陛下からご下命があったとき、わたしは思わず『すべての命令書でしょうか？』と問い返してしまいました。陛下のお答えは簡潔な『すべてだ』というものでした。それから、すべての命令書をご指示のままお持ちするようになりました。」

フロイトが侍従長に訊ねた。

「一体、そんなに膨大な命令書で陛下はなにをお探しだったのでしょうか？」皇帝にじかに質問するのは無礼と感じて、フロイトは遠回しに侍従長に訊ねたものらしい。

侍従長はすぐに答えた。「わたしにも陛下がなにをお探しなのかわかりませんでした。それがわかれば、陛下のお手をわずらわすことなく、我々が手分けして探しだすことができます。陛下に一度お訊ねしましたが、ご自身で探すとおっしゃるのみで、お答えはいただけませんでした。」

フロイトは次に皇帝に思い切って質問した。「陛下。誠に失礼ですが、どのような命令書をお探しだったのでしょうか？　差し支えなければ、お教え願えませんでしょうか。」

フロイトの質問に対して、皇帝は一瞬うつけたような表情をした。急に老け込んだ感じだ。答える声もひどく老けて聞こえる。

「余がなにを探していたかと言うのか？　それは……余にもわからん。」

皇帝の答えは驚くほど意外なものだった。

「陛下ご自身もなにを探しているのかご存知なかったのですか？」

思わず大きな声で侍従長が訊ねた。

皇帝は黙ってうなずいた。

「命令書を持って来いと命令しておられるのに、陛下ご自身では自分がなにを探そうとしているのかわからない。これは奇妙なケースです。よほど陛下のお心のなかで、強力な検閲が働いたとしか考えられません。探している文書を明らかにしてはいけないという恐ろしいほどの自己検閲です。」

フロイトは冷静な声でこう言って、さらにつけ加えた。

「陛下ご自身には特定の命令書を見つけたいという強い思いがありながら、一体どんな命令書を探しているのかご自身でわからない、これはかなり切羽詰まった状況です。陛下はきわめて深刻な精神的危機に面しておられたのです。」

「その通りだ。余はなにを探していたのだろう？」

皇帝は迷子になった幼児のように困惑した表情を浮かべている。

また熊楠が口をはさみ、侍従長に質問した。「それで、陛下が悪夢をご覧になるようになってから、命令書を持ってくるようにと侍従長に命じられることがなくなった、と言われるのですか？」

「その通りです。ちょうど陛下が悪夢をご覧になるようになった頃から、過去の命令書を持って来いとご下命になることはなくなりました。しかも、ピタリとなくなったのです。」侍従長は強く断言した。

熊楠は次に皇帝に問いを向けた。

「それでは、陛下は探していた書類を見つけられたというわけですか？」

皇帝は即座に答えた。

「いや、そういうわけではない。探していたものが見つかったという感覚は余にはなかった。しかし、あの夢を見始めてからは、どうしたわけか過去の命令書を見たい、という気持ちがまったく起こらなくなってしまった。自分でも不思議だが、命令書のことを忘れてしまったのだ。」

侍従長が補うように言った。

「そうです。驚いたことに、あれだけ毎日のように過去の命令書を持ってくるように命じておられた陛下が、まるで命令書というものがなかったかのように、まったく口にされなくなられたのです。」

熊楠はすかさず言った。

「ということは、ある命令書を無意識で陛下は必死に探しておられたのだが、悪夢を見ることで命令書を探す衝動がなくなってしまったということになります。つまりは、陛下の見られた悪夢のなかに探していた命令書が見つかったということです。」

皇帝は熊楠を見つめて言った。

「余の夢のなかに命令書が隠されていたというのか？」

熊楠は静かに、しかし強く答えた。

「命令書そのものはなかったのです。お探しの命令書がないことを陛下の夢が示しているのです。」

「余の夢は命令書がないことを示しているというのか？　それでは、余の探している命令書がなんなのか、ドクター南方は知っているのか？」

皇帝は必死な声で質問した。

「もちろんです……その命令書は、」ここで熊楠は間を空けてから、断定した。「その命令書は、ルドルフ皇太子を殺害するように命じるものです。」

「余がルドルフの殺害を命じる命令書……」

皇帝は呆然として、眼は宙を舞った。

熊楠がすかさずつけ加えた。

「もちろん、そんな命令書を陛下が出されたことはありません。ただ、陛下はルドルフ皇太子が自殺したとお知りになったとき、皇太子の死には自分にも責任があるのではないか、と考えられたはずです。」

皇帝はかなり狼狽して答えた。

「もちろん本気で考えたことはないが、ルドルフが自殺したという知らせを受けたとき、ふとルドルフが死を選んだのは、余が厳しく当たり過ぎたからではないか、と思ったことは事実だ。しかし、それはたまたま浮かんだ考えで、その後はそんなことを深く考えることはなかった。」

熊楠は皇帝をまっすぐ見つめて言った。

「陛下、ルドルフ皇太子殿下のご逝去の際に、ふと浮かんだお考えとおっしゃいましたが、もしそのときに浮かんだその考えをじっくりと検討なさったなら、おそらくその後に悪夢を見ることはなかったでしょう。陛下ご自身がルドルフ皇太子殿下の死に責任があるのでは、というご疑念は意識の表面上からは消えてしまいましたが、それは見かけだけのことでそのご疑念は内攻し、無意識の世界に深く沈み込みました。そして伝染病がいったんは完治したように見えて、実際には病原菌が体内に潜伏して、身体が弱ったときにまたぶり返し、しかも最初の時よりも強烈な害悪を及ぼすことがあるように、潜伏していたご疑念は、大きく肥大して陛下の心身に災厄をもたらしたのです。」

ここまで一気に言ってから、熊楠は話す速さをゆるめた。

「そのご疑念が一年前に、自分でも意識しないうちにより具体的なものとなりました。つまり、ご自分が皇太子殿下の殺害を命じた命令書を書いたのではないか、というご疑念です。恐らく陛下ご自身には記憶がなくても、陛下が皇太子殿下の殺害に関与しているという巷の噂を侍従長が報告する前に、どこかで耳にされたことがおありなのでしょう。しかし、検閲が働いて、陛下ご自身が皇太子殿下の殺害を命令書で命じたのでは、という疑いをそのまま浮上させることはできないので、内容は抑圧されてしまい、命令書の存在を明らかにするという強い執着だけが残りました。このような経過をたどり、陛下は過去の命令書のすべてを調べる、という激しい衝動に突き動かされるようになられたのです。ここでも命令書の内容については検閲が働いていて、なにを探しているのかわからないのに探しているという、奇妙きわまりないのですが、探すこと自体が自己目的になってしまわれたのです。」

「うーむ。」と皇帝は獣のようなうなり声をあげた。それから助けを求めるようにフロイトに訊ねた。「フロイト博士、ドクター南方による今の解釈に同意するのか？」

「さようでございます。ドクター南方の説明は精神分析の解釈とみごとに一致します。やはり、ドクター南方にわざわざ来ていただいてよかったです。陛下の毎夜の夢がご執務にも悪影響を及ぼすようになった今、悪夢の解消は高齢の陛下の心身へのご負担を軽減するためだけでなく、オーストリア帝国の安定のために喫緊の課題であります。陛下がご自身の悪夢の由来を知り、無意識の世界に潜む病魔を見つけられることが快癒の大事な前提条件です。ですから、ドクター南方の解説は快癒にそのままつながる快挙と呼べるのです。」

フロイトは感極まったように言った。熊楠の推理を精神分析の勝利と思ったからだろう。

熊楠がフロイトの言葉に続けて言った。

「悪夢は陛下の安らかな眠りを妨げる厄介な存在ですが、他方で、同じ悪夢はルドルフ皇太子の殺害にご自身が関与していないことを確認するために必要な手続き、儀式と言えるものでした。悪夢のなかでイワン雷帝の息子殺しの場面に、陛下はあくまで傍観者として立ち会っているだけです。そして最後にイワン雷帝を助けて瀕死の皇太子を救おうとされました。これは父親と息子の和解への陛下のご意志を表しています。

さらに、イワン雷帝と皇太子の手にした外交文書は白紙でした。白紙であることには大きな意味があります。これは、陛下がルドルフ皇太子殿下を殺害する命令を文書でしていない、という明白な証拠の意味を持ちます。白紙の文書という矛盾した存在の意義がここにあります。つまり、悪夢ではあるものの、この夢は、陛下には息子のルドルフ皇太子殿下を殺害するお気持ちなど毛頭なかった、という事実を確認するための必要な手続きであり、救済の手続きだったのです。」

フロイトもうれしさのあまり顔を紅潮させて、熊楠の説明に賛成した。

「ドクター南方、実にお見事な推理です！　ドクター南方の推理通りに、陛下の悪夢はそれこそわたしの理論、夢は願望の充足である、の好例です。見ているときはどんなに悲惨きわまりない夢でも、夢見ることで無意識に沈殿していた悪しき記憶が浮かび上がり、意識の層により濾過され毒気が抜かれて、結局は精神の快癒につながるのです。

悪夢でしかないと思われる夢も、ルドルフ皇太子殿下の死にご自分は責任がないという明白な証拠を得たい、という陛下の隠れた願望が充足しているのです。そのことを陛下も今自覚されたのですから。これ以降、悪夢にうなされることはなくなるでしょう。」

「陛下、誠にうれしい決着でございます。おそばで拝見していても最近、とても憔悴しておられるようにお見受けしましたので。わたしもフロイト博士の説明で安堵しました。」

侍従長は本当に安堵した様子だった。

「そうか、これ以降はもはや悪夢を見ずにすむということか。」

皇帝の老いた顔にも薄日のような安堵の表情が浮かんだ。

「余が悪夢に悩まされずに執務に専念できるとしたら、亡きルドルフも安心して天国から見ていてくれるはずだ。ルドルフが自殺したということで、天国には行けないという噂もあった。自殺はイエスの教えに反する行為だから、というのだ。しかし、ルドルフの死は外見的には自殺に見えるだろうが、その実は皇太子という重責に殺された殺害と余は考えている。これは、皇太子になったことのない者には理解できないことだろう。ハプスブルク家の六百年の歴史の重みが歴代の皇太子に重くのしかかるのだ。もちろん、皇帝の肩にのしかかる重みの方が、皇太子にのしかかる重みより何十倍、何百倍も厳しい。これは皇帝たるわが身に染みている事実だ。しかしながら、皇帝の場合には、すでにその覚悟があり、重みは現在のものである。ところが、皇太子は現在の重みの他、これから皇帝になってからの大変な重みが予想されるのだ。現実のものではなく予想される重みであるからして、未来の重みの方がより耐え難いものと皇太子本人には思える。そのような重みに耐えることは心身の弱さを持っていたルドルフにはとうていできなかった。ルドルフの弱さを責めることは、父としての余にはできない。ルドルフの死は自殺でなく、本当は戦死なのだ。ルドルフの死は、砲弾の飛び交う戦場の戦死ではない、日常生活というより困難な戦場での戦死なのだ。」

皇帝の顔はすでにひとりの父親のそれになっていた。眼には光るものが見えた。

「その通りでございます。陛下のおっしゃるようにルドルフ皇太子殿下は名誉の戦死を遂げられたのです。ご立派な戦死でした。」

侍従長はこう言って、その場に泣き崩れた。


「開けなさい！　開けてください！」

突然、ドアをドンドンと力強くたたく音とともに野太い声がした。この部屋のドアがノックされているのかと驚いたが、そうではなかった。隣のフランツ・ヨーゼフ皇帝の執務室がノックされているのだ。

「フランツ・フェルディナンド大公殿下、お引き取りください」と数人の男性の大きな声も聞こえる。

「邪魔をするな！　わしは次の皇帝たる大公である。亡きルドルフ皇太子の代わりとしてフランツ・ヨーゼフ皇帝から直々にご下命を受け、わしは次の皇帝になることを承諾したのである。そのわしが、皇帝にお会いするのに、何であらかじめ面会の予約をしなければならないのだ！　国家の緊急時にそんな悠長な真似ができるか！　不埒な木っ端役人ども、下がっておれ！　わしと皇帝陛下だけで話さなければならない極秘の事柄である。」

頭ごなしに野太い声で大公は怒鳴りつけた。

「そのようにご無体なことを言われても困ります。皇帝陛下は、執務中には誰も執務室に入れてはならない、と厳命しておられます。国家存亡の危機のとき以外は、面会の予約のない者は、たとえ家族であっても入れてはならない、とおっしゃいました。ルドルフ皇太子殿下やエリーザベト皇妃殿下がご存命のときにも、おふたりが執務時間に皇帝の執務室に入られたことは一度もありません。」

侍従たちはこう言って、大公を押しとどめようとする。

「なにを言う！　今がその国家存亡の危機なのだ。どけ！　どかないとお前たち全員、国家反逆罪で銃殺だ！」大公はこう脅しをかける。

奥の部屋の私たちには、贋皇帝の執務室の声がまるで隣で話されているように丸聞こえだ。この騒ぎに私や熊楠、フロイトはどうなることかと気が気でない。ところが、さぞ心配しているはずの本物のフランツ・ヨーゼフ皇帝や侍従長は平気な顔だ。

私たちが心配そうにふたりを見つめると、侍従長は微笑し言った。「大公殿下は、こうして毎日のように『国家存亡の危機です』と言って皇帝執務室に押しかけて来るのです。陛下は執務の邪魔になるので大いに困る、とわたしに相談されました。そこで陛下の身代わりを見つけて来て、ああして陛下のお席に座らせているのです。この後は面白い一幕ですので、ここからゆっくりと高みの見物をしましょう。ただし、笑い声を出さないようにくれぐれもお願いします。」

侍従長は私と熊楠、フロイトを隣室との壁際に案内した。壁には小さな穴が開いているところが何か所かあり、そこから隣室の模様が見える仕組みになっている。何でも壁にかけられている皇帝、亡きエリーザベト皇妃、亡きルドルフ皇太子の大きな肖像画の眼のところが特別な色ガラスになっていて、そこから隣室のすべてを見ることができるようになっている。隣室にいる人間からは、肖像画の眼のところからのぞかれていることは絶対にわからない仕組みだそうだ。また、隣室の音声もよく聞こえるような仕組みになっている。

私たちが肖像画の眼のところから贋皇帝の執務室をのぞき始めたのと同時に、ドアをけ破る勢いで大公が部屋に入って来た。侍従たちはあきらめたように大公を見送り、静かにドアを閉めた。さっきの侍従長の話では、大公が皇帝執務室に押しかけて来るのは毎日の恒例行事になっているようなので、侍従たちも形式的に抵抗しているだけで、大公を執務室に入れて「やれやれ」とかえって安堵しているのかもしれない。

大公は遠慮なく贋皇帝の方に大股で近づいて行く。驚いたことに、贋皇帝の方は先ほどからの大騒ぎにまったく気づいていないようで、執務机の上に上半身を折り曲げて、書類を精査している。よほど執務に専念しているのか、大公の騒ぎに慣れっこになっているのか、いずれにせよ常人の神経ではない。もしかしたら本物の人間ではなく、ホフマンの小説に出てくる人造人間の類なのか、とさえ思えてくる落ち着きぶりだ。

「陛下、ご執務に精勤されていられるなか、突然お邪魔して誠に申し訳ございません。国家の存亡にかかわる緊急事態が出来しましたので、ご無礼をかえりみず参上した次第です。どうかお許しください。なにしろ、緊急に陛下のご判断を仰がなければならなくなりました。短時間でご報告いたしますので、どうかほんの少しだけお時間をお与えくださいますようお願い申し上げます。」

大公は野太い声で一気に話した。痩せた老体のフランツ・ヨーゼフ皇帝、と言っても贋者だが、に対して、大公は恰幅がよく身体中から強烈な精気があふれ出ている。

大声で大公が大声で呼びかけたにもかかわらず、贋皇帝はまったく反応しない。執務机にかがんだまま微動だにしない。いらいらした大公は贋皇帝のごく近くまで進んで、ほとんど耳に口が触れそうな距離で同じ言葉を繰り返した。贋皇帝はようやく大公の存在に気づいたようで、大公の方を向いた。その眼には驚きの色はまったくなかった。と言うか、どのような感情も読み取れなかった。

「陛下、ご執務の手をいったん休められ、是非ともわたしのご報告をお聞きくださいますよう伏してお願い申し上げます。わがハプスブルク帝国が百年に一度の存亡の危機に瀕しておるのです。」

大公は大仰な調子をつけて贋皇帝に迫った。

贋皇帝は相変わらず無表情で答えた。

「それはとても素晴らしい。余はうれしく思うぞ。」

大公は驚いて、贋皇帝の顔を見つめた。

「陛下、お戯れを。陛下の帝国が存亡の危機に瀕しているのです。お聞き違いなされたのではないでしょうか。なにも素晴らしいことなどありません。」

こう言って、大公は贋皇帝をにらむように見つめた。ところが、贋皇帝からは何の反応もない。じれったくなった大公は思わず独り言をつぶやいた。独り言と呼ぶには大きすぎる声だったのだが。「ヨーゼフ爺さん、どうしたんだろう。耳が遠くなったのか。この頃はなにを言上しても『とても素晴らしい、余はうれしく思うぞ』という決まり文句ばかりだ。」

大公がこう大きな声でつぶやいても、やはり贋皇帝は何の反応もしない。

「陛下。先ほど密偵からの情報で、ハプスブルク家に対して恐ろしい陰謀が企てられていることが判明しました。間違いのない確実な情報です。」

大公の顔は上気して赤くなっている。

「セルビア人の陰謀組織が結成されました。組織設立の目的は、ハプスブルク帝国の加える圧力からセルビア国家とセルビア人を防衛することであり、そのため、皇帝陛下とその後継者であるわたしを暗殺するという方針が決定されたそうです。暗殺を決行する場所として、ウィーンでは警護体制が厳しいので、陛下やわたしがウィーンを離れて他国を親善訪問する機会をとらえて、数人で暗殺チームを構成し、爆弾や銃弾の波状攻撃により確実に陛下やわたしを殺害する、と具体的プランまでできているそうです。暗殺チームにはすでに何人かの命知らずの若造たちが志願して、銃の撃ち方や爆弾の投げ方まで訓練しています。事態はここまで深刻になっております。」

大公の顔は恐ろしいほど真剣そのものだ。

ところが皇帝の口から出たのは「それはとても素晴らしい。余はうれしく思うぞ。」という決まり文句だった。大公は唖然とした。また、大きな声で独り言を言った。

「ヨーゼフ爺さん、自分の言っていることの意味がわかっているのか？　いや、自分でなにを言っているのかわかっていないのだろう。要するに高齢のために呆けてしまったのだ。」

こんな独り言を言っておきながら、大公は皇帝に向かって大きな声で見え透いたお世辞を言った。

「陛下。ご賢察に感銘いたしました。セルビア人どもがわがハプスブルク家に反旗をひるがえし、陛下とわたしの暗殺計画を実行に移そうとしたら、すぐさま密偵により奴らの計画をあばいて、よい機会とばかりに徹底的にセルビア人の反乱分子を弾圧する。主だった奴らは処刑し、あとの小者たちは牢獄にたたきこんで、一生陽の目を見られないようにしてやる。毒のある魚どもを最初は自由に泳がせながら、最後には一網打尽にしてしまう。さすがです。陛下をもっとも賢明なドナウ川の漁師とお呼び申しても失礼ではないでしょう。」

贋皇帝はこの言葉に対してもやはり「それはとても素晴らしい。余はうれしく思うぞ。」と答えた。

大公はこの言葉が贋皇帝の真意なのか迷ったようだが、微笑して答えた。

「やはり、陛下のご狡知はもっとも巧みな漁師のものであったのですね。しかも、ドナウ川を泳ぐ魚にセルビア産の毒魚はいらないという強い意志を持っておられる。」

ここで大公はしばらく間を空けて、贋皇帝の後ろの壁にかかっているルドルフ皇太子とエリーザベト皇妃の肖像画を凝視した。その眼つきがあまりに陰険なので、肖像画のうしろから私たちがのぞいていることを大公が知っているのではないか、と不安になるほどだった。

「陛下。わたしはこのように今が帝国の存亡の時期です、と申しあげましたが、残念ながら、その危機の遠因を作られたのは亡きルドルフ皇太子殿下とエリーザベト皇妃殿下のおふたりなのです。ルドルフ皇太子殿下は自由主義的な教師の教育を受けたせいで、残念ながらハプスブルク家の伝統である強力な権力の行使という原理を最後までご理解いただけませんでした。

皇太子殿下はなにかと言うと、『国民の自由』とか『民族の自由』という空文句を口にされ、皇帝陛下による強力な権力の行使、中央集権的な統治にいつも反対されました。自由主義とは結局のところ統制の取れないわがままな国民や民族を作り出すことであり、帝国崩壊の兆しがどれほどあっても対応せずに放置することに他なりません。皇太子殿下は、ハンガリー人やチェコ人などの肩を持ち、各民族にしかるべき義務を負わせようとする陛下の賢明な手綱を常に緩めようとされました。そのような軟弱な自由主義の思想が皇太子殿下のご性格にも悪影響を及ぼし、ついには自ら命を絶つという神の教えに背く所業を行われたのです。神から授けられた自らの生命を勝手に放棄すること、これぞ究極の自由主義と呼ぶべきではないでしょうか。」

大公は大聴衆を前にしているように滔々と弁じ立てた。

「それはとても素晴らしい。余はうれしく思うぞ。」

贋皇帝はまた場違いな言葉を繰り返した。

「ヨーゼフ爺さん、なにを言うんだ。しかし、素晴らしいというのはまんざら間違いではないかもしれないぞ。」

またしても大公は大声の独り言を口にした。

大公は贋皇帝の様子をうかがいながら話しかけた。「陛下。陛下のおっしゃる『素晴らしい』という言葉、いささか語弊はありますが、まったくの誤りと決めつけることはできません。なぜなら、ルドルフ皇太子殿下が予定通りに陛下の跡継ぎとして帝位につかれたら、極端に自由主義的でしまりのない政策を実行されること必定です。そのような政策と呼ぶこともできないような場当たりの対応によって、国民や民族を結ぶハプスブルク家の強い紐帯はほどけてしまい、各国民、各民族はてんでんばらばらな方向にいっせいに走り始めることでしょう。一旦そうなってしまうと、驚くほど早くオーストリア帝国は崩壊して、ハプスブルク家も国外追放処分を受けることになるでしょう。下手をするとフランス革命のような大混乱状態になり、皇帝もギロチンにかけられることになりかねません。考えてみるだけでも恐ろしい。」

こう言うと大公はわざとらしく身震いをしてみせた。

「それはとても素晴らしい。余はうれしく思うぞ。」

贋皇帝は大公の言葉をまったく意に介さず、同じ言葉を繰り返す。

これを聞いた大公はさすがに真面目に報告することが馬鹿らしくなったようで、独り言なのか報告なのかわからない口調で贋皇帝に話しかけた。

「陛下。お戯れが過ぎますぞ。ギロチンにかかるのがそんなに素晴らしいのですか。一度は話の種にギロチンにかかってみようと思っても、首が落ちたらもう話はできませんぜ。」

贋皇帝は無言である。大公は覚悟を決めたように皇帝の正面を向いて言った。

「陛下。ヨーゼフ爺さん。はっきり言いますが、わたしが次に皇帝になることでハプスブルク家は救われるのですよ。あなたがエリーザベト皇妃やルドルフ皇太子を甘やかせるから、皇妃はハンガリーの方がオーストリアより好きになり、ハンガリー語を話しているときの方がドイツ語を話すときより楽しそうな顔をするようになってしまった。その挙句、まるでドイツ語が話される国を避けるように外国ばかりをさまよい歩くざまです。さまよえるオランダ人はオペラになるでしょうが、さまよえる皇妃では三文芝居にもなりはしない。ルドルフも母親の影響でハンガリー好きになり、その上スラブ人までひいきにするようになってしまった。ルドルフが一体どこの帝国の皇太子かわからなくなったのも、あなた方、両親が甘やかせすぎたせいだ。

ハプスブルク帝国の将来を真剣に憂いているのは、このわたししかいないようになってしまった。

ところが、わたしが身分の低い貴族の娘と結婚したとあなたは難癖をつけて、このわたしをハプスブルク家から追放しようとした。わたしは粘り強く抵抗して、そうはさせませんでしたがね。もしわたしがハプスブルク家から追い出されていたらどうなっていたかと想像すると、恐ろしいですぜ。ルドルフ亡きあと、誰があなたの跡継ぎになれたのですか？　このわたしがいたからこそ、ハプスブルク家の伝統は守られたのです。はっきり言わせてもらうと、あなたはわたしに感謝すべきです。

　ところが、あなたはまだわたしを信頼していないのか、わたしを後継者に指名したあとでも、わたしに国政の一端たりとも担わせようとしない。どうでもよい儀式のほんの形式的なことだけはわたしに任せるが、実質的な国政の任務はすべて自分で抱え込んでしまって、わたしに少しでも分け与えようとする気がない。これでは体《てい》のよい飼い殺しではないですか。わたしが皇帝になったならば、すぐさますべての国民やすべての民族に秩序というもの、権威というものを教育してやるつもりです。厳しい鞭の力でね。ハプスブルク家の代々の皇帝がそうしていたように、精神的にも身体的にも国民と民族をしつけるのです。それによって、ハプスブルク家はあなたの代で失われつつある栄光を取りもどすことができるのです。わたしは必ずやハプスブルク家中興の祖、という名声を後の世で享受するはずです。」

　最後に大公はこう見栄を切った。大公は贋皇帝がまた「素晴らしい……」という決まり文句を言うのではないかと贋皇帝の様子をうかがったが、なぜか贋皇帝は黙っていた。

　大公はそれを見て、思い切った顔で贋皇帝に言った。

「陛下。ですから、はっきり申し上げます。陛下はご高齢で執務をこれまでのように行うことは難しくなっておられます。今後それが改善することはあり得ません。陛下が若返ることは不可能だからです。ところが、最初から申し上げていますように、わが帝国ではマジャール、スラブ、ラテンなどの諸民族が独立を目指す機運が異様に高まっています。また、ドイツ人のなかでもシェーネラーのように、ドイツ帝国と一体化して、オーストリアはドイツ帝国の一部になるべきだ、といった暴論を主張する不埒な輩が増えています。皇帝による統治はこのようにますます困難になっているのが現状です。

陛下の心身はますます衰えていき、陛下の抱える課題はますます困難なものになっている、このふたつが反比例して進む現状では、打開策はただひとつしかありません。老齢の陛下の代わりに若返った皇帝が任務を引き継ぐことです。不肖このわたしには、この困難きわまりない任務を引き継ぐ覚悟があります。たとえそのために、セルビアのテロリストに命を狙われることになろうとも、恐れることはありません。ハプスブルク家の伝統を守るためこの身命をささげる覚悟です。

陛下、どうかご退位をご承諾ください。一刻も早く危機にある帝国を救うために、このわたしフランツ・フェルディナントに帝位を譲るとご表明ください。帝国を救うために今が最後のチャンスなのです。ご決断を伏してお願いします！」

大公は強圧的に贋皇帝に詰め寄った。

贋皇帝は大公を見つめて、無表情に言った。

「それはとても素晴らしい。余はうれしく思うぞ。」

大公はこの決まり文句の答えに大喜びした。

「そうですか。陛下。とうとうご覚悟されたのですね。ありがとうございます。陛下のご決断でハプスブルク家と帝国は救われました。神に感謝します。それでは、早速陛下のこのご英断を首相に伝え、ご退位のスケジュールを具体的に相談したいと思います。ご決意が変わらないうちに急ぎたいと思います。今後のことはすべてわたしにお任せください。それでは、失礼いたします。」

大公は突然向きを変え、急いで部屋を出て行った。抑えきれないうれしさがスキップするような足取りとうしろ姿から感じられた。あとに残されたのは、ドアの閉まる大きな音と、何事もなかったように執務机に向かう贋皇帝の姿だった。

のぞき見していた私たちは一瞬沈黙にとらわれた。しかし、次の瞬間、誰ともなく笑い始めて、全員が大爆笑した。皆が笑いのために息苦しくなるほどだった。よくできた喜劇でもこれほど面白い見ものはなかっただろう。

「大公は贋皇帝のあの決まり文句で満足したのでしょうか?」

私は侍従長にこう訊ねた。

侍従長は皮肉な笑みを浮かべて言った。

「大公は単純な性格なので、あれで満足して、自分は明日にでも戴冠式を行うことができると信じ切っています。こんな馬鹿げたことを何度繰り返しても、飽きるということがないのです。大公を幸せな方と呼ぶこともできるでしょうが。

陛下は毎日のように大公の譲位を迫られて困っていらしたので、わたしが陛下にそっくりな男を救貧院から見つけて来て執務室に座らせ、本物の陛下は奥のこの部屋にお移りいただいたのです。おかげで陛下も安心してご執務に専念できるようになったのです。」

フロイトが医者として質問した。

「あの贋者は決まり文句しか言わないのですが、老齢で判断力がなくなったのですか、それとも元来病人なのですか？」

侍従長は笑い声を抑えながら応じた。

「あの老人は難聴で大公の話すことが聞こえないのです。また、老眼でよく見ることもできません。おかげで大公の馬鹿な話を聞かされることもなく、アホ面を見ずにすんでいるのです。」

皇帝も皮肉な顔をして応じた。

「そのために余の贋者も幸せだし、申し出を了解してもらったと思う大公も幸せだし、ふたりとも幸せだ。余も邪魔されずに幸せだ。三人とも幸せだ。これこそ本当の『とても素晴らしかった、余はうれしく思う』だ。」

皇帝の冗談にその場の全員がまた大笑いをした。一同の笑いが収まる頃、侍従長が口を開いた。

「さて、面白い三文喜劇を見ていただきましたが、次の第二幕は真面目な家庭劇を見ていただきます。執務室をご覧あれ。」

こう言って、侍従長は皇帝の方を見た。皇帝も静かに侍従長を見返してうなずいた。

執務室では贋皇帝が相変わらず執務机の上に大きくかがんで、なにか書きものをしている。ドアをノックする音が聞こえる。ごく小さな音だ。

「入りなさい。」

贋皇帝が声を発した。今度はしっかりとした声だ。それに難聴というのに、小さなノックの音が聞こえたのが不思議だ。

ドアが開いて、気品と威厳のある貴婦人が入って来た。針金人形のように痩せた女性だ。その顔を見て驚いた。二年前、ジュネーブでアナキストに殺害されたはずのエリーザベト皇妃その人だ。壁にかけられた肖像画から抜け出て来たようだ。

「えっ。」と私、熊楠、フロイトは驚きの声を合わせた。皇帝と侍従長は平気な顔でのぞき穴から見ている。

「まさか、エリーザベト皇妃殿下でいらっしゃいますか?」フロイトの顔は亡霊を見たように真っ青になっている。

「その通りです。」侍従長が平然と答えた。「エリーザベト皇妃殿下です。」

当然ながら、死者を生き返らす秘術がハプスブルク家に伝わっているわけではないだろうから、これも贋エリーザベト皇妃だろうが、肖像画そのままの気品に満ちた美しいエリーザベトだ。エリーザベトは贋皇帝のそばに近づいて、贋皇帝の肩にやさしく手を添えた。彼女の華奢な手は、執務に疲れた贋皇帝を癒す力を持っているようで、エリーザベトを見つめる贋皇帝の顔には、若々しい情熱がもどってきたかのごとく見える。エリーザベトもやさしい眼差しで贋皇帝を見つめている。ふたりはパントマイムのように終始無言である。

ふたりの視線だけで愛の会話が行われていて、言葉は不要に思える。もはや彼らを贋者と呼ぶことはできない。彼らは本物のフランツ・ヨーゼフ皇帝と本物のエリーザベト皇妃なのだ。そう私は思ってしまった。とするなら、ここからふたりをのぞいているフランツ・ヨーゼフ皇帝が贋者ということになる。思わず、横に立っている皇帝を見つめた。老皇帝の眼には涙が見えた。エリーザベト皇妃と幸せな結婚生活を送っていた日々を思い出しているようだ。

またドアをノックする音がした。今度は力強いノックだ。「入りなさい。」皇帝が入室を許可した。今度は立派な髭を生やした痩せ型の若者だ。威厳のある表情をしている。その顔もすでに見たものである。ルドルフ皇太子だ。これもまた肖像画から抜け出したような本物そっくりの姿だ。贋者とわかっていても、私と熊楠とフロイトは、また「おっ。」と驚きの声をいっせいに上げた。ルドルフも無言で皇帝の近くに歩み寄り、エリーザベト皇妃が手を添えた皇帝の肩の反対の肩に手を添えた。

皇帝はエリーザベトとルドルフを交互に見て、これでよい、という風に何度もうなずいた。その光景を見ていた本物のフランツ・ヨーゼフ皇帝もうれしそうに何度もうなずいた。これでよいという風に。それから「とても素晴らしい。余はうれしく思うぞ。」と小さな声でつぶやいた。今度のその言葉は実感にあふれたものだった。

それから贋皇帝は静かに立ち上がり、贋エリーザベト皇妃と贋ルドルフ皇太子と互いに手をとりながら、静かに執務室を出て行った。

彼らのいなくなった執務室には、家族の暖かいふれあいの雰囲気がまだ残っていて、見ている私たちも幸せを感じることができた。

皇帝がひとつひとつの言葉を愛おしむように話し始めた。

「あれが余の理想とする家族だった。ハプスブルク家の厳格な伝統とは違うかもしれないが、年齢を重ねた余の理想とする暖かい家族の姿だ。ところが、余のまわりには今、エリーザベトもいなければ、ルドルフもいない。弟のマクシミリアンはフランスのナポレオン三世におだてられて、メキシコ皇帝などという愚かな地位に就いたために、メキシコ独立軍に捕まって処刑されてしまった。余のまわりの家族はこうしてひとり消え、ふたり消え、三人消えとみな姿を消していき、残ったのは余だけになってしまった。みなはどこへ行ってしまったのか。若い頃の余は軍隊を指揮することがもっとも重要な務めと思い、階級の上下にかかわらず、戦友としての連帯感を持つことによろこびを感じていた。周囲の敵国に抗してハプスブルクの領土を守ることが余に課せられた永遠の使命だと思っていたからだ。

しかしながら、余も年齢を重ねるにつれて、それ以外の務めがあることに気づいた。家族を守ることが大事な務めと思うようになってきた。だが、皮肉なことに、余が家族のことを気にするようになればなるほど、家族は余から離反していった。エリーザベトはハプスブルク家の束縛のあるウィーンから離れようとして、ヨーロッパ中を放浪するようになってしまった。それは余から離れようとする意思表示でもあった。ハプスブルク家の一員であることがエリーザベトにとって苦痛だったのだ。余はときにこう思うことがある。エリーザベトにとって、ジュネーブでアナキストの手にかかり死ぬことの方が、ウィーンでハプスブルク家の者たちに囲まれて天寿を全うするより幸せな最期ではなかったかと。

ルドルフの自殺も、余から離れようとしたルドルフの計画の最後の仕上げだったのではないか、と思う。ルドルフはエリーザベトなど家族や友人に遺書を書いていたが、父である余にだけはなにも書き遺すことはしなかった。父としての余の存在を完全に抹殺して、自分の人生を終えようと思ったのだろう。なにも書き遺さなかったことは余への訣別状に他ならない。これは余にとって実に辛い体験だった。

マクシミリアンは長男の余に対して、次男としての立場からライバル意識があった。オスマン帝国では、次の皇帝が決まると皇帝の兄弟たちは全員殺害されるという決まりがあったそうだ。残酷な掟だが、オスマン帝国のように皇帝が絶対的な権力を握っている国では仕方ないのかもしれない。一生飼い殺しにするよりは殺してやった方が他の兄弟たちには慈悲となる、という考え方だろう。わがハプスブルク帝国にはそのように残酷な掟はないが、やはり皇帝の兄弟たちが幸せな人生を送ることは困難だ。たとえ本物の金の王冠でなくても、紙でできたメキシコの王冠でもかぶってみたい、とマクシミリアンが願ったとしても、それを愚かと呼ぶことも非難することも余にはできない。

結局、余がいくら家族を幸せにしようと考えても、余が皇帝である限りそれは不可能だった。余が皇帝であり続けることで、エリーザベト、ルドルフ、マクシミリアンを不幸なことに死に追いやったのだ。その他の家族についても似たようなもので、幸せにすることはできなかった。皇帝としてこのように苛酷な運命に耐えなければならないことを知り、正直言って、余は神をうらむことさえもあった。皇帝などに生まれるのではなかった、と何度も思った。どこかの街の小さな職人の家か、どこかの村の小さな農家に生まれていれば、もっと穏やかで満ち足りた人生を全うできたはず、と思わずにはいられなかった。

しかし、いくら皇帝だとしても神の定められた運命を変えることはできない。ハプスブルク帝国の国境を容易に変えられないようなものだ。余には帝国の国境を守り、神が与えられた試練を耐え抜くことしか選択肢はないのだ。

余にはまた、多民族の国民がいる。その中には、余に忠実な民族もあるし、余に背こうとしている民族もある。余を愛してくれる国民もいるし、余を憎んでいる国民もいる。しかし、ハプスブルク帝国の国境の内部に生活している限り、彼らはみな余の子どもであり家族である。余は皇帝として彼らを等しく愛する義務があるし、また愛している。余も若いときは、戦場にあこがれ、砲弾の轟音がなにより美しい交響曲と聞こえ、突撃や白兵戦をなにより美しい絵画と思っていた。しかし、今は違う。家族がみんな去ってしまった今になって、皮肉なことだが、ようやく気づくことができた。人間の幸福は戦場ではなく身近なところにあるのだ。死をも恐れず戦う勇気、強い戦友愛と敵への激しい憎しみが無上の価値なのではなく、家族や友人を思いやる心、子どもや老人など助けを必要とする存在への配慮、愛情に満ちた静かな生活こそが、神がわれら人間を創造した目的なのだ。神は空や海、大地、動植物などすべてを創造されたが、それだけでは足りないことに気づかれた。ご自身の創造の意味を理解してくれる存在が必要だと感じられたのだ。それで人間を創造しようと神は思い立たれたのだ。

神は自らの似姿として創造された人間に、自らの創造の意味を理解させるために知性を与えられた。しかしながら、神の創造は知的な仕事にとどまるものではない。神の創造の根底には神の愛があったのだ。神の愛なしでは万物の創造はありえなかった。そこで、神は創造の意味を真に理解させるために人間にも愛という感情を与えた。ただ、人間は愛という感情を知った際に、その反対の感情として嫉妬や憎しみの感情も持ってしまった。これは神ご自身も想定されていなかったことだろう。」

皇帝はここまで独白のように一気に話した。軍人気質でもともと思索とは無縁に見えたフランツ・ヨーゼフ皇帝がこのように深い思索、内心での神との対話を重ねていたとは驚きである。これも、妻エリーザベトや息子ルドルフの死という耐え難い経験を重ねなければならなかった皇帝が、苦難と悲しみに長い間閉ざされていたなかで、繭のように自ら紡ぎ出した思索なのだろう。ひとつひとつの言葉に本物の思索の持つ重みがあったので、我々は沈黙によって皇帝に敬意を表するしかなかった。

突然、皇帝はフロイトの方を向いて、真剣なまなざしで問いかけた。

「フロイト博士、人間の心理の専門家として余に教えてくれないか。互いに理解するために神は人間に知性を与え、互いにいたわり合うように神は人間に愛という感情を与えたのではないか。ところが、今の世界を見ても人間同士、民族同士、国同士は互いに理解し合い、愛し合っているのだろうか。正反対ではないか。互いに誤解し、拒絶し合っている、無視し、憎しみ合っているではないか。その証拠に世界には戦争が絶えない。わがハプスブルク家の六百年も絶え間ない戦争の歴史と言っても間違いない。栄光の歴史は喜びと笑顔の歴史ではなく、悲しみと涙の歴史だったのだ。これはいったいどうしたわけなのだ？　神は人間の造り方をどこかで間違えられたのか？　それとも神がよそ見をしている間に悪魔が介入して、愛より憎しみの方に人間を誘導したのか？　神は人間の創造を何回も試みて、他の地球ではプラン通りに人間を創造できたが、この地球では失敗したのか？　いや、神の創造の問題はとにかく、端的に聞きたい、そもそも戦争による殺し合いが起こるのはなぜなのだ？」

　母親に質問する幼児や先生に質問する生徒のように、皇帝は率直にフロイトに訊ねた。

　一方、フロイトは思いもかけない質問に当惑した表情をした。しかし、皇帝の真剣な顔を見て、なにか答えなければならない、と覚悟したようだ。

「陛下、正直申して、今のわたしには陛下のご質問にお答えする準備はありません。わたしの現在の研究テーマは人間のなかにある性衝動の解明です。そのためにさまざまな夢の分析を進め、あるいは日常生活における言い間違いや書き間違いなどのささいな失敗に注目して研究しています。人間の持つ原初的な本能である性衝動は、社会生活を送るために心のなかでも検閲が働き、そのままの形では表現されません。ただ、検閲が弱まる夢のなか、あるいは咄嗟の失敗においては、例外的に現れることがあるのです。

　性衝動は究極的には人間が子孫を残すという本能につながります。これはどんな動物にもある本能です。他方で、戦争は当然ながら破壊したいという欲求につながります、敵を破壊したい、あるいは場合によっては、自分が死んだとしても敵に勝利したいと思うことから自分自身を破壊したいという衝動もあります。いわば自殺の衝動と考えることもできます。これは生存を求める性衝動、自己保存の本能とはまったく異質である死を求める破壊衝動です。

破壊衝動がなぜ生まれるのか、この問題にわたしはまだ取り組んでいません。今はまだ性の問題で手一杯だからです。実はつい最近、大学の物理学講師とカフェ『二石（ツヴァイ・シュタイネ）』で雑談したときに、陛下がお訊ねになられた戦争の問題を訊ねられたことがあるのです。その物理学者は新しい理論で物理学を革新しようという意気込みの若い学者です。彼はわたし同様にユダヤ人であるため、今までさまざまな迫害にさらされてきました。乱暴者の若者たちに暴力を振るわれた経験もあるそうです。それで、人間のなかにある暴力的衝動に関心があり、その爆発としての戦争にとりわけ関心があるそうです。彼が言うには、物理学の世界ではどんなに不合理に見えていることも、よく探究するとその根底には合理性があるのだそうです。ところが戦争という破壊にはいかなる合理性もない、なぜ人間は不合理な破壊衝動を持っているのか、とこうわたしに真剣に訊ねるのです。そのときもわたしはその問いに答えられませんでした。ただ、今後この問題についても研究を進め、いつか答えられるようにしたい、とは言っておきました。

陛下のご質問にも、誠に残念ですが、今は答えることはできません。しかし、ここでお誓い申します。陛下が、不幸なことですが、次の大きな戦争を命令されなければならない事態になり、その決断にお迷いになられたら、このわたしにお尋ねください。それまでにわたしなりの戦争の心理学を完成しておきますので。」

フロイトのこの答えを聞いて、皇帝はかなり落胆したようにも見えた。しかし、皇帝は「やはりそうか。今までどのような哲学者や宗教家も戦争がなぜあるのか、という問いに答えられていないからな。」自分で質問していながら、皇帝はフロイトがこのように答えることをある程度は予想していたのだろう。

熊楠が口を開いた。「皇帝陛下、わしは熊野で動物たちや植物たちと共に少年時代を過ごしました。熊などの動物たちは生きるために他の動物を食べなければなりません。人間もそうですが、生きていくために他の生物を食べなければならないのが動物の宿命です。それは生きるための本能の問題です。しかし、生きるために必要でなくとも、人間だけは王や皇帝といった絶対権力者の命令により、憎んでもいない相手を戦争で大量に殺害します。これは他の動物に見られぬ残虐な行為です。殺す相手は、敵兵だけでなく、抵抗できない子ども、女性、年寄なども見境なしです。このような残虐性は動物界で他に見られないものです。

ダーウィンの進化論では、人間は猿から進歩したとされますが、わしに言わせれば正反対なのです。人間はまだ猿になれない野蛮な動物です。猿の方が人間よりずっと進化している動物です。何万年前に地球を支配した恐竜たちが突然滅亡したのはなぜでしょうか？　恐竜の強さに敵う動物がいないことをよいことに、傲慢の罪に陥り、恐竜同士で殺し合うことが平気になってしまったからです。人間も同じです。自分たちが一番進化した動物だと思って、傲慢さのなかで互いに殺し合うことを続けていたら、早晩恐竜のように絶滅してしまうでしょう。人間は他の動物や植物の普通の生き方を学ばなければならないのです。今、人間こそが恐竜ならぬ恐動物、狂動物なのです。それも滅亡前夜の。」

熊楠のこの逆説にその場の全員が驚いた。誰も言葉を発することができなかった。

しばらくして、皇帝がゆっくりと口を開いた。

「ドクター南方の、人間はまだ猿に進化していない動物という考えは、あながち間違ってはいないのだろう。猿が戦争を始めない限り、人間は猿に劣っていると言えるだろう。戦争は嫉妬や憎しみから生まれ、家族や友人など人間同士の結びつきは愛から生まれる。この単純な真実がわからないため人間は多くの過ちを犯してきた。余もそのひとりであった。今となっては取り返しのつかないことであるが、余は愛と憎しみの優先順位を間違えるという過ちを犯した罰として、孤独の刑罰を与えられたのだ。」

皇帝のこのように赤裸々な独白に誰もが驚かざるを得なかった。

フロイトがかろうじて皇帝に応じた。「陛下。一度見た夢は修正することはできません。同様に、生きてしまった人生も修正はできません。しかし、夢を正しく解釈することによって、悪夢であろうと理想的な夢であろうと、その夢が人生において持つ意味、将来の人生に対する警告を知ることができるのです。同様に、生きてきた人生も修正することはできませんが、生きてきた人生を正しく評価することによって、それが自分のこれからの人生に対して持つ意味、警告を知ることができるのです。一度犯した誤りは夢のなかであろうと実際の人生であろうと、修正することはできません。しかし、それを繰り返すことを避けることはできるのです。わたしの『夢判断』は結局のところ『人生判断』につながるのです。陛下の叡智はすでにこのことを発見しておられます。陛下はこれからの人生でその発見により助けられることでしょう。」

フロイトのこの励ましに皇帝は黙って何度もうなずいた。老いてなお少年のようなその瞳になにかしら光るものが見えた。

第七章　カール・マルクス街

シェーンブルン宮殿に行った翌日、熊楠と私は郊外にある労働者街の診療所に出かけることにした。宮殿からの帰り道、馬車のなかでフロイトに勧められたからだ。華やかなウィーンの裏面を知るために一度見ておいたらよいだろう、とフロイトは熊楠に勧めた。フロイト自身は研究や診療に忙しくてまだ訪れたことはないとのことだった。その診療所は医師でもあるヴィクトル・アドラー率いる社会民主党が設置したもので、フロイトの勉強会のメンバーであるアルフレート・アドラーも関係している。労働者向きの診療所ということで診察料はとても安く、金のない労働者には無料診療もしている。

馬車で郊外に向かって行くと、街の雰囲気はまるで変わってしまった。豪壮で華麗な建物が競って並んでいるリング大通りと違い、建物はすべて安普請で薄汚れている。通りも整備がされていないため穴だらけで、馬車はがたがたと大きく揺れる。商店があっても軒並み小さなもので、ケルントナー通りの名店のショウウィンドーに飾られた華やかな衣装や高価な宝飾類とは異なり、小さな店のショウウィンドーはほこりで曇っていて、そのなかにある商品もよく見えない。

道行く人々も、ケルントナー通りで流行の先端を行く華やかな衣装を身にまとい、自らの身分を誇示するように大股で歩いている紳士淑女とは対照的に、男女を問わずぼろ服を身にまとい、肩を落として身を隠すように道路の端をとぼとぼと歩いている。これが同じウィーンという首都の街並みなのか、そして同じウィーンの市民なのか、と疑問が湧いてくる。ウィーンにはふたつの顔があるとしか思えない。そのどちらの顔もまぎれもないウィーンではあるのだが。

馬車の御者は、最初私たちが命じた目的地に行くことを嫌がる素振りを見せた。「物騒な地区だから。」と御者は説明した。「夜ならお断りした。」とも言っていた。また、「あの地区の道路は穴だらけで、馬車がひどく揺れて、馬車に傷がつくから御者泣かせだ。」と苦情を言った。御者をなだめるため仕方なく私たちは酒手をはずむことを約束し、御者も渋々ながら出かけることを承諾した。

御者の話では、ウィーンの貧民街に住む貧民の数もこのところ急増しているとのことだった。ガリツィアやブコヴィナなど帝国の辺境から、不況で食いつめた農民や職人、小商人が次々にウィーンに押しかけて来て、それでなくても狭苦しい貧民街の住宅に寝場所を求めている。ひと部屋に何人も住み、なかには台所や物置で寝泊まりする者さえいる。工場で夜勤の者と昼勤の者が交代で同じベッドに休むなど、苦肉の策もとっている。

御者が文句を言っていたのは、新しくウィーンにやって来た者の多くが、ドイツ語をまともに話せないということだった。ドイツ語を話せないのは、ポーランド人、チェコ人、ルテニア人、マジャール人それにユダヤ人などで、それらの民族の貧民はまともに学校に通うこともできず、支配者の言語であるドイツ語と接する機会もなく、そのためほんの片言のドイツ語も話せないのだった。御者はそんな貧民を「火星人のようだ。」と吐き捨てるように言った。「わけのわからない言葉をしゃべり散らしている奴らは、まとめてウィーンから火星に追い出してやればよいのだ。」とも言っていた。「ウィーンはドイツ人の街だから、ドイツ人の言葉や習慣を学ぶ気のない連中を住まわせる必要はない。」という御者の言い方には、ウィーン市長のルエーガーの影響があるようだった。

御者は馬車を走らせてはくれたが、目的地の診療所のあたりは特に治安が悪いという難癖をつけて、診療所の前に馬車をつけることは拒否した。「あとは道なりに歩けばよいのだから。」と言って、体よく私と熊楠を途中で降ろしてしまった。文句を言っても、御者が「あんたたちがここで降りないなら、馬車をまた元のところに向ける。」と脅迫するので、仕方なく降りることにした。私は困ったことになったと思ったが、熊楠は「わしはロンドンの貧民街で暮らしていたから、一度ウィーンの貧民街も見物したいと思っていたのだ。」と言って、貧民街の「散歩」も面白いと感じているようだった。

紙屑や空き瓶などがあちこちに転がって歩きにくい歩道を私たちは歩いた。向いから来る通行人たちはアジア人が珍しいのか、私たちをじろじろ見つめて「中国人」とか「モンゴル人」と呼ぶ声が聞こえた。なかにはなにか冷やかしの声を浴びせる者もいたが、ウィーンなまりがきついためなにを言っているのかよくわからなかった。

　歩道にはいつくばり物乞いする老人がいても、誰も老人の前に置かれた欠けた皿に小銭さえ入れようとしない。ぼろ毛布で包まれた赤ん坊を抱えたみすぼらしい身なりの母親は、痩せた赤ん坊を示しながら私たちに小銭をせびった。私は気の毒に思って、小銭を財布から取り出して母親の汚れた手に渡した。母親はドイツ語ではない言葉でなにか話したが、「ありがとう」の意味だったろう。私はそのまま通り過ぎようとした。だが、母親は私の腕をつかみ、眼で少し離れたところを示した。見ると赤ん坊の兄弟なのか、小さな男の子がふたり道に座り込んでいる。母親がなにか話したが、「あのふたりの子どもの分も小銭をください。」と言っているようだった。このままではいくらせびられるかわかったものではないので、私は急いで走り去ろうとした。

　母親は赤ん坊を抱えたまま恐ろしい速さで追いかけて来て、財布を入れた私の上着のポケットに手を触れた。走りながら私は財布から小銭を取り出し、後ろに何枚か放り投げた。それを拾うために母親は立ち止まり、小さな兄弟も駆けつけて来た。おかげで私は財布ごと奪われることはなかった。熊楠の方はこの間、ゆっくり歩いていて、母親や子どもたちが小銭を拾っているのを横目に見て、私に追いついた。

「ドクター南方。馬鹿にゆっくりと歩いて来ましたね。あなたはあの母子に小銭をせびられないでよかったです。下手したら財布まるごと取られかねないですから。」

　私の心配を熊楠は一笑に付した。「なに、わしなどは恰好からしておぬしとは違って、文無しとすぐわかるから安心なものだ。逆にわしに物乞いされるのではないか、とロンドンでは乞食たちもわしを避けていた。ハッ、ハッ、ハッ……」熊楠はこうのんきに高笑いをした。

なるほど、古着屋で買ったボロ着のフロックコートと無精髭、穴の開いている靴を見たら、熊楠から小銭をせびろうという気を起こす物乞いはこの広いウィーンにもいないだろうと思えるのだった。

「このあたりに目的の診療所があるはずだが。」と貧相な建物の前に立ち止まり、熊楠は言った。熊楠はアメリカ、キューバ、メキシコ、ロンドンなど世界各地を放浪していただけに、妙に土地勘があり、建物についている通り名や番地を見なくても、目的地に行くことができる。子どもの頃、熊野山中を駆け巡っていたため、身体のなかにいつのまにか東西南北を示す磁石が出来上がっているのかもしれない。

しかし、薄汚れた建物の入口に掲示してある居住者一覧に診療所を示す名札はなかった。「おかしいな。わしの勘では確かにこの建物なのだが。」

熊楠は首をひねった。私はもともと方向音痴なので、何とも判断しようがなかった。誰かこの建物に入っていく人に訊ねてみよう、と私たちは相談した。

ちょうどそのとき、いかにもウィーン娘といった活発な足取りで、こちらに若い女が近づいて来た。

「あら、あなたたちは日本人のドクターとお役人じゃない?」

娘の方から私たちに声をかけてきた。

「あっ！　君はミッツィじゃないか。」

私がこう言うとミッツィはにっこり笑った。「どうしてこんなところにいらっしゃるの？」

「労働者診療所というクリニックを探しているところだよ。」

ミッツィは私の説明に驚いた。「あら、偶然ね。あたしもそこに行くところよ。」

「それはありがたい。あんたも診察してもらうのかい？」熊楠が面白そうに訊ねた。

ミッツィは手を左右に振って言った。「そうじゃないの。あたしは丈夫なママの産んだ子どもなので、身体に具合の悪い所はないわ。週に一回だけ診療のお手伝いをしているのよ。もちろん看護婦ではないから専門的なお手伝いはできないけど、お年寄りや子どもの手を引いて案内役をするのよ。それから患者さんの困っていることを聞いてお医者さんに伝えるの。そうしておけば、診療時間が短縮されて、その分多くの患者さんをお医者さんが診ることができるでしょう。」

「偉いものだな。あんたはクリミア半島ではなくウィーンのナイチンゲールだね。」熊楠がこう冷やかした。

ミッツィは恥ずかしそうに頬を染めた。「あら、ナイチンゲールなんて大げさだわ。あたしは看護婦の資格がないからナイチンゲールのように病人の看病はできない。でも、あたしも看護婦になりたいという夢を持っているの。ホイリゲで働いているのも、看護学校に入るお金をためるため。」

ミッツィの真剣な表情を見て、私は質問してみた。「どうして看護婦になりたいと思うのかい？生活のためなの？」

ミッツィは微笑して答えた。

「もちろん、それもあるわ。お客さんのチップ目当てのホイリゲの女給の収入じゃ、家族とまとも

に暮らしていけない。でも、もっと大事な理由があるわ。あたしのうちは病人ばかりなの。パパは

工場で働いていて大怪我をしたけど、医者に払うお金がなかったから、充分な手当を受けられず死

んでしまった。残されたママは、あたしたち五人の子どもを養うため、掃除婦や女給をして一日中

働いたわ。もともと丈夫だったママも働き過ぎで結核になってしまった。結核は『ウィーン病』と

言われる病気で、貧乏人に多い病気なの。ウィーンで貧乏な暮らしをしていると、かかってしまう

病気というわけなの。

　ママも肉など栄養のあるものを食べることができずに働きづめだったから、貧乏人の病気になってしまったのよ。狭い住まいに六人で暮らしていたので、あたしの弟と妹たちもみんな結核になってしまった。あたしだけはどうしたのか結核にならずにすんでいる。だから、あたしが稼がないと一家が飢え死にしてしまうの。

　それよりなにより貧乏人の病の結核を治さなければ、家族全員が死んでしまう。あたしも本当なら医者になって結核を治す方法を見つけたいわ。ベルリンの有名なコッホのところで研究したいの。でも、女は大学で学べないから、せめて看護婦になりたい。そうすれば家族の看病もちゃんとできるから。」

　ホイリゲで話したときは、愛想がよく機転が利く女給としか見えなかったミッツィにこんな抱負があったとは驚きだった。私と熊楠はもっと彼女の話を聞きたかったが、肝心の診療所見学の時間が減ってしまうので、まずは診療所に向かうことにした。

　ミッツィが呼び鈴を鳴らしたのは、「Doktor K.M.」というネームプレートの住居だった。この

表示では、そこが「労働者診療所」であるとはいつまで探してもわからないだろう。

「何で労働者診療所というネームプレートを出していないのかい?」と私が訊ねると、ミッツィは微笑して言った。

「あたしたちの診療所はオーストリア社会民主党の系列のもので、ルエーガー市政から嫌われているのよ。診療所の名前を出していると、警察が嫌がらせのために毎日でもやって来るわ。それに、社会民主党系の労働組合と争っているルエーガーの率いるキリスト教社会党系の労働組合からの妨害にも備えなければならないの。」

「労働者を自分の陣営に獲得するためにふたつの系列の労働組合が競争しているわけか。それなら用心しなければならないな。」私はミッツィの説明に納得した。

「そうなの。ふたつの系列の労働組合のうちで、あたしたち社会民主党系の組合員の方が多いので、キリスト教社会党系の労働組合から眼の仇にされているの。」

ミッツィは意外なほど事情通のようだ。

ミッツィはもう一度呼び鈴を短く鳴らし、少し間を空けて今度は長く鳴らした。何らかの合図らしかった。すると上の方から階段を下りて来る足音が聞こえてきた。足音は入口の扉の背後で止まった。するとミッツィが「ウィーンの労働者。」と大きな声で言った。これが二種類目の合図のようだった。よほど外部からの侵入に対して警戒しているらしい。

様子をうかがうようにゆっくりと扉が開いた。ミッツィもうしろを確認してから、建物のなかに入った。私と熊楠も急いであとに続いた。

背の高い男が立っていたが、明るい外から薄暗い中に入ったので男の顔はよく見えなかった。

「あっ、ドクター南方と外交官の方ではないですか！」大きな若い声がした。上を見上げると、ハンス・タウベがこちらを見下ろしていた。カフェ・ツェントラールでオットー・ヴァイニンガーという奇矯な哲学専攻の学生と一緒にいた医学生だ。

熊楠も大きな声で呼びかけた。「ハンス君ではないか！　君こそなにをしているのだ？」

ハンスは落ち着いた声で言った。

「ぼくは社会民主党の党員です。医学部生なので労働者診療所で手伝いをしています。正式な治療はまだできませんが。医師でもあるヴィクトル・アドラー党首がここを紹介してくれました。」

社会民主党の設立者であるヴィクトル・アドラーも医師で、フロイトの勉強会のメンバー、アルフレート・アドラーと同じ姓ではあるが親戚ではない。ふたりともユダヤ人である。ユダヤ人の医師は社会主義者になりやすい傾向があるのかと思った。ユダヤ人はドイツ人社会から除け者にされてきた苦難の歴史があるから社会主義に共感しやすく、また人間の身体を治療してきた医師は、社会という大きな身体の治療もしたくなるのかもしれない。

私たち四人は階段を上った。最上階の五階が診療所なので、階段を上るのもひと苦労だった。ハンスの説明では、警察など妨害勢力がすぐに診療室に入ってこないように、わざと最上階に診療所を開設したとのことだ。高齢者が階段を上るのに苦労するときには、ミッツィなど若者が手を貸すそうだ。

「ところでネームプレートが『ドクターK・M』となっていたのはどうしてかい？」

熊楠は熊野の山中を走りまわっていたため、五階までの長い階段も苦にならないようで、息も切らせずにハンスに質問した。

ハンスも息を切らせずに答えた。

「K・Mは経済学者のカール・マルクスのことです。もっともマルクスは医師ではなく哲学博士でしたが。資本主義の病弊を診察し、治療法を考えたから社会の医師と呼べるかもしれません。このあたりには工場労働者や貧民が住んでいて、わたしたち社会民主党の勢力が強いので、カール・マルクス街と呼ばれることもあります。」

五階に上りハンスがドアを続けて五度ノックした。これも合図のようだった。ドアが内側から開くと、細身の若い女性が立っていた。

「あら、あなた方は確かドクター南方と……」こう言って驚いた表情をしたのは、エリーザベトだった。彼女もカフェ・ツェントラールでハンスの隣に座っていた。

「確かエリーザベトさんでしたね。ピアニスト志望のあなたがどうして診療所にいるのですか？」

私は好奇心から質問した。

「ハンスに診療所を手伝ってみないかと誘われたのです。ピアノしか触ったことがないようなわたしにはナイチンゲールの真似はできないわ、と断りました。でも、ハンスが、本物のピアニストになりたかったら、音楽を聞かない人々を知ることが必要だ、音楽にひたっているだけでは音楽の存在意義はわからない、とわたしを説得しました。ハンスが労働者診療所で手伝いを始めたのも、アルフレート・アドラー先生に、精神科の医師を目指すならば、精神病の治療法だけを学ぶのではなく、病気が発生する環境を知らなければならない、と言われたからです。ハンスはその後でヴィクトル・アドラー党首のところに相談に行ったら、同じことを言われたらしいの。ハンスはふたりのアドラーの言うことは何でも信じてしまうの。その名の通り、アドラー（鷲）に睨まれたタウベ（鳩）のようにね。」

エリーザベトは冷やかし気味にハンスを見てこう言った。

ハンスは苦笑して反論した。

「エリーザベト、それは言い過ぎだよ。ヴィクトル・アドラー先生はぼくにこう言うんだ。君がまる一日食事をせずに空腹でグラーベンを歩いていたら、眼のさめるような美人が向こうからやって来て、君と眼が合ったときその美人が君に微笑した。ちょうどその時、近くのスタンドからソーセージの焼ける香ばしい匂いがしたとする。君はどうするね？　空腹で死にそうだったら、美人は放っておいてスタンドに駆け寄り、ソーセージにかぶりつこうとするだろう。支払いはあとにして。これが人間の本能だろう。ところがフロイトの精神分析は、ソーセージを放っておいて、美人にかぶりつくと言うんだ。これは順番が違うだろう。だから、君は、先ずソーセージにかぶりつく普通の人々の診療から学ぶべきだ。こうヴィクトル・アドラー先生は話した。」

エリーザベトは怖い顔をしてみせた。

「あら、それでは、あなたはグラーベンでわたしとたまたま会っても、お腹が減っていたら、わたしを放っておいて、スタンドのソーセージにかぶりつくというの？」

ハンスは自信を持って言った。

「ぼくは先ず急いでスタンドに行きソーセージを買う。そしてそのソーセージを持って君の後を追いかけ、近くの公園でソーセージをふたりで半分ずつ楽しく食べるよ。これでフロイトとアドラーのふたりに顔向けができるというわけさ。」

エリーザベトはまた怖い顔をしてみせた。

「あら、両方が正しいということは、わたしとソーセージが恋敵ということなのね。光栄なことですこと。」

ハンスはあわてて言った。「そんなことはないよ。あくまでも物の喩えだから。」

「おいおい、いつまでわしらにお熱いところを見せつけるのかい。診療所の案内をしてくれたまえ。」しびれを切らして熊楠が言った。

「誠に失礼しました。」

ていねいに謝罪して、ハンスは先頭に立って診療所に入った。入ってすぐが患者の待合室になっていた。老いた男女、子ども連れた母親、それに若い男女など二十人ほどが堅そうなソファに座っている。いずれも労働と生活に疲れた表情でうつむきがちだ。着ている服も使い古しで擦り切れたものばかりだ。

「タボーリさん、調子はどうですか?」

ミッツィがうなだれて座っている年老いた労働者に声をかけた。ミッツィの明るい声を聞いて、労働者は顔をあげた。ミッツィの声で元気が出たらしく笑顔になっている。

「ミッツィかい。久しぶりだな。おれの方は、年寄の役立たずということで工場を首になってしまった。やることもないので家で酒ばかり飲んでいると、女房と息子たちに厄介者扱いされてしまい、居場所がなくなってしまった。仕事をしていないせいか夜はよく眠れず、昼間はうつらうつらしてしまう。昼と夜が逆転したようなもんだ。ここの先生たちは、夜はどんな夢を見るか訊ねるけど、おれにとっては、仕事もなくぼんやりして過ごす昼間の暮らしの方が夢、それも悪夢に思えるよ。」

タボーリは元気のない声で答えた。

「おじさんも昼間から酒を飲んでいるくらいだったら、この地区の労働者クラブに出かけて、そこに来ている仲間たちとおしゃべりをして、カードをしたらどう。酒は出さないけどコーヒーや紅茶なら出るわ。家にいるだけでは気分が落ち込むだけよ。仲間のいるクラブに行ってごらんなさい。元気になるから。」

ミッツィはこう明るく励ました。

タボーリは嫌そうに応じた。

「クラブに行ったこともあるさ。でも、暇そうな連中が集まって話してもつまらないし、カードをしても賭けが禁止されているから面白くないよ。それに、時々社会民主党のお偉方が来て、難しい話をしていく。それをお行儀よく聞いていないとならない。唯物論だとか弁証法だとかチンプンカンプンな話で、すぐ眠くなる。マルクスの『資本論』についての講座もあるけど、資本どころか財布に一銭もないわしらにそんな話を聞かせて、一体何になると思っているのかわからない。これなら厄介者扱いされても、家にいて酒を飲んでいた方がましだった。」

ミッツィは老いた労働者の肩にそっと触って一層励ました。

「おじさんの息子のゲオルクは工場で成績が優秀ということで稼ぎも多いというじゃないの。ゲオルクに頼んで、臨時工でもいいから工場に入れてもらって、週に一日でもいいから働いてみたらどう。うまくもない酒を飲まずにすむでしょう。」

タボーリは吐き捨てるように言った。

「ゲオルクには、おれが手取り足取りていねいに工場での仕事を教えてやったのに、今では、親父のやり方は時代遅れだ、親父の出る幕はない、などと小生意気なことをほざいている。それに、労働者は親父のように一匹狼ではだめだ、労働組合に団結して少しでも労働条件をよくしなければ先がない、とおれに説教をしてくる。昔だったら、一発ゲンコツをくらわせるんだが、今ではあいつのゲンコツの方が強力で、年寄のおれには太刀打ちできない。年齢を重ねることは、今のご時世ではなにもいいことがないってことだ。情けないけど。」老いた労働者は情けなさそうに言った。

「ゲオルクも悪気があって言っているんじゃないと思うわ。おじさんに無理な仕事をさせて怪我させたら困ると思っているのよ。親孝行から言っているはず。ただ、ゲオルクは男だからそういうことを口にするのが恥ずかしいので、わざと乱暴な言い方をしているのだわ。頑固なところはおじさん似なのよ。」ミッツィはこう取りなした。

「それはわかっているよ。六人の子どものなかでゲオルクが一番おれに似ている。似たもの同士だからぶつかってしまう。だが、昔気質のおれには金を稼ぐこと以上に、仕事をしているという職人としての誇りが大事なんだ。そこをゲオルクにもわかってもらいたいが、あいつにうまく話せないんだ。」タボーリはこう言って頭をかいた。

「わかるわ。この前、アルフレート・アドラー先生がここにいらしたとき、どんな仕事にしろ、生活を支える給料をもらうだけではなく、その仕事をすることに誇りを持つことが大事なのだ、と言っていらしたわ。おじさんの言うこともアドラー先生の言っていたことと同じだわ。」ミッツィはこう言って、言葉を続けた。

「あたしだって、ホイリゲの女給じゃなくて、本当は看護婦として患者さんの世話をしてあげたいの。そのために今きつくても働いているのよ。誇りを持って働ける仕事をやりたいのは、おじさんと同じよ。」

「誇りを持って仕事をしたいというのは、男でも女でも、年寄でも若者でも変わりないものだな。」タボーリはうれしそうに同意した。

思えば、この前はシェーンブルン宮殿でフランツ・ヨーゼフ皇帝とルドルフ皇太子の確執について聞いたが、父親と息子の世代間対立は皇帝一家であろうと労働者一家であろうと変わりないものだ。

ハンスは赤ん坊を抱えた知り合いの若い母親に具合を聞いていた。仕事、家事、赤ん坊の世話でくたくたということだった。ところが夫は仕事が忙しいと言っては家事や子育てにまるで協力してくれない。そのくせ仕事帰りには仲間と飲み屋に行って、帰って来るときにはいつも泥酔状態で、給料も大半飲み代に使い果たしてしまう。女としての自分にも興味がなくなったようで、キスひとつしてくれない。他に女でもいるのではないかと心配だ、とハンスに訴えていた。自分もこのまま働き通しで年老いてしまったら、いったい何のために生まれてきたのかわからない、と嘆いていた。

ハンスは彼女の悩みの相談は何度もしているらしく、夫が毎晩飲みに行くのは、父親になった自分の振る舞い方がわからないので、その不安から逃れるためだ。妻の魅力がなくなったわけではない、飲みに行って年上の仲間の話を聞いているうちに、夫も父親としての自分の役割に目覚めてくるはずだ。今は成長過程の子どもを見ている気持ちで夫を見守っていたらいい。必ず夫はもどってくるはずだ、と慣れた調子で元気づけてやっている。

他方、エリーザベトの方は、ハンガリーから来たばかりでいかにも田舎育ちに見える若い娘の相談に乗ってやっている。その娘はハンガリー語で自由に相談できるので、とてもよろこんでいて、暗かった表情も明るくなっている。

ひと通りそれぞれの相談が終わったあとで、ハンスが「それでは診察室をご案内しましょう。」と言った。「診察中」という札のかかっている診察室に私たちは入った。なかでは、白衣のまだ若い医師と看護婦が少年のような労働者を診察している。

診察中に私たちが入って来たのに、医師は驚いた表情もしていない。ハンスが私たちの来訪を伝えていたのだろう。

「ライナー、ドクター南方と外交官の方をお連れしたよ。」ハンスはこう私たちを紹介した。若い医師は、ライナー・ラングという名前だった。ハンスより少し年上に見えるライナーは医師の資格を取得しているようだ。

ライナーは立ち上がり、熊楠と私に握手を求めた。ハンスより長身でがっしりした体格だ。包容力のありそうな笑顔を浮かべていて、患者に信頼感を起こさせる人柄に見えた。

「わたしたちの労働者診療所によくお出でくださいました。ご覧のように設備も整っていないのですが、わたしたちは若い医師が多いので、診療への情熱は人一倍大きいのです。なにしろ治療費も払えないような低賃金の労働者や、まともな仕事に就けていない移民が相手なので、治療費を無料にする場合も多くて、わたしたち医師や看護婦はほとんど無給で働いています。それでも医療の手が届いてない人々を治療する仕事はやりがいがあります。」

ライナーは明るい表情で診療所の現状を話した。

「それは大変ですな。わしの住むロンドンの貧民街にも無料診療所があるが、そこでも若い医師たちが熱心に治療してくれる。このわしも一度治療してもらったことがある。もっとも、その治療は病気ではなく、二日酔いだが。」

熊楠はこう言って苦笑した。私の勘では熊楠が悪酔いで診療所の世話になったのは、一度や二度ではなさそうだ。熊楠は無料診療所の常連だったのではないかと疑ってしまう。

ライナーは面白そうな顔をして応じた。

「そうですか、ドクター南方もロンドンの無料診療所の世話になったのですね。それも泥酔の世話ですか。わたしたちの治療の相手にも、酔っ払いが多いですよ。仕事がきつく人間扱いされないので、憂さ晴らしを酒に求める労働者が多いからです。労働時間が十二時間を超え大変なのに、雇い主が何の対応もしてくれないので、疲れがたまる一方なのです。」

熊楠は恥ずかしそうに応じた。

「労働者が仕事の疲れを癒すために酒や博打に手を出すのは無理からぬことだ。それに対して、わしの方は元々照れ屋で、初対面の人間と顔を合わすためには酒でも飲まなければならない。恥ずかしながら、労働者の酒のように生きるために必要なものではない。」

「そんなことはないですよ。労働者が酒に走るのも、仕事がきついだけでなく、仕事場でまともな人間扱いされていないからです。誇りを奪われている労働現場では、それを忘れるための泥酔が必要悪となるのです。ドクター南方が恥ずかしがり屋なのも、自分に誇りがありながら、同時に相手の誇りも傷つけまいとするからです。酒に走るのも、そう考えると無理ないとも言えます。」ライナーは患者に対するように優しく言った。

「そう言われるとお恥ずかしい次第だが、子どもの頃に熊野の山中で鳥や獣を遊び相手として育ったせいか、わしは人間との付き合いは苦手なのだ。鳥や獣と違い、人間には裏表があり、わたしにはそれが理解できないのだ。」熊楠は殊勝に答えた。

「人間は嘘をつくけど、鳥や獣は嘘をつきませんね。ところで、話は違いますが、ドクター南方にお願いしたいことがあるのです。」ライナーは改まった調子で言った。

「このわしに頼みたいことがある?」熊楠は不審そうな表情をした。「もちろんわしのできることならば、何でもしますよ。」

「それはありがたいです。日本の方でなければ解けない難問にわたしは直面しているのです。眼の前の患者のハインツの見る夢に関する難問です。」こう言って、ライナーは患者の若者を紹介した。

「彼はハインツ・クンツという名前です。工場で働いている十八歳の若者です。」

ライナーの前に座っているハインツはまだ少年のような純朴な顔をしていて、頬は赤味を帯びている。私たちの視線がいっせいに自分の方に向けられているのを知ると、ハインツの頬はいっそう赤味を増した。

「ハインツは元気そのもので、一日十二時間の苛酷な労働にも耐えて、工場では一番働きがよい労働者として評価されています。ただ、ハインツには大きな悩みがあるのです。そのために仕事も手につかないようになってしまい、工場でミスを連発して、工場長の評価も変わりました。とうとう、このままミスを続けるなら首にするぞと宣告されてしまいました。」

ライナーは気の毒そうな表情でハインツを見た。ハインツは顔を真っ赤にしてうつむいた。

「それは気の毒だ。」熊楠も気の毒そうな表情で言った。「それで、わしがこの若者の治療の手助けができる、と考えておられるのかな?」

「そうなのです。ドクター南方でなければハインツは治らないのです。」ライナーは意気込んで断言した。

「わしでなければ治らない。それはどういうことかな?」熊楠は驚いて訊ねた。

「ハインツがうまく働けなくなったのは、彼の見る夢が原因なのです。奇妙極まる夢で、その夢を見ると眼が覚めてからも、夢の影響で仕事に集中できなくなるのです。」ライナーはこう説明した。

悪夢のせいで仕事に集中できなくなってしまった、という話を聞くと、シェーンブルン宮殿でフランツ・ヨーゼフ皇帝の悪夢を聞いたばかりなので、奇妙な暗合を感じてしまう。

熊楠は「その夢がわしと関係あるとおっしゃるのか?」と意外そうに聞いた。

「その通りです。もっともドクター南方と直接的な関係があるわけではないのですが、」ライナーは力を込めて答えた。「ハインツの悪夢は日本と関係があるのです。」

「日本と関係のある夢ですって？」私は思わず口をはさんでしまった。「どんな夢なんですか？」

ハインツの様子を見ながらライナーが説明を始めた。

「ハインツの言うには、その夢ではハインツが日本のカイザーになっているんだそうです。とても高い玉座に座っているカイザーのハインツのまわりに、日本の高位のサムライたちがひれ伏している夢です。カイザーのハインツはその姿を見て、気に入らないサムライたちの首を部下に命じて次々にちょん切らせるのだそうです。でも、ちょん切ってもなぜか血が一滴も飛ばないのだそうですが。ハインツはちょん切った首を部下に命じて沢山捨てに行かせます。

広間には、カイザーのハインツとちょん切られた部下の胴体がひれ伏したままたくさん並んでいます。そのガランとした広間をハインツは満足した気持ちでながめわたしています。ところがそのうちに、首のないひれ伏したサムライの胴体が次々と立ち上がって来るのだそうです。ハインツはゾッとして逃げようと広間の扉を開けますが、扉の向こうの暗闇にはちょん切られたサムライたちの首がたくさん浮かんでいるのだそうです。カイザーのハインツが恐怖のあまり眼をそらそうとすると、首はいっせいにハインツのまわりに音もなく飛んできて、ハインツを取り囲みます。さらに首はいっせいに歯をむき出して笑うそうです。笑い声は出していないのですが、ハインツの耳の底には轟音となった笑い声が確かに聞こえるのだそうです。ハインツは恐ろしさのあまり卒倒してしまいます。」

ここまでライナーが説明するのをハインツは神妙な顔で聞いていたが、卒倒したとライナーが説明した場面では、文字通り卒倒しかねないような真っ青な顔色になった。

ハインツの顔色の激変を見て、熊楠も心配してライナーに訊ねた。

「この若者の見る悪夢はわかったが、この若者がなぜ日本のカイザー、つまり天皇になる夢を見たのか実に不思議ですな。わしが訊きたいことは、ハインツ君がなにか日本についての話を聞いたとや、本を読んだことがあるのかということだ。」

ライナーは熊楠の質問をそのままハインツに向けた。「ハインツ、ドクター南方のご質問に答えなさい。君は日本についての話を聞いたり、日本についての本を読んだりしたことがあるのかい?」

ハインツはこの問に対して、相変わらずただ恥ずかしそうに首を横に振るだけだった。

「ドクター南方、このようにハインツの日本とのつながりはほとんどゼロです。なにしろハインツは飲んだくれの親父の家庭に育ったので、小学校も満足に通えていません。学校の授業もほとんど出ないで、家族のために生活費を稼いでいたわけです。子どもの頃から働き通しでしたから、本をまともに読んだこともないのです。残念なのは、ハインツは元来、とても利発な子どもだったと聞いていています。家のために働く時間が多くなかったなら、教育をちゃんと受けてもっと良い仕事につけたはずです。」ライナーはとても残念そうに言った。

「ドクター、ぼくは本を読んだことがあります。文章を読むのには最初、大変苦労しましたが、少しでも時間があるときに文章を読む訓練をして、少しずつ読んでいくようにしました。段々と文章を読むのが苦にならないようになって、本を一冊読んでしまいました。」ハインツは遠慮がちに言った。

ライナーは驚いて訊いた。「知らなかった。ハインツ、君は偉いものだな。重労働のなかでも本を読んでいたとは。普通の労働者は仕事で疲れ切ってしまい、家に帰っても酒を飲んで寝てしまうだけなのに。君が本を一冊読み切ったとは驚きだ。ところでその本は何という題名なんだい？」

「フロイト博士の『夢判断』です。」ハインツはきっぱりと言った。この答えには、その場の全員がひどく驚いた。

「『夢判断』を読んだというのかい？　悪いけど信じられないよ。難しいし、分厚い本で、専門の医師でもなかなか読み切れない。それに高価な本だし。図書館で借りだしたのかい？」ライナーがとても信じられないという口調で訊ねた。

「本はアルフレート・アドラー博士が貸してくださったのです。この前、この診療所でアドラー博士とお話したとき、アドラー博士にぼくが『変な夢を見ることが多くなりました。夢なんて見ない方が楽なのに、何で夢なんか見るんでしょうか？』と訊いたことがあります。アドラー博士は『よい質問だ。人間がなぜ夢を見るのかは難しい問題で、研究者もさまざまな答えを出している。その中でフロイト博士の『夢判断』は説得力のある答えとなっている。もっともわたしはフロイト博士の解釈にすべて賛成というわけではないのだが。フロイト博士はあまりにも性を重視しすぎるし、幼児にも性欲があるという主張はもはや科学的なものではなく、一種の信仰だ。それはともかく、夢の問題を考えるにはフロイト博士の『夢判断』は必読書だ。君が夢に興味があるなら、一度読んでみなさい。』と言って、手元にあった本を貸してくださったのです。あまりに分厚い本なので、『読めそうにないです。』と正直に言いましたが、アドラー博士は『君なら読めるはずだ。毎晩一ページずつでも読んでごらん。』と言ってくださったのです。アドラー博士は、ぼくが通りに棄ててある新聞を拾って読むのが好きです、と言ったことを覚えていてくださり、いつも本を読むようにと勧めてくださったのです。」ハインツの顔から恥ずかしさは消え、しっかりとした表情に変わっていた。

「それは偉いが、君は新聞を読むのが何で好きになったのかい？」熊楠が質問した。

「ぼくは文字が並んでいるのを見るだけでうれしいんです。さまざまな文字がそれぞれ個性を持ちながら、それでいてひとつの文章や、ひとつのまとまった内容を伝えていることが素晴らしいことに思えるのです。」ハインツはこうきっぱりと言った。

「それは面白い。わしも子どもの頃に、意味がわからなくても文字が並んでいるのを見るのがとても楽しみだった。とりわけ日本語の漢字や平仮名、片仮名がそれぞれ個性的でありながら、全体としてまとまった意味の宇宙を成していることが素晴らしかった。だから、わしは文字を意味のつらなりとして見ていたのではなく、絵でも見るかのように図柄として文章を見ていた。わしは『和漢三才図会』を幼くして近くの医者の家で見せてもらい、それを記憶して、家に帰って絵と字をその通りに模写した。それで家の者に『この子は常人とは異なる天狗の子だ』と驚かれたが、なにもそんなに難しいことではない。写真機が人物や風景をそのまま映し取るように、わしの眼も絵だろうと文字だろうとそのままに映し取るのだ。わしはいわば人間写真機なのだ。」熊楠は事もなげに話した。

ハインツは微笑してすぐに相づちを打った。「ドクター南方、ぼくもそうなんです。アルファベットが並んでいるのを見ると、さまざまな植物や昆虫が並んでいる姿に見えてきて、眼に焼き付いてしまいます。覚えた文章はずっと頭から消えないのです。」

「そうだな、君の言うように、実際のところ文字も植物や昆虫や動物のように生きているのだ。紙の上に文字が定着させられたときに、文字は呼吸を始め、運動を始める。多くの人間は文字を死んだものと考えて、生きている文字の息づかいを見逃してしまっている。だが、わしやハインツのような文字への強い愛着を持つ人間は、文字の生きている姿を理解することができる。だからこそ、一度文字を見ただけで覚えてしまうのだ。」

熊楠はこう話したあとで、ハインツをじっと見て訊いた。「ところで、ハインツ、君は本当に日本のことをどこかで読んだことはないのか？　日本のカイザーになる夢を見るからには、なにか日本についての知識を持っていたはずではないか？　日本の絵とか写真を見たことはないかな？　よく思い出してごらん。」

ところがハインツは悲しそうに首を振るだけだった。

「まったく覚えがありません。日本（ヤーパン）という名前は、学校で先生が話していたと思います。」

熊楠は首をひねったが、しばらく考えてから言った。「それではミカドという名前は聞いたことがあるかな？」

「ミカド？　聞いたことはありません。」ハインツは即座に答えた。

「それでは、ドミカやカドミ、ドカミは？」熊楠は立て続けに訊いた。

「カドミ、どこかで聞いた響きです。」ハインツの眼に光が入った。

熊楠はうれしそうに言った。自分の推理が当たったと思ったらしい。

「そうだろうな。君はおそらく『ミカド』というオペラの話を聞いたか、見たかした覚えがあるのだろう。」

ハインツはぼんやりした顔をして答えた。

「『ミカド』、そんなオペラの話を聞いたことはありません。それにオペラを見たことは一度もありません。音楽会にせよ、芝居にせよ、貧乏人のぼくは見に行くことはできません。一度は行って見たいと思ったこともありますが、ぼくには高い入場券は買えません。」

ミッツィもハインツの言葉に合わせた。「そうよ。あたしたち貧乏人にはオペラを見に行くことなどとてもできないわ。あたしたち貧乏人にとっては、オペラ座への距離は日本へ行くほど遠いのよ。」

熊楠がうなずいて、説明口調で話し始めた。

「『ミカド』はイギリス人のギルバートとサリバンの音楽喜劇で、内容が滑稽なのと音楽が親しみやすいのでロンドンで大ブームになった。米国やドイツなど外国でも上演されたのだ。わしも一度劇場に見に行った。だが、舞台が日本なのか中国なのかわからない芝居で、登場人物の名前がヤムヤムという具合になっていて、服装も派手な原色だ。その上に銅鑼が鳴らされたりして、舞台装置も中国と区別がつかない。本物の日本とはまったく関係ない、とんでもない芝居になっていた。こんなインチキ芝居でロンドンの観客に日本を想像してもらったら困ると腹が立ち、芝居が終わったあとでわしは楽屋に乗り込んで文句を言ってやった。

すると若造の演出家が出てきて、わしの苦情を黙って聞いて、最後に弁解した。『あなたが日本人として不愉快に思われるのはよくわかります。しかし、『ミカド』は日本らしい国を舞台にしているものの、奇想天外な筋書きなので、いくら何でもこれを見て日本がこんな国だと思う観客はないでしょう。観客にはたっぷり笑ってもらって、それで日本に興味を持ってもらい、本当の日本のことを調べてみたいと思う観客が何人か出たなら、それで日本の方にも満足していただけるのではないでしょうか。いまだに日本は中国の一部の地域で島国ではないと思っているイギリス人もいるのですから。それどころか、日本はアフリカや南アメリカの国と思っているイギリス人までもいますよ。』

若造は口八丁の能弁家らしくうまく説得してきた。わしだって、舞台の上でのカリカチュアをすべてけしからんと文句をつける野暮はしたくない気持ちもあったので、そのまま握手して引き下がった。」

「あっ、思い出しました。」突然、ハインツが大きな声をあげた。

「ずっと忘れていましたが、三年前ぼくが工場で働き始めた頃のことです。年上の同僚たちに誘われて近くの酒場に飲みに行きました。酒を飲んだことのないぼくに、同僚たちは面白がってビールをたくさん飲ませました。ビールを飲むのが初めてだったぼくはすぐに酔っぱらってしまい、わけのわからないことを散々しゃべり散らすようになりました。それが面白いと言って、同僚たちはまたビールをぼくに飲ませます。酔っぱらって気が大きくなったぼくは、いくらでも飲んでやろうと気が大きくなりビールをがぶがぶ飲みしました。

その結果、当然ですが、ひどく酔っ払ってしまい、トイレに駆け込みました。酔っぱらっているので、眼がぐるぐるまわっていたのですが、小便をしているとき、壁に古いポスターが貼ってあるのが見えました。切れてなくなっている部分もありましたが。確か『IKADO Japanischer Kaiser（イカド　日本の皇帝）』と書いてありました。ポスターには、いかにも恐ろしそうな皇帝の姿がどぎつい色で描かれていました。皇帝の眼は一本の線で細く描かれていました。

ポスターを見つめているときに、ちょうど同僚のひとりがトイレにやって来ました。年齢もぼくよりそんなに年上ではないので、気楽に『イカド（IKADO）日本の皇帝って何ですか？』と訊いたんです。すると同僚は、『IKADO』は確か日本の皇帝の名前らしい。去年、劇場でそんな名前のオペレッタが上演されて叔父夫婦が見に行った。知人から入場券をもらったらしい。叔父の言うことには、奇妙で滑稽な芝居だったらしい。音楽も変わったメロディで興味をひかれたし、登場人物の服装や舞台装置は見たことのないもので、観客を飽きさせない工夫がいろいろあって、とても面白かったと言っていた。日本の皇帝は残虐な支配者で部下のサムライの首をすぐにちょん切る。それに比べたらフランツ・ヨーゼフ皇帝は庶民思いの慈愛に満ちた皇帝だ、と叔父夫婦は口をそろえていた。

それで、おれが『舞台で演じられるのは作り話で本当のことではないでしょう』と言ったんだけど、芝居というものを見た経験のない叔父は『間違いなく本当の話だ』と断言して、おれの言うことを信じようとしなかったんだ。と、同僚はこう話してくれました。」

ハインツは理路整然と話した。まともな学校教育は受けていなくても、話し方からハインツの生来の聡明さが感じられた。

「やはりそうか。」熊楠は自分の推理が図星だったのでうれしそうに言った。「トイレで聞いたオペレッタの話が、何らかのきっかけで思い出されて、君は日本のカイザーの夢を見るようになったのだろう。君がトイレで見たポスターは切れていて、MIKADO の M がなくなり IKADO になっていたのだ。」

ハインツは納得したように「そう言えば、IKADO の前のところが切れていた気がします」と答えた。ハインツは記憶力もよいようだ。

熊楠はうれしそうに言った。「そういう記憶があるのだね、ハインツ。そのポスターを見た記憶が何らかのきっかけで蘇り、君はカイザーになる夢を見るようになったのだ。」

「そのきっかけは一体なんだったのでしょうか?」黙っていたライナーは口をはさみ、熊楠にまず話しかけてから、ハインツに向き直って訊いた。

「ハインツ、君に覚えはあるかい? 自分がなぜ日本のカイザーの夢を見るのか、思い当たることがあるのかい?」

ハインツは当惑した顔をしたが、じっと考え込んだ。

「日本のカイザーの夢を見るようになった理由は思い当たりません。ただ、考えてみると、うちの親父がアル中で死んだ頃から、カイザーの夢を見るようになったようです。というのも……」

熊楠はハインツが言葉を言い終えないうちに大きな声をあげた。

「それだよ、ハインツ！　君の親父の死がきっかけだな。ミカドの夢を見るようになったのは。」

「えっ!?」ハインツが大きな声をあげた。「どうしてですか？」

熊楠は、ハインツの急ぐ気持ちを落ち着かせるように言った。

「エディプス・コンプレックスという言葉を聞いたことがあるかな？　フロイト博士の精神分析では、父親の絶対的な権力に対する息子の反抗心が重視されているのだ。フロイト博士はそれをエディプス・コンプレックスと名づけた。息子の内心には、絶対権力者の父親から愛する母親を奪い取りたい、という秘められた欲求がある、というのがフロイト博士の考えだ。とりわけ父親が息子に対して抑圧的な姿勢をとるときには、息子の父親に対する反抗心が強まるのだ。

ハインツ、君の親父さんはやさしい親父さんだったのか、それとも厳しい親父さんだったのか、どちらだった？」

ハインツは答えにくそうだった。「親父は暴君でした、ネロのような。少しでもお袋やぼくら子どもが気にいらないことをしたり、言ったりすると、すぐに手が出ます。親父はしらふのときは大人しいのですが、酒を飲んで酔っぱらうと人が変わります。工場の仕事の辛さの憂さ晴らしが泥酔と暴力なんです。親父の手は工場の重労働で鍛えられたものですから、ゲンコツで殴られるととても痛かったです。」

熊楠はニヤリと意味ありげに笑った。

「そうだろうな。わしの親父は長男のわしのすることに寛大で、ゲンコツをくらったことはないが、それでもわしの悪戯が目に余るときには、平手で張り飛ばされたことがあった。男の子なら、平手で親父にはたかれたら『なにくそ』と思うのが自然だ。ましてやゲンコツで殴られれば、親父を逆に殴りつけたいと思うはずだ。ハインツ、君は親父を殴ったことがあるのか？」

ハインツは即座に答えた。「とんでもない！　それは殴られて腹が立つことも何度もありましたが、親父を殴ったことはありません。暴君の親父でも、親父には変わりないのですから。」

「そりゃ偉いもんだ！」熊楠は感嘆の声をあげた。「孔子という中国の思想家は、親孝行を人間の最高の美徳と考えた。孔子の教えを儒教と言い、孔子の教えを伝える学者を儒学者と言う。ハインツ、君は孔子の教えを学んでいなくても、立派な儒学者だよ。」

熊楠にほめられても、なにをほめられているのかわからず、ハインツは眼を白黒させている。

熊楠はハインツの様子を観察しながら、ていねいに説明した。

「ハインツ、君は模範的な息子であり、どんなに父親に虐待されても、父親を怨むことはない。これは儒学者に往々にして見られる建前だけの親孝行ではなく、身体に染みついた本物の親孝行だ。しかしながら、どんなに裏表のない親孝行であっても、身体に危害を加えられた記憶は残り、無意識の世界にその嫌な記憶が蓄積される。その場合、無意識の世界というものは動物の本能、動物として何としても生き延びたいという本能の世界だ。したがって、無意識の世界では君の父親は打倒すべき敵の動物になっている。これはどんなに理性が抑圧しても現れてくる敵意だ。その敵意が夢のなかで検閲を受けることなく現れてくる。君の夢は、フロイトの言うエディプス・コンプレックスの典型例だ。父親がアル中で身体が弱くなったときに、心に秘められていた父親を倒したいという願望が目覚めて、悪夢を見るようになった。それで君は日本のカイザーになり、サムライたちの首を次々にはねるようになる。サムライたちはみな父親の身代わりだ。」

ハインツは物わかりが早いようで、すぐに応じた。「そうですか、やはり親父との関係が夢になっているのですね。ぼくも薄々そう思っていました。」それからハインツは言葉を選びながら言った。「確かに、ぼくは親父に殴られたことが多かったです。それも理不尽なことで殴られました。返事の仕方が悪いとか、眼つきが悪いとか、つまらないことで殴られました。もちろん腹が立ちました。でも、なぜか親父を怨むことはありませんでした。子どもの頃から、ぼくはなぜ親父がおふくろやぼくたち子どもをぶん殴るのか、おぼろげにわかっていました。酔っぱらって家族に当たるのは、親父が外で他人に常に殴られているから、その憂さ晴らしであるとわかっていました。子どもの世界でも、外で他の子どもに殴られている子どもが、家に帰ってから年下の兄弟を殴るのと同じだと思っていました。」

「ハインツ、君は実に大人っぽかったんだね。」熊楠が感心して言った。「もっとも、子どもを子どもっぽいと考えるのは大人の勝手な見方で、子どもの方が大人よりずっと物の道理がわかって、大人っぽいこともある。ただ、子どもは賢明だから、自分の大人っぽさを大人のように見せびらかしはしない。」

ハインツは静かにうなずいた。「そうかもしれません。子どもは大人と違う目でこの世界を見ています。そのために、夜に見る夢も大人とは違います。フロイト博士は『夢判断』のなかで子どもの見る夢は大人と違い、原初的なもので、願望がそのまま表れている、と書いていますが、フロイト博士は間違っていると思います。子どもの見る夢は単純に思えるかもしれませんが、実際はこの世界の秘密を明らかにしているんです。」

ハインツが急になにを言い出すのか、とその場の全員が驚いた。

「この世界の秘密？　ハインツ、それはなんだね？」熊楠が眼を丸くして訊いた。

「この世界には区別がないということです。ですから、昼間の世界と夜の夢の世界を区別する必要はないんです。子どもには夢の世界と現実の世界を区別することはできません。大人はそれを子どもの幼さの証拠と見ますが、そうではなく、大人こそ幼くて、現実と夢をわざわざ区別してしまうんです。夢と現実を区別しない子どもこそ成熟しています。そもそも夢と現実という対比が間違いです。フロイトによると、意識は検閲を受けていて、夢は検閲を受けていないと分類していますが、そんなに単純ではありません。両者とも同じように検閲を受けてもいるし、検閲を受けていないのです。違いはありません。」ハインツは冷静に言い切った。

「夢と現実が同じと言うのか、君は？」ライナーが大きな声をあげた。

「そうです。少なくとも区別する理由はありません。」ハインツは言った。「それはちょうど生と死が区別できないのと同じことです。」

「生と死まで同じものであると言うのか、君は？」ライナーは一層大きな声をあげた。

「そうです。夢と現実が同じものであり、生と死が同じものであること、これが人生の秘密です。このことを子どもは最初から知っているのです。そして、このウィーンという街はその秘密に近づく迷路です。ウィーン子は子どもの性質を大人になってもいくらかは持っているから、この秘密を解く鍵を与えられているのです。」

ハインツはこう言ってから声を強めた。

「シュテファン大聖堂はウィーンの象徴とされますが、シュテッフェルが夢と現実が一体であること、生と死が一体であることをその姿で示しているからです。シュテッフェルの天にそびえる尖塔は人間の意識が遥か彼方まで届く強力なものであることを示していますが、シュテッフェルの地下にはハプスブルク家歴代の皇帝、皇妃の棺がならんでいます。これは沈黙の無意識の世界です。つまり、尖塔は雄弁な意識と生、地下霊廟は沈黙の無意識と死を表し、それが一体であることをシュテッフェルはその姿で示しているのです。そのような建物を街の象徴にしているウィーンの人々は、生まれながらに現実と夢が一体であり、生と死が一体であることを理解しています。

フロイト博士はウィーン出身ではなく、ウィーンに移住して来た人ですから、このようなウィーン人の生まれながらの感覚がないのです。その意味では、彼の精神分析はウィーンの精神風土とは異質なものなんです。」

熊楠やライナーなど私たちは驚いてハインツの話を聞いていた。満足な学校教育も受けていない一介の労働者の若者がいつの間にこんな知識や判断力を身につけたのだろうか、これこそ夢のなかの出来事のようだ。

「すると、ハインツ、君はフロイト博士の精神分析は間違っていると言いたいのだな？　すると君の考える本物の精神分析はそもそもどんなのものなのかね？　それから本物の夢判断もどんなものかね？」熊楠が真剣なまなざしで訊ねた。

ハインツはすぐに答えた。「フロイト博士の精神分析が間違っているとは言いません。まだ研究途上にある理論だからです。本物の夢判断は夢を判断しないこと、そのままに受け取ることです。本物の精神分析も精神を分析しないこと、そのままで受け取ることです。そうすれば、人間を分解するのではなく、そのままで理解することができるのです。そのように人間をあるがままに受け取ることができるならば、この社会もすべての人間にとって住みやすいものになるはずです。」

ライナーが気色ばんで反問した。「そんな素晴らしい社会があるのかね。そのままの姿で人間がみんな幸せになるような社会があれば、誰も苦労しない。カール・マルクスが書いているように、この社会は階級間の闘争の歴史だ。現実や人間をそのまま受け入れたからと言って、この世界の悲惨さが減少するわけではない。強欲な君主はわずかばかりの自国の領土を増やすため、若者たちを戦場に駆り立てる。君主はその若者たちに母親がいて父親がいることを気にもかけない。その若者たちに恋人がいること結婚して妻がいることも気にかけはしないし、場合によっては小さな子どもがいることなどまったく気にかけない。しかし、そのような君主は水たまりのボウフラのようにひとりでに生まれてきたのではない、そのような君主を生み出すような人間社会になっているんだ。つまり社会そのものがボウフラを生み出す腐った泥水になってしまっている。そのような社会を変えない限り、ボウフラの数よりも暴虐な君主の数が多くなってしまうんだ。

ハインツ、君や君の親父が毎日体験しているような強欲な工場主や資本家は、君たち労働者を安い賃金で働かせて、膨大な利益を自分たちの懐に入れている。君たちは働けば働くほど貧しくなるけど、働かない資本家は君らが貧しくなればなるほど利益を得ることになる。

そのような現実を無視してありのままに現実を受け入れても、夢と現実を区別しないなどと言っても、眼の前の戦争も貧困もなくなりはしないよ。ハインツ、君はそれこそ現実を見ない夢想家にしか過ぎない。」

ハインツは赤くなって下を向いた。「現実を見ない夢想家と言われれば、そうかもしれません。でも、僕は実際にこの眼で見たのです。」

「一体、なにを見たんだ、ハインツ？」

ライナーがすぐに問い返した。

「ぼくはシュテッフェルの上空からウィーンを下に見たのです。」

ハインツははっきりと答えた。

「空中浮遊の夢か？　それはよほど疲れているときに見る夢だ。」

ライナーは一言のもとに断言した。

「夜に見た夢ではありません。工場で仕事をしているときに体験したのです。」

ハインツはかすかに不満をあらわにした。

「それなら白昼夢だろう。よほど仕事が大変だったんだろうな。そんな疲労が極限まで達していて、仕事の集中心が途切れたときに、ふと見る夢だ。ごく短い時間でも一生分の物語を見たような思いがするものだ。」

ライナーは再びそう断定してから訊ねた。「それで一体、空の上からウィーンのなにを見たというのだい？」

「人々が楽しそうに歩いている姿です。ひとりひとりの姿がまるで手の届くようにはっきり見えました。その人込みのなかに自分の姿も見えたのです。ぼくも楽しそうに歩いていて、ぼくの隣には親父とお袋が珍しくおめかしして歩いていて、弟や妹たちも弾むように歩いているのです。ぼくの足取りには、しっかりしたものがあり、自分のかけがえのない人生を踏みしめている自信が感じられました。」

ライナーがとても心配そうに言った。

「それは良かった。幸せな自分の姿を白昼夢で見られたのは。ただ、自分の姿をありありと見る、それも白昼夢で見るのは、肉体も精神も極度に疲弊しているときなのだ。昔の言い伝えでは、自分の分身を見ることは死の予兆だとされている。もちろん医師のぼくはそんな迷信は信じないけど。ハインツ、どんなに幸せな姿の君自身を天空からながめたとしても、それに君の家族も幸せに見えたとしても、それは君の精神と肉体への危険信号であることを忘れちゃいけない。君自身が危機にあることを知らせる役割を天上から見たという君の姿が示しているのだ。」

「そうでしょうか。天上から見たぼくの姿は、これまでの自分では体験したことのないような幸せそうなものでした。すべての望みがかなったような、満足した顔でした。」

ハインツはこうやんわりと反論した。

ライナーはすぐに切り返した。「幸福と不幸は裏腹で、一概にどちらと決められないものだよ。君は若いからまだわからないかもしれないが。このことは覚えておいた方がよい。」

ハインツは率直に答えた。「わかりました。人生にはそういうことが多いとぼくも思います。」

その瞬間、熊楠が大きな声を出した。

「ちょっと待った。ハインツがシュテファン大聖堂の上から見た自分の姿が幸せなものだった、ということは吉兆でこそあれ、不幸の予兆ではないはずだ。」

ハインツとライナーがいっせいに熊楠を見つめ、ハインツが訊いた。

「どうして不幸ではなく幸福の予兆なんですか？」

熊楠は意味ありげに微笑した。「このわしもハインツと同じように、子どものときに天狗にさらわれて天空の天狗の住処に連れて行かれた。そこからシュテファン大聖堂と広場にいる自分の姿を見下ろしたことがあるのだ。」

熊楠の意外な言葉にハインツとライナーはびっくりした。私はウィーンに来た当初、熊楠が壮大なシュテファン大聖堂を見上げて真顔で言った言葉を思い出した。「この建物は見たことがある。熊野山中で天狗にさらわれて天上に連れて行かれたときに、天上からこの雲にそびえるような尖塔を見下ろしたことがある。しかもそのとき、広場にいて見上げている自分の姿も見た。」

私は熊楠の例の大言壮語、妄想と思い無視したが、熊楠はまたそれを持ち出したのだった。

ライナーは呆れて熊楠に言った。

「ドクター南方、あなたもハインツのように白昼夢を見たと言うのですか。しかも、同じシュテッフェルの上空から下をながめて、広場にいる自分自身を発見するという構図もまったく同じとは。実におかしな話です。ドクター南方は今ハインツの話を聞いて、その話に引きずられて、あたかも自分も同じ夢を見たような錯覚に陥ったのではないですか。シュテッフェルを初めて見ると誰しも畏怖の念にかられ、その驚きが大きすぎるので心に深い刻印が残ります。その刻印がハインツの白昼夢の話を聞いて意識に昇って来たのです。その結果、見てもいないのに自分も空からシュテッフェルを見下ろして、自分の姿を見たような幻想を生んだのでしょう。」

熊楠はライナーのいかにも精神科医らしい解釈に立腹した。

「何だって！　わしが幻想にかられている、つまり嘘をついていると君は言うのか！　とんでもない、わしの見たのは正真正銘の現実のシュテファン大聖堂だ！」

ライナーは熊楠が突然、激高したことに驚いて弁明口調で言った。

「ドクター南方、わたしはあなたが嘘をついたと言っているのではありません。あなたがシュテファン大聖堂を見たと言われるのも事実でしょう。ただ、それはあくまでも白昼夢の世界でのことで現実の世界ではありません。天狗なるものがどのような存在かわかりませんが、何らかのデーモンでしょうが、それも民衆の想像力が生み出した存在であり、実在のものではありません。こんなことを改めて科学者でもあるドクター南方に説明する必要はないでしょうが。」

熊楠はライナーに即座に反論した。

「天狗というデーモンが実在しないとか、天上から地上の自分の姿を見ることができないとか、いやしくも科学者ならそう考えるはず、というのは自称科学者の傲慢で、科学をごく狭い意味で考えているだけのことだ。人間であるわしらが見て体験していると思う世界はあくまで限定されたひとつの世界であって、他にもっと広い世界があり、それを見つける手段もあるはずだ。わしは粘菌類を専門に研究しているが、粘菌は植物と分類されたり、動物と分類されたり、長らく研究者のあいだで論争の種になっていた。しかし、そもそも植物と動物のふたつに分類することこそ間違いであり、生物を植物と動物に分類して満足している科学者の態度こそ非科学的であり、傲慢そのものだとわしは考えている。人間の決めた入れ物に森羅万象すべてを分類して無理に入れようなどと考えるのは、大きな間違いだ。

フロイト博士は、人間の意識の他に無意識という世界を見出した。しかし、無意識の世界の他にもっと異なる心の世界もあるはずだ。フロイト博士は、意識の世界と自分の発見した無意識の世界で人間の心は形作られていると主張した。しかし、フロイト博士の理論をさらに進めていけば、意識の世界と無意識の世界だけではなく、人間の心にはもっとたくさんの世界があるはずだ。それこそ仏教の曼荼羅のように多様な心の世界があり、それらを探究することこそ、フロイト博士の理論を真に受け継ぐものだ。」

「心には意識と無意識の世界の他に別の世界もあると言っても、今までのところその科学的な証明はなされていません。」

ライナーが冷たい声で否定した。

「それを言うなら、フロイト博士の『夢判断』も科学的な証明がないと精神科医たちから批判されているではないか。フロイトの『夢判断』は結局、フロイトの空論、つまり白昼夢に過ぎないという批判だ。わしは明言するが、これからの精神科医や心理学者は『夢判断』を無視できなくなるだろう。それどころか、いやしくも人間の精神に関心のある者は、哲学者だろうが、文学者だろうが、フロイト博士の著作を読まなければならない時代が必ず来るだろう。だが、フロイト博士の精神分析を真に理解するためには、『夢判断』をもっと先に進めることが必要なのだ。それはハインツの言っていた通りだ。フロイト博士の精神分析を本当に理解するためには、フロイト博士の到達した地点に立ち止まっていてはだめなのだ。」

熊楠はこう厳かに断言した。その顔は不思議にフロイトに似ているように見えた。

ライナーがまたも熊楠に反論しようとした瞬間だった。ハインツが突然、ふたりの話に割り込んだ。

「失礼ですが、先生方。この前、ふと詩のようなものが浮かびました。お恥ずかしい出来ですが、聞いてくださいますか。ウィーンの夢について書いた詩です。」

熊楠とライナー、ミッツィ、エリーザベト、ハンスに私、その場の者たちみんなが驚いた。

「ハインツ、君は詩まで書くのか。それは驚きだ。とにかくその詩を読み上げてみてくれ。」ライナーがこううながした。

ハインツは恥ずかしそうに上気した表情になった。それから上着のポケットから小さな紙片を取り出した。

「それでは読ませていただきます。」と言って、ハインツははっきりした発音で読み始めた。

ウィーン、わが夢の街

ぼくはウィーンの街を今日も歩く
ウィーンは世界で一番輝いている街
通りには古い家々がそびえ、可愛い娘たちが行きかう

ウィーンが輝く理由はそれだけではない
この街には、飢えて泣く子どもがいない
子どもを抱いて涙にくれる母親もいない
病気なのに働かなければならない父親もいない

この街では誰もが明るい笑顔であいさつを交わし
美しい言葉で愛を語り合う
信じあう人々の足取りはいつも軽やかだ

ぼくにもいつかこの美しい夢の街
ウィーンに別れを告げる日が来るだろう
出会いがあれば別れがくるのも人の世の常

ぼくの愛する幸せなウィーンの人々

ぼくの愛する美しいウィーンの街に
別れを告げなければならない日がいつかくるだろう

だけどなにも心配することはない
苦労なしでひと飛びに空にのぼって
高い空からゆっくりと下界の
ウィーンをながめることができるのだから

シュテッフェルが空にいるぼくにあいさつしてくれる
そのときはるか彼方からあの歌声が聞こえる
歌声は響いて　誘いかけ招き寄せる

ぼくはとっても幸せな気分で
ウィーンの街を歩く幸せな人々を見下ろし
彼らの幸せがいつまでも続くように祈る
彼らも天上のぼくの幸せを祈ってくれるはず
なぜならウィーンは夢の街

誰をも幸せにしてくれる夢の街だから

ハインツの詩の朗読のあと、沈黙が続いた。誰もが、空の上からウィーンを見下ろしているような気分になったのだろう。熊楠と私もウィーン子ではないが、ウィーンに来てからのこの十日あまりのことを思い出していた。短いようで長い、長いようで短いウィーン滞在だった。ウィーンという街は、人を夢の世界に誘い込む魔法の街であるかもしれない。その魔法で人はそれぞれの夢にまどろむことができるのだろう。ちょうど雪山に迷い込み、目的地の山小屋を眼の前にしていつの間にかまどろむ旅人のように。ウィーンは魔法の街であり、魔法の山でもあるのだ。

無学なハインツがこんな詩を書けることに皆が驚いた。しかし、ウィーンという街は、生まれや育ちに関係なくどんなウィーン子も詩人にする不思議な力を持っているのだろう。

「ハインツ、君は大した詩人になるだろう。」こう感嘆した熊楠が話しかけたのを皮切りに、みなが「たいしたものだ。」と口々にほめそやした。

ほめ言葉の洪水に驚き、真っ赤になっているハインツを囲み、みんなでハインツの「ウィーン、わが夢の街」という詩の感想を言い合っているさなか、建物の入口にあたりが急に騒がしくなった。急病人でも出たのかと思って耳を澄ませていたら、あわただしく診療室に看護婦が入って来た。

「大変です。警官が下に大勢来ています。それにルエーガー派のキリスト教社会党の労働組合員も集まっています。この診療所を襲撃するつもりです。」

看護婦は興奮して早口で話した。

ライナーが立ちあがって応じた。

「警察がこの診療所の存在を嗅ぎつけ、密かに探っている、という情報が数日前に仲間からあった。ウィーン市役所にいる秘密の同志からだ。市当局の正式な許可を得ていない非合法の診療活動だという理由で、この診療所を一気につぶすつもりらしい。ルエーガー市政はそもそも我々の診療所を認める気はなかったのだ。

ルエーガー派の労働組合は、我々社会民主党系の労働組合を目の敵にしている。彼らは労働組合と称しても、労働者の利益を代表しているのではなく、単に市長のルエーガーの応援団をしているだけだ。だから、労働者の権利を守る我々の労働組合が邪魔でしかたない。この労働者診療所も目障りなので、早くつぶしてしまいたいのだ。」

他の診療室からも医師や看護婦が不安そうな表情で出て来た。若い医師や看護婦がほとんどで、患者たちが彼らにどうしたらよいのか訊ねても、彼らもどうしたらよいのかわからずに呆然としている。建物の入口では大騒ぎになっている。熊楠と私が入ったときには気づかなかったが、この診療所を守るため、見張り役として若い組合員が何人か通りで見守っていたらしい。彼らが警官やルエーガー派の労働組合員の侵入を阻止しようとして、激しいもみ合いになっているらしい。しかし、多勢に無勢だ、大勢の警官たちが階段を上がって来るのはもうすぐだろう。

少し年配の小柄な医師が真剣な声で提案した。

「抵抗せずにみすみす捕まっても、警官にしろ、ルエーガー派の組合員にしろ、我々を敵視しているから、殴られ蹴られるのがおちだ。さらに、でっち上げの罪に問われるかもしれない。ここは、それぞれが逃げられるだけ逃げようではないか。」

間髪を入れずに熊楠が声を出した。「ばらばらに逃げても無駄だ。階段を上って警官たちが来るのだから、上に逃げるしかないが、上も行き止まりで袋のネズミだ。一網打尽になるだけだ。」

小柄な医師が気色ばんで熊楠に反論した。

「それではどうすればよいのですか？　みんなで窓から飛び降りろとでも言うのですか？」

熊楠は癇癪を起した。「馬鹿な！　そんなことはせぬ。よいか、みんなここに集まれ。女や子どもを真ん中にして男たちで囲むのだ。先頭には腕に覚えがある若者たちが立て。」

てきぱきと熊楠は命令した。

総勢三十人ほどが集まって来た。熊楠の言葉の勢いに押されて、訳もわからず熊楠の命令に従った。女や子どもを男たちが囲んで、先頭には医師や患者の屈強な若者たちがならんだ。

「いいか、この隊列を崩さず一気に階段を駆け下りるんだ！」

熊楠がてきぱきと次の指示をした。

「えっ、警官が階段を上ってくるではないですか？　鉢合わせしますよ。」

驚きの声があちこちから聞こえた。

「それでいいのだ。鉢合わせではない。これから試みるのは正面突破だ。いいか、警官たちは階段を苦労して上って来る。これに対してわしたちは階段を勢いよく下りて行く。どちらの勢いが強い？」

熊楠がこう訊いた。

「それは下りて行く方ですよ。物理法則でそうなります。」

大学で物理学を学んだ医師たちは即答する。

「そうだろう。だからわしらは警官たちを蹴散らすのだ。勢いよく。奴らはわしたちが上に逃げると思っているだろう。まさか真正面から駆け下りてくるとは思っていないはずだ。不意をつくのだ。これは日本最大の決戦である関ケ原の戦いで薩摩藩の試みた敵中突破作戦だ。薩摩はこの作戦に見事成功して、落ちのびることができたのだ。」

熊楠は自信を込めて言った。まわりの者たちは関ケ原とか薩摩藩と言ってもチンプンカンプンの表情だったが、熊楠の自信ある態度に進むべき血路を見出したと信じた。

「そうですか。やってみましょう。」こうライナーが言って、他の者たちも「そうだ、やりましょう。」と声を合わせた。

「ただし注意しなければならない。わしらも腰高だと警官隊と衝突したときに、階段を転がり落ちる危険がある。あるいは転がる警官に巻き込まれてしまう可能性もある。だから、腰高ではだめだ。腰をこうやって低くして下りて行け。とりわけ、真ん中の女や子どもを転ばせないように気を配るのだ。」

早口でこう指示しながら、熊楠は腰を低くして進むかっこうをした。取り組みでの相撲取りの姿そのものだ。熊楠は相撲好きなのかもしれない、とふと思った。

みなが熊楠のかっこうを真似て、腰を落とした。

建物の入口のもみ合いを早くも警官隊が制したらしく、気勢をあげて階段を上がってこちらに向かって来る。

「いいか、わしが合図をしたら、警官に負けないように精一杯気勢をあげながら、いっせいに階段を駆け下りるのだ。相手を声で威圧するのが大事だ。繰り返すが腰を落とすのを忘れるな。」

熊楠が念押しした。

出入り口のドアの前に我々は整列した。相撲取りのかっこうを全員がしている。大きな声が一階、二階、三階と階段を上って近づいてくる。

ドアに耳を当てていた熊楠が、警官を充分に引き付けた様子を見て合図した。「ドアを開けろ!」看護婦のひとりがドアを勢いよく開けた。同時に熊楠が「突っ込め!」と日本語で怒鳴った。「ワーッ!」という叫び声が一斉に上がった。日本語がわからなくても熊楠の言葉の意味は全員理解したようだった。

ちょうど警官隊の先頭が階段から五階に足を踏み入れようとするタイミングだった。警官たちは異様な叫び声と上から突っ込んでくる集団に驚き、判断も行動も一瞬止まった。

そこに屈強な若者たちがまず突っ込んだために、棍棒を持った先頭の警官たちは、ぶつかった衝撃で次々に階段を転げ落ちた。しかも、彼らのうしろに警官たちが続いていたので、後続部隊といっしょになって転げ落ちた。警官たちの悲鳴が次々にあがった。警官たちの後ろにはルエーガー派労働組合の組合員たちもいたが、彼らも戦闘用に用意した棒などを持ったままで、警官たちの転げ落ちる人間雪崩の一部となって転げ落ちた。

我々の集団の先頭は、相手方の転げ落ちる雪崩に巻き込まれないように、前進の速度を落としながら、腰を低くして階段を下りて行った。転げ落ちた警官や組合員は階段の踊り場にへたりこみ、階段の壁際に生気なく座りこんでいた。それらの残骸のような人間たちを尻目に、我々の集団は紅海を渡るモーセに率いられたユダヤ人そのまま、悠然と隊列を崩さずに階段を下りて行ったのだった。

階段下には、モーセを追いかけて来て紅海の大波に飲み込まれ揺さぶられ、浜辺に打ち上げられたエジプト兵のようにぐったりした警官とルエーガー派組合員が折り重なっている。一番下まで転げ落ちたので衝撃も大きく、打撲でもしているのか、あちこちからうめき声が漏れている。

立ち上がれそうな連中がいないのを見計らって、我々の集団は落ち着き払って建物の外に出た。外の歩道にも何人か倒れていた。これはしかし警官ではなく、先ほどの入口でのもみ合いで警官やルエーガー派の組合員に殴り倒された社会民主党系の労働組合員だった。下りて来た診療所の医師や看護師が彼らに声をかけて身体の具合を調べ、起きられそうな者は助け起こし、起きられない者は何人かでかついでその場を離れようとした。

ふと気づくと、自力で起きられないふたりの年配者が少し離れたところに倒れていた。私と熊楠は駆け寄って助け起こそうとしたが、彼らの顔を見て驚いた。ひとりはフロイト博士だった。もうひとりの顔は見覚えがなかった。こちらに駆けつけた看護婦の話では、アルフレート・アドラー博士だということだ。

助けを借りてどうにか立ちあがったフロイトとアドラーだが、ふたりとも幸い怪我をしている様子はない。思い切り突き飛ばされ道路に転がり、ちょうど水はけの悪い場所なので泥だらけになっている。フロイト博士の立派な髭にまで泥がついていて、アドラー博士の方は顔全体に泥がついている。

「おふたりは、どうしてこんなところにいらっしゃったのですか?」私が声をかけると、フロイトが髭の泥を手でぬぐいながら返事した。

「以前からアドラー博士に労働者診療所の様子を見てほしいと頼まれていたのだが、わたしは性の問題を研究するので精一杯で、社会問題を研究する時間がないと断ってきた。ところが、今日たまたまアドラー博士が別件でわたしのところに来てくれた。用件がすんだあと、アドラー博士は、わたしに時間があるかと訊いてきた。今日はたまたま診察も他の用事もなかったので、そう答えると、それでは労働者診療所の様子を見てくれないか、これから案内するから、と頼まれた。そうまで言うなら、とわたしも重い腰を上げてやって来たわけだ。」

アドラーがフロイトの話を続けた。

「フロイト博士とここに来たところ、ちょうど警察隊がこの建物に押し入ろうとしているところだった。労働組合員が警官隊を阻止しようとしてもみ合っていた。隊長らしい警官にわたしが『ここでなにをしている?』と訊いたら、隊長は『破壊活動の容疑で労働者診療所を捜査するところだ』と答えた。それでわたしが『そんな無法な! ただの診療所に押し入るのか!』と思わず叫んだ。隊長は『何を、お前は捜査を妨害するつもりなのか』と怒鳴り返し、わたしを突き飛ばし、フロイト博士も巻き添えで突き飛ばされてしまった。なにもしていない善良な市民を突き飛ばすとは、ウィーン市警も見上げたものだ。」

憤懣やるかたない口調で、アドラーは皮肉を言った。

さらにアドラーはフロイトの方を見て、申し訳なさそうに言った。「フロイト博士、あなたまでこんなひどいことの巻き添えにしてしまい、申し訳ないです。無理にお誘いしなければよかった。」

これに対してフロイトは落ち着いた様子で応えた。「いや、あなたのせいではないですよ。それに転ばされたお蔭で得るものがわたしにはあったのです。」

アドラーは驚いて訊いた。「えっ、なにか拾われたのですか?」

フロイトは苦笑して答えた。「いいえ、なにか拾ったわけではないのです。拾いものは物体ではなく、アイディアです。」

「アイディア?」アドラーは不思議そうに首をかしげた。

「そうです。これまでわたしは性、エロスが人間の根源的な衝動だと思って研究してきました。そのこと自体は間違いだったとは思いません。しかし、さっき警察官に泥のなかに突き飛ばされて思いつきました。わたしを突き飛ばした警察官の顔を一瞬見たのですが、その顔には憎しみと快感の表情が浮かんでいました。人間の根源的な衝動は性だけではないのではないか、という疑いを持ちました。つまり、暴力、破壊の衝動もエロスに並ぶ人間の根源的な衝動ではないかと思ったのです。

わたしは戦場に行った経験がありません。戦闘を見たこともありません。ユダヤ人差別を体験したことはありますが、それはあくまでも言葉や態度のレベルの差別であって、直接的な暴力にさらされたことは皆無です。ですから、今まで暴力や戦争に関心を持つきっかけがなかったのです。

しかし、さっきの警察官の憎悪と快感が入り混じった表情が眼に焼きついたことで、新しい研究課題が浮かびました。精神分析の方法で人間の内面に潜む破壊衝動も研究テーマにしようと思います。もっとも、今はエロスの問題で精いっぱいですので、あくまで将来の話ですが。」

フロイトは穏やかな表情で言った。その穏やかな表情は、将来のテーマにしたいとフロイトが言う破壊衝動とあまりに対照的だ。ただ泥だらけの髭は破壊衝動と関係がありそうだ。

「そうですか。あなたもそう思われるのですね。」アドラーはうれし気に言った。

「わたしも警官に突き飛ばされて思いました。わたしの心理学は人間の育った環境と感情、とりわけ劣等感や優越感を重視しています。しかし、さっきのような生の暴力を見ると、フロイト博士が言われたように、人間の本性にある暴力的な衝動の問題を考えざるを得ません。その暴力的な衝動を子ども時代の教育によって抑制できるかも研究テーマになるでしょう。わたしも通りに転がされたお蔭で思わぬ拾いものをしたことになります。」

フロイト博士とアドラー博士は突き飛ばされたことで変なところで意気投合したようだった。この偶然にふたりともおかしそうに笑った。彼らのまわりを囲んだ診療所の者たちは相談して、フロイト博士とアドラー博士がこれ以上ひどい目に遭わないように、屈強な若者と看護婦がふたりを家まで送ることにした。

熊楠と私も警察に跡をつけられないように、急いでその場を去った。すでに夕暮れの時間帯になり、澄んだ空にはうっすらと星がいくつか見えていた。

先ほど聞いたハインツの詩を思い出しながら、私は先を行く熊楠に話しかけた。

「いやー、大変な目に遭いましたね。思えば、夢のなかの出来事のようにも思えます。それも悪い白昼夢のようです。しかし夜の帳が近づくと、『ウィーン、わが夢の街』がその本来の姿を現すように思えます。」

熊楠の返事はなかった。熊楠はなにかじっと考え込んでいる様子だった。

ホテルへの道を黙って私たちは歩いて行った。突然、熊楠がなにか思いついた。

「この何日間、わしらが体験したことは、わしらがウィーンを夢見ていたようだったが、そうではないのだ。ウィーンがわしらを夢見ていたんだ。わしらもウィーンの夢の一部だったのだ。」

熊楠の独り言のようだった。しかし、熊楠の言った奇妙な言葉は私もさっきから感じていたことだった。


空襲はまだ長く続いている。しかも爆撃の轟音はますます激しくなっている。まるで米空軍の所蔵するすべての爆弾、焼夷弾が今晩中に投下されるようだ。まだ直接の被害を受けていないこの古い家も、周辺の爆撃の衝撃に共振している。関東大震災にも耐えたこの家だが、最後の日を迎えていることを予感して身体中で震えているのだろう。閉めていた厚いカーテンを開いて、窓から外を見ると真っ赤な炎があちこちで立ち昇っているのが見える。

この世界の終わり、終末の日を思わせる情景になっている。しかし、それは東京に残っている私の勝手な思い込みであることもわかっている。すでに五月にドイツ帝国の首都ベルリンが陥落し、ヒトラーは自殺した。さらにドイツ軍も無条件降伏した。つまり、千年続くとヒトラーが豪語したナチス第三帝国も、わずか十年余りで跡形もなく壊滅してしまったことになる。しかし、第三帝国は壊滅したが、ドイツの大地や人々は大きな被害を受けながらも消滅してはいない。ヒトラーは自分の死と共にドイツの大地とドイツの人々も地上から消滅することを強く望んだであろうが、そうはならなかった。世界の終わりなどという観念は、あくまでも人間の頭のなかにしかない。それに、もし神なるものがあるとすれば、黙示録に書かれているように神の頭のなかにもあるのかもしれないが。

大日本帝国の夢見た大東亜共栄圏という千年王国が壊滅しても、日本の大地や人々がすべて消滅するわけではない。私という個人は、大日本帝国の夢を共に見ていたわけではない。むしろ、私は外交官としてのキャリアを長くイギリスとアメリカで過ごしたため、親英米派、リベラル派と目された。そのためナチス・ドイツとの同盟を外交の柱とする外務省革新派により眼の仇にされていた。つまり、ドイツ、イタリアと三国同盟を結び、ソ連との軍事的対決を避けつつ、英米など自由主義諸国との戦争に勝利し、世界をナチス・ドイツと分割しようと目論む大日本帝国の夢を私は共にすることはなかった。結局、軍部と連携した革新派が外務省を牛耳ることで、私は退職に追い込まれてしまった。私としては、国益のための外交という基本線を踏み外した外務省にもはや未練はなかったので、依願退職するような気持ちが本音だった。

しかしながら、私も外交官としての職責を果たすなかで、否応なしに大日本帝国の夢の世界に引きずり込まれていたことは、否定しようもない事実だ。そのことに対して自分なりの責任を取るために、あえてこのように空襲下の東京に残っている。しかし、今私が死んでもどうということはないだろう。いずれにせよ、すべてが終わっている。しかし、それはあくまでも私の感慨に過ぎない。ひとつの夢が終わったところで、またひとつの新たな夢が見られるのだから。

それにしても、私はどうして生涯の最期に臨んで、半世紀ほど前のウィーンでの短い日々を思い出しているのだろう。若かったときに体験したことだけに、ウィーンでの一日一日が強烈に心に刻印された。しかし、逆に若かったために、それからも新鮮な体験を重ねるようになって、やがてウィーンでの日々のことも忘れてしまうようになった。ふとした拍子に、ウィーンでの出来事を断片的に思い出すことがあっても、はたしてそれが自分の体験なのかという疑いを持つことさえあった。まるで他人の体験であるかのように、あるいは夢のなかでの体験であるかのように思えるのだ。

そういえば、私の調べた限りでは、熊楠もフロイトもなぜかあの日々のことをどこにも書いていないようだ。思えば不思議なことだ。彼らにとってもあの日々の体験は強烈な印象を残したはずなのだが。しかし、逆に印象が強烈だっただけに、彼らはわざと忘れようとしたのではないか。夢にも検閲が働くというフロイトの理論を借りれば、ウィーンでの夢のような日々の印象が強烈すぎて、検閲が働いたのではないだろうか。逆に言えば、熊楠もフロイトもふたりそろってなにも書いていない事実は、あの日々がふたりに強烈すぎる印象を残した証拠ではないのだろうか。

ユダヤ人であるフロイトは、ナチス・ドイツにオーストリアが併合された際、ウィーンに進駐してきたナチスに追い出されて英国に亡命し、ほどなくロンドンで死去した。熊楠も帰国したあと故郷の紀州田辺に居住し、最近亡くなったとのことだ。ウィーンでのあの濃密な日々のことを覚えているのは、今では私しかいなくなった。その私も今晩死んでしまえば、ウィーンで熊楠とフロイトが出会ったことなど、あの日々の出来事はなかったも同然になるだろう。

とは言っても、この私もあのウィーンの日々の記憶があいまいになっている。ウィーンで体験したことの記憶がどこまで事実で、どこからが私の頭のなかでの創作なのか自分でもわからなくなっている。すべてがまさに一場の夢のようだ。

今の私に確実なのは、耳のなかで美しく響いている「ウィーン、わが夢の街」という歌のメロディと歌詞だけだ。

歴史的事実としては、私が熊楠とウィーンに行ったときにこの歌はまだ作られていなかった。その後十年ほどしてからこの歌が作られて流行し、ウィーン子がみんな口ずさむ流行歌になった。長くロンドンの大使館に勤務していた私も偶然この歌の存在を知った。私はこの流行歌のドイツ語の歌詞を知り驚いた。ウィーンの労働者診療所で聞いた若い労働者ハインツの詩と瓜二つなのだ。ハインツの詩は若い私に深い印象を与えたので、ハインツの朗読を聞いたあとにわざわざ手帳にメモしたほどだった。

もちろん、ハインツの詩がそのまま使われているわけではないが、「ウィーン、わが夢の街」というタイトルやところどころの大事なフレーズはそのままだ。偶然の一致にしてはあまりにできすぎなので、私はウィーンの大使館の太田にこの歌のことを問い合わせてみた。太田も偶然、二度目のウィーン大使館勤務だったからだ。彼の手紙の説明では、「ウィーン　わが夢の街」はジーチンスキーというポーランド系オーストリア人の作曲で、作詞もジーチンスキーとのことだった。ついでに、ハインツの消息も私は訊ねてみた。恐らく消息は知られていないだろうとは思ったのだが。ところが、太田の返事では、ハインツは若手のプロレタリア詩人として有名になっていて、社会民主党の活動家でもある、とのことだった。ハインツの詩はロマンチックな歌詞に社会的主張を盛り込んだところに個性があったという。「ウィーンのハイネ」と一部では呼ばれていたらしい。おそらく作曲家のジーチンスキーがどこかのカフェでハインツと知り合い、彼から「ウィーン　わが夢の街」の詩を教えてもらい、その詩の一部を変更しそれに曲をつけたのだろう。人の好いハインツは、自分の詩がジーチンスキーの名で使われることも快く了承したのだろう。

それからまた二十年ほどして風の噂では、ヒトラーによるオーストリア併合の際、ユダヤ人の他に危険分子として共産主義者や社会主義者が大量に逮捕されたときハインツも逮捕され、その後強制収容所で殺されたそうだ。その噂を聞いたとき私は大きなショックを覚えた。あの善良そのものの少年ハインツが歴史の激流に飲み込まれ、非業の死を遂げるなどとは思いもよらなかったからだ。しかし、ハインツの残した詩「ウィーン　わが夢の街」は、たとえ作詞者として彼の名前が表に出ていなくても、長く歌い継がれていくだろう。私はこのことに微かな慰めを覚えた。善良そのものといえるハインツの表情は、私の瞼にくっきりと刻まれているのだから。

大日本帝国の崩壊も日本人にとっては破局ではあるが、大きな歴史の流れの一部でしかない。古いものの終りではあるが、同時に新しいものの始まりでもある。そのような考えは諦念なのだろうか。それとも希望なのだろうか。私にはわからない。
私の耳には、空襲の激しい爆撃音の合間に確かに「ウィーン、わが夢の街」のメロディがなにかを問いかけるように甘く切なく流れている。あと少し、この歌の世界に身をひたしてみたい。あの短いウィーン滞在の日々にウィーンという街が私を夢見ていたことの証しとして。

シュテッフェルが空にいるぼくにあいさつしてくれる
そのときはるか彼方からあの歌声が聞こえる
歌声は響いて　誘いかけ招き寄せる

参考文献

アルトゥール・シュニッツラー著、田尻三千夫訳『ウィーンの青春　ある自伝的回想』（一九八九年）みすず書房
テオドール・ヘルツル著、佐藤康彦訳『ユダヤ人国家　ユダヤ人問題の現代的解決の試み』〈新装版〉（二〇一一年）法政大学出版局
オットー・ヴァイニンガー著、竹内章訳『性と性格』（一九八〇年）村松書館
ダンテ著、原基晶訳『神曲』〈地獄篇・煉獄篇・天国篇〉（二〇一四年）講談社学術文庫
J・J・バッハオーフェン著、佐藤信行他訳『母権論』（一九九二年）三元社
フリードリヒ・エンゲルス著、戸原四郎訳『家族・私有財産・国家の起源』（一九六五年）岩波文庫
ジークムント・フロイト著、高橋義孝訳『夢判断』〈上・下〉（一九六九年）新潮文庫
ジークムント・フロイト著、中山元訳『モーセと一神教』（二〇二〇年）光文社古典新訳文庫
ギュスターヴ・ル・ボン著、桜井茂夫訳『群衆心理』（一九九三年）講談社学術文庫
登張正実責任編集『世界の名著38　ヘルダー・ゲーテ』（一九七九年）中公バックス
池上俊一著『動物裁判』（一九九〇年）講談社現代新書

著者略歴

平山　令二（ひらやま　れいじ）

1951年生まれ。ドイツ語・ドイツ文学研究者。著書に『ドイツ　時の河辺に』（三修社、1986年）、『伝　安藤昌益『西洋真営道』』（鷗出版、2012年）、『ユダヤ人を救ったドイツ人「静かな英雄たち」』（鷗出版、2021年）などがある。

ウィーン、わが夢《ゆめ》の街《まち》——フロイトと熊楠《くまぐす》

二〇二三年九月三十日　初版第一刷発行

著者＝平山令二　発行者＝小川義一　発行所＝有限会社鷗出版
〒二七〇－〇〇一四　千葉県松戸市小金四四七－一－一〇二
電話＝〇四七－三四〇－二七四五　FAX＝〇四七－三四〇－二七四六
装幀＝鷗出版編集室　印刷製本＝株式会社シナノ パブリッシング プレス

ISBN 978-4-903251-21-9 C0093

●鷗出版ホームページ https://www.kamome-shuppan.co.jp

鷗出版既刊

伝　安藤昌益『西洋真営道』

平山令二著／東北の巨人思想家・安藤昌益。カント、ゲーテ、ヴォルテール、ルイ十六世らとの対話から明らかになる農と生命に対する讃歌の思想。

四六判上製／定価二六四〇円（本体二四〇〇円＋税）

ユダヤ人を救ったドイツ人——「静かな英雄たち」

平山令二著／第二次世界大戦中のナチス体制下で、迫害され続けるユダヤ人を救済したドイツ人たち——「静かな英雄たち（Stille Helden）」——がいた。彼らはなぜ命がけでユダヤ人を救済したのか。

A５判変型上製／定価三五二〇円（本体三、二〇〇円＋税）

鷗外　わが青春のドイツ

金子幸代著／一九世紀末、森鷗外が留学の地ドイツに赴き滞在したベルリン、ライプツィヒ、ドレスデン、ミュンヘンの四都市を、著者撮影の写真と解説で追体験する。

四六判上製／定価二六四〇円（本体二四〇〇円＋税）

森鷗外の西洋百科事典——『椋鳥通信』研究

金子幸代著／鷗外が、当時のベルリンの日刊紙「ベルリナー・ターゲブラット」の記事をもとに自分の見解を盛り込みながら同時代の西洋の社会、文化、政治を紹介した『椋鳥通信』に関する論考を収録。

A５判上製／定価四九五〇円（本体四五〇〇円＋税）

オンライン書店または最寄書店でご注文できます

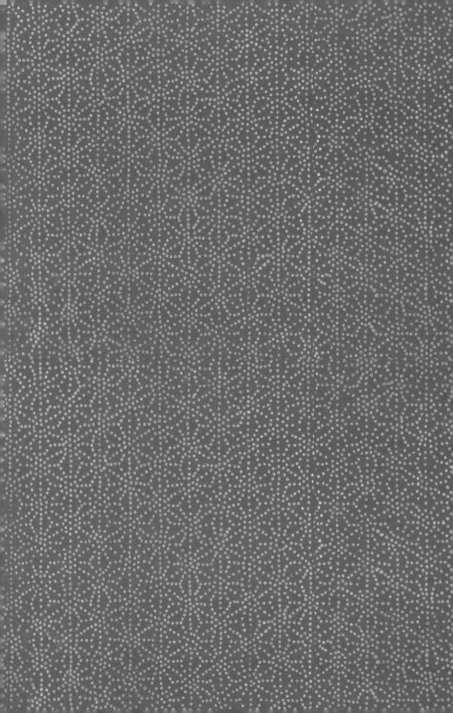